BASTEI
LÜBBE

Von Jessica Stirling ist bei Bastei Lübbe Taschenbücher lieferbar:

14600 Die Frauen von der Insel
14962 Sturm über Schottland
15143 Träume im Landhaus
15274 Die Früchte der Erde
15730 Die Melodie der Wellen

Über den Autor:

Jessica Stirling wurde in Glasgow geboren und hat zahlreiche Romane geschrieben, die im historischen Schottland spielen. Die Autorin lebt auf dem Lande in Stirlingshire, Schottland.
Die Stürme des Himmels führt die Familiensaga um die Familien Franklin und McCulloch weiter, die mit *Die Melodie der Wellen* begann.

Jessica Stirling

DIE STÜRME DES HIMMELS

Roman

Aus dem Englischen von
Cécile Lecaux

BASTEI
LÜBBE

BASTEI LÜBBE TASCHENBUCH
Band 15 866

1. Auflage: Juni 2008

Vollständige Taschenbuchausgabe

Bastei Lübbe Taschenbücher in der Verlagsgruppe Lübbe

Deutsche Erstausgabe

Titel der englischen Originalausgabe: »Shamrock Green«
Originalverlag: Hodder & Stoughton
Für die deutschsprachige Ausgabe:

Titelillustration: getty-images/Michael Busselle
Umschlaggestaltung: Gisela Kullowatz
Satz: hanseatenSatz-bremen, Bremen
Druck und Verarbeitung: CPI – Ebner & Spiegel, Ulm
Printed in Germany
ISBN 978-3-404-15866-9

Zum Gedenken an meinen Großvater
Soldat David McNair
7. Bataillon Gordon Highlanders
Hazebrouck, 14. April 1918
sowie
natürlich mit Liebe für Theresa

TEIL I

SYLVIE

KAPITEL 1

Das erste Mal begegnete sie ihm an einem Sonntagnachmittag im Juli, nur wenige Tage vor Ausbruch des Krieges. Sie war draußen und fütterte die Hühner, als sie durch den Torbogen einen Hudson sah, der in Schräglage auf zwei Reifen in die enge Gasse einbog. Die Gasse schien viel zu schmal für das breite schwarze Automobil zu sein, und im ersten Moment dachte sie, Stoßstange, Scheinwerfer und sogar Kotflügel würden abgerissen und Turk Trotter auf dem Trittbrett an die Hauswand gekleistert. Aber dann landete der Wagen wieder auf allen vier Rädern und raste mit Riesengetöse auf den Hof.

Die Hennen stoben auseinander, und der Gockel schoss senkrecht in die Höhe wie ein Kampfhahn. Maeve oben auf der Kohlenkiste verlor vor Schreck das Gleichgewicht und kippte hintenüber, wobei sie den Fremden unfreiwillig einen Blick auf ihre Strümpfe und mädchenhaften Strumpfhalter gewährte. Aber die Männer waren von den Ereignissen dieses Tages derart aufgekratzt, dass sie weder für kleine Mädchen noch für deren Strümpfe auch nur einen Funken Interesse übrig hatten.

Turk sprang vom Trittbrett, stakste vom Auto weg, schnappte sich Maeve und wirbelte sie durch die Luft. »Bei Gott, denen haben wir heute eine Lektion erteilt, die gesessen hat«, rief er strahlend. »Stell dir vor, mein Schatz, wir sind doch wahrhaftig als erste irische Armee seit einhundert Jahren in Dublin einmarschiert!«

Sylvie beachtete weder Turk noch seine Prahlereien. Sie stand vor der Küchentür, und das Maismehl rann ihr in staubigen Rinnsalen durch die leicht geöffneten Finger, während sie durch das Wagenfenster den Fremden im Fond betrachtete. Sein Kopf ruhte auf dem Bauch ihres Schwiegervaters. Sein Mantel, ein langer grauer, fadenscheiniger Ulster, war um seine Beine gewickelt. Er hatte die Fäuste zwischen die Knie gesteckt und den Oberkörper leicht abgewandt, als schämte er sich vor ihr. Oben aus dem Kragen ragte ein schmales, bleiches Gesicht, und der Kragen selbst wurde nicht von einer Nadel, sondern von einem Beschlagnagel gehalten. Die Krawatte, sofern man von einer solchen überhaupt sprechen konnte, erinnerte an ein altes Seil, auf dem ein Hund längere Zeit herumgekaut hatte. Vorn auf seinem Hemd sah Sylvie einen blattförmigen Blutfleck sowie frisches helles Blut zwischen den Falten seines Mantels.

»Was ist passiert?«, fragte sie.

Der junge Mann vorn neben Charlie auf dem Beifahrersitz beugte sich nach hinten und schimpfte: »Reiß dich um Himmels willen zusammen, Fran. Du machst ihr ja Angst.«

»Er blutet«, stellte Sylvie fest.

Der junge Mann auf dem vorderen Sitz war jünger als Charlie, der selbst gerade erst dem Knabenalter entwachsen war. Manchmal fiel es schwer, sich zu vergegenwärtigen, wie jung sie alle noch waren und dass es bis zu ihrem eigenen dreißigsten Geburtstag noch ein paar Jahre hin waren.

Turk trat hinter sie. Er schlang ihr einen Arm um die Taille und presste das Handgelenk an ihre Brust. Es störte Turk nicht weiter, dass sie Gowry McCullochs Frau war. Ob alt oder jung, hübsch oder unscheinbar, verheiratet oder ledig, Turk Trotter war das einerlei: Er war der jüngste Sohn eines Viehhändlers aus Wexford und hatte die derben Manieren eines Bauernflegels. »Ich glaube, er hat sich eine Kugel eingefangen«, meinte er.

Daniel McCulloch lachte. Nervöses Gelächter war in den meisten Situationen das Einzige, was ihr Schwiegervater beizutragen hatte. Wäre er nicht ein fettleibiger alter Mann gewesen, sondern ein schlankes junges Mädchen, hätte er wohl in jeder Situation albern gekichert. »Klar hat er das. Wir alle wissen, dass es so ist«, sagte er.

»Kugel hin oder her, er blutet«, stellte Sylvie fest. »Bringt ihn rein.«

»Nein«, wehrte Charlie ab. »Für den Fall, dass er nicht durchkommt, ist es besser, wenn er im eigenen Bett ins Gras beißt.«

»Im eigenen Bett?«, fragte Turk. »Ist er denn noch auf dem Internat?«

»Er unterrichtet seit Jahren nicht mehr«, entgegnete Charlie.

»Dann bringt ihn heim zu seiner Frau«, meinte Turk achselzuckend.

»Zu seiner Frau! Witzbold! Falls du Maureen damit meinst, die hat ihn an die Luft gesetzt.«

»Was ist jetzt«, drängte Sylvie ungeduldig. »Wollt ihr ihn im Wagen verbluten lassen?«

Charlie mit seinen seidigen Haaren und den abstehenden Ohren zuckte hilflos mit den schmalen Schultern.

Der junge Mann stammte ganz offensichtlich auch vom Lande: Er hatte die gleiche sonnengebräunte Haut und strahlte die gleiche Furchtlosigkeit aus wie alle, die noch nicht lange in der Stadt waren.

»Als hätten wir nichts Wichtigeres zu tun, als uns Leute wie Fran Hagarty aufzuhalsen«, knurrte Charlie.

Turk nahm den Arm von Sylvies Taille und blickte auf den Abschnitt der Sperryhead Road, der durch den Torbogen hindurch zu sehen war.

Die Sonne stand bereits tief am westlichen Himmel. Der Schatten an der Mauer des Kaufhauses Watton's zeigte steil zu den Dachgiebeln hin, und die Rückseite des Hotels lag bereits vollständig im Dunkeln.

Charlie öffnete die Fahrertür, lehnte sich hinaus und warf einen Blick durch den Torbogen hinaus auf das noch sonnenbeschienene Kopfsteinpflaster. »Haben wir sie abgehängt?«, fragte er.

»Und ob wir das haben!«, entgegnete Turk bestimmt. »Die Polypen hatten gar keine Zeit, die Verfolgung aufzunehmen, bei den vielen Leichen, die auf dem Bachelor's Walk verstreut lagen.«

»Leichen?«, entfuhr es Sylvie schockiert. »Du meinst *Tote*?«

»Sie haben in die Menge geschossen«, entgegnete Turk.

»Die Soldaten«, ergänzte Charlie.

»Die King's Own«, erläuterte Turk. »Die sind nicht hinter uns her, die Schweine.«

»Wir wissen nicht, auf wen sie es abgesehen haben«, meinte Charlie. »Jedenfalls sollten wir nicht hier rumsitzen und darauf warten, dass sie uns erwischen.«

Der Kopf des Verwundeten ruhte jetzt auf dem ledernen Sitz. Ihr Schwiegervater war von ihm abgerückt und öffnete die Wagentür. Auf den Lippen des Verletzten war kein Blut zu sehen, aber seine Augen wirkten stumpf, als würde das, was das Leben ausmachte, langsam, aber sicher versiegen. Er blickte zu Sylvie auf. »Lass mich nur hier liegen«, sagte er leise. »Es geht mir ganz gut hier.«

»Einen Teufel werde ich tun«, entgegnete Sylvie und riss die Wagentür auf.

Daniel McCulloch, ihr Schwiegervater, war Sekretär der Bruderschaft von Erin, Charlie ein aktives Mitglied. Wenn Gowry unterwegs war, trafen sie sich mit Turk in der Hinterhofkneipe des »Shamrock« und schwangen die ganze Nacht große Reden. Sylvie interessierte sich nicht die Bohne für Geheimbünde oder die Wirren der irischen Politik. Das ganze Geschwafel und sinnlose Getue überließ sie den Mannsbildern. Sie war nur auf einer großen Parade gewesen, drüben in Bodenstown, und auch das nur, weil Maeve unbedingt hatte hingehen wollen.

Maeve verstand es meisterhaft, ihre Eltern um den kleinen Finger zu wickeln, und da ihr Daddy einen Bus fuhr, den die Bruderschaft von Flanagan's gemietet hatte, hatte sie nicht einsehen wollen, warum sie und ihre Mam nicht mitfahren sollten. Sylvie hatte zwar keine große Lust verspürt, sich die flammenden Reden und Kapellen anzuhören, aber in Anbetracht des drohenden Krieges wollte sie doch mehr wissen über die Hintergründe. Vor allem interessierte sie, weshalb ihre angeheirateten Verwandten bereit waren, für ein Irland zu sterben, das ihr selbst ganz wunderbar erschien, so wie es war. Als sie dann jedoch in Bodenstown mit Maeve bei der Parade mitmarschiert war, hatte sogar sie etwas von dem Nationalstolz empfunden, der ihre Tochter so faszinierte. Gowry war im Bus geblieben. Er hatte die Füße hochgelegt, die Mütze tief in die Stirn gezogen, Kirschen aus einer Papiertüte genascht und dabei *Tit-Bits* gelesen, als ginge ihn das alles nichts an.

Für Sylvie war es ein unerwartet schöner Tag gewesen, ein Tag ohne Hotel, ohne Hühnerfüttern, ohne Speckbraten und ohne Sorge tragen zu müssen, dass Jansis auch ordentlich die Treppe fegte. Und es bereitete ihr Freude, ihre Tochter so glücklich zu sehen. Erst rückblickend sollte ihr klar werden, dass die Teilnahme an der Parade von Bodenstown sie gewissermaßen vorbereitet hatte auf diese erste Begegnung mit Francis Hagarty.

Turk führte ihn durch die Küche ins Haus.

Fran Hagarty war zu stolz, um ihnen zu erlauben, ihn zu tragen. Er stützte sich beim Gehen schwer auf Turk, hielt die andere Hand zwischen die Beine geklemmt und drückte die Knie zusammen wie ein Komiker in einem Sketch drüben im Tivoli. Er hinterließ auf dem Weg durch den Flur bis zum Wohnzimmer eine Spur von Blut, das auf den Linoleumboden tropfte wie die Fährte eines waidwunden Tieres. Maeve folgte ihm und wischte die Tropfen nach und nach mit einer zerknüllten Seite Zeitungspapier auf. Als Mr. Hagarty sich schließlich in den Lehnsessel am Kamin fallen ließ, schob sie ihm vorausschauend einen Stapel Zeitungen unter die Füße, um den guten Teppich vor Flecken zu bewahren.

Turk betrachtete den Verletzten einen Augenblick stirnrunzelnd und kehrte dann zurück auf den Flur, wo Charlie rastlos auf und ab tigerte.

»Wo ist denn Gowry?«, hörte Sylvie Charlie fragen. »Wo steckt mein Bruder, der Spießer?«

»Dad ist mit dem Bus unterwegs«, entgegnete Maeve. »Er fährt Ausflügler raus zu den Seen. Er wird nicht vor neun zurück sein.«

»Gott sei Dank«, seufzte Charlie und ging.

Das Wohnzimmer befand sich auf der Vorderseite des Hauses. Die Vorhänge waren zugezogen, damit die Sonne die Bezüge der Polstermöbel nicht ausbleichte. Im Zimmer war es düster, friedlich und still. Ein Tisch, vier Stühle und zwei schwere Lehnsessel rechts und links der Feuerstelle spiegelten sich in dem ovalen Spiegel über dem Kaminsims.

Sylvie kniete sich vor den Fremden. »Wo genau sind Sie verletzt, Sir?«

»Nenn mich nicht ›Sir‹«, antwortete er leise. »Mein Name ist Fran Hagarty.«

»Was Sie nicht sagen. Nun, Mr. Hagarty, zeigen Sie mir Ihre Hand.«

»Das *ist* meine Hand«, erwiderte er. »Oder zumindest das, was davon noch übrig ist.«

Er zog die Faust zwischen den Knien hervor und hielt sie ihr hin. Blut tropfte reichlich auf die Zeitungen. Er verschwendete keinen Blick darauf, sondern starrte stattdessen auf Sylvies Kopf mit den wilden seidigen Locken.

»Sind die Finger noch dran?«, fragte er durch zusammengebissene Zähne.

Sie berührte vorsichtig die verletzte Hand. »Ist das die einzige Verletzung?«

»Ist eine denn nicht genug? Ich habe denen diese Hand in Freundschaft gereicht oder zumindest in friedlicher Absicht. ›Lasst mich mit eurem kommandierenden Offizier sprechen‹, habe ich gesagt … und da haben sie auch schon geschossen. Wie viele Finger sind noch da?«

»Alle«, stellte Sylvie nüchtern fest.

»Und der Daumen?«

»Der auch.«

Er holte tief Luft und atmete langsam wieder aus. »Also ist es nicht weiter schlimm?«

»Nein, es ist nicht weiter schlimm. Ich werde die Wunde säubern, dann können Sie die Hand selbst begutachten. Um die Ecke wohnt ein Mann, der einen ganzen Vorrat an Nähnadeln besitzt. Er verarztet auch die Hafenarbeiter, wenn sich einer verletzt.«

»Zum Teufel mit den Nadeln!«, knurrte Fran Hagarty. »Ich könnte allerdings etwas zu trinken brauchen.«

»Tee?«

»Whisky. Möglichst kräftig und einen ordentlichen Schluck, bitte.«

Die Kugel hatte den Handteller unterhalb des Daumens durchschlagen, aber Sylvie bezweifelte, dass etwas gebrochen war. Sie fühlte, wie sein Blut in ihre Hand lief, und es widerstrebte ihr, ihn jetzt schon loszulassen.

Sie wandte den Kopf und rief: »Maeve, bring dem Gentleman ein Glas Whisky aus der Bar. Und dazu Wasser vom …«

»Kein Wasser«, fiel Fran Hagarty ihr ins Wort.

»Bring mir noch heißes Wasser aus dem Teekessel, eine saubere Schüssel, Enziantinktur aus dem Schrank, ein Stück Zwirn und die Schere aus meinem Nähkästchen. Maeve?«

»Ich habe alles verstanden, Mam«, rief Maeve. »Ich bin schon unterwegs.«

»Ah, ein braves Mädchen haben Sie da«, lobte Fran Hagarty. »So folgsam.«

»Nur, wenn ihr der Sinn danach steht.«

»Haben Sie noch mehr Kinder?«

»Nur Maeve.«

Francis Hagarty beugte sich vor und betrachtete die Wunde. Er war älter als sie, vielleicht vierzig. Er strahlte die gleiche Art von Schäbigkeit aus wie viele der Handelsreisenden, die sich im »Shamrock« einquartierten, jedoch nicht deren Unterwürfigkeit. Sein Gesicht wirkte leicht aufgedunsen, und das ergraute Haar hätte einen Schnitt nötig gehabt. In seinen traurigen braunen Augen spiegelte sich Resignation, jedoch kein Selbstmitleid.

Draußen auf dem Flur polterte es, und gleich darauf hörten sie Turk fluchen und das nervöse Lachen ihres Schwiegervaters.

»Wie viele Zimmer haben Sie?«, fragte Fran Hagarty.

»Zehn Fremdenzimmer.«

»Wie viele sind belegt?«

»Fünf. Brauchen Sie eine Unterkunft? Wir berechnen einen Schilling und einen Sixpence pro Nacht und Bett einschließlich Frühstück mit Fleisch.«

»Sie sind Schottin, habe ich recht?«

»Das stimmt. Aus Glasgow.«

»Ich habe schon gehört, dass Daniel Verwandte in Glasgow hat.«

»Ich bin nur durch Heirat mit den McCullochs verwandt.« Sie war versucht, die ganze Geschichte auszuplaudern, ihm zu erzählen, dass sie früher Forbes McCullochs Geliebte gewesen war, der sie jedoch schwanger hatte sitzen lassen, und nur Gowrys Herzensgüte sie davor bewahrt hatte, vor die Hunde zu gehen. Für eine so frische Bekanntschaft wie die ihre wäre das alles jedoch zu persönlich gewesen; im Übrigen bezweifelte sie, dass Mr. Hagarty von ihrem Schicksal sonderlich beeindruckt gewesen wäre.

»Nur ein Kind?«, wollte Fran wissen. »Was sagt denn der Priester dazu?«

»Das geht den Priester gar nichts an«, entgegnete Sylvie knapp. »Wir sind nicht katholisch. Aber das wussten Sie sicher schon, Mr. Hagarty.«

»Ja, stimmt. Ich hatte es vergessen.«

»Was machen die da draußen?«

»Sie verstecken die Beute.«

»Beute?«

»Waffen.«

»Grundgütiger!« Sylvie stieß seine Hand fort. »Sie können nicht einfach Waffen in meinem Haus verstecken. Mein Mann bekommt einen Anfall, wenn er davon erfährt.«

»Haben Sie denn nicht noch mehrere leer stehende Zimmer?«

»Darum geht es nicht.«

Sylvie fuhr herum, als Maeve mit einem der schweren hölzernen Küchentabletts hereinkam. Sie war groß für ihr Alter, richtig schlaksig, ganz anders als ihre zierliche, püppchenhafte Mutter. Sie hatte Sylvies Locken geerbt, wenngleich diese nicht blond waren, sondern von einem satten Kastanienbraun. Sie hatte wache Augen und schien alles um sich herum wahrzunehmen. Maeve wirkte reifer und selbstsicherer als für Kinder ihres Alters üblich, eine Eigenschaft, die Sylvie gut kannte und die ihr Unbehagen bereitete.

»Whisky in einem sauberen Glas«, verkündete das Mädchen. »Dazu Enziantinktur, Scharpie und heißes Wasser.«

»Danke, Schatz«, entgegnete Sylvie eine Spur freundlicher, als wenn Mr. Hagarty nicht da gewesen wäre. »Stell das Tablett bitte auf den Tisch.«

Das Mädchen setzte das schwere Tablett vorsichtig ab, drehte sich dann um und starrte den Mann im Lehnsessel ungeniert an. »Sie sind der Zeitungsfritze. Ich habe schon von Ihnen gehört.«

»Aha. Hast du denn auch schon etwas von mir gelesen?«

»Nur das, was im *Scissors & Paste* stand.«

»Wo für gewöhnlich bei Zitaten herzlich wenig auf den ursprünglichen Kontext geachtet wird.« Er schien dankbar zu sein, einen Fan gefunden zu haben, auch wenn der noch so jung war wie Maeve. »In deiner Schule stehe ich sicher nicht als Pflichtlektüre auf dem Lehrplan, oder?«

»O doch. Mr. Whiteside liest der Klasse oft aus dem *Scissors* vor. Er findet Sie komisch.«

»Findest du mich auch komisch?«

»Die meiste Zeit verstehe ich, ehrlich gesagt, gar nicht, worum es überhaupt geht.«

»Häresie«, meinte Fran. »Die reine Häresie.«

»Was heißt das?«, wollte Maeve wissen.

»Das heißt, dass es für dich jetzt höchste Zeit ist zu verschwinden, junge Dame«, erklärte Sylvie streng.

Sie stand auf, ging zum Tisch und brachte dem Mann im Lehnsessel das Whiskyglas. Er nahm es mit der gesunden Hand entgegen, trank einen kräftigen Schluck und blies die Wangen auf. Er schaute Maeve an, zwinkerte ihr zu, straffte dann die Schultern und hob das Kinn. So aufrecht und mit einem Lächeln auf dem Gesicht wirkte er völlig verändert, und Sylvie sagte sich, dass er noch vor nicht allzu langer Zeit ein recht gut aussehender Mann gewesen sein musste.

»Sag deinem Großvater und Charlie, sie sollen sofort aufhören, was auch immer sie gerade tun. Ich lasse nicht zu, dass sie mein Haus in ein Waffenlager verwandeln.«

»Waffen sind das also. Das dachte ich mir schon«, entgegnete das kleine Mädchen.

»Mauser«, ergänzte Fran.

»Wo haben Sie denn deutsche Waffen her?«, fragte Sylvie überrascht.

Fran leerte das Glas und hielt es ihr hin.

»Hol die Flasche«, wies Sylvie ihre Tochter an, und als das Mädchen hinausgegangen war, erkundigte sie sich: »Ist das der Krieg, von dem so lange schon die Rede ist? Ist das der eigentliche Anfang?«

»Ich wünschte, es wäre so. Nein, es ist noch nicht der eigentliche Aufstand, aber es wird der Regierung zu denken geben.«

»Ist Waffenbesitz denn nicht illegal?«

»O doch, natürlich, doch niemand schert sich um die Umsetzung dieses Paragrafen. Nach dem heutigen Scharmützel auf den Kais dürfte sich das allerdings ändern.«

»Sind Sie dort angeschossen worden?« Sylvie trug das Tablett zum Kamin und stellte es zu Fran Hagartys Füßen auf den Teppich. Sie kniete sich wieder hin und trug eine lilafarbene Flüssigkeit auf seine Hand auf, die in der Wunde brannte. Aber er beklagte sich nicht, sondern holte nur zischend Luft und genehmigte sich noch einen Schluck, während er zusah, wie sie seinen Handballen verarztete.

»Auf dem Bachelor's Walk«, antwortete er durch zusammengebissene Zähne. »Bis dahin lief eigentlich alles wunderbar glatt. Für die Zuschauer auf den Rängen war es nur ein weiterer sonntäglicher Marsch raus nach Howth. Nur eine Handvoll Offiziere waren eingeweiht.«

»Und was genau ist passiert?«, wollte Sylvie wissen.

Es war ein eigentümliches Gefühl, im eigenen Wohnzimmer vor einem Fremden zu knien und seine Hand zu versorgen. Das Blut fing an zu gerinnen, und die Wunde schloss sich langsam. Sie schnitt mit der Schere ein Stück Scharpie ab und, um ganz sicherzugehen, gleich noch ein zweites. Sie befestigte beide Streifen mithilfe sauberer Leinenbandagen um Daumen und Handgelenk, während er weiter erzählte und seinen Bericht nur hin und wieder unterbrach, um an seinem Glas zu nippen. Ihre Bemühungen um seine verletzte Hand ignorierte er hierbei völlig.

»Fünfzehnhundert Mauser, erworben mit amerikanischem Geld und mit dem Schiff rübergebracht. Was für ein Jubel war das, als die Jungs gesehen haben, was der Kahn geladen hatte! Nur das entschlossene Durchgreifen der Offiziere hat verhindert, dass die Jungs in ihrem Übereifer alles verderben.«

»Und was haben Sie dort gemacht?«

»Ich war als Beobachter dort.«

»Als Beobachter? Zusammen mit meinem Schwiegervater, Turk und Charlie?«

»Daniel hatte Wind davon bekommen, dass irgendwas Großes laufen sollte, und da hat er mir angeboten, mich im Wagen mitzunehmen.«

»Ich glaube Ihnen kein Wort«, entgegnete Sylvie.

»Ach, nein?«

»Ich denke, es war genau andersherum. Ich denke, Sie haben die anderen dorthin mitgenommen.«

»Nun, möglicherweise haben Sie recht, Mrs. McCulloch.«

»Sylvie.«

»Sylvie … möglicherweise haben Sie recht.« Nach einer kurzen Pause fuhr er fort: »Erst an der Einmündung der Dublin Road sind wir auf Soldaten mit aufgesteckten Bajonetten gestoßen.«

»Sind Sie mitmarschiert, Mr. Hagarty?«

»Zu Fuß gehen ist nicht mein Ding. Ich bin im Wagen hinter der Menge hergefahren. Als wir auf die Bajonette trafen, gab es einiges Gerangel, aber geschossen wurde nicht, und viele der Männer konnten mit den Waffen entkommen. Wir haben Charlies Freund aufgelesen und an die dreißig Waffen zur Aufbewahrung an uns genommen. Dann sind wir auf und davon, zurück in die Stadt … und da hat es mich dann erwischt.«

»Auf dem Bachelor's Walk?«

»Es war viel los dort«, berichtete Fran Hagarty. »Vor allem Frauen und Kinder. Sie haben die Soldaten auf ihrem Marsch zurück in die Kaserne beschimpft, mehr nicht. Plötzlich wurde Befehl gegeben, das Feuer auf die Menge zu eröffnen. Ich war gerade aus dem Auto ausgestiegen, um mich nach einer Durchfahrtsmöglichkeit umzusehen. Ich befand mich am äußeren Rand der Menge und nicht mittendrin. Ich hatte eben die Hand gehoben, um meine friedlichen Absichten kundzutun, als die Soldaten losballerten.«

»Wie viele Tote hat es gegeben?«

»Ich war nicht mehr in der Lage, sie zu zählen. Ich habe mehrere, sogar viele, fallen sehen, bevor Charlie mich in den Wagen gezerrt hat und losgefahren ist.«

»Warum sind Sie hierhergekommen, Mr. Hagarty?«, fragte Maeve.

Sylvie und Fran schauten beide zur Tür. Sie waren so vertieft gewesen in Frans Bericht und so beschäftigt miteinander – Sylvies Unterarm ruhte auf Frans Knie, während er ihr eine Hand auf die Schulter gelegt hatte –, dass sie das kleine Mädchen auf der Schwelle gar nicht bemerkt hatten.

»Wir dachten, man würde uns verfolgen«, erklärte Fran.

»Hätten Sie denn nicht nach Towers zurückfahren können, zu meinem Großvater, und die Beute dort verstecken?«, hakte Maeve nach.

»Das ist eine berechtigte Frage, junge Dame. Ich werde dir auch verraten, warum wir das nicht getan haben. Wir konnten die Waffen nicht in Towers verstecken, weil die Polizei bald alle bekannten Geheimdepots durchsuchen wird, und dazu gehört auch die Brauerei.«

»Was ist das, ein Däpoh?«

»Frag nicht so viel«, schalt Sylvie. »Was treibt Charlie jetzt? Warum ist es plötzlich so still?«

»Sie sind in der Kneipe, trinken etwas und warten auf Mr. Hagarty.«

»Was haben sie mit … der Beute gemacht?«, fragte Sylvie.

»Ich denke, sie haben sie oben gelassen.«

»Nun, in der Sache ist das letzte Wort noch nicht gesprochen«, meinte Sylvie und schob Frans Hand von ihrer Schulter.

Sie trug ein einfaches Baumwollkleid mit einer schmutzigen Schürze und sah aus wie eine gewöhnliche Magd. Sylvie wünschte, sie wäre vorgewarnt gewesen, dass eine so bedeutende Persönlichkeit wie Francis Hagarty im »Shamrock« einkehren würde. Dann hätte sie eins ihrer hübschen Kleider aus dem Koffer auf dem Dachboden geholt und angezogen und dazu Lippenstift und Rouge aufgetragen, obwohl Gowry fand, dass sie damit aussah wie ein Flittchen. Es war Jahre her, dass sie sich für einen Mann hübsch gemacht hatte. Sie war Gowry treu gewesen, seit sie irischen Boden betreten hatte. Zum einen war sie damals hochschwanger gewesen und zum anderen unendlich dankbar für die standesamtliche Trauung, die Gowry in aller Eile arrangiert hatte, damit Maeve bei der Geburt einen Namen und einen Vater hatte.

Jetzt schmerzte es sie jedoch, dass sie auf Mr. Francis Hagarty offenbar keinen oder zumindest keinen großen Eindruck gemacht hatte. Sie stand auf. Er erhob sich ebenfalls, wobei er die bandagierte Hand schützend über das Whiskyglas hielt. Für Sylvie sah es so aus, als hätte er sich weitgehend erholt. Zwar sprühte er nicht gerade vor Vitalität, sondern wirkte vielmehr etwas träge, doch sie vermutete, dass das einfach seinem Naturell entsprach. Er sah sie nicht einmal an, sondern hatte den Blick auf Maeve gerichtet, die mit vor Konzentration gerunzelter Stirn in der Türöffnung stand.

Sie rechnete fast damit, dass das Mädchen mit dem erwachsenen Mann flirtete, aber obgleich Maeve alles in allem sehr frühreif war, war sie dafür wohl doch noch zu jung.

»›Depot‹ kommt aus dem Französischen. Es bedeutet so viel wie ›Lager‹. In unserem Fall steht es eher für ›Versteck‹.«

»Depot«, wiederholte Maeve leise. »Depot.«

»So, junge Dame, jetzt weißt du Bescheid. Du hast heute etwas Neues gelernt, also ist der heutige Tag nicht vergeudet.«

Hierauf schnappte er sich die Whiskyflasche und schlenderte rüber zu den anderen Rebellen in die Hotelbar.

KAPITEL 2

Uniformen hatten Gowry schon immer gut gestanden. In Glasgow hatte er die Familie Franklin chauffiert und einen Ledermantel, eine gesteppte Haube und bis zu den Ellbogen reichende Handschuhe getragen, immer wenn er sie im Auftrag seines Bruders Forbes besucht hatte. Damals war sie allerdings noch so dumm gewesen, so verliebt in Forbes, dass sie Gowry gar nicht richtig wahrgenommen hatte. Jetzt sah er in der blau-schwarzen Uniformjacke mit dem hohen Kragen und der mit einer Tresse geschmückten Schirmmütze der *Flanagan's Motoring Company* so militärisch aus, dass Kinder und Jugendliche, die zu dumm waren, einen Busfahrer von einem britischen Offizier zu unterscheiden, ihn gelegentlich beschimpften und anspuckten.

Hin und wieder durfte Gowry auch bei Hochzeiten oder Beerdigungen eine der schicken Limousinen von Flanagan's fahren, aber für gewöhnlich kutschierte er Busse voll mit betrunkenen Fußballfans oder auch streng dreinblickende – aber nicht immer nüchternere – Vertreter des Komitees zu Versammlungen und Umzügen in irgendwelchen abgelegenen Ortschaften.

Im Sommer sammelte er Reisegruppen vor den großen Hotels ein, steife englische Ladys, sentimentale Amerikaner und sogar recht viele gut situierte Italiener, die ausgesprochen großzügige Trinkgelder gaben. Tatsächlich war der einheimische Adel auch nicht knickeriger und dazu bei Weitem nicht so herablassend: Ein Bus voller Gentlemen, die dem Brandy zugesprochen hatten und sich auf dem Weg zum Pferderennen befanden, war bares Geld wert.

Tagungen und Rennen bedeuteten für Gowry regelmäßig, dass er auswärts übernachten musste, und in der Hochsaison war er auch schon mal fast eine ganze Woche unterwegs, wobei sein Vater und seine Kumpel seine Abwesenheit nutzten, um in der Bar des »Shamrock« die Puppen tanzen zu lassen.

Maeve behielt für sich, was in Abwesenheit ihres Vaters vor sich ging, aber sie hatte seinen Terminkalender im Kopf, so wie die Tochter eines Fischers sich mit den Gezeiten auskannte, und warnte ihren Großvater und Onkel jedes Mal rechtzeitig vor Gowrys Rückkehr. Sie fand nichts dabei, ihre Loyalitäten zwischen den Parteien aufzuteilen, da in der Sperryhead School Nationalismus quasi zum Lehrstoff gehörte und ihr Lehrer, Mr. Whiteside, ständig die Vorzüge der Unabhängigkeit predigte. Sie half Jansis, die Aschenbecher auszuleeren und den Boden zu wischen, nachdem die Männer gegangen waren, und sie polierte die klebrigen Fingerabdrücke vom Tresen und dem Klavierdeckel.

Turk spielte regelmäßig auf dem Klavier in der Bar. Turk Trotter mit seinem südländischen Aussehen und den langen Wurstfingern vermochte dem alten Instrument ebenso mitreißende wie traurige Melodien zu entlocken, und nach einem Dutzend heller Biere sang er sogar dazu, mit einer Stimme, die, wie Maeve fand, genauso himmlisch klang wie die Harfe von Erin.

Als Daddy, keine zehn Minuten nach seiner Rückkehr von den Seen und noch in Uniform, rief: »Was zum Teufel ist das?«, fiel Maeve keine passende Antwort ein. Er hatte eine Patrone zwischen Daumen und Zeigefinger eingeklemmt und hielt ihr diese vor die Nase wie ein Verehrer eine Rose. »Sag die Wahrheit! War Trotter wieder hier? Oder Charlie? Und wen hatten sie diesmal dabei?«

»Ich … ich weiß nicht.«

Gowry beugte den Oberkörper vor. Er hatte ein längliches Gesicht und tiefe Falten zwischen Nasenflügeln und Mundwinkeln. Als er in Dublin auf der Werft gearbeitet hatte, hatte er sich einen kleinen Schnauzer wachsen lassen, und der schmale Oberlippenbart hatte Maeve gefallen, aber er hatte den Job bald wieder verloren, und seitdem war er wieder glatt rasiert. Auch an diesem Abend musste er sich irgendwo rasiert haben, da sie noch den flüchtigen Geruch der Rasierseife riechen konnte und einen winzigen Klecks getrockneten Schaums hinter einem Ohr entdeckte.

»Weißt du, was das ist, Maeve?«

»Nö.«

»Lüg mich nicht an.«

»Eine Kugel.«

»Eine Patrone, und zwar eine intakte. Wo ist die her?«

»K-k-keine Ahnung.«

»Dreh den Wasserhahn zu, Mädchen«, ermahnte ihr Vater sie streng. »Tränen beeindrucken mich nicht im Geringsten.« Er hielt immer noch die Patrone mit der Spitze nach oben in die Höhe und legte Maeve eine Hand auf die Schulter, um sie am Fortlaufen zu hindern. »Hast du gehört, was drüben bei den Kais passiert ist?«

»Nö.«

»Hat Mr. Dolan nichts erwähnt? Oder Mr. Pettu?«

»Ich hab keinen von beiden gesehen«, stammelte Maeve.

Ihrer Mutter mochte sie älter erscheinen als zehn, aber für ihren Vater war sie immer noch das kleine Mädchen von fünf oder sechs Jahren, voller Vertrauen, unschuldig und liebevoll. Damals wäre sie noch nicht fähig gewesen, ihn anzulügen. Er verfluchte die Einflüsse, die aus ihr ein so abgebrühtes, raffiniertes Biest gemacht hatten.

»Nun, eine arme Frau und zwei Männer sind tot, und in der ganzen Stadt wimmelt es von Regierungsbeamten, die ganz erpicht darauf sind, der Öffentlichkeit einen Schuldigen zu präsentieren.«

»Es waren die Soldaten. Die Soldaten sind schuld.«

»Dann hast du also doch davon gehört. Wo sind sie?«

»Wer?«

»Die Waffen. Sie sind doch hier, habe ich recht?«

Maeve schürzte die Lippen und kämpfte mit den Tränen. Sie war nicht so schwach, wie ihre Mutter es früher gewesen war. Und sie war stur. Gowry verspürte einen kleinen Funken Stolz im Herzen angesichts ihrer Haltung, auch wenn sich ihre Dickköpfigkeit diesmal gegen ihn selbst richtete. Er war Ire genug, um ihren Mut zu respektieren, aber er wusste, dass die heutigen Ereignisse bei den Kais Gefahr bargen, umso mehr, als es auch in Europa brodelte und auf dem Festland ein Krieg unausweichlich schien.

»Und wenn? Ich sage nicht, dass es so ist, doch was, wenn tatsächlich Waffen hier versteckt wären? Sind wir nicht Märtyrer, unterdrückt von einer fremden Macht, so wie … so wie Belgien?«

»Was soll das?«, fragte Gowry, immer noch gebückt und eine Hand auf ihrer Schulter. »Wo hast du denn diesen Unsinn her?«

»Das ist kein Unsinn«, protestierte Maeve trotzig. Dann verließ sie der Mut, und sie legte den Kopf in den Nacken. »Mam. Mam-iiii!«

Gowry richtete sich auf, schloss seine Finger fest um die glänzende Patrone, die er unter der untersten Treppenstufe gefunden hatte, und ließ seine Tochter los. Sofort stürzte sie davon, durch die Küche und hinaus auf den Hof. Wie so oft stieg auch jetzt Panik in ihm hoch, die quälende Furcht, ihr könnte etwas zustoßen, etwas, worauf er keinen Einfluss hatte.

Sylvie kam aus dem Wohnzimmer. Heute war kein Gast zum Abendessen erschienen, nicht einmal Mr. Dolan. Gowry fragte sich, was mit Dolan los sein mochte. Er war ein Maulheld von einem Nationalisten und würde sich niemals aus dem Haus wagen, wenn sich draußen etwas zusammenbraute.

»Was ist denn? Wo ist Maeve?«

»Sie ist rausgelaufen.«

»Ach? Warum denn das?«

»Weil ich ihr das hier gezeigt habe.« Er hielt die Patrone in die Höhe. »Ich habe sie gefragt, wo ihr Großvater die Waffen versteckt hat.«

»Waffen?«

»Jetzt komm du mir nicht auch noch so«, sagte er barsch. »Ich weiß, dass sie Waffen hier versteckt haben. Soll ich alles auseinandernehmen, oder verrätst du mir freiwillig, wo das Zeug ist?« Ohne auf die Antwort zu warten, fuhr er fort: »Mein Vater war heute Nachmittag hier, stimmt's? War Charlie bei ihm?«

»Ich weiß nicht, wovon du …«

»Sylvie, wach auf!«, fiel er ihr schroff ins Wort. »Wenn die Polypen geschmuggelte Waffen unter unserem Dach finden, machen sie das Hotel dicht und schleifen mich zum Castle. Glaubst du ernsthaft, dass mein Vater oder Charlie dann vortreten, um mich zu entlasten? Die nicht! Die überlassen mich, ohne mit der Wimper zu zucken, der Justiz und beklagen nur den Verlust der Waffen. Was haben sie angeschleppt, und wo haben sie es versteckt?«

»Du wirst sie doch nicht den Behörden ausliefern, oder?«

»Das habe ich nicht vor. Ich will nur wissen, was sie hier versteckt haben.«

»Ich werde nicht zulassen, dass du sie auslieferst.«

»Das geht dich nichts an.«

»Das ›Shamrock‹ gehört mir. Du hast gesagt, dass es mir gehört.«

»Es läuft auf deinen Namen, Sylvie, aber bezahlt haben wir es von unserem Geld.«

»Forbes' Geld.«

Es war das erste Mal seit Jahren, dass sie Forbes' Namen ausgesprochen hatte. Sie rechnete damit, dass Gowry schockiert sein würde, den Namen seines Bruders aus ihrem Mund zu hören und daran erinnert zu werden, dass er sich freigekauft hatte mit dem Geld, das gerade gereicht hatte, um den ehemaligen Besitzern des »Shamrock« die geforderte Kaufsumme zu bezahlen und die bestehende Hypothek zu tilgen.

Doch sobald sie den Namen ausgesprochen hatte, tat es ihr leid. Die Wahrheit war, dass sie sich kaum noch an Forbes McCulloch oder die Intensität ihrer Gefühle für ihn erinnern konnte. Trotzdem war das Wiederaufleben der Vergangenheit stark genug, um sie empfänglich zu machen für das, was am Nachmittag in ihrem Wohnzimmer geschehen war, als sie Mr. Hagartys Hand gehalten hatte und sein Blut in ihre Handfläche getropft war.

»Also gut«, gestand Gowry ihr zu. »Forbes' Geld. Aber das spielt nun auch keine Rolle mehr.« Er steckte die Patrone ein und schaute nach oben. »Was ist es? Waffen?«

»Ja, es sind Waffen«, gab Sylvie zu. »Du hast doch sicher gehört, was heute passiert ist?«

»Ja, habe ich.«

»Sie waren verzweifelt.«

»Wer war es? Charlie?«

»Daniel, Charlie und Turk.«

»Ist das alles?«

»Ein Junge war noch bei ihnen … und ein Mann. Ich weiß auch nicht, wer er war.«

»Waren sie zusammen mit den Freiwilligen draußen in Howth?«

»Ich glaube, ja.«

»Ich hätte mir denken können, dass mein alter Herr bei Waffenschmuggel die Finger im Spiel hat und keine Ruhe geben würde, bis er mich auch darin verstrickt hat. Wo hat er das Zeug versteckt, Sylvie?«

»Ich weiß es nicht. Ich war nicht oben, seit sie weg sind.«

Gowry steuerte mit einem Grunzen die Treppe an.

Sylvie schaltete das elektrische Licht an, das ihm den Weg in den ersten Stock weisen würde. Weiter oben gab es keinen Strom, und er würde sich eine der Öllampen nehmen müssen, die auf einem langen Bord auf dem Treppenabsatz standen. Sie blickte ihm nach, als er, immer zwei Stufen auf einmal nehmend, nach oben hastete, und nach kurzer Überlegung folgte sie ihm, getrieben von der Furcht, er könne erfahren, dass Fran Hagarty hier gewesen war.

Sie folgte dem Schein der Öllampe bis hinauf ins oberste Geschoss. Die Wände waren nicht tapeziert und bestanden hier aus nackten Brettern. Die Zimmer selbst waren winzig, kaum größer als ein Wandschrank. Sie beobachtete die Schattenspiele an der Wand, als Gowry von Zimmer zu Zimmer ging. Er schaute sogar oben auf dem Dachboden nach, wo jedoch nicht mehr zu finden war als einige staubige Koffer und die Wasserzisternen. Er kehrte zurück zur Treppe. Sylvie folgte ihrem Mann Stockwerk für Stockwerk nach unten, während er Zimmertüren aufstieß und in den Schränken und unter den Betten nachschaute.

»Wer bewohnt dieses Zimmer?«

»Mr. Rice.«

»Und wo ist der jetzt gerade?«

»Bei den anderen in der Bar. Soweit ich weiß, waren sie unterwegs, um sich draußen mal umzusehen.«

»Um zu gaffen, meinst du!«, schimpfte Gowry. »Und wer wohnt sonst noch hier?«

»Niemand.«

Sie befanden sich im ersten Stock. Der Flur war t-förmig angelegt mit einem Fenster nach vorn zur Straße. Die Zimmer hier waren langfristig an Mr. Pettu vermietet, der für einen katholischen Weinhändler tätig war, sowie an Mr. Dolan, der von einer mageren Rente der Hafenbehörde lebte. Er war Hafenlotse gewesen, bis seine Augen ihn im Stich gelassen hatten. Er hatte keine lebenden Verwandten mehr und auch sonst niemanden auf der Welt. Mr. Dolan hatte schon hier gewohnt, als die McCullochs das Hotel übernommen hatten, und aller Wahrscheinlichkeit nach würde er auch bis zu seinem Tod hier wohnen bleiben.

Gowry überlegte. Er blickte von Sylvie zum Treppenabsatz. Sie schüttelte schulterzuckend den Kopf. Gowry klopfte an Dolans Tür.

»Mr. Dolan? Mr. Dolan, sind Sie da?«

Sie rochen Lampenrauch, aber sonst nichts, vom trockenen, staubigen Geruch des Hauses einmal abgesehen. Draußen war es noch hell, da der Abend gerade erst anbrach, doch das Fenster am Ende des Flures ließ nicht viel Licht herein. Gowry schwenkte die Lampe in seiner Hand, sodass das Öl höher schwappte und die Flamme heller leuchtete.

»Mr. Dolan?« Gowry rüttelte an der Türklinke.

»Gehen Sie weg.«

»Mr. Dolan? Warum sitzen Sie denn im Dunkeln?«

»Gehen Sie weg.«

»Sie haben nicht zu Abend gegessen, Mr. Dolan«, rief Sylvie. »Geht es Ihnen nicht gut?«

»Gehen Sie weg.«

Sie fischte den Generalschlüssel aus der Schürzentasche, ging zu Gowry hinüber und reichte ihn ihm. Er übergab ihr die Lampe. Sylvie hielt sie mit beiden Händen fest und sah zu, wie Gowry sich vorbeugte, den Schlüssel ins Schloss steckte und aufsperrte.

»Mr. Dolan, ich komme jetzt rein.«

»Nein, nein, nein«, stöhnte ihr Gast. »O nein, Allmächtiger, tun Sie das nicht!«

Gowry öffnete die Tür, und Sylvie leuchtete in die winzige Kammer.

Mr. Dolan hockte im Halbdunkel zusammengesunken auf der Bettkante, die Füße auf den Kisten. Er sah nicht wütend aus, sondern völlig verängstigt. Mr. Dolan trug Wollsocken und ein Unterhemd, und die Hosenträger hingen lose über seinen mageren Schultern. Über dem Bett hing ein gerahmter Druck des Heiligen Herzens, und auf dem Nachttisch stand eine kleine Gipsfigur der Heiligen Jungfrau.

»Hier stecken Sie also, Mr. Dolan«, bemerkte Gowry. »Und was ist das, was Sie da als Fußschemel benutzen? Ich kann mich nicht erinnern, neues Mobiliar angeschafft zu haben.«

»O Gott! Heilige Muttergottes!«

Sylvie hatte noch nie einen derart verängstigten Menschen gesehen. Seine alten gelben Augen quollen förmlich aus den Höhlen vor Entsetzen. Seine Arme und Beine zuckten, und er schüttelte unablässig den Kopf auf dem dürren Hals, in dem Versuch, wider jede Vernunft das Offensichtliche zu leugnen. Sylvie erkannte, dass er schreckliche Angst vor Gowry hatte, vor seinem Zorn und davor, dass ihr Mann ihn denunzieren könnte.

»Ganz ruhig, ist ja alles nicht so schlimm«, meinte Gowry begütigend.

»Sie haben mir gesagt, ich darf Ihnen nichts verraten.«

»Klar, und was haben sie noch gesagt?«, wollte Gowry wissen.

»Dass ich das für Irland täte, zum Wohle meines Vaterlandes.«

»Und so war es auch«, hörte Sylvie sich ihm beipflichten. »So *ist* es, Mr. Dolan.«

Gowry war auf ein Knie gesunken und hatte die Hände flach auf den Kistendeckel gelegt. Für Sylvie sah es aus, als betete er am Sarg eines Kindes.

»Haben sie Ihnen auch erzählt, was hier drin ist, Mr. Dolan?«, fragte Gowry.

»Für Irland, haben sie gesagt. Für Irland.«

Gowry trommelte mit den Fingern auf das Holz. »Also, wenn Sie nichts dagegen haben, werde ich das Zeug mitnehmen. Hier ist kein Platz dafür.«

»Sie werden mich verraten. Sie werden es ihnen erzählen. Sie werden ihnen erzählen, dass ich sie verraten habe.«

»Nicht doch«, beschwichtigte Gowry. »Nein, nein, Mr. Dolan. Das bleibt unser Geheimnis. Gehen Sie jetzt runter, und Mrs. McCulloch macht Ihnen etwas zu essen. Wenn Sie nach dem Essen auf Ihr Zimmer zurückkehren, wird nichts mehr davon hier sein.«

»Sie haben gesagt …«

»Wer hat das gesagt? Mein Vater?«, hakte Gowry nach, der sich inzwischen wieder aufgerichtet hatte.

»Er. Er ist hinterher mit den anderen raufgekommen.«

»Wer ist mit raufgekommen?«

»Mr. Hagarty. Er sagte, es wäre zum Wohle des Vaterlandes. Er hat mir einen ausgegeben und gesagt, ich solle Ihnen unter keinen Umständen verraten, dass die Ware hier in meinem Zimmer versteckt ist. Und jetzt habe ich es doch verraten.«

»Hagarty?«, wiederholte Gowry den Namen stirnrunzelnd. »Wer zum Teufel ist Hagarty?« Er drehte sich zu Sylvie um.

Sie schüttelte den Kopf. Dann stellte sie die Lampe auf den Fußboden, kam herüber, ergriff über die Kisten hinweg Mr. Dolans Hand und zog ihn auf die Füße. »Kommen Sie. Mr. Rice ist bestimmt jetzt auch unten. Sie mögen doch Mr. Rice, oder? Und Mr. Pettu wird ebenfalls jeden Moment aus der Kirche zurückkommen. Er wird Ihnen von den heutigen Ereignissen berichten. Kommen Sie, Mr. Dolan. Ich habe Stew gekocht, und das wird mir schlecht, wenn es nicht bald gegessen wird.«

Widerwillig und immer noch zitternd, stieg er über die Kisten mit der deutschen Aufschrift hinweg. Sylvie stützte ihn, während er die Hosenträger richtete und nach seinen Stiefeln griff. Es ärgerte sie, dass Fran Hagarty den armen alten Mann derart ausgenutzt hatte, doch gleichzeitig war sie fasziniert davon, wie es ihm gelungen war, mit sanfter, aber eindringlicher Stimme völlig skrupellos den alten

Mann zu überreden, sein Leben für eine Sache zu riskieren, die er gar nicht wirklich verstand.

»Was wirst du tun, Gowry?«, fragte sie von der Tür aus. »Du wirst sie doch nicht zurückgeben, oder?«

»Nein, das nicht. Ich werde sie verstecken, allerdings an einem sicheren Ort.«

»Und wo sollte das sein?«, wollte Sylvie wissen.

»Das lass mal meine Sorge sein«, entgegnete Gowry. »Das brauchst du nicht zu wissen.«

Gleich nach dem Frühstück am nächsten Morgen setzte Sylvie ihren Strohhut auf, schlüpfte in ihr bestes Jäckchen und machte sich auf zum Bahnhof in der Amiens Street.

Es war warm, aber dunstig, und am Himmel zogen dünne Wolkenbänder vorbei, die später Regen bringen mochten. Die Schlagzeilen des Tages drehten sich um das Massaker. In der Stadt lag ein seltsames Summen in der Luft, wie von einem Bienenschwarm. In den Straßen und am Bahnhof wimmelte es förmlich von Polizei. Wohin man sah, grimmig dreinblickende Officer der Royal Irish Constabulary, der bewaffneten irischen Bundespolizei. Um die Fahrkartenschalter und vor dem Tor zu den Bahnsteigen standen kleine Gruppen von Soldaten mit Karabinern über der Schulter. Sylvie kaufte eine Fahrkarte nach Malahide und stieg nur drei Minuten vor der fahrplanmäßigen Abfahrt in den Zug. Sie setzte sich und faltete die Hände im Schoß wie ein kleines Kind, wobei ihre Schuhe kaum den Boden berührten. Aufmerksam lauschte sie den Gesprächen der anderen Fahrgäste im Abteil, die sich allesamt um das tragische Schicksal der unschuldigen Opfer vom Bachelor's Walk drehten.

Schweigend hörte sie den Wortwechseln zu. Heute war es jedoch eine andere Art von Schweigen. Heute verfolgte sie sehr genau die Gespräche ihrer Mitreisenden, und ihr ging durch den Kopf, wie leicht es gewesen wäre, diese Leute mit ihrer Geschichte zum Schweigen zu bringen. Hinterher würden sie in ihr nicht mehr nur die adrette, hübsche junge Frau mit dem billigen Strohhut sehen, sondern jemanden, der unmittelbar beteiligt gewesen war, eine Freundin des berühmten Fran Hagarty.

Die Strecke betrug neun Meilen, wobei der Zug unterwegs mehrmals hielt. Als sie die Stadt hinter sich ließen und das flache Land mit dem Meer auf der rechten Seite erreichten, betrachtete Sylvie eine Weile ganz versunken die See, bevor sie den Blick wieder landeinwärts richtete, wo zwei Meilen vor Malahide der kleine Ort Towers vorbeihuschte. Jenseits der Gerstenfelder ragten die weißen Mauern der Brauerei auf und davor, umgeben von einigen Ulmen, das zweistöckige Wohnhaus, in dem Gowrys Vater zusammen mit seiner Frau Kay und jenen ihrer Kinder lebte, die noch keinen eigenen Hausstand gegründet hatten.

In Malahide stieg sie aus dem Zug, ließ die Droschken vor dem Bahnhof links liegen und machte sich zu Fuß auf den Weg. Es wehte kaum ein Lüftchen, aber Wellen brachen sich in schäumenden Bögen am Strand, und draußen auf dem Meer blähten sich die Segel einiger Boote. Am Wasser spielten fröhliche kleine Kinder. Sylvie schritt zügig aus und hatte die Ausflügler bald hinter sich gelassen.

Sie war erst drei oder vier Mal in Towers gewesen, da Gowrys Mutter Kay, eine geborene Franklin, die jedes Jahr mehrere Monate bei ihrem Sohn Forbes in Glasgow residierte, sie von Anfang an abgelehnt hatte. Die Brauerei warf kaum genug ab, um die Familie zu ernähren, hatte Gowry ihr erzählt, und erst recht reichte das Geld nicht, um den ehrgeizigen Ambitionen seiner Mutter gerecht zu werden oder auch nur die Schulden zu begleichen, die sein Vater beim Wetten auf lahme Krücken verloren hatte. Inzwischen hatten Charlie und der junge Peter die Leitung der Brauerei übernommen, während Daniel fast seine ganze Zeit mit der Bruderschaft vergeudete.

Sylvie verspürte nicht die geringste Lust, ihrer Schwiegermutter über den Weg zu laufen, und so schlich sie am Haus vorbei in die Gasse, die zur Giebelwand der Brauerei führte.

Sie war ganz angespannt vor nervöser Erwartung. Sie hoffte, dass Charlie ihn in dem amerikanischen Automobil hergebracht hatte.

Zwar war es streng genommen wahrscheinlicher, dass er irgendwo in der Stadt für eins der schäbigen, unter der Hand vertriebenen Blätter, die Gowry abfällig als »nationalistische Schmiererei« bezeichnete, an einem Bericht über das Massaker schrieb. Sie fragte sich, was man wohl mit Schreiben verdienen mochte und warum das College und seine Frau ihn hinausgeworfen haben mochten. Waren Alkohol, Ehebruch oder das Schreiben an sich schuld, dass er so weit gesunken war, den Teppich fremder Leute vollzubluten und sich von einer ihm unbekannten Frau seine Schussverletzung verarzten lassen zu müssen?

Sylvie durchquerte den Hof der Küferei und passierte Fässer und leere Bierkästen. Es kam ihr sehr still vor, unnatürlich still, da sie nicht wusste, dass das eigentliche Einmaischen und Brauen in den Wintermonaten stattfand.

»Charlie«, rief sie. »Charlie, bist du da?«

Die Luft roch säuerlich, und aus einem Lüftungsschacht hoch oben an der fensterlosen Mauer entwich Dampf.

»Charlie?«

Peter kam aus der offen stehenden Tür. Er trug nur Hose und Unterhemd und troff von Schweiß. Er war erst sechzehn oder siebzehn und hatte den gleichen langen Hals und die unfertigen Züge, die auch Gowry eigen gewesen sein mussten, bevor er zum Mann gereift war. »Was willst du denn hier?«, fragte Peter feindselig.

»Charlie«, entgegnete Sylvie. »Ich muss Charlie sprechen.«

»Der hat zu tun.«

»Hol ihn sofort her. Wenn nicht, bekommst du Ärger.«

»Du kannst uns gar nichts«, entgegnete Peter stur.

Ein Mann tauchte hinter dem Jungen in der Tür auf, ein hässlicher Hüne mit tonnenförmigem Oberkörper und Bierbauch. Er trug einen langstieligen Holzspaten über der Schulter. Der Mann blieb im Schatten hinter der Tür stehen und musterte sie abschätzig.

»Ich nicht«, gab Sylvie zu, »aber die Polypen.«

»Was redest du da von Polypen?«, hakte Peter gereizt nach.

»Ich rede nicht mit kleinen Jungs. Geh und hol Charlie! Sag ihm, dass ich hier bin.«

In dem Sekundenbruchteil, den sie brauchte, um den Blick von Peter auf die Türöffnung zu richten, war der Mann mit dem Spaten verschwunden.

Dreißig Sekunden später eilte Charlie herbei. Er trug einen braunen Anzug, einen steifen Pappkragen, Pappmanschetten und Krawatte. Das Jackett hatte er über den Arm gelegt. Charlie schob sich an seinem Bruder vorbei und blieb vor Sylvie stehen. Er warf einen Blick hinter sie und schaute sich dann auf dem Hof mit den geweißten Mauern um, sah zu den Möwen auf dem Dach und richtete den Blick dann wieder auf seine Schwägerin.

»Was zum Teufel willst du denn hier, Sylvie? Ist etwas passiert?«

»Allerdings. Gowry hat die Waffen gefunden.«

»Hast du ...«

»Nein, habe ich nicht.«

»Maeve? Hat die Kleine sich verplappert?«

»Nein, auch nicht. Er hat eine Patrone auf dem Fußboden gefunden und eins und eins zusammengezählt.«

»Will er uns ans Messer liefern?«

»Warum habt ihr die Kisten ausgerechnet bei Mr. Dolan untergebracht?«

»Der alte Knabe ist einer von uns.«

»Einer von euch, sagst du? Der gehört nirgends dazu.«

»War Gowry im Castle?«

»Nein«, entgegnete Sylvie. »Aber er hat die Waffen weggebracht.«

»Was erzählst du da? Wohin hat er sie gebracht?«

»In ein sicheres Versteck, hat er gesagt.«

»Und wie hat er sie transportiert?«

»Er hat ganz früh heute Morgen den Bus von Flanagan's geholt, hat die Kisten eingeladen und ist davongefahren.«

»Er hat die Kisten doch niemals allein da runtergeschleppt und in den Bus geladen.«

»Maeve hat ihm geholfen.«

»Grundgütiger!«

»Ich ebenfalls.«

»Wer hat euch gesehen?«

»Niemand. Dazu war es noch zu früh. Außerdem brauchten wir nicht die vollen Kisten zu schleppen. Gowry hat sie gestern Abend geöffnet, und wir haben je zwei Gewehre pro Gang runtergetragen. Die Munitionskisten haben wir zusammen getragen. Sollte uns jemand dabei beobachtet haben, hat er jedenfalls nichts gesagt.«

»Und was hat Gowry mit dem Zeug vor? Wo wollte er es verstecken?«

»Er hat nur von einem sicheren Ort gesprochen.«

»Heutzutage ist es nirgendwo mehr sicher. Wenn er erwischt wird …«

»Gowry lässt sich nicht erwischen.«

»Diese Waffen wurden nicht nur mit Geld, sondern auch mit Blut bezahlt«, erklärte Charlie. »Sie sind unersetzlich.«

»Daran hättet ihr gestern denken sollen«, entgegnete Sylvie.

Charlie warf einen Blick über die Schulter.

Peter lehnte mit verschränkten Armen am Türrahmen, rauchte und spuckte auf den Boden. Peter war nie im »Shamrock« gewesen. Charlie hatte bislang versucht, ihn von der Bruderschaft fernzuhalten, aber der harte, hässliche Ausdruck auf seinem Gesicht ließ vermuten, dass er bald Anschluss suchen würde, und wenn er erst den Fuß in der Tür hatte, würde er nicht mehr zu halten sein.

»Das hättet ihr bedenken sollen, bevor ihr die Kisten bei dem armen Mr. Dolan deponiert habt. Wie ist Mr. Hagarty nur auf diese Idee gekommen?«

»Es war zweckdienlich. Weißt du, was das heißt?«

»Ich bin kein Ignorant«, erwiderte Sylvie bissig. »Ich bin ein gebildeter Mensch.«

»Schon gut, schon gut. Und wo ist Gowry jetzt?«

»Er ist mit einer Reisegruppe vom ›Jury's‹ an die Westküste gefahren. Sie wollten heute mal raus aus Dublin, und darum fährt er sie nach Bunratty Castle, zu den Klippen und … was weiß ich, wohin sonst noch.«

»Moher«, meinte Charlie. »Moher in der Grafschaft Clare?«

»Keine Ahnung.«

»Dann kommt er heute nicht mehr nach Hause.«

»Nein, und morgen auch nicht«, bestätigte Sylvie. »Er wird drei Tage unterwegs sein.«

»Willst du damit sagen, er nimmt die Waffen mit nach Clare?« Charlie legte das Jackett von einem Arm auf den anderen. »Wir wollten sie eigentlich heute Abend abholen. Dada ist gerade in der Stadt, um die Einzelheiten für den Transport zu regeln.«

»Wo ist Mr. Hagarty?«

»Fran? Was willst du von dem?«

»Er würde wissen, was zu tun ist, oder?«

»Nein, Unsinn.«

Sylvie blieb hartnäckig. »Er kennt Gott und die Welt, oder etwa nicht? Warum rufst du ihn nicht an und bittest ihn um Rat?«

»Ich brauche seinen Rat nicht.«

»Ich will nicht, dass ein Lastwagen vor dem ›Shamrock‹ vorfährt und eure Leute Ärger machen, weil es nichts abzuholen gibt«, entgegnete sie fest. »Es würde uns einen Riesenärger einbringen, wenn auf der Sperryhead Road ein Tumult entsteht, und das vor den Augen der halben Nachbarschaft.«

»Ich kann ihn telefonisch nicht erreichen«, meinte Charlie. »Fran hat kein Telefon. Gott, er besitzt gerade mal das Hemd, dass er auf dem Leib trägt.«

»Ich dachte, es wären seine Waffen?«

»Das sind nicht *seine* Waffen. Die Waffen gehören uns allen. Halt dich da raus, Sylvie. Das ist nichts für eine Frau.«

»Ach, nein? Ist gestern nicht auch eine Frau auf dem Bachelor's Walk ums Leben gekommen?« Energisch setzte sie den Strohhut wieder auf und wandte sich ab. »Ach, mach doch, was du willst!«

Er stürzte ihr nach. »Warum bist du wirklich hier?«

»Ich wollte helfen. Wenn du es genau wissen willst: Ich denke, dass Gowry die Waffen nicht vor den Behörden verstecken will, sondern vor euch. Er will nicht, dass ihr sie habt. Gowry glaubt nicht an eure Methoden, Charlie. Er ist gegen jedes Blutvergießen.«

»Das weiß ich. Natürlich weiß ich das. Er hat es mir ja oft genug gesagt.«

»Gowry glaubt zu wissen, warum du die Waffen ausgerechnet bei uns versteckt hast.«

Charlie kniff die Augen zusammen. »Ach ja?«

»Er nimmt an, ihr stehlt den Freiwilligen die Waffen, weil ihr sie anderweitig einsetzen wollt.«

»Mein Bruder redet zu viel.«

»Ich denke, ihr wollt warten, bis die Engländer gegen die Deutschen in den Krieg ziehen, um ihnen dann hier in Dublin einzuheizen. Habe ich recht?«

»Und wenn dem so wäre?«

»Dann bräuchtet ihr die Waffen. Du musst eure Jungs unbedingt davon abhalten, heute Abend zum Hotel zu kommen. Und ich denke, dass Mr. Hagarty der Richtige wäre, das zu verhindern.«

»Was du nicht sagst.«

»Ich fahre gleich zurück nach Dublin. Wenn du willst, bin ich gern bereit, Mr. Hagarty eine Nachricht zu überbringen.«

Charlie grunzte. »Er hat dich auch um den Finger gewickelt, was? Na ja, wärst ja nicht die Erste. Aber ich hätte nie gedacht, dass wir so leicht zu durchschauen sind, dass sogar die Frau meines Bruders dahinterkommt, was wir vorhaben. Hagarty ist viel mehr als nur ein Schreiberling, Sylvie. Du ahnst ja nicht, wozu er fähig ist, wenn er sich etwas in den Kopf gesetzt hat.«

»Wo wohnt er?«

»In der Endicott Street. Oben am Mountjoy.«

»In der Nähe des Gefängnisses?«

»Nein, nicht so weit oben. In einem der Mietshäuser.«

»In welchem?«

»Dem letzten auf der linken Seite gegenüber dem Kanal. Er hat ein Zimmer im obersten Stock.«

»Und was soll ich ihm ausrichten?«

»Das, was du auch mir erzählt hast.«

»Und er wird wissen, was zu tun ist?«

»Ja, das wird er.«

Sylvie nickte und wandte sich erneut ab. Sie betrachtete ihre Mission als erledigt.

»Warte«, rief Charlie ihr nach. »Ich lasse Peter die Pferde anspannen, er wird dich zum Bahnhof fahren.«

Sylvie warf einen Blick auf den grimmig dreinblickenden Burschen, der immer noch rauchend und spuckend in der Tür lehnte. »Nein danke. Ich gehe lieber zu Fuß.«

Es war kein weiter Weg von der Amiens Street rüber zur Summerhill Parade. Hier standen noch einige nette Häuser, aber zwischen Gefängnis und der Liffey-Nebenstrecke war die Armut nur allzu deutlich sichtbar. In den zehn Jahren, die sie nun schon hier in Dublin lebte, war Sylvie noch nie in diesem Teil der Stadt gewesen, auch wenn sie wie alle anderen um die schrecklichen Lebensumstände nördlich der Parnell Street wusste und gehört hatte, dass die Elendsviertel überall bis unmittelbar an die georgianische Pracht heranreichten.

Die Endicott Street wurde von einer schmalen Gasse gekreuzt. Auf den Stufen der heruntergekommenen Mietskasernen sah sie in Schals gehüllte Frauen, zerlumpte Kinder und weinende Babys, während an der Straßenecke draußen vor dem Pub Männer mit ihrem obligatorischen wichtigtuerischen Gehabe herumlungerten. Auf der Flussseite der Gasse ragten vier Mietskasernen wie Opernkulissen auf, und die Straße schien sich in einen breiten, dunklen Trichter zu verwandeln. Viele Fenster standen weit offen, um einen Hauch von Luft hereinzulassen und die Gerüche zu vertreiben, die zehn oder zwanzig Schläfer über Nacht hinterlassen hatten. Der Gestank nach Frittierfett, gekochtem Kohl und verstopften Abflüssen erinnerte sie an bestimmte Straßen in Glasgow, ganz in der Nähe des Viertels, in dem sie als Forbes McCullochs Geliebte gewohnt hatte, bevor Gowry sich ihrer erbarmt und sie nach Dublin mitgenommen hatte.

Der Eingang des letzten Mietshauses bestand in einem hohen, noch recht gut erhaltenen Säulenvorbau, von dem aus man in einen Flur gelangte. Von hier führte eine Wendeltreppe mit rostigem Geländer zu den oberen Stockwerken hinauf. Im Eingang stand eine junge Frau, die einen in eine alte Zeitung gewickelten Säugling im Arm hielt. Auf der Treppe hockte ein Junge von acht oder neun Jahren, nackt bis auf eine fleckige alte Unterhose. Er hielt eine winzige Plastikflöte in der Hand und spielte darauf eine kleine Melodie, zu der die Frau sich wie in Trance wiegte.

Der Junge blickte nicht einmal auf, als Sylvie ihn nach Mr. Hagarty fragte. Er begnügte sich mit einem knappen Nicken in Richtung Treppe und fuhr fort, Note für Note die fehlerhafte Melodie zu spielen. Sylvie ging um ihn herum und stieg mit klopfendem Herzen die Eisentreppe hinauf. So hatte sie sich nicht mehr gefühlt, seit sie damals in der Wohnung in Glasgow darauf gewartet hatte, Forbes' Schlüssel in der Tür zu hören. Sie fragte sich, warum sie so aufgeregt war bei der Aussicht auf ein Wiedersehen mit einem Mann, dem sie erst ein einziges Mal begegnet war. Sylvie war nervös, weil sie nicht wusste, warum es wichtig war, was sich daraus ergab, oder ob das Prickeln nach dieser zweiten Begegnung bereits wieder schwinden würde.

Als sie den oberen Treppenabsatz erreicht hatte, blickte Sylvie zurück die Treppe hinunter. Das eiserne Geländer war so eng geschwungen wie die Spirale eines Dynamos, und weit unten starrte der Junge mit offenem Mund zu ihr hoch.

Sie trat vor und klopfte an Fran Hagartys Tür.

»Es ist offen«, rief er.

Es gab keine Klinke, nur einen Schnappriegel.

Sie öffnete und trat ein.

Das Zimmer war sehr klein, quadratisch, sauber und spartanisch eingerichtet. Auf einem kleinen Tisch am Fenster sah sie eine Schreibmaschine, einen Stapel Schreibhefte, eine Lampe und eine halb volle Whiskyflasche. Auf dem Nachttisch standen ein Wasserkrug, eine Waschschüssel und eine Kerze in einem Blechhalter. Darüber hinaus gab es zwei Holzstühle mit gerader Rückenlehne. Das Fußende des Bettes zeigte zur Tür.

Fran lag auf dem Bett, über das eine Patchworkdecke in Brauntönen gebreitet war. Er trug nur Hosen und ein weißes Baumwollunterhemd. Seine Füße waren nackt. Fran lehnte an einer Nackenrolle, seitlich flankiert von zwei Federkopfkissen. Die bandagierte linke Hand ruhte hinter seinem Kopf, in der anderen hielt er eine Zigarette.

Er musterte Sylvie einen Moment reglos, ehe er sich auf die Seite rollte und die Zigarette im Kerzenhalter ausdrückte. Dann drehte er sich wieder auf den Rücken und verschränkte beide Hände hinter dem Kopf. »Sylvie, das ging aber schnell.«

»Ich verstehe nicht.«

»Ganz so schnell hatte ich deinen Besuch nicht erwartet.«

KAPITEL 3

Es hatte einmal eine Zeit gegeben, da hätte Sylvie sich über drei Polizisten in Zivil auf ihrer Türschwelle nur amüsiert.

Vor Bodenstown, vor Fran, hatte sie ja nicht geahnt, welche Gefahr sie für Recht und Ordnung darstellte. Ihr war gar nicht bewusst gewesen, dass das »Shamrock« zum Treffpunkt subversiver Elemente geworden war, hauptsächlich deshalb, weil die meisten dieser Subversiven Verwandte waren. Für sie war ihr Schwiegervater nicht mehr als eine Figur wie aus einer Komischen Oper mit seinem dicken Schmerbauch, dem großtuerischen Gehabe und dem nur mäßig bestückten Oberstübchen. Auch fiel es ihr schwer, sich vorzustellen, dass Turk oder Charlie mit der gleichen Begeisterung, mit der sie nach einem Glas Starkbier griffen, die Zügel der Macht an sich rissen. Und doch standen sie nun im Licht des Vormittages auf ihrer Schwelle, Detective Inspector Vaizey und zwei weitere Detectives der Special Crime Branch.

Jansis öffnete. Sie war eine große, grobknochige Frau, nicht viel älter als dreißig, aber mit einem länglichen Gesicht, das ein wenig an ein Pferd erinnerte, und dazu ewig mürrisch, als hätte sie sich damit abgefunden, nie einen Mann zu finden. Obwohl die Männer in Zivil waren, erkannte Jansis sie sofort an den typischen Regenmänteln und Hüten mit schmaler Krempe. »Wir sind ausgebucht«, sagte sie. »Bedaure.«

Sie machte Anstalten, die Tür zu schließen, aber ein derber Stiefel schob sich in den Türspalt. Jansis trat einen Schritt zurück, stützte mit weit abgespreizten Ellbogen die Fäuste auf die knochigen Hüften und bellte mit einer Autorität, geboren aus jahrelangem Umgang mit Handelsreisenden: »Dienstausweise!«

Der feuchte Schnauzbart auf Vaizeys Oberlippe zuckte. Er hob eine Hand und schnippte mit den Fingern. Einer der Männer, der einen ganzen Kopf größer war als Vaizey, hielt Jansis einen Ausweis unter die Nase.

»Metropolitan Police«, knurrte er. »Wenn Sie wissen, was gut für Sie ist, lassen Sie uns rein, ohne sich anzustellen.«

»Sie sind also Bullen, ja?«, stellte Jansis fest. Sie drehte den Kopf und tat, als spuckte sie über die Schulter.

»Schaff sie weg, Ames, bitte«, sagte Vaizey.

Der stämmige Polizist betrat die Eingangshalle, hob Jansis an den Ellbogen hoch wie einen großen Blumenkübel und setzte sie ein Stück weiter wieder ab. Noch bevor ihre Füße den Boden berührten, kreischte Jansis: »Überfall, Razzia, Missus McCulloch. Razzia.«

Vom oberen Treppenabsatz hörten sie eine Stimme fluchen. »Mistkerle!« Gleich darauf regnete der Inhalt eines Wasserkruges herab, dicht gefolgt vom Krug selbst. Dann flog eine Packung Kerzen herab, platzte auf dem Fußboden auf, und die Wachskerzen rollten den Beamten zwischen die Füße.

»Mam, Mamee, die Polypen«, kreischte Maeve und rannte, Ames dicht auf den Fersen, die Treppe hinauf.

»Sie ist doch noch ein Kind, ein kleines Mädchen. Wollen Sie sie auch erschießen?«, schimpfte Jansis.

Vaizey ignorierte die Magd. Er gab dem anderen Polizisten ein Zeichen, und der Detective, der nicht weniger athletisch gebaut war als der erste, stieß die Wohnzimmertür auf. Nachdem er sich davon überzeugt hatte, dass sich dort niemand aufhielt, ging er den Flur hinunter und schaute im Vorbeigehen in jedes Zimmer rechts und links des Ganges. Unter dem einen Aufschlag seines Trenchcoats trug er ein Holster mit einem Revolver.

Oben waren Schritte und Rufe zu hören. Ames tauchte aus dem Halbdunkel auf. Er hatte Maeve einen Arm um die Taille geschlungen und trug das strampelnde, kreischende Mädchen vor sich her. Sylvie folgte ihm dichtauf und bearbeitete seinen Rücken mit einer Kehrschaufel. Unten in der Halle ließ er das Mädchen herunter, drehte sich zu Sylvie um, packte sie bei den Handgelenken, sodass sie gezwungen war, die Kehrschaufel fallen zu lassen, und zog sie dann ebenfalls hinunter in die Diele.

»Guten Morgen, Ma'am.« Vaizey lüftete höflich den Hut. »Bitte entschuldigen Sie unser Eindringen, aber ich fürchte, wir haben einen dienstlichen Auftrag zu erfüllen, an dessen Durchführung wir uns nicht hindern lassen können.«

»Dienstlichen Auftrag?«, spottete Jansis. »Frauen und Kinder terrorisieren, nennen Sie das ›einen dienstlichen Auftrag erfüllen‹?«

Vaizey wandte sich wieder an Sylvie. »Sie wissen, wonach wir suchen. Wir haben Grund zu der Annahme, dass in Ihrem Haus illegal eingeführte Waffen versteckt wurden.«

»Hah!«, rief Sylvie aus. »Darum geht es also.« Sie half Maeve auf die Füße und brachte das Mädchen hinter sich in Sicherheit. Aus der Küche drang lautes Geklapper, das darauf hindeutete, dass jemand dort die Schränke durchsuchte, und ein Luftzug um ihre Fußknöchel verriet ihr, dass die Tür zum Hof geöffnet worden war. Sie erinnerte sich noch an alles, was Fran Hagarty ihr gestern in seinem Zimmer in der Mietskaserne in der Endicott Street erzählt hatte, und so war sie bemerkenswert gefasst, erfüllt nicht etwa von Empörung, sondern von leidenschaftlichem Engagement. »Sie werden in meinem Haus keine Waffen finden.«

Sie war erleichtert, dass Gowry nicht zu Hause war. Er hätte die Polizisten sofort hereingelassen und ihnen das Recht zugestanden, das ganze Haus zu durchsuchen, kurz, er hätte mit der Obrigkeit kooperiert. Außerdem war sie froh, dass Mr. Dolan sich auf seinem alltäglichen Rundgang durch den Hafen befand, wusste sie doch eines: Wenn die Polypen einen erst auf dem Kieker hatten, war Schwäche gefährlicher als Prinzipien.

»Ich habe weder Waffen hier noch eine Privatarmee, um sie zu bedienen«, hörte Sylvie sich sagen. »Ich wäre Ihnen sehr dankbar, wenn Sie Ihren Gorillas klarmachen würden, dass ich mich persönlich beim Commissioner über sie beschweren werde, wenn sie meine Tochter noch einmal anrühren.«

»Wir haben das Recht, Ihr Haus zu durchsuchen, wissen Sie«, entgegnete Vaizey.

»Und haben Sie auch das Recht, junge Mädchen zu misshandeln? Maeve, hör auf zu weinen.«

»Brutale Mistkerle!«, schimpfte Maeve. »Schweine!«

»Für ein so junges Mädchen hat sie einen hässlichen Umgangston«, bemerkte Vaizey. »Sie …« Er zeigte auf Jansis. »Sie bringen das Mädchen in dieses Zimmer und warten dort mit ihr, bis ich Sie rufe.«

»Ich lasse mich von Ihnen nicht herumkommandieren, nicht von einem …«

»Tu, was er sagt, Jansis«, fiel Sylvie ihr ins Wort. »Ich kümmere mich um alles Weitere.«

Murrend nahm die Hausangestellte Maeve bei der Hand, zog sich mit ihr ins Wohnzimmer zurück und schloss die Tür hinter sich. Sylvie blickte den schimmernden Linoleumfluss hinunter zur Küche. Auf dem Fußboden lagen Töpfe, ein Eimer, ein Besen und ein Wischmopp verstreut. Durch die offen stehende Hintertür sah sie einen Detective den Hühnerstall durchsuchen.

»Ich hoffe, er verängstigt die Hühner nicht, sonst legen sie keine Eier mehr«, bemerkte Sylvie grimmig.

»Er macht nur seine Arbeit. Er wird Ihren Hühnern schon nichts tun.«

Vaizey umfasste ihren Ellbogen. Sie war versucht, sich loszureißen, kapitulierte jedoch und ließ sich von ihm zu dem Alkoven unter der Treppe führen.

»Hören Sie …«, Vaizeys Atem roch nach Tabak, »… es macht mir auch keinen Spaß, Sie so zu überfallen, Mrs. McCulloch, aber uns wurde berichtet, hier würde eine Kiste mit Gewehren aus Howth versteckt.«

»Sehe ich aus wie ein Waffenschmuggler?«, fragte Sylvie ätzend. »Nun, tue ich das?«

»Wo ist Ihr Mann?«

»Unterwegs. Er verdient auf ehrliche Art und Weise sein Geld, wissen Sie.«

»Er ist Fahrer beim Busunternehmen Flanagan's, richtig?«

»Warum stellen Sie mir Fragen, wenn Sie die Antworten bereits kennen?«

»Wie viele Gäste beherbergen Sie zurzeit?«

»Zwei.«

Er nickte. »War am vergangenen Wochenende ein Fremder hier?«

»Nein, keine Fremden, nur drei Handelsreisende, die schon öfter hier übernachtet haben.«

»Ich werde trotzdem die Namen brauchen.«

»Die stehen im Gästebuch. Ich hole es Ihnen.«

»Nein.« Wieder umfasste er ihren Ellbogen. »Warten Sie.«

Sie hörte Dielen knarzen, als Ames die oberen Geschosse durchsuchte. Sylvie wusste nicht, welcher Abteilung die Männer genau angehörten. Fran würde es wissen. Fran würde sofort wissen, mit wem er es zu tun hatte.

»Uns ist bekannt, was ihr Mann ist und was er tut«, sagte Vaizey.

»Dann wissen Sie ja, dass er kein Nationalist ist.«

»Sein Vater ist einer.«

»Daniel McCulloch lässt sich Gott sei Dank nur selten hier blicken. Wenn Gowry und er in einem Raum sind, gibt es regelmäßig Streit.«

»Trotzdem: Blut ist dicker als Wasser.«

»In diesem Haus nicht, nein«, widersprach Sylvie.

»Sind Sie je einem Mann namens Hagarty begegnet?«

»Ich glaube nicht. Um ganz sicherzugehen, müsste ich allerdings in meinem Gästebuch nachschauen.«

»Sie sind Schottin, nicht wahr, Mrs. McCulloch?«

»Ja, natürlich.«

»Dann dürfte Sie der Kampf kaum interessieren.«

»Was für ein Kampf? Wovon sprechen Sie?«

»Es wäre dumm, alles zu verlieren für eine Sache, die nicht die Ihre ist.«

»Soll das vielleicht eine Drohung sein?«

Vaizey stand ganz dicht vor ihr, so dicht, dass seine Knie ihre

Schürze berührten. Er war nicht so groß, dass er in der dreieckigen Öffnung unter der Treppe den Kopf hätte einziehen müssen. »Meine eigene Mutter, Gott hab sie selig, war auch Schottin. Sie stammte ursprünglich aus Ayrshire.«

»Was Sie nicht sagen«, entgegnete Sylvie desinteressiert.

»Francis Hagarty? Sind Sie ganz sicher, dass Sie ihm noch nie begegnet sind?«

»Nicht, dass ich wüsste, das sagte ich doch bereits.«

»Und was ist mit Ihrem Schwager Charles McCulloch und Eamon Trotter?«

»Ja, die beiden genehmigen sich ab und an einen hier in der Bar, wenn mein Mann nicht in der Stadt ist.« Nach einer kurzen Pause fragte Sylvie: »Wer ist denn dieser Hagarty, nach dem Sie suchen?«

»Wir suchen ihn nicht. Wir wissen, wo er wohnt.«

»Aha. Dann geht es Ihnen um seine Kontakte. Nun, in diesem Haus gibt es weder Verschwörer noch Waffen.«

»Die Waffen *waren* aber hier, nicht wahr?«

»Nein, es *waren* auch keine hier.«

»Sonntagnacht. Vielleicht haben Sie ja schon geschlafen, als Charlie McCulloch ...«

»Ich habe einen sehr leichten Schlaf«, unterbrach sie ihn.

Vaizey machte das Ganze sichtlich Spaß. Sylvie fragte sich, wozu ein Mann in seiner Position im Namen des Gesetzes alles fähig sein mochte.

»Wir können Ihren Laden dichtmachen, wissen Sie«, meinte er lächelnd.

»Ist das eine Drohung?«

»Eine Warnung. Ich habe nichts gegen Sie persönlich.«

»Warum stellen Ihre Gorillas dann hier alles auf den Kopf?«

»Mrs. McCulloch«, entgegnete Vaizey beinahe freundlich: »Sie haben einen Feind.«

»Einen Feind? Und wer sollte das sein?«

»Anonym. Er hat seinen Namen nicht genannt.«

»Wollen Sie damit sagen, jemand hätte Ihnen gemeldet, in meinem Haus seien Waffen versteckt?«

Er zog sie dichter zu sich heran. »Ihr Schwiegervater und seine Kumpane sollten ihr Bier für eine Weile lieber anderswo trinken. Ich gehe mal davon aus, dass es Ihnen möglich ist, Ihnen den Zutritt zu verwehren.«

»Das ›Shamrock‹ gehört mir. Ich bestimme, was hier geschieht.«

»Vorsicht ist besser als Nachsicht, Mrs. McCulloch, vor allem in unruhigen Zeiten.«

»Wer war der Informant? Wer hat behauptet, in meinem Haus seien Waffen versteckt?«

»Irgendein hinterhältiger Unruhestifter, der zu feige war, seinen Namen zu nennen. Heutzutage gibt es in Dublin solche Unruhestifter zuhauf.«

»Soll das heißen, jemand hat es auf mich abgesehen?«

»Auf Sie oder auf Ihren Mann. Ich habe nicht den leisesten Schimmer, wer diese Person ist, Mrs. McCulloch, aber ich bin fest entschlossen, es herauszufinden.«

»Nicht halb so entschlossen wie ich«, murmelte Sylvie.

Sie standen immer noch unter der Treppe, in einer intimen und verschwörerischen Atmosphäre. Er schien ganz anders zu sein als die üblichen breitschultrigen, würdevollen Gentlemen vom Dublin Castle, die in Zivil herumliefen, weil sie sich tatsächlich einbildeten, dass man ihnen dann ihren Beruf nicht ansah. Er hatte etwas an sich, einen derben Zug, den sie gleichzeitig aufregend und abstoßend fand. Ihr ging durch den Kopf, dass er möglicherweise der politische Arm des Reviers war, und es erfüllte sie mit Genugtuung, dass sie es innerhalb so kurzer Zeit so weit gebracht hatte, weit genug, dass man sie als Bedrohung empfand.

»Sollten Sie dahinterkommen …« Vaizey zuckte die Schultern.

»Sie möchten sicher, dass ich Ihnen dann Bescheid gebe?«, gab Sylvie leise zurück.

»Das würde mich freuen«, entgegnete Vaizey. »Sehr sogar.«

»Werden Informanten von Ihnen nicht für gewöhnlich bezahlt?«

»Ich wollte Sie nicht als Informanten anheuern. Fakt ist jedoch, dass wir Informanten keineswegs bezahlen. Das ist gar nicht nötig. Nicht jeder in Irland ist Nationalist, wissen Sie?«

»O ja, das weiß ich. Mein Mann ist das beste Beispiel dafür.«

»Und es gibt Tausende, Hunderttausende, die denken wie er.«

»Dann wären Sie also nicht interessiert, falls ich rein zufällig doch herausfände, was aus diesen verschwundenen Kisten geworden ist?«, hakte Sylvie vorsichtig nach.

»Ich habe nicht gesagt, dass ich daran nicht interessiert wäre«, entgegnete Vaizey. »Ich sagte lediglich, dass ich für entsprechende Informationen nichts zahlen würde.«

Sie hatten so dicht beieinander gestanden wie ein Liebespaar, und als ein Schatten über sie fiel, trat Vaizey hastig zurück. Er drehte sich strauchelnd um und sah sich Ames gegenüber.

»Nun, Boris, hast du etwas gefunden?«

»Nichts, Sir. Gar nichts.«

»Wo ist Rogers?«

»Draußen auf dem Hof.«

»Hol ihn. Wir gehen. Hier ist nichts. Wieder mal falscher Alarm.« Er verließ den Alkoven und blickte erst die Treppe hinauf und dann auf die geschlossene Wohnzimmertür. Von dort war kein Laut zu hören, aber er vermutete, dass Maeve und Jansis hinter der Tür standen und lauschten.

Vaizey ging zur Eingangstür und öffnete sie.

Aus der Küche am anderen Ende des Flurs hörte Sylvie Ames mit rauer Stimme rufen: »Wally, Wally, komm endlich. Der Boss sagt, wir verschwinden.«

Sylvie folgte Vaizey zur Tür und legte ihm eine Hand auf den Arm. »Wer sind Sie?«, fragte sie. »Nennen Sie mir wenigstens Ihren Namen.«

»Der tut nichts zur Sache.«

»Wie soll ich mich mit Ihnen in Verbindung setzen, wenn ich Ihren Namen nicht weiß?«

»In Verbindung setzen?«

»Falls mir zufällig die eine oder andere interessante Information zu Ohren käme.«

Er legte den Kopf schräg, zögerte kurz und meinte dann: »Sie finden mich im Castle.«

»Und der Name? Ihr Name?«

»Vaizey«, antwortete er.

»Was sind Sie? Sergeant?«

»Inspector.«

Die Beamten schoben sich an ihr vorbei hinaus auf die Sperryhead Road. Sie wechselten ein paar Worte mit Vaizey und wandten sich dann alle drei in Richtung Docks.

Sylvie blickte ihnen mit klopfendem Herzen von der Tür aus nach. Es waren ziemlich viele Nachbarn draußen, die »rein zufällig« an diesem Morgen draußen Teppiche ausklopften oder vorgaben, die Vordertreppe zu schrubben. Sylvie trat aus dem Haus und blickte nach links. Sie sah, wie die Detectives an den Reihenhäuschen weiter unten vorbeigingen.

Schafgarbe, Clematis und Efeu rankten über die Vorgartenzäune. Jenseits der Reihenhäuser, aber noch vor den Lagerhäusern, mündete die Parish Lane in die Sperryhead Road. Aus dieser Nebenstraße trat soeben Mr. Dolan. Er ging sehr langsam und mit gesenktem Blick. Er trug ein dickes Tweedjackett und eine Strickjacke, da er auch an warmen Tagen leicht fror, und hatte seinen dünnen Stock bei sich, ein Gehstock, der eigentlich zu dünn und fesch wirkte für einen Mann seines Alters. Mr. Dolan sah die Polizisten nicht gleich, sondern hob erst den Kopf, als er fast mit ihnen auf einer Höhe war. Er blieb wie angewurzelt stehen und sackte dann gegen den mit Efeu überwucherten Zaun.

Die Detectives kreisten ihn ein. Sylvie konnte den alten Mann hinter den Polizisten, deren Regenmäntel über den breiten Schultern spannten, gar nicht mehr sehen. Trotz der Entfernung erkannte sie auf Vaizeys Halbprofil das gleiche unfreundliche Lächeln wie vorhin. Die Nachbarn stützten sich auf ihre Besen oder richteten sich vom Schrubben auf und schauten ebenfalls hinüber.

Ames lachte laut auf, und Vaizey klopfte Mr. Dolan auf die Schulter. Dann gingen die Beamten zu dritt nebeneinander weiter und verschwanden gleich darauf um die Ecke außer Sichtweite.

Mr. Dolan lehnte immer noch am Zaun, eine Hand auf der Brust, als er jedoch blinzelnd aufblickte und Sylvie vor dem Haus stehen sah, gab er sich einen Ruck, rückte seine Mütze zurecht und schlurfte, den Stock über den Unterarm gehängt, die Sperryhead Road herauf, als wäre nichts gewesen.

Sylvie ging zurück ins Haus. »Ihr könnt jetzt rauskommen, Mädels. Sie sind weg.«

Maeve und Jansis stürmten aus dem Wohnzimmer heraus auf den Flur.

»Haben sie nach … du weißt schon was gesucht?«, fragte Maeve atemlos.

»Ja, das haben sie, aber sie haben nichts gefunden.«

»Weil mein Daddy so schlau ist.«

Sylvie nickte. »Ja, weil dein guter alter Dad so schlau war.«

Orangenschalen, Apfelkerngehäuse und Zigarettenstummel lagen überall unter den Sitzen verstreut auf dem Fußboden. Gowry hatte die Uniformjacke ausgezogen und die Ärmel hochgekrempelt. Er musste mit dem Besen oder auf allen vieren mit bloßen Händen den Unrat zusammensuchen. Früher hatte eine Putzkolonne das erledigt. Da war er nach einer Fahrt zu dem Kiosk hinter dem Bürogebäude gegangen, hatte Schlüssel und Fahrtenbuch an Frank Roddeny, den Schichtleiter der Spätschicht, übergeben und war mit den Taschen voller Trinkgeld und zwei oder drei kleinen Tütchen Süßigkeiten für Maeve heimgegangen.

Aber als es vor etwa einem Jahr zum Streik gekommen war, hatte John James Flanagan die meisten Gelegenheitsarbeiter ausgezahlt und den Fahrern eröffnet, dass sie ihre Fahrzeuge am Ende jeder Tour in ordentlichem Zustand zu übergeben hätten. Die Fahrer hatten sich auf dem Gelände des Fuhrparks getroffen, um diese neuen Modalitäten zu besprechen, doch Flanagan hatte die Versammlung auflösen lassen, ja er war sogar persönlich erschienen, als die Fahrer sich gerade verliefen, um ihnen sein Ultimatum kundzutun. Gowry schien es, als wäre er sein ganzes Leben mit Entscheidungen konfrontiert worden, die ihm im Grunde gar keine Wahl ließen, sondern auf ein »Friss oder stirb« hinausliefen. Aber er brauchte die Arbeit oder, genauer, das Gehalt. Er konnte es sich nicht einmal leisten, darüber zu diskutieren oder den Fall der Gewerkschaft mit Sitz in der Liberty Hall vorzutragen, denn Flanagan war kein regierungstreuer Arschkriecher, sondern ein gottesfürchtiger Dubliner Geschäftsmann, der die nationalistische Sache großzügig unterstützte.

Die Sonne war hinter dunklen Wolkenbändern verschwunden, und morgen würde es ganz sicher regnen. Die Ausflügler nach Tara würden bei nasskaltem Wetter nicht viel von der sagenumwobenen Landschaft zu sehen bekommen.

Die elektrischen Laternen, die Flanagan hatte anbringen lassen, warfen düstere Schatten auf den Kies. Gowry war an diesem Abend der Letzte; die anderen Fahrer hatten längst Bürste und Eimer weggestellt und sich in den Pub getrollt.

Er lehnte die Stirn an das Fenster und starrte hinaus auf die Rückseite der Häuser jenseits des Armaturenbretts, auf den schwachen Lichtschein am Himmel, den die Stadt erzeugte wie ein Gas. Gowry verspürte keine besondere Lust heimzugehen. Das Einzige, was ihn dort reizte, war die Aussicht auf Maeves Gesellschaft beim Abendessen und einen dankbaren Kuss für die Süßigkeiten, die er ihr gekauft hatte. Sylvies Gesellschaft reizte ihn dahingegen nicht im Mindesten. In den vergangenen Jahren war ihm das »Shamrock« weniger ein Zuhause gewesen als die Pensionen, in denen er übernachtete, wenn er unterwegs war. Dort kannte man ihn, mochte ihn und nahm ihn mit typisch irischer Gastfreundschaft auf.

Seufzend zog er die Uniformjacke wieder an, schulterte den Besen, schnappte sich den Eimer und folgte dem Gang zur Tür. Als er eben einen Fuß auf den Kies setzte, wurde er gepackt und seitlich gegen den Bus geschleudert. Er holte mit dem Eimer aus, erkannte dann seinen Bruder und ließ die Arme sinken.

»Um Himmels willen, Charlie! Du hast mich fast zu Tode erschreckt!«

»Ist das Zeug noch im Bus?«

»Sie hat es dir erzählt, habe ich recht? Das dachte ich mir schon.«

»Es spielt keine Rolle, woher ich es weiß. Wo ist es?«

»Das weiß nur ich allein. Finde es doch heraus.«

Sein Bruder wirkte gespannt wie eine Feder, und einen Moment glaubte Gowry bereits, Charlie würde ihm einen Haken verpassen.

»Was hast du mit unseren verdammten Waffen gemacht, Gowry?«

»Sie sind in Sicherheit.«

»Wo?«

»Irgendwo, wo du nicht drankommst.«

»Warum tust du mir das an?«

»Es hat nichts mit dir zu tun, Charlie. Ich will nur nicht, dass du und der alte Mann das Hotel meiner Frau als Waffenversteck missbraucht.«

»Sylvie hatte keine Einwände.«

»Habt ihr sie denn überhaupt gefragt?«

Er hatte schon oft mit Charlie und seinem alten Herrn über die Sache diskutiert, aber nun hatte er zum ersten Mal klar Stellung bezogen. Ihm war wohl bewusst, dass der Nationalismus längst zum Ersatz geworden war für all das, was die Familie nie besessen oder sein Vater verspielt hatte, all das, was angeblich eines anständigen Iren unwürdig war, während es sich tatsächlich keineswegs um unwürdige, sondern schlicht um unerreichbare Dinge handelte.

»Du kannst von Glück sagen, dass *ich* hier bin und dich zur Rede stelle. Hätten sie Turk geschickt, hätte der dich längst aufgeschlitzt.«

»Mich aufgeschlitzt? Weswegen?«

»Weil du uns unsere Waffen gestohlen hast.«

»Du meinst, die Waffen, die ihr den Freiwilligen gestohlen habt?«

»Du hast sie doch nicht verkauft, oder?«

»Nein, natürlich nicht. Was wollt ihr mit Gewehren?«

»Dasselbe, was andere damit machen«, entgegnete Charlie heftig.

»Wir wollen zurückholen, was uns gehört. Du kennst doch den alten Spruch: Ein Protestant mit Gewehr ist besser gewappnet, seine Meinung zu vertreten, als ein unbewaffneter Katholik.«

»Du bist kein Katholik, Charlie.«

»Ich spreche von der Unabhängigkeit, von der Vereinigung.«

»Ich verstehe«, meinte sein Bruder geringschätzig. »Und bist du auch bereit, diese Freiheit gegebenenfalls mit dem Leben zu bezahlen?«

»Wenn nötig, ja.«

Charlie zog die Hände aus den Taschen und fuchtelte wild herum. Gleich würde er die Nachtluft mit denselben Klischees verpesten, die Gowry schon tausend Mal gehört hatte.

»Ich habe sie ins Meer geworfen.«

»Du hast *was*?«, brüllte Charlie.

»Ich habe sie von den Klippen ins Meer geworfen.«

»Grundgütiger! Ich glaube das einfach nicht!« Charlie hüpfte auf dem Kies herum wie ein wild gewordener Floh. »Was hast du getan, Gowry? Gott, was hast du nur getan?«

Gowry lachte. »Reg dich ab, ich habe sie nicht versenkt.«

»Du Schwein. Du verfluchter Schweinehund!«

»Sie sind an einem sicheren Ort versteckt.«

Charlie war schon immer ein Choleriker gewesen, dem jeglicher Sinn für Humor abging. »Sag mir, wo. Sag es mir, oder ich schicke dir Turk auf den Hals.«

»Wenn ich es für richtig halte. Wenn die Zeit reif ist.«

»Die Zeit ist jetzt reif.«

»Nein, das ist sie nicht. Meine Güte! Gut möglich, dass wir schon bald mit Deutschland im Krieg sind.«

»Du bist ein verfluchtes Tory-Schwein, Gowry. Das warst du schon immer. Sag mir, wo du die Waffen versteckt hast, oder …«

»Oder was?«

»Oder ich kann nicht für deine Sicherheit garantieren.«

»Soll das eine Drohung sein?«, fragte Gowry ruhig.

»Es wird mehr sein als das, wenn es nach Turk geht.«

»Jetzt ist nicht der richtige Zeitpunkt, die britische Regierung zu reizen.«

»Du weißt doch gar nicht, was hinter den Kulissen los ist.«

»Ach, nein? Ich weiß nur eins: Die Kompromisse werden nie ausreichen, um euch zufriedenzustellen. Großer Gott, Charlie, seid ihr es denn nicht irgendwann leid, immer mehr und mehr Zugeständnisse zu erpressen? Zum Teufel mit der Politik! Ich fahre nach Hause.«

»Also gut«, sagte Charlie zähneknirschend. »Wie viel?«

»Wie viel wofür?«

»Wie viel willst du dafür, dass du mir verrätst, wo die Waffen versteckt sind?«

»Ich handle nicht mit Waffen«, erklärte Gowry überrascht. »Ich habe die Waffen aus dem ›Shamrock‹ weggebracht, weil ich nicht möchte, dass du oder der Alte etwas tut, was ihr später bereuen könntet.«

»Wir werden nichts bereuen«, entgegnete Charlie. »Wir sind nicht alle Feiglinge.«

»Ja, ja, so hast du mich schon oft genannt«, seufzte Gowry. »Hör zu, ich habe dir schon tausend Mal gesagt, dass ich zwar geneigt bin, euch mit dem Herzen zu unterstützen, aber niemals mit dem Verstand.«

»Sag mir einfach, wo die Waffen sind, Gowry.«

»An einem sicheren Ort. Und dort werden sie auch bleiben, bis du mir einen plausiblen Grund nennen kannst, sie zurückzugeben.«

»Ist das dein letztes Wort?«

»Das ist mein letztes Wort.« Gowry setzte sich in Bewegung in Richtung Kiosk.

Im Fensterausschnitt der Hütte schimmerte Roddenys breites, rundes Gesicht im Schein der Deckenbeleuchtung buttrig gelb. Roddeny war Anhänger der Sinn-Fein-Partei und sein Hass auf die Protestanten legendär. Roddeny hatte nie ein freundliches »Schönen Feierabend« für Gowry übrig. Charlie hingegen blieb noch eine Weile, um bei Roddeny Dampf abzulassen, bevor er ging, und morgen würde bei

Flanagan's jeder wissen, wie es um Gowry McCullochs Sympathien tatsächlich bestellt war.

»Er hat prophezeit, dass du so reagieren würdest«, rief Charlie ihm nach.

Gowry blieb stehen und drehte sich um. »Wer? Dad?«

»Egal, wer. Er weiß alles von dir, Gowry, und ich soll dir ausrichten, dass es diverse Mittel und Wege gibt, ans Ziel zu gelangen.«

»Ich verstehe kein Wort von deinem Geschwafel, Charlie.«

»Du wirst den Sinn seiner Worte noch früh genug begreifen. Du wirst noch bereuen, dich gegen die Bruderschaft gestellt zu haben.«

»Das bezweifle ich«, entgegnete Gowry grinsend. Er gab Schlüssel und Fahrtenbuch ab und ging heim.

An jenem ersten Nachmittag hatten sie sich nur geküsst. Keine gierigen Zungen und keine tastenden Hände. Er hatte sie aufgefordert, auf dem Fußende des Bettes Platz zu nehmen, sich dann vorgebeugt und sie auf den Mund geküsst. Seine Lippen hatten nach Whisky geschmeckt, waren aber trocken gewesen. Er hatte sie drei Mal geküsst, wobei der letzte Kuss eindeutig klargemacht hatte, welche Absichten er hegte und was sie bei ihrem nächsten Besuch zu erwarten hatte.

Sylvie zitterte, als sie die Wendeltreppe zum zweiten Mal hinaufstieg. Sie wusste, dass er es bewusst ihr überlassen hatte, die Verantwortung für alles Weitere zu übernehmen, und er hatte damit auch jegliche Schuld auf sie abgewälzt. Er hatte ihr ebenfalls überlassen, in welcher Weise sie sich ihm hingeben wollte, in welchem Zeitrahmen sie sich in eine Affäre stürzen würde, die aller Wahrscheinlichkeit nach in einem Meer von Tränen enden würde.

Die Tür war nur angelehnt.

Sie konnte das Klappern der Schreibmaschinentasten hören, ein hektisches Geräusch wie von einem Fabrikwebstuhl. Als sie die Tür aufstieß und sagte »Ich bin's«, unterbrach er seine Arbeit. Er hob die Hände von den Tasten und hielt sie einen Augenblick in der Schwebe, wie ein Konzertpianist im Tivoli, der soeben ein besonders schweres Stück beendet hatte.

Fran sah sie nicht an, sondern starrte stattdessen auf den eingespannten Papierbogen, ein leises Lächeln auf den Lippen, wenngleich sie nicht einzuschätzen vermochte, ob dieses ihr galt oder dem Geschriebenen.

Sie nahm Haube und Cape ab. Beides war feucht vom Regen, der am frühen Morgen von den Bergen her über das Land gezogen war und immer noch nicht nachgelassen hatte. Bei Regen roch der Raum anders, nicht feucht, aber muffig.

»Was machst du gerade?«, fragte sie.

»Ich habe auf dich gewartet.«

Er nahm eine Zigarette aus einem Ascher und inhalierte. Dann griff er nach einem Glas Whisky und kippte den letzten Schluck herunter. »Du siehst sehr hübsch aus«, stellte er fest.

»Danke.«

Der Papierbogen in der Schreibmaschine war mit kurzen Absätzen dicht beschrieben. Auf dem Tisch lag noch mehr Papier, kleine Stapel, die jeweils von einer Büroklammer zusammengehalten wurden. Die Whiskyflasche war noch fast voll. Fran trug ein kragenloses Hemd, die Ärmel hatte er hochgeschoben und mit breiten Gummibändern fixiert. Der Verband an seiner linken Hand war schmutzig und ein wenig zerfranst.

»Regnet es noch? Bist du nass geworden?«

»Ja«, entgegnete sie. »Mein Haar ist ganz feucht.«

»Der Regen richtet so manchen Schaden an«, bemerkte Fran.

Sie setzte sich ans Fußende des Bettes.

Sylvie sah zu, wie er ein kleines Schränkchen öffnete. Er bewegte sich zügig, als hätte das Tippen seine Energiereserven wieder aufgeladen. Er holte ein flauschiges, sauberes Handtuch hervor und breitete es über beide Hände, ehe er es ihr darbot.

»Mach du das.«

»Soll ich wirklich?«

»Ja.«

Viele Männer hatten versucht, sie zu verführen. Die Handlungsreisenden probierten es immer wieder von Neuem, vor allem, wenn sie einen im Kahn hatten. Sie machten ihr Komplimente, verschlangen sie mit Blicken und flehten sie förmlich an, mit ihnen nach oben zu gehen. Es waren ausgesprochen gut aussehende Männer darunter, gut aussehend auf eine leicht schäbige Art, andere waren grobschlächtig, laut und hatten ständig einen roten Kopf. Sylvie hatte alle lachend abblitzen lassen. Sie war nicht unzufrieden mit Gowry.

In der Hoffnung, ein weiteres Kind zu zeugen, hatte er sie nicht vernachlässigt, sondern sich ihr mit der Regelmäßigkeit eines Metronoms gewidmet. Gowry war ein stiller Liebhaber und bei Weitem nicht so feurig wie Forbes. Wenn sie mit Gowry schlief, geriet sie nur selten richtig in Wallung. Bei Gowry gab es keine Überraschungen, immer nur die gleichen monotonen kleinen Signale, die ankündigten, was in dieser Nacht geschehen würde – und das für gewöhnlich ohne auch nur einen Kuss. Nicht mal einen einzigen Kuss.

Sie erschauerte, als Fran sie berührte.

Er strich mit dem Handtuch über das feine Haar in ihrem Nacken. Sie konnte durch den Stoff hindurch seine Finger fühlen, so federleicht wie eine Eintagsfliege, die auf dem Wasser landete. Er trat hinter sie und kniete sich auf das Bett. Sie fühlte, wie die Bettfedern nachgaben, und hörte sie leise ächzen. Fran schob die Spitze des Handtuchs abwärts unter den Kragen ihrer Bluse.

Sie erschauerte erneut und hauchte: »Ja.«

Er löste das Häkchen aus der Öse, schob die Hände flach unter den Stoff und streichelte ihre nackten Schultern. Er presste sich an sie, Brust, Schenkel, das Kinn in ihre Locken vergraben. »Ich habe gehört, die Polizei war gestern bei dir?«

»Ja.«

»Ein Polyp mit einem grauen Schnauzbart?«

»Ja.«

»Vaizey. Er ist der Boss.«

»Sie haben nichts gefunden.«

»Das habe ich auch nicht erwartet.«

»Jemand hat der Polizei einen anonymen Hinweis darauf gegeben, im Haus wären Waffen versteckt.«

»Ja, so ist das heutzutage. Niemand ist mehr sicher vor Denunziation.«

»Warst du das?«

»Ich?« Er war belustigt und nicht entrüstet. »Warum sollte ich so etwas tun?«

»Um mir Angst zu machen. Damit ich wiederkomme.«

»Hast du denn Angst?«

»Nein.«

»Hattest du welche, als Vaizey bei dir war?«

»Nein.«

»Wo hat dein Mann die Waffen hingebracht?«

»Er wollte es mir nicht sagen. Er will es niemandem verraten.«

»Das dachte ich mir schon«, meinte Fran Hagarty. »Er hat zweifellos seine Gründe.«

Sie fühlte, wie seine Finger die vier kleinen Knöpfe unterhalb des Kragens lösten. Sie trug nur ein dünnes Sommerhemdchen unter der Bluse. Er schob den Stoff im Rücken auseinander, und gleich darauf spürte sie seine Daumen entlang ihrer Wirbelsäule.

»Was macht deine Wunde? Heilt sie.«

»Ich habe nicht mehr nachgesehen.«

»Ich schaue sie mir später an.«

»Gut.«

»Ich werde den Verband wechseln.«

»Ja, bitte.«

»Später.«

»Ja, später ist noch früh genug.«

Er streifte ihr die Bluse über die Schultern, schob eine Hand unter das Hemdchen und streichelte ihre Brüste. Sie hatte kleine, empfindliche Brüste und fühlte, wie deren Spitzen sich verhärteten, als er fortfuhr, sie geschickt zu liebkosen. Sie lehnte sich an ihn, den Kopf an seiner Brust, und seine Finger fanden ihre empfindlichsten Stellen, emsige Finger, die Empfindungen auslösten, die sie an die sprühenden Funken an den Oberleitungen der Straßenbahn erinnerten.

Sie bog einen Arm zurück und zog ihn zu sich herab, bis ihre Lippen und Zungen sich berührten. Er presste die Lippen zusammen, schob die feuchte Zungenspitze dazwischen und rieb diese über ihre Lippen. Dann zog er sie rücklings auf das Bett, hielt ihre Arme seitlich an ihrem Oberkörper ausgestreckt fest und küsste sie wieder und wieder mit offenem Mund.

»Ich werde dir nicht wehtun«, murmelte er. »Ich verspreche, dass ich dir nicht wehtun werde.«

»Bitte«, flüsterte sie. »Bitte nicht.«

Aber tief im Innersten wusste sie, dass er es doch tun würde.

KAPITEL 4

Vielleicht hätte sich schon bald Selbstgefälligkeit eingestellt, wäre der Krieg nicht gewesen, der Krieg und der Charakter ihres Liebhabers Fran Hagarty, der zu komplex und unbeständig war, als dass sie die Freuden, die er ihr bereitete, als Selbstverständlichkeit hätte betrachten können. Er war Autor von Beruf, hatte jedoch – ähnlich wie sie – eine ganze Reihe von Dummheiten begangen, wenn es um die praktischeren Dinge des Lebens ging.

Für einen Mann, dessen Arbeit nicht ungefährlich war, ging Fran erstaunlich großzügig mit Informationen über seine Erfolge um, und Sylvie erkannte schon bald, dass er kein gewöhnlicher drittklassiger Lehrer und Phrasendrescher war. Er war Akademiker, und er war Hochschuldozent gewesen, bis seine Frauengeschichten oder sein politisches Engagement für die Schulbehörde nicht mehr tragbar gewesen waren. Fran war mehrmals nach Amerika gereist und ganz unzweifelhaft ein Mann von Welt. Er hatte im »Old Irish American Club« in Philadelphia mit Richter Cohalan und anderen Gründungsmitgliedern des *Clan-na-Gael* gespeist und sich sogar mehrfach mit O'Donovan Rossa getroffen, einem legendären Aufständischen, der sich im Alter auf Staten Island niedergelassen hatte.

»Landhunger ist die Wurzel«, erklärte ihr Fran. »Das ist es, was alledem zugrunde liegt. Trotzdem sollte man Nationalstolz nicht als Verbrechen abtun. Er war drei Mal verheiratet, weißt du, der alte Schwerenöter.«

»Von wem sprechen wir gerade?«

»Von Rossa natürlich, vom alten O'Donovan Dubh, dem Erz-Fenier *par excellence.*«

»Was ist aus seinen Frauen geworden?«

»Die sind jung gestorben, zumindest zwei von ihnen.«

»Und du, Fran? Was ist mit deiner Frau?«

»Wer hat dir erzählt, dass ich verheiratet bin?«

»Charlie ist irgendeine Bemerkung herausgerutscht.«

»Okay, es stimmt. Es hat eine Frau gegeben. Es gibt sie noch.«

»Und Kinder?«

Einen flüchtigen Augenblick schaute er beinahe schuldbewusst. »Drei Söhne. Gute Jungs: Jack, Ross und Hugh.«

»Und wo sind sie jetzt?«

»Weit weg in Übersee.«

»Siehst du sie denn nie?«

»Nein.«

»Unterstützt du sie?«

»Leider habe ich kein Geld, von dem ich sie unterstützen könnte.«

»Und wo ist deine Frau jetzt?«

»In Huddersfield.«

Sylvie brachte nicht den Mut auf zu fragen, was Mrs. Francis Hagarty in Huddersfield machte.

Der Umstand, dass Fran so viel redete, bremste ihr eigenes Erklärungsbedürfnis. Er redete und redete, über alles und jedes, das ihn interessierte, und stellte ihr nur wenige Fragen.

Ihr war wohl bewusst, dass er sie nach wie vor als nettes kleines Dummchen betrachtete. Aus diesem Grund behielt sie für sich, dass sie eine sehr gute Erziehung und Ausbildung an einer der besten Schulen Glasgows genossen hatte, für die ihr leiblicher Vater, Tom Calder, aufgekommen war. Sie konnte wahrheitsgetreu von sich behaupten, zwei Väter zu haben, wusste jedoch nicht so recht, wie sie die Umstände ihrer Kindheit und Jugend erklären sollte. Kurz nach dem Tod ihrer Mutter hatte ihr Vater sie in die Obhut seiner Schwägerin gegeben, und so war Sylvie bei Florence und Albert Hartnell aufgewachsen, die im Dienste der *Coral Strand Mission Society* Spenden gesammelt hatten. Florence und Albert hatten einen Teil der Einnahmen einbehalten, und noch vor ihrem siebzehnten Geburtstag hatte Sylvie, die mit Albert auch in Kneipen und Spielhöllen für die gute Sache unterwegs gewesen war, eine Schwäche für alkoholische

Getränke, Tabak und andere Ausschweifungen entwickelt, auch wenn von dem jugendlichen Übermut heute nicht mehr viel übrig war.

Natürlich erwähnte sie Forbes mit keinem Wort, nicht einmal, als Fran vorsichtig nachfragte, wo sie solches Geschick in Liebesdingen entwickelt hatte. Jedenfalls nicht von Forbes, der sogar noch einfallsloser gewesen war als Gowry.

Fran Hagartys Bildung, Intelligenz und Beredsamkeit faszinierten sie meistens, manchmal langweilten sie sie jedoch auch.

»Sag mal, hat dein Mann eigentlich mehr Haare als ich?«, fragte er, als sie Seite an Seite im Bett lagen.

»Meinst du, auf dem Kopf?«

»Ganz allgemein. Überall.«

»Haare hat er genug, da kann man nicht klagen«, entgegnete Sylvie.

»Nun ja, er ist ja auch noch sehr jung, jünger als ich.« Fran hob die Hand und strich sich die ergrauten Locken aus der schweißnassen Stirn. »Ab einem gewissen Alter ist es wohl nur natürlich, dass ein Mann ein paar Haare einbüßt.«

»Du bekommst keine Gla… So schlimm ist es gar nicht«, erwiderte Sylvie, bemüht, den kleinen Makel herunterzuspielen. »Du bist doch nicht alt. Ich meine, du bist schließlich noch in den besten Jahren.«

»Er hat wohl auch mehr Haare auf der Brust als ich, nehme ich an.« Fran hob das Laken an, zog das Kinn an und studierte ernst seinen Brustkorb. »Ich hatte noch nie eine starke Brustbehaarung. Meine Brüder haben mich deswegen ständig aufgezogen.«

»Deine Brüder? Ich wusste gar nicht, dass du Brüder hast.«

Er ging nicht auf das Ablenkungsmanöver ein, sondern hob stattdessen das Laken noch höher.

»Was meinst du, Sylvie? Ganz ehrlich.«

Seine Haut war so bleich wie Papier, und die Adern schimmerten hindurch wie Wasserläufe. In der Mitte der Brust sprossen ein paar mickrige Härchen. Der Rest war bis zum Nabel völlig haarlos, von dort aus abwärts leicht behaart. Gowrys Haarwuchs war ziemlich ausgeprägt, eine sehr männliche Behaarung auf einem muskulösen schlanken Körper, der Fran im Vergleich alt und schwach aussehen ließ. Tatsächlich war der Kontrast zwischen beiden Männern so krass, dass Sylvie sich einen Moment wunderte, dass sie überhaupt mit Fran ins Bett gegangen war.

»Mit dir ist alles in Ordnung«, log sie. »Alles bestens.«

»Ich nehme an, du hast noch nicht allzu viele nackte Männer gesehen.«

»Nein«, entgegnete Sylvie. »Sehr wenige … ich meine, nur Gowry, nur meinen Mann.«

»Hm!« Er schlug das Laken zurück und blickte traurig an sich hinab, nicht auf Komplimente aus, sondern auf ein paar freundliche Worte, um sein Selbstwertgefühl zu festigen. »Und was ist mit dem Rest?«

Mehr zurückhaltend denn verlegen beugte sie sich über ihn, unterdrückte ihren Ekel, legte eine Hand auf seinen Oberschenkel und betrachtete sein Geschlechtsteil. Auch in dieser Hinsicht unterschied er sich stark von Gowry. Forbes war, wenn sie sich recht erinnerte, in puncto Form und Größe ähnlich gebaut gewesen wie sein Bruder, und ihr ging flüchtig durch den Kopf, dass Mitglieder einer Familie nicht nur Merkmale wie Nasen, Augen oder Ohren gemein hatten. Frans Geschlecht wirkte beinahe komisch, irgendwie unfertig, als wäre die Entwicklung irgendwann unterbrochen worden. Mit leisem Widerwillen, nicht gegen den Akt an sich, sondern gegen den Gegenstand, dem sie diesen zuteilwerden ließ, berührte sie ihn und beugte sich hinab, um ihn mit dem Mund zu liebkosen, aber er schob sie fort.

»Ich kann nicht. Nicht in so kurzem Abstand.«

»Dafür brauchst du dich nicht zu schämen.«

»Schämen? Wer hat denn was von Schämen gesagt? Ich schäme mich keineswegs deswegen.«

»Und das solltest du auch nicht. Nicht nach …«

»Was?« Pikiert, dass er sich eine Blöße gegeben hatte, rückte er von ihr ab und verschränkte die Hände unter dem Kopf. Sylvie war zu klug, um dennoch zu versuchen, ihn zu erregen. Stattdessen drehte sie sich auf die Seite, kreuzte die Arme vor den Brüsten und blickte zu ihm auf. »Ich bin froh.«

»Froh«, wiederholte er. »Weswegen?«

»Dass du genug hast.«

Er musterte sie stirnrunzelnd.

»Ehrlich gesagt, bin ich ziemlich geschafft. Du hast mich ganz schön fertiggemacht.«

»Habe ich?«

»Ja, mein Schatz, das hast du.«

Mit einem Lächeln auf den Lippen wandte er sich ihr wieder zu, glitt zu ihr unter das Laken, legte den Arm um sie und zog sie an seine kalte weiße, haarlose Brust. »Das sagst du doch nur, weil du denkst, dass ich es hören will.«

»Nein. Das ist mein voller Ernst.«

»Na dann!«, murmelte er. »Umso besser!« Er küsste sie.

»Meinst du, dadurch wird sich vieles ändern?«, fragte Jansis.

»Wodurch? Den Krieg?«, gab Sylvie zurück.

Während sie mit Francis Hagarty geschlafen hatte, hatte das Parlament Großbritanniens und Irlands die Nation in den Krieg geführt.

»Ja, den Krieg.«

»Natürlich wird er einiges verändern, wie auch nicht? Sieh doch, was jetzt schon alles passiert.«

»Es heißt, bis Weihnachten wäre der Spuk wieder vorbei.«

»Kitchener ist da anderer Meinung«, sagte Maeve.

»Was weißt du denn von Kitchener?«, wollte Sylvie wissen.

»Es stand im *Progressive*«, erklärte ihre Tochter.

»Warum liest du diesen Schund nur? Du hast dir das Blatt doch nicht etwa gekauft, oder?«, erkundigte sich Sylvie tadelnd.

»Nein, ich habe es nicht gekauft. Mr. Pettu hat es mir überlassen.«

»Mr. Pettu? Also, das überrascht mich aber«, meinte Jansis. »Ich hätte ihn für klüger gehalten.«

»Er ist kein Revoluzzer«, erklärte Maeve. »Er kauft die Zeitung nur wegen der Rennergebnisse.«

»Ich wusste gar nicht, dass Mr. Pettu auf Pferde wettet«, sagte Jansis. »Und das, wo er ein so frommer Mann ist.«

»Er wird gelegentlich schwach«, meinte Maeve. »Letztens hat er vier Schilling gewonnen.«

»Du scheinst dich ja plötzlich auffällig gut mit Mr. Pettu zu verstehen«, stellte Jansis fest. Früher einmal hatte sie die Hoffnung gehegt, der kleine Witwer könnte ein Auge auf sie werfen, ihr den Hof machen und sie sogar heiraten, auch wenn er mehr als dreißig Jahre älter war als sie, aber Mr. Pettu hatte nichts dergleichen getan. Er war ihr gegenüber zwar nicht abweisend gewesen, doch schlicht desinteressiert und gleichgültig. Nachdem seine Frau gestorben und seine letzte überlebende Tochter ins Kloster eingetreten war, hatte er ein Keuschheitsgelübde abgelegt – wenigstens hatte er das Jansis erzählt. Da nichts auf das Gegenteil hindeutete, glaubte Jansis ihm und weigerte sich schlicht, ihm zu unterstellen, dass der kleine Mr. Pettu mit dem spitzen, blassen Gesicht und dem schmalen Oberlippenbart ihr einfach etwas vorgemacht hatte, um sie sich vom Leib zu halten.

»Wir haben uns nur unterhalten, das ist alles.«

»Aber doch hoffentlich nicht oben auf seinem Zimmer?«, fragte Sylvie.

»Nein, nicht auf seinem Zimmer, obwohl ich nicht wüsste, was daran so schlimm wäre …«

»Hör auf deine Mutter«, mischte Jansis sich ein. »Trau keinem Mann.«

Maeve blinzelte mit ihren blauen Augen und schüttelte die kastanienbraunen Locken.

Sylvie musterte ihre Tochter abschätzig. Sie hatte keinen Schimmer, wie aufgeklärt Maeve war, was die Beziehung zwischen Mann und Frau anbelangte, und ob sie wusste, dass Jugend und Unschuld keinen Schutz boten vor Übergriffen, dass sie im Gegenteil auf manchen Mann besonders reizvoll wirkten. In vier oder fünf Jahren – hoffentlich nicht früher – würde Maeve sich ihrer Kontrolle ebenso entziehen, wie Peter sich jener seines Bruders Charlie entzogen hatte.

Im »Shamrock« war an diesem Tag viel los gewesen, und sie hätte jeden Tisch doppelt besetzen können. Was immer die Dubliner sonst über den Krieg sagen mochten, er belebte das Geschäft. Die Touristen waren von jungen Männern vom Lande abgelöst worden, die von den Gerüchten angelockt wurden, dass die Werften Lehrlinge einstellten und die Regierung Fabriken eröffnen werde, um die britische Armee mit allem Notwendigen zu versorgen: von warmen Wollunterhosen bis hin zu Schweinefleisch. Jeder Reisende in Irland schien nach Dublin gekommen zu sein; und wo viel los war, profitierten als Erstes Kaufleute und Gastronomie.

Sylvie hatte von einem Händler sechs Ellen preiswerten Gardinenstoff erworben, um die Zimmer im Obergeschoss zu verschönern, und an diesem ruhigen Nachmittag saß sie zusammen mit Maeve und Jansis im Wohnzimmer, und sie alle nähten an den Vorhängen.

Sylvie hatte ein furchtbar schlechtes Gewissen gehabt, weil sie sich bei Hochbetrieb davongestohlen hatte, und später, als sie draußen vor Frans Tür gestanden und vergeblich geklopft hatte, war sie sich schrecklich naiv vorgekommen. Tief enttäuscht und verärgert über seine Gleichgültigkeit, war sie die Wendeltreppe hinuntergestiegen, aber unten auf der Straße hatte sie sich wieder beruhigt. Immerhin hatte Fran wichtige Dinge zu erledigen, und sie konnte kaum von ihm erwarten, dass er den ganzen Tag im Bett lag und auf sie wartete.

Auf dem Heimweg war sie beim Metzger hereingesprungen und hatte beim Lebensmittelhändler nebenan eine umfangreiche Bestellung aufgegeben. Zurück im »Shamrock« hatte sie Jansis geholfen, Laken zu bügeln, mit Maeve zusammen die Betten frisch bezogen und in einem Anflug von Großmut Mr. Dolan einen Teller Suppe aufs Zimmer gebracht, das der alte Knabe nicht mehr oft verließ. Jetzt, am ruhigeren Teil des Nachmittages, waren die beiden Frauen und das Mädchen unter sich.

»Auch Daddy nicht?«, fragte Maeve beim Nähen.

»Bei Daddy ist das etwas anderes«, sagte Sylvie.

»Und bei Charlie?«

»Bei dem nicht. Auch bei Onkel Charlie musst du auf der Hut sein.«

»Was genau meinst du mit ›auf der Hut‹?«

Jansis und Sylvie tauschten über den Gardinenstoff hinweg einen Blick.

»Einfach vorsichtig«, erklärte Sylvie.

»Du meinst, dass er sich keine Freiheiten herausnimmt?«, fragte Maeve.

»Hat Charlie das etwa schon versucht? Hat er versucht …«

»Nein, nein«, beruhigte Maeve sie. »Er hat nichts getan.«

»Und was ist mit Mr. Trotter?«, hakte Jansis nach.

»Turk? Nö. Er weiß, dass Charlie ihn umbringen würde, wenn er das täte.«

Sylvie räusperte sich. »Wenn er was täte?«

»Wenn er mich küssen würde. Oder es versuchen würde«, erklärte Maeve.

»Nur wenn er dich küssen würde?«, wollte Jansis wissen.

Sylvie runzelte die Stirn und schüttelte warnend den Kopf.

»Ich weiß, was du meinst«, sagte Maeve.

»Ach ja, weißt du das? Und wovon sprechen wir, bitte schön?«, erkundigte sich Sylvie.

»Vom Umarmen.« Trotz ihrer Frühreife überzog leichte Röte Maeves Wangen. Sie flüchtete sich ins Nähen. »Man darf sich nicht von einem Mann umarmen lassen.«

»Nur, wenn man verheiratet ist«, meinte Jansis.

»Ist es eine Todsünde?«, fragte Maeve.

»Es … ja, es ist eine Sünde, allerdings keine Todsünde.«

»Hat dich schon mal ein Mann umarmt, Jansis?«

»Was ist denn das für eine Frage? So etwas fragt man eine anständige Frau nicht.«

»Und? Hat dich schon mal einer umarmt?«

»Nein, noch nicht.«

»Nie?«

»Nein. Noch nie.«

»Würde es dir denn gefallen, wenn es einer täte?«

»Maeve, das reicht jetzt«, erklärte Sylvie streng. »Geh und koch uns einen Tee. Wir können alle drei eine Stärkung brauchen, bevor der Abendbetrieb losgeht.«

»Ich übernehme das«, erbot sich Jansis. »Ich habe sowieso keine Lust mehr.« Die Magd verließ das Wohnzimmer und schlurfte hinüber in die Küche.

Sylvie registrierte, dass es an diesem Tag im Haus anders roch, feiner, wohlgefälliger, so als hätte der Zustrom von Gästen bereits die Atmosphäre verändert. Sie biss mit den Zähnen den Faden durch und verknotete das lose Ende.

»War er nicht da, Mam?«, fragte Maeve. »Bist du deshalb schon so früh zurück gewesen?«

»Wer?«

»Der Mann, den du jeden Tag besuchen gehst.«

»Mann? Welcher Mann? Was redest du denn da?«

»Ist er es? Dieser Mr. Hagarty?«, wollte Maeve wissen.

»Mister … natürlich nicht.«

»Wer dann?«

»Ich gehe zum Einkaufen auf den Markt.«

»Jeden Tag? Und dann drei Stunden lang?«

»Hat Jansis sich über die Mehrarbeit beklagt?«

»Jansis beklagt sich ständig über irgendwas.« Maeve zog ihren Stuhl über den Boden, bis sie Knie an Knie mit Sylvie saß. »Du kannst es mir erzählen, Mam. Ist es wirklich Mr. Hagarty? Er ist es doch, oder?«

»Mr. Hagarty ist viel zu beschäftigt, um sich mit jemandem wie mir abzugeben.«

»Dann hast du ihn also wiedergesehen?«

»Ich habe nicht gesagt, dass ich …«

»Woher willst du dann wissen, dass er so beschäftigt ist?«

»Maeve, Schatz, du solltest nicht voreilige Schlüsse ziehen.«

»Gehst du zu ihm, damit er dich umarmt?«

»Maeve! Genug jetzt!«

»Wenn ich so alt wäre wie du und Mr. Hagarty würde mir schöne Augen machen …«

»Schöne Augen machen? Was soll der Unsinn?«

»Jansis sagt …«

»Jansis also. Sie sollte vorsichtiger sein, wenn sie ihren Job nicht verlieren will.«

Maeve lehnte sich mit schräg geneigtem Kopf zurück. Die Locken hüpften um ihre Wangen, die jedoch nicht mehr gerötet waren. Sylvie dachte bei sich, dass ihre Tochter ihr selbst in diesem Alter verblüffend ähnlich sah. In einer der Blechdosen auf dem Speicher war ein Foto, das in einem Studio aufgenommen worden war: Die kleine Sylvie saß auf einem wackligen Stuhl, ihr Stiefvater hinter ihr, eine Hand auf ihrer Schulter, den anderen Daumen in der Westentasche. Auf diesem Foto hatte sie einen für ihr Alter so unpassenden, wissenden Gesichtsausdruck, dass ihr Stiefvater es nie gewagt hatte, das Bild ihrer Tante und Stiefmutter zu zeigen.

»Es ist nicht Jansis' Schuld. Ich habe dich gesehen«, bekannte Maeve.

»Du hast mich *gesehen*?« Sylvies Mund wurde ganz trocken, und die Härchen in ihrem Nacken sträubten sich, als wehte ein eisiger Luftzug durch das Zimmer. »Wo hast du mich gesehen?«

»Ich bin dir ein Stück gefolgt.«

»Du … du bist mir … gefolgt?«

»Du bist über die Parade gegangen. Du hättest die Straßenbahn nehmen sollen.«

»Was fällt dir ein! WAS FÄLLT DIR EIN!«, zischte Sylvie. »Deine eigene Mutter zu bespitzeln!«

»Lebt er dort? In der Endicott Street?«

»Wenn du mir noch ein Mal, auch nur ein einziges Mal nachspionierst …«

»Charlie hat es mir gesagt. ›Endicott Street – Mr. Hagarty‹«, fuhr Maeve unbeirrt fort. »Ich finde das schrecklich mutig von dir, Mam.«

»Mutig?« Sylvie kam es vor, als wäre ihre Zunge am Gaumen festgefroren. »W-w-was findest du mutig?«

»Du tust das doch, um Daddy zu retten, nicht wahr?«

»Was?«

»Na ja, dass du dich mit Mr. Hagarty triffst. Charlie hat gesagt, Mr. Hagarty hätte verhindert, dass Daddy auf die Abschussliste gesetzt wird, weil er doch die Waffen weggebracht hat.«

»Wann hast du denn mit Charlie gesprochen?«

»Er war letztens hier. Dienstag, an dem Tag, an dem wir in den Krieg eingetreten sind.«

»Warum hast du mir denn nichts davon erzählt?«

»Weil er mich darum gebeten hat.«

»Und wo war Jansis?«

»Die hat oben die Betten gemacht. Erzähl mir von dem Treffpunkt.«

»Es hat nichts zu … es ist kein Treffpunkt.«

»Daddy sollte besser nichts davon erfahren, oder? Ich meine, von dem Treffpunkt.«

»Nein, besser nicht.«

In der Küche pfiff der Wasserkessel.

Sylvie fühlte sich, als würden ihre Gliedmaßen dahinschmelzen. Sie hätte Maeve am liebsten in die Arme geschlossen und gewiegt wie ein Baby, ihr versichert, dass das alles nur alberner Erwachsenen-Unsinn war, aber sie ahnte, dass Maeve ihr diese Lüge nicht abnehmen würde und der schleichende Prozess der Korruption bereits eingesetzt hatte.

»Daddy sollte besser nicht wissen, dass du mit Mr. Hagarty gesprochen hast, oder?«

»Nein.«

Maeve nickte weise. »Er hat auch seinen Stolz; Daddy, meine ich.«

»Ich werde Mr. Hagarty nicht wieder besuchen«, erklärte Sylvie nach kurzem Zögern.

»Warum denn nicht?«

»Weil es … er …«

»Mag er dich denn nicht?«

»Doch, aber …«

»Und du magst ihn. Ich mag ihn auch. Er hat Daddys Haut gerettet.«

»Hat Charlie das gesagt?«

»Ja.«

»Maeve, gehört Mr. Hagarty auch der Bruderschaft an?«

»Keine Ahnung, was er ist. Ich finde ihn nur schrecklich nett.«

»Vor allem ist er schrecklich schlau, das muss man ihm lassen«, entgegnete Sylvie.

»Umarmt er dich?«

»Nein.«

»Möchte er das denn nicht?«

»Keine Ahnung. Wir … wir reden nur.«

»Worüber?«, wollte Maeve wissen.

»Alles Mögliche.«

»Über die Waffen? Über Daddy und die Waffen?«

»Ja.« Erleichtert griff Sylvie nach dieser plausiblen Lüge. »Ja, es geht ausschließlich um Daddy und die Waffen.«

»Das dachte ich mir schon.« Maeve seufzte leise und bekundete damit ihre Erleichterung darüber, dass das Geheimnis ihrer Mutter so harmloser Natur war. »Ich glaube, jetzt steckst du auch mit drin, Mam. Ja, das glaube ich.«

»Stimmt, Schatz, da könntest du recht haben«, meinte Sylvie traurig, als Jansis eben mit dem Tee hereinkam.

Es gab kaum eine irische Zeitung, für die er nicht irgendwann einmal geschrieben hätte. Sogar in seinen Tagen als Universitätsdozent hatte er noch Zeit gefunden, neben seinen regelmäßigen Berichten an den Clan den einen oder anderen Zeitungsartikel zu verfassen. Nichts hatte ihn je vom Schreiben abhalten können, nicht einmal jener Unfall, als er an einem nasskalten Freitagabend die Hintertreppe von »McKinstry's« hinuntergefallen war und sich das Handgelenk gebrochen hatte. Er hatte unter so zahlreichen Pseudonymen veröffentlicht, dass er sie nicht alle hätte aufzählen können, und wenn er die falschen Namen hinzunahm, die er den vielen Mädchen genannt hatte, mit denen er im Bett gewesen war, sagte er sich, dass von dem wahren Fran Hagarty eigentlich nichts mehr übrig sein dürfte.

Manchmal, wenn er auf dem Holzfußboden zu sich kam, elend vom Trinken und durchgefroren bis ins Mark, fiel es ihm schwer, einen Namen für sich aus der ganzen Schar der Ghostwriter herauszufischen, wollte er doch nicht einer von ihnen sein, sondern sie alle gleichzeitig.

Bis er Sylvie kennengelernt hatte, hatte er sich jedoch nicht ernsthaft verlieben wollen, schon gar nicht in eine Hotelbetreiberin aus Dublin. Aber jeden Morgen beim Aufwachen dachte er an Sylvie McCulloch, und bevor er aufstand, um sich zu erleichtern oder Wasser für den Frühstückstee zu kochen, blieb er noch eine Weile still liegen und wiederholte immer und immer wieder ihren Namen, McCulloch: Er sprach den Namen in jenem weichen, fließenden Akzent aus, der noch in den Tälern von Glendalough gesprochen wurde: *MickCullou,* ganz Lippen und Zunge, mit der Betonung auf *Mick* und *Cull.*

Er träumte von Sylvie, während er eigentlich seine Flucht hätte planen müssen. Auf der Welt und auch hier in Dublin war weiß Gott genug im Gange, um seine ganze Aufmerksamkeit zu beanspruchen. Welche übereilten Schritte mochte die Bruderschaft als Nächstes unternehmen? Falls den Iren die Wehrpflicht aufgezwungen wurde, würde es dann zu Straßenkämpfen kommen, und würde er dann Turk Trotter von der Kette lassen müssen, damit der aus dem Busfahrer herausprügelte, wo er die gestohlenen Waffen versteckt hatte? Wie sollte er das dann Sylvie erklären? Kurz darauf fand er sich unerklärlicherweise am Fenster wieder, wo er auf die Endicott Street hinabblickte und auf sie wartete. Und wenn er sie dann entdeckte, wie sie in ihrem adretten kleinen Cape und mit dem lustigen Strohhut unten vorbeiging, empfand er Mitleid mit ihr und auch mit sich selbst wegen der sich anbahnenden Tragödien – Tragödien, über die er, würde er sie nicht lieben, bloß gelacht hätte.

»Sylvie«, hauchte er, und die Scheibe beschlug von seinem Atem.

»Sylvie.« Dann eilte er zurück zum Bett, um sie dort zu empfangen und sich herzlos maskulin zu geben, wie jemand, der sich allein für die körperliche Seite ihrer Beziehung interessierte.

Als sich herumsprach, dass in Cork ein geheimes Treffen stattfinden sollte, wusste er, dass er sie würde verlassen müssen. Er wagte nicht, ihr zu schreiben – Briefe waren immer riskant –, und es gab auch niemanden in seinem Umfeld, dem er genug Vertrauen entgegengebracht hätte, um ihn mit einer Nachricht zu ihr zu schicken. Er musste packen und gehen, von jetzt auf gleich. Es gehörte zu seinen Pflichten, sämtlichen Zusammenkünften der Bruderschaften beizuwohnen, und der Clan würde von ihm einen umfassenden Bericht erwarten. Er konnte sie nicht hängen lassen, nicht jetzt, da er möglicherweise in nicht allzu ferner Zukunft ihren Schutz benötigen würde. Aber im Augenblick empfand er diese Pflicht als lästig, und er fühlte sich so elend bei dem Gedanken, Sylvie ohne ein Wort verlassen zu müssen, dass er sogar aus purer Verzweiflung einen kleinen Tanz vollführte, ehe er den Rasierapparat und ein sauberes Hemd einpackte und sich auf den Weg zum Zug nach Cork machte.

KAPITEL 5

Trockener Maische und sauberer Streu war ein gesunder Stamm Geflügel zu verdanken. Die Tiere versorgten sie auch im tiefsten Winter mit frischen Eiern sowie das ganze Jahr über mit Fleisch. Nur das Schlachten brachte Sylvie nicht übers Herz, sodass sie diesen Teil Jansis überließ, die kein Problem damit hatte, Hühner ins Jenseits zu befördern.

»Die sind doch zum Sterben geboren«, sagte sie lapidar. »Jawohl, geboren, um zu sterben, die armen Dinger«, woraufhin sie einer weiteren Henne den gefiederten Hals umdrehte.

Der Hühnerstall war gut durchlüftet, allerdings ein wenig dunkel, sodass Sylvie jeden Morgen die Gittertür öffnete, um die Tiere auf den Hof zu lassen. An diesem speziellen Morgen war es sonnig, aber windig. Schwarzer Rauch wehte vom Dach von Watton's Lagerhaus, kleine Wattewolken zogen am Himmel vorbei, und Möwen kreisten rastlos über dem Hotel. Die Ferien waren vorbei, und Maeve war wieder in der Schule. Die Handelsreisenden hatten gefrühstückt und waren ihrer Wege gegangen, während Mr. Dolan sich, wenn auch etwas nervös, aufgemacht hatte zu seinem obligatorischen Hafenrundgang. In Europa tobte der Krieg, aber Sylvie war viel zu sehr mit sich selbst beschäftigt, um mehr als einen flüchtigen Gedanken daran zu vergeuden.

Sie war wütend auf Fran, wütend, dass er sie einfach versetzt hatte und sie schon fast eine Woche nichts mehr von ihm gehört hatte. Unter dem Groll nagte jedoch die Furcht, ihm könne etwas zugestoßen sein oder er sei ihrer jetzt, nachdem er sie rumgekriegt hatte, überdrüssig geworden. Sie hatte gerade die Wassertröge gefüllt und Futter verteilt, als sie den Blick hob und ihn im Torbogen stehen sah. Er trug seinen langen Mantel mit hochgestelltem Kragen, dazu jedoch keinen Hut, sodass der Wind sein Haar durcheinanderbrachte.

»Fran?«, sagte sie leise. »Fran, bist du es wirklich?«

Er stand zu weit weg, um sie hören zu können, aber als sie sich ihm zuwandte, kam er die Gasse herunter, und als er grüßend die Hand hob, ging ihr das Herz auf wie eine Blüte, die sich bei Sonnenschein öffnete. Sie stellte die Futterschüssel ab, wischte sich die Hände an der Schürze sauber, rannte die paar Meter, die sie noch von ihm trennten, und warf sich in seine Arme.

»Gott«, seufzte sie. »Mein Gott, wie sehr habe ich dich vermisst!«

Fran drückte sie fest an sich. Er fühlte sich stark an, so stark. Stärker als Gowry sich je angefühlt hatte. Sie konnte nicht in Worte fassen, wie wichtig er ihr geworden war in diesen Tagen der Trennung, und so schnurrte sie nur wie ein Kätzchen, als er sie küsste.

Er rückte ein Stück von ihr ab. »Sind wir sicher?«

»Ja«, entgegnete sie atemlos. »Ja.«

»Wo ist Maeve?«

»In der Schule.«

»Und das Mädchen? Die Magd?«

»Einkaufen.«

Nach Gowry erkundigte er sich nicht.

Sylvie lachte, küsste ihn noch einmal, nahm dann seine Hand und führte ihn in die Küche.

Das frisch gespülte Frühstücksgeschirr glänzte in der Sonne, und auf dem Herd schimmerten drei kleine Töpfe. Sylvie hörte das Knistern neuer Kohlen und roch den Rauch, der bei Wind aus dem gusseisernen Ofen entwich. Sie hatte noch seinen Geschmack auf den Lippen und war erleichtert, dass ihre Liebe offenbar nicht einseitig war.

»Können wir irgendwo hingehen?«, fragte Fran. »Kennst du einen Ort, an dem wir ungestört zusammen sein können?«

»Hast du schon gegessen? Hast du gefrühstückt?«

»Ja, ja, ich habe gefrühstückt. Hast du denn keine Lust?«

»Das ist es nicht. Es ist nur …«

»Was ist mit den Zimmern oben? Können wir nicht einfach raufgehen?« Er runzelte die Stirn. »Komme ich ungelegen?«

»Ungelegen? Was soll die Frage? Natürlich nicht. Es ist alles bestens. Komm.«

Sie zog ihn den Flur hinunter zur Treppe. Er bewegte sich hölzern, als hätte er verlernt, impulsiv zu handeln. Auf dem ersten Treppenabsatz machten sie halt. Fran legte die Arme um sie und zog sie fest an sich. Sie bog den Kopf zurück und stöhnte wohlig, als er sie auf Wangen, Stirn und Ohren küsste. Er umfasste ihre Brüste und seufzte, als nähme die Freude, sie wieder in den Armen zu halten, ihm den Schmerz, Fran Hagarty zu sein.

Polternd betraten sie ein leeres Gästezimmer.

Mit einem lauten Knall fiel die Tür hinter ihnen zu.

»Siehst du«, sagte Sylvie. »Du hattest doch Hunger.«

»Stimmt«, gab Fran zu, »aber der eine Appetit war stärker als der andere.«

Sylvie stieß ihm den Ellbogen in die Rippen.

Sie saßen am Küchentisch, wo er Eier und Würste aß, die sie für ihn gebraten hatte. Sie saß ganz dicht bei ihm, Teekanne und Milchkrug beiseitegeschoben, der Stuhl so nah gerückt, dass sie ab und an eine Hand auf seinen Schenkel legen und sich an seine Schulter lehnen konnte.

»Appetit, ja? Ist das alles, was ich für dich bin? Eine kleine Zwischenmahlzeit?«

»Hung-gerrr«, knurrte er. »Hung-gerrrr.«

»Ich habe dich noch nie essen sehen.«

»Ist auch kein schöner Anblick«, entgegnete Fran schulterzuckend.

»Ach, ich weiß nicht. Ich habe schon Schlimmeres gesehen.«

»Und ich kann noch nicht einmal behaupten, ich wäre es nicht gewohnt, zur Mittagszeit zu frühstücken. Tatsächlich passiert mir das regelmäßig.«

»Du bist verwahrlost«, meinte Sylvie. »Du führst ein Lotterleben.

Wenn ich deine Frau wäre, würde ich dich wieder auf Kurs bringen.«

»Und wenn ich gar nicht ›auf Kurs gebracht‹ werden möchte?«

»Also gut, dann sagen wir eben, ich würde dafür sorgen, dass du wieder etwas Fleisch auf die Rippen bekommst.«

»Du willst mich mästen wie ein Lamm, bevor man es zur Schlachtbank führt?« Fran kaute nachdenklich, während Sylvie eine Scheibe Brot mit Butter bestrich. Er wischte damit Eigelb von seinem Teller und schob sich den Bissen in den Mund.

»Du brauchst nicht zu gehen, Fran. Wenn du willst, kannst du die ganze Nacht bleiben.«

Er schüttelte den Kopf. »Das wäre nicht recht.«

»Gowry kommt erst morgen Nachmittag zurück. Er fährt Rekruten zur Kaserne von Tipperary.

»Tipperary? Was für Rekruten?«

»Woher soll ich das wissen?« Sylvie schenkte Tee ein; für sich nur eine halbe Tasse. Sie sollte noch nichts zu sich nehmen, um das, was in ihr war, noch eine Weile unverfälscht zu bewahren. Aber sie hatte schrecklichen Durst, und der Tee war erfrischend. Sie hielt die Tasse mit beiden Händen und kuschelte sich an Fran, während er zu Ende frühstückte.

»Warum hast du mir nicht gesagt, dass du wegmusstest?«

»Dafür war keine Zeit. Es ging alles ganz schnell.«

»Eine Geheimsache?«, fragte sie.

»Streng geheim«, bestätigte er und schüttelte leicht den Kopf. »Was soll's, heutzutage lässt sich sowieso nichts geheim halten. Die Regierung hat eine irische Division genehmigt, und die Einberufung ist in vollem Gang. All die netten Jungs vom Lande und von nebenan, die keinen Schimmer davon haben, was Krieg wirklich bedeutet, werden sich blenden lassen von den Bajonetten und Gewehren. Nicht mehr lange, und sie werden mit ihren Loyalitäten so durcheinandergeraten, dass sie gar nicht mehr wissen, was Patriotismus eigentlich heißt. Dann werden sie in einem von Flanagans Bussen weggebracht, um für ein Land zu sterben, das nicht ihr wahres Vaterland ist.«

»Gowry sagt, sich im Kampf gegen die Deutschen zu bewähren sei die einzige Möglichkeit, die Engländer dazu zu bringen, Wort zu halten.«

»Wem gegenüber sollen sie denn Wort halten? Es ist jetzt eine Sackgasse, und es wird auch dann noch eine sein, wenn der Krieg vorüber ist. Für England zu sterben wird uns nicht die Freiheit bringen.«

»Wie kannst du dir da so sicher sein?«

»Bin ich nicht.« Er hätte noch weiter argumentieren und weitere Voraussagen anstellen können, aber er wollte sie nicht mit seiner pessimistischen Sicht der Dinge belasten. Er schob den Teller von sich und legte ihr eine Hand auf den Arm. »Wir sind geborene Kämpfer, wir Iren. Das Kämpfen liegt uns im Blut, und das werden die Engländer sich zunutze machen. Ich kann es ihnen noch nicht einmal verdenken.«

»Ich dachte, du wärst auf und davon und hättest mich einfach sitzen lassen«, gestand Sylvie.

»Nein. Ich bin nicht einmal sicher, ob ich das könnte, auch wenn ich es wollte.«

»Das beruhigt mich. Kommst du heute Abend wieder?«

»Es wäre nicht recht«, sagte er erneut.

»Du kannst ja warten, bis es dunkel ist.«

»Ich möchte nicht, dass deine Tochter uns hört.«

»Wir werden mucksmäuschenstill sein. Außerdem kann Maeve dich gut leiden.«

»Nein«, antwortete er noch einmal. »Nein.«

»Liegt es daran, dass es jemanden gibt, der mir Übles will?«

Nach kurzem Zögern nickte er. »Ja.«

»Hast du eine Ahnung, um wen es sich handeln könnte?«

»Nein, ich habe keinen Schimmer.«

»Sind sie hinter Gowry her? Geht es um die Waffen?«

»Ich weiß nicht, wer sie sind, und auch nicht, worum es ihnen geht.«

»Wenn ich herausfände, wo die Waffen versteckt sind …«

»Halt dich da raus, Sylvie.«

»Wie könnte ich das?«

»Tut mir leid. Ich hätte dir das niemals antun dürfen.«

Sie legte ihm die Finger auf den Mund. »Pst! Pst! Was ist falsch daran, mich in dich verliebt zu machen?«

»Bist du das denn?« Gleich darauf beantwortete er sich seine Frage selbst. »Ja, vermutlich hast du recht.«

»Soll ich versuchen, Gowry dazu zu bringen, mir das Versteck zu verraten?«

Fran rieb sich mit dem Zeigefinger die Lippen. »Das kann ich nicht von dir verlangen.«

»Ich werde es versuchen«, sagte Sylvie. »Für dich werde ich alles in meiner Macht Stehende tun.«

»Du würdest es nicht für mich tun.«

»Ich weiß, ich weiß: Es wäre für die Sache.«

»Du darfst das nie verwechseln. Ich bin nicht der, für den du mich hältst. Ich bin kein braver, anständiger Mann, der für eine gerechte Sache kämpft.«

»Für mich bist du ein anständiger Mensch, ganz egal, welcher Politik du dich verschrieben hast.«

»Politik! Gott, ich wünschte, es ginge nur darum!«

»Worum geht es denn dann?«

Er wollte oder konnte ihre Frage nicht beantworten.

Sie stellte ihre Tasse ab. Er nahm ihre Hand und küsste ihre Fingerspitzen. Sylvie sagte sich, dass sie nicht mehr von ihm erwarten dürfe. Worte waren sein Beruf, und er verstand es ganz sicher meisterhaft, aus Worten Lügengebilde zu konstruieren. Von Fran Hagarty würde sie kein »Ich liebe dich« zu hören bekommen. Ein Kuss war ehrlicher und aufrichtiger.

Maeve stürmte zur Hintertür herein.

»Hallo, Mr. Hagarty«, meinte sie, nicht im Mindesten überrascht, ihn daheim in der Küche anzutreffen, und das Händchen haltend mit ihrer Mutter. »Ich dachte, Sie wären noch mit meinem Großvater in Cork.«

»Das war ich, aber wie du siehst, bin ich wieder zurück.«

»Du warst in Cork?«, fragte Sylvie.

»Ein Geheimtreffen«, erklärte Maeve.

»So geheim offenbar auch wieder nicht!« Fran ließ Sylvies Hand los und rückte allmählich von ihr ab, so als wäre es die natürlichste Sache der Welt, dass eine verheiratete Frau Händchen haltend mit einem Mann, der nicht ihr Ehemann war, am Küchentisch saß.

Maeve warf ihre Schultasche auf die Anrichte, ging hinüber zum Herd und hob die Topfdeckel hoch. »Wo ist mein Essen, Mam?«

»Ist gleich so weit. Es gibt Suppe und Lachs aus der Dose.«

»Lachs aus der Dose! Igitt!«

»An Dosenlachs gibt es nichts auszusetzen.« Fran klopfte auf den Stuhl, auf dem bis eben noch Sylvie gesessen hatte. »Setz dich zu mir, Maeve, und erzähl mir, was dein Großvater dir sonst noch über unser Treffen in Cork erzählt hat.«

»Er hat versprochen, mir etwas Schönes mitzubringen.«

»Versprochen ist versprochen«, erklärte Fran feierlich. »Ich bin sicher, dass er es nicht vergessen wird.«

Maeve ließ sich auf dem Stuhl nieder, stützte einen Ellbogen auf den Tisch und schlug unter dem grün karierten Rock die Beine übereinander. Sogar in der Schuluniform wirkte sie älter, als sie tatsächlich war. »Ich hoffe, er bringt mir Haarbänder mit. Mr. Whiteside sagt, Mädchen in meinem Alter sollten sich nicht das Haar hochstecken. Ist das nicht Quatsch?«

»Also, ich würde das auch für Quatsch halten, zumindest in der Theorie.«

»Mr. Whiteside sagt, die Regierung wird alle unsere jungen Männer zwingen, in die britische Armee einzutreten, um gegen die Deutschen zu kämpfen.«

»Ich schätze, auch darin liegt er falsch.«

»Sie würden doch nicht gegen die Deutschen in den Krieg ziehen, oder, Mr. Hagarty?«

»Ich nicht, nein. Dazu bin ich viel zu vernünftig.«

»Ich würde das auch nicht tun.« Maeve wickelte sich eine Haarsträhne um den Finger, legte den Kopf schräg und schenkte Fran einen ungewollt koketten Blick. »Aber für Irland würde ich schon kämpfen. Ich würde jederzeit für mein Land kämpfen, wenn es mich braucht.«

»Nun ja, vielleicht wird es dich ja tatsächlich eines Tages brauchen.«

Eifersüchtig und von einer irrationalen Furcht befallen, legte Sylvie die runde Büchse und den Dosenöffner vor ihm auf den Tisch. Gehorsam öffnete er den Lachs und kippte das rosa Fleisch auf eine Untertasse.

»Wohnen Sie jetzt hier, Mr. Hagarty?«

»Nein.«

»Dann bleiben Sie nicht über Nacht?«

»Würde es dir etwas ausmachen, wenn ich heute Nacht hierbliebe, Maeve?«, fragte Fran.

»Gar nicht. Und ich würde es auch nicht verraten.«

»Verraten?«

»Daddy«, erklärte Maeve unschuldig.

»Und warum würdest du das vor deinem Daddy geheim halten?«, wollte Fran wissen.

»Weil«, erwiderte das Mädchen ernst, »mein Daddy keiner von uns ist.«

Gemäß den Instruktionen des Army Council und mit Billigung Seiner Majestät König Georg V. wurde die 16. Irische Division gebildet. Manche waren der Ansicht, sie sollten nur als Kanonenfutter für die Briten herhalten, während andere sie für die beste Kampftruppe der ganzen weiten Welt hielten.

Der Haufen, den Gowry vom Einberufungsbüro in Dublin abholte, sah allerdings nicht sehr kriegerisch aus. Vielmehr erinnerten die jungen Männer an die Überlebenden eines wüsten Saufgelages. Dafür, dass sie sich freiwillig gemeldet hatten, war ihnen eine Prämie ausgezahlt worden, und immer noch bester Stimmung tranken sie Bier aus der Flasche und sangen keine Lieder, die von Krieg oder Liebe handelten, sondern solche über Rebellion und Freiheit. Es dauerte nicht lange, bis die Stimmung umschlug, die ersten Flaschen flogen und die Tenöre übertönt wurden von so obszönen Lauten, dass Gowry sich die Mütze über die Ohren zog und den Scheibenwischer anstellte, um wenigstens dem gröbsten Radau zu entgehen. Er atmete erleichtert auf, als die blaugrauen Berge unter der dichten dunklen Wolkendecke auftauchten und sie das Golden Vale erreichten.

Gowry fuhr durch die Stadt, steuerte den Bus durch das Kasernentor und hielt vor dem Wachhäuschen. Er zählte die Rekruten durch wie Schafe und ließ sich vom diensthabenden Wachoffizier das Fahrtenbuch gegenzeichnen. In fünf Stunden würde er wieder in Dublin sein, aber die nächste Ladung Rekruten musste er nicht vor morgen Mittag um eins abholen. Nachdem er in der Kaserne aufgetankt hatte, würde er zu seiner Unterkunft fahren, nicht in Tipperary, sondern draußen in den Galtee-Bergen, inzwischen so etwas wie sein zweites Zuhause.

Roddeny hatte gemeint, dass Unterkünfte auf dem Land preiswerter seien als in der Stadt, und so hatte Gowry an jenem ersten Abend vor zwei Jahren seinen Bus durch ein Labyrinth von Schafpfaden und Waldwegen gesteuert, bis er zu einem kleinen einsamen Häuschen im Tal gelangt war, unterhalb des Galtee-Grates nah an der Grenze zu Limerick. Damals hatte er Roddeny noch verflucht, weil es an jenem Abend stockfinster gewesen war und er ewig über holprige Pisten hatte fahren müssen, ehe er zu diesem einen Häuschen am Fuß der Berge gelangt war und in Ermangelung einer Alternative dort angeklopft hatte.

Im Rahmen eines winzigen Fensters war der schwache Schein einer Laterne aufgetaucht, und eine anonyme Stimme fragte: »Was wollen Sie hier?«

»Ein Bett für die Nacht, sonst nichts.«

»Haben Sie sich verfahren?«

»Ja, habe ich. Ich komme aus Dublin und fahre einen von Flanagan's Bussen. Ich brauche einen Schlafplatz bis morgen früh.«

»Wie viele sind Sie denn?«

»Ich bin allein. Meine Fahrgäste habe ich am ›Imperial‹ abgesetzt, wo ich sie morgen um halb zehn nach dem Frühstück wieder abholen soll.«

»Warum sind Sie nicht gleich dort geblieben?«

»Weil ich kein wohlhabender Tourist bin, sondern nur der Fahrer.«

Sie öffnete immer noch nicht.

Der Sturm verursachte seltsame Geräusche, die die Einsamkeit dieses Fleckchens Erde noch unterstrichen. Hinter dem Cottage bogen sich junge Bäume im Wind, und es roch nach Torf, Ponys, Holzrauch und Essen. Gowry rechnete fest damit, dass sie ihn abwies. Er hätte es ihr nicht einmal verdenken können, eine Frau allein in der Wildnis. Als sie schließlich öffnete, hatte er jedoch kein zierliches junges Ding vor sich, sondern eine rundliche Frau der Gattung »hart, aber herzlich«, mit wettergegerbtem Gesicht und nicht viel jünger als seine eigene Mutter. Sie hielt in der einen Hand eine Sturmlaterne und in der anderen einen Revolver.

»Sie haben von mir nichts zu befürchten«, sagte er.

»Wie kommen Sie überhaupt hierher? Wieso haben Sie sich ausgerechnet hierher verirrt?«

»Ich war auf der Suche nach einer billigen Unterkunft.«

»Sind Sie Dubliner?«

»Jawohl.«

Die Frau hob die Laterne und musterte ihn eindringlich. Sie trug einen altmodischen Kittel, ähnlich jenen, die seine eigene Mutter bis vor ein paar Jahren getragen hatte, als sie noch jeden Penny hatten umdrehen müssen, um über die Runden zu kommen. Aber anders als seine Mutter hatte diese Fremde ein freundliches Gesicht und sanfte braune Augen.

»Wenn Sie keinen Platz für mich haben …«

»Doch, ich habe Extra-Betten.«

Er hatte kaum gewagt, nach dem Preis zu fragen. »Wie viel?«

»Sechs Pence.«

»Und für ein Abendessen?«

»Sechs Pence alles inklusive.«

»Ich … das wäre toll.«

»Dann kommen Sie mal rein. Hereinspaziert und willkommen.«

Bei der Waffe handelte es sich um einen alten Armeerevolver, der nicht einmal geladen war. Ihr Mann war bei den Connaught Rangers gewesen und bei einem Feldzug in Südafrika gefallen. Allerdings war er nicht einer Verwundung erlegen, sondern einem bösartigen Fieber, das mehr Soldaten dahingerafft hatte als alle Kugeln und Speere zusammen. Außerdem hatte sie einen Sohn auf See verloren. Er war von Dunmore aus mit der Makrelenflotte hinausgefahren und während eines nächtlichen Unwetters von Bord gespült worden. Aber diese Tragödien, diese herben Verluste, hatten sie nicht verbittert, denn sie war eine charakterstarke Frau, die sich glücklich schätzte, noch einen lebenden Sohn zu haben – er diente als Sergeant bei den Connaughts –, sowie zwei Töchter in Boston, Amerika; beide waren mit Polizisten verheiratet.

Ihr Name war Maggie Leonard, und sie erwies sich als vernünftige, praktisch veranlagte und bodenständige Katholikin, die keinerlei Sympathie hegte für die Nationalisten im Lande. Sie bewirtschaftete fünfzehn Acre, die vom Sold ihres Mannes angeschafft worden waren, und züchtete robuste kleine Connemara-Ponys, die sie auf Märkten der Umgebung verkaufte. Sie war eine der zufriedensten Frauen, die Gowry je kennengelernt hatte, mit einem großen weichen Busen, stämmigen, meist nackten Waden und einer Stimme, so sanft wie ein Windhauch.

Er übernachtete bei Maggie, wann immer sich die Gelegenheit dazu bot, da er den Optimismus, den er für die sechs Pence gleich dazubekam, dringend nötig hatte. Es dauerte nicht lange, und sie wurden Freunde, sehr enge, liebevolle Freunde. Wäre Maggie jünger gewesen und er selbst ungebunden, hätte er den Busfahrerjob vielleicht an den Nagel gehängt, um in den Ponyhandel einzusteigen. Gut möglich, dass er für sie alles aufgegeben und sich mitten in der Wildnis niedergelassen hätte. Als er ihr jedoch seine Gedanken beichtete, lachte sie nur und meinte, er sei für ihren Geschmack viel zu sehr

Stadtjunge. Auch wenn er ledig und sie keine so gottesfürchtige Katholikin gewesen wäre, hätte sie seinem Werben nicht nachgegeben, war sie doch mit ihrem Leben allein sehr zufrieden und wusste zudem, dass sie nie wieder einen so liebevollen Mann finden würde wie ihren verblichenen Gatten, Gott hab ihn selig.

Gowry erreichte das Häuschen in der anbrechenden Abenddämmerung. Die Wolkendecke über den Berggipfeln war aufgerissen, und die Herbstfarben glühten förmlich im letzten wässrigen Sonnenlicht. Ponys standen gedrängt hinter dem Zaun aus Birkenstämmen, und eine Rauchsäule stieg durch das Loch im Dach auf. Die ganze Szenerie strahlte eine so altmodische, friedliche und romantische Atmosphäre aus, dass Flanagans Bus in dieser Idylle völlig fehl am Platze wirkte.

Maggie stand in der offenen Tür. Sie hatte Mehl an den Händen; offenbar hatte sie gebacken, denn in der warmen Abendluft wehte ihm der Duft frischen Brotes in die Nase. Sie buk in einer alten Kastenform auf den Steinen der Feuerstelle, und der Fußboden aus gestampfter Erde in der Küche war ganz warm vom Feuer und den Kerzen, die überall in den dunklen Ecken brannten.

»Ich habe gehört, dass noch mehr Rekruten erwartet werden, und da dachte ich mir schon, dass du die Jungs wahrscheinlich herbringst.«

Er umarmte sie zur Begrüßung und folgte ihr in die Küche. Dort sah er zu, wie sie sich auf die Steine vor der Feuerstelle kniete, ohne sich um Ruß und Asche zu scheren.

Sie war eine starke Frau, imposant, wobei sie weniger dick wirkte als robust. Das liebte er ganz besonders an ihr: ihre unerschütterliche Stärke, hart wie Granit. Hätte es noch andere Frauen gegeben, die er liebte – einmal abgesehen von Maeve –, wäre er gar nicht hier gewesen und hätte sich wohl auch nicht wehmütig der bitteren Wahrheit gestellt, dass in seinem Leben irgendetwas schiefgelaufen war.

»Was machst du so ein finsteres Gesicht, Gowry? Haben die Soldaten dir die Laune verdorben?«

»Sind schon ein rauer Haufen, aber man kann ihnen im Grunde

keinen Vorwurf daraus machen. Wenn sie wüssten, was sie erwartet, würden sie noch lauter singen und noch mehr saufen.«

»Sei doch nicht immer so negativ, Gowry McCulloch«, schimpfte Maggie gutmütig. »In deinem Bus werden auch ein paar Jungs gewesen sein, denen die Kaserne vorkommen wird wie das Paradies auf Erden.«

Gowry zog die Uniformjacke aus und hängte sie über die Rückenlehne seines Stuhls. In seinem Beutel aus Segeltuch befanden sich ein Nachthemd, ein sauberes Hemd zum Wechseln und sein Rasiermesser. Er hängte den Beutel ebenfalls über die Stuhllehne. Maggie schenkte ihm ein Guinness ein, das er in kleinen Schlucken trank. Nach und nach fiel die Anspannung des Tages von ihm ab.

»Das Paradies auf Erden? Nun, ich denke, einige von ihnen werden sich früher als erwartet im himmlischen Paradies wiederfinden.«

Maggie holte die Brote aus dem Ofen und legte sie zum Abkühlen auf ein Bord aus geflochtenen Zweigen. Das Brot sah wunderbar knusprig aus und duftete köstlich. Gowry genehmigte sich noch einen Schluck Guinness. Er zog die Schultern hoch, als Maggie sich an ihm vorbei zur Spüle zwängte, wo sie die Pumpe betätigte, die Wasser vom unterirdischen Bach, der direkt unter dem Haus entlangfloss, heraufbeförderte. Das Haus war bewusst über dem Wasser errichtet worden, und nach heftigen Regenfällen oder während der Schneeschmelze konnte man es unter dem Erdboden plätschern und rauschen hören, und das Wasser schoss in einem kräftigen, kristallklaren Strahl aus der Pumpe, so kalt, dass einem beim Trinken die Zähne wehtaten.

»Denk doch mal darüber nach, wo deine Fahrgäste herkommen«, sagte Maggie. »Was für ein armseliges Leben sie daheim hatten. Die Armee hat schon manchem jungen Mann auf die Beine geholfen. Sie kleidet sie ein, versorgt sie mit Nahrung und einem Bett für sie allein, und sie lehrt sie etwas Nützliches.«

»Nützliches? Töten?«

»Auch das, das kann ich nicht bestreiten«, gab Maggie Leonard zu. »Auch töten.«

»Du bist mir zu stoisch«, brummte Gowry. »Zu gottergeben.«

»Willst du denn nicht mit mir diskutieren? Ich habe seit deinem letzten Besuch keinen ordentlichen Disput mehr gehabt.«

Gowry lachte. »Mit dir lasse ich mich erst auf eine Diskussion ein, wenn ich etwas im Magen habe. Ich war seit dem späten Vormittag unterwegs, und auf mich wartet kein freundlicher Hauptfeldwebel mit einem großen, saftigen Steak.«

»Ha! Meinst du nicht, dass ich dich ebenso gut bewirten kann wie ein Hauptfeldwebel?«

»Mindestens«, entgegnete Gowry lächelnd.

Er leerte sein Glas, brachte es zur Spüle und wusch es aus. Gowry stand Schulter an Schulter mit ihr. Er hätte gern den Arm um sie gelegt und sie gedrückt wie bei der Begrüßung, wagte es jedoch nicht. Er empfand eine seltsame Art von Liebe für diese Frau, und er hätte sich gut vorstellen können, mit ihr zusammen in dem großen Doppelbett im hinteren Teil des Häuschens zu schlafen, jedoch nicht, um mit ihr intim zu sein. Er nahm seine Uniformjacke und seinen Beutel von der Stuhllehne und steuerte die Leiter zum Dachboden an.

»Die Kisten sind hier sicher«, meinte Maggie.

»Daran habe ich jetzt gar nicht gedacht.«

»Ich habe sie zugedeckt; es könnte bald Frost geben.«

»Für Frost ist es noch zu früh«, widersprach Gowry. »Und überhaupt? Was sollte Frost dem Zeug anhaben können?«

»Die Bolzen ziehen sich bei starker Kälte zusammen und schrumpfen.«

»Wer hat dir das gesagt? Dein Sohn?«

»Mein Mann«, entgegnete Maggie. »Das war allerdings zu einer Zeit, als noch mit Musketen geschossen wurde. Wahrscheinlich kann man das gar nicht auf moderne Mauser übertragen. Trotzdem kann es nicht schaden, die Waffen vor Kälte zu schützen.«

»Das wohl nicht«, gab er zu.

Gowry ging weiter zur Stiege. Er musste sich ganz klein machen, um hinaufzusteigen, den Kopf einziehen und die Ellbogen anlegen. Dort oben fühlte er sich ihrem Mann, der irgendwo in Afrika begraben lag, und dem Sohn, den sie auf See verloren hatte, sehr nah. Irgendetwas an dem einsamen Cottage unten im Tal machte einen zum sentimentalen Träumer, ob man wollte oder nicht.

Maggie brachte ihm eine brennende Kerze in einem hölzernen Halter, und er ging nach oben, wo er die Nacht verbringen würde, in Gesellschaft der Waffen, die er den Rebellen abgenommen hatte.

Turk hatte schon den ganzen Nachmittag getrunken, aber er vertrug eine ganze Menge, und ihm wurde ein Magen aus Stahl nachgesagt, sodass er höchstens angetrunken war, als er um halb neun die Bar des »Shamrock« betrat. Charlie folgte wenig später, doch Daniel ließ sich nicht blicken, wofür Sylvie insgeheim dankbar war. Sie hätte den Burschen am liebsten Hausverbot erteilt und ihnen die Constables auf den Hals gehetzt, aber Maeve war da, ebenso wie sechs Handelsreisende, die Turks Namen und Ruf kannten, sodass sie es nicht wagte. Außerdem wollte sie sich aus Prinzip nicht von Vaizeys Drohungen einschüchtern lassen.

Sie betätigte den Hebel der Zapfanlage.

»Ist das für mich, Schätzchen? Gut, das habe ich auch dringend nötig.« Turk nahm das Glas vom Tresen und kippte den Inhalt in einem Zug in sich hinein. Anschließend wischte er sich mit dem Handrücken den Mund ab und stellte das leere Glas zurück auf die Theke. »Mach mir noch eins. Eins für mich und eins für Charlie.«

Gowrys Bruder mochte kein dunkles Starkbier, was umso erstaunlicher war, als er es selbst braute. Er trank lieber Whisky mit Wasser. Sylvie machte mit jedem Glas, das sie verkaufte, Gewinn, und morgen würde sie ein ordentliches Sümmchen zur Bank tragen können. Sie verstand bis heute nicht, warum Gowry sich weigerte, von den Hoteleinkünften zu leben, und lieber weiter für Flanagan arbeitete, einen Mann, den er nach eigenem Bekunden verachtete. Vielleicht lag es daran, dass sie sich diese Existenzgrundlage von Forbes' Geld geschaffen hatte.

Der Schankraum war klein. Das Klavier nahm mehr Raum ein, als sein Dasein eigentlich rechtfertigte, aber sie wusste, dass die Stammgäste lautes Protestgeschrei anstimmen würden, wenn sie es hinauswerfen würde. An diesem Abend waren alle in der Bar versammelt. Mr. Pettu wollte sich noch einen Absacker genehmigen, bevor er hinaufging zu seinen Büchern, und sogar Mr. Dolan hatte das Brüten aufgegeben und war in Mr. Rice' Gefolge in der Bar erschienen. Sylvie rechnete damit, dass auch Fran vorbeikommen würde. Die Minuten verstrichen erbarmungslos auf der großen, runden Wanduhr, summierten sich zu einer Stunde, sodass sie die Hoffnung beinahe aufgegeben hatte, dass er sich an diesem Abend noch einmal blicken lassen würde. Sie räumte Tische ab, spülte im Alkoven Gläser und stellte diese wieder in das Regal unter der Bar, wobei sie aus den Augenwinkeln beobachtete, wie Maeve Turk Trotter zum Klavier bugsierte.

Turk kitzelte das kleine Mädchen, wobei seine großen Wurstfinger über ihre Taille und ihre schmalen Hüften glitten. Maeves schrilles Gekicher entlockte auch den Männern an den Tischen ein Lächeln. Obwohl Maeve eigentlich längst hätte im Bett sein müssen, zögerte Sylvie noch, ihre Tochter nach oben zu beordern. Eine gut besuchte Bar war eigentlich kein Ort für ein junges Mädchen, doch sie selbst war in Maeves Alter auch zum Spendensammeln mit ihrem Stiefvater durch die Kneipen gezogen, und es hatte ihr einen Riesenspaß gemacht. Stirnrunzelnd sah sie zu, wie Turk den Klavierschemel mit dem Fuß hervorzog. Einen Arm um Maeve gelegt, zog er das Mädchen auf sein Knie, klappte den Klavierdeckel hoch und entlockte den vergilbten Tasten einen tiefen, feierlichen Akkord, zu dem alle Anwesenden, sogar der verschlossene Mr. Pettu, zustimmend nickten.

»Was wollt ihr denn hören, Jungs?«, fragte Turk in die Runde.

»*The Lass o' Skibbereen.*«

»Nein, nein, spiel für uns *Denzil's Delight.*«

»Nicht in Anwesenheit der Damen«, protestierte Mr. Pettu. »Wie wäre es mit *Ave Maria*?«

»So ein Schwachsinn!«

Turk zog Maeve enger an sich und flüsterte ihr etwas ins Ohr. Sie kicherte erneut, streckte eine Hand aus und legte die Finger locker auf die genannten Tasten. Auf sein Nicken hin drückte sie sie herunter, und alle Männer riefen wie aus einem Mund: *The Glories, the Glories.* Mit Maeve auf seinem Schoß fing Turk an zu singen.

Sylvie stützte sich im Bierdunst auf den Tresen und blickte durch die rauchschwangere Luft zur Tür. Dort auf dem dunklen Korridor stand Fran. Er lächelte nicht, sondern wirkte stattdessen eher traurig, als stimmte das Lied auch ihn wehmütig. Er sah irgendwie gehetzt aus. Sylvie fragte sich, ob das Intermezzo am Morgen ihm vielleicht zu schaffen machte. Aber nein, daran konnte es nicht liegen. Fran richtete den Blick auf sie, lächelte jedoch immer noch nicht. Wie ein Gespenst stand er auf dem dunklen Gang, nur schemenhaft zu erkennen, und da wusste sie plötzlich, worum er sie bitten würde. Aber sie fürchtete sich nicht, fürchtete weder ihn noch die anderen. Sie alle waren gebrandmarkt, und jetzt war sie eine von ihnen.

Sie sangen mit Turk, nicht nur den letzten Refrain, sondern die ganze Strophe. Sylvie sah, dass Turks Lippen sich bewegten, als spräche er ein Gebet. Das Lied endete in lautem Gejohle, zu dem die Männer mit flacher Hand auf die Tische trommelten.

»Charlie«, rief Sylvie, und als ihr Schwager aufblickte, nickte sie in Richtung Flur. Turk schaute ebenfalls hinüber. Als er Fran sah, war es mit seiner Fröhlichkeit schlagartig vorbei. Sein Arm legte sich fester um Maeves Taille, er hob das Mädchen von seinem Schoß und hielt es noch ein, zwei Sekunden schützend an sich gedrückt, ehe er mit einem Schrei aufsprang und zur Tür stürmte.

»Ruf der Natur«, sagte er und eilte hinter Charlie her aus dem Raum.

»Dann ist alles klar?«, fragte Charlie.

»Nein, nichts ist klar«, entgegnete Fran.

»Dann kommt er also nicht?«, wollte Turk wissen.

»Doch, er kommt am Sonntag auf seinen Landsitz in Aughvanagh.«

»Wozu?«, erkundigte sich Turk.

»Urlaub.«

»Nach dem Bockmist in Westminster fährt der Versager einfach in den Urlaub!«, schimpfte Turk. »Der und seine dämliche Rekrutierungsmaßnahme. Wie konnte er uns alle dazu verdonnern, für die britische Regierung zu kämpfen, ohne sich vorher mit den Bruderschaften zu besprechen?«

»Treffen wir ihn in Aughvanagh?«, fragte Charlie.

»Nein, in Woodenbridge.«

Sie waren draußen auf dem Hof. Die Küchentür stand offen, und der lange Flur zur Bar lag verlassen da.

»Sonntag«, sagte Charlie. »Dann haben wir nicht mehr viel Zeit.«

»Willst du aussteigen?«, erkundigte sich Fran.

»Aussteigen? Wir haben doch noch gar nicht angefangen.«

»Woodenbridge?«, meinte Turk. »Was will der alte Fuchs denn in Woodenbridge?«

»Er kommt auf dem Weg zu seinem Landsitz dort vorbei.«

»Das sagtest du bereits«, bemerkte Charlie.

»Er unterbricht seine Fahrt, um einer Parade irischer Freiwilliger in Woodenbridge beizuwohnen.«

»Ich kenne Woodenbridge ganz gut«, sagte Turk. »Es gibt dort viel Deckung und brauchbare Nebenstraßen. Bist du auch ganz sicher, dass er dort einen Zwischenstopp einlegt?«

»Ganz sicher. John Redmond ist Politiker und kann einer Gelegenheit, eine Rede zu halten, nicht widerstehen. Und bei Gott, es wird eine verdammt gute Rede sein müssen, wenn er uns plausibel machen will, warum er den Briten irische Hilfe in diesem Krieg zugesagt hat, ohne uns vorher zu fragen.«

Turk runzelte die Stirn. »Woher weiß Redmond eigentlich von der Parade in Woodenbridge?«

»Der Schuldirektor hat ihn unterrichtet.«

»Der Schuldirektor?«

»MacSweeney. Er ist seit vielen Jahren mit Redmond befreundet.«

Charlie mischte sich wieder in das Gespräch. »Hast du diese Informationen von meinem Vater?«

»Nein«, entgegnete Fran. »Die Information stammt aus einer absolut zuverlässigen Quelle.«

»Soll Redmond erschossen werden?«, fragte Turk. »Wenn ja, werde ich …«

»Er soll nicht erschossen werden«, unterbrach Fran ihn. »Gott, Turk, soll man uns Mörder schimpfen? Wir sind keine Mörder. Außerdem sind wir nicht scharf darauf, Märtyrer zu schaffen, und genau das würde aus Redmond werden, noch bevor er kalt wäre.«

»Ein Märtyrer der Engländer«, brummte Charlie.

»Exakt«, bestätigte Fran.

»Und was ist dann geplant? Soll er verwundet werden?«

»Es sind Schüsse geplant, Schüsse in die Luft. Ein oder zwei Salven.«

»He, das wird den Freiwilligen zu denken geben. Ich wette, hiernach werden die Knaben sich zwei Mal überlegen, ob sie wirklich in den Krieg ziehen wollen. Beim ersten Knall werden sie laufen wie die Hasen«, meinte Turk.

»Es gibt viele tapfere Männer unter den Freiwilligen«, widersprach Charlie. »Ich will kein schlechtes Wort über sie hören, nicht einmal über jene, die sich Redmond anschließen.«

»Wir werden ja am Sonntag sehen, wer tapfer ist«, knurrte Turk. »Wie viele Waffen hast du, und wie viele werden wir brauchen?«

»Zwei«, entgegnete Fran.

»Nur zwei?«

»Wo bekommen wir die Waffen her?«, fragte Charlie. »Erzähl mir nicht, dass mein starrsinniger Bruder zur Vernunft gekommen ist.«

»Ist er nicht. Ich habe die Gewehre bereits.«

»Gewehre?«

»Mauser«, erklärte Fran.

»Aus der gestohlenen Ladung?« Charlie schnaubte. »Wirklich clever, Francis. Sehr vorausschauend, zwei Gewehre von der Ladung, die wir im ›Shamrock‹ gelassen haben, mitgehen zu lassen.«

»Was soll daran so clever sein?«, wollte Turk wissen.

»Vaizey weiß, dass Waffen hergebracht wurden. Er wird sich Gowry vorknöpfen, und diesmal wird er sich nicht wieder abwimmeln lassen. Sie werden meinem lieben Bruder zu verstehen geben, dass es besser ist, wenn er sich nicht mit uns einlässt.«

»Hast du das von Anfang an so geplant, Francis?«, wollte Turk wissen.

»Wie sollte ich das?«, entgegnete Hagarty. »Ich konnte doch damals noch nicht ahnen, dass Redmond den Engländern irische Freiwillige für den Kampfeinsatz gegen die Deutschen versprechen würde. Trotzdem können wir die Waffen ebenso gut jetzt schon benutzen. Kommt der Junge mit?«

»Er wird. Darauf kannst du wetten«, bestätigte Turk.

»Was ist mit dem Wagen, Charlie?«

»Es wird mir ein Vergnügen sein, deinen Hudson zu fahren.«

»Turk, du und der Junge, ihr fahrt am Sonntagnachmittag mit dem Zug hin«, fuhr Fran fort. »Nehmt etwas zu essen und zu trinken mit, und sucht euch ein Versteck im Wald bei der Straße. Charlie wird Sonntagmorgen mit den Gewehren nachkommen. Er wird sie im Straßengraben südlich des großen Feldes verstecken und die Stelle mit einem Schal kennzeichnen, den er dort um einen Strauch wickelt.«

»Und während die Vorbereitungen zur Parade laufen, holen wir die Gewehre aus dem Versteck?«

Fran nickte. »Charlie wird den Wagen auf einer Landstraße in der Nähe abstellen. Wenn er die Schüsse hört, holt er euch ab. Lauft zur Straße auf der Südseite des Feldes. Es ist nicht weit, höchstens zwei-, dreihundert Meter.«

»Sollen wir die Gewehre hinterher wieder mitnehmen?«, fragte Turk.

»Nein. Wischt sie ab, und lasst sie liegen.«

»Willst du, dass sie gefunden werden?«, erkundigte sich Turk.

»Klar«, meinte Charlie. »Damit Redmond denkt, es gäbe einen Verräter in seinen Reihen. Sollte man uns anhalten, haben wir eine saubere Weste und dazu eine plausible Erklärung für unsere Anwesenheit dort. Wir erzählen einfach, wir wären nach Wicklow gefahren, um Gerste für die Brauerei einzukaufen.«

»Das gefällt mir«, murmelte Turk zustimmend. »Und wo sind jetzt die zwei Mauser?«

»Oben auf der Kohlenkiste direkt hinter dir.«

»Gott, du hast wirklich an alles gedacht, Fran?«, bemerkte Turk anerkennend.

»Und was für eine Rolle spielt mein Vater in dieser Sache?«, hakte Charlie nach.

»Ich fürchte, diesmal haben wir keine Verwendung für ihn«, sagte Fran.

»Traust du ihm nicht? Hast du Angst, er könnte etwas ausplaudern?«

»Genau«, bestätigte Fran.

»Mir geht es genauso«, nickte Charlie.

»Und wo wirst du am Sonntagnachmittag sein, Fran«, fragte Turk.

»Hier im ›Shamrock‹«, erwiderte Fran. »Im Bett mit der Ehefrau des Schützen.«

Gowry lag auf dem Bett und lauschte dem Seufzen des Windes und dem Rascheln der jungen Bäume, die vergeblich versuchten, die letzten hartnäckigen Blätter abzuschütteln. Unten hörte er Maggie umhergehen; er dachte an Sylvie und fragte sich, wann er vom rechten Weg abgekommen war.

Seine Mutter hatte seinerzeit darauf bestanden, dass er Forbes nach Schottland folgte, um sich dort eine neue Existenz aufzubauen. Vielleicht wäre er heute noch dort, wenn Forbes sich nicht mit Sylvie eingelassen und diese schlussendlich so mies behandelt hätte. Hatte er Sylvie je geliebt, oder war es immer nur Mitleid gewesen? Vielleicht hatte er auch nur aus Trotz heraus gehandelt, als er sie Forbes weggenommen hatte und mit ihr nach Dublin gegangen war. Sie war damals ein cleveres junges Ding gewesen und keineswegs so dumm, wie Forbes immer angenommen hatte. Nach Maeves Geburt hatte sie sich dann zu einer starken und geschäftstüchtigen Frau entwickelt. Die Wahrheit war, dass er Sylvie nicht verstand, dass er Frauen ganz allgemein nicht verstand, auch wenn er im Gegensatz zu vielen anderen Männern keineswegs der Meinung war, sie taugten nur zum Kochen, fürs Bett und zum Kinderkriegen.

Die Hände unter dem Kopf verschränkt, lag er still da und lauschte den Geräuschen draußen und unten in der Stube. Als Maggie rief, ging er hinunter, setzte sich an den Tisch und versuchte verzweifelt, den Optimismus aufzubringen, den er dieser Tage so dringend nötig hatte.

»Ich habe gehört, dass in Flandern heftig gekämpft wurde«, meinte Maggie.

»Stimmt. Vor zwei, drei Wochen.«

»Mit Pferden?«

»Kavallerie gegen Kavallerie.« Gowry ließ sich gern durch das Thema Krieg von seinen Sorgen ablenken. »Glaubst du, die Pferde haben sehr zu leiden?«

»Mir tun weniger die Pferde leid als vielmehr die daheimgebliebenen Ehefrauen und Liebsten.«

»Hast du damals etwas vom Krieg in Südafrika mitbekommen?«

»Nein, ich bin in der Heimat geblieben.«

»Hat man zu jener Zeit nicht die Ehefrauen ermutigt, die Regimenter ihrer Männer zu begleiten?«

»Nach Südafrika? Schon. Es sind auch einige mit ihren Männern gegangen. Ich nicht.«

»Warum nicht?«

»Afrika … das war kein Ort für eine Frau. Und ich wollte nicht, dass Joseph mich unglücklich sieht.«

»Wenn du ihn doch aber geliebt hast …«

»Ich konnte ihn aus der Ferne ebenso gut lieben, als wenn ich bei ihm gewesen wäre.«

»Ist dir nie der Gedanke gekommen, er könnte eventuell nicht zurückkommen?«

»Nein. Er war damals bei mir, und er ist es heute noch. Es spielt keine Rolle, dass ich ihn nicht sehen kann. Ich sage ihm tagtäglich, wie sehr ich ihn liebe, und ich weiß, dass er mich ebenso liebt, wo immer er auch sein mag.«

»Wurde er in Afrika bestattet?«

»Dort oder anderswo, das spielt keine Rolle.«

»Dann glaubst du an den Himmel?«

»Ganz fest.«

»Ich wünschte, ich könnte das auch«, seufzte Gowry.

»Wirklich schade, dass du es nicht tust.«

»Wenn ich so wie du als Katholik geboren wäre, vielleicht …«, meinte er schulterzuckend.

»Der Himmel steht jedem offen, der an die Pforte klopft. Sogar Protestanten.«

»Ich mag gar nicht daran denken«, murmelte Gowry.

»Woran?«

»Daran, dass du vor mir in den Himmel kommen könntest.«

Maggie nickte. Sie fühlte sich von seinen Worten weder geschmeichelt noch vor den Kopf gestoßen. Er fragte sich, ob sie Mitleid mit ihm hatte oder ihn für einen hoffnungslosen Fall hielt.

»So etwas darfst du nicht sagen«, schimpfte sie gutmütig.

»Was?«

»Dir den Tod wünschen.«

»Tue ich das denn?« Er lächelte wehmütig. »Ja, vermutlich hast du recht.«

»Liebt sie dich denn nicht? Deine Frau, meine ich.«

»Keine Ahnung.« Er blies die Wangen auf und gab einen Plop-Laut von sich. »Ich glaube, Sylvie hat einen anderen.«

»Einen anderen?«

»Eine Affäre.«

»Bist du sicher?«

»Sicher nicht, nein.«

»Und wer soll der andere sein?«

»Ein Aufständischer. Irgend so ein Schreiberling.«

»Vielleicht ist es nur ein Strohfeuer. Vorausgesetzt, dass da tatsächlich etwas ist.«

»Kann sein. Aber es macht mir nicht viel aus, ich empfinde nicht einmal Enttäuschung. Ist das nicht traurig, Maggie, dass einen die Untreue der eigenen Frau kaltlässt? Das ist keine Liebe, oder?«

»Wie lange seid ihr verheiratet?«

»Elf Jahre.«

»Eine lange Zeit.«

Er war auf Trost aus, nicht auf Zustimmung. Einen Moment schmollte er. Ihre scheinbare Gleichgültigkeit ärgerte ihn, hatte er doch selbst oft genug aus Mitleid gehandelt, sodass ihm die dazugehörigen Mechanismen vertraut waren.

Maggie stemmte sich mit beiden Händen auf den Tisch und stand auf. Bisher war sie für ihn immer die Gelassenheit in Person gewesen, aber jetzt erkannte er zum ersten Mal, dass das Alter auf ihr lastete und ihre bedächtige Art weniger mit Geduld zu tun hatte als mit Gelenkschmerzen. Er hätte nicht auf ihre Frage zu Sylvie eingehen sollen. Liebe war kein passendes Thema für einen erwachsenen Mann. Vermutlich war das, was er für Maggie Leonard empfand, ohnehin keine Liebe, sondern die Essenz dessen, was er sonst noch nirgendwo gefunden hatte. Betroffen fragte er sich, ob er Maggie möglicherweise ganz eigennützig benutzte, so wie Sylvie ihn benutzt hatte und, sofern sein Verdacht stimmte, dieser Hagarty wiederum Sylvie benutzte.

Er stand ebenfalls auf. »Tut mir leid, Maggie. Ehrlich.«

»Was denn?«

»Dass ich dir auch noch meinen Kummer aufbürde.«

Sie lächelte, stellte die Teller wieder hin, die sie bereits vom Tisch genommen hatte, und umarmte ihn. »Das ist es doch, weshalb du herkommst, oder?«, gab sie mütterlich zurück.

»Ja, ich fürchte, das stimmt«, gestand Gowry mit einem tiefen Seufzer.

Um elf Uhr schloss sie die Bar. Turk und Charlie waren gegangen und Fran nicht wiedergekommen. Mr. Dolan und Mr. Pettu waren längst im Bett. Mr. Rice und zwei Kollegen waren die letzten Gäste und hätten wohl noch die halbe Nacht weitergezecht, wenn Sylvie dem Saufgelage nicht ein Ende bereitet hätte. Sie machten keinen Krawall, waren nur wie die meisten Betrunkenen rücksichtslos und laut. Der Lärm hinderte Maeve nicht am Schlafen. Sie war enttäuscht gewesen, als Turk nach seiner Rückkehr nur noch ein weiteres Lied gesungen hatte, ein albernes Variété-Stück, bevor er mit Charlie verschwunden war.

Sylvie zapfte drei Gläser Starkbier und brachte sie zu den Männern an den Fenstertisch. Sie setzte das Tablett ab, stellte die vollen Gläser auf den Tisch und stellte die leeren auf das Tablett.

»Diese Runde geht aufs Haus, Gentlemen«, verkündete sie.

»Isss dassss vleisch ein Wink mit dem Schaunfall, Teuerste?«

»Das ist es, Mr. Rice.«

»Na dannn, v-v-vielen Dank auch für Ihre Grosch… Groschzü… Grooschzüchikeit.« Er neigte den Kopf, ein dankbares Nicken, das in einem Kopfschütteln endete.

Sylvie zog das Eisengitter herunter und ließ es einrasten, versperrte die Halbtür und löschte alle Lichter bis auf eines. Sie prüfte das Gitter vor dem Kamin, sodass keine Funken aus der Glut des Kohlenfeuers die Holzdielen in Brand setzen konnten, und bat die Männer, möglichst leise zu sein, wenn sie auf ihre Zimmer hinaufgingen.

Sie wünschten ihr eine gute Nacht, und Sylvie stieg die Treppe hinauf zu Maeves Zimmer, öffnete vorsichtig die Tür und warf einen Blick hinein.

Im Lichtkeil, der vom Treppenhaus hereinfiel, sah sie, dass ihre Tochter tief und fest schlief, die Bettdecke bis über den Kopf gezogen, sodass nur noch ihr Gesicht hervorschaute. Sylvie küsste ihre Fingerkuppe und drückte diese dann leicht an Maeves Wange, ehe sie auf Zehenspitzen hinausschlich und zum Elternschlafzimmer hinunterging. Draußen vor der Tür blieb sie noch einmal kurz stehen. Unten aus der Bar hörte sie betrunkenes Gelächter, dann in der darauffolgenden Stille all die anderen leisen Geräusche, die Männer nachts von sich gaben: das Klirren eines Kruges, das Klappern eines Nachttopfes, ein geräuschvolles Gähnen, ein sonores Schnarchen und das Knarren von

Sprungfedern, als jemand sich im Bett herumdrehte. Müde und deprimiert drückte sie die Klinke herunter und trat ein.

Im flackernden Licht der Streichholzflamme wirkte sein Gesicht gespenstisch bleich.

»O Gott!«, rief Sylvie aus. »Was machst du denn hier? Ich dachte, du wärst zusammen mit den beiden anderen gegangen.«

»Ich bin zurückgekommen«, entgegnete Fran. »Freust du dich denn nicht, mich zu sehen?«

»Doch, natürlich freue ich mich.«

Er schlug die Bettdecke zurück und streckte ein nacktes Bein aus dem Bett.

»Wenn du willst, gehe ich gleich wieder. Ein Wort genügt.«

Sie schüttelte nachdrücklich den Kopf. Der Anblick ihres nackten Geliebten im Bett ihres Mannes hatte ihre Leidenschaft entfacht. Sylvie schloss die Tür ab, die nie verschlossen war, wenn Gowry daheim war, und näherte sich dem Bett. Er war bereit für sie. Hatte er hier gelegen und an sie gedacht, erregt, in Gowrys Bett zu liegen, in ihrem Bett, unter ihrem Dach? Hatte er auf sie gewartet, wie ein Bräutigam auf seine Braut wartete?

Sie beugte sich vor und küsste ihn auf den Mund. Er schob ihr die Röcke bis über die Hüften und legte dann beide Hände auf die nackte Haut oberhalb ihrer Strümpfe. Seine Hände wanderten nach innen, bis er ihre feuchte Wärme spürte. »Sylvie, Sylvie!«, flüsterte er mit rauer Stimme. »Gott steh mir bei, ich kann einfach nicht genug von dir kriegen!«

Sie trat näher und hielt still, während er ihr Höschen aufschnürte. Dann rückte sie noch näher und schob die Hüften leicht vor.

Er stöhnte laut, als er in sie hineinglitt. »O Gott! Gott, Sylvie!«, keuchte er. »Du machst mich ganz verrückt.« Gleich darauf schnappte er nach Luft und war zu keinem vernünftigen Wort mehr fähig.

KAPITEL 6

Er war die Strecke von fast zweihundertfünfzig Meilen in dieser Woche drei Mal gefahren und auf der letzten Heimfahrt entsprechend erschöpft. Der leere Bus hinter ihm rumpelte über Wurzeln und durch Schlaglöcher, das Scheinwerferlicht war so schwach, dass er mehr nach Gefühl fuhr als nach Sicht. Seine Schultern schmerzten, seine Augen juckten, und die Strecke von Tipperary zurück nach Dublin kam ihm schier endlos vor.

Das Depot lag verlassen da, als er seinen Bus rückwärts in die letzte Parklücke fuhr. Er stieg vom Fahrersitz, streckte sich mit ausgebreiteten Armen, ließ den Kopf kreisen, bis die kleinen Knöchelchen im Nacken sich geräuschvoll sortiert hatten und die Muskeln im Kreuz sich lockerer anfühlten. Er warf seine Mütze auf den Sitz und ging rüber zu dem Fach, in dem Besen und Kehrschaufel verstaut waren.

Es war eine düstere Nacht mit einem herbstlichen Nebel, der vom Meer her über das Land kroch. Er hatte den ganzen Tag über den Geruch feuchter Erde und frischen Herbstlaubes in der Nase gehabt, sodass die Stadtluft ihm jetzt besonders muffig vorkam. Gowry kramte den Besen hervor, knöpfte seine Uniformjacke auf und ging zurück nach vorn. Überrascht sah er, dass John James Flanagan an der Motorhaube lehnte.

Flanagan mit seinem akkurat frisierten Schnauzbart, den gepflegten schwarzen Brauen und den schicksten Klamotten, die man für Geld bekommen konnte, sah man den erfolgreichen Geschäftsmann immer an, aber was Gowry am meisten störte, war seine Selbstgefälligkeit.

»Na, wenn das nicht mein Lieblingsfahrer ist, endlich aus der Ferne heimgekehrt.« John James wippte auf den Fußballen. »Leg den Besen weg, McCulloch, und gib mir das Fahrtenbuch.«

»Ich soll es Ihnen geben, Sir? Was ist denn mit Mr. Roddeny?«

»Der ist schon nach Hause gegangen. Es ist spät geworden.«

»O ja, das ist mir bewusst, Mr. Flanagan.«

Gowry überlegte, was passiert sein mochte: John James Flanagan ließ ganz sicher nicht das Abendessen stehen, nur um einen seiner Fahrer persönlich willkommen zu heißen. Gowry legte den Besen aus der Hand und holte das Fahrtenbuch unter dem Fahrersitz hervor. Er war überaus penibel, was die Einträge betraf, und hatte drei Gallonen Diesel aus eigener Tasche bezahlt wegen der zusätzlichen Meilen, die er an diesem Tag gefahren war.

John James steckte das Buch in die Manteltasche.

»Wenn das alles wäre, Mr. Flanagan …«

»Nicht ganz.«

»Stimmt etwas nicht, Sir?«

»Sind Sie am Wochenende dabei?«

»Dabei?«

»Samstagabend und den ganzen Sonntag.«

»Ich habe eine harte Woche hinter mir, Mr. Flanagan. Kann nicht jemand anders einspringen?«

»Die anderen werden alle bei der Parade sein. Es ist ein großer Tag für Umzüge, wissen Sie, McCulloch.«

Aha, dachte Gowry, dann soll das eine Bestrafung sein, weil ich nicht einer von ihnen bin. Er hatte weiß Gott schon oft genug sonntags gearbeitet, für Kollegen, die irgendwelche religiösen oder nationalistischen Pflichten zu erfüllen hatten.

»Noch mehr Soldaten? Wieder Rekruten?«, fragte er.

»Nein. Trauergäste einer Beerdigung.«

»An einem Sonntag?«

»Wir befördern nicht die Leiche. Die ist schon vor Ort. Sie fahren eine kleine Gesellschaft am Samstagnachmittag mit der Limousine hin und am Sonntagabend wieder zurück.«

»Mit der Limousine?«, wiederholte Gowry überrascht.

»Zwei Fahrgäste, die Söhne des Verstorbenen, wenn ich nicht irre.« Flanagan lächelte, selbstgefälliger und selbstzufriedener denn je. »Sie bekommen einen kleinen Bonus ausgezahlt, Gowry, wenn Sie mir diesen Gefallen tun. Wären fünf Schilling in Ihrem Sinne?«

Das Schmiergeld erklärte alles. Ganz offensichtlich sollte er irgendeinen berühmten glorreichen Führer zu einem geheimen Treffen befördern, und Flanagan zog es vor, keinen der anderen Fahrer einzusetzen, weil dies Argwohn erregen könnte. Natürlich gab es weder eine Beerdigung noch eine Leiche. Im nebligen Halbdunkel des Busdepots erschien Gowry das Ganze in Planung und Durchführung beinahe lächerlich laienhaft.

»Also gut, ich übernehme die Tour. Wo … äh … befindet sich der Verstorbene?«

»In Woodenbridge«, antwortete Flanagan.

Sie war nicht direkt wund, spürte aber ihren Unterleib, und die Müdigkeit, die ihr den ganzen Tag über anhaftete, löschte jede Sehnsucht nach Fran aus. Jedenfalls war sie nicht besonders traurig, dass sie ihn am Wochenende nicht sehen würde. Er hatte ihr erklärt, er habe eine Menge zu schreiben und müsse unbedingt bestimmte Abgabetermine einhalten.

Sofern die anderen Gäste es merkwürdig fanden, dass Fran Hagarty die Nacht im »Shamrock« verbracht hatte, behielten sie ihre Meinung dazu für sich. Einige von ihnen waren ohnehin nicht in der Verfassung, überhaupt etwas zu merken, da der übermäßige Konsum Starkbier sich am nächsten Tag rächte.

Mit Jansis' Hilfe erledigte Sylvie die alltäglichen Arbeiten, legte sich am frühen Nachmittag hin und schlief wie ein Stein.

Es dämmerte bereits, als sie wieder wach wurde.

Sie blieb noch eine Weile reglos in dem Bett liegen, in dem sie und Fran sich geliebt hatten, und dachte darüber nach, wie sehr der Schein doch trügen konnte und wie falsch sie Francis eingeschätzt hatte. Für einen Mann, der als ausgebrannt galt, hatte Mr. Francis Hagarty sich jedenfalls ausgesprochen gut geschlagen.

»Mam?« Maeve beugte sich über das Fußende des Bettes.

Sylvie setzte sich so hastig auf, dass ihr einen Moment schwindlig wurde.

»Geht es dir gut, Mam?«

»Wie spät ist es?«

»Schon nach sechs. Essenszeit.«

»Ist dein Vater wieder da?«

»Nö.« Maeve schenkte ihr den Anflug eines Lächelns. »Noch nicht.«

»Wann erwarten wir ihn zurück?«

»Aus Tipperary?« Maeve rechnete in Gedanken nach. »Gegen halb zehn, würde ich sagen.« Sie lehnte sich weiter vor. »Bleibt Mr. Hagarty heute wieder über Nacht?«

»Mr. Hagarty ist nach Hause gegangen.«

»Warum hat er gestern hier übernachtet?«

»Er war betr … Er hatte einen über den Durst getrunken.«

»Ich dachte, er wäre noch vor Turk gegangen.«

»Da hast du falsch gedacht.« Sylvie war verwirrt von der Komplizität ihrer Tochter. Sofern sie deren Verhalten nicht fehlinterpretierte. »Sag Jansis, ich bin gleich unten. Ich muss noch das Bett frisch beziehen.«

»Das mache ich.«

Sylvie war noch zu müde für Gewissensbisse. Sie schlug die Bettdecke zurück, zupfte das Nachthemd zurecht, sodass es ihre Brüste bedeckte, und schwang dann beide Beine aus dem Bett. »Nein«, entgegnete sie bestimmt. »Du gehst runter und hilfst Jansis beim Eindecken für das Abendessen.«

»Erledigt«, erwiderte Maeve. »Schon alles fertig.«

»Ist Mr. Dolan bereits unten?«

»Nö.«

»Klopf bei ihm an. Sag ihm, das Abendessen ist in zwanzig Minuten fertig.« Sie fühlte sich immer noch, als wäre ihr Kopf voller Watte, und ihre Glieder waren bleischwer. »Wie viele Gäste haben wir sonst noch?«

»Vier für diese Nacht.«

»Wer hat sie aufgenommen?«

»Jansis. Ich habe ihr geholfen.«

»Abendessen?«

»Fünf. Und Mr. Pettu, falls er rechtzeitig zurück ist.«

»Ich bin gleich unten.«

Sie wartete, dass ihre Tochter das Zimmer verließ, aber Maeve blieb, die Ellbogen auf das Fußende des Bettes gestützt, das Kinn auf den Händen ruhend. Sie schien vom Anblick ihrer Mutter im Nachthemd um sechs Uhr am Abend fasziniert zu sein, und sie lächelte das geheimnisvolle, leise Lächeln, das Sylvie einst selbst so perfekt beherrscht hatte.

»Hör auf, mich anzustarren«, schalt Sylvie schroff. »Verschwinde.«

»Zu Befehl, mein General.« Maeve salutierte militärisch, stakste im Stechschritt aus dem Zimmer und polterte gleich darauf die Treppe hinunter.

»Was ist denn, Gowry? Was willst du von mir?«

»Du weißt, was ich will.«

»Mir ist nicht danach. Ich fühle mich nicht … nicht richtig wohl.«

»Vor zwei Wochen hast du dich auch schon nicht wohlgefühlt. Bist du krank?«

»Nein, mit mir ist alles in Ordnung.«

»Falls doch, solltest du zum Arzt gehen.«

»Ich brauche keinen Arzt. Ich habe gestern Abend zu viel Portwein getrunken, das ist alles.«

»Mit wem?«

»Ach, es waren alle da. Wir haben ein wenig gesungen.«

»Wer hat dir den Portwein ausgegeben?«

»Mr. Rice. Du weißt doch, wie er ist.«

»Und wer hat gesungen?«

»Alle.«

»Trotter auch?«

Sie war unter der Bettdecke von ihm abgerückt. Die Laken fühlten sich steif an, und ihnen haftete noch der leichte Sägemehlgeruch des Wäscheschranks an. Sylvie fühlte sich den Laken näher als Gowry. Sie wollte nur Ruhe, Stille und Schlaf. Sie würde heute in keiner Weise auf die vertrauten Signale reagieren, die das Ritual des ehelichen Beischlafs ankündigten. Sie würde ihm nur dann geben, wonach er verlangte, wenn es keinen anderen Weg gab, neugierige Fragen abzuwenden.

Sylvie seufzte. »Wie hätte ich ihm die Tür weisen sollen?«

»Ich nehme an, Charlie war bei ihm. Mein Vater auch?«

»Nein, der nicht. Nur Charlie.«

Gowry drehte sich auf den Rücken und verschränkte die Arme über der Brust, in einer Pose, die Sylvie an die Statuen auf den Sarkophagen verstorbener Könige erinnerte. »Was haben sie gewollt?«

»Nichts. Zusammensitzen und etwas trinken, mehr nicht.«

»War sonst noch jemand da?«

»Nein, nur Turk und Charlie. Und natürlich die Handelsreisenden.«

»Ich will nicht, dass sie sich hier im Hotel besaufen. Sollen sie doch woanders hingehen!«

»Sie bezahlen ihre Zeche, Gowry, das weißt du. Sie sind gute, zahlende Gäste.«

»Das sind sie nicht. Sie taugen nichts. War Hagarty auch dabei?«

Es schockte sie, Frans Namen aus seinem Mund zu hören. Sie musste an sich halten, um sich nicht abrupt aufzusetzen und auszurufen: Wer hat dir von Fran erzählt? Was haben sie dir über mich erzählt? Sie beherrschte sich mühsam, blieb so reglos liegen wie ein Stein in einem Bachbett und kämpfte gegen die Furcht an, die wie Eiswasser durch ihre Adern strömte. Falls Gowry von einem der Handelsreisenden, beispielsweise von Mr. Dolan, erfahren hatte, dass Fran im Hotel übernachtet hatte, und sie es jetzt abstritt, würde er sofort wissen, dass sie ihm etwas verheimlichte, und sogar der dumpfe, fantasielose Gowry würde eins und eins zusammenzählen.

»Hast du schon einmal einen seiner albernen Artikel gelesen?«

»Manche finden sie keineswegs albern«, entgegnete Sylvie.

»Stimmt. Maeve findet ihn toll.«

»Maeve?«

»Dieser Whiteside ist schuld, ihr Lehrer. Er sollte den Kindern nicht solche Flausen in den Kopf setzen. Verdammter Propagandist. Pettu hat ihr ebenfalls Zeitungen überlassen. Völlig ungeeignetes Zeug für ein kleines Mädchen«, schimpfte Gowry. »Wie soll das Kind denn eine eigene Meinung entwickeln, wenn das so weitergeht?«

»Wenn was so weitergeht?«

»Diese Gehirnwäsche.«

»Ach, komm, Gowry, jetzt übertreibst du.«

»Das finde ich nicht. Als was würdest du es denn bezeichnen?«

»Politik. Nur Politik.«

»Und genau diese Politik kostet in ebendiesem Moment in Flandern zahllosen Männern das Leben.«

»Ich bin müde, Liebster«, sagte Sylvie. »Ich bin nicht schuld an den Missständen in diesem Land. Wenn du immer noch willst …« Sie berührte ihn am Oberschenkel.

»Nein. Nein, jetzt nicht mehr.«

»Ich dachte, dir wäre danach?«

»Ich wollte nur höflich sein.«

»Höflich?«

»Du weißt, was ich meine.«

»Nein, das weiß ich nicht«, entgegnete Sylvie.

»Ich glaube, du willst gar kein zweites Kind.«

»Ach so!«, rief sie überrascht aus. »Darum geht es also? Um Babys? Und das ist alles?«

Ausnahmsweise einmal hatte sie den Gedankensprüngen ihres Mannes nicht folgen können. Er hatte daran gedacht, ein Kind zu zeugen, als er sich ihr genähert hatte. Oder sagte er das nur, um ihr eins auszuwischen? Nein, so raffiniert war Gowry nicht. Ein solcher Schachzug wäre bei Fran denkbar, nicht aber bei ihrem Ehemann.

»Bald wirst du zu alt sein zum Kinderkriegen«, meinte Gowry.

»Das stimmt nicht. Ich habe noch Jahre vor mir, in denen ich schwanger werden kann. Jahre. Ich versuche keineswegs, eine Schwangerschaft zu vermeiden, weißt du«, verteidigte sie sich. »Es liegt nicht an mir.«

Dann kam ihr ein Gedanke. Vielleicht würde die ganze Energie und Leidenschaft, die sie mit Fran im Bett mobilisierte, die Natur dazu verleiten, das zu bewerkstelligen, was sie ihr bislang versagt hatte. Was sollte sie Fran sagen, wenn sie schwanger wurde? Was würde er tun? Wie würde er reagieren? Ein eiskalter Schauer lief ihr den Rücken hinunter.

»Was ist los, Gowry? Was bedrückt dich wirklich?«

Er hustete und gab einen Grunzlaut von sich. »Flanagan. Ich muss am Wochenende arbeiten.«

»Oh!«

»Dem falschen Hund in den Arsch zu kriechen geht mir gewaltig gegen den Strich.«

»Bist du … Wirst du auch über Nacht weg sein?«

»Es geht Samstag los, und ich komme erst Sonntagabend zurück.«

»Wieder Rekruten?«

»Nein, eine Beerdigung.«

»Dann kannst du wenigstens die Limousine fahren«, meinte Sylvie.

»Immerhin ein kleiner Trost.« Gowry grunzte erneut, schlug mit der Faust eine Mulde in seine Nackenrolle und machte es sich zum Einschlafen bequem, während Sylvie, nervös, wieder hellwach und steif wie ein Brett, an seiner Seite lag.

Flanagan hatte bei seinem letzten Deutschlandaufenthalt die neueste Benz-Limousine geordert. Unter John James' Fahrern war die Aufregung groß gewesen, als der Wagen vom Hafen gebracht worden war. Irgendwie hatten sie sich eingebildet, es käme ein »Blitz-Benz«, ein Rennwagen wie jener, der mit hundertfünfundzwanzig Meilen in der

Stunde einen neuen Weltrekord aufgestellt hatte. Die Enttäuschung war entsprechend groß gewesen: Die Limousine sah zwar gut aus, war jedoch ganz offensichtlich mehr auf den Komfort der Fahrgäste ausgerichtet als auf Geschwindigkeit. Gowry war weniger enttäuscht gewesen als die meisten anderen. Das hohe, elegante Gefährt erinnerte ihn ein wenig an den Lanchester, den er für die Franklins in Glasgow chauffiert hatte, wobei die Federung des Benz deutlich besser war und die Limousine auch bei schadhaftem Straßenbelag locker fünfzig Sachen schaffte.

Am Freitagabend sprach er Roddeny darauf an, dass es vielleicht vernünftiger wäre, Samstagabend heimzufahren, doch Roddeny wollte nichts davon wissen. Das Fahrtenbuch sei ausgefüllt, die Tour eingetragen, und die Zulage, die Gowry für die Fahrt bekäme, wäre doch verdammt noch mal großzügig genug. Gowry diskutierte nicht weiter. Wenn er seine Fahrgäste abgesetzt hatte, hatte er bis Sonntagabend frei. Woodenbridge war – im Gegensatz zu den über einhundertzehn bis Tipperary – nur fünfundvierzig Meilen von Dublin entfernt. In dem Benz konnte er die gut sechzig Meilen bis zu Maggies Cottage leicht rechtzeitig zum Abendessen bewältigen.

Samstagnachmittag holte er seine Kunden vor der Vincentian RC Church in Phibsborough ab. Er hatte seine Uniformjacke gebürstet, seine Mütze feucht abgewaschen und sogar seine Stiefel poliert, denn auch wenn der Rang der Männer ihn nicht beeindruckte und er ein Gegner all dessen war, wofür sie standen, wollte er vermeiden, dass sie sich bei J. J. Flanagan beschwerten.

Die Männer warteten bereits am Straßenrand. Er brauchte nicht erst nachzufragen, ob sie den Wagen bestellt hatten: Sie trugen schwere Tweedmäntel, flache Mützen und dazu eine schwarze Binde am Ärmel. Sie waren noch recht jung, so Anfang dreißig. Der eine hatte einen Bart, der andere war glatt rasiert. Beide besaßen jedoch die stumpfen, kalten Augen von Schlächtern, sodass Gowry nicht wagte, sie allzu genau zu mustern, aus Angst, sie könnten sich hiervon provoziert fühlen.

Er öffnete die Beifahrertür. Die Männer stiegen ein. Sie sagten kein Wort, nicht einmal Guten Tag, gaben keinerlei Fahranweisungen und schwiegen auch auf der ganze Fahrt bis Woodenbridge oder, genauer, bis zum »Nugget Hotel« zwischen Bridge und Avoca, wo der Bärtige an die Trennscheibe klopfte und Gowry anwies, rechts ran zu fahren.

Die beiden Männer stiegen aus und blieben am Straßenrand stehen.

Die Tore des »Nugget« standen offen; die etwa eine Viertelmeile lange, von Eichen gesäumte Zufahrt lag verlassen da.

Die Männer warteten, die Hände in den Taschen vergraben.

Sie hatten kein Gepäck bei sich.

Gowry blieb im Wagen.

»Was ist?«, fragte der Bärtige.

»Um wie viel Uhr soll ich Sie morgen abholen, Sir?«

Der Bärtige warf einen Blick auf seinen Begleiter. »Drei Uhr?«

»Drei Uhr geht in Ordnung«, nickte Gowry. »Wo?«

»Genau hier.«

»Ich bin morgen um drei wieder hier, Gentlemen«, erklärte Gowry. »Guten Tag.« Er tippte sich an die Mütze, startete den Benz und fuhr weiter bis Woodenbridge. Von dort aus ging es weiter nach Arklow, Waterford und Clonmel bis zu Maggie Leonards Cottage in den Bergen.

Die Küche war voller Dampf. Sie hatte beschlossen, den Gästen Dorsch in Sahnesoße zu servieren, und ganz vergessen, dass Fischkochen eine recht geruchsintensive Angelegenheit sein konnte.

Die Menge reichte nur für sechs. Samstags gingen die meisten ihrer Logiergäste aus, und nur wenige würden bis zum Abendessen zurück sein. Sylvie rührte eben Sahne und Petersilie in die große Pfanne, als Fran zur Hintertür hereinkam.

Maeve war im Esszimmer und deckte die Tische für das Abendessen, und Jansis war damit beschäftigt, den kleinen Kohlenofen in der

Bar anzufeuern. Sylvie hielt mit der Schale über dem Topf inne und fächerte mit der freien Hand den Dampf fort.

»Fran?«

»Wie er leibt und lebt.«

Er sah besser aus als noch vor drei Tagen. Er hatte Farbe bekommen und wirkte etwas kräftiger. Sie vermutete, dass er getrunken hatte, und als er sie küsste, roch sein Atem tatsächlich nach Whisky. Obwohl er keineswegs betrunken war, legte er einen Übermut an den Tag, der an Unschicklichkeit grenzte. Er war sogar so frech, sie in den Po zu kneifen. Kichernd schlug sie seine Hand fort.

»Kann ich auch was davon haben?«, fragte er.

»Wovon?«

»Von dem, was du da in der Schüssel hast.«

»Davon habe ich nicht besonders viel.«

»Dann von dem, was du da köchelst.«

»Gib mir bitte mal den Löffel rüber.«

»Den hier?« Er hielt den Löffel hoch. »Den?«

»Stell dich nicht dümmer, als du bist«, entgegnete Sylvie lachend. »Ich muss umrühren.«

»Ich rühre. Ich bin ein Meister im Umrühren.«

»Das kann ich mir lebhaft vorstellen.« Sie nahm ihm den Löffel aus der Hand. »Aber an einem Stück gepökeltem Dorsch wäre dein Talent vergeudet. Bleibst du zum Abendessen?«

»Ja. Und zum Frühstück, wenn es dir recht ist.«

Sie rührte die Soße eine Weile kräftig um, nahm dann eine heiße Form aus dem Ofen und gab den Fisch mitsamt der Soße hinein.

Fran hatte die Hände in die Seiten gestemmt und schaute ihr bei der Arbeit zu.

Statt seines schäbigen schwarzen Mantels trug er einen neuen Ascot mit italienischem Futter und Samtkragen, dazu ein feines Hemd mit schicker gepunkteter Seidenfliege. Außerdem war er beim Frisör gewesen. Sylvie fand, dass er aussah wie ein gut situierter Dichter oder erfolgreicher Stückeschreiber.

»Woher weißt du über Gowry Bescheid?«

»Inwiefern?«

»Dass er über Nacht wegbleibt?«

An diesem Abend war Fran nicht so melancholisch wie sonst. Heute wirkte er aufgekratzt und munter, und als Maeve in die Küche stürmte, breitete er die Arme aus und rief: »Trara!«

»Ich dachte, ich hätte Stimmen gehört.«

»Gib niemals zu, dass du Stimmen hörst. Johanna von Orleans hat Stimmen gehört«, ermahnte Fran sie gutmütig. »Und du weißt ja, was mit ihr passiert ist.«

»Man hat sie verbrannt. Siehst du, ich weiß Bescheid.«

»Das tun alle kleinen Mädchen«, meinte Fran. »Sie ist die Heldin aller kleinen Mädchen.«

»Ich bin kein kleines Mädchen mehr.«

»Junge Dame. Ich meinte, sie ist die Heldin aller jungen Damen.«

»Ich möchte mal wissen, wie sie geklungen haben, diese Stimmen«, überlegte Maeve.

»Vielleicht so.« Er legte die Hände trichterförmig an den Mund und rief in einem hallenden Bühnenflüstern: »Ich bin so hunnnngrig, Johanna. Ich möchteeee etwas zu essennnnn.«

Maeve lachte.

Sylvie musste ebenfalls lachen, und die Frage, die sie Gowry gestellt hatte, ging in der allgemeinen Ausgelassenheit und der Vorfreude auf die bevorstehende Nacht unter.

Es war eine dieser romantischen herbstlichen Nächte mit einem riesigen Mond. Die kühle Nachtluft duftete unglaublich stark nach den Farmen und Wäldern im Umland. Gowry am Steuer der deutschen Limousine sang vergnügt vor sich hin, als er an Mockler's Hill vorbeifuhr und durch Cashel kam. Dann tauchten die eleganten Gipfel vor ihm auf.

Er sang weder kriegerische noch derbe Lieder, wie sie im Tivoli Variété gesungen wurden, wo Sylvie und Maeve ihn bei jeder Gelegenheit hinschleiften, sondern melancholische Balladen. Er summte mit geschürzten Lippen vor sich hin, die Schultern gebeugt, die Hände ganz leicht auf dem Steuer ruhend, und verschwendete keinen Gedanken an die Fahrgäste, die er vor dem »Nugget« abgesetzt hatte.

Gowry parkte den Wagen direkt vor dem Haus. Er hoffte, Maggie würde herauskommen und sagen: »Gowry, was ist denn das?« Als gehörte das elegante Fahrzeug ihm und als wollte er es ihr vorführen wie eine Trophäe.

Maggie war nirgends zu sehen, doch ein Mann kam mit einem Heuballen auf der Schulter um die Hausecke. Er trug ein khakifarbenes Hemd, Wickelgamaschen und gute Lederstiefel: Maggies Sohn, der Connaught Ranger, wie Gowry annahm, und seine Vorfreude löste sich schlagartig in Luft auf. Er stieg aus dem Wagen und stellte sich vor.

Sergeant Maurice Leonard grinste breit, legte den Heuballen an der Hauswand ab und sagte mit tiefer, herzlicher Stimme: »McCulloch, na so was. Gowry McCulloch. Weiß meine Mutter, dass Sie kommen?«

»Nein, äh … Ich wollte sie überraschen.«

»Netter Wagen. Verdammt nett. Benz, richtig?«

»Ja.«

»Eins muss man den Deutschen lassen, von Autos verstehen sie was.« Der Sergeant kam näher und schüttelte Gowry die Hand. »Ich nehme nicht an, dass Sie in dem Ding Rekruten nach Tipperary kutschieren.«

»Stimmt. Ich habe Trauergäste zu einer Beerdigung gebracht.«

»Aha! Ach so. Na, dann kommen Sie mal mit rein. Meine Mam wird sich riesig freuen, Sie zu sehen. Sie hält große Stücke auf Sie, Mr. McCulloch.« Mit einer ausholenden Armbewegung forderte er Gowry auf einzutreten. Drinnen war Maggie, wie üblich mit Mehl bestäubt, mit dem Deckel einer Fleischpastete beschäftigt. Sie blickte auf und strahlte ihn an.

»Gowry! Ich habe den Bus gar nicht gehört.«

»Heute ist er auch nicht mit dem Bus gekommen, Mam, sondern in einer schicken deutschen Limousine.«

Maggie wischte sich die Hände an der Schürze ab, kam herüber und drückte Gowry an ihren ausladenden Busen. »So was! Ihr beide zusammen. Ist das nicht großartig, dass ich meine zwei Jungs zur selben Zeit hier bei mir habe?«

Enttäuschung im Herzen, stimmte Gowry ihr zu.

Turk war dabei. Turk war immer dabei. Er hatte sechs Flaschen Bier und eine Flasche Whisky in seinem Rucksack, eingewickelt in eine dünne Decke, die ihn vor der kalten Nachtluft schützen sollte. Er rechnete nicht damit einzuschlafen. Der kleine Kevin war, ausgerüstet wie einer von Teddy Roosevelts Rough Ridern, angerückt, mit Schlafsack und wärmender Unterlage, Tee, Zucker und mehreren Büchsen gebackene Bohnen.

Sie waren vom Bahnhof aus zu Fuß zum Inn gelaufen, dort, wo der Aughrim in den Avoca mündete. Sie hatten das Feld eine Weile suchen müssen, das einzige infrage kommende Feld, wo John Redmond nicht nur von den Freiwilligen der Irish National Volunteers empfangen werden würde, sondern außerdem von einem Kugelhagel, der den Mistkerl auf seinem Rückweg nach Westminster ein wenig aufrütteln dürfte. Turk rieb sich bei dem Gedanken jetzt schon voller Vorfreude die Hände.

Oberhalb des Feldes befand sich ein bewaldeter Hügel mit mehreren nackten Steilhängen und ausreichend Deckung für eine ganze Armee, was man leider von der Straße entlang des Flusses nicht behaupten konnte. An diesem Samstagabend war die Straße vollgestopft gewesen mit Autos und Trampern auf dem Weg zurück von den umliegenden kleinen Ortschaften, sodass Turk und der Junge sich schon bald in die Wälder zurückgezogen hatten.

Verborgen von Bäumen und Farn, hatten sie es sich unter einem Felsvorsprung gemütlich gemacht. Ein idealer Lagerplatz, hatte Turk gemeint, den Rucksack geöffnet und die Flaschen herausgeholt. Kevin hatte ein Feuer entfachen wollen, um die Bohnen zu erhitzen, aber Turk wollte davon nichts wissen, sodass sie die Bohnen schließlich kalt gegessen und mit Bier hinuntergespült hatten.

Obwohl es nicht geregnet hatte, lag eine lange und feuchte Nacht hinter ihnen.

Turk hatte geredet und geredet, seine Stimme hatte in der Dunkelheit leise und verschwörerisch geklungen. Er hatte dem Jungen alles erzählt, was er noch von den wilden Rebellen wusste, die sich, angeführt von General Holt, genau hier zu Fuß und zu Pferd den königstreuen Truppen entgegengestellt hatten, und da sie sich ausnahmsweise einmal unerschrocken und diszipliniert gezeigt hatten, war es ihnen sogar gelungen, diese in die Flucht zu schlagen.

Kevin war eingeschlafen, als die Geschichte gerade mal zur Hälfte erzählt gewesen war.

Turk wickelte sich in die dünne Decke, lehnte sich an den Fels und hielt Wache, wobei er abwechselnd vor sich hin träumte und murmelte, um sich warm zu halten. Als schließlich die ersten Sonnenstrahlen durch die Bäume filterten und Nebel vom Fluss aufstieg, war Turk bereit. Bei Gott, und wie bereit er war!

Im Morgenlicht wirkten die Berge höher, wie Gowry feststellte, als er blinzelnd aus dem Cottage trat.

So wie es aussah war der Sergeant schon seit Stunden auf, und das, obwohl er am Vorabend doppelt so viel getrunken hatte wie Gowry und erst weit nach zwei Uhr zu Bett gegangen war. Sie hatten zu dritt am Feuer beisammengesessen und sich unterhalten. Die Flasche hatten sie herumgehen lassen, und der Sergeant, der die langen Beine vor sich ausgestreckt hatte und die nackten Füße am Feuer röstete, war so entspannt gewesen wie nur was in seinem alten Rattansessel, das Glas in der Hand und die Pfeife zwischen den Zähnen.

Gowry hatte nur selten in seinem Leben so offen erzählt und so fasziniert zugehört. Allerdings verlief das Gespräch recht leidenschaftslos, da sie sich alle einig waren, dass Politik ein schmutziges Geschäft war und es eine Schande sei, dass Politiker die Streitkräfte beherrschten und nicht andersherum. Als Gowry schließlich zu Bett gegangen war, war er sofort eingeschlafen, begleitet von Maggies Stimme und dem tiefen Gelächter des Sergeants unten in der Stube.

»Morgen auch, Gowry«, rief Maurice. »Gut geschlafen?«

»Wie ein Baby. Und selbst?«

»Tief und traumlos. Wie lange bleibst du noch?«

»Ich muss um halb eins los.«

»Zurück nach Dublin?«

»Erst muss ich nach Woodenbridge.«

»Zur Parade?«

»Parade? Was für eine Parade?«

»Die Freiwilligen marschieren jeden Sonntag auf dem Feld unten am Fluss auf. Ich habe gehört, dass John Redmond heute erwartet wird, um eine Rede vor den Truppen zu halten.«

»Ehrlich gesagt, hat mich noch nie interessiert, was Redmond zu sagen hatte.«

»Ich dachte, du befürwortest seine Politik?«

»Das tue ich auch«, entgegnete Gowry. »Aber das ist für mich noch kein Grund, mir sein Gesülze anzuhören.«

»Er wird eine verdammt gute Rede halten müssen, um sein Handeln zu rechtfertigen«, meinte Maurice. »Wenn wir nicht genug Rekruten zusammenkriegen, wird das Verteidigungsministerium uns nicht nach Frankreich schicken. Es wäre eine Riesenschande, wenn den Rangers nur wegen ein, zwei Heißspornen die Gelegenheit verwehrt bliebe, in die Schlacht zu ziehen.«

»Bildet ihr Männer für den Kampfeinsatz in Frankreich aus?«

»Es wäre uns ein Vergnügen, Männer für den Fronteinsatz auszubilden«, antwortete Maurice, »aber wir verfügen nicht über die nötigen Waffen, und es sind auch keine in Sicht, sodass wir uns auf Drill, Drill und noch mal Drill beschränken müssen.« Er warf einen Heuballen in den Schuppen. Die robusten Ponys standen geduldig draußen auf dem großen Paddock und ließen die Schweife im Wind wehen. Von irgendwo auf der anderen Talseite läutete eine Kirchenglocke zur Sonntagsmesse. Maurice klopfte Gowry auf die Schulter, als wäre er ein Pony oder ein von Heimweh geplagter Rekrut. »Solltest du doch heute Nachmittag zufällig in Woodenbridge auf den alten Johnny Redmond stoßen, bestell ihm von mir, dass die irischen Brigaden bereit und willens sind, in den Kampf zu ziehen, und es uns nur an den entsprechenden Waffen mangelt. Er soll die Engländer davon überzeugen, dass wir Waffen benötigen.«

Gowry lachte. »Klar, mach ich.« Hierauf hakte er den freundlichen Sergeant unter, und gemeinsam gingen sie zurück ins Haus, um zu frühstücken.

Auf dem Feld beim Fluss sah man mehr Mützen als Melonen, und zahlreiche Hunde schnüffelten an den Beinen der Freiwilligen. Es gab zwei oder drei uniformierte Offiziere mit geflochtenen Kordeln um den Hals und Säbeln an der Seite, doch Turk konnte keine Revolver ausmachen. Nur eine Handvoll hochrangiger Offiziere verfügte über Gewehre, aber als sie näher herangingen, erkannte Turk, dass es sich fast ausschließlich um Attrappen handelte. Hier und dort gab es Piken, doch die dürften nicht bis über den Fluss oder gar hinauf zu den bewaldeten Hängen zu schleudern sein. Die Parade verlief eher lässig und desorganisiert, ganz anders als die Paraden in Dublin, bei denen Turk mitmarschiert war. Den Freiwilligen in Woodenbridge sah man an, was sie tatsächlich waren: Bauern, die sich als Soldaten verkleidet hatten. Als er aus zusammengekniffenen Augen auf die Menschenschar hinunterblickte, empfand Turk vage Abscheu für das, was ihm aufgetragen worden war: Die Männer dort unten könnten seine Vettern oder Onkel sein, und zumindest im Geiste war er einer von ihnen. Er konzentrierte sich auf die Offiziere, die Vertreter der Autorität mit ihren Tressen und Schwertern und dem gockelhaften Auftreten.

Turk robbte durch das welke Farnkraut und suchte nach dem besten Schusswinkel.

Kevin war noch drüben im Wald und lud die Gewehre. Sie hatten die Waffen mühelos in dem vereinbarten Versteck gefunden, und bisher lief Fran Hagartys Plan wie am Schnürchen.

Turk fühlte sich viel besser, seit er die Gewehre besaß und die Warterei ein Ende hatte.

Er studierte das Feld weiter unten sehr aufmerksam. Die Soldaten standen mit dem Gesicht zum Fluss. Er würde über ihre Köpfe hinwegfeuern. Ein Offizier – MacSweeney? – fischte immer wieder seine Uhr aus der Westentasche, um dann nervös zur Straße hinüberzuschauen. Turk schloss daraus, dass Redmonds Ankunft unmittelbar bevorstand.

Das Feld war gemäht worden, aber immer noch mit dicken Grasbüscheln bedeckt, die die Offiziere in ihren hohen Reitstiefeln immer wieder aus dem Tritt brachten. Die Männer machten allerdings einen recht trittsicheren Eindruck, als sie Aufstellung nahmen. Es hatten sich an die hundert Schaulustige rund um das Feld eingefunden, vorwiegend alte Männer und kleine Jungs in Knickerbocker-Hosen und mit steifem Kragen, und sie alle schienen sich an diesem sonnigen Sonntagnachmittag köstlich zu amüsieren.

Turk fand die ideale Position, einen kleinen dicken Erdhügel inmitten des Farnkrauts, dessen Kuppe von Kaninchen kahl gefressen worden war. Er setzte sich im Schneidersitz hin, zog die Ellbogen an die Hüften und legte mit einem imaginären Gewehr an. Es würde keine Toten geben, das hatte Fran unmissverständlich klargemacht. Aber, bei Gott, wäre es nicht ein Spaß, den einen oder anderen Offizier umzunieten, zu sehen, wie Säbel durch die Luft flogen und Köpfe zerplatzten wie Melonen, sobald die Kugeln ihr Ziel fanden?

Er entdeckte MacSweeney, formte mit den Lippen ein lautloses »Peng-peng-peng« und blies dann lächelnd unsichtbaren Rauch fort, als plötzlich Johnny Redmons Lakaien auf dem Weg zur Hauptstraße auftauchten und MacSweeney ihnen quer über die Wiese entgegenging, um sie zu empfangen, wobei er im Gehen sein Zeremonienschwert zog.

»Ja«, sagte Turk leise. »Ja.« Dann zog er sich rückwärts durch das Farnkraut zurück, um den jungen Kevin und die Gewehre zu holen.

KAPITEL 7

Sie brachten ihn durch das Tor oben auf dem Cork Hill nach Dublin Castle, diesem abweisenden, um zwei Innenhöfe herum errichteten Backsteinkasten am oberen Ende der Parliament Street. Er war noch nie im Inneren der Burg gewesen, da er für gewöhnlich nicht mit Regierungsbeamten verkehrte und auch nie das Bedürfnis verspürt hatte, sich das Gebäude aus der Nähe anzusehen. Sein Vater hatte ihm jedoch von dem Grauen hinter diesen Mauern, dem Devil's Half Acre, erzählt, wo in früheren Zeiten Aufständische systematisch misshandelt, gefoltert und festgehalten worden waren.

Er schwitzte in seiner Uniform und hatte die Hände am Steuer derart verkrampft, dass er es kaum schaffte, die Limousine durch die Hofeinfahrt zu lenken. Er war so verängstigt, dass er beinahe aufgeschrien hätte, als Detective Ames ihn mit dem Lauf seines Revolvers anstieß.

»Was ist?«, fragte Gowry schrill.

»Weiter können wir nicht fahren«, teilte Ames ihm mit. »Halten Sie hier.«

Gowry bremste so abrupt, dass die Hinterreifen auf dem feuchten Kopfsteinpflaster durchdrehten.

Sie waren unter dem Bedford Tower hindurchgefahren, unter der Justitia her, aber er rechnete nicht damit, dass ihm hier Gerechtigkeit widerfuhr.

Der Detective kauerte neben ihm; auf dem Rücksitz saßen noch ein Bulle in Zivil und zwei Constables der Royal Irish Constabulary.

Er zog die Handbremse an, stellte den Motor ab und wartete. Trotz der kühlen Nachtluft war er schweißgebadet.

Ames stieß ihm erneut die Waffe in die Seite. »Raus.«

Gowry stieg aus und kniete sich auf das Pflaster.

Die Constables stiegen ebenfalls aus, die Schlagstöcke in der Hand. Wenigstens hatten sie ihm keine Handschellen angelegt. Noch nicht.

Als sie sich draußen vor dem »Nugget« auf ihn gestürzt hatten, hatte er angenommen, sie wollten Flanagans Limousine konfiszieren und ihn irgendwo in Wicklow ins Gefängnis sperren. Stattdessen hatten sie ihn auf den Fahrersitz zurückgestoßen und ihm befohlen, nach Dublin zu fahren.

»Was soll ich denn getan haben?«, hatte er gerufen. »Sie können mich nicht einfach so, ohne triftigen Grund, mitnehmen. Ich habe Fahrgäste abzuholen.«

»Fahrgäste, ja? Und wo sind diese ominösen Fahrgäste?«

»Ich … keine Ahnung. Vielleicht im Hotel.«

»Mag sein, vielleicht sind sie aber auch ohne dich abgehauen.«

»Was heißt das, abgehauen?«

»Auf und davon. Weg«, antwortete einer der Polizisten.

»Die beiden waren Brüder. Sie wollten zu einer Beerdigung.«

»Brüder, ja? Das glaube ich gern«, meinte derselbe Beamte.

»Zu deiner Beerdigung, McCulloch«, sagte Ames und lachte.

»Was ist los? Was zum Teufel ist hier eigentlich los?«

Aber sie hatten seine Fragen ignoriert und wollten ihm nicht einmal verraten, was ihm vorgeworfen wurde oder wohin sie ihn brachten.

Er hatte davon gehört, dass so etwas geheimnisvollen Drahtziehern irgendwelcher Geheimbünde widerfuhr, militanten Sozialisten oder vermeintlichen Kollaborateuren, aber er hatte sich immer eingeredet, dass jemand, der verhaftet und ohne fairen Prozess eingesperrt wurde, Dreck am Stecken haben *musste.* Er hatte allerdings nie gewagt, seinen persönlichen Standpunkt Charlie gegenüber zu vertreten, da sein Bruder alle wichtigen Leute der verschiedensten Organisationen kannte und noch an das Märtyrertum glaubte.

Ames packte seinen Arm und wirbelte ihn herum, sodass er nun dem Torbogen gegenüberstand, der zum zweiten, tiefer liegenden Hof führte. Gowry wehrte sich. »Was wird mit dem Wagen? Ich bin für Mr. Flanagans Limousine verantwortlich.«

»Du hast jetzt ganz andere Sorgen, McCulloch«, entgegnete Ames, zerrte ihn durch den Torbogen und über den Hof zum Ship Street-Tor.

Ship Street, Sheep Street: Lämmer, die zur Schlachtbank geführt wurden: Köpfe entlang der Wände. Der alte Turm, der hoch über ihm aufragte, und vor ihm der älteste Teil der Stadt, schmale Gassen und Straßen, meist dunkel und schmutzig, Mietskasernen, in denen nur die Ärmsten der Armen hausten. Gowry war bewusst, dass dieser Bezirk geschichtsträchtig war und die Namen – Nicholas Street, Fishamble, Bridge und Winetavern – förmlich von Geschichte troffen. Insgeheim sorgte er sich, dass auch er in Kürze Teil dieser Geschichte werden könnte.

Sie rahmten ihn ein und hielten ihn rechts und links bei den Armen fest. Der Himmel färbte sich schwarz; die Nacht brach herein. Wolken zogen sich zusammen, und der feuchte rötliche Schimmer der Herbstdämmerung wirkte in den engen Gassen komprimiert. Er hörte seine eigenen Absätze auf dem brüchigen Pflaster klappern, begleitet vom leisen Geräusch der Plastiksohlen seiner Eskorte. Dann stießen sie ihn durch einen Türeingang.

Gowry sah eine weitere Tür, massiv wie der Rock of Cashel. Sie schwang auf. Er wurde in ein Gebäude bugsiert, ein hohes sauberes Gebäude, das inmitten der stinkenden heruntergekommenen Mietshäuser wie ein Fremdkörper wirkte. Als die Tür hinter ihm zufiel, stieg eine Welle nackter Verzweiflung in ihm auf.

»Es steht mir nicht zu, an diesem Punkt irgendwelche Anklagepunkte vorzutragen«, erklärte Vaizey. »Gemäß dem neu verabschiedeten Notfall-Paragrafen darf ich Sie drei Tage festhalten, wenn Sie nach meinem Ermessen ein Sicherheitsrisiko darstellen. Haben Sie das verstanden, Mr. McCulloch?«

»Ja, das habe ich«, entgegnete Gowry.

»Wissen Sie, weshalb Sie hergebracht wurden?«

»Nein, das weiß ich nicht.«

»Als Nächstes wollen Sie mir vermutlich weismachen, dass Sie noch nichts von dem Zwischenfall in Woodenbridge heute Nachmittag gehört haben«, fuhr der Inspector fort.

»Ich weiß nur, dass sich vor dem ›Nugget Hotel‹ ein Dutzend Polizisten auf mich gestürzt haben.«

»Dann bleiben Sie also bei Ihrer Geschichte?«

»Geschichte? Was für eine Geschichte?«

»Die, die Sie meinem Beamten aufgetischt haben.«

»Ich habe ihm gar nichts erzählt, geschweige denn ›aufgetischt‹«, erwiderte Gowry. »Ich hatte gar keine Gelegenheit, ihm irgendetwas zu sagen, bevor er …«

»Dass Sie wegen einer Beerdigung dort waren, glaube ich.«

»Das ist keine Geschichte, sondern die nackte Wahrheit. Wenn Sie mir nicht glauben wollen, schauen Sie doch im Fahrtenbuch nach. Ich wurde beauftragt, gestern Nachmittag zwei Männer von Dublin zum »Nugget Hotel« in Woodenbridge zu bringen und heute um drei dort wieder abzuholen.«

»Wer waren diese Männer? Wie haben sie geheißen?«

»Keine Ahnung. Mir wurde nur gesagt, es handele sich um zwei Brüder, die zu einer Beerdigung wollten.«

»Sie haben doch einen Bruder, nicht wahr, Mr. McCulloch?«, fragte Vaizey.

»Mehrere«, antwortete Gowry.

Dann steckte also Charlie dahinter. Charlie hatte es endlich geschafft, ihn in die Scheiße hineinzureiten. Zorn wallte in ihm auf. Er setzte sich auf dem Schemel, den Ames vor den Schreibtisch gestellt hatte, aufrechter hin. Es gab in dem Raum kein Fenster, nur ein Gitter hoch oben an der Wand, mit einer länglichen Rauchglasscheibe dahinter. Das Mobiliar beschränkte sich auf einen Tisch, einen Stuhl und ebenjenen Schemel, auf dem er saß. Ames lehnte unter einer zischenden, flackernden Gaslampe an der Wand. Vaizey saß am Tisch.

»Wie heißen Ihre Brüder?«, wollte Vaizey wissen.

»Peter, Charlie und Forbes.«

»Forbes?«

»Der lebt in Glasgow. Schon seit Jahren.«

»Und was genau macht er in Glasgow?«

»Er ist Anteilseigner einer Werft«, erklärte Gowry.

»Ach ja! Er hat eine der Franklin-Töchter geheiratet. Jetzt fällt es mir wieder ein.«

Die Erwähnung seines älteren Bruders machte Gowry nur noch misstrauischer.

Er fragte sich, ob Forbes irgendwie die Hände im Spiel hatte, ob die beiden grimmigen Gestalten, die er nach Woodenbridge gefahren hatte, möglicherweise von Forbes geschickt worden waren. Gowry traute Forbes durchaus auch dubiose Geschäfte zu.

»Charlie«, fuhr Vaizey fort. »Erzählen Sie mir mehr von Charlie.«

»Da gibt es nichts zu erzählen. Wir beide kommen nicht besonders gut miteinander aus.«

»Er besucht regelmäßig Ihre Kneipe.«

»Es ist nicht meine Kneipe. Die Pension gehört meiner Frau.«

»Er trinkt dort in Gesellschaft polizeibekannter Krimineller.«

»Charlie ist kein Krimineller, sondern Brauer.«

»War es nicht Charlie, der Sie gebeten hat, diese beiden Männer nach Woodenbridge zu fahren?«

»Selbstverständlich nicht. Mr. Flanagan hat mich für die Fahrt eingeteilt. Wenn Sie mir nicht glauben, fragen Sie ihn doch.«

»Das haben wir bereits«, entgegnete Vaizey.

»Na also.«

»Mr. Flanagan leugnet jede Kenntnis …«

Gowry sprang wie von der Tarantel gestochen auf und hätte sich über den Tisch hinweg auf Vaizey gestürzt, wenn Ames ihn nicht gepackt und zu Boden geschleudert hätte. Er landete auf Ellbogen und Steißbein, was seinen Zorn nur noch weiter entfachte. Er war verraten worden. Flanagan hatte ihn hereingelegt und den Geiern zum Fraß vorgeworfen. Gowry rappelte sich halb auf, bis er auf dem Fußboden kniete.

»Böser Junge«, sagte Ames kopfschüttelnd. »Böser, böser Junge.«

Gowry setzte sich wieder hin und stützte sich auf beide Hände. Der Detective überragte ihn wie eine Säule. Von dem Inspector sah er nur Schuhe, Strümpfe, Hosenbeine und, von den Beinen durch die Tischplatte getrennt, ein ausdrucksloses Gesicht, das beinahe desinteressiert auf ihn herabblickte.

Vaizey strich mit dem Zeigefinger über seinen Schnauzer. »Es bringt keinen von uns weiter, wenn Sie sich so aufführen. Wie haben diese Männer ausgesehen? Hatten Sie einen von ihnen vielleicht früher schon einmal gesehen?«

»Nein«, entgegnete Gowry. »Beide waren Fremde für mich. Der eine hatte einen Bart.«

»Nun denn, das ist doch schon was, oder?«, befand Ames.

»Sie waren gut gekleidet und etwa in meinem Alter«, fuhr Gowry fort.

»Was haben die beiden zu Ihnen gesagt?«, fragte Vaizey, der immer noch über den Tisch hinweg zu ihm hinabschaute.

»Kaum ein Wort. Sie meinten, ich solle sie am nächsten Tag um drei am Tor des ›Nugget Hotel‹ wieder abholen. Stattdessen haben dann Ihre Männer auf mich gewartet.«

»Haben sie in dem Hotel gewohnt?«

»Das habe ich angenommen. Ich habe sie allerdings nur am Tor rausgelassen.«

»Wann war das?«

»Gestern Nachmittag zwischen drei und halb vier.«

»Und dann? Sind sie anschließend nach Dublin zurückgefahren?«

Gowry zögerte. Das war die erste Frage, die er nicht wahrheitsgemäß beantworten konnte.

»Ich bin nicht nach Dublin zurückgefahren.«

»Nicht? Und warum nicht?«

»Ich habe auswärts übernachtet.«

»Wie weit ist es von Woodenbridge nach Dublin? Vierzig Meilen?«

»Fast fünfzig«, erwiderte Gowry mit trockenem Mund.

»In diesem Wagen, der deutschen Limousine, wie lange braucht man da bis …«

»Mir wurde gesagt, ich solle auswärts übernachten«, fiel Gowry ihm ins Wort.

»Wer hat Ihnen gesagt, Sie sollen auswärts übernachten?«

»Mr. Roddeny.«

»Nicht Mr. Flanagan?«

»Doch, Mr. Flanagan.«

»Wer denn nun?«, hakte der Inspector nach.

»Mir wurde eine Prämie versprochen, wenn ich …«

»Eine Prämie? Für eine Fahrt von gerade mal vierzig – Entschuldigung – fünfzig Meilen? Scheint ja ein außerordentlich großzügiger Mensch zu sein, Ihr Mr. Flanagan.«

»Es war ein Samstag.«

»Arbeiten Sie für gewöhnlich nicht samstags?«

»Doch, schon, aber …« Wieder zögerte Gowry. »Ich wollte nicht.«

»Was wollten Sie nicht?«

»Nach Woodenbridge fahren. Die Tour übernehmen.«

»Und warum nicht?«

»Ich war die ganze Woche unterwegs und habe Rekruten zum Trainingslager nach Tipperary gefahren.«

»Tipperary«, wiederholte Vaizey. »Nun, das ist allerdings eine weite Strecke.«

»Das ist es.«

»Im Gegensatz zu Woodenbridge.«

»Mir wurde gesagt, ich soll auswärts übernachten.«

»Und wo haben Sie vergangene Nacht übernachtet?«

»In einer Pension«, antwortete er, ohne nachzudenken.

Er argwöhnte, dass der Inspector vermutlich bereits wusste, wo er gewesen war, aber er würde sich nicht dazu verleiten lassen, Maggie Leonard in den Rücken zu fallen, ganz gleich, was sie mit ihm anstellten. Wenn sie die Waffen auf dem Speicher des Cottages in den Galtees fanden, würde man Maggie und auch Maurice verhaften, und das durfte er unter keinen Umständen zulassen.

»In Woodenbridge?«

»Nein, in Arklow.«

Jetzt war er dran, endgültig dran. Er war in die Grube gefallen, die er selbst gegraben hatte, als er vor Wochen Charlies Waffen an sich genommen und in Sicherheit gebracht hatte. Er hatte in bester Absicht gehandelt, aber Vaizey würde ihm die Wahrheit niemals abkaufen. Gowry saß immer noch mit ausgestreckten Beinen auf dem Boden. Er lehnte sich zurück, weg von Ames, und ließ den Kopf auf die Brust sinken. Er war nicht mehr wütend, und auch seine Furcht hatte nachgelassen. Übrig geblieben war Verschlagenheit, ein Gefühl, schlauer zu sein als alle anderen, das sich durchaus noch als sein Untergang erweisen konnte. Trotzdem hatte er keine andere Wahl, als Vaizeys Spiel mitzuspielen.

»Können Sie sich an den Namen der Pension erinnern?«, fragte der Inspector.

»Nein, Sir, das kann ich nicht.«

»Was Sie nicht sagen! Waren Sie betrunken?«

»Also gut«, meinte Gowry. »Ich werde Ihnen die Wahrheit sagen. Ich habe im Fond der Limousine geschlafen.«

»Sie haben im Wagen geschlafen? Kommt es öfter vor, dass Sie in Ihrem Fahrzeug übernachten?«

»Nicht im Bus, aber bei der Limousine ist das etwas anderes.«

»Und warum haben Sie in der …?«

»Um Geld zu sparen«, fiel Gowry ihm ins Wort. »In der Limousine ist es warm und bequem, und ich habe sechs Pence gespart. Sie wollen wissen, was ich gestern Nacht gemacht habe? Also gut: Ich bin nach Arklow zurückgefahren, habe in einem Pub etwas getrunken, Fish and Chips an einem Imbiss gegessen und bin anschließend eine Weile am Wasser spazieren gegangen. Dann bin ich zurück zum Wagen und hinten im Fond eingeschlafen.«

»Waren Sie betrunken?«

»Ich war nicht betrunken, ich war müde.«

»Verstehe. Boris, würdest du bitte Mr. McCulloch auf die Füße helfen.«

Widerwillig reichte der stämmige Detective ihm die Hand.

Gowry ignorierte sie. Stattdessen stand er mit einer Geschmeidigkeit, die ihn selbst überraschte, allein auf. Er klopfte sich mit der flachen Hand den Staub von der Hose und nahm wieder auf dem dreibeinigen Schemel Platz. Er war nicht so naiv zu glauben, dass das Verhör beendet war oder er mit seiner Geschichte von der Übernachtung im Benz bei den Polizisten gepunktet hatte. Er hatte sich allerdings etwas Luft zum Atmen verschafft und beschloss, bei der Version zu bleiben, komme, was da wolle.

In einer halben Stunde würde es dunkel sein. Das Läuten der Glocke von St. Olave hallte über das Wasser, eine einzige sonore Note, die sich scheinbar endlos wiederholte, wie um die Nacht selbst herbeizurufen. Im Flur des »Shamrock« tickte die altmodische Standuhr, oder besser, sie machte *tock, tock, tock.* Die Zeiger der Uhr in der Bar schienen sich in rasendem Tempo zu drehen, während Sylvie zwischen Schankraum und Küche hin- und herhetzte. Sie war angespannt, wünschte sich, Fran möglichst lange bei sich zu behalten, und hoffte doch auch gleichzeitig, er werde fort sein, bevor Gowry heimkam.

Fran hatte es sich in der Bar gemütlich gemacht, las die aktuelle Ausgabe von *Irish Freedom,* genehmigte sich dabei ein Glas Starkbier und machte keinerlei Anstalten, allzu bald aufzubrechen.

Sie hatten sich während der Nacht geliebt und den ganzen Morgen bei jeder Gelegenheit geturtelt. Er hatte Maeve und sie zur Kirche begleitet und auf sie gewartet, als sie nach dem Gottesdienst wieder herausgekommen waren. Ohne einen Hauch von schlechtem Gewissen war sie mit ihm die Sperryhead Road hinuntergegangen, völlig gleichgültig den Nachbarn gegenüber. Francis Hagarty hatte ebenso das Recht, im »Shamrock« zu übernachten, wie jeder andere beliebige Gast.

Maeve schien sich an seiner Anwesenheit nicht zu stören. Sie hüpfte übermütig umher, plapperte ohne Unterlass und suchte ständig, Frans Aufmerksamkeit auf sich zu lenken, was Sylvie ihr nicht verübeln konnte. Sie aßen gemeinsam in der Küche zu Mittag, unternahmen am Nachtmittag, als Maeve in der Sonntagsschule war, einen weiteren Spaziergang und tranken anschließend im Wohnzimmer Tee – zum Abschied, wie Sylvie dachte. Aber Fran hatte die Stunde zwischen fünf und sechs, als die Gäste einer nach dem anderen eintrudelten (an diesem Tag waren es nur drei), verbummelt und war immer noch da, obwohl sie Gowry jeden Moment aus Woodenbridge zurückerwartete.

»Will er nicht bald mal gehen?«, zischte Jansis.

»Keine Ahnung«, entgegnete Sylvie leise.

»Er sollte um diese Zeit nicht mehr hier sein.«

»Ich weiß.«

»Das gibt einen Riesenärger, wenn …«

»Herrgott, Jansis, jetzt ist es aber genug!«

»Ich sage ihm, dass er gehen soll, wenn du willst. Ich verspreche sogar, ihn höflich dazu aufzufordern.«

»Nein.« Sylvie zögerte und kaute unschlüssig auf ihrem Daumen herum. »Nein, ich kann ihn nicht auffordern zu gehen.«

»Weiß er denn, dass Mr. McCulloch jeden Moment zurückkommen wird? Begreift er denn nicht, was das heißt?«

»O doch, das weiß er sehr wohl.« Und genau das war es, was ihr Sorgen bereitete.

»Nun, McCulloch, jetzt rücken Sie endlich raus mit der Wahrheit! Sie haben nicht im Wagen übernachtet, habe ich recht?«

»Doch, das habe ich.«

Ames stand nun hinter ihm, und er rechnete fest mit einem Schlag auf den Hinterkopf. Sicher war es nur eine Frage der Zeit, bis Vaizey seinem Mann signalisieren würde, ihn mit Schlägen gefügig zu machen. Er ballte die Hände zu Fäusten, klemmte diese zwischen die Knie und senkte den Kopf, bis das Kinn fast die Brust berührte.

»Vielleicht hatte ich ja doch zu viel getrunken«, räumte er ein.

»Wo haben Sie gefrühstückt?«

»Ich habe am Morgen nur etwas Brot gegessen.«

»Und wo hatten Sie das Brot her?«

»Das hatte ich von daheim mitgebracht.«

»Was haben Sie heute gemacht?«

»Was meinen Sie?«

»Wie haben Sie den Vormittag verbracht? Waren Sie wieder am Wasser spazieren? Haben sie von den Klippen aus gefischt oder vielleicht einen Esel geritten?«

»Ich war am Strand spazieren.«

»Und wo war der Benz?«

»Den habe ich stehen lassen.«

»Und wo genau haben Sie ihn stehen lassen?«

»In einer Straße in Strandnähe.«

»Gut«, nickte Vaizey. »Irgendjemandem muss der Wagen ja aufgefallen sein. Tatsächlich würde ich sogar vermuten, dass eine deutsche Luxuslimousine in Arklow eine ganze Meute von Schaulustigen angezogen haben dürfte. Es dürfte nicht schwer sein, Ihre Geschichte zu überprüfen – vorausgesetzt, sie stimmt.«

»Sie stimmt nicht«, meinte Ames. »Der lügt doch wie gedruckt.«

»Tatsächlich, Boris? Wieso sind Sie da so sicher?«, wollte Vaizey wissen.

»Der Zähler am Lenkrad der Limousine zeigt deutlich, dass der Wagen weit mehr als fünfzig Meilen zurückgelegt hat. Einhundertsiebzig Meilen, um genau zu sein.«

»Vielleicht war der Zähler beim Verlassen von Mr. Flanagans Gelände ja nicht richtig eingestellt?«, gab Vaizey zu bedenken.

»Der Zähler wird vor jeder Fahrt auf null zurückgedreht«, erklärte Ames. »Das hat Mr. Flanagan mir höchstpersönlich versichert.«

»Wann?«, hörte Gowry sich fragen.

»Das geht Sie einen feuchten Dreck an«, knurrte Ames.

Widerspruch war zwecklos. Er war von Flanagan verraten, ja regelrecht in die Pfanne gehauen worden. Jemand hatte den Polizisten gesteckt, dass sie den Zähler überprüfen sollten – jemand, der über Maggie Bescheid wissen musste. Er hatte immer noch keinen Schimmer, welches Verbrechen ihm eigentlich zur Last gelegt wurde, und konnte somit nur vermuten, dass es um die geschmuggelten Gewehre ging.

»Sie sind kein Nationalist, oder, Mr. McCulloch?«, hakte Vaizey nach.

»Ganz sicher nicht.«

»Und auch kein Mitglied der Bruderschaft von Erin?«

»Nein.«

»Sie haben auch keinen Kontakt zu irgendwelchen subversiven Gruppierungen?«

»Nein, habe ich nicht.«

»Dann hatten Sie also keinen Grund, sich an einem Mordkomplott gegen John Redmond zu beteiligen?«

Gowry öffnete den Mund, brachte jedoch keinen Laut heraus. Er starrte Vaizey schockiert an. Redmond in Woodenbridge, die Parade an diesem Nachmittag! Die Unterhaltung mit Maurice Leonard fiel ihm wieder ein. Schüsse, ein Attentat. Man konnte ihn allein schon wegen Mittäterschaft hängen. Verdächtigte man ihn tatsächlich der Beteiligung an dem Vorfall? Glaubten sie wirklich, er habe um drei Uhr am Nachmittag die Attentäter abholen wollen? Er schloss den Mund wieder und saß vier, fünf Sekunden schweigend da, während Vaizey bedächtig seinen Schnauzbart streichelte und geduldig auf eine Antwort wartete.

»Erwarten Sie wirklich von mir, dass ich Ihnen abkaufe, Sie hätten nicht gewusst, dass Johnny Redmond heute Nachmittag in Woodenbridge die Truppen inspizieren würde?«, fragte Vaizey schließlich in die Stille hinein.

»Ich … ich habe erst heute Morgen davon erfahren.«

»Heute Morgen? Von wem?«

»Irgendjemandem. Keine Ahnung.«

»Wo haben Sie die Nacht wirklich verbracht?«, bohrte der Polizist streng nach.

»In Tipperary«, antwortete Gowry.

»Haben Sie dort auch die Waffen versteckt?«

»Waffen? Was für Waffen? Ich weiß gar nicht, wovon Sie sprechen.«

»Hat Charlie Sie gebeten, die Waffen an einem sicheren Ort zu verstecken?« Vaizey klang mit jeder Frage ungeduldiger. »Hat Charlie Sie überredet, die deutschen Mauser außerhalb von Dublin zu verstecken, oder war es Ihr Vater? Wen sollten Sie heute Nachmittag am Tor des ›Nugget Hotel‹ unmittelbar nach dem Attentat abholen? Charlie oder Eamon Trotter?«

»Wurde Redmond getötet?«, fragte Gowry.

»Beantworten Sie bitte meine Frage.«

»Es gibt nichts zu beantworten. Ich weiß nichts von irgendwelchen Waffen, und ich hatte bis heute Morgen keinen Schimmer, dass Redmond in Woodenbridge sein würde.«

»Was haben Sie in Tipperary gemacht?«

»Ich war bei einer Frau.«

»Aha! Ich verstehe. Einer verheirateten Frau?«

»Ja.«

»Deren Ruf Sie um jeden Preis schützen wollen?«

»Ich werde Ihnen ihren Namen nicht verraten, wenn Sie das meinen.«

»Wie Sie möchten. Könnte aber sein, dass Sie dafür baumeln«, brummte Ames. »Ich denke, er lügt, Boss, was glauben Sie?«

»Ich bin mir da nicht so sicher«, entgegnete Vaizey nachdenklich. »Ehrlich gesagt, bin ich mir da ganz und gar nicht sicher.«

»Ich möchte mal wissen, wo dein Vater steckt«, bemerkte Sylvie möglichst beiläufig.

»Wenn er um drei Fahrgäste abgeholt hat, müsste er jeden Moment zurück sein. Es sei denn, sie haben ihn sonst wo hingeschickt.«

»Hingeschickt? An einem Sonntagabend?«

»Bei Mr. Flanagan kann man nie wissen«, meinte Maeve schulterzuckend. »Kennen Sie Mr. Flanagan, Fran?«

»Wir sind uns ein, zwei Mal begegnet.«

»Und wo?«, wollte Maeve wissen.

»Hier und dort.«

Maeve ließ nicht locker. »Nein, ich will wissen, wo.«

»Werd nicht frech, kleines Fräulein«, wies Sylvie sie zurecht. »Lass Fran in Ruhe zu Abend essen.«

Maeve hob mit bloßen Fingern ihr Kotelett vom Teller und nagte das Fleisch vom Knochen. Sylvie beobachtete sie verstohlen, zu nervös und besorgt, um ihre Tochter für ihre schlechten Tischmanieren zu schelten. In der Waschküche hinter der Vorratskammer hantierte jemand unnötig laut mit Geschirr und Besteck. Jansis hatte erklärt, sie wolle später essen, und war beim Abwasch. Mr. Dolan war zu Bett gegangen, Mr. Pettu war in der Kirche, und Mr. Rice … nun, wo der steckte, wusste Sylvie nicht so genau.

»Wie spät ist es?«, hörte Sylvie sich zum x-ten Mal fragen.

Fran wischte sich die Finger an seinem Taschentuch ab und fischte eine Uhr aus seiner Tasche. Keine billige Blechuhr, sondern eine aus massivem Silber, die Sylvie noch nie zuvor gesehen hatte. Er klappte den Deckel auf. »Zwanzig vor acht.«

»Die ist aber hübsch«, bemerkte Maeve. »War die teuer?«

»Maeve …« Sylvie führte ihren Tadel nicht weiter aus. Sie konnte Fran nicht mehr ansehen und ihre Tochter auch nicht. Die beiden benahmen sich so vertraut, als hätten sie sich darauf verständigt, ihre Nerven so lange zu strapazieren, bis sie es nicht länger aushielt. Sie sollte ihn fortschicken. Mit Nachdruck. Sollte ihm klarmachen, dass sie ihn zwar liebte, aber ihren Ehemann nicht verletzen wollte.

Sylvie sah zu, wie Fran die Uhr an der Kette vor Maeves Gesicht hin- und herpendeln ließ wie einer dieser Hypnotiseure, die sie im Tivoli gesehen hatten. Sie hörte seine weiche, entspannte Stimme, die Maeve erklärte, die Uhr sei ein Geschenk, eine Geste der Anerkennung von Freunden in Amerika. Sie hörte Maeve sagen, dass sie für ihr Leben gern nach Amerika gehen würde, hörte Fran versprechen, dass er sie eines Tages dorthin mitnehmen würde.

Sie stand auf und schob ihren Stuhl zurück. »Herrgott noch mal«, zischte sie. »Wo steckt er denn bloß? Was ist mit Gowry?«

Fran ließ die Uhr weiter vor Maeve baumeln, hin und her, drehte sie um, ließ sie erneut schwingen, aber weder er noch das Mädchen schauten hin. Sylvie fühlte seine Hand auf ihrem Handgelenk. Seine leicht feuchten Finger schlossen sich um ihren Arm und zogen sie zurück auf ihren Platz an seiner Seite.

»Glaub mir, es geht ihm gut«, versicherte Fran. »Ich verspreche dir, dass ihm nichts geschieht.«

»Woher willst du das wissen?«

»Ich weiß es einfach«, erklärte Fran Hagarty.

Es gab keine Fragen mehr über die Frau in Tipperary oder die Männer, die er am »Nugget Hotel« abgesetzt hatte, und es fiel auch kein Wort mehr über Charlie oder seinen Vater.

»Wie gut kennen Sie Francis Hagarty?«, erkundigte Vaizey sich stattdessen.

»Ich bin ihm nie begegnet«, antwortete Gowry.

»Aber Sie wissen, wer er ist?«

»So etwas wie ein Journalist, soweit ich weiß.«

»Er verbringt ziemlich viel Zeit bei Ihnen zu Hause.«

»Ich glaube, er ist ein Bekannter meines Bruders.«

»Wussten Sie, dass er sich in ebendiesem Moment bei Ihnen daheim aufhält?«, hakte Vaizey nach.

»Das … das würde mich wundern.«

»Wussten Sie, dass er die letzte Nacht bei Ihnen übernachtet hat?«

»Nun ja«, entgegnete Gowry zögernd, »immerhin führen wir ein Hotel.«

»Sind Sie blind oder blöd?«, warf Ames ein.

»Das reicht, Boris«, wies Vaizey seinen Mann zurecht. »Sind die Waffen schon wieder aufgetaucht?«

»Sie sind nebenan bei Wally.«

Vaizey stand auf. Er war kleiner, als Gowry gedacht hatte, weniger einschüchternd. »Kommen Sie mit, Mr. McCulloch«, forderte er Gowry auf.

Gowry folgte dem Inspector aus dem kahlen Büro und einen gefliesten Flur hinunter zu einem weiteren, nicht minder spartanisch eingerichteten Raum.

In dem Gebäude war es außergewöhnlich still, sogar für einen Sonntagabend. In dem Raum befanden sich drei Polizisten, darunter auch Rogers. Nur einer der Männer trug Uniform. In der Mitte des Raumes stand ein länglicher Tisch, dessen Tischplatte auf zwei Böcken ruhte. Auf der Tischplatte lagen zwei Gewehre, die identisch waren mit jenen, die er auf Maggies Speicher versteckt hatte. In einer Pie-Backform aus Porzellan gleich daneben befanden sich zwanzig oder dreißig leere Patronenhülsen.

Ames führte ihn zu dem Tisch. Die Beamten, vor allem jener in Uniform, wirkten irgendwie verlegen und hielten den Blick gesenkt. Vaizey kam hinzu und stellte sich neben ihn.

»Haben Sie diese Waffen schon einmal gesehen?«

»Nein.«

»Haben Sie schon mal ähnliche Waffen gesehen?«

»Nein.«

»Sind sie nicht identisch mit jenen Gewehren, die sich Ende Juli in Ihrem Besitz befanden, Mr. McCulloch?«

»Ich hatte nie Waffen in meinem Besitz.«

»Wo sind die Gewehre, die Sie weggeschafft haben?«

»Ich weiß nicht, wovon Sie sprechen.«

Er rechnete mit mehr, viel mehr, beispielsweise damit, dass man ihn vor dem Tisch in die Knie zwang und ihm den Lauf einer Mauser vor das Gesicht hielt. Aber nichts dergleichen geschah, es gab keinerlei Übergriffe. Vielmehr schien der Detective damit gerechnet zu haben, dass er jede Beteiligung oder Mitwisserschaft leugnete.

»Haben Sie diese Waffen von Dublin nach Woodenbridge gebracht?«

»Nein, das habe ich nicht.«

»Also gut, Mr. McCulloch. Vielen Dank. Sie können jetzt gehen.«

»Wie bitte?«

»Wir haben keine Veranlassung, Sie noch länger festzuhalten«, erklärte Vaizey.

»Dann wird keine Anzeige gegen mich erstattet?«, fragte Gowry perplex.

»Weswegen sollten wir Sie anzeigen? Wegen Ehebruchs? Ihre Moral geht mich nichts an. Wir haben nichts gegen Sie in der Hand, Mr. McCulloch. Sie dürfen jetzt nach Hause gehen. Ich muss selbst in die Richtung und werde Sie sogar ein Stück begleiten – sofern Sie nichts dagegen haben.«

»Ich … ich …«, stammelte Gowry, der sein Glück immer noch nicht fassen konnte. »Nein, ich habe nichts dagegen.«

Fünf Minuten später lief er unter einem wolkenverhangenen Nachthimmel durch die Straßen in Richtung College Green, Vaizey an seiner Seite. Es kam ihm vor, als wäre er Monate fort gewesen, als kehrte er von einer langen Reise zurück. Nach und nach entspannte er sich und atmete freier.

»Ich nehme an, Sie sind heilfroh, wieder draußen zu sein«, bemerkte Vaizey.

»Das bin ich«, gab Gowry zu. »Natürlich bin ich das. Und Sie wollen mich wirklich nicht verhaften?«

»Nein«, erwiderte Vaizey. »Ich glaube Ihnen Ihre Geschichte – zumindest im Großen und Ganzen.«

»Wenn das so ist, wäre ich Ihnen dankbar, wenn Sie mich darüber aufklären könnten, was genau in Woodenbridge passiert ist. Wurde Redmond getötet?«

»Nein, nein. Allerdings hat er sich selbst zur Zielscheibe gemacht, und ich denke, unsere Parlamentarier haben aus diesem Zwischenfall etwas gelernt. Niemand wurde verletzt. Es war nur ein Feuerwerk, eine Machtdemonstration. Wer auch immer die Schüsse abgefeuert hat – es waren übrigens zwei Schützen –, wollte nur seine Unzufriedenheit wegen Redmonds Handel mit der Regierung bekunden. Sie haben über die Köpfe der Menge hinweg geschossen.«

»Mit anderen Worten, es war eine Warnung?«

»Genau das.«

»Wie sind Sie dahintergekommen?«

»Wir haben einen anonymen Hinweis erhalten«, sagte Vaizey.

»Und warum haben Sie das Ganze nicht von vorneherein verhindert?«

»Dazu war keine Zeit mehr.«

»Aber die Zeit hat noch gereicht, um mich vor dem ›Nugget‹ hopszunehmen.«

»Sie waren unsere einzige Spur.«

»Sie dachten, ich wäre einer der Schützen?«

»O nein«, meinte Vaizey. »Aber wir dachten, Sie fahren das Fluchtfahrzeug.«

»Verstehe.« Dank der frischen Nachtluft konnte er wieder klar denken. »Dann hat Ihnen also jemand gesagt, wo Sie mich zu einer bestimmten Zeit antreffen würden?«

»Exakt. Jemand hat Sie als Ablenkungsmanöver benutzt.«

»Und es hat funktioniert?«

»Nicht ganz.«

»Können Sie mir verraten, wer mich in die Pfanne hauen will?«

»Wozu? Damit Sie sich an demjenigen rächen können?«

»Ich wüsste gar nicht, wie ich das anstellen sollte«, entgegnete Gowry.

»Sie könnten uns verraten, was Sie über die Bruderschaften wissen.«

»Ich schätze, Sie wissen mehr über die Bruderschaften als ich, Inspector.«

»Wir haben es nicht auf Ihren Vater oder Ihren Bruder abgesehen.«

»Auf wen dann?«

»Auf diesen Hagarty. Oliver Francis Hagarty.«

Sie waren den Straßenbahnschienen bis zur O'Connell Bridge gefolgt. Gowry konnte den intensiven salzigen Geruch des Flusses riechen. Die Lichter der Brücke spiegelten sich im Wasser, und er sagte sich, dass der Fluss viel kleiner wirkte als sonst, unbedeutend.

»Wie weit wollen Sie mich noch begleiten, Inspector?«, erkundigte sich Gowry.

»Bis zum ›Shamrock‹.«

»Warum?«

»Ich würde mich gern mit Ihrer Frau unterhalten.«

»Mit meiner Frau? Ist sie denn in die Sache verwickelt?«

»Ich fürchte, ja.«

»Sie meinen, sie hat ein Verhältnis mit Hagarty?«

»Ja, mit Hagarty«, bestätigte der Inspector.

»Dann ist er also nicht bloß irgendein Schreiberling?«

»O nein. Er ist einiges mehr als das.«

»Was denn? Anführer? Waffenschieber? Nein, ich weiß: Er ist Zahlmeister, habe ich recht?«

Vaizey lächelte, nahm Gowrys Arm und führte ihn über die Brücke. »Was glauben Sie, weshalb die Waffen zurückgelassen wurden?«, fragte er.

»Um mich zu belasten?«

»Das auch.«

»Um von den eigentlichen ›Attentätern‹ abzulenken?«

»Das ist ebenfalls richtig. Vor allem aber, um Hagarty ein Alibi zu verschaffen.«

»Ein Alibi? Wie sollte ich Ihm ein Alibi geben können, wo wir uns doch noch nie begegnet sind?«

»Nicht Sie«, erklärte Vaizey. »Ihre Frau.«

»Ist das der Grund, weshalb Sie mich jetzt nach Hause begleiten?«

»Genau«, bestätigte Vaizey. »Zu meinem Bedauern verhält es sich genau so.«

KAPITEL 8

Um acht Uhr hielt sie es schließlich nicht länger aus. Sylvie öffnete die Haustür und spähte hinaus in die Dunkelheit. Sie blickte in Richtung O'Connell Street, die hinter den Häusern verborgen lag, und dann die Sperryhead Road hinunter. Im Licht der Gaslaternen entdeckte sie sie. Sie schlenderten Seite an Seite daher und plauderten wie alte Freunde. Sylvie wich zurück bis in den Flur. Dort machte sie kehrt und stürmte in die Bar.

»Vaizey kommt«, rief sie. »Die Bullen kommen. Sie bringen Gowry nach Hause. Verschwinde hinten raus, Fran, bevor es zu spät ist.«

Er blickte aus halb geschlossenen Augen belustigt zu ihr auf. Dann trank er einen Schluck aus seinem Bierglas und leckte sich mit der Zungenspitze den Schaum von der Oberlippe. »Zu spät wofür?« Er lehnte sich zurück und streckte die Beine lang aus. Als Sylvie ihn am Arm zog, schob er sie fort, nur um ihr dann blitzschnell den Arm um die Taille zu legen und sie auf seinen Schoß zu ziehen.

Sylvie wehrte sich verzweifelt, wand sich wie ein Aal und schlug mit den Fäusten auf ihn ein.

Aber Fran hielt sie fest, klemmte ihre Knie zwischen seinen Schenkeln ein, griff dann völlig entspannt wieder zu seinem Glas und genehmigte sich noch einen Schluck.

»Daddy, Daddy«, hörte Sylvie Maeve rufen.

Sekundenbruchteile später betrat Gowry die Bar, dicht gefolgt von Vaizey.

»Geh auf dein Zimmer, Maeve«, befahl ihre Mutter, aber Jansis legte ihr eine Hand auf die Schulter und ließ sie nicht gehen. Ihr Herz klopfte so wild wie morgens, wenn sie zu spät zur Schule kam und

Mr. Whiteside die Zuspätkommer zwang, sich in einer Reihe aufzustellen, um sie mit der Rute zu bestrafen: ein Schlag auf die ausgestreckte Hand für die Mädchen, zwei Schläge für die Knaben. Das gleiche Gefühl beklemmender Furcht befiel sie nun, als Daddy und der Polizist die Bar betraten, als Mam noch auf Frans Schoß saß. Fran hatte einen Arm vertraulich um ihre Taille geschlungen.

»Hier bin ich, Inspector«, sagte Fran beinahe heiter. »Hier bin ich, und hier war ich das ganze Wochenende, nie länger als eine Stunde außer Sichtweite dieser reizenden Lady. Da war sie in der Kirche an der Ecke. Ich hätte sie ja begleitet, wenn ich nicht hätte befürchten müssen, dass das Dach über meinem Heidenhaupt einstürzt.«

Er sprach im selben Tonfall, den er auch ihr gegenüber anschlug. Fran sprach immer leise, er wurde niemals laut, so wie ihr Daddy, wenn der einem eindringlich etwas klarmachen wollte. Bei Fran verstand sie immer sofort, worum es ging, da er einen dazu bringen konnte, ihm zu glauben, und zwar ohne Klaps oder Kuss, ohne einen Hieb mit der Rute und auch ohne einen Sixpence oder ein rotes Seidenband zur Bestechung. Der Polizist wirkte ohne die großen Männer, die das letzte Mal bei ihm gewesen waren, viel kleiner. Sein Gesicht erinnerte sie an das ihres Großvaters, wenn der sich bei Daddy einschleimen wollte.

»Stimmt das, Mrs. McCulloch?«, fragte der Polizist.

Mams Augen füllten sich mit Tränen, die an ihren Wimpern klebten wie Regentropfen an einem Blatt. Maeve konnte sich nicht erinnern, ihre Mam je weinen gesehen zu haben. Sie verstand nicht, warum Mam weinte oder warum sie die Frage des Polizisten nicht beantwortete. Es war doch sicher nichts dabei, dass Mr. Hagarty die Nacht im Hotel verbracht hatte, oder? Viele Männer übernachteten im »Shamrock«. Es sei denn … Vielleicht hatte es ja etwas mit den Berührungen zu tun. Ja, das konnte sein. Sylvie hatte ihr eingeschärft, sich nie von Mr. Pettu umarmen zu lassen, und sie wusste noch gut, wie komisch sie sich gefühlt hatte, als Turk sie umarmt hatte. Sie ahnte, dass es da Dinge gab, die sich ihrem Erfahrungsschatz noch entzogen, und plötzlich fielen ihr Gesprächsfetzen ein, die sie auf dem Schulhof aufgeschnappt hatte. Wäre Jansis' Hand nicht gewesen, hätte sie auf der Stelle kehrtgemacht und wäre weggelaufen.

»Stimmt das?«, fragte nun auch Daddy. »Sag dem Mann die Wahrheit, verdammt.«

Mam versteifte sich und schüttelte kurz den Kopf, um die Tränen loszuwerden. Ihre Augen waren nicht mehr blau, sondern irgendwie farblos wie Fensterglas. »Ja, es stimmt.«

»Die ganze Zeit? Auch nachts?«

»Er war die ganze Zeit bei mir«, bestätigte Mam.

Der Polizist legte Daddy eine Hand auf den Arm. »Tut mir leid, dass es so weit kommen musste, Mr. McCulloch.«

»Da sehen Sie, was passiert, wenn Sie einen Unschuldigen festnehmen. Wenn ich nicht so gutmütig wäre, wäre ich versucht, Ihnen das so lange unter die Nase zu reiben, bis Sie dastehen wie ein begossener Pudel.«

»Ich habe Sie das letzte Mal nicht festgenommen, Hagarty«, sagte der Polizist. »Ich hatte mit Ihrer unglücklichen Erfahrung nichts zu tun. Ich war damals noch nicht einmal in Dublin stationiert.«

»Ihresgleichen«, zischte Fran. »Wegen Ihres beschissenen Haufens habe ich Frau und Kinder verloren. Und wofür? Für nichts und wieder nichts. Nur weil irgendein Informant Ihnen einen Tipp gegeben hat, haben Sie meine Ehe kaputtgemacht und meine Karriere gleich mit.«

»Das haben Sie sich selbst zuzuschreiben, Hagarty, machen Sie uns nicht zu Sündenböcken. Mag sein, dass Sie das letzte Mal davongekommen sind, aber tun Sie nicht so, als hätten Sie sich nicht des Verrats schuldig gemacht. Ich weiß Bescheid über Sie, ich weiß, welches Unheil Sie angerichtet haben und wozu Sie fähig sind.« Der Polizist war jetzt weißer als gebleichte Baumwolle und sprach durch zusammengebissene Zähne. Es klang wie das drohende Knurren eines Hundes kurz vor dem Zubeißen. »Sie sind ein skrupelloser Schuft, und das, was Sie sich heute Abend geleistet haben, ist unverzeihlich.«

»Vor dem Gesetz bin ich unschuldig, Vaizey. Und diesmal kann ich meine Unschuld sogar beweisen. Diesmal habe ich eine Zeugin, die unter Eid beschwören wird, dass ich vergangene Nacht bei ihr war. Die ganze Nacht und den ganzen heutigen Tag. Das stimmt doch, oder, Sylvie?«

Mam ergriff Frans freie Hand. In diesem Moment sah sie aus wie eine Puppe. Wie die Puppe des Bauchredners, den sie vor drei, vier Jahren an Weihnachten im Empire gesehen hatte. Sie hatte geglaubt, die Puppe sei echt, und war in Tränen ausgebrochen, als Daddy ihr erklärt hatte, es handle sich nur um einen Trick, und tatsächlich spreche der Mann, auf dessen Schoß die Puppe saß. Wie sehr hatte die Puppe sie fasziniert und wie sehr hatte sie ihren Vater gehasst, als er die Illusion zerstört hatte!

»Wirst du das tun, Sylvie?«, fragte Daddy. »Wirst du beschwören, dass du die Nacht mit diesem Mann verbracht hast?«

Mam schloss die Augen und öffnete sie gleich wieder. »Bring mir eine Bibel, und ich werde auf sie schwören.« Sie lehnte sich vor. »So, Gowry! Bist du jetzt zufrieden?«

Jansis stöhnte leise. Es klang wie das Knarren einer Tür. Mr. Vaizey hob die Faust, als wollte er Fran schlagen, ließ sie jedoch dann wieder sinken.

Fran lächelte und schüttelte den Kopf. »Also, was kann ich für Sie tun, nachdem Sie sich die Mühe gemacht haben, mich persönlich aufzusuchen?«

»Sie Mistkerl!«, knurrte Vaizey. »Ich weiß genau, dass Sie das Ganze ausgeheckt haben. Aber Ihre Handlanger haben es versaut. Redmond lebt noch.«

»Redmond? Unser guter, bedauernswerter Johnny? Was hat er denn jetzt wieder angestellt?«

»Dachten Sie wirklich, ich würde auf Ihre Tricks hereinfallen und McCulloch verhaften? Sie und Flanagan haben das Ganze ausbaldowert. Sie lehnen sich derweil entspannt zurück, sonnen sich im Ruhm und lassen andere für sich büßen. Wenigstens sind die Freiwilligen Manns genug, uns offen herauszufordern, und verstecken sich nicht hinter den Röcken einer Frau. Eigentlich hätte ich mehr von Ihnen erwartet, Mrs. McCulloch. Ich finde Sie zum Kotzen, Hagarty. Sie machen mich krank.«

»Ich weiß gar nicht, wovon Sie reden, Sir«, meinte Fran.

»Waffenschmuggel. Deutsche Waffen, erworben von dem Geld, das Sie dem Clan abgeschwatzt haben.«

»Fragen Sie *ihn* doch nach den Waffen«, sagte Fran und zeigte nickend auf Daddy.

»Er weiß nichts von irgendwelchen Waffen. Sie haben die Mauser.«

»Wenn das doch nur wahr wäre«, seufzte Fran. »Erzählen Sie ihm, wo Sie die Waffen versteckt haben, McCulloch. Los doch, seien Sie nett! Der gute Inspector soll doch heute *einen* Erfolg verbuchen können, nachdem er sich so angestrengt hat.«

»Ich weiß nichts von irgendwelchen Waffen«, erklärte Daddy.

Maeve wusste, dass ihr Vater log. Vielleicht hätte sie sich sogar verplappert, wenn Jansis ihr nicht den Ellbogen in die Rippen gestoßen und sie so festgehalten hätte, dass das Atmen ihr Schmerzen bereitete. Wenn Daddy jetzt log, dann hatte er vielleicht auch bei anderen Gelegenheiten gelogen. Möglich, dass alles, was Fran sagte, stimmte, und alles, was Daddy sagte, gelogen war. Plötzlich wusste sie nicht mehr, wem sie glauben sollte, wem sie sich zuwenden sollte: Mam, Fran oder Daddy, dem grimmigen Daddy, der nie einer von ihnen gewesen war und nicht an die irische Sache glaubte. Abrupt sprang Mam von Frans Schoß und schrie Daddy an. Daddy hob die Hand, als wollte er sie schlagen. Fran stand ebenfalls so schwungvoll auf, dass er Bier aus dem Krug in seiner Hand verschüttete. Gleich darauf lieferten sich Daddy und Fran einen Ringkampf.

Maeves Verwirrung verwandelte sich in Ärger. Sie warf sich rückwärts gegen Jansis, riss sich los und lief hinaus auf den Flur, von dort durch die Küche und hinaus auf den Hof. Sie sprang auf die Kohlenkiste, schlang die Arme um die angezogenen Knie und weinte bitterlich, ganz verängstigt und durcheinander. Sie wartete, dass jemand kam und sie holte und ihr vor allem sagte, was Wahrheit war und was Lüge.

Aber diesmal kam niemand, um sie zu holen, nicht einmal ihr lieber alter Dad.

Sylvie ließ eine Scheibe Brot in das zischende Fett gleiten. Gowry saß am Tisch und schlang Eier und Schinken in sich hinein. Ihr erster Liebhaber, Forbes, war ein mäkeliger Esser gewesen. Das hatte sie an Forbes immer gestört. Sie mochte es, wenn ein Mann richtig zulangte. Fast hätte sie die Hand ausgestreckt und wäre ihrem Mann mit den Fingern durch das Haar gefahren, aber diese Geste wäre unter den gegebenen Umständen vermutlich taktlos gewesen. Sie hatte mit einem anderen Mann geschlafen und damit geprahlt. Das würde ihr wohl nicht einmal der gutmütige Gowry verzeihen.

»Schläft Maeve noch?«, fragte er.

»Keine Ahnung. Sie ist allein schlafen gegangen.«

»Findest du nicht, du solltest mal raufgehen und nach ihr sehen?«

»Jansis ist bei ihr.«

»Ich werde nach dem Frühstück mal raufgehen.«

»Besser nicht. Lass sie. Sie muss den Schock erst verarbeiten.«

»Da ist sie nicht die Einzige.«

Sylvie stellte die Pfanne auf das kalte Ende des Herdes.

»Was wirst du jetzt tun?«, fragte sie.

»Ich werde künftig in einem der Gästezimmer schlafen.«

»Das musst du nicht, Gowry.«

»O doch.« Er griff mit beiden Händen nach dem Brot, biss hinein und wischte sich mit dem Fingerknöchel das Fett aus dem Mundwinkel. »Kommt er wieder?«

»Heute Abend nicht, nein.«

»Und morgen?«

»Vermutlich.«

Gowry kaute einen Moment schweigend. »Willst du Hagarty wirklich haben, Sylvie?«

»Ich glaube schon, ja.«

»Bist du dir denn nicht sicher?«

»Es ist etwas zu spät, um es mir noch anders zu überlegen, oder?«

»Warum hast du das getan?«

»Er … er hat mich überredet.«

»Für ihn zu lügen? Ihm ein Alibi zu geben?«

»Das war keine Lüge. Er war wirklich das ganze Wochenende bei mir.«

»Und davor?«

»Ja, davor auch schon.«

Gowry schwieg eine Weile, dann sagte er: »Ich nehme an, er kann sich besser um dich kümmern als ich.«

»Wie meinst du das?«

»Ich denke, er hat Kohle.«

»Fran ist nicht reich. Er besitzt so gut wie nichts.«

»Hat er dir das erzählt?«

»Das brauchte er gar nicht. Das sieht doch ein Blinder mit Krückstock.«

»Sylvie, ich glaube, du bist reingelegt worden.«

»Wenn du sehen würdest, wie er wohnt … sein Zimmer …«

»Ich nehme an, du hast es gesehen?«

»Ja.«

»Oft?«

»Oft genug.«

»Und wo genau wohnt er?«

»In der Endicott Street.«

»Welche Seite?«

»Am anderen Ende, Richtung Mountjoy.«

»Es gibt schlimmere Wohngegenden.«

Sie fragte sich, warum er so ruhig wirkte. Ob er hoffte, sie zu einem umfassenden Geständnis zu bewegen? Wollte er von ihr hören, was sie und Fran in der Endicott Street gemacht hatten? Ihr Stiefvater war immer neugierig gewesen, was ihre Aktivitäten mit Forbes im Schlafzimmer betraf, und sie war freizügig gewesen mit intimen Details, wobei sie ihren Stiefvater immer wieder gern auf den Arm genommen hatte. Gowry würde sie das jedoch nicht antun, nicht, nachdem sie ihn praktisch durch einen anderen ausgetauscht hatte.

Er reichte ihr seinen leeren Teller.

Sie stellte ihn auf den Herd.

»Hagarty ist nicht der, für den du ihn hältst, Sylvie«, sagte Gowry. »Er ist nicht bloß irgendein Schreiberling der Revoluzzer-Presse. Er ist Schatzmeister der Bruderschaften.«

»Schatzmeister?«

»Er besorgt Geld aus Amerika. Viel Geld.«

»Davon hat er mir erzählt.«

»Hat er dir auch alles gesagt? Das bezweifle ich.«

Sie lehnte sich mit verschränkten Armen an das kalte Ende des Ofens. Ihre Schuldgefühle ließen rapide nach. Sie hatte – berechtigte – Vorwürfe erwartet, jedoch nicht mit diesem Angriff auf Frans Charakter und Integrität gerechnet.

»Woher weißt du denn plötzlich so gut über Fran Hagarty Bescheid?«

»Vaizey hat mir einiges über ihn erzählt.«

»Vaizey ist Polizist. Du wirst doch nicht glauben, was ein Polyp dir erzählt?«

»Vaizey hat mir auch geglaubt, oder?«

»Fran hat dich nicht nach Woodenbridge geschickt, sondern Mr. Flanagan.«

»Flanagan und Hagarty stecken ganz offensichtlich unter einer Decke. Es ist nur logisch anzunehmen, dass Hagarty einen Strohmann braucht, um das Schwarzgeld zu waschen, wenn er große Summen ins Land holt. Flanagan ist ein einflussreicher Mann und bekannter Sympathisant. Männer wie Flanagan – und wohl auch dein Freund Hagarty, nehme ich an – kriegen den Hals nicht voll. Die würden für einen Sitz im irischen Parlament und die dazugehörige Macht ihre eigene Großmutter verkaufen.«

»Was hat das mit dem Mordversuch an John Redmond zu tun?«

»Sie haben nicht versucht, Redmond zu töten. Wäre das ihre Absicht gewesen, hätte Hagarty dafür gesorgt, dass der Mann tatsächlich ins Gras beißt. Nach allem, was ich gehört habe, stand Redmond auf dem Präsentierteller, sodass man ihn gar nicht verfehlen konnte. Nein, das war reine Show, um die Geldgeber zu beeindrucken.« Gowry schüttelte den Kopf. »Teufel auch, ich hätte die verdammten Gewehre gleich den Behörden übergeben sollen.«

»Warum hast du das nicht getan?«

»Weil ich meinen Vater und Charlie nicht in Schwierigkeiten bringen wollte.«

»Und wo sind die Waffen jetzt?«, fragte Sylvie.

»Ich werde dafür sorgen, dass sie vernichtet werden.«

»Wirklich? Oder wirst du sie doch deinem Freund Vaizey aushändigen?«

»Ich werde sie niemandem aushändigen. Schon gar nicht Vaizey.«

»Fran würde sie dir abkaufen, weißt du.«

»Grundgütiger!«

»Wenn er über so umfangreiche Geldmittel verfügt, wie du behauptest, wird er dir Geld geben.«

»Um Himmels willen, hör auf damit, Sylvie. Ich hatte mehr als genug für einen Tag.« Er stand auf. »Welches Zimmer ist frei? Die vier?«

»Ja.«

»Ist das Bett bezogen?«

»Ja, aber es müsste noch gelüftet werden.«

»Ich denke, für eine Nacht halte ich es auch in einem etwas muffigen Zimmer aus.« Er nahm seine Uniformjacke von der Stuhllehne und ging zur Tür.

»Gowry … Was wirst du jetzt tun?«

»Das hängt ganz von Flanagan ab.«

»Ich meinte, unseretwegen?«

Als er sie ausdruckslos anschaute, beinahe gleichgültig, verspürte sie zum ersten Mal Bedauern. In dem Moment, da ihr klar wurde, dass er für sie verloren war, wollte sie ihn seltsamerweise zurück.

Er schenkte ihr den Hauch eines Lächelns, flüchtig und kaum mehr als eine Andeutung. »Darüber muss ich noch nachdenken.«

Maeve fühlte seine Hand auf ihrer Stirn und seine Hände, die ihr über das Haar strichen. Sie verspürte keine Furcht; sie wusste, dass es Daddy war. Schläfrig drehte sie den Kopf auf dem Kissen. Ihre Wangen glühten, und die Ereignisse des vergangenen Abends waren ihr so deutlich im Kopf haften geblieben wie das Gefühl von Übelkeit, das sie vorletzten Winter gequält hatte, als sie an einem Magen-Darm-Infekt erkrankt war.

Draußen war es noch stockfinster; Regen klatschte auf die Straße. Im Zimmer roch es feucht, aber ihr war warm, und mit Daddy an ihrem Bett, der ihr das Haar aus der Stirn strich, fühlte sie sich sicher. »Liebes«, flüsterte er mit belegter Stimme, so weich und beruhigend wie eine Tasse heiße Schokolade. »Ich habe dich lieb, mein Schatz. Vergiss das nie.«

Seine Worte beunruhigten sie nicht, auch wenn sie sie vielleicht hätten aufhorchen lassen müssen.

»Hmmm«, murmelte sie schläfrig. »Ich werd's nicht vergessen.«

Er schob einen Arm unter ihr Kissen, drückte sie kurz, ließ sie dann wieder herunter und zog ihr die Decke hoch bis zum Kinn.

»Auf Wiedersehen, mein kleines Mädchen«, sagte er.

Dann war er fort.

Kurz nach sieben erschien John James Flanagan auf dem Gelände. Er trug keinen Kragen zum Hemd, und sein Regencape und der Kolonialhut sahen recht gammelig aus. Er hatte sich die erstbesten Kleidungsstücke gegriffen, als der Mechanikerlehrling mit einer dringenden Nachricht von Mr. Roddeny am Dienstboteneingang erschienen war.

Die Dringlichkeit der Nachricht war John James klar gewesen, noch bevor der Junge einen Ton von sich gegeben hatte, da Roddeny den Lehrling nicht zu Fuß oder per Straßenbahn geschickt hatte, sondern in einer Droschke, das einzige Transportmittel, das er um diese Zeit auf die Schnelle hatte organisieren können.

Die Nachricht war knapp gehalten, aber John James gelang es, den verschüchterten Jungen zu beruhigen und ihm alle notwendigen Informationen zu entlocken. John James reagierte sehr schnell; trotz des Regens brannte die Limousine bei seinem Eintreffen noch.

Mechaniker und Fahrer drängten sich vor der Werkstattmauer, in gebührendem Abstand zu der knisternden Karosse in ihrer Pfütze aus Wasser und ausgelaufenem Treibstoff. Nicht einmal Mr. Roddeny hatte es gewagt, einen Löschversuch zu unternehmen, und als er den Mechanikern befohlen hatte, Eimer zu holen und den Brand mit Wasser zu löschen, hatten die ihn nur ausgelacht, sodass er es vorgezogen hatte, sich in seinen sicheren Kiosk zurückzuziehen und dort abzuwarten, bis das Feuer von allein erlosch.

Dicker Rauch stieg über die Reihe der Busse hinweg, und der Gestank von verbranntem Leder und geschmolzenem Gummi war so widerwärtig, dass einem davon richtig übel wurde. Vor allem aber beunruhigte die Männer der ausgelaufene Treibstoff, sodass sie beim Rauchen besondere Vorsicht walten ließen und die Kippen sofort austraten, um die Pfütze nicht auch noch in Brand zu setzen. Als die Kutsche mit lautem Hufgeklapper vorfuhr, traten die Männer auseinander, und als Mr. Flanagan quer über den Hof zum Kiosk hastete, wo Mr. Roddeny sich in Sicherheit gebracht hatte, blieben sie auf Distanz.

Der bis auf die Karosserie völlig ausgebrannte Benz zischte im anhaltenden Regen. Zeitgleich mit dem Eintreffen des Chefs fand das Feuer im Inneren des Wracks noch etwas Brennbares. Es gab eine kleine Explosion, und eine beißende Rauchwolke wehte über den Platz, sodass die Männer und auch John James sich schützend einen Arm vor die Nase hielten.

Mr. Flanagan verschwand im Kiosk und schloss die Tür hinter sich.

In dem kleinen Holzverschlag war kaum Platz genug für zwei.

Roddeny drückte sich mit dem Rücken ans Fenster und stammelte: »Ich k-k-konnte n-n-nichts t-tun, S-sir. Gar nichts.«

»Vermutlich nicht«, gab John James zu.

»Ich war hier, als das Feuer ausbrach. Ich war eben reingekommen.

Ich habe gerade die Bücher unter dem Tresen vorgeholt, als es einen lauten Knall gab und gleich darauf die Limousine in Flammen stand. War das die Polizei? Ist das auf deren Mist gewachsen?«

»Das bezweifle ich. Nein, das waren nicht die Bullen. Werfen Sie einen Blick hinter sich, dann sehen Sie des Rätsels Lösung an dem Haken in der Ecke.«

Roddeny fuhr herum und riss Mütze und Uniformjacke vom Haken, die er bis dahin gar nicht bemerkt hatte. »Was?«, sagte er stirnrunzelnd und schüttelte die Uniform. »McCulloch?«

»Der, wenn ich nicht sehr irre, inzwischen auf halbem Weg nach Holyhead sein dürfte.«

»Wir können ihn noch einholen, oder?«

»Nein, nein.« Flanagan winkte ab. »Lasst ihn laufen.«

»Wir sollen ihn laufen lassen, Sir? Sie wollen ihn ungeschoren davonkommen lassen?«

»Vielleicht ist es das Beste so.«

»Aber er hat Ihre Limousine in die Luft gejagt.«

»Hat er das? Ich glaube, es war ein Unfall. Sie nicht auch, Mr. Roddeny?«

»Ein Unfall? Das soll ich also den Männern sagen, ja, Sir?«

»Spontane Selbstentzündung«, bestätigte John James und machte sich mit Gowrys Uniform über dem Arm auf die Suche nach einer Droschke, die ihn heimfuhr.

Das Rekrutierungsbüro war so früh am Morgen praktisch leer. Vielleicht waren die ganz Ungeduldigen ja gleich zur Kaserne nach Portobello gefahren, wo man zu den Füsilieren stoßen konnte. Ihm persönlich war es gleichgültig, welchem Regiment man ihn zuteilte. Er wollte nur weg von der Straße und untertauchen, wollte sich in Anonymität verlieren, ein kleiner Mann ohne Sorgen oder Verpflichtungen, der seinen Dienst für König und Vaterland ableistete und im Gegenzug bis zu abgestumpfter Gleichgültigkeit und blindem Gehorsam gedrillt wurde.

Der Offizier trug seine vollständige Galauniform. Leuchtend grüne Uniformaufschläge und scharlachrote Tressen verliehen ihm das Aussehen eines Operetten-Bösewichts. Er schaute durch das feinmaschige Gitter, das die Vertreter der Army und die Zivilisten in dem Bestatter-Büro voneinander trennte, das das Bataillon für seine Zwecke mit Beschlag belegt hatte. Mit behandschuhter Hand signalisierte er einem Sergeanten, er solle sich beeilen und Gowry hereinlassen, bevor der es sich anders überlegte.

Der Sergeant trug eine gewöhnliche Uniform mit sorgfältig gewachsten Wickelgamaschen und polierten Stiefeln und Knöpfen. Die einzigen Farbtupfer waren die Abzeichen an Mütze und Ärmel, Kleeblätter und gekreuzte Gewehre, die glänzten wie pures Gold. Der Mann hatte einen kräftigen, markanten Unterkiefer, Schultern wie ein Ochse und nicht die geringste Ähnlichkeit mit Maurice Leonard.

»Komm rein, Junge«, sagte der Sergeant freundlich. »Komm nur. Keine Angst. Deswegen bist du doch hier, oder?«

»Stimmt«, entgegnete Gowry schüchtern. »Genau. Was für ein Regiment ist das?«

»Das Zweite Bataillon der Sperryhead Rifles«, entgegnete der Sergeant und deutete aus einem unerfindlichen Grund einen militärischen Gruß an. »Das beste der kleineren Regimenter, das kannst du mir glauben. Wir können es gar nicht mehr erwarten, Geschichte zu schreiben.«

»Wessen Geschichte?«, fragte Gowry.

»Unsere, mein Junge, unsere eigene«, erwiderte der Sergeant, legte Gowry eine schwere Pranke auf die Schulter und führte ihn sanft, aber bestimmt auf das Gitter zu.

TEIL II

REBECCA

KAPITEL 9

Die Winterpause war vorüber, und überall wurde wieder gekämpft. In Erwartung eines großen Vorstoßes im Frühling war das Lazarett von sechzig Meilen hinter den Linien ganz dicht an den Ausladebahnhof verlegt worden.

Rebecca hatte gehört, dass die Frontlinie neunzig Meilen lang war und von Langemarck an der Yser bis Dompierre an der Somme reichte, aber sie hatte nur eine vage Vorstellung davon, wo genau diese Orte lagen. Im Laufe der Monate waren die verschiedenen Orte, Einheiten, Zeltlager und Stationen zu einem undurchschaubaren Ganzen verschwommen. »Bis Weihnachten ist alles vorbei«, hatte es bei Kriegsbeginn noch geheißen! Was für ein Witz! Inzwischen war 1916 längst angebrochen, und ein Ende war nicht in Sicht. In Frankreich und Flandern waren eine Million Männer stationiert, und bis Mitte des Sommers sollten eine weitere halbe Million Soldaten hinzukommen, von denen viele hier in der École de Saint-Émile oder irgendeinem anderen Lazarett landen würden, Gott und den Ärzten auf Gedeih und Verderb ausgeliefert.

Was den OP betraf, war Saint-Émile eigentlich ziemlich gut ausgestattet: ein strahlend weißer, nicht allzu großer Raum mit einer Tür und zwei hohen Fenstern, durch die, wenn die Nachtlichter ausgeschaltet waren, das Tageslicht hereinfiel. Bis vor Kurzem war hier noch die Schulgarderobe untergebracht gewesen. Die Toiletten befanden sich gleich gegenüber, nebst Waschbecken, an denen die Chirurgen sich vor der Arbeit am OP-Tisch desinfizierten. Die Tische waren mit Wachstuch bedeckt, und in einer Ecke stand ein glänzendes Kupferbecken, das mithilfe eines Ölkessels erhitzt wurde.

Es gehörte nicht zu Beckys Aufgaben, die sterilisierten Instrumente aus dem Becken zu fischen. Diese niedere Pflicht überließ sie einem Sanitäter oder einer Schwesternschülerin. Sie selbst, Rebecca Tarrant, bekleidete den Rang einer OP-Schwester.

Nach vierzehn Monaten im Lazarett konnte sie blind einen Instrumententisch bestücken und auch sonst alle Anforderungen der Chirurgen fehlerfrei erfüllen, auch noch am Ende einer Fünfzehn-Stunden-Schicht. Ihre Mutter betrachtete sie natürlich als stur, aber ihre Weigerung, ihren Fehler einzugestehen, half ihr durchzuhalten und gab ihr die Kraft weiterzumachen, bis der Strom der Verwundeten endlich versiegte, die Tische abgewaschen und weggestellt waren und der Kreislauf des Leidens von Neuem begann.

Zwei der drei OP-Tische waren besetzt. Während Becky noch damit beschäftigt war, ein Päckchen mit einem frisch sterilisierten Kittel zu öffnen, trugen die Sanitäter einen weiteren Verwundeten herein. Der Tisch war mit einem feuchten Tuch abgewaschen worden, aber entlang der Ränder war noch Blut zu sehen. Mr. Sanderson – er bestand darauf, mit »Mister« angesprochen zu werden – bedeutete mit einem müden Nicken einer der Lernschwestern, den Tisch noch einmal gründlich zu säubern.

Becky schüttelte den Kittel beim Kragenbändchen aus und half Mr. Sanderson hinein. Sie verschnürte die Bänder im Rücken und hielt anschließend dem Chirurgen eine Schüssel voller Alkohol hin, mit dem er sich die Hände desinfizierte. Hiernach reichte sie ihm ein Paar Gummihandschuhe mit langen, umgeschlagenen Manschetten. Er zog sie mit einem leisen klatschenden Geräusch an. Die Sanitäter hoben den Soldaten von der Trage auf den Tisch. Auf Anweisung des Chirurgen hin schlugen sie die Decke zurück und legten den verletzten Oberschenkel frei. Sie wickelten die Decke um die Füße des Verwundeten, fixierten den Soldaten mit zwei breiten Segeltuchgurten – einer um die Knie, der andere um die Brust – und entfernten dann den provisorischen Verband, der bei der Aufnahme angelegt worden war.

Becky begutachtete die Wunde. Ganz offensichtlich war sie von einem Schrapnell verursacht worden. Sie hatte schon Hunderte Wunden wie diese gesehen, viele um vieles schlimmer. Becky legte Skalpelle, Tupfer und Gefäßklemmen vom Instrumententisch auf das Chirurgentablett, während die Sanitäter den Oberschenkel des Patienten rasierten. Schrapnellverletzungen waren zwar für das medizinische Personal des Lazaretts Routine, aber der Soldat selbst musste die Verwundung als traumatisierend empfinden. Der junge Mann hatte noch keinen Ton von sich gegeben, seit er hereingebracht worden war. Als sie jedoch den Wagen mit den Instrumenten an den Tisch rollte, sah sie Furcht in seinen Augen aufflackern. Sie war versucht, etwas zu sagen, ihm Mut zuzusprechen oder einen kleinen Witz zu machen, wie Mr. Sanderson es zuweilen tat, um der Situation etwas von ihrem Schrecken zu nehmen, aber sie hatte sich selbst Distanz zu den Patienten auferlegt. Wenn es um Beziehungen rein beruflicher Natur ging, hatten Gefühle dort für Schwester Tarrant keinen Platz.

Der Pater machte sich am Kopfende des OP-Tisches zu schaffen. Das Gebäude war erst vor elf Tagen requiriert worden, und noch war der Ärzte- und Schwesternstab nicht komplett. Der Geistliche, Pater Coyle, war mit gleich mehreren schmerzhaften, schlimm entzündeten Furunkeln von der Front ins Lazarett geschickt worden, die angestochen hatten werden müssen, damit der Eiter abfließen konnte. Geschwüre am Hinterteil wurden von allen verlacht, und der arme mittelalte Geistliche musste denn auch einigen Spott über sich ergehen lassen. Ihre Mutter hätte Pater Coyle gemocht; sie war katholische Konvertitin und fromm, jedoch nicht engstirnig.

Der Pater stellte seine Behälter mit Äther, Gaze, Vaseline und die Zange zum Herausziehen der Zunge des Patienten zurecht. Becky spürte seinen Widerwillen; er fürchtete, der Aufgabe nicht gewachsen zu sein und den armen Patienten umzubringen, anstatt ihm zu helfen. Pater Coyle kippelte den Schemel, beugte sich vor und stützte die Ellbogen rechts und links vom Kopf des Soldaten auf den Tisch.

»Hab keine Angst, mein Sohn. Das Zeug wird dich gleich ins Land der Träume schicken, und du wirst nicht das Geringste spüren. In einer Minute hast du es hinter dir.«

»Werde ich sterben, Sir?«

»Nein, nein, du wirst nicht sterben. Du wirst lediglich schlafen. Du wirst zusammengeflickt, und ehe du ›Skalpell‹ sagen kannst, bist du wieder bei denen Kameraden.«

»Skalpell?«, wiederholte der Soldat mit vor Angst geweiteten Augen.

Der Geistliche errötete. »Alles wird gut, das verspreche ich dir. Versuch, nicht an das Skalpell zu denken! Der junge Mann schüttelte mit einem leisen Lachen den Kopf und verzog gleich darauf schmerzhaft das Gesicht. »Das ist doch nicht Öl für die Letzte Ölung da in der Büchse, oder, Pater?«

»Das ist Vaseline, nur Vaseline. Zu welchem Regiment gehörst du?«

»Zu den Dublin Fusiliers.«

»Aha. Du warst in Hulluch?«

»Jawohl, Sir, in Hulluch. Die Deutschen sind in der Dämmerung vorgerückt.«

»Und ihr habt sie zurückgeschlagen?«

»Das haben wir, Pater, und ob.«

»Bravo«, lobte Pater Coyle demütig. »Ihr seid alle tapfere Jungs.«

Becky tippte dem Pater auf die Schulter. Er nickte, trug rund um die Augen des Soldaten etwas Vaseline auf, hielt ihm die Maske in einigen Zentimetern Abstand über das Gesicht und gab etwas Äther auf die Gaze.

»Tief einatmen. Kämpfe nicht dagegen an.«

Der Priester hatte lange, knochige Finger mit völlig abgekauten Fingernägeln. Er ließ die Maske herunter und stopfte Gaze in die Ritze rundum, damit die Dämpfe nicht entweichen konnten. Zügig gab er mehr Äther in die Maske, während der Fusilier stöhnend an den Gurten zerrte. Nach kurzer Zeit schon wurde das Stöhnen leiser und verstummte dann ganz.

Beunruhigt blickte der Pater auf. »Geht es ihm gut?«

»Mit ihm ist alles in Ordnung, Pater Coyle«, versicherte ihm Mr. Sanderson.

Dann machte sich der Chirurg daran, den Schenkel des Soldaten mit Jod einzupinseln, und breitete die vier sterilisierten Handtücher, die Becky ihm anreichte, rund um die Wunde. Mr. Sandersons Assistent, Captain-Surgeon Bracknell, nahm seinen Platz am Tisch ein. Becky stellte sich neben dem fahrbaren Instrumententisch auf, die Sanitäter am Fußende des Tisches, und vor den Augen des nunmehr vollständigen Teams begann die in Kriegszeiten vergleichsweise banale Operation.

Nach neun Jahren als Krankenschwester konnte Becky den ganzen Tag auf den Beinen sein – und dazu die ganze Nacht –, ohne zu schwächeln. Als Tochter eines Schafhirten und Enkelin eines Fischers war sie für körperliche Anstrengung gut gerüstet, und so war sie selbst zu dem Schluss gelangt, dass die Erschöpfung, unter der sie in letzter Zeit zunehmend zu leiden hatte, weniger physischer als psychischer Natur war.

Bis Januar war noch alles wunderbar gewesen. Dann war sie im provisorischen Lager in Mallefort an einem fiebrigen Infekt erkrankt und hatte auf Drängen Schwester Congreves fast eine Woche ausgesetzt. Die Oberschwester hatte angeboten, sie zu beurlauben und heimzuschicken. Zornbebend ob dieses Vorschlages, hatte sie fünf Tage mit Schwindel, Krämpfen und völlig ausgetrocknet auf einer Pritsche in einem Zelt verbracht und sich darauf konzentriert, durch reine Willenskraft zu genesen.

Seitdem war sie nicht mehr die Alte. Rückenschmerzen und Blasenprobleme waren noch die geringsten Übel: Weit belastender waren die Träume.

Sie träumte fast jede Nacht. Es waren schlimme, bedrückende Träume, in denen sie ihren Vetter Robbie nackt auf einem Operationstisch liegen sah, auf dem Gesicht ein engelhaftes Lächeln, aber mit erigiertem Geschlecht. Jedes Mal schreckte sie abrupt hoch, schaudernd, einen erstickten Schrei in der Kehle, den Geruch von feuchten Zeltwänden und Pferdeäpfeln in der Nase. Der Geruch erinnerte sie an das torfgedeckte Cottage ihrer Großmutter am Mull, und Wogen der

Sehnsucht und des Bedauerns spülten über sie hinweg wie Wellen des Atlantiks. In anderen Träumen wanderte sie wieder durch Tante Biddys riesiges düsteres Anwesen auf der Fetternish-Halbinsel, wo sie als Hausangestellte untergekommen war, als der kleine Robbie, damals kaum mehr als ein Schuljunge, noch so unschuldig, engelhaft und asexuell gewirkt hatte, dass sein Anblick, wenn er die Haupttreppe in der Halle heruntergekommen war, genügt hatte, ein Lächeln auf ihre Lippen zu zaubern. Aber in ihren Träumen war er ein gänzlich anderer Robbie, kein unschuldiges Kind, sondern vor Männlichkeit strotzend und provokant in seiner Nacktheit, jetzt, da er nicht mehr lebte.

Die Rückenschmerzen strahlten in die Hüften aus und von dort in Bauch und Oberschenkel. Sie versuchte, sie zu verdrängen, sich ihrer zu entledigen wie eines blutigen Tupfers. Becky vermutete, dass es sich um psychosomatische Schmerzen handelte, die ihr Hirn erzeugte, um sie von Robbie und Mull abzulenken.

Ihr letzter Besuch auf der Insel lag drei Jahre zurück. Drei Jahre hatte sie ihre Mutter nicht mehr gesehen, und fast ebenso lange war es her, dass sie ihre Schwester Rachel das letzte Mal getroffen und einen richtig guten Schwatz gehalten hatte. Sie wünschte sich nichts sehnlicher, brauchte nichts dringender als ein Gespräch mit Rachel. Sie brauchte ihre Schwester als Vertraute und Trösterin.

Nur Rachel würde verstehen, dass blinder Stoizismus und Einsatz in Kriegszeiten kein wirkungsvoller Schutz waren und all der Schmerz und das Leid, die sie, Becky, erfahren hatte, unauslöschliche Spuren hinterlassen hatten. Aber Rachel war heute verheiratet und lebte ausgerechnet in Portsmouth. Sie musste sich um ihren Mann, einen Seemann, und zwei kleine Kinder kümmern und hatte keine Zeit übrig, um die Briefe ihrer Schwester zu beantworten oder sich Gedanken zu machen wegen Beckys Klagen über den Krieg in Frankreich.

»Schwester Tarrant, geht es Ihnen nicht gut?«

»Sir?«

»Es war für uns alle eine lange Nacht, aber ich wäre Ihnen sehr verbunden, wenn Sie versuchen könnten, sich noch ein Weilchen länger wach zu halten.«

»Natürlich, Sir. Verzeihung.«

»Die Schläuche, bitte«, sagte Captain Bracknell. »Reichen Sie mir die Schläuche.«

Was vorhin noch eine kleine gezackte Wunde am Oberschenkel des Soldaten gewesen war, hatte sich in ein klaffendes Loch verwandelt, das sie angrinste wie ein riesiger knallroter Mund. Sie nahm eine Handvoll dünner Gummischläuche vom Tablett, verteilte sie auf ihrer Hand und bot sie dem Captain dar, der einen nach dem anderen nahm und Mr. Sanderson in Hüfthöhe hinhielt, der sie wiederum in die Wunde schob.

Becky sah zu, wie der Arzt mit Chlor getränkte Gaze in das Loch stopfte, mit gelber Vaseline beschmierte Gazestreifen über die Wundränder breitete und nach getaner Arbeit beiseitetrat, damit der Captain die Wunde verschließen konnte. Sie starrte auf den Schenkel des Patienten, aus dem die Drainageschläuche herauszukriechen schienen wie Würmer.

»Tupfer, Miss Tarrant, Tupfer«, forderte der Captain schroff.

Sie reichte ihm das Gewünschte.

Die Rückenschmerzen nagten an ihren Wirbeln und gruben ihre Zähne in ihre Hüftgelenke. Das Zittern ihrer Beine würde jeden Moment unkontrollierbar werden. Unvermittelt flog die Tür auf. Ein Offizier stand in der Öffnung und zeichnete sich als dunkle Silhouette vor dem Flurlicht ab. Er war ein Nichts, ein Wesen ohne jede Autorität, nur ein Subalterner, ein zerknautschter Rotzlöffel mit einem Stück Sackleinen über dem Mund und einem zweiten, das er wie einen Schal um den Hals geschlungen hatte. Die Uniformjacke war voller grüner Flecken, als hätte er sich in nassem Gras gewälzt.

»O Gott! O mein Gott!«, stöhnte der Geistliche.

Der Offizier in der Tür wankte, und gleich darauf tauchten zwei Sanitäter hinter ihm auf, die vergeblich versuchten, ihn zum Gehen zu überreden. Als er den Kopf hob, sah Becky, dass seine Augen zugeschwollen waren, und sie nahm an, dass er vom OP nicht mehr sehen konnte als grelles weißes Licht.

»Gas«, rief er. »Sie haben uns vergast.« Er riss sich den groben Stoff vom Mund und brüllte heiser: »Gott, Allmächtiger, warum hört mir denn niemand zu? Jesus, ist denn hier niemand?«

Becky rannte die braunen Flure hinunter zu den Terrassentüren im Speisesaal und von dort hinaus auf die breite Steintreppe, von wo aus man einen weiten Blick über den Rasen hatte. Sieben oder acht Lastwagen standen dort. Sie konnte nirgendwo Sanitäter bei den Männern sehen, die unter den Planen hervorkrochen, Soldaten, die vermutlich aus dem Sektor geschafft und nach Saint-Émile gebracht worden waren, weil man sie loswerden wollte. Irgendwo drüben im Hauptquartier würde sich ein hochdekorierter Major selbstgefällig auf die Schulter klopfen dafür, dass er dieses kleine logistische und moralische Problem gelöst hatte.

Becky strich ihre Schürze glatt und stieg die Treppe hinunter.

Die Soldaten, die von den Ladeflächen der Trucks fielen, waren tatsächlich Opfer eines Gasanschlages. Blind und hustend stolperten sie in Panik über das Gelände. Becky hielt Ausschau nach jemandem, der ihr sagte, wo sie anfangen sollte. Köchinnen waren aus der Küche gekommen, und auf den Stufen des Hauptgebäudes waren zwei Chirurgen aufgetaucht, der eine in einem blauen Seidenmorgenmantel, dazu mehrere Schwestern und Verwundete, die noch laufen konnten. Betten, dachte Becky. Betten in den überdachten Gängen zur ehemaligen Turnhalle, die selbst zur Leichenhalle umfunktioniert worden war. Pritschen, Decken und Verbandsmaterial, Sauerstoffgeräte und … Masken. Sie hatte noch nie mit Gasopfern zu tun gehabt, und die Unterrichtsstunden zu diesem Thema lagen so lange zurück, dass sie sich kaum noch an etwas erinnern konnte.

Sie zuckte zusammen, als ein Soldat sie am Arm packte. Sein Mund stand weit offen, und seine Zunge war mit grünem Speichel überzogen. Erst schrie er, dann bohrte sich sein Kinn in ihre Wange, und er flehte mit rauer Stimme um Hilfe.

Becky stieß ihn zurück. Chlor- oder Phosphor? Er würde ihr das kaum sagen können. Er redete nur unverständliches, wirres Zeug.

Chlor, Phosphor oder noch Schlimmeres? Lungenverätzungen, Ödeme, Lungenreizungen, Atemnot, Tod durch Ertrinken, wenn Flüssigkeit die Bronchien füllte. Wie viele mochten bereits tot sein? Gott, warum war sie nicht in Ypres gewesen, wo die Boches im vergangenen Dezember zum ersten Mal Gas eingesetzt hatten? Sie drehte sich um die eigene Achse wie ein Kreisel, während ein Soldat nach dem anderen weinend an ihr vorbeitaumelte.

»Schwester Tarrant? Schwester Tarrant?«

Captain Bracknell, der sich nicht die Mühe gemacht hatte, seinen blutigen OP-Kittel auszuziehen, war außer sich, sein Gesicht so bleich wie das der Gasopfer. »Was ist das? Was zum Teufel hat das zu bedeuten?«

»Ich … ich weiß es nicht, Sir.«

Der Captain war von Hause aus Spezialist für Frauenleiden an einem Krankenhaus in Buckinghamshire. Außerdem war er Chirurg, und bei diesen Patienten war ein Skalpell vonnöten. »Wo kommen die nur alle her? Sie können doch nicht einfach so hier auftauchen. Wer hat sie *geschickt?* Wir sind für Gasopfer nicht ausgerüstet. Mein Gott, sind sie denn *alle* blind?«

Die Soldaten torkelten über den Rasen und die gepflasterten Wege, klagten verzweifelt, fuchtelten in der Luft herum oder krochen völlig orientierungslos auf allen vieren umher. Becky legte eine Hand über die Augen: Sie konnte den Anblick der erbarmungswürdigen Kreaturen nicht mehr ertragen.

»Finden Sie heraus, womit genau wir es zu tun haben«, befahl der Captain. »Wurde das Gas von Flugzeugen aus großflächig versprüht, oder wurden Granaten eingesetzt?«

»Betten …«

»Wir haben keine Betten, Schwester. Wir müssen sie so gut wie möglich hier draußen versorgen. Gott sei Dank regnet es nicht!« Hierauf machte er auf dem Absatz kehrt und stakste davon.

Becky war nicht mehr allein. Doktor Caufield, Mr. Sanderson, Schwester Congreve und vier oder fünf kreidebleiche freiwillige Helfer trugen drüben an der Vordertreppe Sauerstoffflaschen zusammen.

Ammoniaksprays. Ammoniakdämpfe, ja, das würde bei den leichteren Fällen von Asphyxie Linderung bringen. Bemüht, einen klaren Kopf zu behalten, durchquerte Becky das Chaos, auf der Suche nach jemandem, der in der Lage war, die Frage des Captains zu beantworten.

Die Sonne schien, aber es war eine blasse winterliche Sonne. Der Himmel hatte einen seltsamen Blaustich, doch es waren keine Wolken zu sehen. Sie steuerte die Lastwagen an, in der Hoffnung, einen der Fahrer anzutreffen, aber die waren in der Menge untergetaucht.

Überall wanden sich nach Luft schnappende Soldaten im Gras. Ein Corporal war in ein Blumenbeet gestürzt und blieb reglos auf dem Bauch liegen, als besäße die Erde selbst heilende Kräfte. Endlich entdeckte sie einen stillen, einigermaßen beherrscht wirkenden Mann, der im Schatten einer Plane am Rad eines der LKW lehnte. Seine Uniform war derart schlammverkrustet, dass sie nicht erkennen konnte, welchem Regiment er angehörte. Er saß ganz still da, die Beine lang vor sich ausgestreckt, die Hände flach auf dem Boden, und atmete mit offenem Mund flach ein und aus. Den Kopf hatte er dabei schräg gelegt, als lauschte er seinem eigenen Herzschlag.

Sie kniete sich neben ihn. »Können Sie sprechen?«

Er nickte.

»Haben Sie Schmerzen?«

Er nickte wieder.

»Können Sie mich sehen?«

»Nur sehr verschwommen.«

Er war Ire wie die meisten Soldaten im Sektor. Sie fragte sich, wo der Priester sein mochte, und schaute sich suchend nach Pater Coyle um. Der Soldat berührte sie ganz leicht am Knie. Er hatte seinen Helm verloren, und sein Haar war vom Gas verklebt. An seiner Stirn sah sie eine schmale Schnittwunde, größtenteils verdeckt von einer Schlammkruste. Er hatte die Augen nicht geschlossen, nicht ganz, aber sie tränten fürchterlich. Becky kramte in der Schürzentasche, fand ein kleines besticktes Taschentuch – ihr eigenes – und wischte ihm vorsichtig die klebrigen Wimpern ab.

Er zuckte zusammen.

»Entschuldigung«, sagte sie.

Er grunzte pfeifend. »Sind Sie Schottin?«

»Stimmt«, bestätigte Becky. »Wissen Sie, wo Sie sind?«

»In Frankreich«, entgegnete er, wieder mit pfeifendem Atem. »Irgendwo in Frankreich ... glaube ich.«

Es war kalt im Schatten der Plane. Die Kälte schien förmlich aus dem Boden zu kriechen. Sie sollte anderswo sein, sollte effizienter arbeiten. Schwester Congreve suchte bestimmt schon nach ihr.

Becky fuhr fort, dem Soldaten mit dem Taschentuch die Augen sauber zu wischen, und hörte ihn hustend lachen. Sie fragte sich, ob das Gelächter ein Symptom für geistige Verwirrung war, ob sie nicht doch den Falschen herausgepickt hatte. »Können Sie mir sagen, wie das Gas in Umlauf gebracht wurde?«

»Erst waren es Granaten, dann folgte ein grüner Nebel. Es roch irgendwie muffig, wie Heu.«

»Wo ist das passiert?«

»In den Schützengräben. Und in den Kreidebrüchen. Von Loos bis Hulluch. Ostwind. Kräftig. Keine Chance zu entkommen.« Er hustete. Die Flüssigkeit in seinen Lungen brodelte und schäumte. Sie hielt das Taschentuch an seine Lippen und erhaschte einen Blick auf dunkelbraune Augen unter den verklebten Wimpern. »Inniskillings Dragoons, Dublin Fusiliers. Wir«, fuhr er keuchend fort, »die Sperryhead Rifles.«

»Können Sie gehen?«

Er nickte.

Sie stopfte sich das kleine Taschentuch in die Tasche und nahm seine Hand. »Kommen Sie mit. Ich werde dafür sorgen, dass Ihnen geholfen wird. Vielleicht ist es nicht so schlimm, wie es aussieht.«

»Sicher«, entgegnete der Soldat. »Das wäre ein Trost.« Er ließ sich von ihr auf die Füße ziehen. »Wie heißen Sie, Schwester?«

»Tarrant. Ich bin übrigens nur eine gewöhnliche Krankenschwester, keine Ordensschwester.«

»Und ich ... ich bin ...«

Sie ruckte ungeduldig an seiner Hand. »Wer? Wer sind Sie? Sagen Sie mir Ihren Namen.«

»Gowry.«

»Gowry?«

»McCulloch. Gowry McCulloch.«

»Nun, Gowry McCulloch, Sie werden das hier bald überstanden haben, Sie werden sehen.«

»Klar, kein Problem«, erwiderte er zynisch und erlaubte ihr, ihn aus dem Schatten ins Licht der fahlen Wintersonne zu führen.

KAPITEL 10

Gowrys Grundausbildung hatte acht Monate gedauert, die er in der Kaserne von Fermoy verbracht hatte, wo die Rekruten körperlich fit gemacht worden waren und ersten militärischen Drill erfahren hatten. Viel mehr war nicht drin, da nur die wenigsten Offiziere in der Lage waren, die Männer in komplexeren Kriegsführungstechniken zu unterrichten. Gowry war dort nicht unglücklich gewesen, auch wenn er Maeve vermisste und sich bemühte, nicht allzu viel an sie zu denken. Er hatte fünf oder sechs Briefe nach Hause geschrieben, aber weder seine Frau noch seine Tochter hatten geantwortet, und so hatte er das Schreiben sein lassen.

Er verzichtete darauf, bei Ausgang oder an den freien Wochenenden nach Dublin zu fahren. Stattdessen übernachtete er in irgendwelchen Privatquartieren oder fuhr mit dem Zug nach Tipperary, wo Maggie ihn mit dem Ponywagen abholte. Er erzählte ihr in groben Zügen, was sich in Dublin zugetragen hatte, und Maurice und er hatten gemeinsam eine tiefe Grube neben dem Misthaufen ausgehoben und die Gewehre dort vergraben. Es hatte Maurice gewurmt, dass sie dreißig brandneue Gewehre unter die Erde bringen mussten, während die Ausbilder in Kilworth verzweifelt Waffen für die Ausbildung brauchten.

Die Kompanie-Kommandanten waren Offiziere a. D. der irischen Miliz oder Veteranen aus dem Afghanistan-Krieg, und die Mehrzahl der Rekruten waren Nationalisten. Gowry bewahrte Stillschweigen, was seine politische Gesinnung betraf. Er fürchtete, Flanagan könnte auf Vergeltung aus sein, weil er, Gowry, den Benz abgefackelt hatte. Oder Vaizey ließe ihn wegen irgendwelcher konstruierten Anschuldigungen abholen. Aber im Laufe der Wochen und Monate legte sich seine Nervosität, und er kam mehr und mehr zur Ruhe.

Nach fast einem Jahr der Ausbildung in Fermoy wurden die Rifles nach England verschifft und in einer Kaserne bei Aldershot untergebracht, wo sie mehr über befremdliches und raffiniertes Kriegsgerät erfuhren und an ihrer Fertigkeit im Umgang mit Musketen feilten. Im November wurde das Bataillon vom Erzbischof von Westminster inspiziert und im Dezember von Königin Mary. Dann, kurz vor Weihnachten, erhielt jeder Soldat eine Identifizierungsmarke, eine Gefechtsuniform nebst Bibel, und sie wurden nach Frankreich verschifft.

An Weihnachten wurde ein Lieutenant von einer verirrten Kugel tödlich getroffen: Der erste Tote, den das Bataillon zu beklagen hatte. Am nächsten Morgen, dem zweiten Weihnachtsfeiertag, wurden die Männer des Zweiten Bataillons als Verstärkung zu einer weiter vorn an der Front stationierten Einheit nordöstlich von Melville geschickt, wo die Männer einen ersten Vorgeschmack davon erhielten, was Kampfeinsatz bedeutete.

Anfangs war Gowry noch erfüllt von einer seltsamen Euphorie. Endlich fühlte er sich frei von seinem alten Leben in Dublin und wie neugeboren. Natürlich hasste er die Ratten, die Läuse, Kälte und Nässe, den Gestank der Latrinen und das Gemetzel, das die Schrapnelle anrichteten, trotzdem blieb er zuversichtlich, absolut sicher, dass er den Krieg irgendwie überleben würde.

Im Januar wurden die Rifles in einen ruhigeren Abschnitt im Hulluch-Sektor verlegt, wo die feindlichen Linien von bayerischen Truppen in Schach gehalten wurden, einem recht umgänglichen Haufen. Als die Preußen sie jedoch ablösten, wurde es ungemütlich, und die »Boches«, die einen Großangriff probten, verströmten nach der abendlichen Bombardierung Reizgas. Die Rifles, die in Windrichtung in den Schützengräben hockten, bekamen das meiste davon ab.

»Da sind Sie ja«, sagte Rebecca.

»Ja, hier bin ich«, entgegnete Gowry. »Sind Sie das?«

»Wer sollte es wohl so früh am Morgen sonst sein? Habe ich Sie geweckt?«

»Ich habe nicht geschlafen.«

»Können Sie nicht im Sitzen schlafen?«

»Ich sehe … Dinge. Flackern … wie Blitze. Sind wir in Frontnähe? Ich kann kein Geschützfeuer hören.«

»Wir sind nicht in Frontnähe. Wissen Sie wirklich nicht, wo Sie sind?«

»In Saint-Émile«, antwortete Gowry. »Wo immer das sein mag.«

»Etwa zehn Meilen entfernt von Huevert.«

»Huevert? Da bin ich gewesen.«

»Ein weit gereister Mann, wie ich sehe«, bemerkte Becky. »Wann hat man das letzte Mal Ihren Verband gewechselt?«

»Gestern Abend, glaube ich.«

»Soll ich noch einmal einen frischen anlegen?«

»Nein«, lehnte Gowry knapp ab.

»Warum nicht? Trauen Sie mir das nicht zu?«

»Ich bin sicher, Sie haben Besseres zu tun, als mich zu verhätscheln. Wie spät ist es?«

»Fast fünf.«

»Ein sonniger Morgen?«

»Scheint so«, entgegnete Becky. »Weit und breit keine Wolke am Himmel.«

»Ich kann Gras riechen.«

»Sie liegen auf einer Pritsche in einem überdachten Gang. Wenn Sie lauschen, können Sie die Vögel zwitschern hören. Gleich nebenan befinden sich die Spielfelder.«

»Spielfelder?«

»Die École de Saint-Émile war eine Schule, und zwar eine ziemlich elitäre, glaube ich.«

Gowry hörte Porzellan klirren und wusste, dass sie die Kühlflüssigkeit mitgebracht hatte. Man hatte ihm das Haar und den ganzen Körper mit der eisigen Flüssigkeit gewaschen, und es hatte noch Stunden später gebrannt wie Feuer.

Irgendwann hatte er mit den Fingerspitzen vorsichtig sein Gesicht abgetastet und eine Wunde an der Stirn entdeckt, die mit einer fettigen Substanz eingeschmiert, aber nicht genäht worden war. Er hatte Kopfschmerzen und Schmerzen in der Brust, sodass er nicht bequem liegen konnte. Wenn er sich vorbeugte, hustete er große Mengen einer ekligen Masse aus, und die Schmerzen in der Brust wurden schlimmer. Jetzt, da er wusste, dass er nicht sterben würde, hatte er begonnen, das weiße Nichts zu fürchten, überzeugt davon, dass er dazu verdammt war, blind im »Shamrock« umherzustolpern, von Hagarty ausgelacht und von Sylvie schamlos vor seiner Nase betrogen.

Die schottische Krankenschwester setzte sich zu ihm auf die Bettkante. Er spürte, wie die Matratze unter ihrem Gewicht nachgab. Er hätte gern ihre Hand gehalten, wagte es jedoch nicht.

»Was machen Sie da?«, fragte er unsicher.

»Nichts. Ausruhen.«

»Hatten Sie die ganze Nacht Dienst?«

»Nicht nur diese Nacht, schon viel länger.«

»Wie geht es den anderen?«, erkundigte er sich.

»Ach, denen geht es gut.«

»Lügen Sie mich nicht an.«

Nach kurzem Zögern sagte sie: »Elf haben wir verloren. Wir konnten nichts mehr für sie tun. Für sie kam jede Hilfe zu spät. Unser Geistlicher ist ganz außer sich. Drei sind auf dem OP-Tisch gestorben, und er gibt sich die Schuld, weil er glaubt, er hätte ihnen zu viel Äther verabreicht.«

»Er sollte die Schuld den Boches zuschreiben und nicht sich selbst«, meinte Gowry und erlitt gleich darauf einen weiteren Hustenanfall.

»Sie sollten nicht so viel sprechen.«

»Was … was ist mit den anderen?«, keuchte er.

»Die Schwerverletzten behalten wir hier, bis sie transportfähig sind.«

»Und dann werden sie nach Blighty gebracht?«

»Ja.«

»Und was ist mit mir?«, wollte er wissen. Er fühlte, wie sie ihr Gewicht verlagerte, und gleich darauf spürte er ihre Hand auf der Stirn, oberhalb des Verbandes. Ihre Hand fühlte sich rau an von vielen kleinen Schwielen. Gowry fragte sich, welche Krankenschwesternpflichten Schwielen hervorrufen mochten. Einen Ehering trug sie nicht.

»Lassen Sie mich den Verband wechseln.« Ihre Stimme klang weich, noch weicher als Sylvies. »Kommen Sie, Soldat McCulloch, ein so kräftiger, tapferer Kerl wie Sie! Was würde Ihre Frau von Ihnen denken, wenn Sie wüsste, dass Sie sich vor einem Verbandswechsel fürchten?«

Weder leugnete er, noch bestätigte er, dass er verheiratet war. Seufzend gab er nach, um sie zu beschwichtigen. »Also gut.«

»Es ist besser für Sie, wenn ich das übernehme, glauben Sie mir. Die jungen Mädchen wären nicht so vorsichtig.« Geschickt löste sie den Knoten seitlich an seinem Kopf. »Es sind gute, fleißige Mädchen, aber in manchen Dingen recht grob.«

»Und … und Sie sind nie grob, Schwester?«

Der Verband löste sich in einem Stück von seinem Gesicht. Kühle Morgenluft strich über seine Lider. Seine Augen waren übel zugerichtet, das wusste er, und so hielt er sie geschlossen. Aber er konnte durch sie hindurch ganz schwach Farben erkennen, und das Nichts war nicht mehr weiß, sondern schwarz. Er fühlte, wie die eisige Flüssigkeit seine Wangen hinunterrann.

»Himmel, Sie haben meinen Namen ja schon wieder vergessen.«

»Entschuldigen Sie, ich …«

»Öffnen Sie die Augen!«

Er tat wie geheißen und sah natürliches Licht – und in diesem Licht das Gesicht der Krankenschwester, ernst, bleich und angespannt vor Sorge.

»Können Sie mich sehen?«, fragte sie.

Hübsch, dachte er bei sich, *sie ist wunderhübsch.* Aber er antwortete nur knapp: »Ja.«

Becky teilte sich ein winziges Zimmer im zweiten Stock der ehemaligen Schule mit Angela Harrison. Angela war bei Kriegsanfang im zweiten Ausbildungsjahr gewesen. Sie war jung, gerade mal zwanzig.

Becky und sie hatten zusammen in Zelten in Mallefort übernachtet, und Angela hatte Becky gepflegt, als diese krank gewesen war. Im Gegenzug nahm Becky Angelas Eitelkeit und ewiges Geplapper von irgendwelchen Jungs hin, Jungs in der Mehrzahl wohlgemerkt, denn Angelas Korrespondenz mit Männern war unglaublich umfangreich.

Wo immer sie hinreiste, schleppte Angela eine Unmenge an Kleidern mit, die möglichst knapp waren, sodass sie zwar nicht wärmten, aber dafür möglichst zahlreich in einen kleinen Koffer passten. Sogar in feuchten, zugigen Zelten hängte sie ihre Kleider liebevoll an Haken und Leinen auf und flickte, wusch und bügelte sie stundenlang.

Aber Angela war trotz allem sehr beliebt, da sie den liebevollen Umgang mit Kleidung auch auf ihre Patienten übertrug und entsprechend vorsichtig war beim Anlegen und Abnehmen von Schienen, Verbänden und Kathetern. Auch gelang es ihr, jedem einzelnen Soldaten zu vermitteln, dass das, was sie tun musste, weder peinlich noch unappetitlich war, sondern Teil einer geteilten Intimität.

Becky wachte auf, rollte sich von ihrer Pritsche und stolperte verschlafen den Flur hinunter zur Toilette. Als sie zurück war, ruhte sie sich einen Moment auf dem Fußende ihrer Schlafstatt aus, um Kräfte zu sammeln, bevor sie sich wusch und anzog.

Angela bürstete sich das Haar. Trotz der Kälte trug sie nur einen seidenen Morgenmantel mit ausgestellten Ärmeln, die ihre runden Arme hinauf- und hinabglitten. Sie summte vor sich hin, während sie sich in dem Spiegel auf dem alten Pult betrachtete, der ihnen als Frisierkommode diente. »Fühlst du dich jetzt besser?«

»Nicht viel«, entgegnete Becky.

»Meinst du, wir können hier einen Tanzabend veranstalten?«

»Einen was?«

»Einen Tanzabend, eine Party.« Angela seufzte. »Es ist eine Ewigkeit her, seit die alte Congreve uns etwas Spaß erlaubt hat.«

»Ich weiß nicht, ob ich genug Energie zum Tanzen aufbringen könnte«, seufzte Becky.

»Wenn dein Schatz dich zum Tanz auffordern würde, würde dich das sicher beflügeln.«

»Mein was?«

»Dein irischer Schatz. Wie heißt er noch gleich?« Angela drehte sich zu ihr um, wobei ihr das Haar weich über die runden Schultern glitt. Sie grinste breit. »Mir ist nicht entgangen, wie du ihn verhätschelst. Wird er sterben?«

»Selbstverständlich nicht«, entgegnete Becky heftig und fügte dann – zu spät – hinzu: »Ich weiß gar nicht, wovon du überhaupt sprichst.«

»Woher willst du dann wissen, dass er nicht sterben wird?«

Angela stützte die Ellbogen auf den Tisch und starrte auf eine Postkarte der Heiligen Jungfrau mit Kind, die ihr ein unglaublich gut aussehender junger Lieutenant geschickt hatte, der bei der Erstürmung einer deutschen Geschützstellung zum Glauben bekehrt worden und der Ansicht gewesen war, es sei nur anständig, sie von seinem Sinneswandel zu unterrichten. Angela hatte ihn aber offensichtlich trotzdem noch nicht ganz abgeschrieben.

»Die, die es am schlimmsten erwischt hatte, sind schon gestorben«, meinte Becky. »Die anderen werden es schaffen.«

»Bobby ist da anderer Ansicht. Bobby Bracknell sagt, dass es bei Phosphorgas-Vergiftungen nach scheinbarer Besserung häufig doch noch zu fatalen Komplikationen kommt«, erklärte Angela lapidar, so emotionslos, als berichtete sie von ihrem letzten Besuch bei Swan & Edgar's. »Noch achtundvierzig Stunden nach Einatmen der Dämpfe kann ganz plötzlich der Tod eintreten. Findest du es nicht auch seltsam, dass die Deutschen Reizgasgranaten eingesetzt haben, um die Frontlinie zu schwächen? Man sollte meinen, Phosphorgase hätten gereicht. Da fragt man sich doch, ob die Deutschen auch nicht so genau wissen, was sie tun. Wie heißt er eigentlich noch, dein Ire, meine ich?«

»Sie sind alle Iren – oder fast.«

»Ich meine den, mit dem du auf Schmusekurs gegangen bist.«

Becky drückte die Fäuste an die Hüftknochen und streckte das Rückgrat. Sie war hungrig, halb verhungert, um genau zu sein. Sie wertete das als gutes Zeichen, nachdem sie in letzter Zeit unter Appetitmangel gelitten hatte. Sofern heute nicht neue Verwundete gebracht wurden, würde sie Nachtdienst in der Allgemeinmedizin schieben. Bettruhe und gute Pflege würden die meisten Soldaten wieder auf die Beine bringen, sodass sie in acht bis zehn Tagen zu ihren Einheiten zurückgeschickt werden konnten.

»Du denkst gerade an ihn, habe ich recht?«, sagte Angela.

»Nein, tue ich nicht.«

»Ach, komm. Du wirst ja ganz rot. Ich habe dich noch nie erröten sehen, Becky.«

»Ich wünschte, du würdest dir etwas anziehen, Angela.« Becky stand auf. »Es ist nicht recht, dass du in diesem … diesem Fetzen herumsitzt.«

»Themenwechsel, ja? Netter Versuch. Mir kannst du nichts vormachen. Du bist verknallt.«

»Sei nicht albern!«, schimpfte Becky. »Für mich ist er ein Patient wie jeder andere.«

»Ha! Bisher bist du noch nie mit einem Patienten auf Tuchfühlung gegangen. Was ist los? Glaubst du nicht an Liebe auf den ersten Blick? Ich schon.«

»Das ist mir klar«, entgegnete Becky schnippisch.

Sie zog ihren Schlüpfer an, eine Strickjacke und den steifen Unterrock, der der Schwesternuniform ihre strenge, unweibliche Linie verlieh. Dann nahm sie das Handtuch, das sie zum Trocknen über das eiserne Fußgestell ihres Bettes gehängt hatte, holte ihre Kulturtasche aus dem Spind und machte sich barfuß auf zum Waschraum am Ende des Flurs. Sie brauchte eine Weile Ruhe vor Angela, Ruhe zum Nachdenken.

Draußen war es immer noch hell. Die Ärzte, darunter auch Mr. Sanderson und Captain Bracknell, aßen gerade im ehemaligen Sekretariat im ersten Stock zu Abend, und es würde wohl ein recht feuchtfröhliches Abendessen werden, da Captain Bracknells Frau eine Kiste Wein geschickt hatte.

Becky hatte keine Post erhalten. Nur ihre Mutter schrieb ihr regelmäßig sowie in unregelmäßigen Abständen ihre Cousine Donnie, aber von Tante Biddy hatte sie seit Monaten nichts mehr gehört, seit Robbie gefallen war, um genau zu sein.

Sie putzte sich die Zähne und versuchte, dabei das fahle Gesicht in dem von schwarzen Punkten übersäten Spiegel über dem Waschbecken zu ignorieren. Becky überlegte, ob Angela vielleicht recht hatte mit dem, was sie über Liebe auf den ersten Blick gesagt hatte, und ob irgendjemand, und sei es ein Ire, sie in ihrem gegenwärtigen Zustand überhaupt attraktiv finden konnte.

Zum ersten Mal seit Monaten musste sie weinen.

»Sie brauchen mich nicht zu füttern«, sagte Gowry bestimmt. »Wenigstens haben Sie die alberne Schnabeltasse weggelassen. Was steht denn heute auf dem Speiseplan?«

»Suppe. Könnten Sie sich vielleicht etwas aufrechter hinsetzen, bitte?«

»Sitzen ist so ziemlich das Einzige, was ich im Augenblick kann.«

»Wenn Sie nicht essen, kommen Sie nie wieder auf die Beine.«

»Tut mir leid.« Gowry hustete. »Ich bin heute etwas übellaunig.« Becky hielt ihm den Löffel an die Lippen. Er reckte den Hals und blickte an der Nase entlang auf den Inhalt der Schale in ihrer Hand. »Ich habe heute wirklich keinen großen Hunger.«

Die Tagesschwester hatte Becky erzählt, dass Soldat McCulloch den ganzen Nachmittag unter Atembeschwerden gelitten und am Abend eine kleine Menge Schleim gespuckt hatte, wenn auch noch kein Blut. Seine Haut fühlte sich klamm an, aber seine Temperatur war nur minimal erhöht, und Major Caufield war sicher, dass nicht mit größeren entzündungsbedingten Komplikationen zu rechnen war. Seiner Meinung nach würde Gowry in drei, vier Tagen weitgehend wiederhergestellt sein und bis zum Wochenende zu seiner Einheit zurückkehren können.

Sie tippte mit dem Löffel an seine zusammengepressten Lippen. »Essen Sie«, forderte sie ihn auf. »Mir zuliebe.«

Mühsam hob er eine Hand von der Bettdecke und hustete höflich in die vorgehaltene Faust. »Ihnen … zuliebe?«

Becky ging nicht darauf ein. »Essen Sie einfach, ja?«

»Warum?«

»Weil ich möchte, dass Sie wieder gesund werden.«

»Damit ich an die Front zurückkann, um mich erschießen zu lassen?«

»Wie können Sie so etwas sagen!« Becky zog abrupt den Löffel zurück und ließ ihn klirrend in die Suppenschale fallen. Sie machte Anstalten aufzustehen, aber er legte ihr eine Hand auf den Arm. Für einen schwer kranken Mann war er erstaunlich kräftig und schnell.

»Das hätte ich nicht sagen dürfen«, entschuldigte sich Gowry. »Das war gemein, und ich bitte Sie, mir zu verzeihen.« Er beugte sich vor und öffnete weit den Mund. »Happahappa, Schwester, bitte, bitte, Happa haben.«

Sie zögerte, die Suppenschale in den Händen.

Der Nachtwind hatte aufgefrischt, und die dicken geflickten Planen, die die Sanitäter vor den Bögen der Arkaden gespannt hatten, flatterten laut. Im Nebenbett lag ein weiterer Ire, kaum mehr als ein Kind. Er beobachtete die kleine Pantomime ausdruckslos. Weiter unten stöhnte ein Artillerist der Leinsters, schlug um sich und warf seine Decke vom Bett, aber Angela, die gute Seele, eilte bereits herbei, um ihn zu beruhigen.

»Können Sie nicht allein essen?«, hörte Becky sich fragen.

»Doch«, meinte Gowry, »doch wenn ich das tue, gehen Sie wieder fort.«

»Möchten Sie denn, dass ich noch bleibe?«

»So lange, wie es Ihnen möglich ist.«

»Fürchten Sie sich?«

»Nein, ich möchte nur …« Hilflos zuckte er mit den Schultern.

Sie setzte sich wieder auf die Bettkante und hielt ihm die Suppenschale hin. Er nahm sie in die eine Hand und griff mit der anderen nach dem Löffel. Becky beugte sich zu ihm hinab und hielt die Hand unter den Löffel, um die fettigen Tröpfchen aufzufangen, bevor sie auf seine Brust fallen konnten. Er tauchte den Löffel in die Suppe, schob ihn sich anschließend in den Mund und schluckte brav. »Französische Zwiebelsuppe, ja?«

»Schmeckt sie Ihnen nicht?«

»Doch. Köstlich!«

Sie wischte ihm mit ihrem Taschentuch den Mund ab. »Dann essen Sie auf.«

In dieser Nacht schlief Gowry schlecht, und wenn er wach dalag, musste er ständig an Maeve denken. Er fragte sich, ob sie auch im Bett lag und an ihn dachte. Ob sie inzwischen schon größer war als ihre Mutter? Und hatte sie die wundersame Wandlung vom Kind zur Frau bereits vollzogen? Während der Wind die fleckigen Planen über seinem Bett bauschte, bildete er sich sogar ein, er könnte sie in ihrem schrillen Dubliner Akzent rufen hören: »Dad, Daddy? Daddy, Dad?«

Gowry beobachtete das Kommen und Gehen der Schwestern. Hübsche Mädchen, unscheinbare Mädchen, blutjunge und nicht mehr ganz so junge. Er vernahm ihre Stimmen in der Dunkelheit, hörte quietschende Räder von fahrbaren Tragen, das Klappern von Sauerstoffflaschen, die über die Steinplatten rollten. Er stellte sich seine kleine Tochter daheim in Dublin vor, so wie sie ausgesehen hatte, als er fortgegangen war, unschuldig und unverändert. Und er dachte an Becky – ein wenig. Er wünschte, sie würde zu ihm kommen, würde mit wiegendem Gang die Arkaden herunterschreiten, begleitet vom Rascheln ihrer Unterröcke, die Andeutung eines traurigen Lächelns auf den Lippen, das ihm verriet, dass er ihr mehr bedeutete als alle anderen Soldaten hier in Saint-Émile.

Gowry wusste, dass er nicht sterben würde und auch nicht blind durchs Leben würde stolpern müssen. Seine erste Entschuldigung für die Heimkehr hatte sich als Flop erwiesen. Mehrere Kissen im Rücken, lauschte er halb sitzend den Geräuschen auf der in den Arkaden eingerichteten Station. Die Soldaten in ihren sauberen Nachthemden zwischen den sauberen Laken hatten beinahe etwas Unanständiges an sich. An der Front waren Blut, Schmutz und Egoismus so allgegenwärtig, dass er – fast – gelernt hatte, sie zu ignorieren. Hier in Saint-

Émile war Gleichgültigkeit jedoch nicht möglich: überall kräftige junge Athleten mit Stümpfen anstelle von Beinen, Dichter, die der Krieg in stumme Wracks verwandelt hatte, Beobachter mit leeren Augenhöhlen, fehlende Gliedmaßen, hier eine Hand, dort ein Arm, zerquetschte Organe und Blut – überall Blut, blutgetränkte Verbände, Blut, das durch rote Gummischläuche in weiße Emailleschüsseln floss und diese füllte wie Suppe.

»Sind Sie Gowry McCulloch?«

Die Stimme klang sehr hell, sehr irisch. Sie gehörte zu einem untersetzten Mann mit einem kleinen runden Kopf auf einem dürren Hals, der an einen Stangensellerie erinnerte und in einem Kragen steckte, der mindestens zwei Nummern zu weit war. Gowry fragte sich, ob der Priester geschrumpft war und ob er, wenn der Krieg endlich vorbei war, sein Gewand mit der Zeit wieder ausfüllen würde. Der Pater hielt eine dampfende Teetasse in jeder Hand und nickte grüßend.

»Schwester Tarrant schickt mich. Sie meinte, Sie wären bestimmt wach. Hindern die Schmerzen Sie am Schlafen?«

»Nein, Sir, es sind nicht direkt Schmerzen.«

»Sind Sie … äh … deprimiert?«

»Ich bin durstig, Pater, mehr durstig als deprimiert.«

Der Geistliche reichte ihm lächelnd eine der Tassen. Gowry umfasste die Tasse mit beiden Händen und räusperte sich, bevor er an der heißen, süßen Flüssigkeit nippte. Es hatte Nächte in den Schützengräben gegeben, da hätte er seine Seele verkauft für eine Tasse heißen Tee. Und jetzt wurde ihm dieser Wunsch erfüllt, gerade zur rechten Zeit. Er war Becky dankbar und fühlte sich beinahe verwöhnt. Auch über die Gesellschaft des Paters freute er sich, weil der ihn von sinnlosen Sehnsüchten ablenkte.

»Darf ich mich zu Ihnen setzen?« Er war höflich und bescheiden, im Gegensatz zu vielen jener Priester, die in der Vergangenheit im »Shamrock« übernachtet hatten. Gowry schob die Beine unter der Decke beiseite.

»Bitte, Pater, nehmen Sie Platz.«

»Geht es Ihnen gut? Ich meine, fühlen Sie sich schon kräftiger?«

»Ja, danke.«

»Und die Augen?«

»Einigermaßen, Sir.«

»Und was macht die Atmung?«

»Besser als gestern.«

Der Priester setzte sich auf die Bettkante. Er schien federleicht zu sein, da die Matratze unter seinem Gewicht nicht einmal nachgab. Er trank einen großen Schluck Tee und seufzte. »Bei Gott, das war jetzt genau richtig.«

»Wie spät ist es, Pater?«, fragte Gowry.

»Drei oder kurz nach. Stört es Sie, wenn ich rauche?«

»Nicht im Geringsten«, entgegnete Gowry.

»Ich würde Ihnen ja eine anbieten, aber in Ihrem Zustand …«

»Dumm für mich, ich weiß.« Neidisch sah er zu, wie der Pater sich eine Zigarette anzündete. »Machen Sie eigentlich jede Nacht Ihre Runde, Sir?«

»Nur, wenn mich jemand braucht, allerdings ist das fast jede Nacht der Fall. Ich nehme an, Sie sind kein Katholik?«

»Ich fürchte, nein, Pater. Es ist sicher leichter, wenn man einer ist.«

»Leichter?«

»Das Sterben, meine ich.«

»Ach, das bezweifle ich.«

»Spenden Sie den Männern denn nicht Trost, wenn es zu Ende geht?«, wollte Gowry wissen.

»Gott tröstet. Ich bin nur der Vertreter Gottes. Ich bin für Vergebung und Läuterung zuständig. Sind Sie aus Belfast?«

»Wenn ich Ulsterman wäre, Pater, würde ich Sie kaum aufgefordert haben, sich zu mir zu setzen, oder?«

Der Priester lachte. »Nein, wohl nicht.«

»Hat Schwester Tarrant Sie geschickt, um herauszufinden, ob ich Katholik bin?«

»Warum sollte sie das tun?«

»Ist sie eine … Katholikin, meine ich.«

»Ja, ist sie«, bestätigte der Geistliche. »Ihre Mutter ist vor einigen Jahren konvertiert, und Becky wurde gleich mit in die Glaubensgemeinschaft aufgenommen.«

»Ist sie … ist Schwester Tarrant fromm?«

»Nein, nein. Gar nicht. Leider.«

Gowry sah zu, wie der Zigarettenrauch in einer Spirale aufwärts schwebte und sich unter der gewölbten Decke der Arkaden auflöste.

»Pater, ich bin ein verheirateter Mann.«

»Das weiß ich.«

»Ach ja? Und woher, wenn ich fragen darf?«, entgegnete Gowry leicht gereizt.

»Es steht in Ihrer Akte. In Ihrem Soldbuch.«

»Weiß Schwester Tarrant auch, dass ich eine Frau habe?«

»Nein. Und es steht mir auch nicht zu, sie davon zu unterrichten.«

»Schwester Tarrant ist eine attraktive junge Frau, doch es geht mir nicht um … Sie verstehen, was ich meine?«

»Ja, ich denke, schon.«

Gowry reichte ihm die leere Teetasse, und der Pater stellte sie auf dem Fußboden ab.

»Ich kenne sie kaum«, fuhr Gowry fort. »Und wenn ich erst in drei, vier Tagen von hier weggehe, werden wir uns vermutlich nie wiedersehen.«

»Schiffe, die vorüberziehen«, meinte der Pater nickend.

»Im Übrigen bin ich körperlich gar nicht in der Lage, die Situation auszunutzen. Aber auch wenn ich es wäre, würde ich nichts dergleichen tun.«

»Immer mit der Ruhe. Ich bin nicht gekommen, um Ihnen eine Moralpredigt zu halten. Schwester Tarrant und ich sind befreundet, das ist alles. Ich glaube übrigens, dass sie Sie ziemlich gern hat.«

»Nach nur drei Tagen? Sie müssen sich irren, Sir.«

»Es könnte sicher nicht schaden, ihr zu schreiben, wenn Sie wieder bei Ihrer Einheit sind. Ich bin sicher, dass Becky sich über den einen oder anderen Brief freuen würde. Es wäre für Sie ganz sicher ein Lichtblick in diesen unglückseligen Zeiten. Würden Sie das tun, Gowry

McCulloch? Werden Sie ihr schreiben? Sie könnte einen Freund brauchen.«

»Würden Sie das denn für angebracht halten?«, hakte Gowry zurückhaltend nach.

»Absolut. Sagen Sie ihr nur nicht, dass der Vorschlag von mir stammt, wenn Sie verstehen, was ich meine.«

»Ich verstehe sehr gut, Sir.«

Seine Kampfuniform lag gewaschen und zu einem Bündel geschnürt unter dem Bett. Ebenso Unterwäsche und neue Socken ohne Löcher sowie seine eigenen Stiefel mit einem gelben Schildchen an den Schnürriemen. Das Einzige, was fehlte, waren seine Gasmaske, seine Wasserflasche und sein Gewehr. Er hatte keinen Schimmer, was aus seinem Gewehr geworden war, nachdem die Gasgranaten überall um ihn herum eingeschlagen waren. Vielleicht würde man ihn dafür bestrafen, dass er seine Waffe verloren hatte, oder aber man zog ihm den Gegenwert von seinem Sold ab.

Der Artillerist von den Leinsters versicherte ihm jedoch, dass das Unsinn sei und er alles, was verloren gegangen war, im Depot ersetzt bekommen würde. Der Artillerist hatte es nicht eilig, Saint-Émile zu verlassen. Er hatte sich in Angela verknallt, ein akutes Leiden, für das es kein Gegenmittel gab.

Der Artillerist hatte daheim eine Frau sowie eine Freundin in Huevert, wenngleich Gowry so eine Ahnung hatte, dass der Soldat und das französische Mädchen nicht ganz das Gleiche darunter verstanden. Der Artillerist hatte es so beschrieben, dass er von verbotenen Früchten koste, solange Krieg sei, danach sei es mit der Vielweiberei aber wieder vorbei.

Die Ausrüstungen wurden am Nachmittag auf Wagen in den Säulengang gefahren. Kurz darauf tauchten zwei Ärzte auf, die in Begleitung einer Nonne und einer Krankenschwester den Gang zwischen den Betten entlangschritten. Die Offiziere zeigten auf verschiedene Patienten, die sich zwölf bis vierzehn Stunden später als Reservisten in Huevert wiederfanden, wo sie auf ihren neuen Marschbefehl warteten, um an die Front zurückzukehren.

Nach dem Frühstück hatte man Gowry aus dem Bett geholfen, ihm weiche Strandschuhe und einen kratzigen Morgenmantel gebracht und ihn aufgefordert, mit einem Spaziergang über den Rasen seine Beine zu kräftigen. Es war ein schöner, stiller Morgen, und die Sonne schimmerte blass durch die Wolken. Viele Patienten waren nach draußen in die Sonne gelegt worden. Auf der Terrasse standen Betten, und auf den gepflasterten Wegen waren überall Stühle aufgestellt worden. Eine seltsame, unwirklich friedliche Atmosphäre lag über allem. Gowry schlenderte über den löchrigen Rasen und hielt Ausschau nach Becky.

Seit der Pater ihm verraten hatte, dass die Krankenschwester ein Auge auf ihn geworfen hatte, war er aufgeregt wie ein Schuljunge. Am Vorabend hatten sie sich vor Beckys Schicht lange unterhalten. Gowry hatte seinen ganzen Mut zusammengenommen und ihr gebeichtet, dass er verheiratet war. Tatsächlich hatte er ihr sogar eine ganze Menge über Sylvie, Maeve und das »Shamrock Hotel« erzählt. Becky war eine Weile sehr still gewesen, aber nicht sonderlich überrascht oder gar schockiert. Trotzdem war er nervös und wollte wissen, ob ihre Freundschaft auch am helllichten Tage Bestand hatte.

Er ging einmal außen um die Rasenfläche herum und blickte zu jedem gestärkten Kittel hin. Auf der Terrasse wurden Teetassen und Suppenschüsseln herumgereicht. Sanitäter servierten das Mittagessen draußen im Freien. Hinter den Bäumen spielten zwei Ärzte in weißen Kitteln Tennis, und ein Dutzend Verwundete, darunter auch ein Subalterner, hatten ein Boulespiel irgendwo ausgegraben und schlossen Wetten auf den Ausgang der Partie ab.

»Gowry. Gowry. Hier. Hier drüben bin ich.«

Er blickte hoch und entdeckte sie an einem kleinen Fenster im zweiten Stock. Ihre Bluse war vorn weit aufgeknöpft, und sie hatte ein Handtuch um den Kopf geschlungen. Sie sah so frisch und fröhlich aus im Sonnenlicht, dass ihm bei ihrem Anblick ein glücklicher kleiner Seufzer entfuhr.

»Warte, ich bin gleich unten!«

Gowry rührte sich nicht mehr vom Fleck. Er hatte weiche Knie und war nun sicher, dass der Pater die Wahrheit gesagt hatte. Und verheiratet oder nicht, er drohte, sich ernsthaft zu verlieben.

Die Deutschen hatten hinter einem Hügel vier Meilen südlich von Mallefort sechs Feldgeschütze in Position gebracht und bombardierten einen Frontabschnitt ganz nah bei Saint-Émile. Das Geschützfeuer kam völlig unerwartet, und zwei Eisenbahnwaggons wurden getroffen, bevor irgendjemand im Hauptquartier überhaupt begriff, was los war. Pioniere wurden ausgesandt, um die Wracks fortzuschaffen und die beschädigten Gleise zu reparieren, aber die deutsche Artillerie hatte sich eingeschossen, und die ganze Nacht über gingen pfeifend Granaten auf die Frontlinie nieder. Die Gleise blieben gesperrt, bis es am dritten Tag durch einen Vorstoß der Königlich Irischen Truppen gelang, die Verteidigungslinie um den Hügel herum zu durchbrechen und die Deutschen mithilfe sporadischer Artillerie-Unterstützung drei- bis vierhundert Meter weit zurückzudrängen. Die Iren bezahlten den militärischen Erfolg mit hohen Verlusten, und die kurze Ruhepause für das medizinische Personal in Saint-Émile war allzu bald vorbei. Um Mitternacht setzte ein Strom von Schwerverwundeten ein, und in sämtlichen Operationssälen herrschte Hochbetrieb.

Becky konnte sich nur ein paar Minuten freimachen, um sich von ihm zu verabschieden.

Sie rannte die Arkaden hinunter, und Schwester Congreve wollte sie bereits ermahnen, überlegte es sich dann jedoch anders.

Becky hatte den blutverschmierten Kittel und die Handschuhe ausgezogen, sah jedoch verängstigt aus, und ihre Augen wirkten unnatürlich groß und glänzend im flackernden Lampenschein.

Vierzehn Soldaten in Kampfmontur, unter ihnen auch Gowry, saßen inmitten ihrer Ausrüstung vor der nackten Steinmauer. Sie warteten darauf, dass jemand sie zum Ausladebahnhof brachte, von wo aus sie mit dem Zug nach Huevert zurückgebracht werden würden.

Der Krieg schien viel näher gerückt zu sein. Das unablässige Dröhnen der Geschütze, und das Flackern der Sterngranaten am Himmel ließen darauf schließen, dass irgendwo an der Front etwas in Gang gekommen war, dass irgendein großer Plan oder eine ausgeklügelte Strategie ohne ihr Wissen oder ihr Zutun umgesetzt wurde. Gekleidet und ausgestattet wie Mitglieder einer Kampfeinheit, waren die Soldaten entsprechend angespannt. Sogar der Artillerist von den Leinsters konnte es jetzt kaum noch erwarten, sich wieder ins Kampfgetümmel zu stürzen.

Als Gowry Rebecca den Gang hinunterlaufen sah, rappelte er sich auf und ging ihr entgegen. Er schloss sie in die Arme und hielt sie ganz fest, drückte sie kraftvoll an den rauen Stoff seiner Uniform, an Schnallen, Knöpfe und Riemen. Hielt sie fest und ließ sie weinen. Ihm fielen tausend Dinge ein, die er hätte sagen können, aber nichts schien ihm angemessen. Als er sie küsste, schmeckte er ihre Tränen auf seinen Lippen.

»Ich kann nicht länger bleiben«, schluchzte sie. »Es tut mir leid. Es tut mir so leid! Ich muss zurück.«

»Ich weiß«, meinte Gowry beschwichtigend. »Ich weiß, Liebes.«

»Halt mich, bitte, nur noch eine Minute. Halt mich ganz fest.«

»Ja«, sagte er nur, hilflos und steif. »Ja, natürlich.« Er küsste sie wieder.

Einer der Soldaten johlte, und ein anderer herrschte ihn grob an, er solle den Rand halten.

»Schreibst du mir?«, fragte Becky leise.

»Ja, sobald ich kann.«

»Wo gehst du hin? Wo finde ich dich?«

»Ich weiß es nicht. So wie es klingt, ist da draußen die Hölle los. Ich schreibe dir, wo ich bin.«

»Und ich werde antworten.«

»Ja.«

»Ich muss gehen, Gowry. Ich muss los.«

»Ich weiß«, sagte er wieder. »Ich weiß.«

Gowry nahm ihre Hand und begleitete sie bis ans andere Ende der

Arkaden. Er versuchte, die Männer in den Betten zu ignorieren, die Schläuche und Schienen und großen, blutigen Verbände, versuchte, ihr Wehklagen auszublenden. Die ganze Zeit schaute er auf Rebecca und hielt ihre Hand. Er konnte sich nicht erinnern, wann das letzte Mal jemand seinetwegen geweint hatte, und es gab ihm Kraft. Gowry fühlte sich stärker als vorher.

»Du wirst mich bald vergessen haben, nicht wahr?«, flüsterte sie verzweifelt.

Er schüttelte den Kopf. »Nein. Ich schreibe dir. Schon morgen.«

»Ich werde dich doch wiedersehen, oder?«

»Ja.«

»Versprich es mir, bitte. Versprich mir, dass wir uns wiedersehen!«

»Ich verspreche es«, antwortete Gowry. »Ich gebe dir mein Wort darauf.«

»Pass gut auf dich auf, mein Liebster.« Becky stellte sich auf die Zehenspitzen, küsste ihn auf den Mund, wandte sich dann abrupt ab und lief ins Hauptgebäude zurück.

Gowry starrte noch einen Moment auf das Gebäude, in dem sie verschwunden war, fuhr sich dann mit einer Hand über das Gesicht und kehrte zurück zu seinen Kameraden. Er setzte sich wieder auf den Steinboden und lehnte sich an sein Marschgepäck.

Der Artillerist stieß ihm leicht den Ellbogen in die Seite. »Da hast du dir aber einen echten Schatz an Land gezogen, alter Junge«, brummte er. »Du bist ein Glückspilz, McCulloch, ein echter Glückspilz.«

Dann tauchte ein Offizier aus der Dunkelheit auf. »Es geht los!«, und schon wenige Minuten später befand Gowry sich auf dem Weg zurück an die Front.

KAPITEL 11

Angela wusste schon länger, dass Venus einst die Geliebte des Mars gewesen war und Krieg und Sexualität untrennbar miteinander verbunden waren. Sie hatte bereits lange vor ihrer Zeit als Krankenschwester nichts anbrennen lassen. Die Schwesternschule hatte sie nur besucht, um ihrem tyrannischen Vater und der Ödnis ihres kleinen Heimatdorfes zu entfliehen.

Während ihrer Ausbildung hatte es mehrfach Ärger wegen ihrer Männerbekanntschaften gegeben, und zwei junge Assistenzärzte hatten sich ihretwegen sogar in der Umkleide der Urologie geprügelt. Bei Kriegsbeginn hatte sie sich sofort freiwillig gemeldet, und bei einem Aufenthalt in einem Militärkrankenhaus in Devon hatte sie einem jungen Lieutenant der Ox & Bucks mit einer furchtbaren Unterleibsverletzung, die er sich beim Rückzug aus Mons zugezogen hatte, ihr kostbarstes Gut geopfert. Die große, erst halb verheilte Narbe quer über seinem Bauch hatte ihn in seiner Leistungsfähigkeit in keinster Weise beeinträchtigt, und alles in allem war es eine kurze, effiziente und sehr bodenständige Angelegenheit gewesen, so wie sie der Vorstellung eines unerfahrenen Mädchens entsprach. Sie hatten dann noch einmal – diesmal weniger hektisch – miteinander geschlafen, in einem Hotelzimmer in London, kurz bevor er an die Front zurückgekehrt und gefallen war.

Angela hatte sich natürlich die Augen ausgeweint, ließ sich aber von dem Offizier und Arzt trösten, der ihr die Nachricht von Clives Tod überbracht hatte. Neun Tage später hatte sie in einem anderen Hotelzimmer in London festgestellt, dass der arme Clive in Liebesdingen nicht halb so bewandert gewesen war, wie sie angenommen hatte.

Captain Bobby Bracknell war dagegen ein wahrer Meister dieses

Fachs, und obwohl sie wusste, dass er daheim Frau und drei Kinder hatte, ließ sie ihn nicht lange schmoren.

»Ich verstehe wirklich nicht, was du an dem Kerl findest«, bemerkte Rebecca.

»Du kennst ihn ja auch nicht so gut wie ich.«

»Gott sei Dank«, entgegnete Becky lapidar. »Er ist ein großkotziges Schwein.«

»Großkotzig? Findest du?« Angela bürstete sich lächelnd das Haar.

Sie wusste, dass Becky in Herzensangelegenheiten völlig unerfahren war. So war es auch ganz typisch für Rebecca, sich mit einem Geistlichen anzufreunden, um sich dann Knall auf Fall in einen Iren zu verlieben, den sie nie wiedersehen würde, wenn Angela nicht sehr irrte.

»Du hast dich in Captain Bracknell verliebt, habe ich recht?«, fragte Becky.

»Grundgütiger, nein! So dumm bin ich auch wieder nicht.«

Becky lag, von zwei harten Kissen gestützt, auf dem Bett. Sie hatte am Vormittag einen Brief erhalten und war sofort auf die Toilette gelaufen, um ihn zu lesen, während Bobby Bracknell Angela bei Laune gehalten hatte.

»Er benutzt dich nur, das ist dir doch klar«, sagte Becky.

»Woher willst du wissen, dass ich nicht ihn benutze?«

»Angela! Also wirklich!« Das Kinn auf eine Hand gestützt, beugte Becky sich vor.

Sie sah noch ernster aus als sonst, fand Angela. Natürlich war Becky Sozialistin, und Sozialisten waren immer ernst, so wie Schotten immer grimmig waren und es den Iren an gesundem Menschenverstand mangelte. Ihr Vater hatte ständig irgendwelche Witze gerissen über Iren namens Paddy oder Mick, und auch wenn sie diese nie sonderlich lustig gefunden hatte, hatte sie sie auch nicht als anstößig empfunden.

»Und? Tust du das? Ihn benutzen, meine ich?«

»Wen? Bobby Bracknell? Selbstverständlich.«

»Inwiefern?«

»Zu meinem Vergnügen. *Un petit divertissement.*« Becky rückte näher, als wäre das Thema Sex so obszön, dass man sie allein dieses Gespräches wegen heimschicken könnte.

»Wie kann es denn Spaß machen, mit einem Mann zu schlafen, den man nicht liebt?«

»Ach, sei doch nicht so prüde!« Angela legte die Bürste beiseite und stand auf. Einen Moment wurde ihr leicht schwindlig; Captain Bracknell hatte sich bei ihrem Tête-à-Tête an diesem Nachmittag mächtig ins Zeug gelegt. Sie ließ sich bäuchlings auf ihr Bett fallen. »Sag mal, Becky, warst du wirklich noch nie mit einem Mann zusammen?«

Becky schüttelte den Kopf. »Nein. Noch nie.«

Angela langte herüber und tätschelte mitfühlend Beckys Hand. »Tut mir leid. Tut mir ehrlich leid.«

»Wieso? Ist doch nicht deine Schuld.«

»Gab es denn nie jemanden, der dich gefragt hätte?«

»Gefragt? Wie meinst du das, gefragt?«

»Hat denn noch nie ein Mann versucht …«

»Ach das! Doch, natürlich.«

»Aber du hast nicht …«

»Ganz gewiss nicht.«

»Waren sie denn nicht attraktiv genug? War das der Grund?«

»Nein, eigentlich nicht. Sie waren nett, zumindest einige von ihnen.«

»Was war es dann?«

»Ich war in keinen von ihnen verliebt.«

»Aber man muss einen Mann nicht lieben, um es zu tun, weißt du.«

»Ich denke, doch. Das ist eben der Unterschied zwischen uns beiden, Angela. Es geht mich nichts an, wenn du dich zum Narren machst mit einem verheirateten Mann, aber ich wäre dazu nicht fähig, wenn der Mann mir nicht wirklich viel bedeuten würde.«

»Soll das heißen, du warst noch nie verliebt?«, hakte Angela ungläubig nach.

»Nicht dass ich wüsste, nein.«

»Das ist aber traurig.«

Becky ließ sich in die Kissen zurücksinken und legte einen Unterarm über die Augen. »Ein Mal habe ich geglaubt, ich wäre verliebt, aber das ist schon lange her.«

»Und wer war es?«, fragte Angela, ohne zu drängen.

»Mein Cousin.«

»Da ist doch nichts dabei. Cousin und Cousine dürfen sich küssen, weißt du.«

»Robbie hat mich gar nicht richtig wahrgenommen. Er hat die Schule in Edinburgh besucht, während ich im Haus seiner Mutter als Küchenhilfe arbeitete. Ich war zwar seine Cousine, aber ich war auch eine Hausangestellte, verstehst du?«

»Dann war es eine platonische Liebe?«

»Er hat mich nicht schlecht behandelt. Er schien nur nicht ... ich meine, ich dachte, wenn wir beide älter wären, wenn ich erwachsen wäre ...« Sie seufzte. »Robbie ist vor sieben Monaten gefallen. In der Picardie.«

Angela kam herüber und legte sich zu ihrer Freundin ins Bett, einen Fuß auf dem Boden. »Wo war er? Bei welchem Regiment, meine ich?«

»Bei den Gordon Highlanders.«

»Die tragen doch diese schicken Kilts. Er muss umwerfend ausgesehen haben.«

»Ich habe Robbie nie in Uniform gesehen.«

»Du träumst von ihm, stimmt's?«

Becky nahm den Arm von den Augen. »Woher weißt du das?«

»Nur eine Vermutung. Wusste er, dass du hier bist?«

»Vermutlich. Ja, er wusste es. Ganz bestimmt.«

»Vielleicht hat er ja auch von dir geträumt.«

»Ein schöner Gedanke.« Becky streckte beide Arme über den Kopf. »Ja, eine wirklich schöne Vorstellung, auch wenn es Quatsch ist.«

Angela registrierte zum ersten Mal bewusst, dass ihre Freundin recht kräftig gebaut war, nicht pummelig, sondern robust. Sie konnte sich Becky gut auf einer Farm beim Hühnerfüttern vorstellen wie auf einer jener Illustrationen aus *Country Life.* Aber Becky Tarrant war keine Bäuerin, sondern eine gut ausgebildete, kompetente OP-Schwester, und zwar nicht mehr die allerjüngste.

»Träumst du nicht von deinem Iren?«, wollte Angela wissen.

»Ich bete für ihn, doch ich träume nicht von ihm.«

»Und warum nicht?«

»Weil er noch lebt«, entgegnete Becky lapidar.

Im Schützengraben stank es fürchterlich. Paddy Morgan, Burke und er waren losgeschickt worden, um die Ursache des üblen Geruchs auszumachen und zu beseitigen. Aber die Quelle des Gestanks blieb unauffindbar, ganz gleich, an wie vielen Sandsäcken sie schnüffelten, in wie vielen Unterständen sie nachschauten und in wie vielen Schlammlöchern sie herumstocherten.

Der Beschuss hielt unvermindert an und ließ darauf schließen, dass die Deutschen hinter den feindlichen Linien nur wenige hundert Meter über flaches, schlammiges Gelände entfernt irgendetwas im Schilde führten. Gowry erfuhr von seinen Kameraden, die zum Wasserholen abkommandiert waren, dass der Feind Truppen aus dem ruhigen Sektor als Verstärkung für das Heer abzog, das sich entlang der Somme sammelte. Von diesen Truppenbewegungen versuchte man offenbar mittels anhaltender Bombardierung und durch den Einsatz von Scharfschützen abzulenken.

Mitte des Vormittages kam Sergeant Rafferty vorbei und wollte wissen, was zum Teufel sie hier zu suchen hätten. Paddy Morgan erklärte dem Offizier, dass sie nach der Ursache des Gestanks suchten, woraufhin der Sergeant einen seiner berühmt-berüchtigten cholerischen Anfälle bekam.

»Wenn die Mimose, Lieutenant Quinn, die Ursache jeden verfluchten Gestanks ausfindig machen will, dann soll er sich verflucht noch mal persönlich damit befassen!«, zeterte er. Immer noch vor sich hin schimpfend, entfernte der Sergeant sich wieder, begleitet von dem Geräusch einschlagender Scharfschützengeschosse um sich herum.

Paddy Morgan setzte sich und zündete sich eine Woodbine an. Der von Bauchkrämpfen geplagte Soldat Burke machte sich auf die Suche nach einer geschützten Ecke, um sich zu erleichtern, und Gowry McCulloch fischte einen Block grünlich graues Papier und einen angekauten Bleistiftstummel aus der Tasche und schrieb einen weiteren Brief an Becky.

Gowrys Leben war dieser Tage nicht besonders aufregend: Schützengräben, Kurzurlaub in der näheren Umgebung, Trainingseinheiten, Truppenbewegungen entlang der Frontlinie, rein und raus, vor und zurück, Appell jeden Morgen, Musterungen am späten Nachmittag, Nachtangriffe, die den Feind nervös machen und die Jungs unter dem Kleeblattbanner wach halten sollten.

Aber Ostern stand vor der Tür, und das Bataillon würde bald abziehen, damit die Katholiken den Gottesdienst besuchen konnten.

Gowry fragte sich, wie es wohl wäre, wenn ein Priester wie Pater Coyle einem Brot und Wein reichte, ob die heilige Speise einen tatsächlich psychisch stärkte, sodass man sich nach der heiligen Kommunion besser fühlte. Er war versucht zu fragen, ob Becky zur Messe gehen würde, aber dann erschien ihm diese Frage doch zu intim für zwei Verliebte, deren Beziehung sich auf Schriftverkehr beschränkte. Noch. Während er in seiner Feuerstellung im Hulluch-Sektor hockte, war Gowry recht optimistisch, was ihre Zukunftsprognose betraf.

»McCulloch, was zum Teufel soll das?«

Er war halb eingeschlafen, und der Wind blätterte die Seiten des Blocks auf seinem Schoß um. Blinzelnd blickte er auf. Lieutenant Quinn stand vor ihm, die Fäuste in die Seiten gestemmt, und funkelte ihn zornig an.

Quinn war noch ein junger Spund und sprach mit einem sonderbaren Akzent, irgendwie abgehackt und nasal. Er war in England zur Schule gegangen und hatte dort in einem Regiment gedient, aber obgleich sein Vater nur ein unbedeutender kleiner Bauer in Sligo war, legte der Lieutenant die gleiche Arroganz an den Tag wie ein Engländer. Haltung und Schnauzbart passten zu seinem Anspruch, und

Gowry hatte gehört, dass Quinn eines Abends sogar mit einem Monokel in der Offiziersmesse aufgekreuzt war, was ihm allerdings nur Spott eingebracht hatte.

Die Männer stuften Lieutenant Quinn als gefährlich ein. Er war ein so nervöser Eiferer, dass er seinen Zug mit einer Trillerpfeife im Mund und einem Revolver in der Hand über den Hügel geführt und dabei angetrieben hatte wie der verdammte König seine Truppen in Agincourt. Schlimmer noch, er ließ keinen Rückzug zu, weigerte sich stur, auch nur einen Meter zu weichen. Wie durch ein Wunder blieb er unverletzt, hockte sich auf einen Erdhügel und rief mit einer Stimme so schrill und nasal wie eine Granate: »Bleibt hier, ihr Hurensöhne, folgt mir«, während die Männer um ihn herum abgeknallt wurden wie die Karnickel.

»Ich schreibe einen Brief, Sir«, entgegnete Gowry.

»Habe ich Ihnen vielleicht gesagt, dass Sie einen Brief schreiben sollen?«, herrschte Quinn ihn an.

»Nein, Sir.«

»Haben Sie die Ursache für diesen widerlichen Gestank schon ausgemacht?«

»Nein, Sir, bislang nicht.«

»Wo ist Burke?«

»Ich glaube, er wollte sich erleichtern, Sir.«

Der Lieutenant drehte sich, ohne die Hände von den Hüften zu nehmen, im Kreis, so als wollte er zu einem irischen Jig ansetzen. Er beugte sich vor und musterte Paddy Morgan eindringlich. Der alte Paddy war weggetreten, schlief tief und fest wie ein Baby, die schwelende Woodbine zwischen den Fingern. Der Lieutenant stieß ihn so lange mit der Stiefelspitze an, bis Paddy mit einem lauten Grunzen hochschreckte.

»Ein kleines Nickerchen im Dienst, Morgan?«

»Nicht doch, Sir, ich bin nicht im Dienst.«

»Habe ich Ihnen nicht einen Befehl erteilt?«

»Ich habe das nicht wirklich als Befehl interpretiert, Sir«, entgegnete Paddy.

»Wären Sie so freundlich, mir zu verraten, wofür Sie das sonst gehalten haben?«

Paddy schnippte den Zigarettenstummel fort und stand widerwillig auf. Gowry erhob sich ebenfalls von der Stufe, steckte den Block zurück in die Jackentasche und bemühte sich, aufmerksam zu wirken. Der Offizier war nicht mehr ganz dicht, das wusste jeder, aber er war trotzdem ein Offizier, und als solcher schuldeten sie ihm Gehorsam.

»Sie sind ein Arbeitstrupp«, erklärte Lieutenant Quinn. »Ich habe Sie drei als Arbeitstrupp entsandt. Zu Ihrer Information, Morgan, der Zustand unseres Abschnittes ist den Divisionskommandanten nicht verborgen geblieben. Wir werden noch zum Gespött der ganzen Truppe wegen des maroden Zustands unserer Gräben. Sehen Sie sich mal um! Das ist doch eine Schande, oder? Finden Sie nicht auch, dass es eine Schande ist, wie es hier aussieht?«

»Doch, Sir, Sie haben ganz recht?«, pflichtete Paddy ihm bei.

»Dann tun Sie etwas dagegen«, fuhr Quinn ihn barsch an. »Finden Sie die Leiche.«

»Wie bitte?«

»Sie sollen die Leiche finden. Hier ist irgendwo ein Toter begraben. Ich kann es riechen. Riechen Sie es dann nicht, McCulloch? Sie müssen das doch auch riechen.«

»Ich denke, schon, Sir, jetzt, wo Sie es sagen«, bestätigte Gowry.

»Dann finden Sie die sterblichen Überreste, und verfahren Sie angemessen mit Ihnen.«

»Und was genau verstehen Sie darunter, Sir?«, wollte Paddy wissen.

»Ein christliches Begräbnis. Bestatten Sie den armen Kerl so, wie es sich gehört.«

»Und wenn er ein Hindu ist, Sir?«, fragte Paddy mit ernster Miene.

»Werden Sie nicht frech, Morgan. Ich weiß, dass er Christ ist, und als solcher hat er ein christliches Begräbnis verdient.« Der Lieutenant nahm die Hände von den Hüften und sprang auf die Stufe, als eben Burke um die Ecke trottete. »Woher ich weiß, dass er Christ ist? Das erkenne ich am Geruch, Mann, am Geruch.«

»Katholik oder Protestant, Sir?«

»Katholik natürlich«, erwiderte der Lieutenant. »Wenn Sie ihn also gefunden haben, rufen Sie den Priester. Tun Sie, was der Anstand gebietet. Tun Sie …«

Der Gegenstand am oberen Rand des Schützengrabens war hart genug, um die Kugel des Scharfschützen umzuleiten und ihre Geschwindigkeit stark zu drosseln. Trotzdem riss der verformte Klumpen Metall ein riesiges Loch in Lieutenant Quinns Kehle. Er stieß einen gurgelnden Schrei aus, schlug die Hände vor das Gesicht, kippte vornüber und landete zusammengekauert direkt vor Morgans Füßen.

»Grundgütiger!«, rief Paddy mit großen Augen aus.

»Isser tot?«, fragte Burke und kam neugierig näher.

»Ja, mausetot. Der arme Hund.«

»Was tun wir jetzt?«, fragte Burke.

»Sollen wir den Priester holen?«, schlug Gowry vor.

»Nein, wir warten auf den Sergeant«, entschied Paddy, ließ sich im Schneidersitz zu Füßen des Offiziers nieder und zündete sich noch eine Zigarette an, während Gowry mit leicht zitternden Händen den Block aus der Tasche fischte, um seinen Brief an Becky fortzusetzen.

Der Himmel schimmerte wie poliertes Zinn, und eine warme Brise vom Fluss her trug die Gerüche des Frühlings zu ihnen herüber. Die Rasenflächen der École leuchteten wieder in einem satten Grün, in den vernachlässigten Beeten blühten die ersten Blumen, und die Eichen schlugen aus, als eine Gruppe von Krankenschwestern aufbrach, um ihren freien Tag außerhalb zu verbringen.

Saint-Émile hatte bei den Bombardierungen im Sektor einige Einschläge verzeichnen müssen, und hinter der winzigen Kirche aus dem zwölften Jahrhundert war ein deutsches Flugzeug abgestürzt und hatte dabei mehrere Gebäude am Fuß des Hügels dem Erdboden gleichgemacht. Trotz der Kriegsschäden machten Cafés, Kneipen, Käsereien und Obsthändler gute Geschäfte, und versteckt hinter dem Armeelager befanden sich gleich mehrere Bordelle, vor denen von der Abenddämmerung bis zum Morgengrauen Freier Schlange standen.

Die Schwestern marschierten in Zweier- und Dreiergrüppchen, Arm in Arm und gut gelaunt ob des freien Nachmittages, die Landstraße hinunter. Urlaubsstimmung lag in der Luft. Becky und Angela, die sich ein wenig gesitteter gaben als die anderen, bildeten das Schlusslicht.

Überall waren Männer, nicht nur die älteren französischen Händler, sondern dazu ganze Horden von Soldaten, die auf Krücken umherhumpelten oder ihren bandagierten Kopf stützten, während sie sich das eine oder andere kühle Bier genehmigten. Sie johlten und pfiffen beim Anblick der Frauen, da die Krankenhausdisziplin nur bis zu den Toren von Saint-Émile reichte und an diesem sonnigen April in dem beschaulichen französischen Örtchen Mars und Venus gleichberechtigt aufeinandertrafen.

»Bonnschur, Mammsell.«

»Selber bonnschur, Raymond.«

»Parlez-vous l'amour?«

»Ah, Monsieur Soldat, si je le parlais, vous ne me comprendriez pas.«

»Pardong?« Der Soldat zuckte mit den hageren Schultern und schaute sich hilfesuchend um. »Was hat sie gesagt? Was hat sie gesagt?«

»Dass du dich verpissen sollst, Kamerad.«

»Wie bitte?«

»Sie hat gesagt, du sollst dich verpissen, sonst verpasst sie dir 'nen Einlauf.«

»Bei Gott, davon habe ich echt genug bekommen, das reicht für ein ganzes Leben.«

Die Krankenschwester, eine Lernschwester, machte eine sehr undamenhafte Geste mit Zeigefinger und Daumen und folgte dann kichernd ihren Freundinnen zur Konfiserie, während die Soldaten vor der Kneipe fortfuhren, den jungen Möchtegern-Casanova aufzuziehen.

Zwei oder drei Minuten später kamen auch Angela und Becky vorbei.

»Na, was ist mit den beiden, Raymond? Was hältst du von denen?«

»O nein! Die würde mich zum Frühstück verspeisen. Außerdem ist sie Bracknells Mädchen.«

»Und was ist mit ihrer Freundin? Die sieht aus, als könnte sie etwas Spaß vertragen.«

»Die gehört zum Stab.«

»Mag ja sein, doch sie hat einen hübschen kleinen Hintern.«

Becky und Angela verfolgten den Wortwechsel und tauschten lächelnd einen Blick. Einen Moment stellte Becky sich sogar vor, Gowry würde unter den Verwundeten sitzen, aber natürlich war er an der Front. Erst gestern war ein Brief von ihm eingetroffen, und morgen würde sie vielleicht schon den nächsten erhalten. Sie würde den Umschlag ganz vorsichtig öffnen, das Zensursiegel aufbrechen, es sich auf dem Bett gemütlich machen, die Zeilen wieder und wieder lesen und sich einreden, dass sie Gowry McCulloch unmöglich so viel bedeuten konnte wie er ihr. Sie würde sich vor Augen halten, dass er Frau und Kind hatte und ein Leben in Dublin, dass sie für ihn nicht mehr war als ein angenehmes kleines Abenteuer fern der Heimat.

»Sieh mal«, meinte Angela in ihre Gedanken hinein. »Da ist Bobby.«

»Wo?«

»Dort im Hof. Siehst du ihn?«

»Wusstest du, dass er hier sein würde?«

»Sei nicht albern.« Angela hakte sie unter und zog sie in Richtung des Tisches, an dem die Offiziere saßen. »Komm mit. Wir können sitzen, wo es uns gefällt.«

»Angela!«

»Stimmt doch, oder?«

Sofern die Offiziere sich vom Eintreffen der Frauen gestört fühlten, ließen sie sich hiervon nichts anmerken. Mit beinahe teutonischer Förmlichkeit erhob sich Captain Bracknell von seinem Stuhl an dem wackligen Bistro-Tisch, schlug schneidig die Hacken zusammen und verneigte sich.

»Ladys. Einen wunderschönen guten Tag.«

»Guten Tag, Captain Bracknell«, entgegnete Angela. »Dürfen wir uns zu Ihnen setzen?«

Becky war verblüfft, als sie sah, dass Bobby Bracknells Tischnachbar kein Geringerer war als Surgeon-Major Sanderson. Sie errötete und setzte zu einer Entschuldigung an, aber Mr. Sanderson lächelte nur und forderte sie auf, an seiner Seite Platz zu nehmen. Am helllichten Tage sah er ganz anders aus, älter, müde und erstaunlicherweise noch weniger entspannt als im Dienst. Seine Mütze und Handschuhe lagen neben einem Teller voller fettiger schwarzer Würste und einem Korb mit Brötchen. Becky fühlte sich sehr unbehaglich, weil sie die Männer offensichtlich beim Mittagessen gestört hatten.

»Was möchten Sie haben, Schwester Harrison?«, erkundigte sich Bobby Bracknell.

»Was trinken Sie denn?«

»Plörre«, antwortete der Captain. »Aber ganz süffig.«

»Dann hätte ich auch gern ein Gläschen davon.« Angela besaß die beneidenswerte Selbstsicherheit, die einem die Zugehörigkeit zu besseren Kreisen verlieh, und fühlte sich sichtlich wohl in männlicher Gesellschaft. Sie lehnte sich zurück und ließ den Blick um sich schweifen.

»Und Sie, Rebecca?«, fragte Mr. Sanderson.

»Mir steht nicht der Sinn nach Wein. Gibt es hier auch Tee, Sir?«

»Der Tee ist ungenießbar, aber der Kaffee ist nicht übel.«

»Dann bitte einen Kaffee.«

Der Arzt winkte, und ein junges Mädchen in einem geblümten Kittel eilte herbei. Sie hatte verkniffene Züge, einen leicht wächsernen Teint und sah aus, als hätte sie Fieber. Aus der höhlenartigen Dunkelheit hinter ihr drang das Zischen einer Kaffeemaschine, und es roch säuerlich nach Bier. Mr. Sanderson wechselte freundlich ein paar Worte auf Französisch mit ihr. Er war zweifellos deshalb besonders nett zu ihr, beinahe väterlich, weil er so gut wie Becky wusste, dass sie krank war. Mr. Sanderson umfasste ihr knochiges Handgelenk, als fühlte er ihren Puls, und überzeugte sich davon, dass sie alles verstanden hatte, bevor er sie in die Küche zurückhasten ließ.

»Tuberkulose?«, flüsterte Becky.

»Vermutlich«, entgegnete Mr. Sanderson.

»Dann sollte sie aber eigentlich keine Speisen und Getränke servieren, oder?«

»Wohl nicht. Aber was sollte sie sonst tun?«

Das Café war früher einmal ein Pförtnerhaus gewesen. Die Fenster waren jetzt vernagelt, und die Türen waren ausgehängt worden. Becky konnte vom Interieur nur wenig erkennen, nur eine Gestalt im Kittel, das Glitzern der Kaffeemaschine und das Flackern des Herdes. Sonst nichts. Sie fragte sich, ob die Deutschen Saint-Émile zu irgendeinem Zeitpunkt besetzt hatten, ob dort, wo jetzt sie saß, irgendwann deutsche Krankenschwestern gesessen hatten.

»Ah.« Captain Bracknell unterbrach seine Unterhaltung mit Angela. »Diese junge Dame müsste eigentlich in der Lage sein, das Rätsel zu lösen.«

Becky schaute auf. »Was für ein Rätsel denn, Sir?«

»Weshalb die Iren hier sind«, entgegnete Bobby Bracknell.

»Ich bin Schottin, nicht Irin«, stellte Becky richtig.

»Ja, aber Sie verkehren mit den Iren, oder nicht?«

»Wir alle verkehren mit den Iren«, entgegnete Becky.

»Ich denke, wir sollten unseren Disput in Anwesenheit der Damen ruhen lassen«, mischte Mr. Sanderson sich ein.

»Warum sollten wir nicht freundschaftlich mit den Iren verkehren?«, beharrte Becky.

»Weil sie faule, undisziplinierte Säufer sind«, erklärte Captain Bracknell. »Denken Sie doch nur an das Fiasko mit den Gasmasken.«

»Robert, Robert, bitte«, mahnte Mr. Sanderson.

»Sie sind so miserabel ausgebildet und ignorant, dass sie nicht einmal wissen, wo sie sich im Ernstfall hin verkriechen sollen«, spottete Captain Bracknell. »Und dann kommen sie heulend zu uns gelaufen, damit wir ihnen helfen, die Suppe auszulöffeln, die sie sich selbst eingebrockt haben. Typisch!«

»Typisch wofür?«, fragte Becky gereizt.

»Sie wünschten, sie wären gar nicht hier. Die große Mehrheit würde es bei Weitem vorziehen, durch die Straßen von Dublin zu schlendern. Diese Kerle sind Unruhestifter, geborene Unruhestifter. Das Schlimme ist nur, dass sie nicht einmal darin wirklich gut sind.«

»Worin genau sind sie Ihrer Meinung nach nicht gut?«, hakte Angela nach.

»Im Unruhestiften.«

Mr. Sanderson seufzte. »Schließen Sie die Ulsters in Ihre Einschätzung mit ein?«

»Selbstverständlich nicht. Die Ulsters sind treue Untertanen der Krone.«

»Robert, Sie sind ein Heuchler«, befand Mr. Sanderson. »Lassen Sie uns jetzt bitte das Thema wechseln.«

»Ich bin kein Heuchler, sondern höchstens Realist.«

»Die Männer der Irischen Brigade wurden nicht eingezogen, soviel ich weiß«, hörte Becky sich sagen. »Es sind allesamt Freiwillige. Wenn sie sich freiwillig gemeldet haben, um für König und Vaterland zu kämpfen, haben Sie unseren Respekt verdient, wie ich finde.«

»Ich weiß, was ich mit ihnen tun würde. Ich würde den ganzen verdammten Haufen erschießen.«

»Was haben Sie denn gegen die Iren, Bo… Captain?«, fragte Angela. »Die Regimenter sind doch voll von ihnen. Es sind sicher auch viele gute Soldaten darunter.«

»Die aus dem Norden, ja. Ich kann nur diese Scheiß-Nationalisten nicht ab. Dieses ewige Gejaule um die Freiheit, als würden wir uns nicht ordentlich um sie kümmern.«

»Sie sind ja heute furchtbarer Laune«, stellte Angela fest.

Mr. Sanderson begutachtete eine Wurst und stocherte argwöhnisch darin herum. Seine eingefallenen Wangen waren vor Ärger gerötet, und Becky wusste, dass er die Vorurteile des Captains nicht teilte. Sie sah zu, wie die dünne schwarze Wurst auf dem Teller hin und her rollte, während die Bedienung den Kaffee brachte, eine Tasse und kein Kännchen, dazu einen kleinen Krug kochend heißer Milch.

Captain Bracknell schlug die Beine übereinander und schob auf dem Pflaster seinen Stuhl zurück. Angela stützte die pummeligen Ellbogen auf den Tisch, scheinbar unberührt von den Bemerkungen ihres Liebhabers.

»Sind Sie nicht selbst Ire, Captain Bracknell?«, hörte Becky sich nachhaken.

»Und wenn? Das gibt mir doch trotzdem das Recht, Kritik zu üben. Oder?«

»Kerry ist weit weg von Belfast, Robert«, bemerkte Mr. Sanderson.

»Wollen Sie mich dafür verantwortlich machen, wo ich geboren wurde?«

»Sind denn die anderen dafür verantwortlich?«, warf Becky schlagfertig ein. »Die irischen Freiwilligen, meine ich.«

»Was wissen Sie denn schon? Sie sind doch Schottin, um Himmels willen.«

Mr. Sanderson erlöste das arme Würstchen, indem er es in der Hälfte durchschnitt. Er steckte sich ein Stück in den Mund, schob es in die Backe und beließ es fürs Erste dort. »Robert, ich glaube, Sie haben Angst.«

»Angst? Wovor sollte ich Angst haben? Das hier ist die beste Zeit meines Lebens.« Er warf einen Blick auf Angela und schaute dann rasch wieder weg. »Wenn alles vorbei ist, werde ich nach Buckingham zurückkehren, um faltige feine Damen zurechtzuschnibbeln, wenn es allerdings nach den Sinn Feinern ginge, würde ich nie wieder nach Irland zurückkönnen. Verdammt, dann würde ich zum Aussätzigen im eigenen Land, und der Krieg, dieser Krieg hier, würde einen Dreck zählen.«

»Robert, Sie reden Unsinn«, brummte Mr. Sanderson.

Becky dachte an Gowrys Erzählungen von Bergen, Tälern und abgelegenen weiß getünchten Farmen und fragte sich, ob dieses Idyll möglicherweise nur eine Illusion war. Captain Bracknell hatte etwas Negatives, Verzweifeltes an sich, das ihr Unbehagen bereitete. Sie musterte ihn verstohlen und registrierte, dass Angela es ihr gleichtat.

»O ja, ich weiß, was Sie denken«, sagte der Captain. »Sie fragen sich, ob der arme Bobby Bracknell völlig durchgedreht ist. Dem ist nicht so. In Irland braut sich etwas zusammen. Die Stimmung ist hochexplosiv.«

»Wann wäre sie das nicht gewesen?«

»Ich denke«, fuhr der Captain fort, »dass die Nationalisten versuchen, einen Pakt mit den Deutschen zu schließen.«

»Das ist doch nicht Ihr Ernst«, meinte Mr. Sanderson ungläubig.

»Falls es zu einem bewaffneten Aufstand kommt, der von den Deutschen unterstützt wird, werden wir keinem Iren in den eigenen Reihen mehr trauen können.«

»Sie würden aber doch dich nicht erschießen, Bobby, oder?«, entfuhr es Angela.

»Natürlich nicht, man würde mich jedoch mit den anderen in einen Topf werfen, und dieser Makel würde mir ewig anhaften. Uns allen.«

»Außer den Königstreuen?«, wollte Mr. Sanderson wissen.

»Richtig. Die Anhänger der Union wären dann Helden, eine Situation, die der britischen Regierung gut in den Kram passen würde.«

Becky hörte dem Disput zu, der sich fortsetzte. Sie wusste ebenso wenig wie jeder andere Nicht-Ire, was es hieß, Ire zu sein. In ihrer Vorstellung war Irland immer so etwas wie eine größere Ausgabe von Mull gewesen. Jetzt erst realisierte sie, wie naiv sie gewesen war. Captain Bracknell – und vielleicht auch Gowry – waren in sich gespalten, die Iren untereinander verfeindet und der Zorn des Captain möglicherweise sogar gerechtfertigt.

Sie nippte an ihrem Kaffee und schwieg, während Mr. Sanderson müde versuchte, seinen Stellvertreter zu beruhigen. Schon bald würden sie wieder daran arbeiten, arme Verwundete zusammenzuflicken, die die Sanitäter aus der Dunkelheit herbeischleppten, würden als Team zusammenarbeiten, anonym in sterilen Kitteln und mit Mundschutz. Würde es dann noch eine Rolle spielen, welche Ansichten und Vorurteile sie persönlich vertraten?

Ihr bedauernswerter Cousin Robbie war in sich nicht gespalten gewesen. Er war mit Feuereifer in den Kampf gezogen, um für eine Sache zu sterben, an die er geglaubt hatte. Waren die Iren wirklich so anders? Während sie nun Captain Bracknell lauschte, diesem steifen Möchtegern-Engländer, erkannte sie, dass sie es offenbar tatsächlich waren.

KAPITEL 12

Die Theorie, dass Kaiser Willhelm einen Sinn-Fein-Aufstand in Dublin anzetteln wolle, sorgte bei den Jungs an der Front für Heiterkeit und Spott, mehr nicht.

Die Zeitungen waren voll von Artikeln über angebliche Komplotts der Deutschen, die sogar den großen Krieg von den Titelseiten verdrängten. Unter den Iren an der Front wurde viel spekuliert, was den Zeitpunkt des Aufstandes und den möglichen Ausgang betraf. Sie waren immer noch gebeutelt und gezeichnet, als an einem sonnigen Aprilmorgen kurz nach Ostern die Deutschen erneut Gas einsetzten.

Gowry schätzte sich glücklich, dass er an besagtem Morgen nicht im betroffenen Sektor war: Ihm reichte die eine Begegnung mit Reizgas für das ganze Leben. Er war mit einem kleinen Trupp der Rifles als Verstärkung zu einem Stoßtrupp der Rangers westlich von Huevert abkommandiert worden. Stoßtrupps waren der neueste geniale Einfall aus dem Hauptquartier, der erste Schritt einer Aggressionspolitik, und die Connaughts waren mehrere Wochen hinter den Linien gedrillt worden, sodass sie sich einbildeten, etwas von Überraschungsangriffen zu verstehen.

Angeführt von Lieutenant Soames, erreichten die Rifles gegen zwei Uhr am Nachmittag die Stellungen der Rangers, zu deren Verstärkung sie abkommandiert worden waren. Sie bekamen etwas zu essen, durften ein wenig ausruhen, wurden dann über ihre Aufgabe beim bevorstehenden Vorstoß aufgeklärt und anschließend durch ein Labyrinth von Verbindungsgräben bis zur Frontlinie geführt. Es war ein schöner Abend, und am Himmel zogen nur einzelne Schäfchenwolken vorbei. Die Sonne ging gerade hinter dem Niemandsland unter und entsandte lange Strahlen grellen Lichts in die Schützengräben, sodass Gowry Maurice im ersten Moment gar nicht erkannte.

»Hey, Soldat, mach mal ein freundliches Gesicht. Sieh sich einer die Knöpfe an. Und dieses Abzeichen erst. Eine Schande. Ich möchte mal wissen, was meine alte Mutter dazu sagen würde.«

»Maurice«, entgegnete Gowry grinsend.

»Du, wie heißt du?«, bellte ein Offizier der Connaughts barsch.

»Soldat McCulloch, Sir.«

»Kennen Sie diesen Mann, Sergeant Leonard?«

»Jawohl, Sir, das tue ich.«

»Ist er ein guter Soldat?«

»Einer der besten, Sir.«

»Dann ist er keiner dieser verdammten Pfadfinder?«

»Er ist seit dem ersten Tag dabei, Sir.«

»Gott sei's gedankt. Heutzutage kann man nie wissen, was für Reservisten einem geschickt werden. Als Nächstes rekrutieren sie noch Mädchen.« Er musterte Gowry noch einen Moment abschätzig und wandte sich dann ab, um Lieutenant Soames zu begrüßen.

»Ich wusste gar nicht, dass du in der Gegend bist, Maurice«, sagte Gowry.

»Bin seit Februar hier. Hast du in letzter Zeit mal irgendwas von meiner Mam gehört?«

»Ich habe letzten Monat einen Brief von ihr bekommen.«

Maurice nickte. »Dann hast du auch keine aktuellen Neuigkeiten aus Dublin?«

»Ich weiß nur das, was die Offiziere erzählen. Und du?«

»Nichts Konkretes. Ich habe allerdings gehört, dass sie diesen Mistkerl Roger Casement erwischt haben. Dieser verdammte Verräter. Der Galgen ist noch viel zu gut für ihn.«

»Wer hat denn erzählt, dass sie Casement gekriegt haben?«

»Unser Lieutenant.«

»Und wie ist der so?«

Maurice zuckte die Schultern. »Ganz okay, denke ich.«

»Dann ist er kein Berufssoldat?«

»Nein. Er ist 1914 vom College wegrekrutiert worden.«

»Er wird uns in den Kampf führen, richtig?«

»Ja, und er führt uns aus dem Getümmel auch wieder raus. Zumindest einige von uns.«

»Wann geht es los?«

»Um Mitternacht«, antwortete Sergeant Leonard grimmig.

Eine Viertelstunde nach zwölf Uhr nachts robbte die Vorhut mit den Drahtschneidern über den Wall ins Niemandsland. Gowry wartete im Graben angespannt auf das Knattern von Maschinengewehrfeuer, welches darauf hindeuten würde, dass man sie entdeckt hatte, aber von den deutschen Linien knapp hundert Meter entfernt war kein Laut zu hören.

Maurice war irgendwo zu seiner Linken, zusammen mit Lieutenant Soames. Er war der Flanke zugeteilt worden und würde mit dem zweiten Stoßtrupp vorrücken. Den Mann an seiner Seite hatte er noch nie gesehen, und er konnte nicht mehr sehen als eine dunkle Silhouette vor der irdenen Mauer unterhalb der Brustwehr. Allerdings konnte er den Mann atmen – oder besser: keuchen – hören. Er hätte sich gern unterhalten, einen Witz gemacht oder gute Wünsche ausgesprochen, wusste jedoch, dass er sich eine empfindliche Strafe einhandeln würde, wenn er auch nur einen Mucks von sich gab. Gesprochene Befehle waren durch Handzeichen ersetzt worden, und er war angewiesen worden, bis fünfzig zu zählen, bevor er den Schutz des Grabens verließ. Er stützte den Rand seines Helms gegen die Erde und versuchte, sich zu konzentrieren. Aber er musste immer wieder an Becky denken und fragte sich, wie es wohl wäre, mit ihr zu schlafen, ihren nackten Körper an seinem zu spüren. Welch eine Schande, wenn ich heute Nacht getötet werde!, sagte er sich.

Dunkle Gestalten um ihn herum regten sich. Jemand boxte ihn in den Arm. Gleich darauf klirrten und klapperten Ausrüstungsgegenstände. Das Schaben von Stiefelsohlen auf den Leitersprossen. Männer, die sich vor dunkelblauem Himmel abhoben wie schwarze

Scherenschnitte. Ungünstige Lichtverhältnisse für einen Überraschungsangriff. Viel zu hell mit einem Mond, der längst hoch am Himmel stand. Er fragte sich, wo Maurice sein mochte. Er hielt sich links, hastete geduckt über ein mit Stroh bedecktes Brett. Im Stroh bewegte sich etwas. Etwas Lebendiges. Er fürchtete sich vor der Dunkelheit unten und schaute stattdessen nach oben gen Himmel. Er fing an zu zählen. Achtundzwanzig. Neunundzwanzig. Er fuhr mit der Hand über seine Ausrüstung. Bajonett, Wasserflasche, Erste-Hilfe-Pack, der Kolben seines Gewehres, glatt und hart. Neununddreißig. Vierzig. Einundvierzig. Sein Atem ging wieder pfeifend. Fünfundvierzig, sechs-, siebenundvierzig. Er dachte an Pater Coyle und bekreuzigte sich wie ein Katholik. Für einen Moment fühlte er sich eins mit Becky.

Dann packte er die Leiter, ertastete die erste Sprosse und schob sich über den Rand des Grabens.

Auf den ersten Blick sah es aus wie eine einfache Schusswunde, Eintrittswunde und Schusskanal scheinbar klar. Captain Bracknells Meinung nach deutete eine weiche Bauchdecke darauf hin, dass die Gedärme nicht geschädigt worden waren, aber Mr. Sanderson zog es vor, auf Nummer sicher zu gehen, sodass der Patient, ein blonder einfacher Soldat, sofort für die Operation vorbereitet wurde.

Beckys zermürbende Rückenschmerzen waren zurückgekehrt, aber noch hielt sie durch und war auch geistig voll da, als sie die Instrumente für die Laparotomie zurechtlegte, ein Eingriff, der ein hohes Maß an Geschicklichkeit sowie zügiges Arbeiten erforderte, das Ganze bei hohem Infektionsrisiko. Schwester Congreve fungierte als Anästhesistin, und Angela und eine weitere OP-Schwester vervollständigten das Team.

Sobald der Patient anfing einzudösen, begann Captain Bracknell, die Hautoberfläche für den ersten Schnitt vorzubereiten, während Becky Tupfer und Kompressen abzählte und auf dem Tablett bereitlegte. Das Zählen lenkte sie von dem Stechen in ihrer Wirbelsäule ab.

Sie holte Beutel mit Ringerlösung und einen Infusionsständer und brachte beides in Position. Anschließend half sie Mr. Sanderson, Kittel und Handschuhe anzuziehen.

Im OP ging es beengt zu. Es wurde an allen drei Tischen gearbeitet. Sie konnte die Schreie der Verwundeten im Untersuchungszimmer hören, darunter ein alles übertönendes unartikuliertes Gebrüll, als feuerte jemand seine Fußballmannschaft an. Draußen hingegen war alles ruhig. Die Bombardierung in der Ferne hatte aufgehört. Sie fragte sich, ob das Patt an der Front beendet worden war, und überlegte, wo Gowry in dieser Sekunde sein mochte. Sie betete, dass er in Sicherheit war.

Schwester Congreve verabreichte Gas und Sauerstoff, und der Soldat verlor von jetzt auf gleich das Bewusstsein. Mr. Sanderson packte entschlossen sein Skalpell, setzte mit der Klinge etwa fünf Zentimeter über dem Nabel an und führte diese dann um den Nabel herum. Becky reichte ihm Handtücher. Er band die blutenden Gefäße ab, führte den Schnitt durch die Bauchdecke fort und schlug die Wundränder zurück.

Captain Bracknell wischte eilig den Schleim vom Bauchfell und entfernte das Blut, das sich in der Bauchhöhle gesammelt hatte.

»Ich habe gehört, die Deutschen sind in Irland einmarschiert«, bemerkte er.

»Jetzt nicht, Robert«, murmelte Mr. Sanderson.

»Stimmt das, Sir?«, fragte Becky.

»Selbstverständlich nicht«, schalt Mr. Sanderson.

»Die Engländer erschießen unsere unschuldigen Frauen und Kinder«, fuhr der Captain fort.

»Das ist doch nur schmutzige Propaganda der Deutschen«, mischte sich Schwester Congreve ein. »Unsere Jungs werden sich nicht von diesem Schwachsinn beeinflussen lassen, den die Deutschen verbreiten.«

»Nur für den Fall, das es jemanden interessiert«, sagte Mr. Sanderson. »Der junge Mann hat einen perforierten Dünndarm. Wir müssen die Wunde verschließen, ehe wir weitermachen können.«

Becky wickelte eine Handvoll warme, feuchte Gaze auf und reichte diese an Captain Bracknell weiter. Der beugte sich vorsichtig über die Unterarme des Chefoperateurs und wickelte den Verband um den Riss im Darm, ehe Mr. Sanderson dann weitere zehn bis fünfzehn Zentimeter Darm aus der Bauchhöhle zog.

»Wie steht es um seine Atmung, Schwester?«, fragte Mr. Sanderson.

»Gleichmäßig«, entgegnete Schwester Congreve. »Er ist ein robuster Junge.«

»Da, da ist noch ein Loch«, murmelte Captain Bracknell. Eine ziemliche Schweinerei, das Ganze. Hat das Mesenterium auch etwas abbekommen, Sir?«

»Sieht nicht so aus.«

»Dann nehmen wir keine Resektion vor?«

»Nein, wir nähen«, erklärte Sanderson. »Die Risse sind gut sichtbar und nicht allzu groß. Was meinen Sie, Robert?«

»Ich bin ganz Ihrer Ansicht. Geben wir dem armen Kerl eine Chance zu kämpfen. Ich bin jedenfalls froh, dass wir ihn aufgemacht haben. Schwester Harrison, die Arterienzange, wenn Sie so freundlich wären.«

Die Operation verlief ohne Komplikationen oder weitere Überraschungen, und nach einer Weile überließ Mr. Sanderson die Naht Captain Bracknell, dessen lange, blasse Finger geschickt die Ränder des Einschnittes wieder zusammenfügten, während der Chef noch einmal den Sitz der Klammern überprüfte und mit der Zangenspitze winzige Gewebsfetzen entfernte.

»Ich muss gestehen, obwohl ich selbst Ire bin, ist mir mein Vaterland und das, wofür es steht, ein völliges Rätsel. Ich bin weiß Gott in einer Atmosphäre des Leids und der Ungerechtigkeit aufgewachsen, aber dass unsere Tommies in den Straßen von Dublin erschossen werden, während ich hier in Frankreich meine Landsleute zusammenflicke, ist schon eine ziemlich lächerliche Ironie.«

»Warum sprechen Sie nicht mit ihnen, Robert?«

»Mit wem?«

»Den einfachen Soldaten«, meinte Mr. Sanderson.

Becky sah wie die harten dunklen Augen des Captains sich zwischen Mundschutz und dem engen, feuchten Rand seiner sterilen OP-Haube verengten. Obwohl das meiste von seinem Gesicht verdeckt war, sah er in diesem Moment unverkennbar irisch aus. Aber er war ein guter Chirurg, und nach allem, was Angela erzählt hatte, ein unermüdlicher Liebhaber. Trotzdem. Irgendetwas an dem Captain, etwas Zwitterhaftes, störte sie.

»Was sollte ich von denen schon erfahren?«

»Demut«, erklärte Schwester Congreve feierlich.

Der Captain war viel zu professionell, um zuzulassen, dass seine Arbeit unter seinem Zorn litt. Ohne den Kopf zu heben, warf er einen Blick auf die Frau am Kopfende des Tisches.

»Demut, Captain Bracknell«, fuhr die Ordensschwester fort, »ist keineswegs das Gleiche wie Unterwürfigkeit, wissen Sie.«

Die Muskeln in Beckys Kreuz verkrampften sich, und unerträgliche Schmerzen schossen ihre Wirbelsäule hinauf. Ihr entfuhr ein schockierter, überraschter Laut.

»Was ist mit Ihnen, Schwester Rebecca?«, erkundigte sich Schwester Congreve. »Sind Sie wieder krank?«

»Nein, ich … ich …«

»Schwester Tarrant, soll ich Sie ablösen lassen?«

»Nein, Schwester, ich … ich … Mein Rücken tut ein bisschen weh, das ist alles. Nur ein Zwicken.«

»Sie haben sich überanstrengt«, stellte Schwester Congreve fest.

»Oder nicht genug Bewegung der richtigen Art«, bemerkte Captain Bracknell anzüglich.

»Was genau meinen Sie damit, Sir?«, fragte Becky schnippisch.

Sie fühlte Angelas Hand auf ihrem Arm und gleich darauf einen warnenden Druck. Fast hatte sie vergessen, wo sie war. Sie wollte nicht riskieren, einen Offizier zu brüskieren und nach England zurückgeschickt zu werden. Sie wollte hier sein, falls Gowry zu ihr zurückkehrte.

»Dreaming of thee, dreaming of thee«, sang der Captain. *»O, how I long to be dreaming of thee.«*

»Robert, haben Sie einen im Tee?«

»Ich nicht, Sir. Ich nicht.«

»Konzentrieren Sie sich bitte auf die Naht, und sparen Sie sich Gesangseinlagen für später auf.«

»Natürlich«, murmelte Bobby Bracknell.

Er war zufrieden mit sich, nachdem er seine Rache bekommen hatte, nicht an Schwester Congreve, sondern an dieser traurigen Gestalt von einer Schottin, die nach allem, was Angela ihm erzählt hatte, noch nie einen Mann in sich gespürt hatte. Er wusste genau, was Becky Tarrant brauchte, um ihre Rückenschmerzen loszuwerden. Wäre da nicht die anhängliche Angela, er wäre nicht abgeneigt, ihre kleine Freundin höchstpersönlich zu therapieren.

»Alles in Ordnung mit Ihnen, Rebecca?«, erkundigte sich Mr. Sanderson mitfühlend.

»Alles bestens, Sir.«

»Ganz sicher?«

»Ganz sicher, Sir.«

»Gut. Dann lassen Sie uns den jungen Mann zumachen und den nächsten Patienten reinholen.«

Von der Sekunde an, da er das Niemandsland betrat, fühlte Gowry sich verloren. Er hastete hinter den Rangers her und betete, dass sie ihn nicht abhängten und zurückließen. Er fürchtete sich weniger davor, von einer Kugel getroffen zu werden, als davor, den Anschluss zu verlieren. Becky sollte stolz auf ihn sein, er wollte ihr irischer Held sein. Er stolperte und fiel auf die Knie und sah, wie die Ranger vor ihm von der Dunkelheit verschluckt wurden. Neunzig Yards bis zu den feindlichen Linien? Neunzig Yards? Wie viel war das in Metern? Maurice würde es wissen. Maurice hatte ein gutes Gespür für Entfernungen. Wo zum Teufel steckte er bloß? Warum war Maurice nicht hier, um ein Auge auf ihn zu haben?

Als er aufstehen wollte, verfing sich das Gewehr zwischen seinen Beinen. Er hatte nicht genug geübt. Eigentlich hatte er gar nicht geübt.

Der Lichtblitz und der Knall der explodierenden Granate waren erstaunlich heftig, und noch im selben Sekundenbruchteil sah er die feurige kleine Zunge eines Maxim-Geschützes, das sechshundert Schuss pro Minute abfeuern konnte. Er warf sich flach auf den Bauch und hörte den Lieutenant – zumindest glaubte er, dass es Soames war – rufen:

»Runter, runter, alle runter. Runter mit euch, verdammt noch mal!«

Die Furcht fiel von ihm ab. Er war ein Soldat, ein Kämpfer, und er war Ire. Er stand auf und rannte durch den Kugelhagel hindurch auf die Silhouetten am Rand der deutschen Schützengräben zu. Er griff im Laufen nach seinem Bajonett und schraubte es vorn an den Gewehrlauf. Gowry erreichte die Rangers, die unmittelbar vor dem Grabenkopf lagen. Er warf sich neben sie, schlug einem Ranger auf den Hintern und brüllte ihm ins Ohr: »Wo ist das Geschütz? Wo ist das verdammte Maxim?«

Der Ranger antwortete nicht. Erst jetzt registrierte Gowry den unnatürlichen Winkel des Helms: wie ein fescher Strohhut an einem heißen Renntag. Gesichtslos. Blind. Überall nur Blut. Gowry rollte sich von dem toten Kameraden fort. Der nächste lag rücklings da, die Arme weit ausgestreckt wie ans Kreuz geschlagen. Ein Sergeant – nicht Maurice – lag auf dem Bauch, spuckte Blut, während die glühende Zunge des Maxim weiterhin Blei spuckte. Gowry rollte sich weiter, das Gewehr ganz dicht an den Körper gedrückt. Er rollte unter dem Stacheldraht her und fiel in einen muschelförmigen Krater ganz nah am Rand der feindlichen Schützengräben. Dort kauerten bereits vier Soldaten, die sich aufgrund des anhaltenden Maschinengewehrfeuers nicht rühren konnten.

»Jesus, Allmächtiger, Heilige Muttergottes!«

»Was ist mit dir?«, rief Gowry.

»Wer soll uns jetzt zurückbringen. Wer bringt uns jetzt zurück?«

»Zurück?« Daran hatte Gowry noch gar nicht gedacht. »Zurück wohin?«

Das Geschütz stand links von ihnen, etwa dreißig bis vierzig Meter entfernt. Er konnte es nicht sehen, aber sein unermüdliches Geknatter hören.

»Es ist alles schiefgelaufen«, erklärte ihm einer der Soldaten. »Die Gräben sind mit Stacheldraht gesichert. Die Schweine haben Stacheldraht ausgelegt.«

»Wie viele sind rüber?«, brüllte Gowry, um das Geschützfeuer zu übertönen.

»Beide Offiziere und knapp zwanzig Mann.«

»Bist du ganz sicher?«

»Klar bin ich sicher. Todsicher.«

»Sollen wir den Rückzug antreten?«

»Das geht nicht. Nicht ohne ausdrücklichen Befehl.«

Gowry lehnte sich an die Kraterwand, drehte sich auf die Seite, reckte den Hals und blickte zurück zu den britischen Reihen. In ebendiesem Moment begann die Bombardierung der deutschen Stellungen, und Mörserfeuer setzte ein. Das schrille Kreischen der Granaten und die dumpfen Einschläge der Mörsergeschosse hinter den feindlichen Linien waren ohrenbetäubend. In Höhe des Maschinengewehrs wurde der Draht weggerissen wie eine entwurzelte Dornenhecke. Er konnte in dem Graben unmittelbar vor sich jedoch nichts sehen, weder eine Vorwärtsbewegung noch sonst etwas, das auf ein Handgemenge hingedeutet hätte. Der Angriff war niedergeschlagen worden, der Stoßtrupp aufgerieben, die Männer entweder tot, schwer verwundet oder abgetaucht. Wenn der Soldat recht hatte, waren sie in eine Falle der Deutschen getappt. Es gab nichts, worauf sie hätten schießen können; nichts war zu sehen außer dem anhaltenden Maschinengewehrfeuer und dem Himmel, der im Licht der Sternraketen erstrahlte.

Gowry überlegte, was er tun und wie er sich aus dieser misslichen Lage befreien sollte, als plötzlich ein Dutzend Tommies über den Rand des Kraters schwärmten. Sie kamen von allen Seiten gleichzeitig, und Gowry hätte das Bajonett eingesetzt, wenn er nur genug Platz zum Ausholen gehabt hätte.

»Hey, keine Panik, wir sind's, wir sind's.«

»Reilly, bist du das?«

»Ja, richtig, ich bin's.«

Die Verstärkung, seine Leute. Offenbar war er doch als einer der Ersten ganz vorn mit dabei gewesen. Er war überrascht, dass überhaupt jemand aus seinem Trupp es geschafft hatte. Mehrere mussten sie in die Mulde ziehen, weil sie, mehr oder weniger schwer verletzt, nicht mehr dazu in der Lage waren, sich in Sicherheit zu bringen. Keiner von ihnen würde ihm sagen können, wie es weitergehen sollte. Wieder fragte er sich, wo Maurice stecken mochte. Gott, Maggie würde ausrasten, wenn Maurice ihn hier draußen sterben ließ.

Da haben wir's wieder, dachte Gowry bei sich, wieder mal eine Wahl, die eigentlich gar keine war.

Friss oder stirb: Flanagans Gesetz.

»McCulloch? McCulloch, was zum Teufel treibst du da?«

»Ich verschwinde«, erwiderte Gowry, stieg über die Beine seiner Kameraden hinweg und robbte den durchlöcherten Hang hinauf in Richtung der deutschen Stellungen.

Sie war schweißgebadet, und die Unterwäsche klebte unangenehm an Hüften und Schenkeln. Die Nachtluft war jedoch kühl, und über den Eichen stand hoch am Himmel der Mond in einem hellen Halo von Sternenlicht. Sie war nicht allein auf der Terrasse: Eine Krankenwagen-Besatzung trank drüben bei den Küchentüren Tee, und einer der Kapläne ging die Terrasse auf und ab, den Arm um die Schultern eines weinenden Soldaten gelegt.

Der blonde Engländer war zusammengeflickt und auf die Station gebracht worden. Schon in wenigen Minuten würde sie in den OP zurückkehren müssen, wo ein weiterer Soldat auf dem Tisch liegen und die ganze Prozedur von vorn anfangen würde. Aber noch genoss sie ihren Tee, kühlte sich ab und fragte sich, wann das Ziehen im Kreuz nachlassen würde.

Lautlos wie ein Gespenst näherte er sich ihr. Er hatte den Kittel ausgezogen und das Hemd aufgeknöpft. Sie konnte sein Unterhemd sehen und das lockige dunkelbraune Haar auf seiner Brust. Angela hatte ihr erzählt, dass er am ganzen Körper stark behaart war, eine Vorstellung, die Becky abstoßend fand.

Der Captain öffnete den Deckel eines alten silbernen Zigarettenetuis. »Zigarette?«

Becky schüttelte den Kopf. »Nein, danke.«

Er stand ganz nah bei ihr und blickte über den Rasen, die Zigarette hielt er mit Zeigefinger und Daumen. Er inhalierte tief und ließ dann den Rauch durch den Mund entweichen.

»Es tut mir leid, wenn ich Sie verärgert habe«, sagte der Captain.

»Das haben Sie gar nicht, Sir.«

»Sie können das ›Sir‹ ruhig weglassen. Angela verzichtet auch darauf, wenn wir allein sind.« Er zog erneut an der Zigarette. »Wie schlimm sind die Rückenschmerzen?«

»Nur eine Stauchung«, wiegelte Becky ab.

»Jemand sollte sich das ansehen.«

»Sie vielleicht?«

»Ich dachte eigentlich mehr an Major Caufield. Andererseits, wenn Sie möchten, dass ich Sie untersuche, lässt sich das sicher einrichten.«

»Denken Sie eigentlich nie an Ihre Frau?«

»Wie bitte?«

»Wenn Sie mit Angela zusammen sind. Denken Sie dann eigentlich nie an Ihre Ehefrau?«

Er warf die Zigarette auf den Steinboden und trat sie aus. »Meine Frau ist in England, Angela ist hier. Zwischen diesen beiden Welten wird es, Gott sei's gedankt, nie Berührungspunkte geben. Außerdem glaube ich nicht, dass Eleanor mir das eine oder andere Divertissement fern der Heimat verübeln würde.«

»Angela ist nicht die Erste, oder?«

»Wie neugierig Sie sind, Rebecca! Nein, Angela ist nicht die Erste.« Nach einer kurzen Pause fuhr er fort: »Und ich kann auch nicht garantieren, dass sie die Letzte sein wird. Männer haben gewisse Bedürfnisse, wissen Sie.«

»Das ist mir bekannt.«

»Haben Frauen nicht auch ihre Bedürfnisse?«, fragte Bobby Bracknell. »Ganz sicher sogar. Sogar ganz ähnliche wie wir Männer, würde ich meinen. Und tun Sie nicht so, als wüssten Sie nicht, wovon ich spreche.«

»Ich weiß sehr genau, wovon Sie sprechen.«

»Und? Sind Sie nicht meiner Meinung?«

»Ich habe noch nicht viel darüber nachgedacht.«

»Was Sie nicht sagen! Nicht einmal jetzt, da Sie selbst einen Liebsten haben, der sich irgendwo da draußen nach Ihnen verzehrt?«

»Was wissen Sie von meinem …«

»Ich weiß, dass er verheiratet ist.«

»Was hat Angela Ihnen sonst noch erzählt?«

»Gehen Sie nicht gleich in die Luft. Uns liegt nur Ihr Wohl am Herzen, Rebecca.«

Sie wollte zurück in den weiß gefliesten Raum, fort von dem gekünstelten britischen Akzent des irischen Arztes. Sie hatte viel darüber nachgedacht, was sie tun würde, wenn Gowry nach Saint-Émile zurückkehrte oder sie sich sogar fernab der Front wiedersahen. Aber sie war zu keinem Schluss gekommen. Sie dachte lieber an Küsse und innige Umarmungen und verdrängte, wie weit die Zuneigung – Liebe – sie noch treiben könnte.

»Er ist kein Katholik, wissen Sie. Ihr Ire, meine ich.«

»Das hat er mir gesagt, ja.«

»Großer Gott! Ist es das, womit Sie beide sich die Zeit vertrieben haben? Mit Gesprächen über Politik?«

»Wir … sonst ist zwischen uns nichts gewesen … nichts Unanständiges.«

Warum musste dieser Mann, dieser Zwitter, es so darstellen, als wäre Keuschheit ein Laster? Er hielt sie für naiv, ja, das musste es sein! Er hielt sie für naiv, weil sie sich noch nie einem Mann hingegeben hatte. O ja, was für eine willkommene Ausrede der Krieg doch für Bobby Bracknell und seinesgleichen war!

»Welchem Regiment gehört er an?«

»Den Sperryhead Rifles«, entgegnete Becky widerwillig.

»Nun, die Jungs werden sehr bald mittendrin stecken.«

»Was soll das heißen? Haben Sie etwas gehört?«

»Die Deutschen haben die irische Division auf dem Kieker. Ich denke, man wird die Iren in vorderster Front einsetzen, zum einen, um ihre Loyalität auf die Probe zu stellen, und zum anderen, um sie von den Ereignissen daheim in Dublin abzulenken.«

»Was hat denn das mit Gowry zu tun, ich meine, mit Soldat McCulloch? Er ist kein Nationalist. Das haben Sie doch selbst gesagt.«

»Ach, im Herzen sind wir doch alle Nationalisten«, erwiderte der Captain schulterzuckend. »Wenn man bei einem Iren nur tief genug gräbt, stößt man früher oder später irgendwo auf eine nationalistische Ader.«

»Sogar bei Ihnen?«

Der Captain seufzte. »Sogar bei mir.«

»Warum erzählen Sie mir das alles?«

»Falls Ihrem Herzblatt etwas zustoßen sollte, Rebecca, und Sie eine Schulter zum Ausweinen brauchen …« Er besaß immerhin so viel Anstand, den Satz nicht auszuformulieren. »Ich bin immer für Sie da. Immerhin sind wir uns sehr ähnlich, Sie und ich.«

»Ach ja?«

»Fremde in einem fremden Land.«

»Ach du liebe Zeit!«, stöhnte Becky.

»Nein, ganz im Ernst! Wir sind uns wirklich ähnlich.«

»Haben Sie diese Masche auch angewandt, um Angela ins Bett zu kriegen?«

Er zuckte die Schultern. »Bei Angela war gar keine Masche nötig. Sie hat bekommen, was sie wollte, alles, was ich zu geben habe, nicht mehr und nicht weniger.«

»Und das wäre? Und erzählen Sie mir bitte nichts von Liebe.«

Er lachte. Es war ein rauer, kehliger Laut. Dann lehnte er sich zu ihr herüber.

In der klaren Nachtluft konnte sie die Geräuschkulisse der Stationen hören und die monotone Stimme des Kaplans, der am anderen Ende der Terrasse für den Soldaten betete. Der Captain flüsterte ihr etwas ins Ohr. Sein Vorschlag weckte ihre Sehnsucht nach Gowry, und da wusste sie, dass sie ihn begehrte, dass sie ihn in sich spüren wollte. Da war kein Zögern mehr, keine Unsicherheit. Plötzlich fühlte sie sich leicht wie Rauch in der kühlen Nachtluft.

»Na, was sagen Sie, Rebecca?«, murmelte Captain Bracknell.

Mit einer knappen Drehung des Handgelenks leerte sie den Teesatz aus ihrer Tasse. Dann warf sie sich ihm förmlich an den Hals und presste die Brüste an seinen Oberkörper. Er wirkte leicht beunruhigt ob ihrer Reaktion, während er an seiner langen aristokratischen Nase entlang auf sie hinabblickte und auf ihre Antwort wartete.

»Verpissen Sie sich, Captain Bracknell«, sagte sie beinahe freundlich, ließ ihn stehen und holte sich noch einen Tee und ein Brötchen, das sie hungrig herunterschlang, ehe sie erfrischt zurückkehrte an den OP-Tisch, um sich dem nächsten Kriegsopfer zu widmen.

Gowry lag auf dem Bauch und spähte vorsichtig in den feindlichen Graben. Es handelte sich tatsächlich um eine Attrappe, um einen toten Abzweig des Hauptgrabens, mit Stacheldraht und Sandsäcken gesichert, um Beobachter zu täuschen. Er konnte nirgendwo Rangers sehen, die dort festgesessen hätten, lediglich drei oder vier tote Deutsche sowie einen irischen Corporal – Soames' Ordonnanz –, der sich im Draht verfangen hatte und versuchte, sich mithilfe einer Zange zu befreien.

Er war von der Taille abwärts von Draht umwickelt und knipste mit erstaunlicher Geduld daran herum. Auch als Gowrys Kopf über ihm auftauchte, schien ihn die Aussicht auf baldige Rettung völlig kalt zu lassen.

»Steckst du fest?«, fragte Gowry.

»Allerdings. Ich verblute noch in diesem Loch.«

»Bist du das, Donnaghy?«

»Ja, Gowry. Ich bin's.«

»Wo ist dein Boss? Wo ist Soames?«

»Der ist mit den anderen los. Sie haben einen Vorstoß gewagt.«

»Und die Jerries?«

»Ein paar haben wir abgeknallt, die anderen sind gelaufen wie die Hasen.«

»Kann ich was für dich tun?«

»Ich könnte einen Schluck Wasser vertragen, falls du welches übrig hast.«

Gowry schnallte seine Wasserflasche ab, ließ sie am Riemen in den Graben hinunter und ließ sie dann fallen. Es war ziemlich dunkel, aber im ölig-blauen Schlamm auf dem Grund des Grabens spiegelte sich etwas Mondlicht. Er erkannte gleich, dass für Donnaghy keine Hoffnung mehr bestand.

Seine Ärmel waren zerfetzt, und er blutete an Händen und Armen. Wenn Soames ihn zurückgelassen hatte, dann weil er erledigt war. Wenn sie die Stellungen der Deutschen einnahmen und es gelang, sie zu halten, würde Soames einen Trupp schicken, um Donnaghy zu bergen, aber das konnte noch dauern, und Gowry schätzte, dass die Hilfe zu spät kommen würde.

»Es sind noch mehr Männer hinter mir. Die holen dich raus«, sagte er.

»Klar«, entgegnete Donnaghy.

»Ich muss weiter.«

»Sicher. Gowry?«

»Was?«

»Viel Glück.«

Vielleicht hätte er bei Donnaghy bleiben oder zu den anderen zurückkehren sollen, um ihnen zu sagen, dass sie gefahrlos weiter vorstoßen konnten, aber stattdessen robbte er allein weiter. Er befand sich in einem Graben der parallel zur Stellung des Maxim verlief, und bisher hatte der MG-Schütze ihn nicht entdeckt. Er fragte sich, wo Soames mit seinen Leuten sein mochte und wie er zu ihnen stoßen könnte. Geduckt schlich er den Graben entlang in Richtung Maschinengewehr.

Das Gefecht war jetzt in vollem Gang, und der Lärm um ihn herum war ohrenbetäubend. Er konnte den Mond nicht mehr sehen.

Gowry blieb im Inneren des Grabens und warf nur ab und an einen Blick in den Hauptgraben, für den Fall, dass dort doch ein Deutscher auftauchte. Er hatte etwa dreißig Meter zurückgelegt, als die zweite Bombardierungsphase begann. Schwere Feldgeschütze dröhnten, als die britische Artillerie sich einschoss. Was die Kameraden sich wohl dabei dachten, einen Frontabschnitt unter Beschuss zu nehmen, in dem gerade ein Stoßtrupp unterwegs war? Vermutlich ein Kommunikationsfehler. Aber es spielte auch keine große Rolle, ob man nun von einer feindlichen Kugel getroffen wurde oder von einer aus den eigenen Reihen – das Resultat war dasselbe. Als die Granaten pfeifend auf die Linien niedergingen, ließ Gowry das Gewehr fallen und warf sich bäuchlings in den Dreck.

Die Detonation beraubte ihn vorübergehend seines Gehörs, und die Druckwelle war so gewaltig, dass er sicher war, die Kleider würden ihm vom Leib geweht. Er öffnete den Mund und keuchte, als die Luft aus seinen Lungen gepresst wurde. Die Luft um ihn herum wurde sengend heiß, und allerlei Schutt regnete auf ihn herab: Erdklumpen, Metallstücke, Felsbrocken, Steine und Draht gingen auf ihn nieder, und es fühlte sich an, als würde sein ganzer Körper von Boxhieben malträtiert. Dann folgte der Staub, beißender Rauch, der ihm erneut den Atem raubte. Gleich darauf ein unangenehmes Zischen, und es schien, als würde der Boden unter ihm weggezogen. Hiernach Stille, oder doch beinahe. Sämtliche Geräusche klangen gedämpft wie durch Watte, nur das ferne Knattern der Maxim war zu hören, leise, aber unverkennbar vernehmlich.

Gowry hatte keinen Schimmer, ob er Sekunden oder Minuten weg gewesen war. Viel mehr als ein oder zwei Minuten konnte es allerdings nicht gewesen sein, da das Geschütz nach wie vor feuerte und die Geräusche wieder lauter an sein Ohr drangen. Er hob den Kopf und spuckte Erde aus. Sein Mund blutete. Er tastete vorsichtig mit der Zunge nach der Verletzung und stieß auf einen Riss an der Innenseite der Wange und eine große geschwollene Prellung an der Lippe. Als er versuchte aufzustehen, versagten seine Beine ihm den Dienst, und er sackte zurück auf den Boden.

Er blieb eine Weile reglos liegen und wartete, dass der Nebel in seinem Kopf sich lichtete.

Staubwolken gingen über dem Krater nieder, in dem die Soldaten des Stoßtrupps gelegen hatten. Von ihnen war nicht viel übrig: kein Überfallkommando, keine Helden oder Feiglinge, kein Anführer, nur Stofffetzen an abgetrennten Armen oder Beinen sowie ein Paar Stiefel, die seltsamerweise aufrecht standen, mit nass glänzenden roten Stümpfen darin anstelle von Strümpfen. Beim zweiten Versuch trugen seine Beine Gowry wieder. Er hob sein Gewehr auf und setzte seinen Weg in Richtung Geschütz fort.

Wenigstens hatte die Bombardierung aufgehört, ebenso plötzlich und unerwartet, wie sie begonnen hatte. Vielleicht war es ja einem Melder gelungen, die Artillerie über den Vorstoß der Kameraden zu informieren. Maurice war irgendwo da draußen. Und Soames. Sie konnten nicht weit weg sein. Rauch und Dunkelheit, dann wieder grelle Blitze am Himmel. Irgendetwas war bei der Planung gründlich schiefgelaufen, und die Stellungen der Jerries waren immer noch intakt.

Als der deutsche Soldat ihn anrief, feuerte Gowry, ohne nachzudenken. Der Mann verschwand im Dunkel. Ein weiterer Deutscher tauchte vor ihm auf, und wieder schoss Gowry. Die Dunkelheit verschluckte auch diesen zweiten Mann. Gowry fand das Ganze urplötzlich schrecklich spannend. Er fühlte sich hellwach und in Bestform, fast euphorisch, als er an den Rand des Grabens trat und hinuntersah.

Jemand feuerte einen Schuss ab, nur einen.

Gowry schoss blind in den Graben, ihm war jetzt alles egal. Plötzlich strömten sie aus einem Unterstand und stürzten auf ihn zu.

Gowry wich ein wenig zurück, sank auf ein Knie und stieß mit dem Bajonett zu. Als er einen Widerstand spürte, stach er erneut zu. Von der Klinge aufgespießt, sackte der Deutsche über ihm zusammen. Das Gewicht kam Gowry unendlich schwer vor. Bislang hatte er das Bajonett nur an Sandsäcken ausprobiert, und der Deutsche fühlte sich ganz anders an als ein Sandsack. Er wand sich am Ende der Klinge, ein kreischender junger Mann mit breitem Mund, der Turk Trotter verblüffend ähnlich sah. Gowry zog das Bajonett heraus, und der Deutsche ging zu Boden. Als ein weiterer Jerry sich auf ihn stürzte, setzte er erneut die Klinge ein, drehte sie in der Wunde und zog sie möglichst rasch wieder heraus. Eigentlich ganz einfach, das Töten, ging es ihm durch den Kopf. Dann waren es sechs, acht, zehn Deutsche, die sich am Fuß der Leiter drängten, eine Granate explodierte, und da wusste Gowry, dass es Zeit war zu gehen.

Er machte kehrt und rannte zurück in Richtung der eigenen Reihen.

19. April 1916

Mein herzallerliebster Sohn,

ich weiß, dass Du nichts von ihr gehört hast, weil ich ihr gesagt habe, sie solle das einzig Anständige tun und Dir von Angesicht zu Angesicht sagen, was hier vorgefallen ist. Ich hatte nichts damit zu tun, und ich habe Dir nicht früher geschrieben, weil es mir nicht zustand, mich in Eheangelegenheiten einzumischen. Sie hat Charlie gesagt, es ginge nur sie allein und diesen anderen Mann etwas an, weil Du sie von heute auf morgen hättest sitzen lassen.

Wenn ich nicht gerade bei Forbes gewesen wäre, hätte ich gemerkt, was da vorgeht, und versucht, dem ein Ende zu machen, bevor es zu weit geht, aber so wie die Dinge standen, war es schwierig für mich, da niemand daran gedacht hat, mich auf dem Laufenden zu halten.

Hier gibt es nur ein Thema: die deutsche Bedrohung. Ich habe mich auf Forbes' ausdrücklichen Wunsch hin von allem ferngehalten und erst erfahren, wie es tatsächlich steht, als ich nach Neujahr heimgekehrt bin, um Deinen kranken Vater zu pflegen. Inzwischen geht es ihm wieder besser. Der Doktor meinte, es seien nur Gallensteine gewesen, aber wenn man ihm zuhört, könnte man meinen, er wäre kurz davor gewesen, das Zeitliche zu segnen.

Sie hat ein Kind bekommen. Sie weigert sich, es wegzugeben, obwohl sie weiß, dass es nicht von Dir ist. Sie weigert sich, obwohl ich ihr gesagt habe, sie könne es nicht behalten. Der Mann wohnt bei ihr im

Haus, ist aber nie da, wenn ich komme, und er lehnt auch ein Gespräch mit mir ab, obwohl ich ihn mehrmals schriftlich um eine Unterredung gebeten habe. Sie sagen, sie wollen nicht, dass Du etwas davon erfährst, weil Du für England kämpfst und sie verlassen hast, um für England zu kämpfen. Und so bleibt es Deiner armen alten Mutter überlassen, Dir die schlechte Nachricht mitzuteilen. Es tut mir sehr leid.

Deine Dich liebende Mutter
Kay McCulloch

Bei Sonnenaufgang schliefen die Ratten ein. Sie waren in dem Bombentrichter gewesen, als Gowry gegen halb drei in der Nacht dort Schutz gesucht hatte. Er war da auf Tom Ring gestoßen, einen Gefreiten der Rifles, den Gowry noch aus der Zeit der Grundausbildung in Fermoy kannte. Ring war ziemlich übel zugerichtet, und Gowry hatte ihn erst bei Tageslicht identifizieren können. Zu diesem Zeitpunkt hatten die Ratten sich bereits über ihn hergemacht. Gowry hatte versucht, die dreisten Nager zu vertreiben, indem er Steine nach ihnen warf, aber die Mistviecher hatten sich nicht aus dem Krater verjagen lassen. Als das Morgenlicht über den Rand des Trichters kroch, gruben sie sich kleine Höhlen, in denen sie sich schlafen legten, die Pfoten über die Schnauze mit den zuckenden Barthaaren gelegt.

Gowry schaufelte Erde über Tom Rings sterbliche Überreste, oder versuchte es zumindest. Als er mit bloßen Händen nicht weit kam, zog er die Uniformjacke aus, breitete sie über das Gesicht des gefallenen Kameraden und beschwerte die Enden des Kleidungsstückes mit Erde. Die Ratten beobachteten ihn argwöhnisch, aber als er sich wieder hinsetzte, legten auch sie sich wieder schlafen. Wenigstens regnet es nicht, dachte Gowry, und die Schrapnellwunde an seinem Oberarm war auch nicht viel mehr als ein Kratzer. Selbstverständlich hatte er die Wunde umgehend versorgt, da der Erdboden verseucht war und er eine Infektion vermeiden wollte. Er hatte die Fleischwunde mit Speichel gereinigt, Desinfektionspulver aus seinem Erste-Hilfe-Kit darauf gegeben und einen festen Verband angelegt. Er war froh, als die Wunde anfing zu pochen, da er dies als Zeichen einer beginnenden Heilung deutete.

Der kleine Krater roch, als wäre er desinfiziert worden. Der Gestank nach Lydit von den hochexplosiven Granaten lag schwer in der Luft, und es gab nirgendwo Wasser in dem kreidehaltigen Boden. Aber Regenwasser aus einer Pfütze hätte er ohnehin nicht getrunken, ganz gleich, wie quälend sein Durst auch sein mochte. Wasser aus einer Pfütze zu trinken konnte so tödlich sein wie eine feindliche Kugel. Er suchte Tom Rings Leiche nach einer Wasserflasche ab, jedoch ohne Erfolg. Gowry fragte sich, was aus Donnaghy geworden war. *Nein, halt,* sagte er sich gleich darauf, *ich weiß, was aus ihm geworden ist. Der arme Kerl war lebendig begraben worden. Und die anderen hatte eine Granate zerfetzt. Vermutlich ein Volltreffer.* Von ihnen war nicht viel mehr übrig als kleine Hautfetzen und Knochensplitter.

Verschollen: Wie es wohl sein mochte, wenn der Ehemann, der Sohn oder der Liebste als vermisst gemeldet wurde? Wartete man dann weiterhin, bis lange nach Kriegsende, auf ein Klopfen an der Tür oder die Benachrichtigung im Briefkasten? Wenn die Kinder längst erwachsen geworden sind, man einen anderen Mann gefunden und diesem einen Sohn geschenkt hat? Ganz egal, wie sehr er sich auch bemühte, es überstieg sein Vorstellungsvermögen. Im Übrigen konnte er sich ebenso wenig eine Zeit ohne Krieg vorstellen. Und wenn es endlich vorbei war – sofern dieser Moment überhaupt jemals kam –, was würde er dann tun? Zurückkehren zu Maeve, Sylvie und dem »Shamrock«? Bei Maggie in den Galtees vorbeischauen und sie um einen Job auf der Farm bitten? Sich auf die Suche machen nach der Krankenschwester, die so nett zu ihm gewesen war, ihm tagtäglich schrieb und die er jetzt, in ebendiesem Moment, in diesem stinkenden Krater irgendwo im Niemandsland so sehr begehrte, dass sein Unterleib mehr schmerzte als sein Arm?

Bei Gott, sagte er sich, als er in der warmen Frühlingssonne dalag und auf die Nacht wartete, *der Krieg hat deine Sicht der Dinge wirklich deutlich verändert.* Dreißig Meter vor den deutschen Linien mit einem aufgegasten Leichnam zu seinen Füßen und getrocknetem Blut an der Bajonettklinge wurden seine Gedanken beherrscht von einem hübschen schottischen Mädchen und der Frage, wie es sich nackt anfühlen mochte.

Was ist aus dir geworden, McCulloch? Was ist aus dir geworden?

Kurz darauf, während er immer noch von Becky träumte, tat er es den Ratten nach und nickte ein.

»Grundgütiger, McCulloch, sind Sie das?«, fragte Lieutenant Soames.

»Jawohl Sir, ich bin's«, antwortete Gowry.

»Sind Sie unversehrt?«

»Jawohl, Sir, weitgehend.«

»Haben Sie da draußen vielleicht Davy gesehen?«

»Davy?«

»Donnaghy, meinen Burschen?«

»Ich fürchte, ja, Sir. Wir müssen wohl davon ausgehen, dass er tot ist.«

»Verdammt! Verflucht noch mal! Wo sind Sie ihm begegnet? In den feindlichen Schützengräben? Hat er sich im Draht verfangen?«

»Ja, Sir. Und kurz nach unserer Begegnung ist eine Granate in dem Krater eingeschlagen.«

Soames saß auf einer Munitionskiste ein paar Meter von der Laterne entfernt, die die Stufen des Feldlazaretts markierte. Gleich neben dem Lazarett war ein Teestand aufgebaut worden, an dem acht bis zehn Männer standen. Gowry war zu erschlagen, als dass ihn interessiert hätte, welcher Einheit sie angehörten oder wie sie dazu kamen, inmitten des aktiven Kriegsgeschehens Tee zu trinken. Der Vorstoß war ganz offensichtlich auf der ganzen Linie fehlgeschlagen, aber wenigstens hatten die Deutschen keinen Gegenangriff gestartet, und das Niemandsland lag bis nach Sonnenuntergang verlassen da.

Ein Sanitäter hatte ihn entdeckt und bis zu den britischen Linien zurück begleitet. Er hatte einen Tee bekommen und ein paar Bissen Stew aus der Gulaschkanone ergattert, war aber bislang keinem bekannten Gesicht begegnet. Gowry war umhergewandert und an einer schmalen Straße gelandet, auf der Truppenverbände unterwegs waren in Richtung Front. Pferde, Pferdeschlitten und motorisierte Krankenwagen steckten in einem Artillerietrupp fest, der von nur drei berittenen Offizieren begleitet wurde, die entsprechend Mühe hatten, die Kolonne in Bewegung zu halten. Gowry schloss aus der ganzen Aktivität, dass der Generalstab offenbar zu dem Schluss gekommen war, die Frontausbuchtung um jeden Preis erobern zu müssen. Offensichtlich stand ein Großangriff unmittelbar bevor.

Mehr zufällig war er auf das Feldlazarett gestoßen und hatte dort seinen kommandierenden Offizier, Lieutenant Soames, angetroffen, der dicht bei der Treppe saß.

»Nun, Sie sind der Erste, der zurückgekehrt ist, McCulloch«, meinte Soames. »Und, ehrlich gesagt, fürchte ich, dass Sie auch der Letzte sein werden.«

»Im Ernst? Sind alle anderen gefallen?«

»Gefallen wie die Kegel«, entgegnete der Offizier düster. »Und ich allein trage dafür die Verantwortung. Ich bin schuld.«

Gowry setzte sich zu Soames' Füßen im Schneidersitz ins Gras. Sein Gewehr hatte er noch, aber alles andere, einschließlich seiner Uniformjacke, hatte er zurückgelassen. »Ich habe auch Ring gesehen, Sir. Der kommt nicht wieder.«

Soames war eine gepflegte Erscheinung mit runden Wangen und Stiernacken. Vor dem Krieg war er Anwalt in London gewesen. Er war nur auf den ausdrücklichen Wunsch seines Vaters hin nach Dublin zurückgekehrt, um sich freiwillig bei den Rifles zu melden.

»Wie viele von den Connaughts haben es geschafft?«, fragte Gowry.

»Keiner, soviel ich weiß.«

»Nicht mal Sergeant Leonard?«

»Ich kenne keinen Sergeant Leonard. Ist er ein Freund von ihnen?«

»Zumindest war er das, Sir.«

Im Lazarett brannte Licht, und er sah Ärzte und Pflegepersonal umhergehen. Jemand schrie, kein Jammern, nein, gellendes Geschrei.

Gowry kam sich vor wie ein Betrüger. Er hatte den ganzen Tag direkt vor der Nase der Deutschen geschlafen, um dann von einem Sanitäter gerettet zu werden, der bei mörderischem Maschinengewehrfeuer Kopf und Kragen riskiert hatte, um ihn da rauszuholen. Der Sanitäter war der wahre Held. Er selbst war nur ein Versager, auch wenn er aus nächster Nähe eine Handvoll Deutsche erschossen hatte. Tatsache war, dass er ganz knapp am Ruhm vorbeigeschlittert war. Becky würde nicht stolz auf ihn sein – und Maurice ebenso wenig.

»Wie viele Männer haben wir insgesamt verloren, Sir?«

»Einhundertundvierzig«, antwortete Soames. »Die meisten beim ersten Vorstoß. Fritz hat uns vom ersten Moment an beobachtet. Die hinterhältigen Mistkerle haben abgewartet, bis alle draußen waren und ein leichtes Ziel boten. Die wussten, dass ihre Stellung nicht einnehmbar war.« Er schüttelte den Kopf. »Das war keine Gefechtsstellung, sondern eine Festung, befestigt wie eine verdammte Burg zu Kreuzritter-Zeiten. Gott, wir hätten ihre Stellungen auch mit einem ganzen Bataillon nicht einnehmen können, geschweige denn mit einem kleinen Stoßtrupp.«

»Wie sind Sie da rausgekommen, Sir?«

»Auf dem Bauch kriechend.« Unvermittelt fing Soames an zu schluchzen und zitterte am ganzen Leib. »Ich bin davongekrochen, bin auf meinem verdammten Bauch in Sicherheit gekrochen. O Gott! Gott, vergib mir!«

»Offizier braucht Arzt«, rief Gowry. »Sanitäter!«

Ein Sanitäter kam aus dem Lazarett und hastete die Stufen hinunter. Er half dem Lieutenant beim Aufstehen und brachte ihn weg. Gowry seinerseits ließ sich völlig erschöpft rückwärts ins Gras sinken.

Ende des Ostermonats hatte der Stab im Hulluch-Sektor mehr zu beklagen als klerikale Unstimmigkeiten. Das Durcheinander um Soldat McCullochs Tod wurde nie offiziell geklärt und nach einem kurzen Briefwechsel als einer von vielen Fehlern der Bataillonsverwaltung abgetan.

Als Gowry zu seiner Einheit zurückkehrte, war die Division gerade damit beschäftigt, ihre Toten zu zählen und die Verwundeten zu evakuieren. Erst am frühen Nachmittag wurde er zur Brauerei auf der Südseite des Ortes geschickt, wo das Feld-Hauptquartier eingerichtet worden war. Er war erleichtert, als er dort endlich ein vertrautes Gesicht erblickte. Major Keating saß an einem lang gezogenen Tisch auf dem Rasen draußen vor der Brauerei, und mehrere Zahlmeister packten soeben die Geldkisten für den Rücktransport zum Divisionshauptquartier, da scheinbar an den Ritualen des Armeealltags festgehalten wurde, auch wenn ganz in der Nähe die Toten unter freiem Himmel verrotteten.

Die Nachmittagssonne brannte heiß herab, und der Verwesungsgestank hing schwer in der Luft. Major Keating hatte eine Meerschaumpfeife zwischen den Lippen und war in eine blaue Rauchwolke gehüllt, hielt sich aber trotz dieser Maßnahme noch ein khakifarbenes, mit Pfefferminzöl beträufeltes Taschentuch vor die Nase. Hinter dem Tisch, im Schatten der teilweise eingestürzten Mauer, begutachteten zwei Funker in Hemdsärmeln ein Gewirr von Drähten, aus dem sie ein funktionierendes Telefonsystem basteln sollten. Als Gowry sich dem Tisch näherte, blickte Keating auf und musterte ihn finster.

Gowry konnte es dem Major nicht verübeln, dass er ihn mit so grimmiger Miene empfing, immerhin erinnerte seine Erscheinung mehr an eine Vogelscheuche als an einen Soldaten. Er war im Lazarett zusammengeflickt und an einen Unteroffizier weitergereicht worden, der ihm eine Uniform aus einem Haufen hinter dem Zelt herausgesucht hatte. Anschließend war er mit einem Dutzend anderer verlorener Seelen in einer Scheune untergebracht worden. Am Morgen hatte er sich bei der mobilen Feldküche ein Frühstück abgeholt. Anschließend hatte man ihm eine neue Feldausrüstung, eine gefüllte Wasserflasche und ein Schreibset ausgehändigt und ihn zurückgeschickt zu seiner zwölf Meilen entfernt stationierten Einheit. Gowry hatte noch darum gebeten, die Handvoll übel zugerichteter Leichen anschauen zu dürfen, die die Sanitäter während der Nacht aus dem Niemandsland geborgen hatten, war aber barsch abgewiesen worden. Satt und ausgeruht hatte er sich also aufgemacht und seinen alten Freund Maurice – oder das, was von ihm übrig war – zurückgelassen.

»Name?«, bellte Major Keating.

Gowry ratterte seine Dienstnummer herunter. »Soldat Gowry McCulloch, Sir.«

»Sie kommen zu spät, McCulloch. Die Soldauszahlung ist bereits abgeschlossen.«

»Ich möchte mich zurückmelden, Sir.«

»Soldbuch.«

»Das habe ich verloren, Sir.«

»Verloren?«

»Ich war einem Stoßtrupp zugeteilt, Sir.«

»Stoßtrupp? Ach ja, Soames' Leute.«

»Genau, Sir.«

»Da haben Sie ja noch mal Glück gehabt.« Der Major paffte an seiner Pfeife und blies eine dichte, stinkende blaue Rauchwolke in die Luft. »War ziemlich übel da draußen, was?«

»Jawohl, Sir.«

»Dann haben Sie keinen Cent mehr in der Tasche, richtig? Haben Ihren Sold wohl mit den wilden Kerlen von Connaught verprasst, stimmt's?«

»Nicht wirklich, Sir«, entgegnete Gowry.

»Ist Ihnen Lieutenant Soames vielleicht über den Weg gelaufen?«

»Soviel ich weiß, wurde der Lieutenant verwundet.«

Keating nahm die Pfeife aus dem Mund und spuckte ins Gras. Er wischte sich mit dem Taschentuch über den Mund und blätterte in den Papieren auf seinem Tisch. »Schlimm?«

»Sir?«

»Soames.«

»Ich … keine Ahnung, Sir.«

»Ah!« Keating tippte mit dem Zeigefinger auf ein Blatt. »Da habe ich Sie: McCulloch, Gowry. Jetzt haben wir's. Wo sind die anderen aus dem Stoßtrupp?«

»Ich bin der Einzige, Sir. Der einzige Überlebende.«

Der Major blickte kurz auf und seufzte dann, nicht gewillt, sich seine Gefühle anmerken zu lassen. »Sie haben also Ihr Soldbuch verloren, ja, McCulloch? Das war aber ganz schön nachlässig. Da müssen wir Ihnen wohl ein neues besorgen, was? Ohne Soldbuch kann ich Ihnen keinen Sold auszahlen. Und wo ist Ihr Soldbuch jetzt? Ist es vielleicht dem Feind in die Hände gefallen?«

»Ich fürchte, ja, Sir.«

»Hmm, Schande! Trotzdem, auf mich machen Sie einen ganz fitten Eindruck. Sind Sie fit?«

»Jawohl, Sir.«

»Ich sage Ihnen was. Sie gehen rüber zum Basislager. Wissen Sie, wo das ist?«

»Ehrlich gesagt, nein, Sir.«

»Sie gehen bis zum Ende der Hauptstraße und überqueren dann die Schnellstraße in Richtung Fluss. Dort sehen Sie ein paar Zelte und ein paar von Ihren Leuten. Keine Ahnung, wer da drüben gerade das Sagen hat, aber Sie werden rechtzeitig zum Abendessen dort sein, und ich schätze, irgendjemand wird sich Ihrer schon annehmen.«

Gowry leckte sich über die spröden Lippen. »Und was ist mit meinem Soldbuch, Sir?«

»Ich stelle ein neues aus und lasse es Ihnen bringen, keine Angst.« Keating schob seinen Stuhl zurück und stand auf. Er war groß, riesig groß. Aus imposanter Höhe blickte er auf Gowry hinab. »Worauf warten Sie noch?«

»Entschuldigung, Sir. Ich habe mich nur gefragt, ob vielleicht Post für mich gekommen ist.«

»Großer Gott, Mann!«, sagte Keating aufbrausend. »Post! Ist das alles, was Sie und Ihre Kameraden im Sinn haben, einmal abgesehen von Bier und Frauen? Also gut, also gut. Murphy!« Ein Corporal kam aus der Brauerei gelaufen. »Holen Sie diesem Mann seine Post. McCulloch, Gowry. Zweites Bataillon, Sperryhead Rifles.«

»Sir!« Murphy salutierte zackig und verschwand wieder im inneren des Gebäudes.

Wenige Minuten später kehrte er zurück und überreichte Gowry drei Briefe, zwei aus Saint-Émile von Becky und einen aus Dublin.

»Sind Sie jetzt zufrieden, McCulloch?«, fragte der Major.

»Ja, Sir. Vielen Dank, Sir. Mehr als zufrieden.«

TEIL III

MAEVE

KAPITEL 13

Sieh ihn dir an, den kleinen Schatz, ist er nicht süß?«

Sie hielt das Baby mit ausgestreckten Armen hoch, aber Gran McCulloch würdigte das Kind keines Blickes, auch wenn der kleine Junge, wie Maeve fand, in dem mit Spitze besetzten Kleidchen und dem Schal aus Angorawolle zum Anbeißen aussah. Sie hatte ihm die kleine von Jansis selbst gestrickte Mütze angezogen und dazu die winzigen Wollschühchen, die Fran drei Wochen vor der Geburt ihres Bruders gekauft hatte. Maeve war verwirrt gewesen beim Anblick der Schühchen. Angesichts des beachtlichen Umfangs ihrer Mutter, deren Bauch sich vorwölbte wie das vom Wind geblähte Segel einer Jolle, hatte sie sich nicht vorstellen können, dass das Baby so winzig sein sollte, dass die Schuhe ihm tatsächlich passten.

Inzwischen war der kleine Sean neun Wochen alt und schon deutlich schwerer und kräftiger als unmittelbar nach der Geburt. Er schätzte es gar nicht, hochgehalten zu werden wie ein Rugby-Ball, strampelte unter dem Kleidchen mit den kurzen Beinen und schnitt seiner Großmutter Grimassen, als könnte er sie nicht ausstehen, was, wie Maeve fand, für eine außergewöhnlich gute Menschenkenntnis sprach, erst recht bei jemandem, der noch so jung war. Sie holte ihn wieder zu sich heran, bettete ihn in der Armbeuge und tippte ihm mit dem Zeigefinger auf die Nasenspitze, um das Speichelbläschen zu entfernen, das sein ansonsten makelloses Aussehen beeinträchtigte.

Gran McCulloch schaute ihr gänzlich unbeeindruckt dabei zu. »Wo ist er? Ist er denn nicht hier?«

»Wen meinst du denn?«, fragte Maeve.

»Diesen Mann. Hagarty. Ich dachte, er wäre jetzt hier. Ich habe ihm geschrieben.«

»Wirklich? Fran hat keinen Brief erwähnt.«

»Dann ist er also nicht da?«

»Nein«, entgegnete Maeve.

Mit Sean auf dem Arm fühlte sie sich stark und kein bisschen eingeschüchtert von ihrer Großmutter, die sie in den vergangenen Jahren so selten zu Gesicht bekommen hatte, dass sie ihr beinahe vorkam wie eine Fremde. »Möchtest du ihn nicht auch mal halten?«

»Warum sollte ich ihn auf den Arm nehmen wollen?«

»Weil er dein Enkel ...«

»Das ist er nicht«, unterbrach Kay McCulloch sie knapp.

Maeve dachte einen Moment darüber nach. »Stimmt, nicht wirklich.«

»Wo ist dieser Hagarty?«

»Er ist furchtbar beschäftigt.«

»Zu beschäftigt, um sich anzuhören, was ich ihm mitzuteilen habe?«

»Er hat eine Nachricht hinterlassen«, log Maeve. »Ich soll dir ausrichten, es täte ihm leid, dass er wegmüsse. Er wird ein andermal mit dir reden.« Gran glaubte ihr ganz offensichtlich kein Wort, aber das war Maeve egal. »Worüber möchtest du eigentlich mit ihm sprechen?«

»Das geht dich nichts an.«

»Warum nicht?«

»Weil du noch ein Kind bist.«

»Bin ich nicht.«

»Wie alt bist du?«

»Zwölf«, entgegnete Maeve trotzig. »Fast.«

»Wo ist deine Mutter?«

»Oben im Bett. Sie möchte nicht gestört werden.«

»Ist sie krank?«

»Das Stillen strengt sie sehr an. Außerdem will sie dich nicht sehen.«

»Hol sie sofort runter.«

»Sie wird nicht kommen.«

»Dann gehe ich rauf.«

»Nein«, sagte Maeve bestimmt.

»Ist dieser Mann bei ihr im Bett, ist es das?«

»Fran ist unterwegs, und Mam ruht sich aus. Wenn du einen Tee möchtest, bevor du wieder heimfährst, mache ich dir gern einen.«

»Tee? Ich bin nicht zum Teetrinken hergekommen.«

»Warum dann?«

Gran saß in einer Ecke der ehemaligen Bar. Die Kneipe war einen Monat, nachdem ihr Vater in die britische Army eingetreten war, geschlossen worden, da dem »Shamrock Hotel« die Lizenz für den Alkoholausschank entzogen worden war. Mr. Dolan war im Winter an einer Lungenentzündung gestorben, und Mr. Pettu war kurze Zeit später mit wortreichen Entschuldigungen ausgezogen. Die einzigen Gäste, die heute noch kamen, waren Sonderlinge und allesamt Freunde von Fran. Sie blieben nur eine Nacht und zogen dann weiter. Die alten Gäste, die freundlichen Handelsreisenden, hatte die Polizei abgeschreckt, da jeder wusste, dass Vaizey das »Shamrock« beobachten ließ. Die Veränderungen hatten allerdings auch ihr Gutes, genoss Maeve doch nun ein völlig neues Ansehen in der Schule. Mr. Whiteside behandelte sie wie eine Prinzessin und erkundigte sich immer wieder, was Fran gerade ausheckte. Von der Sekunde an, da ihr Dad fortgegangen war, um für England zu kämpfen, war er bei allen unten durch gewesen, und niemand schien sich daran zu stören, dass Fran seinen Platz eingenommen hatte.

»Ich vertrete die Interessen deines Vaters«, sagte Kay McCulloch kühl. »Außer mir scheint sich ja niemand dafür zu interessieren.«

»Dad ist in der Armee und kämpft für England.«

»Schreibt er dir?«

Maeve schürzte die Lippen. »Nein.«

»Er schickt aber doch Geld, oder? Einen Teil seines Soldes?«

»Das geht dich nichts an.«

Anfangs hatte Maeve noch geweint, weil Daddy ihr nicht geschrieben hatte. Jeden Morgen war sie nach unten gerannt und hatte Mam oder Fran gefragt, ob Post für sie gekommen sei. Und jedes Mal hatte Mam oder Fran den Kopf geschüttelt, und Mam hatte sie immer kurz zum Trost gedrückt. Sein Schweigen verletzte sie, doch mit der Zeit hatte sich die Enttäuschung in Zorn gewandelt, und als Mam dann schwanger geworden war, hatte sie den Vater, der es nie geschafft hatte, ihr einen kleinen Bruder zu schenken, weitgehend vergessen.

»Bei Gott, du bist ganz schön frech für eine Zwölfjährige. Aber ich weiß, woher du das hast, und zwar nicht von unserem Zweig der Familie.«

»Ich denke, du solltest jetzt gehen, Gran«, erwiderte Maeve. »Wenn du wissen willst, was los ist, frag Charlie oder Großvater. Sie wissen, was gut für uns alle ist und dass Mr. Hagarty ein guter Mensch ist, auch wenn du anders darüber denkst.«

»Hagarty gehört der Bruderschaft an, und das allein genügt schon, um ihn aus ihrer Sicht zum Heiligen zu machen. Sie würden ihn auch dann noch anbeten, wenn ihm Hörner und ein Schwanz wachsen würden«, entgegnete die alte Frau abfällig. »Sie wird den Tag noch bereuen, an dem sie sich mit diesem Mann eingelassen hat, das kannst du mir glauben.«

Ihre Großmutter war noch gar nicht so alt, nicht annähernd so alt wie Mr. Dolan es bei seinem Tod gewesen war. Außerdem verstand sie es, sich elegant zu kleiden, wie die Ladys, die mittags im »Hibernian« speisten oder sich zum Tee bei »Fuller's« einfanden. Ihr Geld stammte allerdings nicht von Großvater oder etwa aus den Gewinnen der Brauerei, sondern von ihrem Sohn Forbes, den Maeve nie kennengelernt hatte. Er war ein wohlhabender Geschäftsmann und Charlie zufolge mehr Schotte als Ire. Sie hatte ihre Mutter nach Onkel Forbes gefragt, aber die hatte nicht über ihn sprechen wollen. Sie sagte nur, Vergangenes sei vergangen und daran solle man nicht rühren.

»Was hat sie dir erzählt?«, fragte Großmutter McCulloch. »Dass dein Dada vielleicht nie wiederkommt? Ja, das mag sogar sein, die Schlachtfelder Frankreichs fordern Tausende Menschenleben. Hat sie sich mit Hagarty eingelassen, um versorgt zu sein, für den Fall, dass dein Vater nicht heimkehrt?«

Maeve drückte ihren kleinen Bruder fest an ihre Brust. »Was meinst du mit › … falls er nicht heimkehrt‹?«

»Offensichtlich bist du nicht so schlau, wie du selber glaubst, Maeve McCulloch. Liest du denn keine Zeitung?«

»Doch, ich lese Zeitung.«

»Vermutlich nur den Müll, den die Widerständler unter die Leute bringen.«

»Ich gehe jetzt nach oben«, entgegnete Maeve steif. »Sean muss gestillt werden. Du findest doch sicher allein hinaus.«

»Du bist genau wie deine Mutter, die hat auch immer den Kopf in den Sand gesteckt. Ein kluges Kind wie du sollte nicht unter einem Dach leben mit einem Verrückten wie diesem Francis Hagarty. Lies die richtigen Zeitungen, Mädchen. Tausende Soldaten fallen tagtäglich drüben auf dem Festland, darunter auch viele Iren, und sie alle lassen ihr Leben für uns, während wir es uns hier gut gehen lassen.«

»Daddy kommt zurück.«

»Und was, wenn nicht?«

»Dann wird Fran sich um uns kümmern.«

»Und wenn er doch kommt?«

»Was meinst du?«

»Hier ist kein Platz mehr für deinen Vater, oder? Wer sollte ihn denn daheim willkommen heißen? Deine Mutter? Deine liebe Mutter und ihr lieber Hagarty?«

»Ich«, erwiderte Maeve mit bebender Stimme. »Ich werde ihn willkommen heißen.«

»Du und dein kleiner Bruder, der Bastard eines anderen Mannes?« Sie trat aus der Ecke heraus und berührte mit der behandschuhten Hand den Schal, in den der Säugling gewickelt war. Das Baby wimmerte verängstigt. Maeve schob ihre Großmutter fort.

»Lass uns in Frieden, lass uns einfach in Frieden.«

»Das höre ich nicht zum ersten Mal«, sagte die alte Frau bitter. »Das höre ich immer wieder, seit ich in dieses Land gekommen bin.«

»Geh. Geh und lass uns in Ruhe.«

»Das werde ich. Schade, dass sie nicht mit mir sprechen will, das war nämlich mein letzter Besuch. Ich werde nicht mehr da sein, wenn ihr mich braucht.«

»Wir brauchen dich nicht. Wir haben dich nie gebraucht und werden dich auch in Zukunft nicht brauchen.«

»Da wäre ich mir nicht so sicher, Maeve«, entgegnete Kay McCulloch unheilvoll.

In den Tagen vor Ostern war in Dublin alles ruhig, und die Offiziere der Garnison freuten sich auf die Feiertage. In dem Gebäude in der Winetavern Street hatte Vaizey jedoch soeben den Befehl empfangen, alle führenden Nationalisten zu verhaften, und eine Kopie dieses Schreibens war bereits in die Hände des nationalistischen Rates gelangt.

Provokante Aktionen des Dublin Castle waren an sich nichts Neues, aber die bevorstehende Aktion war deshalb beunruhigend, weil eine umfangreiche Lieferung deutscher Waffen nach Tralee Bay unterwegs war, zur Bewaffnung der Gefolgsleute beim bevorstehenden Generalaufstand. Die Anführer der Nationalisten kamen bei einem Geheimtreffen zusammen, um die Situation zu besprechen, aber man geriet aneinander, und das Treffen entwickelte sich zu einem Riesendurcheinander.

In Mr. Vaizeys Büro hingegen ging alles sehr geordnet zu, trotz des umfangreichen Papierkrams, der erledigt werden musste, bevor die Navy das deutsche Schiff stoppen und genügend Beweise für ein »Komplott« zusammentragen konnte, um die prominentesten Mitglieder der Bruderschaften festnehmen zu können, unter anderem auch – und darüber freute sich Vaizey ganz besonders – diesen schleimigen selbstgefälligen Geldwäscher Oliver Francis Hagarty.

Fran Hagarty war kein Roger Casement und erst recht kein Patrick Pearse. Er war ein Mann des Geldes, Einkäufer und Verteiler von Waffen, sehr geschickt darin, einfache Leute zu manipulieren, denen die Sehnsucht nach einem unabhängigen irischen Staat mit der Muttermilch eingeflößt worden war. Vaizey konnte einfach nicht verzeihen, wie skrupellos und kaltschnäuzig Hagarty die hübsche Inhaberin des »Shamrock« benutzt hatte und noch benutzte, indem er sie zu seiner Komplizin gemacht hatte. Ihr Name stand ganz oben auf der Liste der zu verhaftenden Personen, denn er, Inspector Vaizey von der Crime Special Branch, konnte im Einzelfall ebenso herzlos und skrupellos sein wie Hagarty. Er hätte am liebsten auch das Mädchen festgenommen, denn die verstockte Kleine mit den langen Beinen hätte man im Licht der roten Lampen leicht für fünfzehn oder sechzehn halten können, aber die Einschüchterung von Kindern lehnte Vaizey bei aller Kaltblütigkeit ab.

Wenn es so weit war und die Bombe hochging, das schwor sich Inspector Vaizey, dann würden sie ihm alle ausgeliefert sein, einschließlich Sylvie McCulloch.

»Vaizey?«, meinte Fran. »Ich verstehe wirklich nicht, wie du dir Sorgen machen kannst wegen dieses arroganten Arschs. Das ist doch nur ein bornierter Beamter und keine Naturgewalt.«

»Er macht mir Angst«, sagte Sylvie. »Denk doch nur an das, was er mit Gowry gemacht hat, wie er ihn vertrieben hat. Und jetzt das.« Sie klopfte mit der Hand auf die Zeitung, die aufgeschlagen neben ihr auf dem Bett lag. »Willst du mir erzählen, das wäre auch nur Quatsch?«

»Ich sage nicht, dass es Quatsch ist. Ich meine nur, dass man nicht alles glauben sollte, was da steht.«

»Würde Alderman Kelly es denn bei einer öffentlichen Sitzung vorlesen und zulassen, dass die Zeitungen es abdrucken, wenn es nicht stimmen würde? Wie ist die Neuigkeit eigentlich in die Hände des Rates gelangt?«

»Einer unserer Leute hat eine Akte im Castle kopiert.«

»Wer?«

Fran breitete schulterzuckend die Hände aus. »Keine Ahnung, Sylvie.«

Er hatte gehofft, nach den Streitigkeiten beim Meeting des Revolutionären Rates daheim seine Ruhe zu haben. Charlie hatte ihm

Zutritt verschafft, jetzt da er nach der Neustrukturierung der Bruderschaft ein wenig Macht erlangt hatte. Fran hatte ganz hinten bei den Säulen gesessen und geschwiegen, nachdem seine Arbeit in Dublin fast abgeschlossen war. Die Waffen auf dem deutschen Schiff *Aud* hatte er nicht erworben; die Waffen, die von den Geldern aus Amerika angeschafft worden waren, befanden sich längst in der Stadt. Nur er allein kannte alle Verstecke und wusste, welche Gruppierungen bewaffnet werden würden. Mehr noch: Er war im Besitz des Passwortes, das ihm den Zugriff auf John James Flanagans Konto bei der North Mercantile Bank verschaffte, ein Konto, das tatsächlich dazu dienen sollte, eine neue revolutionäre Regierung zu etablieren, sobald die Stadt fest in ihrer Hand war.

Er schaute dem Kind beim Trinken zu.

Fran war stolz auf den Jungen, aber nicht stolzer als auf seine beiden anderen Söhne. Auch ärgerte es ihn, dass Sylvie alles andere zurückstellte und so völlig in der Mutterrolle aufging. Aber die Schuld daran lag wohl bei ihm selbst. Er konnte diese Frau nicht einfach abstellen wie all die anderen Frauen vor ihr, denn Sylvie hatte ihr Herz an die Sache verloren, die sein Lebensinhalt war. Manchmal bedauerte er, dass er sie würde zurücklassen müssen, wenn er nach Amerika segelte, doch wenn er erst in Philadelphia war, würde er wieder ein freier Mann sein, frei von seinen Ehefrauen, Freundinnen und Kindern, Sylvie McCulloch eingeschlossen.

Sylvie hielt ihr Kleid geschlossen und gewährte ihm keinen noch so flüchtigen Blick auf ihre Brüste, während sie das Baby stillte. Sogar nachts hüllte sie sich in dicke Winternachthemden und gefütterte Schlüpfer, um ihn zu entmutigen.

»Was starrst du denn so?«, fragte sie.

»Nichts.«

»Willst du mir nicht sagen, wer das Dokument kopiert hat?«

»Heiland …«

»Du weißt es gar nicht, habe ich recht?«

»Nein, ich habe keine Ahnung. Rory O'Connor … vielleicht.«

»War er denn hier? Hat er im ›Shamrock‹ gewohnt?«

»Natürlich nicht.«

Es war schon spät, und er brauchte seinen Schlaf. Gott, wie dringend er Schlaf brauchte! Er würde Schlaf speichern müssen wie ein Kamel Wasser, wenn er über das Wochenende kommen wollte.

Selbstverständlich war er über die Pläne der Polizei informiert, da ihm die hochrangigen Vertreter der Bruderschaften vertrauten, und er würde tun, was getan werden musste, bevor er ging, doch anders als Charlie, Peter McCulloch, Turk, Kevin und der Rest der Bruderschaftsmitglieder war er nicht gewillt, sein Leben für die Sache zu geben.

Sylvie hatte sich nicht zugedeckt, sondern lag da wie eine Odaliske, das Kind in der Armbeuge. Sie hatte nicht mehr viel Ähnlichkeit mit der Frau, die er anfangs so leidenschaftlich begehrt hatte. Schwangerschaft und Muttersein hatten sie ihrer Attraktivität beraubt.

»Willst du mir nicht erzählen, was vorgeht?«, fragte sie nun.

»Nur das übliche Gerede«, wiegelte er ab.

Er war müde und hungrig. Jansis hatte versprochen, ihm Eier mit Speck zu braten. Maeve lungerte unten herum und konnte es kaum erwarten zu hören, was es Neues gab. Das Mädchen besaß die feine Sensibilität des wahren Fanatikers und erinnerte ihn ein wenig an die Herzogin Connie Markiewitsch. Im Gegensatz zu ihrer Mutter wusste sie, was die Sanktionierung von präventiven Maßnahmen zu bedeuten hatte, da Colin Whiteside nicht nur Lehrer war, sondern Captain in der Bürgerwehr, und der prophezeite seinen kleinen Schutzbefohlenen seit Wochen, dass der Befreiungsschlag unmittelbar bevorstand.

»Das stimmt nicht. Was hast du ausgeheckt, während ich mit dem Baby hier festgesessen habe? Ich habe dich die ganze Woche kaum zu Gesicht bekommen.«

Schwangerschaft und Geburt hatten sie arg mitgenommen, viel mehr als erwartet. Er hatte ihr alle Zeit gewidmet, die er hatte erübrigen können, aber er war vollauf damit beschäftigt, Waffen zu verstecken und Gelder zu verschieben. Er hatte seinen Anteil kassiert, einen fairen Anteil, wenn man berücksichtigte, was er für die Sache getan hatte. Sylvie würde nicht zu kurz kommen, wenigstens finanziell würde sie gut versorgt sein.

»Solltest du nicht mal ein, zwei Tage nach Malahide fahren und den Kleinen Daniel und seiner Frau zeigen?«

»Malahide? Die würden mir ja einen herzlichen Empfang bereiten.«

»Es sind Ferien, Liebes. In der Stadt wird es rappelvoll sein.«

»Ich gehe weder nach Malahide noch sonst wo hin. Außerdem ist Sean nicht Daniel McCullochs Enkel – und auch nicht ihrer.«

»War sie wieder hier und hat Maeve bedrängt?«

»Wer? Kay McCulloch? Nein, die wird sich hier nicht wieder blicken lassen.«

»Ist Maeve immer noch durcheinander wegen des Unsinns, den die Alte ihr an den Kopf geworfen hat?«

»Maeve ist noch jung und vergisst schnell.« Sylvie kehrte ihm den Rücken zu und legte das Baby an der anderen Brust an. »Im Gegensatz zu mir.«

Was sollte er ihr sagen? Dass die Pläne des Rates mehr von Mut kündeten denn von durchdachter militärischer Strategie? Dass die Befehlshaber in Limerick und Kerry bereits Munition verteilten in Erwartung einer umfangreichen Ladung deutscher Waffen? Dass am Sonntag die Citizen Army sich in St. Stephens Green verschanzen und die Dublin Brigades Schlüsselpositionen für die Verteidigung der Stadt erobern würden? Dass die Straße nach Kingstown blockiert und die Endhaltestellen der Eisenbahn stillgelegt werden würden, bis der Militärrat das Postamt besetzt und die Gründung der Republik Irland verkündet hatte? Wie sollte er ihr sagen, dass die Bruderschaft von Erin befohlen hatte, Watton's Lagerhaus gleich hinter dem »Shamrock« zu besetzen, und sie und die Kinder in großer Gefahr waren, wenn sie blieben?

»Warum willst du mich loswerden, Fran? Hast du eine andere?«

»Du meine Güte, Sylvie, selbstverständlich nicht. Woher sollte ich die Zeit – ganz zu schweigen von der Energie – für eine andere Frau nehmen?« Stöhnend hob er beide Hände gen Himmel. »Red nicht so ein dummes Zeug! Er richtete den Blick auf sie und das Kind. »Also gut, ich werde dir die Wahrheit sagen, aber du darfst niemandem ein Sterbenswörtchen verraten, nicht einmal Jansis.«

»Es geht um die Revolution, stimmt's'«

»Ja, du hast recht.«

»Wie schlimm wird es werden, und wie lange wird es dauern?«

»Ich weiß es wirklich nicht.«

Er strich mit einem Finger über das seidige schwarze Haar des Babys. Auf der Stirn des Säuglings sah er winzige Schweißperlen, und der kleine Junge verströmte den typischen warmen Babygeruch nach Milch und Urin.

Als Sylvie aufblickte, sah er die Entschlossenheit in ihren Augen.

»Und du erwartest von mir, dass ich fortgehe? Ausgerechnet jetzt? Wo du mich am meisten brauchst? O nein, Fran Hagarty, auch wenn ich irgendwo hinkönnte, was nicht der Fall ist, würde ich dich um nichts in der Welt im Stich lassen. Dies ist mein Haus, und du bist mein Mann, und ich werde dir zur Seite stehen, ob es dir passt oder nicht.«

»Das ist nicht nötig, Sylvie.« Aber noch während er sprach, wusste er, dass sie recht hatte. Es war nötig, und sogar unausweichlich. Er hatte sie dazu gebracht, sich zu verlieben, und jetzt musste sie den Preis dafür zahlen. Sie würde alles für ihn riskieren, und er nichts für sie. Für ihn hatte die Arbeit, die Sache, Vorrang, die Loyalität gegenüber einer wiederauferstehenden Nation, die zweifellos folgen würde, ob der Putsch gelang oder nicht.

»Ich liebe dich, Fran. Ich werde dich jetzt nicht verlassen.«

»Nein, aber du brauchst auch nicht für mich zu sterben, Sylvie.«

»Das werde ich nicht und du auch nicht.«

Sie drehte das Baby in den Armen, reckte sich und bot ihm die Lippen dar. Fran war überrascht von ihrem Mut, der ihn beinahe schwach werden ließ. Er wusste, dass, wenn er nur lange genug bei ihr blieb, sie ihn schwächen und beherrschen würde – und das durfte er nicht zulassen.

Widerwillig küsste er sie.

»Und jetzt sag, wann wird der Putsch stattfinden?«
»Sonntag«, antwortete er leise. »Sonntag um zwölf.«
»Sind wir denn bereit?«, fragte Sylvie.
»So bereit, wie man nur sein kann.«

KAPITEL 14

Früh am Samstagmorgen erhielt Inspector Vaizey die Nachricht, dass die *Aud* vor Queenstown gestellt worden sei, Kapitän und Besatzung festgenommen worden waren und man Roger Casement mehr durch Zufall geschnappt hatte, als er versucht hatte, mit einem kleinen Boot die Küste von Kerry zu erreichen. Er freute sich über die Nachrichten aus dem Süden, da er davon ausging, dass der Verlust der Waffenlieferung den bevorstehenden Putsch unmöglich machte.

Am anderen Ende der Stadt kam der militärische Rat der Aufständischen zusammen und entschied, die für den Ostersonntag geplante Mobilmachung abzublasen, ein Entschluss, der von den einfacheren Leuten als feige gewertet wurde, war doch in ihren Augen irgendeine Geste besser als gar keine. Die Entscheidungsträger setzten sich noch einmal zusammen, und diesmal beugte man sich dem Willen der Mehrheit und entschied, am Montag um zwölf Uhr mittags zuzuschlagen.

»Da steht es«, rief Turk Trotter. »Da steht es schwarz auf weiß.«

»Was steht da, Turk?«, bettelte Maeve. »Sag, was da steht.«

»Vier Stadtbataillone werden heute um zehn im Rahmen einer Parade inspiziert.«

»Der Name, Mann, von wem ist der Wisch?«, wollte Kevin wissen.

»Thomas MacDonagh.«

»Der Brigadekommandant würde dir niemals einen Bären aufbinden«, meinte Maeve.

»Stimmt, das würde er nicht«, bestätigte Turk. »Gib mir noch was von dem Speck, mein Butterblümchen. Mehr Eier, mehr Tee, mehr von allem, was du hast, wir brauchen Kraft wie die Kampfhähne für diese Zehn-Uhr-Parade.«

»Weiß Charlie von dem Einsatz?«, wollte Peter McCulloch wissen.

»Charlie selbst hat mir den Schrieb gegeben«, entgegnete Turk.

»Und wo steckt er?«

»Er trommelt die Männer zusammen.«

»Und wo ist Fran? Ist er oben und vögelt seine Möchtegern-Ehefrau?«

»Genug davon«, befahl Turk streng, während Jansis Peter eins hinter die Löffel gab, um ihn daran zu erinnern, dass Damen anwesend waren.

»Wir haben Fran seit gestern Nachmittag nicht mehr gesehen«, meinte Maeve. »Aber er wird ganz sicher rechtzeitig hier sein, um mit euch loszuziehen.«

»Ich hoffe, er bringt Sprengstoff mit, falls es zu einem Rückzug kommt.«

»Einem Rückzug?«, brummte Turk. »Es wird keinen Rückzug geben. Wir halten Watton's Lagerhaus, bis die Flagge der Republik auf dem Rathaus weht.«

»Genau«, bekräftigte Peter. »Oder bis wir alle tot sind.«

Maeve fand ihren Onkel furchtbar hässlich. Seine Züge erinnerten sie an einen Wasserspeier, und der spärliche, ungepflegte strohfarbene Bart machte es auch nicht besser.

»Ich habe nicht die Absicht, mich abknallen zu lassen«, sagte Turk. »Ich will leben, und zwar frei wie ein Vogel, ein irischer Vogel, der seine Kreise um die irische Flagge zieht.«

»Und auf Bedford Tower scheißt«, meinte Peter grinsend.

»Das mache ich gleich mit dir, Kleiner, wenn du nicht bald dein Schandmaul hältst.« Turk zog Maeve an sich. »Was ist mit dir, Schätzchen, fliegst du mit mir um die irische Flagge?«

»Klar mach ich das, Turk«, antwortete das Mädchen.

Jansis und sie hatten am gestrigen Abend für die Männer gekocht und ihnen am Morgen das Frühstück bereitet, da Mam mit Sean beschäftigt war. Die Männer hatten die Nacht im »Shamrock« verbracht und waren heute Morgen in der Uniform der Bruderschaft von Erin am Frühstückstisch erschienen. Sie sahen schneidig aus und männlich in hellem Grün mit gekreuzten Riemen über der Brust. Turk trug dazu einen Hut und ein Holster mit einem echten Revolver, den er ihr auf ihre Bitte hin reichte. Die Waffe lag groß und schwer in ihren kleinen Händen. Ihr Großvater fehlte, da er wieder krank war, wenn auch offenbar nicht zu krank für einen Besuch beim Pferderennen. Charlie hatte ihren Großvater inzwischen abgelöst. Die Brauerei in Towers war geschlossen worden, da der zukünftige Präsident des neuen Parlaments, Patrick Pearse, Charlie einen Abgeordnetensitz versprochen hatte.

Richtig schön war es, morgens mit den uniformierten Männern in der verrauchten Küche zu sitzen. Ihre Kehle war wie zugeschnürt, als Turk die großen Hände vor ihrem Bauch verschränkte und ihr erzählte, wie toll es sein würde, gegen die Briten zu kämpfen, das Volk vereint im Kampf gegen die Besatzer, damit Irland nach vierhundert Jahren endlich wieder den Iren gehörte. Der Ofen war glühend heiß, und durch die offene Tür konnte sie die paar Hühner, die ihnen noch geblieben waren, dabei beobachten, wie sie träge im Kies scharrten und pickten. Sie würde die Tiere gleich füttern, die Tiere und die Männer, und dann würde sie rausgehen, um ihre Freunde marschieren zu sehen, nur dass diesmal der Marsch nicht drüben in der Ausbildungshalle oder im Pub enden würde, sondern auf den Barrikaden.

Sie lehnte sich an Turk, auf seinen Bauch und seinen Oberschenkel gestützt. Die Jungs lachten, sogar Peter. Sie wünschte, ihr Daddy könnte hier bei ihnen sein, anstatt Tausende von Meilen entfernt für die Briten zu kämpfen. Maeve verachtete ihn, und doch liebte sie ihn auch, trotz allem, was Mr. Whiteside ihr über Verrat erzählt hatte und darüber, dass die Deutschen ihre Verbündeten gegen die Engländer wären, sodass kein anständiger Ire die Waffe gegen sie richten dürfe.

Turk zog eine Uhr aus der Brusttasche und warf einen Blick auf das Zifferblatt. »Esst auf, Jungs«, sagte er nüchtern. »Zeit zum Aufbruch.«

Kevin stand auf. »Tod oder Ruhm, Freunde«, meinte er, wobei er einen englischen Akzent nachäffte. »Auf sie mit Gebrüll.«

»Auf sie mit Gebrüll.« Turk ließ Maeve von seinem Schoß gleiten und stand ebenfalls auf. »Diese Parade wollen wir uns doch nicht entgehen lassen.«

»Auf gar keinen Fall«, bekräftigte Peter.

Der Aufstand kam für alle völlig überraschend, und die Leichtigkeit, mit der zweiundzwanzig Mitglieder der Bruderschaft das Lagerhaus eroberten und besetzten, war für Maeve beinahe enttäuschend. Sie kletterten nicht vom Hinterhof des »Shamrock« aus über die Mauer, sondern marschierten stattdessen völlig ungehindert die Sutter Street hinunter bis zu den Lagerhaustoren.

»Na, was wollt ihr denn?«, fragte der Pförtner. »Wir haben geschlossen wegen des Bankfeiertages.«

»Das wissen wir«, entgegnete Kevin selbstgefällig. »Wir sind gekommen, um das Gebäude für die Bruderschaft von Erin in Besitz zu nehmen, im Namen der neuen Republik.«

»Und was zum Teufel will die Bruderschaft mit dem Gebäude anfangen?«, meinte der Pförtner spöttisch. Der Mann war fett, rund wie eine Kanonenkugel, mit dickem weißen Haar und einem ebenso weißen Schnauzbart. Er trug eine Art Uniform, wenn auch nicht militärischer Natur, und von seinem Gürtel baumelte an einer Kette ein dicker Schlüsselring.

»Besetzt den Laden«, befahl Kevin. »Im Namen eines freien Irland.«

»Home Ruler!«, sagte der Pförtner kopfschüttelnd. »Ts, ts, ts.«

»Die Revolution hat begonnen, Mann. Der Aufstand ist in vollem Gang«, erklärte Kevin.

Der Pförtner hinter dem verschlossenen Tor schien ungerührt von diesen Neuigkeiten zu sein.

Normalerweise wären um diese Zeit an einem Montagmorgen vollbeladene Lastwagen ein- und ausgefahren, da bei Watton's große Mengen Rohre für die Gas- und Wassergesellschaft gelagert waren sowie Stahlplatten und Wellblech, Ballen roher Baumwolle und Jute und gewaltige Granitplatten, die die Kräne durch die Luft schwenkten, als wögen sie nicht mehr als Hostien. Mehr als einhundert Angestellte beschäftigte das Lagerhaus, darunter auch Frauen und Mädchen, aber heute war nur eine Handvoll Lagerarbeiter im Hof zu sehen.

Turk hatte Maeve erklärt, dass es zu gefährlich sei für ein Mädchen, da es zu einer Schießerei kommen könne und er sie ihrer Mama nicht mit einer Kugel im Kopf zurückbringen wolle. Aber sie war ihnen trotzdem vom Paradeplatz aus gefolgt, zurück über die Brücke und die öde gepflasterte Sutter Street entlang, die völlig verlassen schien, abgesehen von staubigem Sonnenlicht und einigen Tauben. Turk wusste, dass sie da war, doch er war fest entschlossen, den Soldaten zu spielen, und ignorierte sie.

Er straffte die Schultern, klemmte die Daumen unter den Gürtel und musterte den Pförtner mit grimmiger Geduld. Charlie, in seiner Uniform schick wie ein Dandy, fühlte sich offenbar ganz wohl dabei, Kevin das Reden zu überlassen.

»Joseph, verdammt noch mal, willst du uns nicht endlich reinlassen?«

»Ich denke darüber nach.« Joseph, der Pförtner, war allein auf seinem Posten: In der Holzhütte hinter ihm hielt sich niemand auf. »Sag mal, mein Sohn, was genau wollt ihr denn mit einem Lagerhaus? Hier sind keine englischen Soldaten.«

»Das Lagerhaus ist strategisch günstig gelegen«, zischte Kevin.

»Tatsächlich?« Joseph strich sich über den Schnauzbart, klimperte mit dem Schlüsselbund und schaute lässig die Sutter Street auf und ab. »Und was genau heißt das, ›strategisch günstig‹?«

»Herrgott noch mal!«, entfuhr es Turk. »Warum diskutieren wir überhaupt mit diesem Volltrottel?«

Er nahm den Revolver aus dem Holster, trat dicht vor das Tor, zielte auf das schwere Vorhängeschloss und drückte ab. Das metallische Geräusch, das entstand, als die Kugel auf das Schloss traf, hallte als dumpfes Echo über die Dächer. Ein ganzer Schwarm Tauben flog auf, während die Jungs von der Bruderschaft sich zu Boden warfen, um sich vor herumfliegenden Metallfragmenten von Vorhängeschloss und Torpfosten in Sicherheit zu bringen.

Das zerschossene Schloss baumelte noch einen Moment von der Kette, bevor es mit einem leisen Klirren zu Boden fiel, und das große Tor schwang auf.

Joseph schüttelte noch einmal den Kopf. »Also das wär wirklich nicht nötig gewesen.«

»Offenbar doch«, knurrte Kevin.

»Vorwärts!«, rief Turk, und die Männer rappelten sich auf und folgten ihm, als er auf den Hof stolzierte, um im Namen der neuen Republik das Lagerhaus zu besetzen.

»Ich habe heute Abend gesehen, wie ein Mann erschossen wurde«, sagte Maeve.

Sylvie blickte auf, nicht so sehr von der Nachricht an sich verblüfft, sondern davon, mit welchem Gleichmut ihre Tochter von diesem Ereignis berichtete. »Wo?«

»Drüben bei St. Stephen's Green, in der Nähe von Shelbourne.«

»Was hattest du denn da zu suchen? Ich habe dir doch verboten, den Liffey zu überqueren«, erwiderte Sylvie streng. »Bist du mit der Straßenbahn gefahren?«

»Es fahren keine Straßenbahnen, Mam: Warst du denn heute noch gar nicht draußen?«

»Wir haben auf Mr. Hagarty gewartet«, erklärte Jansis. »Erzähl uns mehr von dem Mann, der erschossen wurde. War er ein englischer Soldat?«

»Nein, ein ganz normaler Typ.«

»Einer von uns?«, wollte Jansis wissen.

»So wie der aussah, gehörte er zu niemandem«, entgegnete Maeve lapidar.

Ihre Aufregung war längst verflogen. Als Turk sich geweigert hatte, sie ins Lagerhaus zu lassen, war sie in die Innenstadt zurückgekehrt und von einer Barrikade zur anderen gewandert. Jetzt saß sie mit weit abgewinkelten Ellbogen am Küchentisch, und wenn sie nicht so hungrig gewesen wäre, hätte sie wohl einfach den Kopf auf die Arme sinken lassen und wäre eingeschlafen.

Die Hintertür stand offen, und noch war es nicht völlig dunkel draußen. Sylvie konnte den Hühnerstall erkennen, die Hofmauer und einen Teil des Lagerhausdaches, das sich gegen den dunkelblauen Himmel abhob. Das Ganze wirkte so friedlich, dass sie sich nur schwer vorstellen konnte, dass ihre Schwager sich drüben verschanzt hatten und sich bereit machten für einen Schusswechsel mit den Regierungstreuen. Aber wenn man die Ohren spitzte, konnte man sogar in der heimeligen Küche ganz leise das Knattern von Gewehrsalven in der Ferne hören.

Den Kopf in eine Hand gestützt, schaufelte Maeve sich mit der Gabel Erbsen in den Mund. »Komisch«, sagte sie mit vollem Mund, »im Park war kein Mensch zu sehen, obwohl man wusste, dass sie da waren. Allerdings habe ich den ganzen Tag über kaum einen Polizisten zu Gesicht bekommen.«

»Die Stadtpolizei ist nicht bewaffnet«, erklärte Jansis. »Wenn es wirklich Ärger gibt, lassen die sich nicht blicken.«

»Hast du auch britische Soldaten gesehen?«, fragte Sylvie.

»Nein, doch ich habe gehört, dass eine ganze Menge drüben in der Portobello Road getötet wurden.«

»Wurde dort auch dieser Mann erschossen?«, wollte Jansis wissen.

»Nein, das war bei der Barrikade am Green. Es waren Autos, Betten, Handkarren und allerlei Zeug aufgestapelt. Sie hatten dem Mann seinen Karren weggenommen, glaube ich. Es war kein Freiwilliger in Sicht, bis der Mann – ein wahrer Riese – aus der Bellevue Street kam und die Barrikaden ansteuerte. Er wollte seinen Karren zurückhaben und war gekommen, um ihn zu holen. Die Freiwilligen – von der Citizen Army – tauchten hinter der Befestigung auf und kamen noch aus verschiedenen anderen Verstecken.«

»Und wo warst du?«

»Ich stand in der Menge.«

»Der Menge? Was für einer Menge?«, hakte Sylvie nach.

»Ein paar Leute waren gerade von der Küste zurückgekommen, und da weder Züge noch Straßenbahnen fuhren, hatten sie den ganzen Weg laufen müssen. Mann, waren die schlecht gelaunt! Der Mann mit dem Karren war fast so alt wie Großvater, und er ging mit erhobenem Zeigefinger schimpfend auf die Barrikaden zu und verlangte die Herausgabe seines Karrens. Sie sagten ihm, er solle verschwinden, wenn er nicht erschossen werden wolle, aber er meinte, er bräuchte den Karren, um seinen Lebensunterhalt zu verdienen. Er ging hin und fing an, den Karren aus dem Stapel zu zerren. Und da haben sie ihn erschossen. Ich glaube, sie haben ihm ein Loch in den Kopf geschossen.« Maeve seufzte. »Dann rannte eine Frau auf die Straße. Sie hat wie von Sinnen geschrien. Ich dachte, sie würden sie auch erschießen, doch das haben sie nicht getan. Sie fiel mitten auf der Straße auf die Knie, brüllte die Männer an, und sie verschwanden wieder hinter den Büschen. Ein paar Umstehende hoben den Toten auf und trugen ihn zu dem Krankenhaus neben dem ›Arts Club‹. Weißt du, wo das ist, Mam?«

»Nein«, entgegnete Sylvie.

»War er denn wirklich tot?«, wollte Jansis wissen.

Maeve zuckte die Schultern, pulte mit Zeigefinger und Daumen ein Stück Knorpel zwischen den Zähnen hervor und legte es auf den Tellerrand. Sie war schläfrig von der frischen Luft und dem vielen Laufen an diesem langen Tag. Aber Furcht, Beklemmung oder gar Entsetzen empfand sie nicht. Die Erschießung eines Mannes, eines harmlosen Zivilisten, hatte sie nicht weiter berührt. Sylvie war erschüttert von der offenbaren Gefühllosigkeit ihrer Tochter.

»Ist Fran noch nicht zurück?«, fragte Maeve.

»Nein, bisher nicht.« Jansis hatte Fran Hagarty nie besonders gut leiden können und betrachtete ihn immer noch als Kuckucksei. »Was hast du sonst noch gehört? Gibt es schon Neuigkeiten von den Deutschen, die in Kerry landen sollen?«

»Ich habe alles Mögliche gehört, aber kein Wort von den Deutschen. Wir haben das Zollamt und das Hauptpostamt besetzt, doch nicht die Burg. Mr. Pearse hat von der Treppe des Postamtes aus verkündet, die republikanische Regierung sei an der Macht, und an sämtlichen Fahnenmasten weht die Trikolore.« Maeve schwieg einen Moment. Ihr Mund stand offen, und man konnte das Stück Fleisch auf ihrer Zunge sehen. »Hört doch! Hört ihr das? Sie schießen. Hört ihr das nicht?«

»Doch.« Jansis bekreuzigte sich. »Gott steh ihnen bei.«

Die Garnison war völlig überrumpelt worden, und wenn es nach ihm gegangen wäre, hätten sie die Burg gestürmt, ganz egal, um welchen Preis. Alles in allem hatten die Brigadiere aber gute Arbeit geleistet, sodass am Dienstagmorgen das Stadtzentrum fest in ihrer Hand war. Kaygan versicherte ihm, dass die meisten strategisch wichtigen Punkte südlich des Liffey gut befestigt seien und die Briten Kanonen würden einsetzen müssen, um zu verhindern, dass die Rebellen ihre Linien ausweiteten.

Fran hatte jetzt zwei ganze Tage in Kaygans Gesellschaft verbracht. Kaygan war ein Maulheld und Angeber, aber er war im Besitz eines Presseausweises, der es ihm ermöglichte, sich frei zu bewegen, und so hatten sie gemeinsam fast die ganze Sonntagnacht im Hudson verbracht und den Brauereiwagen, den Charlie beigesteuert hatte, kreuz und quer durch die Stadt dirigiert.

Der Fahrer war selbstverständlich absolut vertrauenswürdig, und es war ein hartes Stück Arbeit gewesen, Waffen und Munition aus allen sieben Verstecken zu bergen. Die beiden Clydesdale-Hengste im Geschirr hatten sich schwer ins Zeug legen müssen, um die Last unter der Plane zu bewegen, und so waren sie nur sehr langsam vorwärtsgekommen. Erst nach Sonnenaufgang, als die Männer sich bereits versammelten, waren sie endlich fertig geworden. Fran hatte die Waffen dem stellvertretenden Kommandeur der Citizen Army übergeben und war dann mit dem Auto in die Endicott Street zurückgekehrt, um seine Habseligkeiten zu packen und noch ein paar Stunden zu schlafen.

Das Geld – in englischen Banknoten – war in einem Aktenkoffer aus schwarzem Leder verstaut. Er hätte es bis zuletzt auf der Bank gelassen, wenn die Banken an diesem Tag nicht geschlossen gewesen wären.

In der Wohnung hoch oben in dem Wohnblock in der Endicott Street hatte er genau dreißig Pfund von den zweitausendachthundert abgezählt und in Zeitungspapier gewickelt, und als er um halb elf am Montagvormittag zum letzten Mal das Haus verließ, trug er nicht mehr bei sich als den Aktenkoffer und das Päckchen Bargeld.

Am Fuß der Eisentreppe wandte er sich nach links und betrat das Zimmer, in dem Pauline und ihre Kinder schliefen. Er stieg über die Schlafenden auf dem Fußboden hinweg und fand Pauline auf einer Matratze in der Ecke am Fenster, ein Baby in den Armen, sein Baby, nicht irgendein namenloses Balg. Er schaute in ihre blauen Augen und verschloss ihre Lippen mit einem Finger, um ihr zu bedeuten, still zu sein. Dann legte er das Päckchen neben ihren Kopf, küsste sie zum Abschied und kehrte der Endicott Street endgültig den Rücken.

Flanagan würde erst Dienstagnachmittag, möglicherweise sogar erst Mittwoch merken, dass das Konto leer geräumt war, so leer wie die Verstecke, in denen die Waffen für die Revolte gelagert gewesen waren. Bis dahin würde er, Fran, längst an Bord der *Empress of India* sein, sechzig bis achtzig Meilen weit draußen auf dem Atlantik und außerhalb von John James' Reichweite.

Den ganzen Montag über hatte er den Koffer keine Sekunde aus den Augen gelassen. Er hielt ihn auf dem Schoß, während Kaygan ihn herumkutschierte, benutzte ihn als Schreibunterlage, wenn er Worte und Taten der Männer von Bedeutung notierte, und am Abend nach der Eroberung des Postamtes und nach Pearses Verkündung der Republik als Kopfkissen. Sogar beim Essen im »Rossiter's« hielt er ihn zwischen die Knie geklemmt, bevor er sich mit Kaygan in der Zeitungsredaktion gegenüber dem Castle traf, von wo aus Scharfschützen der Aufständischen den Briten das Leben schwermachten.

Fran ließen die Schüsse ebenso kalt wie die Gerüchte über erfolgreiche Eroberungen der Citizens. Ihn interessierten nur die Worte, die sich in seinem Kopf aneinanderreihten, Worte, die die Ereignisse festhalten würden, an denen er mitgewirkt hatte, Worte, die ihn trennen würden von allem, was er getan hatte, und die ihn befreien würden von all den Frauen und Mädchen, die er in Irland gekannt hatte, darunter auch Pauline und Sylvie. Die Stimmen in seinem Kopf beschäftigten ihn so sehr, dass der Ausgang des Aufstandes ihm beinahe egal war, ahnte er doch, dass das, was in der Theorie so gewaltig und erhaben war, letztendlich auf ein blutiges Scharmützel hinauslaufen würde.

Kaygan reichte ihm die Flasche.

Fran wischte die Öffnung ab, ehe er trank. Whisky hatte schon immer geholfen, seinen Realitätssinn zu schärfen. Er trank noch einmal. An einem Schreibtisch in der Redaktion, weit weg von den Scharfschützen auf der Vorderseite des Hauses, kaute Kaygan auf einem erloschenen Zigarrenstummel herum und musterte ihn nervös. Kaygan war verheiratet und lebte mit Frau und drei Töchtern in einer kleinen Villa mit Garten in der Dormanside Road. Er war ein integrer politischer Journalist und schrieb für mehrere englische Zeitungen. Er war glatt rasiert und hatte eine schmale, gerade Nase. Wäre er nur einen halben Kopf größer gewesen, hätte man ihn wohl als Frauentyp bezeichnen können.

Kaygan kaute weiter auf der Zigarre herum. »Trink nicht alles aus, Francis, das ist die letzte Flasche, es sei denn, du trittst dafür ein, dass wir die ›Vinetry‹ oder ›Patsy Dene's‹ beschlagnahmen, um unsere Vorräte aufzustocken. Ich fürchte allerdings, dass die halbe Stadt noch vor uns dort wäre, um die Keller zu plündern.«

Fran nahm einen letzten Schluck. »Du hast recht, Kaygan. Ist sowieso Zeit, dass ich mich aufmache, sonst platzt mir noch der Schädel von dem ganzen Lärm. Ich kann mich ja kaum trinken hören.«

»Sollen wir in den Süden der Stadt fahren, raus zu den Kanälen?«, fragte Kaygan. »Dort dürfte am meisten los sein.«

»Ich fahre zu Watton's.«

»In der Sperryhead?« Kaygan verkorkte die Flasche wieder und ließ sie in die Manteltasche gleiten. »Was sollte denn in der Sperryhead eine Zeile wert sein?«

»Wenn die Briten sich ein Hintertürchen zu den Kais offenhalten wollen, und ich bin mir ziemlich sicher, dass sie Wert darauf legen, müssen sie die Sutter Street und die Sperryhead Road abriegeln und unsere Posten auf dieser Seite des Flusses isolieren.«

»Ist das nicht clever? Wer denkt sich so etwas aus, ein kluger Mann aus Whitehall oder ein General frisch aus Flandern?«

»Was hältst du davon, Kaygan?«

»Ich würde sagen, dass jemand verdammt schlau war, Watton's zu besetzen. Wie viele Männer haben sich dort verschanzt, Francis? Hast du eine Vorstellung?«

»Charlie hat mit fünfzig Mann gerechnet, die sich heute Morgen dort einfinden sollten.«

»Citizen Army?«

»Bruderschaft von Erin.«

»Ah, die Brigade des jungen McCulloch. Und wie haben sie sich den lästigen alten Daniel vom Hals geschafft? Haben sie ihn in ein Fass gesteckt?«

»Ich glaube, er ist beim Pferderennen«, entgegnete Fran.

Vorn vor dem Haus entstand eine Feuerpause.

Kaygan zog fragend eine Braue hoch. »Teepause?«

»Das bezweifle ich. Vielleicht ist ihnen die Munition ausgegangen.«

»Jetzt schon? Ich dachte, wir hätten genug geliefert, um Ypres zu stürmen, ganz zu schweigen vom Kastell.«

Wie zur Antwort auf die Frage des Journalisten zerriss eine Gewehrsalve die Stille. Auf das Klirren zerberstenden Glases folgte der Knall einer Granate, die irgendwo ganz in der Nähe einschlug. Kaygan legte eine Hand auf die Brust, genauer, auf die Whiskyflasche in der Innentasche seines Mantels, und machte ein langes Gesicht.

»Was zum Teufel war das denn? Die Briten können doch unmöglich jetzt schon Schiffe auf dem Fluss positioniert haben.«

»Feldgeschütz«, erklärte Fran.

Als ein weiterer Knall folgte und dicht darauf eine zweite Detonation, wichen die Männer hastig vom Fenster zurück. »Heilige Muttergottes!«, rief Kaygan aus. »Was meinst du? Soll ich mit meiner *carte blanche* winken?«

»Meinetwegen kannst du ihnen auch deine Glocken zeigen, ich bezweifle allerdings, dass es viel bringt.«

Kaygan lächelte nicht. »Sie haben also die Artillerie aufgefahren. Ist ihnen die Stadt denn völlig egal?«

»Hat Dublin ihnen je etwas bedeutet?«, konterte Fran. »Verabschiede dich von den Jungs da draußen, und lass uns von hier verschwinden. Kommst du mit zur Sperryhead, oder willst du woanders hin?«

»Wohnt deine Frau nicht in der Gegend?«

»Habe ich nicht überall eine?«

»Was meinst du, ob wir bei ihr ein Frühstück bekommen?«

»Kann gut sein«, erwiderte Fran, drückte den Koffer fest an die Brust, lief geduckt zur Tür hinaus und hastete mit Kaygan dicht auf den Fersen die steile Hintertreppe hinunter.

Die Schulen waren geschlossen, es gab kein Brot zu kaufen, und weder Milch noch Post wurden gebracht, was Maeve jedoch nicht weiter scherte.

Um acht Uhr machte sie sich mit dem Sack Kartoffeln, den Jansis aus dem Keller geholt hatte, auf zur Sutter Street. Sie trug den Sack über der Schulter und musste immer wieder Pausen einlegen, die Nachbarn prompt nutzten, um sie mit Fragen zu löchern.

»Hast du was Neues von dem Freund deiner Mutter gehört?«

»Wenn Sie Mr. Hagarty meinen, habe ich nur die besten Neuigkeiten gehört.«

»Stimmt es, dass die Freiwilligen die ganze Stadt eingenommen haben?«

»Ja, das ist richtig«, bestätigte Maeve.

»In Kingstown sollen Tausende von Deutschen einmarschiert sein.«

»Auch das stimmt, jedes Wort.«

Sie schwang sich den Sack wieder über die Schulter. Er schlug gegen ihr Rückgrat, und einen Moment blieb ihr die Luft weg. Es war unüberlegt von Charlie gewesen, keine Vorräte mit ins Lagerhaus zu nehmen. Wenigstens gab es in der Sperryhead Road noch keine Scharfschützen, obwohl Jansis, die schon sehr früh draußen gewesen war, gemeint hatte, dass unten jenseits der Gasse eine Handvoll britische Soldaten mit geschulterten Gewehren aufmarschiert sei und nur auf das Eintreffen eines Offiziers warteten.

»Ich habe gehört, die Kavallerie hätte Aufstellung bezogen, um das Postamt zu stürmen?«

»Die Lancer, ja. Sie haben Befehl erhalten, alles aufzuspießen, was sich bewegt, angefangen bei Frauen und Kindern.«

»Tatsächlich?«

»Ja, wahrhaftig«, log Maeve.

Sie bog um die Ecke in die Sutter Street ein, wo an die fünfzig zornige Lagerarbeiter sich draußen vor den Toren versammelt hatten. Sie stritten mit ihrem Onkel Charlie. Um imposanter zu wirken und sich einen Gesamteindruck von der Menge zu verschaffen, war Charlie McCulloch auf einen der Ballen gestiegen, mit denen seine Leute die Zufahrt verbarrikadiert hatten. Turk und einige andere Männer in Uniform, allesamt bis an die Zähne bewaffnet, standen draußen vor den Rolltoren der Lagerhalle.

»Du kannst uns nicht aussperren, McCulloch. Wir arbeiten hier.«

»Richtig. Wenn wir nicht arbeiten, bekommen wir auch keinen Lohn.«

»Ganz schön dreist von dir, Mr. Watton's Lagerhaus zu besetzen.«

»Wir nehmen niemandem etwas weg«, rief Charlie. »Beruhigt euch.«

»Wir sollen uns beruhigen, sagt er!«

»Wo steckt Mr. Watton überhaupt?«

Die Menge trat auseinander, und ein paar von den Männern musterten Maeve argwöhnisch, als glaubten sie, sie hätte Mr. Watton in dem Sack versteckt. Sie stellte den Sack ab, verschränkte die Arme vor der Brust und hörte sich die Fragen an, die die Männer ihrem Onkel entgegenschleuderten.

»Wo ist Mr. Giles? Wo ist Mr. Ottway?«

»Und wo steckt Mikey Lamb?«

»Die werden untergetaucht sein.«

»Oder sie kämpfen«, entgegnete Charlie. »Vielleicht haben sie ja mehr Grips als ihr alle zusammen und sind draußen bei den Brigaden, um für unsere Sache zu kämpfen.«

»Unsere Sache? Bei Gott, das ist nicht unsere Sache. Ich halte nichts von eurer dämlichen Rebellion.«

»Ich auch nicht.«

»Wollt ihr denn nicht das Joch der britischen Knechtschaft abwerfen?«, rief Charlie. »Wollt ihr nicht selbst über euer Schicksal bestimmen?«

»Ich will nur meinen Lohn.«

»Ich auch, ich brauche die Kohle.«

Charlie winkte angewidert ab und spuckte auf das Pflaster. »Ihr macht mich ganz krank. Und ihr nennt euch Iren. Ihr seid nur Sklaven der Lohntüte.«

»Du hast gut reden, McCulloch, du hast eine Brauerei im Rücken. Du kannst es dir leisten, den Soldaten zu spielen, ohne zu riskieren, dass deine Familie darüber verhungert.«

Maeve sah ihrem Onkel an, dass er kurz davorstand, die Beherrschung zu verlieren. »Ihr habt ja keine Ahnung, welche Opfer ich bringen musste, um heute hier zu stehen.«

»Scheiß auf deine Opfer! Lass uns rein! Lass uns endlich rein!«

»Ich lasse nur jene von euch rein, die sich uns anschließen wollen.«

Eine füllige Frau, nur ein oder zwei Jahre jünger als Großmutter McCulloch, warf sich gegen das Tor und überhäufte Charlie mit wüsten Beschimpfungen, während die Männer um sie herum zornig daran rüttelten.

Als die Menge vorwärtsstürmte, blieb Maeve allein zurück. Sie stellte sich auf die Zehenspitzen, um etwas zu sehen, und hörte gleich darauf Schüsse in der schwülen Luft. Sie versuchte, Charlies Aufmerksamkeit zu erregen, um ihm zu signalisieren, dass sie etwas zu essen brachte und nicht wusste, was sie damit machen sollte. Aber ihr Onkel war anderweitig beschäftigt. Er brüllte von oben auf den Mob hinab und hüpfte auf dem Ballen umher wie ein kleiner Affe, bis er irgendwann stolperte und, wild mit den Armen rudernd, kopfüber aufs Pflaster stürzte.

Die dicke Frau wollte sich schier ausschütten vor Lachen, und auch alle anderen amüsierten sich königlich über das Missgeschick ihres Onkels. Maeve fand es unerträglich, mit anzusehen, wie Charlie verhöhnt wurde. Wütend bahnte sie sich unter Zuhilfenahme der Ellbogen einen Weg durch die Umstehenden.

Sie stellte den Kartoffelsack ab und drückte sich an das Tor. »Was ist los mit euch?«, rief sie der Menge entgegen. »Seid ihr alle taub?«

Charlie rappelte sich mühsam auf; der Hut baumelte um seinen Hals. Turk zückte den Revolver und hielt ihn in die Höhe wie der Starter bei einem Rennen, wobei die Kordel um seinen Hals einen eleganten Bogen beschrieb. Er sah grimmig aus, grimmig und heldenhaft, fand Maeve, die ihn in diesem Augenblick nicht zum Feind hätte haben wollen.

»Hört zu, hört doch zu. Hört ihr das denn nicht?«, brüllte sie.

Und dann, wie durch ein Wunder, verstummten alle, Lagerarbeiter, Fuhrleute, Reinigungspersonal und sogar die nervösen jungen Mädchen aus der Buchhaltung, nur weil sie, Maeve McCulloch, sie dazu aufgefordert hatte. Gewehrfeuer hatte es schon die ganze Nacht gegeben, aber jetzt hörten sie alle das Dröhnen der Granaten, mit denen die Briten die Stadt bombardierten.

»Wisst ihr, was das ist? Das sind britische Soldaten, die unsere Stadt in die Luft jagen. Versucht doch mal, denen klarzumachen, dass ihr nur hier seid, um zu arbeiten.«

»Wer zum Teufel ist die Kleine?«

»Eine von den McCullochs.«

»Hat sie denn recht? Stimmt das, was sie sagt?«

»Das ist die Artillerie. Kommen sie näher?«

»Klingt fast so.«

»Wo ist denn Mr. Watton? Er sollte hier sein und mit ihnen reden.«

»Der wird längst auf und davon sein in sein schickes Landhaus.«

»Echt?«

»Klar. Wenn du ein Haus außerhalb hättest, würdest du dann nicht auch dort in Deckung gehen?«

»Der verfluchte Feigling!«

Eilig liefen sie auseinander, fort von den Toren, bis nur noch einige wenige Dickköpfe mit grimmiger Miene übrig waren. Die dicke Frau legte Maeve eine Hand auf die Schulter und drückte sie mit dem Rücken gegen das Tor. Turk schob den Revolverlauf durch das Gitter und sagte leise in seinem Wexford-Akzent: »Wenn du ihr nur ein Haar krümmst, bist du tot.«

Die Frau nahm die Hand von Maeves Schulter und hob sie beschwichtigend. »Du würdest mich doch nicht erschießen, oder?«

»Bei Gott, das würde ich, wenn du es wagst, dich zwischen mich und mein Frühstück zu stellen.«

»Dann hat die Kleine Vorräte in dem Sack?«

»Jawohl. Und jetzt geh heim, Weib, geh nach Hause, und kümmere dich um deine Kinder. Es wird bald vorbei sein.«

»Ich brauche die Arbeit«, jammerte die Frau. »Die Arbeit ist das Einzige, was ich habe.«

Turk zog den Revolver zurück, schob ihn wieder ins Holster und sperrte das Tor auf. Er zog es einen Spaltbreit nach innen. Maeve stemmte sich mit der Schulter gegen das Gitter, aber Turk ließ sie nicht herein. Er nahm ihr den Sack ab und reichte ihn an Kevin weiter, der ihn ins Gebäude trug.

»Lass mich bleiben, Turk, bitte, lass mich hierbleiben!«

»Das geht nicht.«

»Bitte.«

Er hatte das Tor bereits wieder einrasten lassen und griff nach dem glänzenden neuen Vorhängeschloss. Maeves Finger legten sich um sein Handgelenk. Er blickte auf sie hinab. Jetzt wirkte er trotz des Hutes und der gekreuzten Riemen über seiner Brust weder kalt noch martialisch, sondern wie ein großer weichherziger Farmer aus Wexford. Er hörte auf, an dem Vorhängeschloss herumzufingern, langte durch das Gitter und wickelte sich eine ihrer Haarsträhnen um den Finger. Dann zog er vorsichtig ihren Kopf zu sich heran, bis ihre Stirn das kalte Metall berührte. Er küsste sie auf die Stirn und sagte: »Vergiss unser Mittagessen nicht.«

»Werd ich nicht«, antwortete Maeve resigniert.

»Dann los, Kleines, ab nach Hause.«

Sie kehrte dem Tor den Rücken und folgte der Menge die Sutter Street hinauf in Richtung der Detonationen.

In der Nähe der Sackville Street war in einen Süßigkeitenladen eingebrochen worden, und der Bürgersteig war übersät mit weggeworfenem Papier von Gerstenzuckerstangen, Pfefferminzbonbons und Lakritz. Auf der Treppe in der Magellan Lane stopften sich Kinder und Jugendliche mit roten Weingummiaalen, essbarem Schmuck, kandierten Früchten und Sahnebonbons voll oder stritten um Tafeln Schokolade und Pralinenschachteln, während andere Bonbons oder Marzipan aus dem Teppich aus Glassplittern pulten.

In der Brower Street lagen Schuhe, Hüte, Strümpfe und Haarbänder auf der Straße, traurige Zeugen weiterer Plünderungen, und eine Frau erzählte ihr, dass die Freiwilligen zwanzig Plünderer erschossen hätten, nachdem Patrick Pearse persönlich einen entsprechenden Befehl erlassen hatte. Maeve hatte am Vortag gesehen, wie ein Mann erschossen worden war, und der Zwischenfall hatte sie nicht weiter berührt, aber erst der Anblick eines toten Pferdes, ein bildschöner Hengst, das in einer riesigen Blutlache am Ende der Brower Street lag, jagte ihr einen solchen Schrecken ein, dass sie nach Hause rannte, so schnell sie konnte.

Sie lief die Gasse hinunter, betrat das Haus durch die Küchentür und folgte dem Klang einer vertrauten Stimme den Flur hinunter ins Wohnzimmer.

Zwei Männer saßen am Tisch. Auf der polierten Tischplatte lag ein Wachstuch, und die Vase mit den inzwischen verwelkten Blumen war beiseitegeschoben worden, um Platz zu schaffen für Teller, Tassen, eine Teekanne, eine Flasche Powers und zwei Gläser. Die Männer saßen mit krummem Rücken da und lachten angetrunken. Der eine war Fran. Sie hatte ihn oft genug von hinten gesehen, um den stramm sitzenden alten Anzug wiederzuerkennen. Den anderen Mann hatte sie noch nie gesehen, ein fülliger fröhlicher Typ, der einen Zigarrenstummel paffte und dabei immer wieder an seinem Whisky nippte. Mam saß mit dem Baby auf dem Schoß bei ihnen, als wäre sie eine gewöhnliche Ehefrau, die ihren Ehemann und seinen Freund bewirtete, und als gäbe es das Geschützfeuer draußen gar nicht.

»Also, so wie die junge Dame aussieht, war sie gerade in der Stadt«, bemerkte der Fremde. »Sie wird uns erzählen, was es Neues gibt, oder, Schätzchen?«

»Nicht, Kaygan, lass die Kleine in Ruhe.« Fran warf ihr über die Schulter hinweg einen Blick zu und zwinkerte. »Komm her, Liebes, komm und gib dem alten Fran einen Kuss.«

Fran hatte sie bisher noch nie aufgefordert, ihn zu küssen. Maeve hatte ihm immer nur dann einen Kuss gegeben, wenn ihr danach gewesen war. Sie hatte ein oder zwei Mal bei ihm auf dem Schoß gesessen, aber es war nicht dasselbe gewesen, wie bei Turk oder Daddy auf den Knien zu sitzen. Sie war jedoch so erleichtert, Fran zu sehen, dass sie hinging und ihn auf den Mund küsste, weil sie wusste, dass er seinem Freund Kaygan zeigen wollte, was für ein guter Vater er sein konnte, wenn er sich nur Mühe gab.

»Wäre es unverzeihlich verwegen von mir, die junge Lady ebenfalls um einen Kuss zu bitten, obwohl wir uns nicht kennen und ich auch nicht zum Kreis der Familie zähle, weder blutsverwandt noch angeheiratet?«

Maeve ignorierte die Bitte des Fremden und lehnte sich stattdessen an Fran. Er verströmte eine durchdringende Whiskyfahne, woraus sie schloss, dass er schon einiges getrunken hatte.

»Waren Sie drüben, wo gekämpft wird, Sir?«, fragte sie.

»Ich habe mit deinem Vater, ich meine, mit Francis, gekämpft, damit der Feind und der Rest der Welt von diesem großen Abenteuer in diesem unserem Lande erfährt. Und …« Mr. Kaygan gestikulierte wild mit der Hand, in der er den Zigarrenstummel hielt. » … um dafür zu sorgen, dass unsere tapferen Freiwilligen bewaffnet sind, und zwar nicht mit Schwert und Schild oder gar mit Mistgabel oder Hacke, sondern mit den modernsten Waffen, die man für Dollar kaufen kann. Mit anderen Worten, wir haben unsere Leute bewaffnet.«

»Gehen Sie denn nicht zum Lagerhaus rüber?«, fragte Maeve.

»Fran ist erschöpft«, erklärte ihre Mutter. »Er muss sich eine Weile ausruhen.«

»Oh! Was ist in dem Koffer?«, wollte Maeve wissen.

»Koffer?«, wiederholte Fran irritiert.

»In dem zwischen deinen Knien.«

»Ach der! Nichts, was dich anginge, Naseweis.«

»Ist da ein Revolver drin?«

»Was für ein Mädchen!«, bemerkte Mr. Kaygan anerkennend. »Bei Gott, was für ein Weib! Sag mal, Kleine, hättest du gern einen Revolver? Würdest du gern ein paar britische Soldaten erschießen? Fragst du deshalb mit solchem Eifer?«

»Es ist keiner, habe ich recht?«

»Nein«, erwiderte Fran. »Es ist kein Revolver.«

Sean sah aus wie ein kleines Indianerkind, fest eingewickelt in Wolle und Spitze. An seinen Lippen hatte sich eine Milchblase gebildet, und Maeve ging um den Tisch herum und wischte sie mit ihrem Ärmel fort. Sie drückte ihrem kleinen Bruder einen Kuss auf die Stirn.

»Aha«, meinte Mr. Kaygan und steckte sich die Zigarre wieder in den Mund. »Wie ich sehe, kommen bei euch nur auserwählte Personen in die Gunst, geküsst zu werden. Dann werde ich also warten müssen, bis ich wieder daheim bin, um mir meinen Anteil an Zärtlichkeiten zu holen.«

Maeve zog einen Stuhl heran und setzte sich ganz dicht neben ihre Mutter.

Sie hatte das Gefühl, sich irgendwie das Recht verdient zu haben, sich bei den Erwachsenen aufzuhalten. Sie hatte mit angesehen, wie ein Mann erschossen wurde, und sie hatte den Kadaver eines Pferdes auf der Straße liegen sehen, sie war ganz nah dabei gewesen, ohne sich zu fürchten. Ihren Onkeln und ihrem Großvater, Turk und Fran hatte sie es zu verdanken, dass sie von Anfang an dabei gewesen war und bis zum Schluss mittendrin sein würde, auch wenn die Briten so listig und blutrünstig wie Wölfe durch die Straßen schlichen. Wer hatte das mit den Wölfen noch gleich gesagt? Mr. Whiteside. Mr. Whiteside war bei der Citizen Army drüben beim Green. Sie wünschte, sie könnte in diesem Moment an der Seite ihres Lehrers sein, die ganze Klasse vor den Toren des Green aufgereiht, die geklauten Karamellbonbons kauend oder ihr Lakritz lutschend und dabei wie das Einmaleins skandierend: »Schießt doch, erschießt uns doch, wenn ihr euch traut.«

»Ich habe Turk versprochen, ihm noch mehr zu essen zu bringen«, erklärte sie.

»Ist dass denn nicht zu gefährlich?«, fragte Mam. »Ist denn kein Militär in der Sutter Street?«

»Wenn nicht, wird es nicht mehr lange auf sich warten lassen«, meinte Mr. Kaygan. »Heute Abend oder spätestens morgen wird das Kriegsrecht Einzug halten, und dann wird dem Pöbel das Lachen vergehen.«

»Was ist das, ›Kriegsrecht‹?«, wollte Maeve wissen.

»Das Gesetz des Stärkeren. Waffengewalt.«

»Unser Gesetz?«, fragte Maeve.

»Nach Militärgesetz. Das heißt, der Zweck heiligt die Mittel. Alles ist erlaubt, und das mit dem Segen der Regierung.«

»Mr. Pearse wird das nicht gutheißen«, entgegnete Maeve altklug. »Oder?«, hakte sie gleich darauf verunsichert nach.

»Mr. Pearse wird nicht lange etwas zu sagen haben, junge Dame.«

»Und was ist mit Verstärkung?«

Mr. Kaygan und Fran tauschten einen unergründlichen Blick. Als sie hereingekommen war, hatten beide gelacht, doch inzwischen waren sie sehr ernst geworden. Sie wirkten weniger nüchtern als resigniert. Der abrupte Stimmungswechsel beunruhigte sie.

»Jansis hat Brot, Käse und Rührei in der Küche fertig, aber ich möchte nicht, dass du noch einmal in die Sutter Street gehst, Maeve. Du kannst das Essen über die Mauer werfen. Charlie wird schon wissen, wo er danach suchen muss.«

»Ich habe keine Angst. Ich bringe das Essen lieber vorn ans Tor.«

»Nein«, stärkte nun auch Fran ihrer Mutter den Rücken. »Das ist zu gefährlich.« Er schenkte sich und Mr. Kaygan Whisky nach. »Trink aus, Kay«, sagte er. »Und dann solltest du besser gehen.«

»Ja, das wäre wohl besser«, stimmte Mr. Kaygan zu. »Soll ich den Hudson nehmen? Und wenn ja, wann soll ich dich wieder abholen?«

»Lass den Wagen hinter dem Haus stehen. Du kannst doch auch zu Fuß gehen, oder?«

»Ich denke, schon«, antwortete Mr. Kaygan. »Willst du damit sagen, dass du künftig auf meine Unterstützung verzichten kannst?«

Fran schob seinen Stuhl vom Tisch zurück. Er wirkte müde und irgendwie traurig. Maeve verstand nicht, warum. Er hatte diesen Tag des Triumphes doch so lange herbeigesehnt, und jetzt, da es endlich so weit war, schien es beinahe, als ginge ihn das alles nichts an. Sie verspürte leises Unbehagen, eine vage Ahnung, dass vieles von dem, was Fran ihr in der Vergangenheit erzählt hatte, nicht ganz der Wahrheit entsprochen hatte.

Er reichte Mr. Kaygan die Hand. Sie ragte bleich und knochig aus einem fadenscheinigen Ärmel. »Vielen Dank für alles.«

»Schon gut, Francis, nicht der Rede wert. Männer wie du und ich werden in den Tagen des Ruhmes endlich zu wohlverdienten Ehren gelangen.«

»Klar«, erwiderte Fran. »Ganz bestimmt.«

Mr. Kaygan ging vorn hinaus, und Fran setzte sich wieder. Er blickte über den Tisch hinweg auf Mam und das Baby. Er schüttelte leicht den Kopf, und für Maeve sah es beinahe aus wie ein Zucken.

»Er ist gewickelt und satt«, erklärte Mam. »Nimmst du ihn bitte, Maeve. Leg ihn in seinen Stubenwagen.«

»Wo willst du hin?«

»Nach oben. Betten machen.«

»Ich muss etwas schlafen«, meinte Fran. »Nur zwei Stunden, das müsste reichen.«

Maeve nahm ihren Halbbruder entgegen, legte ihn an ihre Schulter und klopfte ihm leicht auf den Rücken, damit er sein Bäuerchen machte. Sie wiegte den Säugling, derweil Fran, Flasche und Glas in einer Hand, mit der anderen nach unten langte und den seltsamen schwarzen Lederkoffer an sich nahm. Er klemmte ihn sich unter den Arm und trug ihn den Flur hinunter zur Treppe.

»Legst du dich auch hin, Mam?«, fragte Maeve.

»Ja, ich denke, schon«, antwortete Sylvie und folgte Fran nach oben. Das Baby ließ sie bei Maeve.

Jansis war nicht in der Küche. Auf dem Tisch stand ein großer Korb voll mit Tee, Zucker, Milchflaschen, mehreren Brotlaiben, gekochten Eiern und dicken Scheiben Käse. Die Vorräte waren von Frans Geld gekauft worden. Seit das »Shamrock« geschlossen hatte, waren sie finanziell von Fran abhängig, auch wenn alle zwei Wochen donnerstags mit der Post der halbe Sold ihres Vaters bei ihnen eintraf.

Leid hat viele Gesichter, hatte Mr. Whiteside gesagt, aber damals hatte sie nicht verstanden, was er damit meinte.

Jetzt, da sie mit dem Baby auf dem Arm in der Küche des verwaisten Hotels stand, dämmerte Maeve, dass Leute, denen es wichtiger war, ihre Kinder zu ernähren, als für die Freiheit zu kämpfen, vielleicht gar nicht so unrecht hatten.

Sie selbst hatte nie hungern müssen. Sie hatte im Winter stets einen warmen Mantel gehabt und warme Stiefel an den Füßen, und sie hatte auch das Bett niemals mit fünf oder sechs anderen Personen teilen müssen wie so viele ihre Klassenkameraden. Sie hatten immer genug Geld gehabt. Großmutter McCullochs Verwandtschaft drüben in Glasgow lebte in herrschaftlichen Stadthäusern mit einem ganzen Heer von Bediensteten und besaß Automobile. Sie selbst war nie besonders ehrgeizig gewesen und war in dem Glauben aufgewachsen, die Westminster-Regierung wäre ganz allein schuld an Unterdrückung und Armut.

Während sie ihren kleinen Bruder liebkoste, betrachtete sie den Korb mit den Lebensmitteln, das Seil und die Fahne mit dem Kleeblatt am Besenstiel. Der Korb erinnerte sie an eine Illustration in ihrer Ausgabe des Alten Testaments, und sie wusste auch, wofür Seil und Fahne standen. Plötzlich fiel ihr etwas ein: Sie hatte einmal gehört, wie Fran zu Charlie gesagt hatte, das »Shamrock« sei die Hintertür zum Lagerhaus.

Sie ging zur Kellertreppe. »Jansis, bist du da?«

»Hier bin ich.«

Jansis erschien in der Küchentür. Sie hatte Haube und Schürze abgelegt und trug ihren besten Sonntagsmantel, den dunkelgrünen mit den Knöpfen vorn auf der Brust. Der Mantel passte gut zu dem dunkelgrünen Käppi, das Charlie irgendwann in der Bar vergessen und nie zurückverlangt hatte.

Dazu trug sie Handschuhe, schicke hohe Handschuhe, die sie aus Mams unterster Schublade geborgt haben musste. An Jansis großen, muskulösen Händen saßen sie sehr eng, und die Nähte standen hervor wie Adern. Ihr Gesicht war weiß wie die Wand, und sie hatte dunkle Ringe unter den Augen. Sie hielt in einer Hand ein Gewehr und in der anderen eine Schachtel Munition.

»Ich muss jetzt gehen, Liebes«, sagte sie.

»Wo hast du das Gewehr her?«

»Gestohlen.«

»Aus den Kisten, die Fran hergebracht und Daddy dann wieder weggeschafft hat?«

»Genau. Ich habe es so versteckt, dass die Polizei es nicht finden konnte.« Jansis grunzte zufrieden. »Und die Munition auch.«

»Aber wozu denn?«

»Für den Fall, dass dieser Tag wahrhaftig käme.«

»Wo willst du hin?«

»Über die Mauer.«

»Jansis!«

»Auf der Straße sind Soldaten, weiter unten in der Sutter Street.«

»Weiß Turk davon?«

»Ich werde es ihm sagen, wenn ich drüben bin.«

»Was machen sie? Die Soldaten, meine ich.«

»Sie warten auf die Artillerie.«

»Wissen sie, dass das Lagerhaus besetzt wurde?«

»Na klar, aber sie wissen nicht, wie viele von uns drin sind. Wie auch immer, gleich wird es noch einer mehr sein.« Sie lächelte. »Ich.«

»O Jansis!«, seufzte Maeve, und gleich darauf noch einmal: »O Jansis!«

»Nicht weinen, Liebes. Du bist doch mein großes Mädchen. Kümmere du dich um den kleinen Kerl hier. Los, leg ihn in sein Körbchen, und dann hilf mir über die Mauer. Turk kann es bestimmt kaum noch erwarten.«

Maeve ging rüber, legte das Baby in den Korb auf dem Teppich und fixierte ihn mit Kopfkissen, damit er nicht umkippen konnte. Sean lag mit geschlossenen Augen auf dem Rücken, mit geschürzten Lippen und leicht gerunzelter Stirn. Seine winzigen rosa Fäuste waren erhoben wie bei einem Boxer, aber als Maeve ihn küsste, schniefte er nur und seufzte leise, ohne aufzuwachen. Es war still im Haus, unheimlich still, doch in der Ferne konnte sie das Knattern von Maschinengewehrfeuer hören. Sie kehrte zurück in die Küche. Jansis öffnete die Hintertür und stieg mit der Munitionsschachtel in der Tasche und dem Gewehr quer über beiden Schultern die abgenutzte Treppe hinunter.

»Erst auf den Wagen, dann auf das Dach vom Hühnerstall. Wir schwenken zuerst die Fahne, damit sie wissen, dass wir Freunde sind. Wenn ich drüben bin, knotest du das Seil an den Henkel und lässt den Korb zu mir herunter. Hinterher holst du das Seil wieder ein, damit du es noch mal verwenden kannst.«

»Weiß Fran, was du vorhast?«

»Fran! Dem ist doch alles egal!«

»Wie kannst du so was sagen!«

»Denk du nur über den feinen Herrn, was du willst, denk nur nicht schlecht von *mir*, Maeve, das ist alles, worum ich dich bitte.«

»Ich wünschte, ich könnte mit dir gehen.«

»Turk würde mir das Fell über die Ohren ziehen, wenn ich dich mitnähme.«

Die beiden überquerten zügig den Hof, und die Hühner stoben laut gackernd auseinander. Sie kletterten auf das Dach des Hudson und von dort auf den Hühnerverschlag. Die Bretter bogen sich unter ihrem Gewicht ächzend durch. Maeve hob den Besenstiel mit der kleinen grünen Fahne und schwenkte ihn. Von der anderen Seite war keine Reaktion erkennbar.

»Das reicht«, meinte Jansis, zog sich auf die Mauer hinauf und schwang dann, das Gewehr an einem Riemen auf dem Rücken baumelnd, ein Bein hinüber. Sie schwang auch das zweite Bein über die Mauer, ließ sich an den Händen herunter und sprang.

Maeve hörte einen dumpfen Aufprall und gleich darauf einen unterdrückten Aufschrei.

»Bist du okay?«

»Alles klar. Ich bin auf meinem dicken Hintern gelandet. Mir geht es gut. Reich mir den Korb herunter, Liebes.«

Maeve knotete das Seilende an den Henkel und ließ den Korb herunter. Schließlich hörte sie Jansis rufen:

»Hab ihn. Zieh das Seil wieder rauf.«

»Ist Turk da?«

»Er hat mich gesehen. Er winkt mir vom Fenster aus. Er wirft mir eine Kusshand zu.«

»Sag ihm …« Abrupt schlängelte sich das Seil über den Mauerrand und fiel auf sie herab. »Sag ihm …« Ihr fiel nichts ein. Dann hörte sie lauten Jubel und ein paar triumphierende Rufe, die hoch über den Dächern hallten.

Maeve rollte das Seil um Hand und Ellbogen ein.

Erst als sie sich umdrehte, um vom Hühnerstall aus auf das Dach des Hudson zu klettern, wurde ihr bewusst, dass sie nicht allein war.

Der Mann trug einen schwarzen Mantel und auf dem Kopf einen weichen Filzhut. Die Hände hatte er in den Taschen vergraben. Er blickte lächelnd zu ihr auf.

»Hallo, Kleine«, sagte Mr. Vaizey. »Erinnerst du dich an mich?«

KAPITEL 15

Hände weg!«, schrie Fran. »Sie haben nicht das Recht, mich ohne Haftbefehl mitzunehmen. Ich habe mir nichts zuschulden kommen lassen.«

»Es herrscht Ausnahmezustand, Hagarty, und da habe ich alle Rechte.«

»Also gut, nehmen Sie mich mit, wenn es unbedingt sein muss, aber lassen Sie um Himmels willen die Frau in Ruhe. Sie hat doch nichts getan.«

»Sie hat Verbrechern Obdach gewährt«, entgegnete Vaizey ungerührt.

Ames hielt Fran im Schwitzkasten fest und zwang ihn beinahe in die Knie. Er hatte nur Hose und Unterhemd an.

Die Haustür stand weit offen, und draußen auf der Straße waren bewaffnete Männer. Mam war bereits weggebracht worden. Man hatte ihr erlaubt, anstandshalber einen alten grauen Rock und eine Bluse überzuziehen, aber die Strümpfe hingen um ihren Hals, und einer der Detectives trug ihre Stiefel, so als handelte es sich um wichtige Beweisstücke. Mam schaute nicht zurück, auch dann nicht, als Maeve versuchte, zu ihr zu laufen. Vaizey legte ihr einen Arm um die Taille und hielt sie trotz heftiger Gegenwehr scheinbar mühelos fest. Sobald ihre Mutter außer Sichtweite war, ließ der Inspector sie jedoch wieder los.

Der Beamte, der Fran festhielt, drückte seinen Kopf weit nach unten, und sie sah, dass ihrem Stiefvater Speichel aus dem Mund tropfte.

Maeve hatte kein Mitleid mit Fran. Es war, als hätte sie das alles schon einmal geträumt und als würde dieser Traum nun Wirklichkeit. Am meisten Angst hatte sie im Augenblick, wenn sie an Sean dachte, der hilflos in seinem Korb im Wohnzimmer schlief. Sie überlegte, ob sie versuchen sollte, sich loszureißen und zu ihrem Bruder zu laufen, oder ob die Polizisten sie dann wegen eines Fluchtversuchs erschießen würden.

»Herrgott, Vaizey«, stöhnte Fran. »Es ist ein Kind im Haus, ein Baby.«

»Ihr Baby?«

»Was hat das … Ja, ja, es ist von mir.«

»Gibt es in Dublin nicht schon genug Bastarde? Müssen Sie auch noch welche in die Welt setzen?«

Vaizey blickte das düstere Treppenhaus hinauf und schnippte mit den Fingern. Jemand warf den Lederkoffer über das Geländer. Vaizey fing ihn geschickt auf und hielt ihn ganz dicht vor Frans Gesicht. »Nun, Hagarty, ich dachte, das hier wäre Ihr liebstes Kind.«

»Sie verdammter Hurensohn!«, keuchte Fran.

»Bringt ihn weg!«, befahl der Inspector ungerührt.

Ames zog Fran hoch und führte ihn aus dem Haus.

Vaizey wandte sich Maeve zu. »Wo ist das Baby?«

»Im Wohnzimmer.«

»Wie alt ist es?«

»Zehn Wochen.«

»Stillt deine Mutter noch?«

»Ja.«

Er trat näher, sodass kaum noch Licht durch die Türöffnung fiel.

Maeve blickte den Flur hinunter zur Küche. Ein riesiger Kerl in einem Tweedjackett bewachte den Hinterausgang. Zwischen seinen Beinen hindurch konnte sie die Hühner sehen, die ungerührt auf dem Hof scharrten und pickten.

»Ist es ein Junge?«, fragte Vaizey.

»Ja.«

Vaizey stand jetzt so dicht vor ihr, dass sie ihn riechen konnte. Er roch nach Tabak und verströmte zudem einen leicht muffigen Geruch, der sie an alte Bücher von einem Marktstand erinnerte. Der Geruch und seine gepflegte Erscheinung passten irgendwie nicht zusammen. Er klemmte sich die schwere schwarze Tasche unter den Arm, stützte sich mit einer Hand an die Holztäfelung neben ihrem Kopf und sagte leise: »Am liebsten würde ich dich auch gleich mitnehmen, Kleine, so jung du auch sein magst. Ich wette, du weißt viel mehr, als ein Mädchen deines Alters wissen sollte, weit mehr, als gut für dich ist.« Er richtete sich wieder auf. »Ich gebe dir fünf Minuten, um das Kind zu holen, ein paar Sachen zu packen und zu verschwinden.«

»Verschwinden? Ich wohne hier.«

»Hör zu, sobald wir hier fertig sind, werden die Soldaten das Gebäude mit Beschlag belegen. Du weißt doch, was in der Sutter Street los ist, oder? Klar weißt du das. Vermutlich könntest du mir sogar sagen, wie viele Männer drüben im Lagerhaus sind und wie sie bewaffnet sind.«

»Hunderte«, entgegnete Maeve bissig. »Und Munition haben sie auch mehr als genug.«

»Wer hat dir das Lügen beigebracht? Colin Whiteside? Nun, er wird dich in Zukunft keine weiteren schlechten Angewohnheiten mehr lehren.«

»Was meinen Sie damit?«

»Dein Mr. Whiteside wurde heute am frühen Morgen im St. Stephens Green Park erschossen. Ein sauberer Schuss, soviel ich weiß. Die Kugel traf ihn mitten ins Herz.«

Maeve biss sich auf die Unterlippe und ballte die Hände zu Fäusten. Sie wollte sich auf keinen Fall von ihm einschüchtern lassen, auch wenn das, was er über Mr. Whiteside sagte, stimmen sollte. »Was haben Sie mit meiner Mutter vor?«

»Keine Ahnung. Kommt ganz drauf an.«

»Sie werden nichts aus ihr rauskriegen. Meine Mutter wird niemals reden.«

»Vielleicht doch. Sie möchte doch bestimmt ihr Baby möglichst bald wiedersehen, oder, was meinst du?«

»Sie würden meinem Bruder doch nicht wehtun, oder?«

»Ich werde tun, was ich tun muss.« Etwas freundlicher fuhr er fort: »Nein, ich werde deinem Bruder nichts tun, aber es liegt in deiner Verantwortung, ihn von hier wegzubringen, bevor die Schießerei losgeht. Kannst du irgendwohin? Kennst du jemanden, bei dem du unterkommen kannst?«

»Ja.«

Er nahm die Hand von der Täfelung, kramte in seiner Manteltasche, holte einen Schilling hervor und hielt ihn ihr hin. »Die Straßenbahnen fahren nicht, aber vielleicht kommst du mit dem Zug nach Towers. Dort müsstest du sicher sein.«

»Dann haben Sie meinen Großvater nicht verhaftet?«

»Er ist die Mühe nicht wert. Hier, nimm das Geld.«

»Von jemandem wie Ihnen nehme ich kein Geld.«

»Wie du willst«, sagte Vaizey schulterzuckend. »Gott sei Dank bin ich nicht für dich verantwortlich.«

Er trat zurück und wechselte den Lederkoffer von einer Hand in die andere. Fran hatte ihr nicht verraten, was sich in der Ledertasche befand, doch sie vermutete, dass es sich um Pläne handelte, Pläne, Sprengstoff oder etwas ähnlich Wichtiges. Eins stand für sie fest: Das war es, worum es bei einem Aufstand wirklich ging. Mr. Whiteside hatte sie darauf vorbereitet. Er hatte ihr alles über Hungersnot und Streiks erzählt, vom Grauen der sozialen Ungerechtigkeit und der Ehrenhaftigkeit persönlicher Opfer. Wenn Mr. Whiteside sein Leben geopfert hatte, brachte es nichts, sich deswegen die Augen auszuheulen. Er war jetzt bei Gott, so wie alle Märtyrer, und hatte seinen Frieden gefunden.

Sie eilte über den Flur ins Wohnzimmer.

Sean war wach, weinte jedoch nicht. Als sie ihn aus dem Korb hob, gab er keinen Laut von sich. Mit dem Säugling auf dem Arm kehrte sie zurück in die Küche.

Der Mann an der Hintertür drehte sich um, lächelte und zwinkerte ihr zu, so als wären sie Verbündete und nicht Feinde.

Der Hudson war fort. Vier Soldaten waren gerade dabei, auf dem Dach des Hühnerstalls ein Maschinengewehr aufzustellen. Maeve nahm Jansis' Schal vom Haken und drei Schillinge, die Mam stets für den Notfall bereithielt, aus dem Einmachglas auf der Kommode.

Die ersten Soldaten trafen draußen vor dem Haus ein und liefen polternd nach oben. Sie steckte eine Flasche Milch in ihre Schultasche, wickelte sich den großen Schal um die Schultern und verknotete die Enden über dem Kopf, so wie Jansis es tat, wenn es regnete.

»Mach schnell«, drängte Vaizey.

Sie beeilte sich, nicht aus Gehorsam, sondern weil sie fürchtete, sie könnte jeden Moment die Beherrschung verlieren.

Er führte sie aus dem Haus und draußen an den Soldaten vorbei. In diesem Moment ahnte Maeve, dass sie nie wieder im »Shamrock« wohnen würde, dass noch vor Ende dieses Tages ihr Leben unwiderruflich eine Wende nehmen würde. Dank Sean würde sie unbehelligt durch alle Sperren kommen, wenngleich sie nicht wusste, was sie machen sollte, bis ihre Mutter wieder freikam.

Eine Menschenmenge hatte sich auf der Straße versammelt, und die Menschen waren Zeugen der Verhaftungen geworden. Maeve erkannte einen bestimmten Mann aufgrund seiner auffälligen Erscheinung, vor allem jedoch, weil er gar nicht hätte da sein dürfen. Mr. Flanagan ging auf den Inspector zu, die Schultern sehr gerade unter dem schicken Alpakamantel.

Er baute sich vor dem Inspector auf und hielt fordernd die Hand auf. »Ich glaube, Sie haben etwas, das mir gehört.«

»Was Sie nicht sagen. Tatsächlich?«

»Selbstverständlich«, knurrte Mr. Flanagan. »Sie wissen verdammt gut, dass dem so ist.«

Maeve verfolgte verblüfft, wie der Inspector Mr. Flanagan den schwarzen Lederkoffer überreichte, woraufhin der einstige Arbeitgeber ihres Vaters wortlos kehrtmachte und sich in der Menge verlor. Der Koffer konnte also doch keine Pläne oder Sprengstoff enthalten haben. Mr. Vaizey blickte auf sie hinab, schien etwas sagen zu wollen, überlegte es sich dann jedoch anders. Stattdessen tippte er ihr auf die Schulter und schob sie leicht in Richtung der Schaulustigen.

Weiter unten hatten die Soldaten die Straße in ihrer ganzen Breite abgeriegelt. Maeve drehte sich um und ging auf sie zu, Sean unter dem warmen Schal fest an die Brust gedrückt.

Eher belustigt als beunruhigt blickten die Soldaten ihr entgegen.

»Ein kleines Missgeschick von dir, Harry?«

»Nein, von mir nicht.«

»Dann vielleicht von dir, Bill?«

»Wohl eher von dir selbst, Cocker.«

»Suchst du nach dem Vater, Kleine?«

»Mein Daddy kämpft in Frankreich«, erwiderte Maeve hocherhobenen Hauptes.

»Der Glückspilz«, murmelte einer der Soldaten und ließ sie passieren.

Sylvie nahm an, dass man sie zum Castle bringen, ein oder zwei Stunden dort festhalten und dann wieder gehen lassen würde. Sie fragte einen der Männer hinten im Transporter, wo man sie hinbrachte, erhielt jedoch keine Antwort. Die beiden saßen auf einer Holzbank, die mit Ketten an der Seitenwand des Wagens befestigt war. Sie starrten auf ihre Hände. Sylvie war versucht, sich zu ihnen zu setzen, nur um zu sehen, was sie tun würden, fürchtete jedoch, sie könnten sie schlagen.

Und so blieb sie still und schicksalsergeben sitzen, bis der Van stehen blieb.

Die Tür wurde von außen geöffnet und eine kleine Holzleiter aus ihrer Halterung heruntergelassen. Einer der Männer stieg aus und half ihr herunter. Sie war immer noch barfuß, ihre Strümpfe um den Hals gewickelt. Sylvie hatte bisher nicht gewagt, ihre Röcke anzuheben, weil sie nicht riskieren wollte, die Männer auf dumme Gedanken zu bringen.

Als sie sah, dass sie sich auf einem kleinen gepflasterten Innenhof befanden, der umgeben war von Mietshäusern, wurde ihr schlagartig klar, dass man sie entgegen ihrer Annahme nicht zum Castle gebracht hatte. Furcht schnürte ihr die Kehle zu. Ames hielt eine Eisentür an einem der Gebäude auf, das hoch in den grauen Himmel aufragte. Einer der Männer versetzte ihr einen leichten Stoß, woraufhin sie zügig den Hof überquerte, als hätte sie es eilig, aus dem Regen zu kommen. Ames packte ihren Arm und zog sie auf einen schmalen Flur mit nacktem Betonboden; die beiden Wachleute blieben draußen. Ames schlug die schwere Eisentür zu und verriegelte sie.

»Wo ist Fran? Wo haben Sie ihn hingebracht?«

»Still«, befahl Ames knapp. »Seien Sie still.«

»Wo sind wir hier?«

»Ich sagte doch gerade, Sie sollen still sein.«

Ihr war zum Heulen zumute, aber diese Genugtuung gönnte sie ihm nicht. Er führte sie den Flur entlang und eine Treppe hinauf zu einem anderen Flur. Vor einer Holztür mit einer vergitterten Öffnung blieb er stehen. Er öffnete die Tür, hinter der eine Zelle zum Vorschein kam, die, abgesehen von einem Eimer auf dem Fußboden und einem großen Waschbecken mit tropfendem Hahn, leer war. Hoch oben an der Wand ihr gegenüber befand sich ein Fenster. Mobiliar gab es keins, weder Stuhl noch Tisch oder auch nur Pritsche oder Matratze. Ames schob sie hinein und schloss die Tür hinter ihr.

Sie stand reglos da, starrte auf das Gitter in der Tür und wartete. Worauf, wusste sie selbst nicht. Kurz darauf schwang die Tür wieder auf, und Ames warf ihre Schuhe herein. Sie fielen polternd auf den nackten Steinboden, und sie wich vor ihnen zurück, als fürchtete sie, sie könnten explodieren. Sylvie betrachtete die Schuhe und sah, dass die Schnürsenkel entfernt worden waren. Seufzend setzte sie sich hin und zog Strümpfe und Schuhe an. Ohne Schnürsenkel hielten die Halbschuhe nicht und schlappten bei jedem Schritt.

Sylvie ging zum Waschbecken, stieg hinauf und versuchte vergeblich, einen Blick aus dem Fenster zu werfen. Sie kletterte wieder hinunter, lehnte sich an das Becken und überlegte. Dann drehte sie den Messinghahn auf, bis aus dem Tropfen ein Rinnsal wurde und gleich darauf ein schäumender Strahl. Hastig trat sie zurück, drehte den Hahn etwas zu und wusch sich das Gesicht, wobei sie Bluse und Rock nass spritzte. Sie füllte den Mund mit dem eiskalten, metallisch schmeckenden Nass und trank, da sie irgendwo gelesen hatte, dass es den Milchfluss bremste, wenn man große Mengen kaltes Wasser trank. Sie machte sich Sorgen wegen der Milch und fürchtete einen Milchstau. Außerdem war sie beunruhigt wegen Sean, auch wenn sie darauf vertraute, dass Maeve ihren kleinen Bruder beschützen würde.

Sie lehnte sich wieder mit dem Po an das Waschbecken und wartete. Geräusche von innerhalb des Gebäudes machten ihr Angst: Schreie, dumpfe Schläge, Gelächter, dann schnelle, laute Schritte, als würde ein riesiges Tier durch die Gänge gejagt. Hinzu kamen Geräusche von draußen, wenn auch nur leise: Maschinengewehrfeuer, das Donnern der Artillerie. Sie wusste nicht so recht, was genau mit Artillerie gemeint war und was für Schäden sie anzurichten vermochte. Im *Mirror* hatte sie Fotos von erbeuteten Haubitzen gesehen, riesige von Netzen verhangene Gebilde, dazu Pferde, die Geschütze durch eine Schlammwüste zogen. Dennoch konnte sie sich diese furchtgebietenden Waffen nicht in den Straßen von Dublin vorstellen.

Bisher hatte sie sich nicht weiter für den Krieg interessiert. Es hätte eigentlich ihr Krieg sein müssen, war ihr Vater doch drüben in Glasgow und half, Schiffe zu bauen, die dazu bestimmt waren, die deutsche Flotte zu vernichten, und Forbes … Sie wusste nicht, was Forbes dieser Tage trieb, war aber sicher, dass er es verstehen würde, einen großen Bogen um jede Gefahr zu machen und am Krieg ordentlich zu verdienen. Es war lange her, seit sie das letzte Mal an ihren Vater gedacht hatte. Zu ihrer Überraschung und Schande sehnte sie sich jetzt nach ihm, und bei den Gedanken an ihn füllten ihre Augen sich mit dicken Tränen.

Plötzlich flog die Tür auf.

Sylvie trat einen Schritt vom Waschbecken weg und straffte die Schultern.

Ames trug einen Tisch und einen Stuhl in die Zelle. Der Tisch war quadratisch und aus Holz gezimmert, und Ames hatte ihn auf den Rücken gedreht und den Rattanstuhl obendrauf gestellt.

»Jetzt sind Sie dran, Missus«, sagte Ames gut gelaunt. »Bei Gott, gleich geht's los.«

Er war so kräftig und geschickt wie ein Zirkusartist. Während er mit der einen Hand den Tisch abstellte, schwang er mit der anderen den Stuhl durch die Luft und positionierte dann beides in der Mitte des Raumes. Sie beobachtete ihn mit herausfordernder Haltung und zornigem Blick, wenngleich ihr innerlich ganz flau war. Ames ging wieder hinaus und ließ die Tür offen stehen. Kurz darauf betrat Vaizey die Zelle. Er aß ein Schinkenbrot und hielt in der anderen Hand eine Tasse Tee. Er stellte die Tasse auf den Tisch und bedeutete Ames mit einem Wink, die Tür von außen zu schließen. Vaizey stopfte sich den letzten großen Bissen seines Brotes in den Mund. Anschließend wischte er sich die Finger vorsichtig seitlich an der Hose ab und musterte Sylvie abschätzig.

»Nun, Mrs. McCulloch, jetzt sind wir endlich unter uns.«

Überall auf der Straße waren Soldaten, mehrere Armeelastwagen rasten vorbei in Richtung Stadt, und in der Ferne grollte Artilleriefeuer, aber als Maeve schließlich die Brücke am Ende des North Strand erreichte, hatte sie die Kampfzone endgültig hinter sich gelassen.

Eigentlich hatte sie zu Fuß bis Towers gehen wollen, doch schon nach wenigen Meilen hatten ihre Arme vom Tragen des Säuglings geschmerzt, der immer noch wach war und jetzt unaufhörlich und aus Leibeskräften brüllte. Sie versuchte, den Schal zum Tragetuch zu binden, was jedoch misslang, und so schrie und schrie ihr kleiner Bruder, bis sein Gesichtchen tiefrot war wie Rote Beete und Maeve schon fürchtete, er würde krank werden.

Sie setzte sich an den Straßenrand, legte sich das Baby quer über die Knie, hob sein Kleidchen an und befühlte die Windel. Sie war nass und stank. Maeve wollte ihm die Windel ausziehen, hatte jedoch nichts bei sich, womit sie das Baby hätte ersatzweise wickeln können. Und so beruhigte sie Sean, so gut es eben ging, und starrte verloren in Richtung Malahide, das ihr jetzt schier unerreichbar weit fort vorkam.

Überraschend starker Verkehr wälzte sich in die Stadt, Karren und

Transporter, sogar ein Bus fuhren vorbei, vermutlich nach Howth, um den Schaulustigen die Schiffe in der Bucht zu zeigen und die Kriegsschiffe, die an der Mündung des Liffey ankerten. Der Gedanke war schon seltsam, dass man für eine halbe Krone auf dem Howth Head stehen und zusehen konnte, wie Irland sich vom Joch der Unterdrückung befreite.

Sie überlegte, ob Sean vielleicht Hunger hatte, auch wenn er eigentlich erst in einer Stunde wieder dran war. Ob sie versuchen sollte, ihn bei sich selbst anzulegen?, fragte sie sich, blies jedoch gleich darauf die Backen auf und realisierte, wie dumm dieser Einfall war. Ihre Brüste waren klein und trocken, und daran zu saugen würde dem Baby auch nicht weiterhelfen. Sie brauchte wirklich dringend Hilfe, jemanden, der ihr sagte, was sie tun sollte. Sollte sie zum »Shamrock« zurückgehen? Vielleicht waren die Soldaten ja schon wieder weg und ihre Mutter inzwischen zurück. Aber das würde bedeuten, dass das Lagerhaus gefallen war und Charlie, Peter, Jansis und Turk, der gute alte Turk, verhaftet worden waren oder sogar tot wie der arme Mr. Whiteside. Plötzlich fühlte Maeve sich ganz klein, als wäre sie unter der Last der Verantwortung und Furcht geschrumpft.

Die Droschke tauchte an der Ecke Fairview auf. Es war ein altmodisches Gefährt mit einem sehr schmalen Pferd zwischen den Deichseln. Der Kutscher thronte in einem weiten schwarzen Mantel und mit einem hohen Hut auf dem Kopf auf dem Bock.

Maeve wickelte den Schal um das Baby und stand auf. Dann nahm sie ihr Bündel, trat auf die Straße und winkte.

Zu ihrer grenzenlosen Erleichterung hielt die Droschke tatsächlich am Straßenrand an.

Das Gesicht des Kutschers erinnerte an ein Wiesel, und er machte keinen sehr freundlichen Eindruck.

»Wie viel würde es mich kosten, wenn Sie mich nach Towers mitnehmen?«, fragte Maeve.

Er beugte sich hinab und musterte sie aus zusammengekniffenen Augen. Sean brüllte. »Ich fahre nicht nach Towers, sondern nur bis Portmarnock.«

»Haben Sie keine Lizenz?«

»Was soll die Frage?«

»Wie viel nach Towers?«

Er betrachtete sie ohne einen Funken Mitgefühl. »Zehn Schilling.«

»Ha!«

»Dann fünf.«

»Drei.«

»Zeig mir erst das Geld.«

Sie kramte die Münzen aus der Tasche und hielt sie ihm auf der flachen Hand hin. »Da sind sie.«

»Steig ein.«

»Haben Sie Hunger?«, fragte Inspector Vaizey.

»Nein.«

»Möchten Sie etwas von meinem Tee?«

»Nein, aber danke der Nachfrage.«

»Möchten Sie den Rock ausziehen?«

»Wie bitte?«

»Er ist doch triefend nass, oder? Ziehen Sie ihn ruhig aus und hängen ihn zum Trocknen auf.«

»Ich werde nichts dergleichen tun«, entgegnete Sylvie stur.

»Ich möchte nicht, dass Sie sich den Tod holen.« Vaizey strich sich mit schräg geneigtem Kopf nachdenklich über den Schnauzbart. »Ihre Bluse ist ebenfalls nass. Ist das Milch?«

»Wasser vom Hahn in der Zelle. Wo ist Fran, wo ist Mr. Hagarty? Was haben Sie mit ihm gemacht?«

Vaizey hob den Stuhl an und stellte ihn dann wieder hin. »Nehmen Sie bitte Platz.«

»Ich bleibe stehen.«

»Nein, bleiben Sie nicht. Setzen Sie sich. Sofort.«

Nach kurzem Zögern gehorchte sie und nahm auf der Kante des Stuhles ihm gegenüber Platz, die Knie fest zusammengedrückt. Sie blickte an sich hinab auf den dunklen Wasserfleck auf ihrem Rock und fragte sich, ob sie gezwungen sein würde, ihm zu geben, was er wollte, damit er sie gehen ließ.

»So ist es schon besser.« Vaizey lehnte sich an den Tisch. »Fühlen Sie sich jetzt nicht wohler?«

»Nein. Ich werde mich erst wohler fühlen, wenn Sie mich gehen lassen.«

»Ist Francis Hagarty Ihr Liebhaber?«

»Was geht Sie das … Ja, ist er.«

»Ist das Kind von ihm?«

Sylvie nickte.

»Und Ihr Ehemann kämpft bei den Rifles an der Front?«

Sylvie nickte erneut. Was sie getan hatte, war moralisch nicht zu rechtfertigen. Sie hatte zur Befriedigung ihrer Fleischeslust das Vertrauen ihres Ehemannes missbraucht und war aus freien Stücken mit Fran ins Bett gegangen.

»Wohnt Hagarty im ›Shamrock Hotel‹?«

»Ja, meistens.«

»Kommt und geht er, wie es ihm gefällt?«

»Selbstverständlich – aber ich denke, das alles wissen Sie bereits.«

»Wo geht er hin, wenn er nicht bei Ihnen ist.«

»Keine Ahnung.«

»Haben Sie denn nie gefragt?«

»Nein.«

»Warum nicht.«

»Ich bin nicht sein Aufpasser.«

»Richtig, streng genommen sind Sie nur seine Hure, Mrs. McCulloch. So ist es doch auf den Punkt gebracht, oder?«

»Sie können mich ruhig beschimpfen und beleidigen, wenn es Ihnen Spaß macht, Mr. Vaizey, aber Sie werden von mir keine Informationen erhalten.«

»Weil Sie nichts sagen wollen, oder weil Sie nichts wissen?«

»Macht das einen Unterschied?«

»Und ob, einen sehr großen sogar. Sehen Sie, wenn Sie beispielsweise etwas über Francis' Hagartys Kontakte zu den Deutschen wissen und es vorziehen, das für sich zu behalten, bin ich berechtigt, Sie mit allen mir zur Verfügung stehenden Mitteln auszuquetschen. Wenn Sie aber nichts wissen …«

»Zu den Deutschen? Fran würde sich niemals mit den Deutschen einlassen.«

Vaizey stieß sich vom Tisch ab. »Warum haben Sie das ›Shamrock‹ geschlossen?«

»Das habe ich gar nicht. Sie haben meine Lizenz für den Alkoholausschank einziehen lassen, und damit musste ich die Bar dichtmachen.«

»Und die Treffen der Bruderschaft, hatten die damit auch ein Ende?«

»Sie sind offenbar bestens informiert. Wenn Sie Fragen haben, fragen Sie, und dann lassen Sie mich endlich gehen.«

Er trat hinter ihren Stuhl und beugte sich leicht über sie. »Hören Sie, ich hätte Sie und Ihr Baby in dem Haus in der Sperryhead Road Ihrem Schicksal überlassen können.«

»Die Soldaten haben Befehl, Frauen und Kinder nicht zu behelligen.«

»Glauben Sie, ich handle nicht auch auf Befehl? Und meine Befehle lauten dahingehend, dass ich jeden festnehmen soll, der irgendwie mit dieser idiotischen Revolte zu tun hat. Und Sie, Mrs. McCulloch, schlafen immerhin mit einem der Rädelsführer.«

»Fran ist kein Rädelsführer. Er ist nur Journalist. Berichterstatter.«

»Fran Hagarty ist viel mehr als nur Journalist. Er ist Waffeneinkäufer, Waffenschmuggler und Devisenhändler. Die Unabhängigkeit Irlands könnte ihm nicht gleichgültiger sein. Hagarty ist eine ebenso große Bedrohung für die Integrität der irischen Bruderschaften wie für die britische Regierung.«

Er entfernte sich wieder von ihrem Stuhl. Sylvie drehte sich um, da sie es nicht wagte, ihn aus den Augen zu lassen. Er kam um den Stuhl herum und ging vor ihr in die Hocke, als wollte er ihre Schuhe schnüren. Sie zog die Füße an und presste die Knie noch fester zusammen. Er machte jedoch keine Anstalten, sie anzufassen, sondern verlagerte sein Gewicht nach hinten und sagte mit weicher Stimme:

»Noch vor Einbruch der Dunkelheit, allerspätestens bis Morgengrauen, werden die Brüder Ihres Mannes entweder tot sein oder im Gefängnis, und vom ›Shamrock‹, Ihrem Zuhause, wird nur ein Schutthaufen übrig sein. Meine Aufgabe ist es, einen weiteren Aufstand dieser Art im Keim zu ersticken. Die Bruderschaften, die Citizen Army und die meisten Freiwilligen werden verschont werden oder mit Gefängnisstrafen davonkommen, die wahren Verräter jedoch wird man des Hochverrats anklagen, schuldig sprechen und hängen. Aber das ist nicht meine Liga. Ich befasse mich mit denen, die irgendwo dazwischen fungieren, mit den grauen Eminenzen, Opportunisten wie Francis Hagarty. Hagarty ist Teil eines Mythos, und wenn ich meinen Job nicht ordentlich erledige, wird er diesen Mythos noch weiter aufbauschen, und noch mehr unschuldige Menschen werden darunter zu leiden haben.«

»Und was genau erwarten Sie von mir? Ich bin nicht Teil dieses ›Mythos‹, wie Sie es nennen.«

Vaizey seufzte, stand auf und kehrte an den Tisch zurück.

»Sie tun mir leid, Mrs. McCulloch. Sie sagen, Sie lieben diesen Mann, und vielleicht stimmt das sogar. Gehen wir einfach mal davon aus, dass dem so ist. Aber einen Mann zu lieben ist nicht dasselbe, wie sein Land zu lieben, und einen Mann zu unterstützen ist nicht dasselbe, wie sein Land zu unterstützen. Dabei ist es noch nicht einmal Ihr eigenes Vaterland, nicht Ihre Sache.«

»Was genau wollen Sie von mir?«

»Ich brauche Sie als Zeugin.«

Sylvie schoss in die Höhe. »Ich werde niemals vor Gericht gegen Fran aussagen.«

»Das habe ich auch nicht gemeint«, entgegnete Vaizey beschwichtigend.

»Was haben Sie dann gemeint?«

»Das werden Sie gleich sehen.«

Er klopfte an die Tür, und als diese geöffnet wurde, trat er hinaus auf den Flur. Er nickte Ames zu, der die Tür wieder schloss und verriegelte. Sylvie blieb allein zurück. Diesmal verfügte sie jedoch über einen Tisch, eine Sitzgelegenheit und eine Tasse Tee. Offensichtlich war der Inspector noch nicht fertig mit ihr.

Sylvie war immer noch wie vor den Kopf geschlagen. Sie wäre weniger nervös gewesen, wenn Vaizey versucht hätte, sie über Fran, Charlie und die Bruderschaft auszufragen. Aber vermutlich wusste der Inspector bereits mehr über die Bruderschaften als sie. Eine Weile war es im Haus unheimlich still, dann hörte sie von irgendwoher ein leises Geräusch, so leise wie das Seufzen des Windes. Ihr erster Gedanke war, dass Vaizey zurückkam, aber als das Geräusch draußen auf dem Flur lauter wurde, erkannte sie, dass jemand – Fran – ihren Namen rief.

»Syl-vie. Syl-vie.«

Sie lief zur Tür und versuchte, an das Gitter zu gelangen, um sich hinaufzuziehen.

»Syl-vie. Syl-vie.« Inzwischen lauter, näher.

Das Scharren von Schritten auf dem Gang, ein spöttisches Lachen von Ames und dann eine andere Stimme, eine, die ihr fremd war, die bellte: »Los, schafft ihn weiter. Weiter.«

Sie trommelte mit den Fäusten gegen die Tür und rief Frans Namen.

»Sylvie, bist du das?«

Schnell holte sie den Stuhl, stellte ihn vor die Tür, stieg hinauf und blickte durch das Gitter. Sie konnte nur einen kleinen verlassenen Flurabschnitt sehen. Von Fran keine Spur. Eine Tür fiel krachend zu. Kalte Luft wehte ihr ins Gesicht. Sylvie sprang von dem Stuhl, trug ihn zum Waschbecken, stellte ihn hinein und kletterte hinauf.

Auf dem wackligen Stuhl balancierend, die Fingernägel in die Fensterbank gekrallt, schaute sie durch die schmutzige Scheibe hinaus auf den Hof. Das Fenster war ebenerdig, sodass sie den Himmel nicht sehen konnte. Anfangs lag der Hof noch verlassen da, dann lief plötzlich Fran über das Pflaster. Er bewegte sich wie jemand mit starken Schmerzen in den Beinen, stolperte mal in die eine, mal in die andere Richtung. Er trug nur Hose und Unterhemd und war immer noch barfuß. Sie rief seinen Namen. Er drehte sich um und sah sie oder zumindest das Fenster. Mit gebeugten Knien und ausgestreckten Armen taumelte er auf sie zu, als könnte sie ihn durch die Scheibe hindurch zu sich holen. Sein Mund stand offen, und er schrie. Sylvie hörte keinen Ton, nur das gedämpfte Knallen eines Revolvers. Fran fiel vornüber, das Kinn hochgerissen. Blut tropfte von seinen Lippen.

Sylvie schlug schreiend mit beiden Fäusten gegen die Scheibe, immer wieder und wieder, so als wollte sie ihn durch das Glas zu sich hereinziehen. Er kroch auf sie zu, seine Lippen röter als Kirschen. Sie konnte nicht erkennen, ob der Unbekannte oder Ames den zweiten Schuss abfeuerte. Fran zuckte und rollte auf dem abschüssigen Pflaster auf sie zu, bis seine Wange sich an die Fensterscheibe drückte. Jetzt trennten sie nur noch das Glas und der Schmutz auf der Scheibe, Mund und Wange an das blutige Glas gepresst.

Sylvie rief seinen Namen, sie beobachtete, wie seine Lippen sich bewegten, und wusste, dass er ihren Namen sagte, immer und immer wieder. Sie sah eine Schuhspitze, ein Hosenbein und eine Faust mit einem Revolver. Der dritte Schuss ließ die Scheibe erzittern, und Blut spritzte auf das Fenster.

Der Stuhl schwankte und kippte, und Sylvie fiel. Sie stürzte zu Boden und blieb einen Moment atemlos liegen. Dann rappelte sie sich auf, kletterte wieder auf das Waschbecken und starrte zum Fenster hinauf. Die Scheibe war rot verschmiert, aber Fran war fort.

Sie stieg vom Waschbecken herunter und richtete den Stuhl auf. Ihr Instinkt sagte ihr, dass sie weinen sollte, dass Vaizey damit rechnen würde, sie hysterisch und in Tränen aufgelöst vorzufinden. Sylvie setzte sich wieder, der Tür zugewandt, und wartete auf Inspector Vaizey. An seiner Stelle kam Ames.

Er holte sie aus der Zelle und führte die den Flur entlang die Treppe hinunter zur Eisentür. Ames schwieg, und sie schwieg ebenfalls. Er entriegelte die Tür und öffnete sie. Dann entließ er sie in die Welt, damit sie weitererzählte, was sie gesehen hatte, und allen Betroffenen berichtete – natürlich James Flanagan eingeschlossen –, dass Mr. Francis Hagarty ihnen keinen Kummer mehr bereiten würde.

KAPITEL 16

Und warum bist du ausgerechnet hierher gekommen, wenn ich fragen darf?«, wollte ihre Großmutter wissen.

»Ich wusste nicht, wohin ich sonst gehen sollte«, entgegnete Maeve.

»Nun, ich weiß, wo du hingehen kannst, Mädchen, sobald du deinen Pfannkuchen aufgegessen hast.«

»Du schickst uns doch nicht wieder weg, oder?«

»Ich schicke dich nach Malahide, um Milchpulver zu kaufen.«

»Milchpulver?«

»Für das Baby. Es sei denn, du ziehst es vor, deinen Bruder mit Pfannkuchen zu füttern. Kannst du einen Pferdewagen lenken?«

»Nein.«

»Kannst du reiten?«

Maeve schüttelte den Kopf. »Tut mir leid.«

Ihre Großmutter schüttelte den Kopf. »Ich möchte mal wissen, was man jungen Mädchen heute noch beibringt. Wo hat man deine Mutter hingebracht?«

»Ich weiß es nicht.«

»Wer hat sie mitgenommen? Die Polizei oder die Soldaten?«

»Die Polizei. Mr. Vaizey ist gekommen, um Fran zu holen …«

»Ich dachte mir schon, dass das Ganze irgendwie mit Mr. Hagarty zu tun hat.«

Sie saßen in der Küche im rückwärtigen Teil des Wohnhauses auf dem Brauereigelände. Die Küche hatte keine Ähnlichkeit mit jener des »Shamrock«. Sie war groß und luftig mit Fenstern an zwei Wänden. Man konnte draußen Bäume sehen und Felder, und bei offener Tür roch es nach Maische und Meer.

Gran legte Sean auf den Küchentisch, als wollte sie ihn mit Mehl bestäuben und in den Ofen schieben. Sie wusch ihm den Po mit einem gelben Schwamm, drückte den Schwamm anschließend in einer Schüssel mit warmem Wasser aus und trocknete ihn mit einem Handtuch ab.

Sean wimmerte leise. Sofern er froh war, die schmutzige Windel und die nassen Kleider los zu sein, ließ er sich dies nicht anmerken. Stattdessen starrte er konzentriert auf das strenge Gesicht seiner Großmutter – natürlich war sie nicht seine richtige Großmutter, aber das ahnte der kleine Sean nicht – und schnitt eine schiefe Grimasse.

»Er hat Blähungen«, stellte Großmutter McCulloch fest. »Er muss etwas essen.«

»In ganz Dublin wird gekämpft«, erzählte Maeve, während sie genüsslich einen Bissen süßen Pfannkuchen kaute. »Ist Großvater auch in der Stadt, um Turk zu helfen?«

»Frag nicht so dumm!«, schnaubte ihre Großmutter. »Er ist oben und schläft seinen Rausch aus.«

Maeve trank einen Schluck von ihrer Milch und schaute an die Decke.

»Weiß er denn nicht, dass der Aufstand begonnen hat?«

»Der einzige Aufstand, für den er sich noch interessiert, ist der seines Magens.«

»Aber die Bruderschaft …«

»Trink deine Milch aus, und dann lauf schnell zum Laden.«

»Brauchen wir auch eine Flasche?«

»Ich habe noch welche hier. Aber bring Sauger mit. Die einzigen, die ich habe, sind für Ziegen.«

»Ich habe kein Geld, Gran. Ich habe alles für die Fahrt hierher ausgegeben.«

»Ich werde dir Geld geben.«

»Wir zahlen es dir zurück«, versprach Maeve. »Mam wird es zurückzahlen.«

Ihre Großmutter wickelte das Baby locker in das Handtuch ein und hob den kleinen Jungen hoch. Sie hielt ihn nur mit einer Hand unter dem Po fest, und Maeve kam es vor, als trüge Sean sich selbst, während ihre Großmutter ihn lediglich im Gleichgewicht hielt.

»Hat sie dich hergeschickt?«

»Nein. Ich bin aus eigenem Antrieb hier.«

»Wird in der Stadt viel geschossen?«

»O ja. Mr. Whiteside, mein Lehrer, wurde getötet.«

»Hast du deiner Mutter eine Nachricht hinterlassen, dass du hier bist?«

Maeve schüttelte den Kopf. »Dazu war keine Zeit.«

»Nein, wohl nicht«, gab ihre Großmutter zu. »Also gut, ihr könnt bleiben, du und das Baby, aber sobald sie freikommt und euch holt, geht ihr zurück nach Dublin, ist das klar?«

»Warum kannst du meine Mam nicht leiden?«

»Das ist eine lange Geschichte und geht dich nichts an.«

»Es geht mich wohl etwas an.«

»Hat deine Mutter dir denn gar nichts erzählt?«

»Nicht viel.«

»Nun, Gowry, dein Vater, wird es nicht gewollt haben.«

»Warum nicht?«

»Das arme Würmchen hier ist am Verhungern, und du stellst einen Haufen unnötiger Fragen. Lauf endlich in die Stadt, und kauf zwei Packungen Milchpulver und eine Schachtel Sauger.« Gran trug das Baby zur Kommode, öffnete eine Schublade und holte eine große braune Geldbörse heraus, der sie zwei halbe Kronen entnahm. »Du bekommst alles bei Seiffert, dem Apotheker. Das ist der erste größere Laden in der Towers Road. Es hängt ein Schild draußen über dem Gehweg.«

»Ich werde es schon finden.«

»Und trödle nicht.«

»Nein, Gran, bestimmt nicht.«

Ganz benommen von der grauenvollen Szene, die sie soeben miterlebt hatte, wusste Sylvie nicht, wo sie war und was sie hier machte. Fran war weg. Fran war tot. Vaizey hatte sie gezwungen, Augenzeugin seiner Ermordung zu werden. Sie fühlte sich ausgelaugt und leer und hatte kaum genug Kraft, einen Fuß vor den anderen zu setzen. Die hohen Schuhe schlappten bei jedem Schritt, und sie knickte immer wieder um. Zu gehen, ohne umzuknicken, beanspruchte ihre ganze Konzentration.

Das Castle tauchte in einer Rauchwolke vor ihr auf. Sie hörte Schüsse. Die Kugeln der Scharfschützen knallten wie Peitschen. Sie blieb in der Einmündung einer Nebenstraße stehen und blickte zu den Dächern auf. Sylvie sah, wie ein Mann sich halb laufend, halb rutschend hinter einem Kamin in Sicherheit brachte. Er trug keine Uniform. Sie ahnte, dass sie sich innerhalb des britischen Kordons befand, weit weg von der Sperryhead Road.

Plötzlich loderte brennender Zorn in ihr auf, nicht nur, weil Vaizey Fran vor ihren Augen hatte umbringen lassen, sondern weil er sie zudem schutzlos auf die Straße gesetzt hatte, nachdem sie ihre Schuldigkeit getan hatte.

Ein Fahrzeug rumpelte vorbei, ein stahlverkleidetes Ungetüm mit einem albernen Gewehrlauf, der vorn aus dem Turm herausragte. Sylvie war jetzt so zornig, dass sie keine Angst mehr verspürte. Sie musste zurück in die Sperryhead Road, zurück zu Maeve und Sean. Jetzt, da Fran tot und Gowry an der Front war, waren Maeve und Sean alles, was ihr noch geblieben war. Sie schloss die Augen: *Gott, o allmächtiger Gott, bitte hab Erbarmen und führe mich heim.*

Eine Bombe explodierte über ihr, und Schutt regnete hinunter auf die Straße. Sie hob schützend beide Arme über den Kopf, als eine ganze Lawine von Dachziegeln hinter ihr auf dem Pflaster zersprang.

»Mrs. McCulloch, sind Sie das?«

Der kleine Mr. Pettu lupfte höflich den Hut, nahm ihre Hand und zog sie in einen schützenden Hauseingang, unmittelbar bevor die nächste Bombe detonierte und erneut ein Hagel zersplitterter Dachziegel niederging. Mr. Pettu stellte sich schützend vor sie, die Beine gespreizt und die Ellbogen angewinkelt, eine Haltung, die so gar nicht zu jemandem passte, der mit Messwein handelte. Als der Staub sich langsam lichtete, lehnte er sich aus dem Eingang hinaus und schaute die Straße hinauf und hinunter.

»Ich habe Sie gleich erkannt, Mrs. McCulloch, obwohl Sie weit weg sind vom ›Shamrock‹. Ich fürchte, diese Gegend ist im Augenblick nicht der richtige Ort für eine Frau.« Er warf ihr über die Schulter hinweg einen Blick zu. »Geht es Ihnen gut?«

»Nein, Mr. Pettu, mir geht es nicht gut«, entgegnete sie, warf sich dem entgeisterten Mann in die Arme und brach in Tränen aus.

Maeve lief den ganzen Weg bis Malahide und auch fast den gesamten Rückweg, und noch bevor sie wieder zu Atem gekommen war, saß Sean auf ihrem Schoß, und sie sah zu, wie ihr Halbbruder gierig aus der Flasche trank, ohne dass sie ihm erst gut hätte zureden müssen. Die Flüssigkeit in der Flasche war sämig, und Gran hatte das Loch im Sauger mit einer Nadel vergrößert, damit Sean, ein mäkeliger Esser, ohne allzu große Anstrengung genügend Nahrung aufnehmen konnte.

Draußen goss es inzwischen in Strömen. Maeve konnte das Zischen des Regens in den Bäumen hören, da Gran die Küchentür geöffnet hatte, um zu lüften. In dem Häuschen herrschte friedliche Stille, und die Seeluft und der Lauf nach Malahide hatten Maeve schläfrig gemacht. Es fiel ihr schwer, die Augen offen zu halten, während Sean an seiner Flasche nuckelte. Dann stand ihr Großvater auf, und sie konnte ihn über sich herumtrampeln hören wie ein Dickhäuter, ein Wort, das sie noch von dem armen Mr. Whiteside gelernt hatte. Ihr ging durch den Kopf, dass ihr Vater in diesem Haus geboren und aufgewachsen war. Sie versuchte, sich ihren Daddy als Jungen und das Haus voller Kinder vorzustellen – Charlie, Peter, ihren schottischen Onkel Forbes und die Mädchen, die sie nie kennengelernt hatte. Welche Streitigkeiten sie wohl vertrieben haben mochten?, fragte sie sich.

Sean hörte auf zu trinken. Er hatte die Augen geschlossen, und seine Stirn war feucht von Schweiß. Maeve ließ ihn eine Weile ausruhen, bevor sie einen Tropfen Milch aus dem Sauger drückte und auf seine Lippe gab.

Sean nahm den Sauger wieder in den Mund und trank sogar noch gieriger als zuvor.

Ihr Großvater kam polternd die Treppe herunter.

»Wo ist mein Frühstück, Kay?«, brummte er. Als er Maeve und das Baby sah, zeigte er keinerlei Überraschung. »Hallo auch. Was gibt's Neues aus Dublin?«

»Die Polizei hat Mr. Hagarty verhaftet.«

Die Hose ihres Großvaters war nicht zugeknöpft, und die Hosenträger baumelten über seinem Hintern. Im Tageslicht sah er älter aus, als er tatsächlich war.

Ausdruckslos musterte er Sean. »Und was ist das? Ist das deiner?«

»Er heißt Sean. Er ist mein Bruder.«

»Dann hat sie ihn also inzwischen bekommen, ja? Der Kleine ist von Fran, stimmt's?«

»Großvater, hast du denn nicht gehört? Die Polizei hat Fran geholt.«

»Wie alt ist er denn?«

»Zehn Wochen.«

»Ganz schön kräftig für zehn Wochen.«

»Großvater, Fran und Mam wurden verhaftet«, wiederholte Maeve hartnäckig. »Und Turk und Charlie haben Watton's Lagerhaus besetzt, um die Briten daran zu hindern, Verstärkung zu holen, um die Kais zu blockieren.«

»Die Kais? Soll das heißen, die Kais sind in Feindeshand?«

Ihre Großmutter lehnte mit verschränkten Armen an der Tür zur Vorratskammer.

»So hat es gestern Abend geheißen.«

»Gestern Abend? Was war das für ein Abend? Sonntag. War das Sonntag?«

Maeve öffnete den Mund, um ihn zu korrigieren, aber ihre Großmutter kam ihr zuvor. »Es ist zwecklos, Maeve. Er ist nicht mehr ganz richtig im Kopf. Er ist zu nichts mehr nütze.«

»Doch«, widersprach ihr Großvater trotzig. »Bin ich wohl.« Er setzte sich auf einen Küchenstuhl und starrte düster hinaus in den Regen.

»Darum hat die Bruderschaft ihn auch rausgeschmissen«, fuhr Gran fort. »Darum hat Charlie das Ruder übernommen. Ist Peter bei ihnen im Lagerhaus?«

»Ja.«

»Ich könnte einen Schluck vertragen«, sagte ihr Großvater. »Der Kampf macht einem alten Mann wie mir ganz schön zu schaffen.«

»Ist Trotter bei ihnen?«, wollte ihre Großmutter wissen.

Maeve nickte.

»Dann wird es ein Kampf auf Leben und Tod, habe ich recht?«

»Ja«, antwortete Maeve, »auf Leben und Tod.«

Mr. Pettus Methode, den britischen Kordon zu passieren, war eigentümlich, aber wirkungsvoll. Zuallererst führte er Sylvie zu Dominic Sloans Laden, einem kleinen katholischen Einzelhändler in diesem Viertel. Er ließ Sylvie draußen stehen, betrat den Laden und unterhielt sich eine Weile mit dem Inhaber. Dann kamen beide Männer heraus, Mr. Sloan schüttelte Sylvie die Hand, sperrte das Geschäft ab und brachte Mr. Pettu und sie zur Klosterschule St. Theresa's in der Lebrun Street. Sie schlüpften durch eine Tür in der rückwärtigen Gartenmauer. Der Garten war winzig; in der Mitte stand eine mittelgroße Statue, vielleicht von der Heiligen, nach der die Schule benannt war. Dominic Sloan und Mr. Pettu verneigten sich respektvoll vor dem steinernen Bildnis und betraten das Schulgebäude. Sylvie musste wieder draußen warten. Es nieselte, und der Regen dämpfte das Dröhnen des Artilleriefeuers. Sie fühlte sich sonderbar, als durchlebte sie einen bösen Traum.

Nach einigen Minuten kehrte Mr. Pettu in Begleitung zweier Nonnen zurück. Mr. Sloan war nirgends zu sehen. Die Schwestern waren mittelalte, kräftige Frauen, eine von ihnen Brillenträgerin. Sie musterten Sylvie abschätzig von Kopf bis Fuß. Ganz offensichtlich gefiel ihnen nicht, was sie sahen, vielleicht weil sie Protestantin war, oder, und das war wahrscheinlicher, wegen ihrer nationalistischen politischen Gesinnung. Eine der Nonnen schwenkte ein weißes Tuch, das an eine

Fensterstrebe geknotet war, die andere trug ein großes hölzernes Kruzifix vor sich her. Sie schienen Mr. Pettu gut zu kennen und sprachen ihn mit Vornamen – »Vincent« – an. Sylvie ignorierten sie völlig.

Sie folgte den Nonnen hinaus auf die Seitenstraße und von dort in die Lebrun Street. Die Frauen schritten zügig aus und unterhielten sich mit Mr. Pettu, während Sylvie mit immer noch schlappenden Stiefeln hinterhertrottete. Als sie die Lebrun Street erreichten, sah sie gleich, weshalb Mr. Pettu die Hilfe der Schwestern erbeten hatte: Das Stadtzentrum wurde belagert. Als sie vom oberen Ende der Straße hinunter zu den Brücken blickte, war sie schockiert von den Schäden an den ehemals schönen Gebäuden sowie von der Anzahl der Soldaten und Geschütze überall, die, wie sie von Mr. Pettu erfuhr, allesamt auf das Hauptpostamt ausgerichtet waren, Bastion und Hauptquartier der Rebellen.

In der Lebrun Street wurde nicht geschossen, aber am Ende der Straße, dort, wo sie sich in Richtung Liffey neigte, hatten Regierungstruppen Barrikaden aus Bierfässern errichtet, die förmlich starrten von Gewehren und MGs. Zwischen dem höchsten Punkt der Lebrun Street und den Truppen war das Pflaster übersät mit allerlei Unrat und Schutt, darunter zwei tote Zugpferde, ein Hundekadaver und ein umgestürzter Milchwagen, dessen Ladung sich in den Rinnstein ergossen hatte. Die Nonnen schienen unbeeindruckt von dem Anblick zu sein. Weiße Flagge und Kruzifix hoch erhoben, gingen sie voraus, und Mr. Pettu hakte Sylvie galant unter.

»Alles in Ordnung, Mrs. McCulloch?«

»Den Umständen entsprechend.«

Sie fürchtete sich weniger vor den Regierungstruppen als vor Vaizeys Handlangern in Zivil. Die Soldaten waren diszipliniert, drohten doch empfindliche Strafen, sollten sie aus der Reihe tanzen. Ganz fest an Mr. Pettus Arm geklammert, folgte Sylvie den Nonnen, die unbeirrt die Barrikaden ansteuerten.

Einer der Soldaten hob den Kopf, dann noch einer und noch einer. Einer der Männer bekreuzigte sich, aber Sylvie war nicht sicher, ob er sie verhöhnte oder ihnen Respekt zollte. Die Nonnen wirkten sehr selbstsicher, beinahe überheblich mit Kreuz und Fahne. Der feuchte Wind vom Fluss her drückte die Gewänder an ihre Körper, sodass sie noch stämmiger wirkten, als es ohnehin der Fall war. Sylvie verspürte wieder den seltsamen, unerklärlichen Stolz wie damals, als sie vor all den Monaten mit Maeve zum ersten Mal in Bodenstown mitmarschiert war. Das war vor ihrer ersten Begegnung mit Fran Hagarty gewesen, als Gowry noch Flanagans Bus gefahren hatte.

Die Nonnen blieben dicht vor den Barrikaden stehen und blickten zu den Offizieren auf der wackligen kleinen Beobachtungsplattform auf. Sie sagten kein Wort, starrten die britischen Offiziere nur mit glühenden Wangen und harten Augen an, aber ihre stolze Haltung war so beeindruckend, dass einer der Offiziere schließlich salutierte und die kleine Prozession durchwinkte.

»Schwester Veronica?« Der Soldat war noch sehr jung, sein Oberlippenbart kaum mehr als weicher Flaum. »Schwester Agnes? Erkennen Sie mich denn nicht?«

»O doch, ich weiß, wer du bist, William Kelly«, erwiderte die Nonne mit der weißen Fahne streng. »Wie geht es deiner lieben Mutter?«

»Sie ist immer noch krank, Schwester. Würden Sie für sie beten?«

»Das werden wir, mein Junge, ganz bestimmt.«

Dann hatten sie Barrikaden und Truppen passiert und steuerten die Brücke an. Sylvie sah noch mehr Spuren der Verwüstung und Menschen, die im Schutt stocherten. Endlich tauchten die Docks auf und dahinter das Meer. Jetzt trottete sie nicht mehr gesenkten Hauptes hinterher, sondern schritt sehr gerade und selbstbewusst an Mr. Pettus Seite einher. Fran wäre stolz auf mich, dachte sie, als sie einen weiteren Kordon passierten und den Nonnen die Jagger Street hinauf bis zur Einmündung der Sperryhead Road folgten.

»Kennen Sie sich jetzt wieder aus?«, fragte Mr. Pettu.

»Ja.«

»Hier scheint es keine Straßenkämpfe zu geben, aber ich an Ihrer Stelle würde mich bis auf Weiteres von der Sutter Street fernhalten, nur für alle Fälle«, riet ihr Mr. Pettu. Er reichte ihr die Hand, und Sylvie schüttelte sie. »Das mit Mr. Hagarty tut mir sehr leid. Ich fürchte ja, dass er nicht der Letzte von uns bleiben wird, der für die Sache sein Leben lässt, doch für Sie wird es schwer werden mit dem Kleinen, vor allem, nachdem Ihr Mann noch an der Front kämpft. Glauben Sie, Sie kommen jetzt allein zurecht?«

»Ja, Mr. Pettu«, versicherte ihm Sylvie. »Ich danke Ihnen und Ihren Freunden für die Unterstützung.«

»Den Schwestern ist es eine Freude, wenn Sie helfen können«, entgegnete Mr. Pettu, bevor er sich für den Rückweg zur Lebrun Street wieder den Nonnen anschloss. Sylvie bog in die Sperryhead Road ein und machte sich auf die Suche nach ihrer Tochter und ihrem kleinen Sohn.

Schon eine Stunde nach der Besetzung des Lagerhauses erkannte Charlie, dass ihre Lage aussichtslos war. Die Neuigkeiten, die Jansis von jenseits der Mauer mitgebracht hatte, waren entmutigend: Vom »Shamrock«, ihrer Versorgungsstation und Fluchtroute, waren sie abgeschnitten.

»Was meinst du, Turk? Noch ist Zeit abzuhauen, bevor ein Schuss fällt und Blut vergossen wird.«

»Sei nicht albern, Mann! Wir sind hier, um zu kämpfen.«

»Ich dachte mir schon, dass du das sagen würdest.«

Das weitläufige Gelände von Watton's Lagerhaus hätte von sechzig Mann gehalten werden können, aber zwanzig waren einfach zu wenig, um über einen längeren Zeitraum hinweg dem Druck der Soldaten standzuhalten. Charlie stellte Wachen bei den Toren auf und postierte Scharfschützen an den Fenstern. Er selbst und Turk kletterten hinauf ins Führerhaus eines der Kräne, um sich von dort ein Bild von der aktuellen Lage in der Sutter Street zu machen.

»Ich hatte eigentlich auf Verstärkung gehofft«, bekannte Charlie. »Hat man uns nicht versprochen, dass wir Unterstützung erhalten, sobald es losgeht?«

»Vergiss die Jungs aus dem Süden, Charlie. Was ist mit unseren

Jungs? Widersprüchliche Befehle, Durcheinander und miserable Organisation. Langsam frage ich mich, warum ich eigentlich dreißig Meter über der Sperryhead in einer Bretterbude hocke und den Briten dabei zusehe, wie sie genügend Artillerie zusammenziehen, um halb Dublin in Schutt und Asche zu legen.

»Ich frage dich noch einmal: Sollen wir uns ergeben?«

»Nein.«

»Also gut. Wenn wir je drei Männer vorn und hinten postieren und zwei weitere in den Kränen, können wir wenigstens eine ordentliche Anzahl von ihnen mitnehmen, bevor wir ins Gras beißen. Das wird ein einziges Abschlachten«, meinte Charlie. »Sag mal, hältst du Sylvies Magd für vertrauenswürdig?«

»Jansis hat keine Veranlassung, uns anzulügen. Ich hoffe nur, dass Maeve in Sicherheit ist.«

»Wenn du nicht so stur gewesen wärst, wäre sie jetzt bei uns.«

Turk grinste breit. »Stimmt. Die Kleine hat Mumm.«

»Sie ist viel zu jung für dich.«

Turk spähte durch die verschmierte Seitenscheibe auf die grünen Hügel außerhalb der Stadt, auf die Kirchtürme, Schornsteine und Mietshäuser, die in den regengrauen Himmel ragten.

»In vier oder fünf Jahren wäre sie das nicht mehr gewesen«, widersprach er wehmütig. »Sag selbst, was wäre daran auszusetzen, wenn ein anständiger Kerl von achtundzwanzig ein Mädchen von siebzehn Jahren zur Frau nimmt?«

»Du würdest sie heiraten?«

»Klar würde ich das. Wofür hältst du mich, Charlie?«

»Für einen Esel«, erwiderte Charlie und klopfte Turk brüderlich auf die Schulter. »Wer hätte gedacht, dass sich hinter deiner rauen Schale ein weicher Kern verbirgt! Sollen wir die weiße Fahne hissen und die Sache friedlich beschließen? Damit du meine Nichte vor den Traualtar führen kannst, wenn sie alt genug ist, um mit ihr eine ganze Horde bärtiger Söhne zu zeugen, die eines Tages den Kampf kämpfen werden, vor dem wir davongelaufen sind?«

»Nein«, entgegnete Turk ernst. »Ich fürchte, daraus wird nichts.«

»Und warum nicht?«

»Weil sie gerade eine Feldhaubitze aufstellen, um uns einzuheizen.«

Die Soldaten waren gut organisiert. Sie hatten vier Ränge gebildet, von denen zwei die Sperryhead Road in Richtung Docks abriegelten und zwei weitere die Brückenseite sicherten. Die Männer in der jeweils vorderen Reihe knieten und zielten mit den Gewehren in die Menge. Die Soldaten in den hinteren Reihen hatten die Bajonette aufgesteckt. Drei Sergeants und ein Offizier gingen die Reihen ab, um die Disziplin aufrechtzuerhalten. Es gab keine Heckenschützen, um die Männer abzulenken, die die Konfrontation mit den Bürgern von Dublin offenbar genossen, jetzt, da die Schaulustigen am breiteren Ende der Sperryhead Roaf sie nicht mehr beschimpften.

»Haben Sie meine Kinder gesehen?« Sylvies Stimme klang hohl, als spräche sie durch ein langes Rohr. »Meine Tochter und mein Baby, hat irgendjemand sie gesehen?«

Die Umstehenden schenkten ihr kaum Beachtung. Sie warteten ab, was als Nächstes passieren würde. Sollten sie allerdings später einen Sündenbock brauchen, wäre Sylvie McCulloch mit ihrer überheblichen Art, ihrem Geld und ihrem Liebhaber die ideale Besetzung für diese Rolle.

»Darf ich denn nicht rein, um nach meinen Kindern zu sehen?«, fragte Sylvie.

»Sie lassen niemanden weiter als bis zu der Linie da«, antwortete eine Frau. »Wohnen Sie denn hier in der Straße?«

»Klar wohnt die hier, sie und ihre Nationalisten-Freunde. Sie ist schuld, dass wir alle hier rumstehen müssen.«

»Ich dachte, das wäre, weil die Citizens das Lagerhaus besetzt haben.«

»Diese verfluchten Citizens! Scheiß-Bruderschaft«, knurrte ein älterer Herr. »Das Einzige, was diese Leute können, ist, uns anderen das Leben schwerzumachen.«

»Bitte, sagen Sie mir doch, was passiert ist«, bat Sylvie.

»Das werde ich Ihnen sagen«, meinte der zornige alte Gentleman. »Sie haben sämtliche Häuser geräumt und überall Soldaten postiert. Sie wollen das Lagerhaus doch nicht stürmen. Stattdessen tritt Plan B in Kraft. Sie wollen mit schwerem Geschütz die armen Schweine in die Luft jagen, bevor sie ihre Männer reinschicken, um aufzuräumen.«

»Ich weiß nicht, wo meine Kinder sind«, jammerte Sylvie.

»Daran hätten Sie vorher denken sollen«, giftete eine Nachbarin, fügte jedoch gleich darauf etwas milder hinzu: »Wenn Sie Maeve meinen, die habe ich vor drei, vier Stunden mit dem Baby die Straße runtergehen sehen.«

»Wohin ist sie gegangen? In welche Straße ist sie abgebogen?«

»Jedenfalls ist sie durch den Kordon. Auf der anderen Seite müsste sie eigentlich sicher sein.«

Sylvie zwängte sich durch die Menge und spähte die lange Sperryhead Road hinunter.

Soweit sie sehen konnte, war sie leer gefegt, eine weite öde und feuchte Fläche. Sie konnte weder an den Gartentoren der Reihenhäuschen noch vor dem »Shamrock« Wachen ausmachen. Das Hotel stand fremd und leer da und kam ihr beinahe so unwirklich vor wie eine Pappkulisse. Eine Katze, nein zwei Katzen schlichen am Straßenrand entlang, und irgendwo bellte ein Hund. Da ging ihr auf, dass das, was der alte Mann gesagt hatte, offenbar stimmte und die Truppen beabsichtigten, die ganze Straße dem Erdboden gleichzumachen. Panische Angst stieg in ihr auf bei dem Gedanken, Maeve und Sean könnten doch noch in der Nähe sein. Als über ihnen ein ohrenbetäubendes Pfeifen ertönte und eine Granate in die Fassade des »Shamrock« einschlug, schrie sie auf. Die Backsteinumrandung von Mr. Dolans Zimmer implodierte, Schutt regnete auf die Straße hinab, und die Spitzengardine wehte in der Luft wie eine weiße Dampfwolke.

»Grundgütiger, wollen Sie uns denn gar nichts lassen?«, fragte die Frau entsetzt.

Der alte Mann schüttelte den Kopf. »Nichts.«

Die Granaten kamen von hinter den Lagerhäusern auf den Docks angeflogen, und die Treffsicherheit der Artillerie war verblüffend. Erklärtes Ziel war ganz offensichtlich das »Shamrock«, und das wurde erneut getroffen, wieder und wieder, fünf, sechs, sieben Mal krachten Granaten in die Fassade des Gebäudes, bis nur noch eine riesige Staubwolke zu sehen war, die langsam über das Pflaster waberte. Die Menschen hinter der Absperrung waren verstummt, eingeschüchtert von dem Anblick, der sich ihnen bot, als der Staub sich legte und das Ausmaß der Zerstörung sichtbar wurde.

Das »Shamrock« war nur noch eine Ruine, die vorderen Mauern eingestürzt, sodass Betten, Bettdecken und zerfetzte Vorhänge und Teppiche zu sehen waren. Das Treppenhaus war komplett in sich zusammengefallen, und gleich darauf stürzte mit lautem Getöse und in einer weiteren großen Staubwolke das Dach ein. Eine kaputte Gasleitung geriet in Brand, und Flammen schlugen aus der Ruine.

»Also, ich schätze, da drin wird es keine Fünf-Uhr-Tees mit dem Rebellenpack mehr geben«, meinte Sylvies Nachbarin, als ein Zug britischer Soldaten in Zweierreihen von der Seitenstraße aus in den Hof marschierte und kurz darauf begann, Watton's Lagerhaus mit Granaten zu bewerfen.

Eine Hand vor dem Mund und mit Tränen in den Augen wandte Sylvie sich ab.

In dem Augenblick, da sie gezwungen waren, auf das Dach zu flüchten, wusste Turk, dass es vorbei war. Er hatte gehofft, sie könnten bis zum Abend die Stellung halten und eventuell im Schutz der Dunkelheit entkommen, um den Kampf irgendwann in der Zukunft fortzusetzen. Als jedoch das »Shamrock« bombardiert wurde und die Regierungstruppen das Lagerhaus umstellten, platzte die Hoffnung, doch noch irgendwie davonzukommen, wie eine Seifenblase.

Die Brüder, zumindest jene, die noch lebten, hatten sich im ganzen Gebäude verteilt. Er hatte keinen Schimmer, wo Charlie oder Kevin steckten. Peter war bei ihm. Er war von einer Kugel in die Seite getroffen worden und schrie, während Turk ihn unsanft am Kragen hinter sich herschleifte. Jansis war ebenfalls verwundet worden, und er schob sie vor sich her die schmale Stiege hinauf zum Dach.

Sie hatten zwei Gewehre, einen Revolver und eine Tasche voll Munition bei sich. Sie würden kämpfen bis zum letzten Atemzug. Turk wünschte, er müsste das nicht tun, wünschte, er müsste nicht entscheiden, was richtig und was falsch war, was vernünftig und was nicht, was ihn möglicherweise bis ins Grab verfolgen würde – wobei Letzteres unter Umständen nicht mehr lange hin war. Vielleicht war es ja das Beste, zu den Engeln aufzusteigen, bevor die Sonne hinter den Regenwolken jenseits der Berge unterging.

»Komm, Junge«, drängte Turk. »Komm, Petie.«

Peter kreischte und krallte sich an die Stufen, stemmte mit aller Kraft, die ihm noch verblieben war, die Fersen gegen den Steinboden.

Jansis hielt sich in ihrem Sonntagsmantel und mit der Mütze auf dem Kopf trotz der Verwundung sehr gerade, die Mauser mit beiden Händen fest umklammernd. Sie stolperte durch die kleine Tür aufs Dach. Vor der Tür befand sich ein schmaler Vorsprung, nicht mehr als zirka dreißig Zentimeter breit, verbleit, gleich dahinter fiel das Dach steil ab zur Ladezone vor dem Lagerhaus.

Er packte Jansis' Gürtel und zog sie gegen den Türpfosten, während er mit der anderen Hand Peter hochzog und bäuchlings über die Schwelle legte. Der Junge war von den Schmerzen, den ersten richtigen Schmerzen seines Lebens, wie Turk annahm, wie ausgehöhlt. Was soll's?, dachte Turk bei sich. Spielt ja doch keine Rolle mehr. Schon bald würde alles vorbei sein, und dort, wo sie hingingen, gab es keine Schmerzen.

Weit weg im Westen, hinter den Bergen, riss die Wolkendecke leicht auf, wie so oft um diese Zeit am Abend. Unten rannten die Soldaten vom schützenden Wachhäuschen zum Lagerhaus. Weitere Soldaten hockten hinter den Juteballen, und drei Mann stiegen die Eisenleiter hinauf zum Führerhaus des Auslegerkrans. Jene Brüder, die von dort aus die Briten unter Beschuss genommen hatten, waren vermutlich tot. Das Fenster des Krans reflektierte das blasse, wässrige Sonnenlicht.

Unten auf der Straße standen jetzt Autos. Mr. Watton war vom Land zurück und hatte weitere Partner und Manager mitgebracht, um mit den Befehlshabern der britischen Armee zu verhandeln. Bisher war das Lagerhaus nicht unter Beschuss genommen worden; zur Stunde war nur das »Shamrock« zerstört. Turk fragte sich, was der Grund dafür war, warum sie ein Loch in die Sperryhead Road gebombt hatten. Dann ging ihm ein Licht auf. Sie wollten ihnen jede Fluchtmöglichkeit nehmen und ihre eigenen Leute schützen!

»Ich glaube, sie haben mich erwischt«, sagte Jansis.

»Ich glaube auch«, bestätigte Turk.

Er fischte Patronen aus der Tasche und lud die Mauser.

Jansis lehnte sich mit dem Rücken an die kleine Tür und blickte an der Dachschräge hinab zur Ladezone. Die Soldaten schossen ins Innere des Gebäudes, aber bisher nicht in Richtung Dach. Jansis' Arme hingen kraftlos hinab, und ihr Mantel war vorn blutgetränkt.

»Tut es weh?«, fragte Turk.

»Und wie«, keuchte Jansis.

Er ließ das Magazin der Mauser zuschnappen und reichte die Waffe an Jansis zurück.

Sie hob die Arme so langsam, als wären sie bleischwer, nahm das Gewehr, legte es über die Brust und tastete nach dem Abzug.

»Warte, noch nicht. Warte, wenn du kannst.«

Sie saß recht sicher, mit gespreizten Beinen, die Stiefel gegen den Vorsprung gestemmt. Er kniete sich neben Peter und hob den Knaben an. Die Uniformjacke des Jungen war blutig, jedoch nur ein wenig, nur ein schmaler dunkelroter Quast über dem Oberschenkel. Sein Gesicht war allerdings blutleer, und in den Augen stand panisches Entsetzen.

Turk durchsuchte Peters Taschen, fand fünf Patronen, die er an sich nahm, und zog den Jungen ein wenig weiter zurück, sodass er sich fast ganz im Inneren des Gebäudes befand. Er kniete auf der Türschwelle, und nur der Kopf ragte durch die Türöffnung. Peter hatte aufgehört zu schreien, und als Turk Anstalten machte, auf den Vorsprung hinauszutreten, krallte er eine Hand in dessen Uniformjacke und sagte: »Gib mir ein Schießeisen, Mann! Verdammt, gib mir ein Schießeisen!«

Turk nahm den Revolver aus dem Holster und drückte ihn Peter in die Hand. Er löste einen der Ledergurte von seiner Brust und wickelte ihn dem Jungen um das Handgelenk. Sonnenlicht fiel schräg auf das Dach, und einen Moment waren Peters Augen voller Sonnenschein. Seine großen Ohren schimmerten durchsichtig rosa.

»Du sicherst die Treppe und gibst uns Rückendeckung.«

»In Ordnung.«

Peter drehte sich um, stützte die Ellbogen auf die oberste Stufe und packte den Revolvergriff mit beiden Händen. Er grinste – vielleicht war sein Gesicht auch nur schmerzverzerrt –, als er in das dunkle Treppenhaus hinabblickte. Die Anspannung des Wartens würde ihn bei der Stange halten, sagte sich Turk Trotter.

Turk legte die zweite Mauser in die Armbeuge und schlang den freien Arm um Jansis' Taille. Sie war inzwischen sehr geschwächt vom Blutverlust. Er bezweifelte, dass sie noch lange durchhalten würde. Jansis lehnte sich scheu an ihn, fast so, als wären sie ein Liebespaar. Sie legte den Kopf an seine Schulter, und er fühlte ihr Haar an seiner Wange. Vereinzelte glatte Strähnen wehten in der Brise, die vom offenen Meer her über sie hinwegstrich.

»Ich glaube, ich höre sie kommen«, flüsterte Jansis.

»Ja, ich kann sie auch hören«, bestätigte Turk.

KAPITEL 17

Es war noch hell, als Großmutter McCulloch sie zu Bett brachte. Sean schlief bereits tief und fest in einer Schublade der Kommode oben im Elternschlafzimmer. Gran hatte die Lade mit Decken gepolstert, bevor sie Sean hingelegt hatte, aber auch wenn das improvisierte Bettchen alles in allem einen ganz gemütlichen Eindruck gemacht hatte, hatte die Schublade Maeve doch sehr an einen Sarg erinnert, sodass sie hatte weinen müssen.

Großvater war ihnen nach oben gefolgt. Er hatte zum Abendessen etwas getrunken und war dank des Alkohols wieder klarer im Kopf. Er hatte ihr einen Arm um die Schultern gelegt und sie an seinem dicken Bauch weinen lassen.

Maeve weinte nicht wegen Sean. Sie weinte um Mr. Whiteside, um Fran und ihre Mam, weil sie Heimweh hatte nach dem »Shamrock«, jetzt, nachdem sie sich nicht mehr so fremd fühlte in dem Haus ihrer Großmutter in Towers. Sie wünschte, sie wären zu Hause, mit Mam und ihrem Daddy. Am liebsten wäre sie wieder acht oder neun Jahre alt gewesen und nicht schon fast zwölf. Als sie sich jedoch bei dem Wunsch ertappte, die letzten Jahre auslöschen zu können, kam es ihr vor, als verriete sie Turk, Charlie und Jansis, woraufhin sie sich noch elender fühlte. Sie weinte so bitterlich, dass Gran das Baby sich selbst überließ und nach unten eilte, um ihr ein Glas Milch zu holen, Milch, die gleichzeitig süß und etwas scharf schmeckte von dem untergerührten Löffel Brandy, wie ihr Großvater ihr erklärte. Sie könne sich wirklich glücklich schätzen, in ihrem Alter schon in den Genuss eines Brandys als Betthupferl zu kommen, meinte er augenzwinkernd.

»Du gehst und schaust nach dem Baby«, befahl Gran dem alten Mann. »Und sing ihm bloß kein Schlaflied vor.« Sie löste Maeve vom

Bauch ihres Großvaters und führte sie in ein Schlafzimmer auf der Rückseite des Hauses. Das Bett war frisch bezogen und mit einem heißen Backstein vorgewärmt worden. Die Bettdecke war v-förmig zurückgeschlagen, so wie Mam es bei den Gästen machte, wenn sie nicht zu viel zu tun hatten.

Es war ein einfaches Zimmer mit Dachschräge und seitlich gerafften geblümten Vorhängen an den Fenstern. Sie blickte über die Felder, Wolken und die letzten Sonnenstrahlen am Horizont, das Ganze triefend nass vom Regen. Das Bett war breit und weich. Gran hatte das Glas auf den Nachttisch gestellt und war wieder gegangen. Maeve setzte sich auf das Bett, zu müde, um sich selbst zu bemitleiden, aber als sie die Augen schloss, sah sie wieder die Soldaten, viele Soldaten, in khakifarbenen Uniformen, die ihre Mutter abführten, und dazu Fran, der gekrümmt wie ein Buckliger die Polizisten, die ihn verhaftet hatten, mit wüsten Beschimpfungen überhäufte. Sie sah das tote Pferd mit den gen Himmel gestreckten Beinen und die gewundene Straße nach Malahide, den wieselartigen Droschkenfahrer mit der Peitsche … und plötzlich rannte sie wie der Teufel die verlassene Straße hinunter, während die Droschke mit Sean in der Ferne immer kleiner und kleiner wurde.

»Wasch dir das Gesicht, und zieh das an«, hörte sie Gran sagen.

Wasser in einer Schüssel, ein Waschlappen, Seife und ein sauberes geflicktes Nachthemd, das ihre Großmutter auf das Bett legte. Maeve blinzelte und rieb sich die Augen.

»Mach schon, mit schmutzigem Gesicht lasse ich dich nicht ins Bett.«

»Sie ist nicht gekommen, dabei ist es schon fast dunkel.«

»Wenn sie bis zum Morgen nicht gekommen ist, werde ich Seine Lordschaft in die Stadt schicken, damit er sich erkundigt, was aus ihr geworden ist.«

Maeve nickte, zu erschöpft, um lange an der Furcht festzuhalten. Sie zog ihr Kleid aus, wusch sich das Gesicht und trocknete sich mit einem Handtuch ab. Regenschleier verdeckten die letzten Sonnenstrahlen, und inzwischen war es fast Nacht. Gran riss ein Streichholz an und zündete die Öllampe an, die den Raum in warmes Licht tauchte, das ihn richtig heimelig wirken ließ.

»Sagt man, dass du nach ihr kommst?«

Maeve blickte auf. »Nach wem?«

»Sylvie – deiner Mutter.«

»Manche Leute finden, dass ich ihr ähnlich bin, ja.«

»Das stimmt nicht«, meinte Gran. »Du ähnelst deinem Vater, als er in deinem Alter war.«

»Daddy?«

Die Falten rechts und links von Grans Mund vertieften sich. »Ja, deinem Daddy. Schreibst du ihm an die Front?«

»Er hat mir auch nie geschrieben.«

»Er ist böse auf dich.«

»Ich weiß. Ich wollte ihn nicht wütend machen, weißt du.« Sie nahm das geflickte Nachthemd vom Bett. »War das hier sein Zimmer?«

»Die Jungs haben alle unten geschlafen«, entgegnete Gran. »Das hier war das Mädchenzimmer. Winn und Blossom haben es sich anfangs geteilt, dann kamen noch Rena und Roberta hinzu.«

»Ich habe sie nie kennengelernt, oder?«

»Nein.«

Maeve zog Strümpfe und Unterwäsche aus und schlüpfte in das lange Hemd. Es war ihr zu groß und reichte ihr bis zu den Füßen. Sie verschränkte die Hände vor der Brust und setzte sich auf die Bettkante.

»Ich hatte früher eine Schwester, die genauso temperamentvoll war wie du.«

»Was ist aus ihr geworden?«

»Sie ist jung gestorben.«

»Bevor du Großvater geheiratet hast?«

»Kurz davor.«

»In Glasgow?«

»Ja, in Glasgow.«

Maeve verspürte keinerlei Bindung zu den Verwandten drüben

in Schottland. Ihre Mutter wollte nicht über sie sprechen, und ihr Daddy hatte seine Zeit in Glasgow auch nie erwähnt. Wenn sie nicht so furchtbar müde gewesen wäre, hätte sie Gran gebeten, ihr mehr von ihnen zu erzählen. Sie stieg ins Bett, ließ den Kopf auf das weiche Kissen sinken und blickte zu ihrer Großmutter auf.

»Schlaf schön, meine Kleine«, sagte Gran McCulloch und drückte ihr zu Maeves Verblüffung einen zärtlichen Kuss auf beide Wangen.

Als Sylvie die Endicott Street erreichte, waren nirgendwo mehr Soldaten zu sehen, und auch der Lärm des Geschützfeuers war kaum noch zu hören. Obgleich ihre Beine bleischwer waren, war sie im Kopf absolut klar und wusste exakt, wohin sie ging und was sie dort wollte.

Es wäre sinnlos gewesen, vor der Realität davonzulaufen: Fran war tot und vom »Shamrock« nur eine Ruine übrig. Es war nur eine Frage der Zeit, bis der Aufstand niedergeschlagen und die Normalität wiederhergestellt war. Ihr Leben war nicht mehr »normal« verlaufen, seit sie Fran Hagarty begegnet war, aber noch trauerte sie nicht um ihn. Bevor sie sich erlauben konnte, Kraft zum Trauern zu verschwenden, musste sie Maeve und Sean finden.

Ihre Tochter war vernünftig genug, um sich in der Not nach Towers zu wenden. Eigenständigkeit war ja gut und schön, aber wenn es darauf ankam, war Blut eben doch dicker als Wasser, und nicht einmal Kay McCulloch würde ihre Enkeltochter in einer Notlage abweisen.

Sylvie war müde und hungrig. Hätte sie Geld gehabt, sie hätte sich in einer Gaststätte ein Stück Pie oder russische Eier gekauft. Aber im Augenblick war sie so bettelarm wie viele andere Frauen in den umliegenden Mietskasernen.

Es regnete immer noch, obwohl der Himmel ein wenig heller geworden war, doch als sie die Straße überquerte, stellte sie fest, dass die Endicott Street weder düster noch unheimlich oder gar verlassen war. Plünderer waren über die Stadt hergefallen und vollbeladen mit gestohlenen Gütern heimgekehrt. Frauen und Kinder hatten sich draußen vor »McKinstry's Gasthof« versammelt, um ihre Trophäen vorzuführen, und die Männer, Gäste des Wirtshauses, durchforsteten die Berge von Teppichen, Schuhen, Golfschlägern, Spielwaren und Linoleumrollen, die auf dem Bürgersteig zum Kauf angeboten wurden.

Aus purer Gewohnheit blickte sie hinauf zu Frans Fenster.

Beinahe rechnete sie damit, sein eingefallenes Gesicht zu sehen, das durch die schmutzige Glasscheibe nach ihr Ausschau hielt. Aber natürlich war da kein Fran, nur ein weiteres leeres Fenster in der hässlichen Fassade.

Sie betrat den Flur am Fuß der Eisentreppe.

Der Junge trug ein kariertes Hemd, das ihm noch zwei Nummern zu groß war, und die Hosen wurden von einer tiefroten Schärpe gehalten, die Bauch und Brust bedeckte sowie das neue, strahlend weiße Smokinghemd. Auf dem Kopf trug er einen Seidenhut, und die Flöte hatte er gegen ein brandneues funkelndes Euphonium getauscht. Er blies die Backen auf und pustete, so fest er konnte, sodass die Töne bis in den letzten Winkel des Gebäudes hallten.

Sylvie legte eine Hand auf das Treppengeländer und wollte eben hinaufgehen, als ein dürres blondes Mädchen mit einem Säugling auf dem Arm in der Tür zur Linken auftauchte.

»Er ist weg«, rief das Mädchen ihr zu. »Mr. Hagarty ist nicht da.«

»Ich weiß«, entgegnete Sylvie.

»Er kommt nicht zurück.«

Sylvie lehnte sich gegen das Geländer. Es war im Flur düster, aber sie konnte das Mädchen trotzdem recht gut erkennen, das nach oben gerichtete Gesicht, das stille Kind auf dem Arm, das diesmal nicht in Zeitung gewickelt war, sondern in ein neues gestreiftes Handtuch. Hinter ihr standen vier oder fünf weitere Kinder, deren kleine Gesichter rund und blass schimmerten wie Hafergrütze. Der Junge setzte das Instrument ab und starrte zu Sylvie auf. Speichel glänzte auf seinem spitzen Kinn.

»Wer hat Ihnen gesagt, dass er nicht zurückkommt?«, fragte Sylvie.

»Ich weiß es. Und Sie hat er auch nicht mitgenommen. Sie hat er auch sitzen lassen.«

»Und was glauben Sie, wo er hin ist?«

»Nach Amerika. Fran ist weg nach Amerika.«

»Wie kommen Sie darauf?«

»Er hat es mir selbst gesagt.«

»Was genau hat er Ihnen gesagt?«

»Er hat mir Geld gegeben für die Kinder.«

»Ja und? Was hat er gesagt?«

»Er gibt mir immer Geld, wenn er nach Amerika reist.«

»Wie viel Geld hat er Ihnen gegeben?«, wollte Sylvie wissen.

»Viel.«

»Fünf Schilling? Zehn?«

»Viele Pfundnoten.«

»Und warum hat Fran Ihnen Geld gegeben?«

»Weil er nett ist.«

»Hat er gesagt, dass er nach Amerika geht?«

»Er geht immer nach Amerika, wenn er mir Geld gibt.«

»Aber woher wollen Sie wissen, dass er diesmal nicht zurückkommt?«

Das Mädchen zuckte die Schultern. »Ich weiß es einfach.«

Sylvie hätte gern noch mehr Fragen gestellt, war jedoch nicht sicher, ob sie in ihrer derzeitigen Verfassung mit den Antworten fertig werden würde. Als sie oben war, lehnte sie sich über das Geländer und blickte hinunter in den Flur. Der Junge saß mit gekreuzten Beinen auf der Treppe, beide Arme um das Euphonium gelegt. Sie wollte ihm etwas zurufen, aber dann sah sie, dass das Mädchen mit dem Baby zu ihr heraufkam.

Bei näherer Betrachtung war sie gar nicht so jung. Sie sah sehr kindlich aus, war aber mindestens Mitte zwanzig. Sie trug einen Rock mit hohem Bund und einer eingerissenen Tasche und dazu eine schlichte Bluse. Mit einer Hand zog sie sich am Geländer hoch zum ersten schmalen Treppenabsatz. Das Baby, das ebenfalls älter wirkte, als seine Größe hätte vermuten lassen, umklammerte den Arm seiner Mutter wie ein kleines Äffchen. Es hatte einen tiefschwarzen Haarschopf und große dunkelbraune Augen, die neugierig alles in Sichtweite betrachteten. Dass das Kind so still war, erschien Sylvie jedoch unnatürlich und machte sie irgendwie nervös.

Das Mädchen holte einen Schlüssel aus der Rocktasche und hielt ihn Sylvie hin. »Ich denke, den werden Sie brauchen.«

Sylvie nahm den Schlüssel und schloss die Finger um das Stück Metall. »Wer sind Sie? Sagen Sie mir Ihren Namen.«

»Pauline.«

»Und weiter?«

»Nur Pauline.«

»Sie wohnen unten, nicht wahr?«

»Ja, wir wohnen alle unten. Ich und die Kinder.«

»Wie lange kennen Sie Fran schon?«

»Jahre. Viele Jahre.«

Wieder brannte Sylvie die Frage auf der Zunge. Sie wollte, dass das Mädchen ging, damit sie Frans Wohnung allein betreten konnte. Sie hoffte, dass der Anblick des Bettes, des kleinen Tisches mit der Schreibmaschine und der Whiskyflasche das Bild des toten Fran auf dem gepflasterten Hof auslöschen würde. Ihr war klar, dass sich die Realität nicht umkehren ließ, sie hoffte jedoch, sie mildern zu können, sie gerade so weit verbiegen zu können, dass sie diesen endlosen grässlichen Tag durchstand. Aber das Mädchen machte keine Anstalten zu gehen.

Sylvie drehte den Schlüssel im Schloss und stieß die Tür auf.

Drinnen roch es muffig. Das Bett war abgezogen, Laken, Decken und sogar die Tagesdecke waren im Schrank verstaut. Die Schreibmaschine war mit einer Hülle zugedeckt, und Frans sämtliche Unterlagen waren fort. Sie zog die Schubladen der Kommode auf. Leer.

Das Mädchen hatte die Wahrheit gesagt, Fran hatte tatsächlich vorgehabt, Dublin zu verlassen. Sie dachte an den Lederkoffer, den er nicht aus der Hand hatte geben wollen, daran, dass er ihn sogar griffbereit auf dem Nachttisch hatte liegen lassen, während sie sich im »Shamrock« geliebt hatten.

Ohne sich umzudrehen, fragte sie: »Ist das Baby von Fran?«

»Nicht nur das Baby. Alle meine Kinder sind von ihm.«

Sylvie fuhr herum. »Alle? Wie viele?«

»Er hat sich um alle meine Babys gekümmert.«

»Waren es denn alles seine?«

»Alles meine.«

»Hören Sie auf damit. Verstehen Sie denn nicht, was ich wissen will? Sind Sie Fran Hagartys Ehefrau?«

»Ja, das bin ich.«

»Wurden Sie richtig getraut? Ich meine, besitzen Sie eine Urkunde, die belegt, dass Sie seine rechtlich angetraute Ehefrau sind?«

»Fran sagt, wir sind so gut wie verheiratet.«

»Wissen Sie, dass er verheiratet ist? Dass er eine Frau in England hat?«

Das Mädchen zeigte sich unbeeindruckt und hielt das Baby mit einer Lässigkeit in der Armbeuge, die Sylvie nie erreicht hatte. »Ja, er hat mir alles über sie erzählt.«

»Hat er Ihnen auch von seinen drei Söhnen erzählt?«

»Ich habe ihm einen Sohn geschenkt.«

»Sie meinen den Jungen unten auf der Treppe?«

»Algie? Nein, nicht Algie.«

»Wer ist dann Algie? Ist er Ihr Bruder?«

Verwirrt von dieser Frage, zuckte das Mädchen erneut die Schultern.

Sylvie brachte es nicht übers Herz, ihr zu sagen, dass Fran tot war. Allerdings fragte sie sich, welche Komplikationen Frans Tod nach sich ziehen und wer Anspruch auf seinen Nachlass erheben würde. Gleich darauf sagte sie sich, dass Vaizey vermutlich nicht wollen würde, dass Frans Leichnam gefunden wurde, sodass sein Nachlass wohl noch Jahre auf Eis liegen würde.

»Wie viele Kinder haben Sie?«

»Neun«, antwortete das Mädchen.

»Sie können doch unmöglich neun Kinder geboren haben.«

»Er hat sie mir gebracht.«

»Wer?«

»Fran.«

»Sind es seine Kinder?«

»Es sind meine.«

»Sie kümmern sich also um sie?«

»Ja, ich kümmere mich um sie.«

»Wo hat er sie her? Woher kommen sie?«

»Von der Straße.«

»Dann sind es Waisen?«

»Verlorene Seelen«, entgegnete das Mädchen. »Bis Fran sie gefunden hat.«

Sylvie schluckte. Hatte sie Fran Hagerty falsch eingeschätzt? Hatte sie nur seinen Egoismus und seine Unaufrichtigkeit gesehen und seine – wenn auch eigenwillige – Menschlichkeit nicht wahrgenommen? Sie setzte sich auf das Fußende der Matratze und legte die Hände in den Schoß. Sylvie schaute zu dem Mädchen auf, das begonnen hatte, seinen schlanken Leib hin und her zu wiegen.

»Hat … Bezahlt Mr. Hagarty Ihre Miete?«

»Das braucht er nicht.«

»Wieso nicht?«

»Weil es sein Haus ist.«

»Soll das heißen, Fran ist Eigentümer dieses Gebäudes?«

»Ja, es ist sein Haus.«

»Aber die anderen Zimmer …«

»Anderen überlassen.«

»Wem?«

»Irgendwelchen Männern.«

»Und zahlen die Miete?«

»Ja.«

»Wer kassiert die Miete?«

»Ich.«

»Und wenn jemand nicht zahlen will … oder kann?«

»Dann kümmert Fran sich darum.«

Sylvie atmete tief durch. Sie fühlte sich jetzt besser, viel besser. Fran war nicht fort; er war immer noch hier in der Endicott Street, und hier würde er noch Jahre bleiben, vielleicht sogar bis in alle

Ewigkeit. Nein, sagte sie sich gleich darauf, nicht bis in alle Ewigkeit. Fran war tot, verschollen, nach Amerika ausgewandert, was auch immer. Was er zurückgelassen hatte, waren die Geheimnisse und Rätsel, die immer überdauerten, wenn jemand ganz plötzlich und unerwartet aus dem Leben gerissen wurde und viele lose Enden hinterließ, so wie sie selbst, das Mädchen, die Kinder und die Irische Sache. Als »Zurückgebliebene« waren sie alle irgendwie miteinander verbunden.

Sie legte die Hände flach auf die Matratze, auf der sie und Fran sich geliebt hatten, und stemmte sich hoch.

Pauline hörte auf, sich zu wiegen, zog das Baby aus seiner unsicheren Lage in ihrer Armbeuge hoch und drückte es fest an ihren Busen.

»Ich gehe jetzt«, erklärte Sylvie. »Ich komme bald wieder.«

»Hierher?«

»Ja«, sagte Sylvie. »Ich wäre Ihnen unendlich dankbar, wenn Sie mir bis dahin eine halbe Krone borgen könnten.«

»Wozu?«

»Für eine Schweinefleisch-Pastete, ein Bier und eine Fahrkarte nach Malahide.«

Sylvie geriet erst in Panik, als sie in der Ortschaft an der Küste eintraf und das letzte Stück Weges in der Dunkelheit zu Fuß antrat. Bis jetzt hatte sie so fest auf ihre Tochter vertraut, dass ihr gar nicht der Gedanke gekommen war, Maeve könnte möglicherweise gar nicht nach Towers gekommen sein. Nachdem der Zweifel jedoch erst aufgekommen war, griff er um sich wie ein Buschfeuer, und obwohl die offenen Stiefel schmerzhaft an ihren Waden und Fersen scheuerten, trieb die Sorge sie zur Eile an, sodass sie schließlich sogar rannte.

Es hatte aufgehört zu regnen, und es war eine milde, beinahe windstille Nacht, doch auf der Landstraße war es stockfinster, sodass sie mehrmals hinfiel und sich Hände und Ellbogen aufschlug. Aber sie sprang gleich wieder auf und lief weiter, schluchzend vor Furcht und Verzweiflung. Schon lange bevor das massige gekalkte Brauereigebäude und die Lichter des Wohnhauses ihrer Schwiegereltern in Sicht kamen, rief sie Maeves Namen.

Endlich erreichte sie das Haus. Blutend, aufgelöst und panisch warf sie sich gegen die Tür. Daniel öffnete zögernd.

»Sind sie da? Sind sie hier?«, keuchte sie.

»Ja, Mädchen«, antwortete er beruhigend. »Und beide sind wohlauf.«

Sylvie verließen schlagartig die Kräfte, und sie sank besinnungslos zu Boden.

Im Morgengrauen löste sie sich widerwillig von Maeves Seite und schleppte sich nach unten, um am warmen Küchenherd das Baby zu stillen. Ihr wurde einfach nicht warm, und sie fror erbärmlich. Erst als sie eine Brust entblößt hatte und fühlte, wie die Lippen ihres Sohnes sich um die Brustwarze schlossen, fand sie ihre innere Ruhe wieder, und auch das Zittern hörte auf. Sie empfand immer noch große Wut, weil sie irgendwie Daniel McCulloch für ihre Misere verantwortlich machte, als könnte er etwas dafür, dass sie sich in Fran verliebt und damit Gowry aus dem Haus gejagt hatte, oder sogar, dass die Behörden Fran ermordet und das »Shamrock« zerstört hatten.

In ihrem Kopf und ihrem Herzen herrschte ein wildes Durcheinander von Schuldgefühlen und Zorn, und der Schlaf, der sie übermannt hatte, nachdem sie wieder zu sich gekommen war, war rastlos und nicht wirklich erholsam gewesen. Als sie Sean im Nebenzimmer wimmern hörte, ging sie sofort hinüber. Ihre Schwiegermutter saß aufrecht im Bett, das Nachthemd über den Schultern verrutscht, eine Schlafhaube über dem grauen Haar, die Augen zusammengekniffen gegen das Licht, das sie eben erst angezündet hatte. Daniel neben ihr grunzte und rollte sich auf die andere Seite, jedoch ohne aufzuwachen, als wäre das Babygeschrei nicht mehr als eine Erinnerung aus längst vergangenen Tagen.

Sylvie nahm Sean aus der Lade und ging mit ihm nach unten, wobei sie sich an dem Lichtschimmer orientierte, den die Glut im Herd verbreitete. Sie setzte sich auf einen der Küchenstühle und gab Sean die Brust. Kurz darauf hörte sie die Treppe knarren, und der Lichtschein einer Lampe erhellte den Raum.

»Du hättest ruhig liegen bleiben können«, brummte Gran McCulloch. »Ich hätte ihm ein Fläschchen gegeben.«

»Er ist mein Sohn. Ich füttere ihn.«

Gran stellte die Lampe auf den Tisch und baute sich hinter Sylvie auf. Eine volle Minute war in der Küche, abgesehen von den leisen Schmatzlauten des Säuglings, kein Laut zu hören.

»Stimmt das, was du Daniel erzählt hast? Ist Hagarty wirklich tot?«

»Ja.«

»Bist du ganz sicher?«

»Ich habe mit angesehen, wie er kaltblütig erschossen wurde. Ich habe es mit eigenen Augen gesehen.«

»Und was ist mit meinen Jungs? Mit Charlie und Peter? Weißt du, was aus ihnen geworden ist?«

Sylvie hatte keinen Grund, ihr diese Frage zu verübeln. Vielleicht verübelte sie Gran McCulloch vor allem, dass sie sich nicht so gefühllos verhielt, wie sie es erwartet hatte. Das konspirative Band zwischen Forbes und Kay McCulloch war ihr immer ein Rätsel gewesen. Sie dachte zurück an den Anblick des zerbombten »Shamrock«, sah wieder die Soldaten vor sich, die in den Hof stürmten, und malte sich das Gemetzel aus, falls die Rebellen in Watton's Lagerhaus Widerstand leisteten. Sylvie war so sehr mit sich selbst beschäftigt gewesen, dass sie völlig verdrängt hatte, dass Charlie und Peter um ihr Leben kämpften. Sie wandte den Kopf und betrachtete die angespannten Züge ihrer Schwiegermutter. Erst jetzt realisierte sie, wie egoistisch sie gewesen war, immerhin musste Kay McCulloch sich ebenso große Sorgen um ihre beiden Söhne machen wie sie selbst um Maeve und Sean.

»Nein, tut mir leid.«

»Steht es schlecht um sie?«, hakte Gran McCulloch leise nach.

»Ja, ziemlich«, erwiderte Sylvie ehrlich und berichtete, was sie in der Sperryhead Road beobachtet hatte.

»Sie werden sich nicht ergeben.«

»Nein, das glaube ich auch nicht.«

Gran McCulloch legte eine Hand an die Wange und seufzte. »Dann sind sie sicher schon tot, alle meine lieben Söhne.«

»Außer Forbes.« Die Bemerkung rutschte Sylvie einfach so heraus. Das leicht schräg geneigte Kinn der alten Frau drückte keine Schärfe mehr aus. Das Nicken war nur angedeutet und wirklich nicht bedeutsam, aber Sylvie fühlte sich dennoch angegriffen. »Ist er der Grund, weshalb du mich nicht leiden kannst?«

»Ich möchte nicht, dass du nach Glasgow zurückgehst, ihn anbettelst und die alte Geschichte wieder aufwärmst.«

»Ich würde um nichts in der Welt nach Glasgow zurückgehen«, entgegnete Sylvie. »Ich gebe zu, dass das mit Fran Hagarty nicht richtig war, aber ich bin nicht allein schuld, dass Gowry sich freiwillig gemeldet hat. Etwas von der Verantwortung musst du schon auch selbst tragen. Übrigens, wie geht es deinem Lieblingssohn Forbes? Gehe ich recht in der Annahme, dass *er* keine Uniform trägt?«

»Seine Aufgabe ist es, Schiffe zu bauen.«

»Für die Marine?«

»Ja.«

»Das muss ein einträgliches Geschäft sein.«

»Das ist wohl kaum der richtige Zeitpunkt, um über Forbes zu sprechen.«

»Du hast recht«, sagte Sylvie, deren Mitgefühl verflogen war. »Nicht zu einer Zeit, da deine anderen drei Söhne um ihr Leben kämpfen.«

»Auf verschiedenen Seiten. Ich glaube, das ist für mich das Schlimmste. Ihr Iren und Euer Freiheitswahn!«

»Ich bin keine Irin.«

»Richtig. Aber dein Sohn und deine Tochter sind Iren.«

»Nun, wir haben beide denselben Fehler gemacht, nicht wahr? Wir beide waren so blöd, einen Iren zu heiraten.«

»War Gowry dir nicht gut genug?«

»Oh, Gowry war … Gowry *ist* ein anständiger Kerl, ein guter Mann.«

»Warum hast du ihn dann betrogen?«

»Er hat mich nicht geliebt«, entgegnete Sylvie schulterzuckend.

»Hat Forbes dich geliebt?«

»Forbes hätte mich geheiratet, wenn du ihn nicht gedrängt hättest, stattdessen seine reiche Cousine zur Frau zu nehmen.«

»Forbes hatte nie die Absicht, dich zu heiraten. Ich wusste immer, was du bist: eine opportunistische kleine Schlampe, die durch eine Heirat mit meinem Sohn den gesellschaftlichen Aufstieg schaffen wollte.«

»Und das habe ich getan«, entgegnete Sylvie. »Ich habe deinen Sohn geheiratet. Ich bin Gowrys Frau geworden.«

Todmüde, gramgebeugt und erfüllt von Wut und Sorge, hatte sie gehofft, Frieden mit ihrer Schwiegermutter schließen zu können. Aber es sollte nicht sein. So wie sie Daniel und die Bruderschaft für die ganze Misere der letzten Tage verantwortlich machte, gab sie Kay McCulloch die Schuld an den Tragödien, die ihr Leben überschatteten.

Sylvie nahm Sean von der Brust und ließ ihn ausruhen.

Sie schaute in die Glut, und es schien, als könnte sie dort die Flammen sehen, die aus dem »Shamrock« geschlagen waren, die hochlodernden, von der Gasleitung gespeisten Flammen, die ihr schönes Dubliner Haus vollständig zerstört hatten. Ihr war nie in den Sinn gekommen, dass Forbes möglicherweise gern an ihre gemeinsame Zeit zurückdachte, dass sie vielleicht immer noch eine gewisse Macht über ihn besaß.

Glasgow, Forbes, ihr Vater … Wartete dort ein neues Zuhaue auf sie?

»Was wirst du jetzt tun, Sylvie?«

»Mich um meine Kinder kümmern, bis Gowry zurückkommt.«

»Und wo willst du wohnen? Du hast doch selbst gesagt, dass das ›Shamrock‹ in Schutt und Asche liegt.«

»Ist das eine Einladung?«

»Nein«, entgegnete Kay McCulloch ohne Schärfe. »Du kannst bleiben, bis die Lage in Dublin sich entspannt hat, aber danach …«

»Keine Angst, Kay, wir werden dir nicht lange zur Last fallen.«

»War das ›Shamrock‹ versichert?«

»Natürlich nicht. Und auch wenn, glaubst du ernsthaft, eine Versicherung würde mir den tatsächlichen Wert auszahlen? Wohl kaum. Manche werden versuchen, der Regierung eine Entschädigung abzuringen, aber ich könnte mir die Anwälte gar nicht leisten. Nein, nein, ich werde mir eine Arbeit und eine Bleibe suchen und versuchen, uns über Wasser zu halten, bis mein Mann zurückkehrt.«

»Zu dir und dem Kind eines anderen?«

»Gowry ist ein guter Mann. Er wird mir vergeben.«

Die alte Frau schien etwas erwidern zu wollen, überlegte es sich jedoch anders. Sie ging zur Vorratskammer und holte einen Stapel frisch gewaschener Handtücher heraus. Sie legte sie auf ein Ende des Herdes, kniete sich hin, um das Feuer zu schüren, und stellte den Wasserkessel auf die Öffnung, damit das Wasser schneller kochte. »Der Kleine hat bestimmt die Hosen voll. Soll ich ihn wickeln?«

»Das mache ich selbst. Trotzdem vielen Dank.«

Kay verschränkte die Arme vor der Brust. »Du bist dir deiner Sache sehr sicher, Sylvie. Hat Hagarty dir Geld hinterlassen?«

»Nein, das hat er nicht. Fran hatte kein Geld.«

»Daniel behauptet da etwas völlig anderes.«

»Es ist mir gleich, was Daniel sagt.«

»Und was, wenn Gowry nicht zurückkommt?«

»Das wird er«, erklärte Sylvie fest. »Ich weiß es.«

»Was macht dich so sicher?«

»Wo sollte er sonst hin?«

TEIL IV

GOWRY

KAPITEL 18

Nachdem die Lage in Hulluch geklärt war, wurde das Zweite Bataillon der Rifles abgezogen, und man stellte den Männern einen Urlaub in Aussicht. Selbstverständlich kam eine Rückkehr in die Heimat nicht infrage, und die Soldaten gaben sich keinerlei falschen Illusionen hin: Für sie stand fest, dass sie beim großen Vorstoß, der unmittelbar bevorstand, dabei sein würden. Trotzdem herrschte auf dem Übungsgelände gute Stimmung, und der Drill, den sie über sich ergehen lassen mussten, um sich ihren fünftägigen Freigang zu verdienen, kam ihnen nicht allzu hart vor.

Gowry hatte ein neues Soldbuch erhalten, vorschriftsmäßig gestempelt und unterzeichnet, und so ahnte er nicht, dass er daheim als vermisst galt. Er wäre aus allen Wolken gefallen, hätte er erfahren, dass seine Familie ihn für tot hielt und seine Freundin Maggie Leonard seinen Tod zusammen mit jenem ihres geliebten Sohnes Maurice beklagt hatte, um dann ihre Ponys zu verkaufen, das Häuschen in den grünen Bergen zu verlassen und zu ihren Töchtern nach Boston zu ziehen.

Er hatte Maggie geschrieben, obwohl es ihm denkbar schwergefallen war, ihr vom Tod ihres Sohnes zu berichten. Gowry hatte ihr mitgeteilt, dass er bei Maurice gewesen sei, als dieser gestorben war, dass ihr Sohn sich bis zuletzt tapfer gehalten habe und sie stolz auf ihn sein könne.

Tatsächlich hatte er keinen Schimmer, wie Maurice gestorben war. Er vermutete, dass der Sergeant, wie so viele seiner Kameraden der Connaughts, von dem verfluchten Maschinengewehr niedergemäht worden war. Details über den Angriff durfte er Maggie jedoch nicht berichten, sodass er auf Platituden und Klischees zurückgreifen musste, die ihm in dem vergeblichen Versuch, Trost zu spenden, selbst sehr pathetisch erschienen waren. Er schrieb ihr erneut von seinem Kurzurlaub in Mallefort aus, bevor das Bataillon weiterzog. Aber sofern sie auf seine Briefe reagierte, erreichten ihre Antworten ihn nicht, und beinahe schien es, als hätte Maggie zusammen mit ihrem Sohn in der Dunkelheit westlich von Huevert ihr Leben gelassen.

Spät im ungewöhnlich warmen Mai, als Gowry schwitzend die vielen Aufgaben bewältigte, die übellaunige Sergeants ihm auftrugen, verschwendete er jedoch kaum mehr einen Gedanken an Maggie Leonard oder seine Verwandten daheim. Der Brief seiner Mutter hatte ihn wütend gemacht, aber nachdem er sich wieder beruhigt hatte, war es ihm sogar eine Genugtuung gewesen, sich Sylvie dick und rund vorzustellen und sich auszumalen, wie wenig begeistert der Verführer Fran Hagarty von seinen neuen Vaterpflichten sein dürfte. Außerdem erlöste ihn die Nachricht von Sylvies Schwangerschaft von seinen Gewissensbissen und ließ ihn hoffen, dass sich aus seiner Beziehung zu Becky mehr entwickeln würde als eine platonische Brieffreundschaft.

Mit diesem Hintergedanken buchte er zwei Zimmer in einem Hotel in der Nähe der Kathedrale von Amiens, von dem einer der Quartiermeister ihm erzählt hatte, und lud Becky zu einem Kurzurlaub dorthin ein.

Nervös wartete er auf ihre Antwort. Während er unter seiner rauen, kratzigen Decke lag, malte er sich aus, welche Steine das Schicksal ihm in den Weg legen könnte. Und überhaupt, vielleicht bekam Becky ja gar keinen Urlaub.

Amiens war ein Zufluchtsort für hohe Offiziere, Kriegsberichterstatter und einfache Soldaten gleichermaßen. Die Stadt war bislang nicht zerbombt worden und bot den erschöpften Männern den Komfort, den sie von daheim gewöhnt waren. Dort konnte er baden, sich die Haare waschen und schneiden lassen und seine Uniform in die Reinigung geben. Anschließend würde er sich eine leckere Mahlzeit und ein paar Bier schmecken lassen und mit Becky durch die Kathedrale oder einen der Parks schlendern, sich die Hausboote auf dem Kanal anschauen und vielleicht noch die Mohnfelder rechts und links der Straße nach Albert. Aber der Krieg würde nicht weit entfernt sein.

Gowry schätzte, dass das ferne Grollen der Geschütze zu hören sein und auch der Himmel nicht nur von Mond und Sternen erleuchtet werden würde. Aber das war ihm gleich. Er würde mit seiner Krankenschwester zusammen sein, würde sie küssen, sie umarmen, ihre Brüste an seiner Brust fühlen, und wenn Gott – und Becky – ihm gewogen waren, würde er sie lieben, in einem Bett mit sauberen Laken.

Beckys Brief traf zwei Tage vor Ausgabe der Urlaubsscheine ein. Sie teilte ihm mit, dass sie sich darauf freue, sich am zweiundzwanzigsten Mai mit ihm in Amiens zu treffen, und bereits alle notwendigen Vorkehrungen getroffen habe. Sie könne es kaum erwarten, ihn wiederzusehen, und sei ganz sicher, dass es in der für ihre Kathedrale berühmten Stadt für sie beide viel zu sehen geben würde.

»Und du bist ganz sicher, dass du auch weißt, was du tust?«, fragte Angela. »Immerhin seid ihr euch bisher nur unter, sagen wir, ›sterilen‹ Bedingungen begegnet. Wer weiß, vielleicht entpuppt er sich als Scheißkerl.«

»Scheißkerl? Inwiefern?«

»Nun, er könnte dich bedrängen.«

»Gowry würde mich nie zu etwas drängen, das ich nicht will«, widersprach Becky voller Überzeugung.

»Woher willst du das wissen? Er könnte einer dieser grässlichen Rebellen sein, von denen wir alle gelesen haben.«

»Wenn er ein Rebell wäre, würde er wohl kaum auf unserer Seite kämpfen, oder?«

»Bobby sagt …«

»Bobby Bracknells kranke Ansichten interessieren mich nicht die Bohne«, schnitt Becky ihrer Freundin das Wort ab. »Manchmal denke ich, Captain Bracknell wäre es am liebsten, wenn wir alle erschossen würden. Schotten, Iren, Engländer … all jene von uns, die seinen Ansprüchen nicht genügen.«

»Quatsch! Aber egal. Es geht hier nicht um Bobby. Ich hoffe nur, du lässt dich von deinem Gowry nicht in Schwierigkeiten bringen.«

»Wenn du damit das meinst, was ich glaube, das du meinst …«

»Wie lieb und nett dein Ire auch zu sein scheint, er wird dich nicht ohne Hintergedanken fünf Tage nach Amiens einladen. Er wird eine Gegenleistung erwarten.«

»Wir wollen uns nur ein wenig näher kennenlernen.«

»Habe ich das nicht schon mal irgendwo gehört?«

»Jedenfalls nicht von mir«, entgegnete Becky knapp.

»Soll ich dir einen Rat geben?«

»Welcher Art?«

»Bezogen auf dein Verhalten, während ihr beide euch näher kennenlernt.«

Wie typisch für Angela, ganz selbstverständlich anzunehmen, dass sie, Betty, nichts anderes im Sinn hatte! Aber Tatsache war, dass sie tatsächlich an nichts anderes denken konnte. Und Angela hatte nicht ganz unrecht: Gowrys Briefe verrieten nur wenig über seinen Charakter. Sie fragte sich, ob er sich vielleicht als oberflächlich und berechnend entpuppen würde, ob seine Briefe möglicherweise nur deshalb so harmlos klangen, weil er sie damit täuschen wollte.

Angela zuckte mit den pummeligen Schultern. »Was soll's! Er ist verheiratet, er wird schon wissen, was zu tun ist. Trotzdem. Nimm das.«

»Was?«

Angela hielt ihr ein anrüchiges Kleidungsstück hin, das Becky noch nie an ihr gesehen hatte.

»Was ist das?«

»Ein Negligé.«

»Ich habe ein eigenes Nachthemd, danke.«

»Aber nicht so eins wie das hier, oder?«

»Nein. Gott sei Dank.«

Becky konnte durch den durchscheinenden Stoff hindurch ganz deutlich Angelas Arm sehen. Verlegen schaute sie weg.

»Nimm es«, beharrte die Freundin.

»Ich könnte niemals …«

»Es ist sauber.«

»Das ist es nicht. Ich würde mir vorkommen wie eine Hochstaplerin, vor allem, wenn …«

»Meine liebe Becky, du musst wirklich lernen, deine Sätze zu Ende zu sprechen. So etwas können sogar die Iren.« Angela schwenkte erneut das Negligé vor ihr und zog fragend eine Braue hoch. »Also, was ist, möchtest du es haben oder nicht? Es braucht nur sehr wenig Platz.«

»Es … es ist nicht meine Größe.«

»Es wird deinen Körper umschmeicheln wie ein Hauch von nichts – und genau das ist es ja auch.«

Es war ein warmer Abend, und durch das Fenster konnte Becky den Tennisplatz sehen, auf dem zwei Offiziere in Hemdsärmeln auf einen Ball eindroschen.

Sie hatte sich ein wenig verloren gefühlt, als Mr. Sanderson ohne Wenn und Aber ihren Urlaubsantrag bewilligt hatte und auch von anderer Seite keinerlei Einwände erhoben worden waren, da ein Teil von ihr davor zurückschreckte, Gowry in Amiens zu treffen. Irgendwie hatte sie gehofft, die Entscheidung würde ihr abgenommen. Sie hatte wieder geträumt, diesmal nicht vom toten Robbie, der nackt auf einem Tisch lag, sondern von Gowry. Sie wachte jedes Mal verschwitzt und entspannt lächelnd auf, staunend, dass so etwas ausgerechnet ihr widerfuhr, und das ausgerechnet in diesen blutigen Zeiten.

»Also gut.« Sie nahm das Negligé, faltete es fein säuberlich und legte es beiseite. »Danke, Angela. Ich werde gut darauf aufpassen.«

»Darauf aufpassen?« Angela verdrehte die Augen. »Meine Güte, Becky, es ist nur ein Nachthemd.«

»Du weißt, was ich meine.«

»Ja«, entgegnete Angela milde. »Natürlich weiß ich das.«

Paris war achtzig Meilen entfernt, Boulogne siebzig. Züge brachten vom Gare du Nord aus Truppen und Ordonnanzen in Richtung Front, obgleich noch niemand so genau wusste, wo sich besagte Front genau befinden würde. Nicht einmal der sonst so allwissende

Unteroffizier in dem vollen Abteil wagte eine Prognose. Der Unteroffizier war eine notorische Nervensäge, und Gowry war erleichtert, als er den Zug endlich verlassen konnte. Er sah, wie der Mann, immer noch kluge Reden schwingend, schließlich von der Menge verschluckt wurde.

Paris, das hatte was. Er und Becky in Paris, diese Vorstellung gefiel ihm. Allerdings konnte er sich ebenso mühelos ausmalen, wie sie beide über den Strand hinweg den Ärmelkanal betrachteten, nur drei Stunden entfernt von London. Aufgeschoben war nicht aufgehoben, das sparte er sich für ein anderes Mal auf. Jetzt war er in Amiens, nur einen Steinwurf entfernt von der Somme, mit dem leisen Grollen von Geschützfeuer im Hintergrund sowie, viel näher, den Klängen einer französischen Militärkapelle, die eine spritzige Melodie spielte.

Überall wimmelte es von französischen Soldaten, die sich in wohlfeiler Freundschaft unter die Briten mischten. Wie nannten sie es noch gleich? Eine *entente cordiale.* Er blieb einen Moment auf der Bahnhofstreppe stehen, schaute der Kapelle nach, als diese an der Straßeneinmündung vorbeimarschierte, und atmete den verlockenden Kaffeeduft ein, in den sich die schwächeren Gerüche der Baumwollflanell-Fabriken mischten. Es war eine Wohltat, sich zur Abwechslung an einem Ort zu befinden, der nicht in Grund und Boden gebombt worden war.

Vor einundzwanzig Monaten war das deutsche Heer im Gleichschritt durch ebendiese Straßen marschiert und hatte dabei Triumphlieder geschmettert. Die Besatzer hatten die alte Hauptstadt zur Kapitulation gezwungen, die Trikolore vom Rathaus heruntergerissen und waren dann weitergezogen, um als Nächstes Paris zu erobern. Aber das war den Jerries dann doch nicht gelungen, es würde ihnen nie gelingen, und die Iron Guard sang auch keine Triumphlieder mehr. Woher er das wusste? Woher wusste überhaupt irgendein Soldat so etwas? Durch Gerüchte und Tratsch, Geschichten, die am Lagerfeuer erzählt wurden oder bei der Nachtwache. Während er noch auf den Stufen unter dem Bahnhofsgewölbe stand, wünschte Gowry, er hätte dabei sein können, als die Froggies zurückgeschlagen hatten, die Jocks und die Lancer zu ihren Verbündeten gestoßen waren und es mit vereinten Kräften gelungen war, die Besetzung von Paris abzuwehren und Amiens zu befreien.

Burk klopfte ihm unvermittelt auf den Rücken und holte ihn in die Gegenwart zurück. »Reiß dich zusammen, McCulloch. Lass die Dame nicht warten.«

Gowry schüttelte lachend den Kopf, als Burke und Paddy Morgan sich an ihm vorbeischoben, stieg dann selbst hinunter auf die gepflasterte Straße und machte sich auf zum »Cathedral Hotel«, wo Becky mit etwas Glück bereits auf ihn wartete.

Um diese Zeit am Nachmittag war das Foyer menschenleer. Es war schlicht, fast schäbig, aber sauber, und es roch nach Anis und Wachspolitur. Im Treppenhaus hing ein riesiger Ventilator an der Decke, der in gemächlichem Tempo die abgestandene Luft verquirlte.

Becky saß auf der Treppe, den Blick nervös auf die Tür geheftet. Gowry fand, dass sie aussah wie eins der kleinen Blumenmädchen daheim in Dublin. Sofort regte sich sein schlechtes Gewissen wegen der lüsternen Gedanken, die er sich um sie gemacht hatte, und er war froh, dass sie allein waren. Becky stand schüchtern auf. Sie trug einen marineblauen Mantel mit Schalkragen und auf dem Kopf einen steifen runden Hut. Sie hatte etwas Puder aufgelegt und einen Hauch Rouge, das ihren Wangen einen gesunden rosigen Schimmer verlieh. Ihre Augen glitzerten, und er fragte sich, ob sie geweint hatte, und wenn ja, weswegen. Gowry verdrängte die Frage gleich wieder, setzte seinen Marschrucksack ab und schloss sie in die Arme. Sie lehnte sich an ihn, als hätten die Wochen der Trennung sie geschwächt und als bräuchte sie dringend Ruhe. Er hielt sie locker fest und küsste sie erst, als sie den Kopf in den Nacken legte und zu ihm aufblickte.

Sie reckte ihm die Lippen entgegen und hielt ihn mit geschlossenen Augen so fest, dass er einen Moment kaum noch Luft bekam.

Er roch nach Schweiß und Tabakrauch, nach überfüllten Eisenbahnwaggons, Frontlatrinen und dem Staub der Exerzierplätze: der Gestank des Krieges, den man mit lauwarmem Wasser und Kernseife nicht abwaschen konnte, egal, wie lange man die Kleider auch einweichte und schrubbte. Gowry hatte sich jedoch sorgfältig rasiert, und das Ergebnis war recht ordentlich. Auch schien Becky sich nicht an seinem Geruch zu stören, sie, die selbst so blühend und frisch aussah, sodass Gowry, der unerschrockene, tapfere Soldat, plötzlich weinen musste.

»O Gowry, mein liebster Schatz«, flüsterte Becky. »Was ist denn mit dir?«

Mit demselben bestickten kleinen Taschentuch, mit dem sie ihm damals auf dem Rasen von Saint Émile die Augen abgewischt hatte, trocknete sie nun erneut seine Tränen.

Die Gattin des Hoteliers tauchte hinter dem Empfangstresen auf. Sie war eine korpulente Frau in den Fünfzigern mit fahlem Teint und eingesunkenen Augen.

»Monsieur, êtes-vous malade?«

Becky antwortete für ihn. *»Non, Madame. Il a simplement le mal de guerre.«*

»Le pauvre. Tu sauras le guérir alors?«

»Oui, Madame Gaubert. Je ferai de mon mieux.«

»Was hat sie gesagt?«, wollte Gowry wissen.

»Sie wollte wissen, ob wir ein Liebespaar sind.«

»Und was hast du geantwortet?«

»Ich habe gesagt: ja«, meinte Becky, nahm sein Gepäck und führte ihn hinauf auf ihr Zimmer.

»Fühlst du dich jetzt besser?«, fragte Becky leise.

»Ja. Entschuldige, dass ich mich so zum Narren gemacht habe. Ich weiß auch nicht, was in mich gefahren ist.«

»Ich wusste gar nicht, dass ich *so* hässlich bin«, zog Becky ihn auf.

»*Du* hast mich nicht zum Weinen gebracht.« Gowry stützte den Ellbogen auf die karierte Tischdecke, das Kinn auf der Hand ruhend.

»Das heißt, vielleicht doch. Du sahst so … ich weiß auch nicht … so hübsch aus. Ich war buchstäblich überwältigt.«

»Das ist aber ein schrecklich nettes Kompliment«, sagte Becky. »Willst du mir vielleicht Honig um den Bart schmieren?«

»Warum sollte ich das tun?«, fragte Gowry stirnrunzelnd.

»Weil ich hier bei dir bin. Weil wir zusammen hier sind.«

»Es war mein voller Ernst. Ich würde dich niemals anlügen«, entgegnete Gowry.

Becky rückte Dessertgabel und -löffel zum wiederholten Male gerade, seit sie sich an einem Ecktisch bei »Madame Theo's« niedergelassen hatten, einem Hinterhofrestaurant am Boulevard Baraban.

Für Gowrys Geschmack waren zu viele Stabsoffiziere mit roten Käppis anwesend, aber ein paar von seinen Kameraden ließen sich hiervon nicht stören und schlürften an einem Fenstertisch genüsslich Austern. *»Theo's«* war eine freie Wirtschaft, und hier war jeder willkommen, der seine Zeche bezahlte. Abgesehen von der eleganten Madame Theo und den drei Bedienungen war Becky die einzige Frau, und Gowry war wohl bewusst, dass die Hälfte der anwesenden Männer sie mehr oder weniger verstohlen musterte.

Sie hatten Linsensuppe, Rinderschmorbraten und Süßkartoffeln gegessen und die Sauce mit Brotstückchen, die sie von dem langen weichen Laib abgebrochen hatten, von den Tellern gewischt. Gowry hatte zum Essen zwei Bier getrunken und Becky ein Glas Wein, und jetzt warteten sie auf ein Sahnequarkdessert und eine Kanne echten Kaffee zum krönenden Abschluss. Er fühlte sich schon viel besser, besser als noch vor zwei Stunden, als er mit Rebecca keusch auf der Tagesdecke ihres Hotelzimmers gelegen hatte und Becky ihn mit komischen schottischen Koseworten getröstet hatte.

»Du musst etwas essen, das ist alles«, hatte sie schließlich festgestellt.

»Ist das eine medizinische Diagnose?«

Sie lachte, aber es klang immer noch ziemlich angespannt.

Auf dem Bett war sie alles andere als verkrampft gewesen, obgleich es zu keinem Techtelmechtel gekommen war. Er fragte sich, was ihre

Freundin, die dralle Blondine, ihr gesagt haben mochte. Gowry blies den Zigarettenrauch durch die Lippen und sah zu, wie Becky die Gabel auf der karierten Tischdecke in eine neue Position brachte.

»Ich war nur nicht darauf gefasst, dass du so reagierst.«

»Glaub mir, ich auch nicht.«

»Als wir zusammen raufgegangen sind, dachte ich, du würdest ...«

»Was?«

»Ich dachte, du wolltest ...«

Beckys verstohlener Blick in die Runde erinnerte ihn an eine Liebe aus längst vergangenen Tagen. Er war damals schrecklich jung gewesen, und seine Hormone hatten verrückt gespielt. Er hatte seinem Bruder Sylvie ausgespannt, um sich selbst zu beweisen, dass er der Bessere von ihnen war. Er konnte nicht erklären, warum die schottische Krankenschwester sein Herz erobert hatte oder warum sie ihn plötzlich in diesem verräucherten Restaurant in Frankreich, nur zwanzig Meilen entfernt von der Front, an Sylvie erinnerte.

»Ich möchte schon«, gestand er. »Natürlich möchte ich, aber ich will auf gar keinen Fall, dass du mit dem Eindruck heimfährst, dass das alles war, worauf ich es abgesehen hatte.«

»Inwiefern?«

»Ich wollte nicht, dass du unser Wiedersehen falsch interpretierst.«

»Ich bin kein kleines Mädchen mehr, Gowry. Und es gibt auch keine festen Regeln, oder?«

»Nur sehr wenige«, gab er zu. Nach einer kurzen Pause fragte er: »Was hast du vor, wenn der Krieg vorbei ist? Willst du heim nach Schottland, oder arbeitest du weiter als Krankenschwester?«

»Keine Ahnung. Und was ist mit dir? Zurück nach Dublin?«

»In Dublin gibt es nicht mehr viel, woran mein Herz hängen würde.«

»Was ist mit deiner Tochter? Deiner Frau?«

»Meine Frau hat mich für einen anderen verlassen.«

Sie legte die Hand auf seine. »O Gowry, das tut mir leid. Ich hatte ja keine Ahnung.«

»Sie hat ein Kind von ihm bekommen.«

»O Gowry«, sagte sie noch einmal.

»Das lief schon, bevor ich mich freiwillig gemeldet habe.«

»Hat sie es dir erzählt? Das mit dem Kind, meine ich.«

»Meine Mutter hat es mir geschrieben. Das war der einzige Brief, den ich von daheim bekommen habe. Sogar meine Tochter hat mich aus ihrem Leben gestrichen, als ich in die Armee eingetreten bin. Ich nehme an, dass meine gute alte Mutter mir auch mehr aus Genugtuung geschrieben hat als aus Mitleid. Tut mir leid, wenn das verbittert klingt, Becky, aber ich dachte mir, ich sollte dir das alles erzählen, bevor das mit uns noch ernster wird.«

»Ich wollte nicht neugierig sein.«

»Das bist du nicht. Du hast ein Recht darauf zu wissen, woran du bist.«

»Habe ich das?«

Ihrer beider Finger waren nun ineinander verschlungen.

»Ich möchte dir nicht vormachen, dass ich ein besserer Mensch bin, als es der Fall ist. Ich bin selbst schuld am Scheitern meiner Ehe«, fuhr Gowry fort.

»Du hattest aber keine Geliebte, oder?«

»Nein.«

»Du warst Busfahrer, richtig?«

Gowry versuchte zu lachen, um seine Verwirrung zu überspielen. »Richtig. Und dieses eine Laster ist genug.«

»Warst du in die politischen Wirren verstrickt?«

»Mein Vater und mein Bruder waren es. Ich weiß nicht einmal, was aus ihnen geworden ist, und auch wenn das herzlos klingen mag: Es interessiert mich auch nicht sonderlich. Ich hätte gern Neuigkeiten von meiner Tochter, aber ich bin nicht bereit, zu Kreuze zu kriechen, um etwas über sie zu erfahren.«

»Gibt es denn zu Hause niemanden, dem du schreiben könntest?«

»Nicht in Dublin, nein.«

»Nicht einmal deiner Mutter?«

»Der schon gar nicht.«

»Wie traurig.«

»Nun, wie man sich bettet, so liegt man«, entgegnete Gowry schulterzuckend. »Doch jetzt ist alles anders; in meinem Leben hat sich einiges verändert.«

»Ja?« Sie drückte seine Hand. »Ja, du hast recht.«

»Du weißt, dass ich kein Katholik bin, oder?«

»Ja.«

»Aber du bist Katholikin.«

»Auf dem Papier«, sagte Becky achselzuckend.

»Auf dem Papier? Wie meinst du das? Ist die Zugehörigkeit zur römisch-katholischen Kirche nicht etwas, das für das ganze Leben Gültigkeit hat?«

»Sagen wir, ich habe ab und an geschwänzt.«

»Macht das einen Unterschied?«

»In Bezug worauf?«

»Wenn … ich meine, nach dem Krieg … Wenn wir …«

»Falls wir es beide überleben, können wir uns später mit diesem Problem befassen.«

»Weißt du eigentlich, wovon ich rede?«, fragte Gowry mit einer Spur Verärgerung in der Stimme. »Es ist mir sehr ernst, Becky.«

»Das weiß ich.«

»Ich … ich wüsste gern, wo wir stehen.«

»Nach dem Krieg«, sagte sie. »Lass uns erst das Kriegsende abwarten, bevor wir Pläne schmieden.«

Er nickte. »Du willst das Schicksal nicht herausfordern, nicht wahr?«

»Genau. Das wäre leichtsinnig.«

Eine der Bedienungen brachte eine große blaue Schüssel an den Tisch, die sie zwischen ihnen abstellte. Gowry betrachtete die hellbraune knusprige Kruste und fragte mit hochgezogenen Brauen: »Was um alles in der Welt ist denn das?«

»Crème de Picardie«, entgegnete Becky und reichte ihm lächelnd ihren Löffel.

Es donnerte, auch wenn man das Grollen kaum von jenem der Geschütze entlang der Somme unterscheiden konnte, die sich träge durch die Landschaft schlängelte. Man konnte die Hitze riechen, und der Donner, der den drohenden Regen ankündigte, schien noch fern zu sein, weit weg über den Mohnfeldern. Vom Fenster ihres Hotelzimmers aus konnte Becky die Mohnfelder nicht sehen. Stattdessen blickte sie auf die gepflasterte Seitenstraße, wo Soldaten aus Kneipen und Cafés strömten: Franzosen, Iren, Engländer und sogar ein Schotte, der herumtänzelte und dabei seinen Kilt lupfte wie eine Waschfrau. Musik fügte dem Bild eine weitere Dimension hinzu: ein Grammofon Marke Victorola, das Tanzmusik spielte, Soldaten, die vom Picadilly Circus und dem Leicester Square sangen, dann wie eine einzelne Gegenstimme das Pfeifen eines Zuges, der Soldaten zurück an die Front brachte. Sie erschauerte, als Gowry sie berührte. Er streichelte sie so sanft, dass der hauchdünne Stoff des geborgten Negligés sie am Rücken kitzelte.

Gowry zog sofort die Hand zurück. »Entschuldige. Ich dachte, du …«

Sie langte hinter sich, nahm seine Hand und legte sie auf ihre Hüfte. »Alles bestens«, meinte sie. »Es liegt nur an diesem dummen Nachthemd.«

»Es ist wunderschön.«

»Es gehört Angela … und es kitzelt.«

»Dann zieh es doch aus«, schlug er vor.

Er selbst trug ebenfalls ein Nachthemd. Sie war froh, dass er keinen Pyjama anhatte; sie hatte zu viele kranke und verwundete Männer im Pyjama gesehen. Ihr Vetter Robbie hatte ein Nachthemd getragen, ein hübsches leichtes Teil aus reinem irischen Batist, das sie Dutzende Male gewaschen und gebügelt hatte, ohne dass dies Gebrauchsspuren hinterlassen hatte. Sie erinnerte sich, wie er als Halbwüchsiger in dem Nachthemd ausgesehen hatte, wie er eines Morgens hinaus in den Kräutergarten hinter dem Haus ihrer Tante gekommen war, mit nackten Beinen und Füßen, und wie er sich an sie geklammert hatte, als wäre sie sein Fels in der Brandung, sein Anker.

Wie alt war sie damals noch gewesen? Zwölf oder dreizehn.

Gowry war vergleichsweise derb. Seine Handflächen waren rau vom Ausheben der Schützengräben und blieben an dem Stoff ihres Nachthemdes hängen, als er mit beiden Händen ihre Hüften umschloss. Sie spürte seine beiden Daumen auf dem Rückgrat knapp oberhalb des Beckens, spreizte leicht die Beine und lehnte sich zurück. Der dünne Träger von Angelas Nachthemd rutschte von ihrer Schulter. Sie spürte Gowrys Lippen oben auf ihrer Schulter, und sein Bauch drückte sich gegen ihren Rücken, sein Baumwollhemd gespannt. Sie war gerührt von seiner Zärtlichkeit und empfand keinerlei Furcht oder Zweifel, als er sie streichelte, bis sie ganz feucht war vor Erregung.

Er fuhr fort, sie auf Schultern und Hals zu küssen.

Becky drehte den Kopf und küsste ihn auf den Mund. Er erwiderte den Kuss leidenschaftlich, eine stützende Hand auf ihrem Bauch, und die Gefühle, die sie durchströmten, hatten nicht das Geringste mit dem zu tun, was sie bisher über den Liebesakt gehört hatte. Die Gefühle waren so intensiv und überwältigend, dass sie fühlte, wie tief in ihrem Inneren etwas auf loderte wie das strahlend weiße Licht einer Signalrakete.

Sie drehte sich in seinen Armen und gestattete ihm, sich an ihr zu reiben.

Wieder ein Auflodern, ein Feuerwerk diesmal, und sie keuchte, rang nach Luft, als wäre der Sauerstoff in ihrem kleinen Hotelzimmer verbraucht. Becky fühlte sich schwindelig, aber nicht schläfrig. Vielmehr nahm sie alles so klar und unerwartet deutlich wahr, dass es ihr beinahe vorkam, als stünde sie neben sich. Er tanzte mit ihr, im langsamen Wiegeschritt, ihre Beine weit gespreizt, seine Hüften zwischen ihren Schenkeln, tanzte mit ihr, bis ihre Waden die Bettkante berührten und sie rücklings auf die Tagesdecke fiel.

»Warte«, sagte Gowry. »Bitte warte.«

Er wirkte sehr imposant, wie er da vor ihr stand und das Nachthemd über den Kopf zog. Es blieb an Nase und Ohren hängen, sodass er einen Moment kopflos vor ihr stand. Sein Oberkörper war sehr schlank und sehnig, anders als bei jenen Männern, die sie in Saint

Émile gepflegt, und bei den Toten, die sie gewaschen hatte. Anders als auf den Zeichnungen, anhand derer sie vor so langer Zeit in Anatomie unterwiesen worden war. Wäre er ungeduldig gewesen, wäre sie vielleicht vor ihm zurückgeschreckt, aber Gowry – ihr treuer Freund – hielt stattdessen das Nachthemd noch eine Weile in der Hand und ließ ihr Zeit, ihn anzuschauen, nicht etwa arrogant, sondern abwartend.

Von dem verzweifelten Bedürfnis erfüllt, sich ihm zu zeigen, griff sie zwischen ihre Knie, packte den Saum von Angelas Nachthemd und zog es bis zur Taille hoch. Er beugte sich vor und stützte sich mit beiden Händen rechts und links von ihrem Kopf auf der Matratze ab. Langsam beugte er die Arme und senkte das Becken, bis sie ihn fühlte, nur diesen einen Teil von ihm. Gowry neigte den Kopf, und seine Lippen legten sich auf ihre, seine Zunge schob sich in ihren Mund, und der harte, pulsierende Schaft zwischen ihnen drang langsam in sie ein. Wieder erlebte sie diese Explosion und spürte, wie ihr Unterleib sich in Wellen an- und wieder entspannte. Sie war jetzt feucht, feuchter, als sie je für möglich gehalten hätte, und als er noch zögerte, war sie es, die ihm die Hüften entgegenhob, die Beine um seine Mitte schlang und ihn ganz zu sich herabzog.

Ein kurzer stechender Schmerz, dann füllte er sie ganz aus, füllte sie mit Liebe, Liebe und nicht Furcht, mit Lust und Zärtlichkeit. Nein, wahrlich, von Angst keine Spur.

»Ja?«, fragte er.

»Ja, Gowry«, hauchte sie. »Ja, Liebster. Ja.«

KAPITEL 19

Der Gottesdienst war gut besucht, vor allem von französischen und italienischen Soldaten. Gowry musste nicht erst überredet werden, um Rebecca zur Vormittagsmesse zu begleiten. Sie hatten sich die Kathedrale bereits angesehen und deren Größe und gotische Pracht bestaunt – sowie die beeindruckende Menge von Sandsäcken, die an den Außenmauern aufgetürmt worden waren. Gowry ging durch den Kopf, dass die Kathedrale Notre-Dame d'Amiens vermutlich der schönste Bunker in ganz Frankreich war.

Die Messe wurde auf Latein abgehalten. Becky verstand ebenso wenig wie Gowry, befolgte jedoch alle Formalien mit einer Frömmigkeit, um die Gowry sie beneidete. Er wünschte, er könnte auch so inbrünstig beten, gern auf Latein, für die Seelen der glorreichen Gefallenen, für Maurice, Donnaghy und Tom Ring, sogar für den armen alten Lieutenant Quinn. Und er hätte gern für sein eigenes Seelenheil gebetet und mit Rebeccas Gott verhandelt, damit er sie beide heil aus dem dunklen Tal herausführte. Aber irgendwie fürchtete er, die kompromisslose Macht des Katholizismus könnte sich beleidigt fühlen von den Gebeten eines Gelegenheits-Protestanten, und dem kleinen Rest zuliebe, der von seiner Seele noch übrig war, wollte Gowry lieber auf solche Scheinheiligkeit verzichten.

Die Geistlichen waren sehr alt und ließen die Schultern hängen, als hätten sie an der Last ihrer Soutanen schwer zu tragen. Im Gegensatz zu ihnen waren die Messdiener umso jünger, zu jung für die ihnen zugedachten Aufgaben, wie Gowry fand. Als er sich in den Gang hinauslehnte, sah er, dass mehrere Ministranten unter ihrem Engelsgewand barfuß waren; ihre Fußsohlen waren braun verfärbt vom herausgerieselten Inhalt der Sandsäcke.

Gowry verzichtete auf das heilige Sakrament, war jedoch beeindruckt und auch ein wenig belustigt ob der Geschwindigkeit, mit der die Pfarrer Oblaten und Wein unter das Volk brachten. Gottes Heer war offenbar effizienter als die meisten Regimenter. Seine Belustigung verflog jedoch schlagartig, als Becky an ihren Platz zurückkehrte und zum Beten niederkniete. Als sie sich wieder erhob, schenkte sie ihm ein Lächeln, ein so zärtliches, strahlendes Lächeln, dass es ihm beinahe das Herz brach.

Als die Messe zu Ende war und sie mit der Menge den Ausgang ansteuerten, musste er immer noch an dieses Lächeln denken.

Neben den beiden Türflügeln standen eiserne Ständer für Votivkerzen, unförmige kleine Stumpen, die mit gelber Flamme brannten. Neben den Kerzenständern befand sich ein länglicher Bottich voller Kerzen sowie ein großer alter Holzkasten für die Geldmünzen. Rauch waberte hinauf zur gewölbten Decke, und zahlreiche Frauen sowie einige Männer, Soldaten, knieten auf dem nackten Steinboden. Hoch über den Kerzen hing ein Kruzifix, das so alt war, dass die Farbe nur noch stellenweise erkennbar war und das ganze Kunstwerk eine graue Färbung angenommen hatte. An seiner Seite befand sich die Heilige Mutter Maria. Sie wirkte gelöst und wunderschön, unbelastet von den zahllosen Gebeten um sie herum.

Gowry sah zu, wie Becky eine Kerze aussuchte, diese an einer brennenden Votivkerze anzündete und die Luft über der Flamme küsste, bevor sie die Kerze fest in das warme herabgetropfte Wachs drückte. Sie beugte ein Knie und bekreuzigte sich. Schwänzer oder nicht, ganz so locker, wie sie behauptet hatte, schien der Bezug zu ihrem Glauben doch nicht zu sein. Schließlich kehrte sie zu ihm zurück, hakte ihn unter, und gemeinsam gingen sie hinaus auf die vom Nachtregen nasse Straße. Die feuchtwarme Morgenluft hüllte sie sofort ein.

Die Kapelle spielte wieder. Die Trommeln schlugen einen Marsch, und den Musikern folgte eine Kolonne Soldaten eines französischen Panzerregimentes, alle Mann mit Schnauzbart, Tschako, Gewehr und Marschrucksack. Sie marschierten über den Kanal in Richtung Bois Bonvallet, von wo aus sie, wie Gowry vermutete, mit Lastwagen an die Front gebracht werden würden, um Truppenverbände abzulösen, die die Hauptstadt verteidigten.

Hastig zog er Becky in eine Seitenstraße.

»Für wen hast du die Kerze angezündet?«, fragte er.

»Für meinen Cousin.«

»Wo ist er gefallen?«

»Nicht weit von hier, glaube ich.«

»Weißt du nichts Genaueres? Welchem Regiment hat er angehört?«

»Er war bei den Gordon Highlanders.«

»Offizier?«

»Unteroffizier.«

»Wird in Loos gefallen sein, denke ich. Ist schlecht gelaufen für die Jocks in Loos.«

»Ja«, meinte Becky schulterzuckend. »Loos … oder irgendwo sonst an der Front.«

Sie bewegte sich plötzlich unnatürlich steif und hinkte sogar leicht. Gowry fragte sich, ob er ihr am Morgen möglicherweise wehgetan hatte, als aus harmloser Spielerei urplötzlich wilde Leidenschaft erwachsen war. Ihnen war beiden nicht nach Zärtlichkeit gewesen, und sie hatte sich unter ihm gebärdet wie eine Wildkatze, richtig entfesselt vor Begierde. Ihre Bereitschaft, ihrer Lust nachzugeben, hatte ihn überrascht, aber noch mehr war er von ihrem Hunger verblüfft gewesen. Seine Genitalien schmerzten ein wenig, und er fühlte sich so entspannt, dass es an Erschöpfung grenzte. Gowry fragte sich, ob Becky sich genauso fühlte, aber als Gentleman wagte er nicht zu fragen, aus Furcht, sie könnte es als Angabe seinerseits auffassen.

Er blieb stehen, einen Arm um ihre Schultern gelegt, damit sie ausruhen konnte.

Sie war kleiner als er, nicht viel größer als Sylvie. Ihre Hutkrempe befand sich auf einer Höhe mit seinem Kinn, und als er mit dem Zeigefinger darauf tippte, hob sie artig den Kopf und bot ihm die Lippen zum Kuss dar.

Sie lächelte, und sie schlenderten weiter, kein bestimmtes Ziel vor Augen.

»Möchtest du zurück?«, fragte Gowry.

»Zum Hotel?«

»Nein. Ich meinte heim, nach Schottland. Auf deine Insel.«

»Ich würde meine Mutter und meine Tante gern wiedersehen, doch ich würde nie wieder in Mull leben wollen. Dort gibt es nichts mehr, das mich reizen würde.«

»Geht es denn dort nicht friedlich zu?«

»Das Leben in Mull ist hart und keine Idylle. Außerdem leben fast alle meine Verwandten in Glasgow, und meine Schwester wohnt in Portsmouth. Ich könnte in Mull keine Stelle als Krankenschwester bekommen. Es liegt zu weit ab.«

»Möchtest du das denn? Weiter als Krankenschwester arbeiten, meine ich?«

»Ehrlich gesagt, ich weiß es nicht.«

»Ich weiß, was ich tun möchte«, bemerkte Gowry.

Becky spürte, was gleich kommen würde, und blickte zu ihm auf. Sie befanden sich in einer schmalen Seitenstraße. Rechts und links von ihnen ragten Häuser auf, malerische alte Gebäude mit Geschäften im Erdgeschoss und darüber Wohnungen, hübsch, aber irgendwie auch deprimierend. Die Klappläden vor den Schaufenstern waren geschlossen, und hier und da waren sogar Sandsäcke aufgeschichtet worden. Die Fenster in den oberen Geschossen wirkten undurchdringlich und abweisend.

»Und was wäre das, der Herr?«

»Dich heiraten.«

»Das geht nicht.«

»Weil ich verheiratet bin?«

»Ja.«

»Wenn ich mich von Sylvie scheiden lasse …«

»Bist du ganz sicher, dass du das willst?«

Nach kurzem Zögern entgegnete er: »Absolut.«

»Die Kirche – meine Kirche – wird eine Ehe mit einem geschiedenen Mann nicht tolerieren.«

»Ich verstehe.«

»Schon gar nicht, wenn es sich außerdem noch um einen Protestanten handelt.«

»Verstehe«, sagte Gowry noch einmal.

»Wenn du mich allerdings fragen würdest, ob ich mit dir zusammenleben möchte …«

»Wie? In Sünde?«

»Sünde! Mein Gott, wie willst du, nach allem, was wir beide erlebt haben, noch definieren, was Sünde ist und was nicht? Sind wir nicht durch die Hölle gegangen, Liebster? Leben wir nicht immer noch in der Hölle? Ich liebe dich. Ich werde dich lieben bis zur Bahre. Ich werde mit dir zusammenleben, Liebster, weil ich ohne dich nicht leben könnte. Da! Jetzt habe ich es ausgesprochen. Nun habe ich dir bestimmt solche Angst eingejagt, dass du bei der erstbesten Gelegenheit das Weite suchen wirst.«

»Sei nicht albern«, entgegnete Gowry glücklich.

»Wie lange wird es dauern, was meinst du?«

»Der Krieg?«

»Das mit uns. Wie lange werden wir zusammen sein, Gowry?«

»In Dublin gibt es nichts, das mich reizen würde, dorthin zurückzugehen«, meinte Gowry.

»Und was ist mit deiner Tochter?«

»Stimmt, meine Tochter vielleicht.«

»Siehst du.«

»Wenn der Krieg noch ein Jahr länger dauert – und ich bin ziemlich sicher, dass dies der Fall sein wird –, ist Maeve erwachsen oder doch fast, und dann wird sie mich nicht mehr brauchen.«

»Du meinst, ein anderer wird deinen Platz in ihrem Leben eingenommen haben?«

»Sie mag ihn«, grunzte Gowry. »Sie bewundert ihn. Er steht für vieles, woran sie glaubt. Ehrlich gesagt weiß ich nicht, wo ich stehe, Becky.«

»In Amiens«, erwiderte sie zärtlich. »Mit mir.«

»Richtig, und das ist gut, damit bin ich vollauf zufrieden.«

»Bring mich jetzt bitte zurück, Gowry.«

»Zurück? Wohin zurück?«

»Heim.«

»Heim?«

»Ins Hotel. Heim in unser Hotel.«

»Wie? Jetzt?«

»Ja. Jetzt.«

Um diese Zeit am Morgen, da er reglos und nur halb bekleidet auf dem Bett im »Cathedral Hotel« lag, seine Sachen gepackt und die Francscheine zum Begleichen der Rechnung auf der Kommode bereitgelegt, war Gowry kurz davor, erneut die Fassung zu verlieren und in Tränen auszubrechen. Doch die Vorstellung, Becky könnte ihn für einen Schlappschwanz halten, war ihm unerträglich. Alles, was er jetzt sagte, würde abgedroschen klingen, denn es gab einfach keine Worte, die nicht schon gesagt worden wären, die nicht abgenutzt worden wären durch hunderttausend Abschiede und ebenso viele Versprechungen. Er hielt sie auf Distanz, auf sichere Distanz, und als sie ihn küssen wollte, waren seine Lippen fest zusammengepresst.

Es hatte zwischen ihnen genug Lust gegeben, und in ihren letzten gemeinsamen Minuten war ihm nicht mehr nach körperlicher Liebe; ihm ging es nur noch um die Liebe selbst.

»Wie lange haben wir noch?«, fragte Becky leise.

»Fünf Minuten.«

Er würde zuerst gehen. So wie Soldaten es meistens taten, würde er aufbrechen, sobald die Sonne über den Türmen der Kathedrale aufgegangen war. Sie würde ihn nicht zum Bahnhof begleiten, darauf hatten sie sich geeinigt. Gowry wollte sie nicht vor Morgan, Burke oder anderen Rifles in Verlegenheit bringen, die noch auf dem Bahnsteig sein mochten. Er wollte sie nicht bei sich haben, wenn er gezwungen war, wieder von der einen Haut in die andere zu schlüpfen.

Sie würden hier Abschied nehmen, in diesem Zimmer, in dem sie so glückliche Stunden verlebt hatten. Er würde ihr selbstverständlich schreiben, sobald sich eine Gelegenheit bot, den abgewetzten Notizblock aufzuschlagen. Er würde ihr schreiben, wie viel sie ihm inzwischen bedeutete und dass sie nie wieder getrennt sein würden, wenn der Krieg erst vorbei war. Er würde ihr sagen, dass nicht Dublin sein Zuhause war, auch nicht Irland oder Schottland: Zu Hause würde überall dort sein, wo sie zusammen sein konnten. Ihre nächste Begegnung würde der Beginn einer gemeinsamen Zukunft sein, einer Zukunft ohne Trennungen, ohne Abschiede.

Becky nahm sein Handgelenk und hob es ins Licht. Er hielt die Taschenuhr in der Hand, in der Faust verborgen, damit sie sie nicht sehen konnte. Sie bog seine Finger zurück, schaute auf das Zifferblatt und auf den schwarzen Sekundenzeiger, der um die Ziffern herumeilte.

»Und du möchtest wirklich nicht, dass ich mitkomme zum Bahnhof?«

»Nein«, erklärte er fest.

Rebecca lag an ihn geschmiegt neben ihm und hielt ihn fest umschlungen. Sie hatte das Nachthemd gewaschen, Angelas Negligé, und zum Trocknen über die Stuhllehne gehängt. Ihm war klar, dass er mit diesem Augenblick würde leben müssen, und er betete, dass er es schaffen und eines Tages wieder mit ihr vereint sein würde. Gowry wollte sie nie wieder unglücklich sehen, er wollte sie nie wieder traurig und deprimiert zurücklassen müssen. Beim Abschied eines Soldaten, der in den Krieg zog, war kein Platz für Romantik. Ein vorzeitiger Tod hatte nichts Romantisches an sich, nur eine schreckliche, absurde Endgültigkeit, die leichter aus der Ferne zu betrachten als zu durchleben war.

»Ich werde keine Szene machen«, drängte sie. »Ich verspreche dir, dass ich keine Szene mache.«

»Mag sein, aber ich für meinen Teil kann für nichts garantieren.«

Er fühlte, wie sie lachte oder versuchte zu lachen, und spürte, wie ihre Brust an seinem Rücken bebte. Er rollte sich auf den Rücken und hielt die Uhr hoch über sie beide. Das Fenster war jetzt hell, viel zu hell.

»Liebes, ich fürchte, es ist so weit.«

»Ich weiß.«

»Alles klar so weit?«

»Ich schaffe das schon.«

»Ich meine, dein Zug und das alles.«

»Ja.«

»Versuch, im Zug etwas zu schlafen.«

»Es ist ja nur eine Stunde Fahrt. Da lohnt es kaum, die Augen zuzumachen.«

»Ich denke, auch ein kurzes Schläfchen wird dir gut tun.«

»Du hast recht, ich versuch's.«

Gowry vermied es, sie anzusehen, für den Fall, dass sie Tränen in den Augen hatte. Er wandte sich ihr zu und legte den Arm um sie. Dann barg er das Gesicht in ihrer Halsbeuge und fühlte ihr Haar an seiner Wange. »Und iss etwas. Hol dir Obst oder ein Stück Käse.«

Becky nickte und schmiegte sich noch enger an ihn, darauf bedacht, das Gesicht vor ihm zu verbergen. Sie sah aus wie ein kleines Kind, ein stämmiges kleines Kind. Gowry holte tief Luft und rollte sich vom Bett. Er ging zum Stuhl, setzte sich, zog Strümpfe und Stiefel an und wickelte die Gamaschen um die Fußknöchel. Becky lag auf dem Bett, eine Hand vor dem Mund, und beobachtete jede seiner Bewegungen. Gowry blickte zu ihr auf und brachte sogar ein aufmunterndes Zwinkern zustande.

»Du wirst sehen, die Zeit vergeht wie im Flug.«

Er stand auf, schlüpfte in die Uniformjacke, knöpfte sie zu, schnallte den Gürtel um und klopfte die Taschen ab. Soldbuch, Pass, seine letzten paar Francs. Er klopfte das Kleeblatt auf seiner Mütze mit dem Handballen in Form, setzte die Mütze auf und rückte sie zurecht. Dann wandte er sich wieder dem Bett zu. Er trat hinüber und beugte sich zu Becky hinab. Sie starrte aus großen Augen zu ihm auf, die Lippen geschürzt, als schmollte sie, als wäre es allein seine Schuld, dass er sie jetzt verlassen musste.

Gowry schob eine Hand unter ihre Taille, hob sie hoch und drückte sie ganz fest. Hilflos lag sie in seinen Armen, so hilflos, dass er gar nicht anders konnte, als ihre Lippen zu küssen und ihr zärtlich über das Haar zu streicheln.

»Bald, Liebes. Bald sind wir wieder zusammen.«

»Ja. Ja, ich weiß.«

Dann ließ er sie los, nahm sein Gepäck und ging hinaus, die schmale Stiege hinunter, durch das menschenleere Foyer und hinaus in die Straßen von Amiens.

Er wagte nicht zurückzublicken, aus Furcht, das Schicksal herauszufordern.

TEIL V

SYLVIE

KAPITEL 20

Als Sylvie Sean am Donnerstagmorgen um sechs nach unten brachte, hatte Kay McCulloch fertig gepackt und war zum Aufbruch bereit. Unausgeschlafen und verwirrt hockte Daniel, der nicht so recht wusste, was von ihm erwartet wurde, am Tisch und schaufelte eine Riesenportion Eier mit Speck in sich hinein.

»Wir fahren nach Glasgow und werden eine Weile bei Forbes wohnen«, erklärte Gran, sobald Sylvie die Küche betrat. »Pat Emmett kommt um halb sieben mit dem Pferdewagen vorbei und bringt uns zum Schiff. Du kannst gern mitkommen, wenn du willst.«

»Und was ist mit den Jungs? Willst du sie einfach im Stich lassen?«

»Ich kann im Augenblick nichts für sie tun«, entgegnete Kay McCulloch schulterzuckend. »Ich habe sie nicht zu diesem Kampf getrieben, und ich werde nicht hierbleiben, um mit anzusehen, wie sie erschossen werden. Ich muss Daniel wegschaffen, bevor die Polizei kommt, um ihn zu verhaften. Das Gefängnis würde ihn umbringen. Komm mit uns, Sylvie. Forbes wird ganz sicher eine Unterkunft für dich und die Kinder finden und euch versorgen, bis du wieder Fuß gefasst hast.«

»Nein«, lehnte Sylvie schroff ab. »Ich bleibe hier und stehe das durch.«

»Dann bist du dümmer, als ich dachte. Denk an Maeve, denk an das Baby. Dein Haus liegt in Schutt und Asche, und Geld hast du auch keins. Wir bezahlen dir die Überfahrt nach Glasgow. Dort bist du in Sicherheit.«

»Ich dachte, du willst nicht, dass ich nach Glasgow zurückkehre.«

»Ich habe es mir anders überlegt.«

»Und was wird aus der Brauerei?«

»Die ist geschlossen und sowieso hoffnungslos mit Hypotheken belastet. Blossom, eine meiner Töchter, wird herkommen und alles verkaufen. Schau, in einer halben Stunde gehen wir durch diese Tür. Entweder kommst du mit uns, oder du gehst deiner eigenen Wege. Hier kannst du jedenfalls nicht bleiben.«

»Warum nicht?«

»Weil es nicht sicher ist. Wer weiß, ob du nicht noch auf der Verdächtigenliste der Polizei stehst und sie dich eines Tages doch noch abholen und einsperren!«

Sylvie sah aus dem Fenster auf die Krähen, die lautlos von den Bäumen herabflatterten. Der Nebel über den Feldern lichtete sich langsam. Irland war ihre Heimat; sie hatte an seinem Leid teilgehabt und war ein Teil des Landes geworden. Sie dachte an Fran, der einen würdelosen Tod gestorben war, an die junge Pauline und den geistig zurückgebliebenen Jungen Algie, dem Fran ein Zuhause in dem Wohnblock in der Endicott Street geschenkt hatte. Sie dachte an die Leben, die Fran gelebt hatte, ohne dass sie etwas davon geahnt hatte, ihre Herausforderung, ihren Eintritt in eine Festung aus Intrigen.

»Ich danke dir«, sagte Sylvie milde, »aber ich ziehe es trotz allem vor zu bleiben.«

»Du hast noch ein Ass im Ärmel, habe ich recht? Noch einen Mann?«

»Ja. Sein Name ist Gowry. Soll ich Charlie etwas von dir ausrichten?«

»Sag ihm, dass ich seinen Vater nach Schottland gebracht habe. Charlie wird das verstehen.« Sie machte zwei Schritte auf Sylvie zu. »Lass mich wenigstens Maeve mitnehmen. Ich werde gut für sie sorgen, das verspreche ich dir.«

»Maeve hat in Glasgow nichts verloren. Sie bleibt hier bei mir.«

Der alte Mann schob seinen Teller von sich, griff nach der Tasse mit dem starken Tee und kippte den Inhalt in sich hinein wie ein Glas Starkbier. Anschließend legte er sich eine Hand auf die Brust, rülpste und schaute hellwach und mit großen Augen um sich. »Wohin fahren wir noch gleich, Liebes?«, fragte er.

»Zum Pferderennen«, entgegnete seine Frau.

»Ich habe noch einiges zu erledigen, weißt du. Ich habe zu tun.«

»Darum kannst du dich später kümmern, Daniel.«

»Wie du meinst.« Er stand auf, zog den Mantel an und knöpfte ihn zu. »Ja, du hast recht, das hat noch Zeit bis später.«

Eine halbe Stunde später waren sie fort.

»Fort?«, fragte Maeve mit großen Augen. »Du meinst, sie ist auf und davon und hat uns einfach im Stich gelassen?«

»Deine Großeltern sind nach Glasgow gefahren, um deinen Onkel Forbes zu besuchen. Gran hat angeboten, uns mitzunehmen, aber ich habe ihr gesagt, dass ich nicht wegmöchte aus Dublin. War das nicht richtig?«

»Doch, das war es.« Es war schon nach acht, und Maeve hatte die Abreise ihrer Großeltern glatt verschlafen. »Was ist mit Charlie und Peter?«

»Gestern Abend, als du bereits geschlafen hast, ist ein Mann gekommen und hat Neuigkeiten von ihnen gebracht.«

»Und was hat er gesagt? Gibt es schlimme Neuigkeiten?«

»Ziemlich schlimme. Peter liegt verletzt im Krankenhaus, und Charlie ist im Gefängnis.«

»Was ist mit Turk?«

»Der ist auch im Kittchen.«

»Und Jansis?«

»Von ihr haben wir nichts gehört.«

»Ach, ihr geht es sicher gut. Turk würde niemals zulassen, dass ihr etwas zustößt. Sind die Kämpfe vorbei?«

»Nein, wir halten immer noch vereinzelt die Stellung.«

»Lange kann es aber nicht mehr dauern, oder, Mam?«

Sylvie hatte Maeves Bluse, Schlüpfer und Strümpfe gewaschen und zum Trocknen nach draußen in die neblige Sonne gehängt. Das Mädchen trug einen alten Mantel, in dem es aussah wie eine Zigeunerin. Sylvie nahm sich vor, die Bluse zu bügeln, sobald sie trocken war. Anschließend würde sie durch das Haus gehen und alles zusammensuchen, das sich versilbern ließ. Unter den gegebenen Umständen hatte sie keinerlei Skrupel, ihre Schwiegereltern zu bestehlen, zumal sie davon ausging, dass sie aus den Ruinen des »Shamrock« nichts mehr würde retten können.

Sie hatte etwas Geld auf der Bank, und irgendwo im System mussten drei postalische Geldanweisungen des Kriegsministeriums hängen geblieben sein, die ihr früher oder später ausgezahlt werden würden.

»Dann bleiben wir hier wohnen?«, wollte Maeve wissen.

»Das geht nicht.«

»Warum nicht.«

»Weil wir kein Geld haben?«

»Hat Gran dir denn nicht etwas dagelassen?«

»Nein, das hat sie nicht.«

»Diese gemeine alte Hexe!«

»Maeve, das reicht.«

»Ist doch wahr! Warum hat sie uns und die Jungs einfach so im Stich gelassen?«

»Um zu verhindern, dass dein Großvater eingesperrt wird.«

»Was werden sie mit Turk und Charlie machen?«

»Keine Ahnung.«

»Sie werden sie doch nicht erschießen, oder?«

»Ich weiß es nicht.«

»Sie sind Kriegsgefangene«, meinte Maeve altklug.

»Die Briten werden das vielleicht anders sehen«, gab Sylvie zu bedenken.

»Sie werden Turk ganz sicher nicht erschießen«, murmelte Maeve. »Nein, nein, niemals würden sie einen so tapferen Mann wie Turk erschießen.« Stirnrunzelnd blickte sie auf. »Mr. Whiteside haben sie allerdings erschossen. Hat Turk sich ergeben? Ich frage mich, warum er sich wohl ergeben hat.«

»Vielleicht wurde er überwältigt«, wandte Sylvie ein, um ihre Tochter zu trösten. Wie sollte sie Maeve erklären, dass es in diesem Krieg keine Feiglinge gab, sondern nur Opfer der Geschichte, ganz gleich, ob man diesem Wort eine besondere Bedeutung beimaß oder nicht?

»Du wirst doch nicht weinen, oder?«, fragte Maeve.

»Nein«, entgegnete ihre Mutter fest. »Ich werde nicht weinen.«

»Was werden wir jetzt tun?«

»Wir gehen zurück nach Dublin.«

»Und was werden wir dort tun, Mam?«

»Überleben.«

Sobald Patrick Pearse sein Schwert übergeben hatte und die letzten Rebellen ihre Waffen am Fuß der Parnell-Statue in der O'Connell Street abgelegt hatten, wurden die Samthandschuhe abgestreift, und die Briten begannen mit Massenhinrichtungen. Pauline berichtete, dass sie Häftlinge auf den Exerzierplatz der Portobello-Kaserne geschleift und kaltblütig erschossen hätten. Es gab keine zuverlässigen Neuigkeiten von Turk, Peter oder Charlie, und in Anbetracht der zahlreichen Toten und Verwundeten war es kaum überraschend, dass Jansis, die als Freiwillige in letzter Minute in den Kampf eingetreten war, im allgemeinen Durcheinander verschollen war.

Fünf Tage und Nächte versteckte Sylvie sich in Frans Zimmer in seinem Haus in der Endicott Street und rechnete jede Minute damit, dass Vaizey auftauchte und sie fortschleppte. Hätte sie genug Geld gehabt, in einem anderen Stadtteil von Dublin unterzukommen, wäre sie anderswo untergetaucht, aber Grans Habseligkeiten hatten nicht viel eingebracht, da die Leihhäuser förmlich überschwemmt waren mit Gegenständen, die auf mysteriöse Weise in den Besitz der Obdachlosen gelangt waren.

Am Sonntagmorgen ließ sie Maeve mit Sean zurück und machte sich auf in die Sperryhead Road, um vor Ort nachzusehen, was vom »Shamrock« noch übrig war.

Von dem ehemaligen Hotel war jedoch nur ein geschwärztes Skelett geblieben. Sylvie stieg über den Schutt in der Straße hinweg und starrte betroffen auf die freiliegenden Leitungen und die Reste der Holztäfelung, auf das verbogene eiserne Bettgestell, das halb in der Luft hing, auf die verbrannten Vorhänge, die traurig im Wind flatterten wie Gefechtswimpel. Ein totes Huhn war durch die Explosion so hoch geschleudert worden, dass die Plünderer es nicht hatten erreichen können, ansonsten war längst jedes Fitzelchen entwendet worden, das sich irgendwie zu Geld machen ließ.

Watton's Lagerhaus war weitgehend unbeschädigt geblieben, und auch kein anderes Haus in der Sperryhead Road war getroffen worden. Fast schien es, als hätte Gott persönlich seine Hand durch die Wolken bis hinab auf die Erde gestreckt, um ihr Haus zu vernichten. Es wäre sinnlos gewesen, den Schutt zu durchwühlen, in der Hoffnung, ein Kleid, ein Paar Schuhe oder auch nur irgendein winziges Andenken an die friedlichen Jahre zu finden, in denen sie eine glückliche, bescheidene verheiratete Frau gewesen war.

Als sie so dastand inmitten der Trümmer ihres Zuhauses, war ihr klar, dass sie allein die Schuld an der Verwüstung trug. Sie hatte die Grenzen der Selbstsucht überschritten, als sie sich eingebildet hatte, sie könne alles haben, ohne dafür zahlen zu müssen. Sylvie sagte sich jedoch, dass es weder ihr noch sonst jemandem nützen würde, den alten Zeiten eine Träne nachzuweinen. Und so kehrte sie der Ruine den Rücken und ging zurück in die Endicott Street, wo alles, was ihr geblieben war, alles, was ihr wirklich etwas bedeutete, auf sie wartete.

Maeve stand mit Sean in den Armen draußen auf dem Bürgersteig. Das Baby war sauber, dessen war Sylvie ganz sicher, aber Maeve selbst war inzwischen kaum noch von Paulines Brut zu unterscheiden. Allerdings war sie größer als die Kinder, die sich um sie geschart hatten, und verströmte eine solche Aura der Überlegenheit, dass sie jetzt schon auf dem besten Wege war, zur Anführerin der kleinen Bande zu werden. Als Sylvie sie erreichte, erzählte sie gerade eine fantasievoll ausgeschmückte Geschichte über Mr. Whiteside. Ohne sein Euphonium, das inzwischen bereits wieder verkauft worden war, stand Algie stolz an der Seite seiner neuen Freundin, die Arme vor der Brust verschränkt, als wollte er jeden kleinen Ungläubigen ohrfeigen, der nicht aufmerksam zuhörte.

»Was ist denn hier los?«, fragte Sylvie.

»Nichts«, entgegnete Maeve. »Hast du meine Sommerbluse gefunden?«

Sylvie lag es auf der Zunge, ihre Tochter nach oben zu schicken, aber dann brachte sie es doch nicht übers Herz. Im Stillen bewunderte sie Maeve für ihre Anpassungsfähigkeit. Sie selbst würde sich ebenso anpassen müssen, wenn sie die Familie bis zu Gowrys Rückkehr zusammenhalten wollte. Ich muss ihm schreiben, sagte sie sich, ihm etwas Nützliches schicken wie Wollstrümpfe oder eine Blechdose Zigaretten.

Sylvie schüttelte den Kopf. »Leider nein, Schatz.«

»Hast du gar keine Kleider von mir gefunden?«

»Es ist alles verbrannt.«

»Du hättest mich mitnehmen sollen«, meinte Maeve gereizt. »Ich hätte ganz sicher etwas gefunden, das wir noch brauchen könnten. Hast du etwas Neues von Turk erfahren?«

»Nein, auch nicht.«

»Er wird mit den anderen in der Richmond-Kaserne sein. Was ist mit Jansis?«

»Ich habe mit niemandem gesprochen.«

»Du bist wirklich nicht zu viel nütze«, stellte Maeve fest, legte sich das Baby über die Schulter, machte auf dem Absatz kehrt und verschwand im Haus, während Algie hinter ihr hertrottete wie ein Hündchen.

Der Glasnevin-Friedhof befand sich am unteren Ende der Endicott Street, gleich hinter dem Kanal, aber die meisten Trauerzüge zogen die Phibsborough Road im Schatten des Mountjoy entlang.

Fast eine ganze Woche defilierten sie die Phibsborough Road hinauf, mit federgeschmückten Pferden im Geschirr der mit Lorbeer und Trauerflor verzierten Leichenwagen, denen lange, gewundene Menschenschlangen folgten. Vereinzelt führten auch motorisierte Leichenwagen den Korso an, blitzblank polierte Limousinen teurer

Bestattungsinstitute, die beauftragt worden waren, die eine oder andere bedeutende Persönlichkeit unter die Erde zu bringen. Dutzende von Priestern, Witwen und Waisen sowie jene Brüder, die noch auf freiem Fuß waren, trotteten hinter den Särgen her, bis es einem vorkam, als handelte es sich um ein einziges nicht enden wollendes Begräbnis. Den ganzen Tag waren Dudelsackklänge zu hören – Hochrufe oder ähnliche Lautäußerungen waren verpönt –, die Stimme einer Nation, die plötzlich eine ganze Armee neuer Märtyrer zu beklagen hatte.

Vierhundertfünfzehn Seelen wurden in der Umgebung von Parnells und Jeremiah O'Donavan Rossas, jenes entschlossenen alten Feniers, der vor noch nicht einmal ganz einem Jahr in die alte Heimat überführt worden war, beigesetzt. Diesmal war jedoch niemandem nach Feiern zumute: Vielmehr waren die Herzen der Menschen erfüllt von Trauer und Wut.

Sylvie versteckte sich immer noch in der Endicott Street, aber für Maeve gab es kein Halten mehr. Sie stromerte mit Algie durch die Straßen und Gassen und begleitete jeden einzelnen vorbeiziehenden Trauerzug ein Stück des Weges.

Sie war es auch, die die Zeitungen fand, die aus der Hintertür einer Arztpraxis geworfen worden waren, und sie entdeckte auf der Liste der Toten den Namen *Miss Jansis Kennedy* und den Zusatz *ehemals wohnhaft in Ardee, ziviles Opfer der Unruhen.* Sobald sie den Namen entdeckt hatte, rannte sie heim und lief die Eisentreppe hinauf, wobei sie aus Leibeskräften schrie: »Jansis ist tot, Jansis ist tot.«

Sylvie schälte gerade Kartoffeln, aber in der Sekunde, da sie Maeve rufen hörte, ließ sie alles fallen und riss die Tür auf, um ihre Tochter in die Arme zu schließen.

Die arme Jansis war eine Woche lang »verschollen« gewesen. Ihr Leichnam war mit einem Armeelastwagen ins städtische Krankenhaus gebracht worden und hatte dort in der Leichenhalle gelegen, bis Peter sie identifiziert hatte und ihre Eltern informiert worden waren. Diese waren in Begleitung von drei Brüdern und zwei kleinen Schwestern der Verstorbenen nach Dublin geeilt, um sie nach

Ardee heimzuholen. Jansis war auf dem Friedhof am Fluss bestattet worden, ganz in der Nähe des kleinen Häuschens, in dem sie geboren worden war, und jene Menschen, die sie am meisten geliebt hatten, waren nicht einmal dabei gewesen, um ihr die letzte Ehre zu erweisen.

Es war eine schlimme Zeit für Maeve, so schlimm, dass Sylvie bereits fürchtete, ihre Tochter könnte krank werden vor Kummer. Das Baby, das spürte, wie unglücklich seine Halbschwester war, weinte ebenfalls, bis es tiefrot anlief und ganz atemlos war, sodass Sylvie Pauline bat, Sean eine Weile mit nach unten zu nehmen, damit er sich wieder beruhigte.

An diesem Abend war sie froh, in Frans Bett zu liegen, weit weg von der Sperryhead Road und der Sutter Street, wo Jansis gestorben war.

Sie hielt Maeve in den Armen, da sie wusste, wie sehr das Mädchen litt, wie groß der Herzschmerz war, wenn Wellen der Erinnerung und des Bedauerns Maeve überwältigten. Sylvie selbst war zu sehr mit sich selbst beschäftigt, um so tiefgreifende Trauer für andere zu empfinden, weder Jansis' noch Frans Tod hatten sie so tief erschüttert wie Maeve. Als sie in der Dunkelheit lag und ihre schluchzende Tochter in den Armen wiegte, fragte sie sich, ob sie jemals einen solch überwältigenden Schmerz verspüren würde. Würde es ihr das Herz brechen, wenn Gowry starb?

Aber Gowry würde nicht sterben; er würde den Krieg überleben, zurückkehren und ihr verzeihen. Das war einfach seine Art, das war die Rolle, die er im Leben spielte.

Das Baby schlief satt und sauber in einer alten Wiege, die Pauline im Keller entdeckt hatte. Sylvie war erschöpft und ebenfalls fast eingeschlafen, als Maeve sich aufrichtete.

»Ich möchte Turk sehen«, verkündete sie.

»Wie soll das gehen? Er ist im Gefängnis.«

»Bring mich zu ihm.«

»Ich wünschte, das wäre möglich.«

»Wenn du nicht mit mir hingehst, gehe ich eben allein.«

»Nein«, entgegnete Sylvie scharf. »Schlag dir das aus dem Kopf.«

»Ich will Turk sehen. Ich will Turk sehen. Ich *will.*«

»Still, du weckst noch das Baby auf.«

»Das Baby ist mir egal. Du bist mir egal.« Maeve saß nun kerzengerade da, ihr Gesicht ein heller Fleck in der Dunkelheit. »Wenn du nicht mit Fran geschlafen hättest, wäre das alles nicht passiert. Dann wäre Jansis jetzt nicht tot, und Turk säße nicht im Gefängnis.«

»Aber Maeve, das stimmt doch so gar nicht.«

»Ich weiß, was du mit Fran gemacht hast. Es war mehr als eine Umarmung. Du hast mit ihm das getan, wodurch man Babys macht, du hast mit ihm Sean gemacht. Ich weiß, wie das geht.« Sylvie griff nach ihrer Tochter, aber Maeve wollte keinen Trost. Sie ruderte mit den Armen und strampelte die Decke von sich. »Wenn du nicht zugelassen hättest, dass er sein … sein Ding in dich reinsteckt, dann wären wir jetzt nicht hier. Dann wären wir mit Daddy daheim.«

Sylvie packte Maeves Arme und drückte sie auf die Matratze. »Hör sofort auf damit. Willst du das ganze Haus aufwecken?«

»Es ist mir egal, wer mich hört.« Maeve weinte wieder. *»Ich will meinen Daddy.«*

Maeves Geschrei hatte Sean geweckt, der anfing zu greinen.

Als sie mit ihren weinenden Kindern dalag, dämmerte Sylvie, dass Maeve möglicherweise recht hatte, dass sie tatsächlich durch ihre Selbstsucht die ganze Misere heraufbeschworen hatte. Vielleicht war sie ja wirklich schuld an allem. Bisher hatte sie das Ganze nur als Herzensangelegenheit betrachtet, als Schicksal, aber das stimmte nicht: Sie war nicht in Fran verliebt gewesen, sondern in die Liebe an sich. Es hatte ihr Spaß gemacht, mit ihm zu schlafen, alles andere war Theater gewesen, ihr ganz persönliches kleines Drama, zu persönlich und egoistisch, um die Tragweite ihres Handelns und seine Konsequenzen zu bedenken – Konsequenzen, die letztlich dazu geführt hatten, dass Gowry irgendwo auf dem Festland kämpfte und Frans Leben mit einer Kugel im Kopf ein abruptes Ende genommen hatte.

»Dein Dadda ist nicht hier«, sagte Sylvie. »Du wirst mit mir vorliebnehmen müssen. Schon gut, schon gut, hör auf zu weinen. Ich werde dich zu Turk bringen.«

»Wann?«

»Gleich morgen.«

»Und wenn die Bullen noch hinter dir her sind? Was, wenn Mr. Vaizey Spione in der Kaserne hat?«

»Ich dachte, es ist dir egal, was aus mir wird?«

»Nein«, entgegnete Maeve nüchtern. »Was, wenn es wirklich so wäre?«

»Dann wäre das eben Pech«, antwortete Sylvie lapidar.

Für das Militär war die Richmond-Kaserne nur ein ganz gewöhnliches Gefängnis, in dem Aufständische verwahrt wurden, für die Polizei war es eine letzte Gelegenheit, alte Rechnungen zu begleichen. Sylvie war verblüfft davon, wie leicht man sie und die Kinder vorließ. Eine Eskorte bewaffneter Soldaten führte sie am Wachhäuschen vorbei zu einem mit Stacheldraht eingezäunten Platz. Die angrenzenden Gebäude waren zweigeschossig, und an den Fenstern im ersten und zweiten Stock drängten sich Gefangene. Überall wimmelte es von Soldaten, und grimmige Polizisten in dunkelgrüner Uniform musterten sie argwöhnisch. Sylvie besaß kein Sonntagskleid mehr, hatte sich jedoch von Pauline eine Haube geborgt, sich das Haar gewaschen und es auf Papierwickler gedreht, sodass sie alles in allem respektabel genug aussah, um zumindest die Männer in Khaki zu beeindrucken.

Es war ein kalter, trüber Morgen. Der Frühling schien sich aus dem Umfeld der Kaserne zurückgezogen zu haben, und es roch nach Feldküche und den Brickettfeuern, um die sich die wachhabenden Soldaten scharten. Hinter dem Zaun gab es mehrere Reihen mit Waschbecken sowie zwei Duschen mit großen Pfützen drumherum. In der Fassade des Gebäudes gegenüber befanden sich zwei Türen mit je einer bewaffneten Wache daneben. Maeve und sie wurden angewiesen, am Zaun zu warten, der Häftling werde geholt, sagte man ihnen.

Zwei Soldaten bezogen etwa zehn Schritte hinter ihnen Stellung. Sylvie hielt Sean vor der Schulter, damit er die Soldaten sehen konnte, die er aus großen Augen anstarrte.

Maeve war weniger friedlich als ihr Bruder und bedachte jeden Soldaten, der es wagte, sie anzusehen, mit vernichtenden Blicken.

»Lass das«, ermahnte Sylvie sie.

»Was?«

»Hör auf, Grimassen zu schneiden.«

»Tu ich doch gar nicht.«

»Benimm dich bitte.« Sylvie stellte die braune Papiertüte, die sie mitgebracht hatte, vor sich auf den Boden. Maeve richtete den Blick auf das Gebäude und wartete noch ungeduldig, dass Turk auftauchte, als ein Offizier sich ihnen von hinten näherte.

»Ist das Päckchen für Häftling Trotter bestimmt?«, fragte er. »Treten Sie bitte zur Seite, damit wir den Inhalt kontrollieren können.«

»Klar, und was glauben Sie, was da drin sein könnte? Eine Bombe?«, höhnte Maeve.

Der Offizier, der auf eine jungenhafte Art attraktiv war, blickte auf sie hinab und entgegnete belustigt: »Kann man nie wissen, oder?«

»Dann finden Sie's doch raus, indem Sie die verdammte Schnur durchschneiden«, giftete Maeve.

»Ihr werdet es nie lernen, nicht wahr?«

»Ich bin nicht ›ihr‹, ich bin Maeve McCulloch.«

Auf ein Handzeichen des Offiziers hin kam ein Corporal herübergetrabt, kniete neben dem Paket nieder, löste die Schnur und faltete das braune Packpapier auseinander. Das Päckchen enthielt vier Lammkoteletts, einen Ring Würste, zwei Büchsen Nierensuppe und ein gebuttertes ovales Brot.

»Alles in Ordnung«, erklärte der Corporal.

»Was ist mit den Büchsen?«

»Soll ich sie öffnen, Sir?«

»Schüttle sie nur mal kräftig.«

Der Soldat gehorchte.

»Auch in Ordnung?«, fragte der Lieutenant.

»Jawohl, Sir, alles bestens. Soll ich das Zeug wieder einpacken?«

»Lass es so stehen.« Er warf einen Blick auf Maewe. »Ist er in den Würstchen versteckt?«

»Was?«

»Der Sprengstoff.«

»Ha, ha!«, brummte Maeve, wandte sich dann um, und ein Strahlen erhellte ihr Gesicht, als die Liebe ihres Lebens, Turk Trotter, aus dem Gebäude kam, das vorübergehend als Gefängnis diente.

»Also ehrlich, das ist aber eine Freude, dich zu sehen! Kommt mir vor, als wäre es eine Ewigkeit her, dass wir alle zusammen im ›Shamrock‹ gesessen und gesungen haben. Und bei Gott, Schätzchen, du bist noch hübscher geworden, seit wir uns das letzte Mal gesehen haben.«

Maeve errötete und bot ihm die Würstchen auf einem Blatt Packpapier an. »Wir haben dir etwas zu essen mitgebracht.«

Turk nahm die Würstchen durch den Stacheldrahtzaun entgegen, hob sie an die Nase und schnupperte verzückt. »Göttlich«, sagte er.

»Wie schlimm ist es da drin?«, fragte Sylvie.

»Es geht, aber wir sind zu zwanzig in einem Raum, es riecht also etwas streng.«

»Gibt es denn genug Betten für alle?«

»Gar keine. Wir schlafen mit dem Kopf zur Wand, Füße nach innen. Es gibt auch nicht genug Decken, sodass es nachts empfindlich kalt wird. Der harte Boden macht mir allerdings nicht mehr so viel aus, nachdem meine Hüftknochen sich daran gewöhnt haben.«

»Schlagen sie euch?«, wollte Maeve wissen.

»Nicht doch, nein. Wir müssen allerdings um sechs aufstehen. Dann gehen wir Raum für Raum zum Waschen. Anschließend bekommen wir etwas zu essen. Meistens irgendeinen wässrigen Eintopf. Es gibt nicht genug Löffel und Messer, wir müssen also improvisieren. Ich habe einem englischen Soldaten ein Klappmesser abgekauft, das mir gute Dienste erweist, außer beim morgendlichen Porridge, versteht sich.«

»Und wie isst du deinen Porridge dann?«, wollte Maeve wissen.

»So.« Turk hielt sich die gewölbte Hand an den Mund.

»Hast du Geld?«, erkundigte sich Sylvie.

»Ich hatte zwei Pfund in der Tasche, als sie mich geschnappt haben.«

»Haben sie dir das Geld denn nicht gestohlen?«, fragte Maeve verblüfft.

Turk schüttelte den Kopf. »Sie handeln mit Privilegien, aber Diebe sind sie nicht.«

Sylvie reichte Sean an Maeve weiter, hob Koteletts, Brot und Konserven auf und gab ihm alles durch den Zaun hindurch. Turk hielt die Geschenke hoch, sodass die Wachen sie sehen konnten, bevor er sie wieder in das Papier einschlug und das Päckchen auf den Boden legte. Er trug noch seine Uniform der Bruderschaft, wenngleich die Abzeichen von Ärmeln und Schultern abgerissen worden waren. Alles in allem machte er einen ganz guten Eindruck, auch wenn er sich am Morgen nur notdürftig ohne Seife rasiert hatte und seine Wangen und das Kinn mit kleinen Blutflecken übersät waren.

»Wie haben sie dich erwischt?«, wollte Sylvie wissen.

»Ich habe aufgegeben«, entgegnete Turk. »Ich habe mich ihnen ergeben.«

»Du hast gesagt, du würdest dich niemals ergeben«, bemerkte Maeve vorwurfsvoll.

»Ich habe es Peter zuliebe getan. Wenn du dabei gewesen wärst, wüsstest du, wie sinnlos es gewesen wäre weiterzumachen, nachdem das Lagerhaus von den Briten zurückerobert worden war.«

»Sinnlos!«, rief Maeve schrill. »Die Sache – sinnlos?!«

»Wo ist Peter jetzt?«, mischte Sylvie sich ein.

»Oben. Er ist im selben Raum wie Charlie und ich.«

»Geht es ihm gut?«

»Er ist verletzt, wird es aber überleben. Er hat sich eine Kugel in der Seite eingefangen. Die im Krankenhaus haben verdammt gute Arbeit geleistet, das muss man den Mistkerlen lassen. Sie hätten ihn noch dabehalten, aber er meinte, er sei Soldat, und wenn sie vorhätten, uns andere zu erschießen, wolle er mit uns vor dem Exekutionskommando stehen. Da haben sie ihn dem Militär übergeben, und so ist er dann hier gelandet.«

»Werden sie dich erschießen, Turk?«, fragte Maeve ängstlich.

»Das glaube ich nicht. Ich denke, mit den Hinrichtungen sind sie erst einmal durch.«

»Sie haben Fran erschossen«, sagte Sylvie.

»Grundgütiger!«

»Auf Vaizeys Befehl hin. Ich habe es mit eigenen Augen gesehen.«

»Allmächtiger! Jesus!« Turk legte eine Hand über die Augen und kratzte sich die Stirn.

»Wo ist Jansis gestorben?«, hakte Sylvie nach.

Turk seufzte erneut. »Sie war oben bei mir und Peter auf dem Dach. Es hatte sie böse erwischt. Sie hat gekämpft bis zuletzt, ist aber letztendlich gestorben, noch bevor sie uns geholt haben.«

»Geholt?«, fragte Maeve.

»Bevor ich die weiße Fahne geschwenkt habe«, erklärte Turk.

»Es war hoffnungslos, nicht wahr?«, meinte Sylvie.

»Ja, völlig. Wir waren hoffnungslos unterlegen.«

Maeve verzog das Gesicht. »Trotzdem … die weiße Fahne. Die verfluchte weiße Fahne!«

Turk schloss die Augen und kratzte sich erneut an der Stirn. Sylvie erkannte, dass er mit den Tränen kämpfte. Nicht um alles in der Welt wollte sie schuld sein, dass er weinte, schon gar nicht vor Maeve. Sie nahm ihrer Tochter das Baby ab und bettete es in der Armbeuge. Sean zappelte und versuchte, sich aufzusetzen. Jetzt, da er besser sehen konnte, war der kleine Junge von seiner Umwelt fasziniert. Er starrte die massige Gestalt hinter dem Zaun an und streckte die kleinen rosa Fäuste nach Turk aus.

»Ich glaube, er mag dich, Turk«, meinte Sylvie.

»Ist ein süßer kleiner Kerl. Pass gut auf ihn auf, bis ich wieder rauskomme, dann bade ich seinen Kopf in Whisky.«

»Was denkst du, wann sie dich wieder rauslassen?«, fragte Sylvie.

»Ich nehme an, sie werden uns erst einmal nach England deportieren. Sie wissen nicht mehr, wohin mit uns, weil jeden Tag so viele neue eingeliefert werden. Sie werden uns bald vors Kriegsgericht stellen. Wir gehen davon aus, dass die Bullen das letzte Wort haben werden, wer verknackt wird und wer nicht. Ich fürchte, Charlie wird die irische Sonne ziemlich lange nicht mehr zu sehen bekommen.«

»Und du?«, wollte Maeve wissen. »Was ist mit dir?«

»Ich weiß es nicht. Ich habe nur getan, was ich tun musste.«

»Würdest du es wieder tun?«, fragte Sylvie.

»Sofort. Aber wie dem auch sei, bald ist Anklageerhebung, dann werde ich erfahren, ob ich als gewöhnlicher Krimineller eingestuft werde oder als Kriegsgefangener.« Nach einer kurzen Pause sagte er: »Maeve?«

»Was?«

»Willst du mich nicht ansehen? Warum siehst du mich nicht an.«

»Du bist derjenige, der mich nicht angesehen hat.«

»Ich sehe dich jetzt an, Liebes«, entgegnete er sanft.

Da war es um Maeves Selbstbeherrschung geschehen, und sie weinte bitterlich.

»Meine Schwägerin ist wirklich selten dämlich. Was hat sie sich nur dabei gedacht, uns rohes Fleisch zu bringen? Meint sie vielleicht, wir sind hier im Urlaub und haben eine Kochgelegenheit in jeder Zelle?«, schimpfte Peter. »Aber was soll's! Meine Mam wird uns schon bald etwas Anständiges vorbeibringen.«

»Deine Mam wird dir gar nichts bringen«, entgegnete Turk. »Deine Mam hat sich nach Schottland abgesetzt und hat deinen Dad gleich mitgenommen.«

»Was sagst du da?« Peter setzte sich abrupt auf, verzog gleich darauf vor Schmerzen das Gesicht und presste eine Hand auf die Rippen. »Wer hat dir das erzählt? Sylvie? Diese verlogene Schlampe.«

»Ich gehe davon aus, dass es stimmt«, bemerkte Charlie. »Wenn die Bullen jeden verhaften, der auch nur mit einem Republikaner gesprochen hat, wird der Name unseres alten Herrn ganz oben auf ihrer Liste stehen. Er würde es hier keine zehn Minuten aushalten, geschweige denn in Dartmoor.«

»Werden sie uns da hinschicken?«, fragte Peter düster.

»Ich weiß nicht, wohin sie uns schicken werden. China oder Dartmoor, keine Ahnung. Dartmoor ist allerdings ein englisches Gefängnis, und da wir Gefangene der Engländer sind, erscheint es mir nur logisch …«

»Scheiß auf deine Logik«, knurrte Peter. »Wer soll in Towers nach dem Rechten sehen, wenn Mam auf und davon ist und wir anderen hier festsitzen?«

»Blossom und die Mädchen, nehme ich an.« Charlie warf einen Blick auf Turk, der mit überkreuzten Beinen in einer Ecke saß, das Päckchen mit den Lebensmitteln auf dem Schoß. »Blossom und die Mädchen werden sich um das Haus kümmern. Die Brauerei ist sowieso geschlossen, und alle Tanks sind leer.«

»Hm!«, murmelte Turk wie zu sich selbst. »Das alte ›Shamrock‹ liegt in Schutt und Asche. In dem Punkt hatte ich recht. Ich dachte mir schon, dass es von den Granaten getroffen wurde. Alles ist in die Luft geflogen und verbrannt. Sogar das Klavier. Ich werde den alten Klimperkasten vermissen.«

»Was ist, Trotter, gibst du uns etwas von dem Brot ab?«, bat einer der anderen Insassen.

Charlie hockte in Höhe von Turks Knie; Peter lehnte mit ausgestreckten Beinen an der Wand. Ein Militärarzt hatte am Morgen seinen Verband gewechselt, und die Wunde schmerzte.

»Wir können einen der Soldaten bestechen, damit er uns erlaubt, das Fleisch auf einem der Kohlebecken zu grillen. Ich könnte etwas Fett im Bauch gebrauchen.« Er klopfte Turk auf das Knie. »Was hat Sylvie sonst noch erzählt?«

»Fran hat's erwischt. Vaizey hat ihn erschießen lassen.«

»Was redest du da?«

»Sie haben ihn zum Hauptquartier gebracht und ihn draußen auf dem Hof abgeknallt.«

»Bist du sicher?«

»Sylvie hat es mit eigenen Augen gesehen.«

»Wie will die Schlampe das denn gesehen haben?«, knurrte Peter verächtlich.

»Vaizey hatte sie ebenfalls verhaften lassen. Sie hat es durch das Fenster ihrer Zelle gesehen.«

»Wenn das stimmt, wie kommt es dann, dass sie wieder frei herumläuft?«

»Ich nehme an, dass Vaizey nichts Konkretes gegen sie in der Hand hatte«, meinte Charlie. »Wenn es das ›Shamrock‹ nicht mehr gibt, wo wohnt sie dann jetzt mit den Kindern?«

»In Frans alter Wohnung in der Endicott Street.«

»Sollte Vaizey sie doch noch verhaften wollen, wird er sie dort schnell gefunden haben«, bemerkte Charlie.

»Vielleicht hat sie Vaizey ja schon gegeben, was er von ihr wollte«, meinte Peter abfällig. »Vielleicht hat sie es ja dem ganzen Bullenpack besorgt.«

»Halt endlich dein Schandmaul, Peter«, fuhr Turk ihn an.

»Weiß sie, wer sonst noch alles gefallen ist?«, wollte Charlie wissen.

»Kevin … Ich habe ihr von Kevin erzählt.«

»Und Jansis?«

»Ja, von ihr auch.«

»Sie wird ganz schön durch den Wind sein«, vermutete Charlie.

»Die? Die haut so schnell nichts um. Die hurt noch vor dem Monatsende mit dem nächsten Kerl rum.«

»Wenn du nicht bald dein dreckiges Maul hältst …«

»Hat sie geweint?«, mischte Charlie sich hastig ein.

»Die Kleine hat geweint. Maeve. Ich habe sie zum Weinen gebracht. O Jesus!«, sagte Turk gleich darauf mit einem bebenden Seufzer. »Seht euch das an.«

Er schlug das braune Papier auseinander, und zum Vorschein kam ein indigoblaues Herz.

Das Papier war voller Butter, und die Zeichnung verschmiert, aber die Worte, die Maeve in das von einem Pfeil durchbohrte Herz geschrieben hatte, waren dennoch zu entziffern:

Maeve & Turk
Liebe für immer und ewig

»Pah«, schnaubte Peter. »Sie liebt ihn. Das dumme Ding hat sich in ihn verliebt.«

»Schön, dass es jemanden auf der Welt gibt, der das tut«, murmelte Turk leise.

Der Schulbetrieb war wieder aufgenommen worden. Algie war zusammen mit den anderen losgeschickt worden, eine Kladde über der Schulter, ein Brot mit Fischpaste in der Tasche und mit der Blechflöte, die hinten aus seinem Hemd herausragte wie der Schlüssel eines aufziehbaren Spielzeugs. Komme, was da wolle, morgen würde Sylvie Maeve in der Schule in der Endicott Street anmelden. Jetzt, da sie mit Turk gesprochen hatte, war Maeve deutlich ruhiger und entspannter. Während der Busfahrt zurück nach College Green wirkte sie beinahe heiter.

Sylvie sah diesen Teil der Stadt seit der Niederschlagung des Aufstandes zum ersten Mal wieder. Sie war entsetzt, dass so viele einstmals schöne Gebäude beschädigt oder sogar vollständig zerstört worden waren. In den Straßen herrschte allerdings reger Betrieb, und Karren, Busse und Lastwagen verstopften im Umkreis der Brücken die Straßen.

Der Tag war immer noch kalt und grau, eher zum März passend als zum Mai. Sylvie ging in Gedanken bereits durch, was sie dem Direktor der North Mercantile sagen würde, wie sie ihm den Verlust ihres Sparbuches erklären sollte. Mehrere Kassierer kannten sie vom Sehen und würden für sie bürgen, sodass sie nicht wirklich mit Schwierigkeiten rechnete, an das Geld heranzukommen.

Wenn das erst erledigt war und sie das Bargeld in der Tasche hatte, würde sie zur Stadtverwaltung gehen, um Briefe und Postanweisungen abzuholen und ihre neue Adresse zu hinterlegen. Sie hatte bereits entschieden, in der Endicott Street zu bleiben, bis Gowry zurückkehrte.

Die North Mercantile Bank war unversehrt. Der Portier mit seinem gewaltigen weißen Schnauzbart und den schneeweißen Handschuhen bewachte immer noch die Türen, die Kassierer waren an ihrem Platz, und Mr. Grover, der Bankdirektor, saß an seinem Schreibtisch in dem Büro im hinteren Teil des Gebäudes. Geduldig hörte er sich Sylvies Geschichte an, ließ sie drei Mal auf einem maschinegeschriebenen Dokument unterschreiben, schaute anschließend in einem Verzeichnis nach und teilte ihr mit, dass sich auf ihrem Konto sechsundzwanzig Pfund und dreizehn Schillinge befänden, die sie teilweise oder auch ganz abheben könne.

Sie hob sechsundzwanzig Pfund ab, füllte ein Formular mit ihrer neuen Adresse aus, steckte dann das Portemonnaie mit dem Geld in die Rocktasche und machte sich mit Maeve und Sean auf den langen Weg zur Stadtverwaltung.

»Wie viel?«, fragte Maeve, sobald sie die Bank verlassen hatten.

»Sechsundzwanzig Pfund.«

»Gut! Damit müssten wir fürs Erste über die Runden kommen. Wir können genau zehn Schilling extra zu dem Geld ausgeben, das Daddy uns schickt. Damit kommen wir doch aus, oder?«

»Natürlich.«

»Was bekommen wir denn für das ›Shamrock‹?«

»Nichts.«

»Ich dachte, das ›Shamrock‹ gehört uns.«

»Es war nicht versichert.«

»Und wir bekommen auch keine Ent… Ent…«

»Eine Entschädigung? Das bezweifle ich.«

»Sie dürfen also einfach so ein Haus in die Luft jagen, und das war's?«

Sylvie nickte. »Ich fürchte, ja.«

Sie hatte nicht die Energie, ihrer Tochter zu erklären, dass es ihr deshalb widerstrebte, ihre Forderungen gegen die Regierung geltend zu machen, weil das Hotel von Forbes' Geld gekauft worden war.

Hinzu kam, dass sie bei der Union Society eine kleine Hypothek auf das Haus aufgenommen hatte und fürchtete, dass die Hypothekenbank die sofortige Tilgung des Darlehens fordern würde, wenn sie einen Antrag auf Ausgleichszahlung stellte und den Prozess verlor. Auch hatte sie Männer beherbergt, die als kriminell galten, und sie fürchtete, Vaizey könnte sich einmischen und ihr zusätzlichen Ärger machen. Maeves Rechnung stimmte allerdings genau. Zehn Schilling zusätzlich zu der Summe, die sie vom Kriegsministerium bezog, würden locker genügen, zumal sie ja für Frans Wohnung keine Miete zahlte, zumindest bis zu Gowrys Rückkehr nicht.

Das Amt, das für die Sperryhead Road zuständig war, befand sich nicht dort, sondern war am stadteinwärts gelegenen Ende der Sutter Street untergebracht, zirka eine Viertelmeile vom »Shamrock« entfernt. In dem kleinen Büro ging es ziemlich geschäftig zu, und der winzige angegliederte Laden verkaufte Zeitungen, Zeitschriften und Tabak neben Briefmarken und Postanweisungen. Die Frau hinter dem Verkaufstresen hieß McFee. Sie kannte Sylvie vom Sehen recht gut, wenngleich sie deren Umgang stets missbilligt hatte.

Sylvie ließ Maeve mit Sean draußen stehen und betrat den Laden allein.

Vier Personen standen am Schalter an, aber sie konnte Mrs. McFees grauen Dutt unter den Zeitschriftenregalen sehen und den Gestank des alten Ofens riechen, der winters wie sommers hinter dem Tresen brannte. Die Szene war in ihrer Vertrautheit richtig tröstlich.

Endlich war Sylvie an der Reihe und stützte sich auf den zerschrammten alten Holztresen. »Ich denke, Sie müssten Post für mich haben, Mrs. McFee«, sagte sie und schenkte der sauertöpfisch dreinblickenden Frau ein freundliches Lächeln. »Das ›Shamrock‹ …«

»Ich habe davon gehört«, fiel die ältere Frau ihr ins Wort.

»Nun, dann wäre ich Ihnen dankbar, wenn Sie mir nur meine Post geben könnten.«

Wortlos schlurfte Mrs. McFee durch die offene Tür hinüber in den Postraum. In dem großen Zimmer war es ungewöhnlich hell, da Dachfenster über den langen Tischen für reichlichen Tageslichteinfall sorgten. Sylvie beobachtete, wie sie die Tischreihe hinunterging, an einem Tisch stehen blieb, kehrtmachte und mit einem kleinen, von einem Gummiband zusammengehaltenen Bündel Briefe zurückkam. Sie trat wieder hinter den Verkaufstresen und legte das Bündel vor Sylvie ab.

»Ich denke, für diese Post werden Sie sich nicht bei mir bedanken«, bemerkte sie.

Sylvie starrte auf das Bündel. Drei längliche graugrüne Kuverts mit dem Stempel des Kriegsministeriums, und noch ein viertes, hellbraun und quadratisch. Sie entfernte das Gummiband und öffnete den quadratischen Umschlag. Ihre Kehle brannte, und ihre Knie zitterten, noch bevor sie das einzelne lederfarbene Blatt auseinandergefaltet und überflogen hatte.

»Ja«, sagte sie ganz benommen. »Ja, ich verstehe.«

»Alles in Ordnung?«, erkundigte sich die alte Frau.

»Ja, mir geht es gut, danke.«

Sie nahm die Briefe an sich, zerknüllte sie beinahe in der Hand, so fest krampfte sie die Finger zusammen, und trat dann hinaus auf das kalte graue Pflaster, wo Maeve mit Sean auf dem Arm auf sie wartete.

»Mam, was ist denn?«, wollte Maeve wissen, als sie ihr bleiches, wie versteinert wirkendes Gesicht sah.

»Es geht um Gowry. Um deinen Vater. Er wird vermisst.«

»Vermisst?«, fragte Maeve. »Was heißt das?«

»Er ist verschollen, und sie vermuten, dass er gefallen ist«, erklärte Sylvie ihr.

KAPITEL 21

Sylvie konnte Geschehenes nicht ungeschehen machen. Ihr blieb nichts anderes übrig, als sich von der Flut des Lebens weitertragen zu lassen. Was als vorübergehender Zustand akzeptabel gewesen war, war nach einem Monat in der Endicott Street nicht mehr tragbar, und Sylvie wusste, dass es an der Zeit war, sich zusammenzureißen, bevor sie in völlige Apathie verfiel.

Natürlich war sie nicht ganz untätig gewesen. Sie hatte Kleider, Schuhe und Windeln gekauft und auf dem Markt eine Blechwanne erstanden. Auch hatte sie in der Wohnung einen kleinen Kamin entdeckt, der mit Brettern vernagelt gewesen war. Es war schön, ein Feuer im Raum zu haben, allerdings weniger schön, Kohlen aus der Kiste unten in der Halle heraufzuschleppen, Wasser vom Hahn draußen im Garten zu holen und mit einem vollen Nachttopf, der ständig drohte überzuschwappen, hinunter zur Toilette schleichen zu müssen. Fran Hagartys Mietshaus war allerdings ungewöhnlich sauber und friedlich, da die oberen Räume nicht von Familien bewohnt wurden. Nur freitag- und samstagabends ging es im Treppenhaus etwas lauter zu.

Anders als ihre Mutter erholte Maeve sich rasch von der schockierenden Nachricht vom Tod ihres Vaters, und schon nach ein, zwei Wochen wusste sie bestens über alle Nachbarn Bescheid.

»Wer ist der Mann, der uns auf der Treppe begegnet ist?«, fragte Sylvie mit leiser Neugier.

»Welcher Mann?«

»Der große dunkelhaarige Typ im zweiten Stock.«

»Du meinst Mr. O'Rourke.«

»Ach ja, heißt er so? Der kommt aber abends ziemlich spät nach Hause.«

»Er ist Hafenarbeiter und trinkt sich gerne einen.«

»Aha! Er ist nicht verheiratet, oder?«

»Das ist keiner von ihnen. Fran hat nicht an Verheiratete vermietet.«

»Außer an Pauline.«

»Pauline!« Maeve schnaubte angesichts der Naivität ihrer Mutter. »Pauline ist doch nicht verheiratet. Hat sie dir diesen Bären aufgebunden? Wenn sie dir erzählt hat, sie wäre mit Fran verheiratet gewesen, hat sie dich verarscht.«

»Maeve!«

»Ist doch wahr.«

Es war halb eins am Mittag, Maeve schlang gerade hungrig einen Teller Suppe in sich hinein, während Sylvie Sean stillte und ganz allgemein noch zu sehr mit sich selbst beschäftigt war, um weitere Fragen zu stellen.

Zwei oder drei Tage später schnitt sie das Thema jedoch am Abend wieder an. »Ist Algie Paulines Sohn?«

»Nee.«

»Wessen Kind ist er denn?«

»Niemandes. Er ist ganz allein«, entgegnete Maeve.

»Wie alt ist er?«

»Zehn oder elf«, antwortete das Mädchen schulterzuckend.

»Wer kommt für ihn auf?«

»Fran. Zumindest bisher.«

Der Raum war vom Kohlenfeuer verräuchert, da der Kamin schon lange nicht mehr gründlich gefegt worden war. Der Paraffinherd, auf dem Sylvie kochte, verströmte zudem einen ranzigen Geruch, und Sean, der mit jedem Tag größer und kräftiger wurde, wurde gerade frisch gewickelt. Sein Protestgeschrei wurde lauter, da er es nicht mochte, wie eine Schildkröte auf dem Rücken zu liegen und den Po gewaschen zu bekommen. Sylvie erhob die Stimme. »Warum hat Fran das getan?«

»Hmm?«

Der kleine Bruder war längst nicht mehr so interessant wie in der

Anfangszeit, und auch wenn Maeve immer noch zärtlich und liebevoll mit Sean umging, hatte sich der Reiz des Neuen in Sachen Kinderpflege doch inzwischen verflüchtigt. Sie lag auf dem Bett und las eine verknitterte Ausgabe der *Irish Times,* und Sylvie fand, dass sie in diesem Moment weniger aussah wie ein Mädchen an der Schwelle zum Erwachsenwerden, sondern vielmehr wie ein schlaksiger halbwüchsiger Straßenjunge.

»Maeve?«

»Waa-aas?« Sie raschelte gereizt mit der Zeitung.

»Warum hat Fran diese Kinder aufgenommen?«

»Woher soll ich das wissen? Warum fragst du nicht Pauline?«

Diese Frage war gerechtfertigt, aber Sylvie hatte keine Antwort darauf.

Sie nahm Sean von der Matte, die ihr als Wickelunterlage diente, und ließ den Waschlappen in die Wasserschüssel fallen. Das Baby war nackt, abgesehen von der frischen, sorgfältig mit Sicherheitsnadeln befestigten Windel. Angestrahlt vom Sonnenlicht, das durch das Fenster hereinfiel, erinnerte er sie an die Engel auf den italienischen Gemälden, die sie als Schulmädchen daheim in Glasgow gesehen hatte. Sein Haar war viel dichter geworden und lockig, und er griff lachend nach den Sonnenstrahlen, als wollte er sie einfangen.

»Pauline weiß alles«, sagte Maeve. »Du brauchst sie nur zu fragen.«

»Vielleicht tue ich das wirklich.«

Es widerstrebte ihr, mit der Frau aus dem Erdgeschoss zu sprechen, da sie Pauline Rafferty ihre Position als Beraterin, Schlichterin und Mieteintreiberin neidete. Sylvie fand, dass diese Rolle eher jemandem zustand, der einmal ein richtiges Hotel geführt hatte. Musste nicht eigentlich Pauline *sie* um Hilfe bitten und nicht umgekehrt?

Pauline war in mancher Hinsicht clever, aber in vielen Dingen auch schrecklich weltfremd und naiv. Die Ironie der ganzen Situation, dass sie und Sylvie beide Francis Hagartys Geliebte gewesen waren und jetzt, nach seinem Tod, in ein und demselben Haus festsaßen, schien ihr völlig zu entgehen. Sylvie argwöhnte inzwischen, dass in und um Dublin noch weitere »Ehefrauen« und kleine Hagartys herumliefen, aber sie war nicht erpicht darauf, sich diesen Verdacht von Pauline bestätigen zu lassen. Sylvie wollte, dass Fran und alles, wofür er gestanden hatte, in dem Nebel des Vergessens versanken. Sie wollte nur Sean und ihre schönen Erinnerungen behalten, und die Schuldgefühle, den Schmerz und die Verantwortung vergessen, die sie als eine von Frans Frauen mittrug.

Leider weigerte Pauline sich zu akzeptieren, dass Fran tatsächlich tot war, und Sylvie brachte es nicht über sich, ihr die Wahrheit aufzudrängen. »Amerika. Fran ist in Amerika«, sagte Pauline ein ums andere Mal. »Er kommt immer wieder zurück … Er gibt mir Geld, und dann kommt er wieder.« Jeden Freitagabend stand sie in ihrer Wohnungstür, zählte die Schillinge, die die Mieter ihr in die Hand drückten, und trug die Einnahmen, wie Sylvie von Maeve wusste, fein säuberlich in einem kleinen schwarzen Notizbuch ein. Sylvie vermochte kaum zu glauben, dass dieser Schatten von einer Frau in der untersten Etage über die intellektuellen Fähigkeiten verfügen sollte, die eine akkurate Buchführung erforderte, doch Maeve meinte, das sei reiner Snobismus ihrerseits.

Obgleich sie schon über zehn Jahre in der Stadt lebte, kannte Sylvie sich in Dublin nicht besonders gut aus. Sie hatte sich nur selten weiter von der Sperryhead Road fortgewagt, außer um sich in der Grafton Street die Schaufenster anzusehen, mit Gowry im Park spazieren zu gehen oder hin und wieder ein Theater zu besuchen. Sylvie hatte kein wirkliches Gespür für die Nuancen und Differenzierungen hier. Sie hatte Dublin als die Stadt betrachtet, wie sie vor ihrer Tür existiert hatte, eine Stadt voller Handlungsreisender, Priester und Rebellen. Den Rest hatte sie schlicht ignoriert, hatte die Augen verschlossen vor Dublins Derbheit einerseits und seinen Feinheiten andererseits, vor seinem Tempo, seinem Puls und seiner Energie. Jetzt, da Gowry tot war, und dessen war sie sicher, hatte sie allen Grund, nach Glasgow zurückzukehren, aber sie weigerte sich, sich dem Schicksal zu beugen und zu kapitulieren. Maeve zuliebe wollte sie in Dublin ausharren.

Der Mai ging in den Juni über. Die Sonne hing wie eine wächserne Kugel am Himmel über den Bergen, und die Abende waren wunderbar lang. Allerdings war es dazu heiß und schwül, und von ihrem Fenster aus blickte Sylvie hinab auf die Frauen, die es sich auf dem Bürgersteig gemütlich machten, während ihre Männer es sich im kühlen Schankraum von »McKinstry's« gut gehen ließen. Kleine Mädchen, von denen einige gerade erst laufen konnten, liefen, um das Schuhwerk zu schonen, barfuß mit Krügen voller Dunkelbier hin und her, und die Jungen, nur mit Hosen bekleidet, tollten herum.

Maeve war mitten unter ihnen und fiel aufgrund ihrer Größe sofort ins Auge. Sie rannte ausgelassen herum, spielte mit den Kindern Fangen oder Seilhüpfen. Maeve hatte bereits etwas Busen, und die älteren Jungen beobachteten interessiert, wie ihr Haar und ihre Brüste hüpften, wenn ihr schlanker hoch aufgeschossener Leib grazil wie eine Gazelle auf und ab sprang.

Im schräg fallenden Sonnenlicht, im Staub zwischen den Mietskasernen, rechnete Sylvie beinahe damit, Fran in seinem langen schwarzen Mantel aus der hereinbrechenden Dämmerung auftauchen zu sehen oder auch Gowry, ihren hübschen, missachteten Gowry, wie er in schnittigem Khaki von der Front heimkehrte. Dann überkam sie ein beklemmendes Gefühl von Einsamkeit, und sie wünschte, zu den Frauen da unten zu gehören und fester Bestandteil dieser lebendigen, originellen und pulsierenden Stadt zu sein.

Sean schlief tief und fest in seinem Körbchen. Winzige Schweißperlen standen auf seiner Stirn, und seine Augenlider zuckten, als träumte er von Dingen, die viel zu abstrus waren, um wirklich zu sein. Sie erhob sich von dem Stuhl am Fenster und ging zum Feuer, von dem nur noch ein Haufen Asche mit einer einzelnen dünnen Flamme übrig war. Sylvie stocherte mit einem Schürhaken in der Glut, nahm dann ihren Schal vom Haken und stieg die Wendeltreppe hinunter.

Pauline saß auf der Treppe. Sie trug ein schmutziges weißes Kleid und hatte nackte Beine und Füße. Zum ersten Mal erkannte Sylvie, was Fran an dem Mädchen so anziehend gefunden haben musste: Sie hatte etwas Feenhaftes und gleichzeitig Verführerisches an sich, gepaart mit einem Hauch von Grausamkeit.

»Hi«, sagte Pauline und schaute sich nach ihr um.

»Selber hi«, antwortete Sylvie und setzte sich zu ihr.

Der Brief war auf dickem braunen Papier getippt und trug den Briefkopf des War Information Office. Unterzeichnet war er mit *The Honourable Secretary, Catherine M. McPhail.*

Da stand:

Ergänzend zu der Benachrichtigung des Kriegsministeriums möchte ich Sie davon unterrichten, dass Ihr Ehemann, Soldat G. McCulloch vom 2. Bataillon der Sperryhead Rifles, einem Trupp angehörte, der zur Verstärkung unserer Stellungen bei Huevert abkommandiert wurde. Er kehrte von einem nächtlichen Angriff auf die deutschen Stellungen, bei dem ungewöhnlich hohe Verluste zu verzeichnen waren, nicht zurück.

Sie werden sicher verstehen, dass die Identifizierung der Gefallenen sich schwierig gestaltet, und bislang war es uns nicht möglich, über das Rote Kreuz einen Zeugen ausfindig zu machen, der den Tod Ihres Gatten bestätigen konnte. Offenbar wurde jedoch ein Toter, der große Ähnlichkeit mit Ihrem Mann aufwies, geborgen und in der Nähe oben genannter Stadt zusammen mit siebenunddreißig Kameraden bestattet, wobei die genaue Stelle mit Latten gekennzeichnet wurde. Bisher war es uns nicht möglich, Einsicht in Kompanie- oder Bataillonsakten zu nehmen oder eine endgültige Bestätigung des überlebenden Offiziers, Lieutenant A. J. Soames, zu erhalten. Darum kann Ihr Antrag auf Witwenrente einstweilen nicht bearbeitet werden.

Ich fürchte allerdings, dass nur wenig Hoffnung besteht, weshalb ich Ihnen mein aufrichtiges Beileid aussprechen möchte.

»Na toll«, meinte Pauline, als Sylvie ihr den Brief zeigte. »Die werden sich nicht kampflos von ihrer Kohle trennen. Gibt es denn niemanden, an den du dich wenden kannst? Irgendjemanden, der ihn gekannt hat? Ein hohes Tier irgendwo in der Armee?«

Sylvie schüttelte den Kopf. »Gowry war nicht der Typ, der viele Freunde hat.«

»Und was ist mit diesem Typen, diesem Soames?«

»Keine Ahnung, wie ich den erreichen sollte. Außerdem bin ich ziemlich sicher, dass er zu beschäftigt ist, um die Briefe wildfremder Leute zu beantworten.«

»Vielleicht ist Dad ja in Gefangenschaft«, meinte Maeve. »Vielleicht hat er Magnesie.«

»Amnesie«, verbesserte Sylvie sie. »Das glaube ich nicht.«

»Amnesie«, fuhr Maeve fort. »Dann kann er sich nicht mehr erinnern, wer wir sind oder wo er gewohnt hat. Vielleicht kommt er ja nach Hause, wenn der Krieg vorbei ist, sieht unsere Straße und erinnert sich plötzlich wieder …«

»Wie soll er nach Hause kommen, wenn er vergessen hat, wo er herkommt?«, wandte Pauline ein. »Ich denke, die Deutschen haben ihn geschnappt.«

»Das Rote Kreuz«, meinte Maeve. »Da sollten wir uns hinwenden.«

»Nun, von den Armleuchtern vom Kriegsministerium werdet ihr nichts bekommen, solange ihr nicht zweifelsfrei beweisen könnt, dass er tot ist«, stellte Pauline fest.

»Steht mir denn nicht weiter ein Teil seines Soldes zu, wenn er noch lebt?« Sylvie strich das Papier mit der flachen Hand glatt.

»Weder Sold noch Rente. So belohnt die Regierung diejenigen, die für sie in den Krieg gezogen sind. Sie lassen die Witwen und Waisen einfach verhungern. Gott, bis wir von denen auch nur einen Penny bekommen, sind wir wahrscheinlich längst tot.«

»Er ist fortgegangen – wie Fran«, sagte Pauline.

Maeve legte den Kopf schräg und verdrehte die Augen. »Wer weiß, vielleicht ist mein Dad ja auch in Amerika untergetaucht.«

»Maeve«, schimpfte Sylvie und hob ermahnend einen Finger. »Das reicht.«

»Ich wünschte nur, wir hätten Daddy geschrieben. Dann hätten wir jetzt Briefe von ihm und wüssten, an wen wir uns wenden könnten.«

»Wie? Ihr habt ihm nicht geschrieben?«, wollte Pauline stirnrunzelnd wissen.

»Nein, nicht oft«, gestand Sylvie.

»Sag die Wahrheit«, forderte Maeve. »Ich habe ihm geschrieben, doch er hat nie geantwortet. Ich schätze, er war wegen Fran böse auf uns, und das kann man ihm auch nicht verübeln.«

»Ich habe Briefe«, meinte Pauline.

»Briefe? Was für Briefe?«, wollte Sylvie wissen.

»Alles Mögliche. In einer Kiste unten im Keller.«

»Briefe von Fran?«

»Fran hat sie aus seinen Taschen geholt. Er hat immer allerlei Papiere mit sich herumgetragen. Er nahm die Kiste, legte das Zeug hinein und stellte sie wieder zurück.«

»Wohin zurück?«, hakte Sylvie nach.

»In den Keller.«

Mutter und Tochter tauschten einen Blick. Auch wenn sie sich in den vergangenen Wochen angefreundet hatten, machte Paulines wirre Ausdrucksweise sie manchmal rasend. Maeve saß auf einem Hocker, die Füße auf den Rand der Feuerstelle gestützt, die Waden vom Ruß geschwärzt. Sie spreizte die Knie und ließ den Hocker auf alle drei Beine zurücksinken. »Briefe von Fran? Dürfen wir sie sehen, Pauline?«

»Wozu?«

»Ich möchte sehen, ob er uns irgendwann einmal erwähnt hat.«

»Hat er nicht«, entgegnete Pauline. »Das meiste ist geschäftlich.«

Maeve schenkte ihr ihr einnehmendstes Lächeln. »Bitte.«

»Es ist eine ziemlich große Kiste. Er hat viel geschrieben.«

»Das glaube ich dir aufs Wort«, meinte Maeve.

Auf der Sperrholzkiste, die Algie aus dem Keller holte, stand auf der einen Seite in Kursivschrift *Ceylon Tee* und auf der anderen seltsamerweise *Jesus ist unser Herr.* Die Kiste war voll mit bezahlten und unbezahlten Rechnungen, zahlreichen schmuddeligen *Billets doux* irgendwelcher Frauen, mehreren Briefen eines gewissen Seamus O'Doyle aus Chicago, weiteren von Peter Blanchard aus Philadelphia sowie verschiedenen Beschwerden diverser Zeitungsredakteure, von denen einige zerknüllt und wieder glatt gestrichen worden waren.

Die Dokumente waren achtlos in die Kiste gelegt worden, obenauf ein Sammelsurium von Gegenständen. Unter den Kuriositäten, die Maeve und Algie ausgruben, befanden sich eine geschnitzte Meerschaumpfeife mit dem Antlitz Wolfe Tones, ein angelaufenes Medaillon von Johannes dem Almosengeber, eine große Rosette aus verblichenem grünen Flanell und ein zerkratzter Zinnpanzer mit der eingravierten Inschrift *Oliver Francis Hagarty, 1896* auf der Unterseite. Warum Pauline die Kiste bislang nicht geplündert und den Inhalt zu Geld gemacht hatte, war Sylvie ein unergründliches Rätsel. Andererseits hatte es zu Frans Lebzeiten keine Geldknappheit gegeben, und so wie alles andere in diesem sonderbaren Haushalt hatte das Zeug in der Teekiste ihm gehört.

Sylvie widerstrebte es, in der Korrespondenz zu schnüffeln, die Liebesbriefe und Verschwörerkorrespondenz zu überfliegen, die Teil von Frans kurzem, traurigem Leben gewesen waren.

»Seht euch das an«, rief Maeve, die immer noch in der Kiste kramte, und holte ein Bündel hellbrauner Kuverts aus der Kiste.

Sylvie nahm die Briefe und hielt sie gegen das Licht.

»Dad«, murmelte Maeve. »Diese Briefe sind von Daddy.«

»Ja«, meinte Sylvie mit belegter Stimme. »Ich glaube, du hast recht.«

»Warum sollte Daddy an Fran schreiben?«

Pauline stand an dem Tisch, auf dem sie Frans Vergangenheit ausgebreitet hatten. Sie hatte das Baby schlafen gelegt, aber zwei von den jüngeren Kindern klammerten sich an ihre Rockzipfel. Die Kinder sahen völlig verschieden aus, der Junge mit dem krausen, tiefschwarzen Haar eines Kelten und das Mädchen mit dem feinen, hellblonden Schopf einer nordischen Prinzessin. Pauline hatte eine abwesende Miene aufgesetzt, die weniger Unschuld ausdrückte als Gleichgültigkeit.

Sylvie schlitzte den ersten Umschlag mit dem Daumen auf, zog den Brief heraus und überflog ihn.

»Was steht da, Mam? Warum hat Daddy an Fran geschrieben?«

»Der Brief war nicht für Fran bestimmt, sondern für uns.«

»Für uns? Daddy hat uns geschrieben?«

Sylvie griff hinter sich, tastete nach einem Stuhl und setzte sich schwerfällig.

»Gowry hat … er hat uns nicht verlassen. Er hat uns aus Fermoy geschrieben.« Sie breitete die Briefe fächerförmig aus. »Fünf, nein, sechs Mal. Er schreibt, wo er ist und was er macht und … und dass er uns lieb hat.« Sie nahm Pauline ganz am Rande ihres Sichtfeldes wahr. »Ich dachte die ganze Zeit, wir wären Gowry völlig egal gewesen, und jetzt …«

»Gib das her.« Maeve riss ihrer Mutter den geöffneten Brief aus der Hand. »Hast du davon gewusst, Pauline? Wusstest du, dass Fran unsere Briefe gestohlen hat? Meine Briefe von meinem Daddy?« Pauline summte und wiegte sich im Takt einer Musik, die nur sie allein hören konnte. »Er hat unsere Post gestohlen, Mam«, weinte Maeve. Algie hörte auf, in der Kiste zu wühlen, und blickte auf, während die kleineren Kinder sich noch enger an die Beine ihrer Mutter drückten. »Fran hat unsere Post gestohlen. Warum hat er das nur getan?«

Sylvie wusste nicht, was sie ihrer Tochter antworten sollte. Vielleicht, dachte sie verzweifelt, hatte Fran sie ja nicht hintergangen, vielleicht war er nur eifersüchtig gewesen und hatte sie ganz für sich allein haben wollen. Vielleicht hatte Fran sich vor Gowry gefürchtet, hatte befürchtet, Gowry könne sie ihm wieder wegnehmen. Um den Verbleib der Waffen konnte es Fran nicht gegangen sein – wie weit weg diese Episode doch war, wie unwirklich –, da die Briefe nicht einmal geöffnet worden waren. Sie vermutete, dass Fran sie im »Shamrock« entwendet hatte, um sie glauben zu machen, dass es Gowry nicht mehr interessierte, was aus ihr und Maeve wurde. Gleichzeitig hatte er Gowry auch noch das letzte bisschen Trost verwehrt, der ihm angesichts ihrer selbstsüchtigen Affäre noch geblieben war.

Das Ganze war so verwirrend und rätselhaft, wie Fran es gewesen war: Fran und seine Frauen, seine Verschwörungen, sein Alkoholproblem. Fran und seine Komplimente, sein Charme, seine Großzügigkeit. Der einsame verschwiegene Wolf, der den armen Gowry seinem Schicksal überließ. Und jetzt waren alle beide tot. Sie würde nie erfahren, wer von beiden sie mehr geliebt hatte, und auch für Entschuldigungen war es zu spät.

Maeve schubste sie an und griff nach den übrigen Briefen.

Sylvie überließ sie ihr.

»Und die Briefe, die ich an Daddy geschrieben habe, hat Fran die auch gestohlen?«

»Vermutlich«, sagte Sylvie. Noch vor einem Monat wäre sie in Tränen ausgebrochen, aber sie hatte sich verändert, und unter dem Strich spielte es auch keine Rolle mehr, wer wem was angetan hatte. Sie wandte sich Pauline zu. »Die behalte ich. Sie gehören mir.«

»In Ordnung.« Jetzt, da sie wusste, dass ihr niemand einen Vorwurf machte, schüttelte Pauline die schützende Trance wieder ab. »Nehmt euch, was ihr wollt, Sylvie. Meinetwegen könnt ihr das ganze Zeug behalten.«

Wie absurd, ging es Sylvie durch den Kopf: Jedes Erinnerungsstück an ihr gemeinsames Leben mit Gowry war verbrannt, und stattdessen hielt sie diese bunte Mischung Andenken an Fran in Händen. Da dämmerte ihr, dass Fran nicht die Absicht gehabt hatte, seine eigene Geschichte abzuschließen. Er hatte sie lediglich daraus gestrichen, hatte sie mit derselben skrupellosen Grausamkeit weggeworfen wie seine erste Frau und seine Söhne. Fran Hagarty hatte nur das eigene Schicksal interessiert, das aller anderen hatte ihn kalt gelassen.

»Ja, es könnte tatsächlich interessant sein zu sehen, was sich noch alles findet.«

»Mam!«

»Maeve«, forderte Sylvie streng, »bring die Kiste nach oben.«

An einem trüben Sonntagnachmittag nicht viel mehr als eine Woche nachdem ihre Mutter die Briefe ihres Vaters entdeckt hatte, spielten Maeve und Algie gerade draußen auf der Straße, als ein wahrer Riese von einem Mann, den Maeve noch nie zuvor gesehen hatte, die Straße heraufkam. Er hatte einen Oberlippenbart und dazu glatt rasierte Wangen, einen schmalen Schnauzer, der an eine Raupe erinnerte und irgendwie verloren wirkte auf seinem flächigen Gesicht. Er trug einen Cut wie die Iren in *Punch* und dazu eine Melone auf dem dunkelbraunen lockigen Haarschopf.

Algie war mit Pauline und ihrer restlichen Brut beim Gottesdienst gewesen und Maeve mit Sylvie und Sean in der Kirche gleich um die Ecke. Jetzt, um halb zwei, waren auch die Schnapsleichen vom Vortag wieder munter und eilten hechelnd in Mistress Cafferty's Pension für junge Damen, die sich sonntagnachmittags auf wundersame Weise in eine illegale Kneipe verwandelte.

Maeve hatte bei Pauline zu Mittag gegessen. Die Kinder hatten noch ihre besten Kleider an, geflickt, aber sauber, und strahlten die Frömmigkeit aus, die Pauline ihnen aus Achtung vor dem Mann am Kreuz eingebläut hatte, der für ihre Sünden gestorben war und sie an jenem – selbstverständlich noch fernen – Tag, an dem sie in den Himmel kamen, inmitten einer Engelsschar mit einer warmen Mahlzeit empfangen würde.

»Sieh dir den an.« Algie stieß Maeve den Ellbogen in die Rippen. »Der ist nicht von hier.«

»Da kannst du Gift drauf nehmen.« Maeve stützte sich auf Algies Schulter wie auf ein Fensterbrett und musterte den herankommenden Fremden abschätzig. »Trotzdem wette ich, dass ich weiß, wer er ist.«

»Quatsch.«

»Doch. Ich wette, sein Name ist Trotter.«

»Ist er ein Bulle?«

»Nee. Er will zu mir.«

Maeves seherische Fähigkeiten schienen sie nicht getrogen zu haben, da der fragliche Mann einen Zettel in den riesigen Pranken hielt, auf den er immer wieder einen Blick warf. Seine Größe und seine raumgreifenden Schritte waren unverwechselbar.

»Mr. Trotter, Mr. Trotter«, rief Maeve, bevor eines von Miss Caffertys gefallenen Mädchen ihn auf dumme Gedanken bringen konnte. »Hier sind wir, Mr. Trotter.«

Der Mann kam auf sie zugehumpelt. Er war so riesig, dass sogar Algie es mit der Angst zu tun bekam und hinter Maeve Schutz suchte.

»Bist du Maeve McCulloch?«, fragte der Mann.

»Ja, Sir, die bin ich. Hat Turk Sie geschickt?«

»Das hat er.«

Abgesehen von der Größe hatte er keine Ähnlichkeit mit Turk. Er hatte schlechte Zähne, sein lockiges braunes Haar war bereits ergraut, und er hatte Falten um die Augen. Maeve sagte sich, dass er schon ziemlich alt sein musste, dreißig oder sogar fünfunddreißig.

»Haben Sie einen Brief von Turk für mich?«

Der Mann schüttelte den Kopf. »Du bist aber noch furchtbar jung«, meinte er. »Bist du auch ganz sicher, dass du Maeve McCulloch bist?«

»Als ich heute Morgen aufgewacht bin, war ich es noch«, entgegnete Maeve schnippisch. »Und ganz so jung bin ich auch nicht.«

»Na dann. Ich bin Turks Bruder Breen.«

»Brian?«

»Breen«, wiederholte er. »Breen Trotter.«

»Ihr Trotters habt echt komische Namen«, stellte Maeve fest und wollte dann zeigen, wie weltgewandt sie schon war: »Ist Turk noch inhaf … inhaf … in Richmond im Gefängnis?«

»Nein, er wurde vor Gericht gestellt und verurteilt«, antwortete Breen.

»Und?« Ihr wurde ganz übel vor Angst. »Zum Tod?«

»Nein, nein, Mädchen, keine Angst.« Er legte ihr eine seiner riesigen Hände auf die Schulter und tätschelte sie, als wollte er ein verschrecktes Kälbchen beruhigen. »Hast du denn gestern die Jubelrufe nicht gehört?«

»Ju… Jubelrufe?«

»Von den Docks?«

»Ich hab nix gehört.«

»Sie haben die erste Ladung Häftlinge nach England verschifft. Turk und seine beiden Freunde Charlie und Peter waren auch dabei. Ich dachte, du hättest davon gehört.«

Maeve war überrascht, dass Pauline nichts davon erzählt hatte. Pauline wusste doch, dass ihr Liebster in der Richmond-Kaserne einsaß und sie ihn dort sogar besucht hatte. »Wo hat man sie hingebracht?«

»Nach Stafford.«

»Wo ist das? In Dartmoor?«

Die Hand des Mannes lag immer noch auf ihrer Schulter. Die freundschaftliche Geste machte Algie nervös, und er zeigte erste Anzeichen eines bevorstehenden Kriegstanzes, was sich darin äußerte, dass er geräuschvoll ein- und ausatmete und dabei leise durch die Zähne pfiff. Maeve ignorierte ihn. Breen Trotters Hand auf ihrer Schulter fühlte sich ein bisschen so an, als wäre Turk bei ihr.

»Dartmoor ist ein Hochsicherheitsgefängnis«, erklärte Breen. »Die Häftlinge, deren Todesstrafe in Lebenslänglich umgewandelt wurde, hat man dorthin geschickt. Turk war aber Gott sei Dank nicht darunter. Hunderte oder sogar Tausende werden in englischen Gefängnissen untergebracht, doch keinem wird vor einem zivilen Gericht der Prozess gemacht werden. Offiziell gelten sie als Kriegsgefangene, ist das nicht toll?«

»Wird er lange dort sein, in … wohin hat man sie noch gleich gebracht?«

»Stafford.«

»Wird er lange in Stafford bleiben müssen?«

»Keine Ahnung«, entgegnete Breen schulterzuckend.

»Wann haben Sie das letzte Mal mit Turk gesprochen?«

»Freitag. Da wusste er schon, dass man ihn bald verlegen würde.«

»War er traurig?«

»Nein, der nicht. Keiner von ihnen war traurig; sie haben gesungen und waren gutes Mutes. Bei Gott, gestern, als die Soldaten sie zu Fuß zum Schiff gebracht haben, war die Stimmung sogar noch ausgelassener. Die Leute haben ihnen einen großartigen Abschied bereitet, ihnen zugejubelt, ihre Namen gesegnet und sich durch die Militäreskorte gedrängt, um ihnen kleine Geschenke in die Hand zu drücken.«

»Ich wünschte, ich wäre dabei gewesen«, seufzte Maeve enttäuscht. »Ich wünschte, ich hätte davon gewusst.«

»Damit hat sich das Blatt gewendet«, erklärte Breen lächelnd.

»Wieso?«, fragte Maeve. »Was meinen Sie damit?«

»Der Aufstand war alles in allem doch kein Misserfolg. Er hat unsere Leute wachgerüttelt und ihren Kampfgeist neu geweckt. Wart's nur ab, nicht mehr lange, und die Fahne der Unabhängigkeit wird gehisst werden.«

»Wirklich? Ganz im Ernst, Mr. Trotter?«

»Und ob, Mädchen, ganz im Ernst.« Er ging vor ihr in die Hocke, wobei er ihr eine Hand auf die Hüfte legte, um nicht umzufallen. Dann schaute er ihr fest in die Augen. »Ich soll dir von Turk ganz liebe Grüße bestellen. Er hat gesagt, dass er dir schreiben wird, sobald er kann. Du sollst ihn nicht vergessen.«

»Ihn vergessen? Als würde ich ihn je vergessen!«

»Gut.« Breen richtete sich wieder auf. Fast schien es, als würde er aus dem Bürgersteig wachsen, bis er halb so hoch wie das Mietshaus vor ihr aufragte, eine imposante Erscheinung, der der lustige kleine Schnauzbart und die Fältchen um die braunen Augen herum ein freundliches Aussehen verliehen. »So, nachdem ich meine Pflicht erfüllt und dir Turks Grüße überbracht habe, werde ich jetzt einen Happen essen, bevor ich mich zum Bahnhof aufmache.«

»Kommt gar nicht infrage. Kommen Sie rein, vielleicht ist noch was auf dem Herd.«

»Deine Mammy wird sicher nicht begeistert sein, wenn ein Fremder ungebeten zur Mittagszeit in der Tür steht, fürchte ich.«

»Stimmt, aber meine Freundin Pauline hat ganz sicher nichts gegen einen zusätzlichen Esser«, erwiderte Maeve, nahm Breen bei der Hand und führte ihn ins Haus.

KAPITEL 22

Etwa zur gleichen Zeit, als Breen Trotter sich auf den ersten Blick in Pauline Rafferty verliebte, hielt der Teufel persönlich in Gestalt von General Sir John Maxwell in Dublin Einzug. Maxwell war einige Zeit als Oberbefehlshaber der britischen Streitkräfte in Irland stationiert gewesen, und während man in Westminster noch darüber debattierte, was mit den Iren geschehen sollte, machte der General sich mit einem Eifer, der ihn innerhalb kürzester Zeit zum meistgehassten Mann in ganz Irland machte, daran, untergetauchte Rebellen aufzuspüren und dingfest zu machen. Sylvie teilte die allgemeine Abneigung gegen Maxwell, da sie jedoch keine Unterstützung bei der National Aid Association beantragen konnte und ihr Ehemann für England in den Krieg gezogen war, war sie in ihrer Loyalität gespalten.

Sie putzte gerade das obere Stockwerk, als die Männer kamen.

Die Tür ihres kleinen Apartments stand offen, und Sonnenlicht fiel durch die Fenster mit den neuen Baumwollgardinen davor. Sie empfand es als befriedigend, mit einer groben Bürste auf den Knien rutschend, den Schmutz einer ganzen Woche zu entfernen. Ihr war wohl bewusst, dass sie ein seltsames Dasein führte, aber in Dublin war nach dem gescheiterten Aufstand vieles seltsam, und die exzentrischen Vorgänge in einem einzelnen Mietshaus in der Endicott Street waren harmlos, verglichen mit dem, was andernorts vor sich ging.

Montagmorgen gegen elf: Maeve war noch in der Schule, und sämtliche männlichen Mieter waren bei der Arbeit, abgesehen von Mr. O'Dowd, der als Kohlenträger ausschließlich in Nachtschicht arbeitete. Mr. O'Dowd schlief tief und fest, wie das Schnarchen, das durch die Tür seiner Wohnung im ersten Stock drang, deutlich verriet. Sean saß in seinem Kinderstühlchen mitten im Raum. Sylvie hatte den Stuhl auf dem Markt von Anglesea erstanden und gründlich geschrubbt und desinfiziert, bevor sie Sean das erste Mal hineingesetzt und angeschnallt hatte. Nicht einmal der beste Entfesslungskünstler hätte sich aus dem Geschirr befreien können, aber Sean versuchte dennoch unermüdlich und mit grimmiger Miene, mit seinen kleinen schwachen Fingerchen den Schließmechanismus zu knacken, bis er schließlich vor Frustration schrie und Sylvie ihn mit Milch und einem Keks besänftigen musste.

Friedlich, beinahe idyllisch mutete die Atmosphäre in dem alten Mietshaus an, in dem nur das schabende Geräusch der Bürste zu hören war, in das sich Mr. O'Dowds Schnarchen und Seans zufriedenes Brabbeln mischten. Plötzlich wurden unten im Flur Stimmen laut. Sylvie fragte sich, ob Pauline zu Hause war. Für gewöhnlich ging sie mit den jüngsten Kindern vormittags einkaufen, besuchte den Gemüsemarkt oder den Metzger, um für ein deftiges Stew mit mehligen Klößen einen Ochsenschwanz oder einen Schafskopf zu besorgen.

Pauline war tatsächlich daheim; Sylvie hörte ihren erschrockenen Aufschrei. Sie ließ die Bürste in den Eimer fallen und kroch auf allen vieren zum Geländer, um hinunter in die Eingangshalle zu schauen. Von dort konnte sie nicht viel sehen, weder Pauline noch die Männer, mit denen sie sprach, nur lang gezogene Schatten und den Rücken eines Mannes im langen schwarzen Mantel. Mr. O'Dowds Schnarchen war verstummt. Sean starrte sie an, eine nasse kleine Faust in den Mund gestopft. Irgendwo in der Ferne pfiff eine Lokomotive.

Ihr Herz raste, als Sylvie sich, so weit sie es wagte, über das Geländer lehnte.

»Ob es Ihnen gefällt oder nicht, steht hier nicht zur Debatte, Miss Rafferty«, sagte Vaizey. »Es geht allein darum, was das Gesetz vorschreibt.«

»Fran ist nicht hier. Sie müssen mit ihm sprechen.«

Sylvie sah, wie John James Flanagan sich umdrehte und einen Blick mit Vaizey wechselte. Sie beide wussten nur zu gut, dass Fran Hagarty nie wieder mit jemandem sprechen würde. »Ich fürchte, das wird nicht möglich sein«, entgegnete der Inspector.

»Fran … Fran wird bald zurückkommen.«

»Ach ja, wird er das? Und woher, bitte, soll er zurückkommen?«

»Aus 'merika.«

»Merika?«

»Sie meint die Vereinigten Staaten«, erklärte Vaizey.

»Gut, dass Sie diese Leute verstehen.«

»Ich hatte lange genug Gelegenheit, mich an ihren Dialekt zu gewöhnen. Also, Sie meinen, er ist in Amerika, Miss Rafferty?«

Manche Frauen ließen sich nun einmal von ihrem Herzen leiten anstatt von ihrem Verstand, und wenn es darum ging, Männern wie Flanagan die Stirn zu bieten oder gar einem schleimigen Speichellecker wie Vaizey, war Pauline eher hilflos.

»Fran ist zu Besuch drüben in 'mer … A-merika.«

»Hat er Ihnen das erzählt?«

»Ja, das hat er.«

»Hat er auch erwähnt, wann er zurück sein wird?«

Vaizey sprach in einem jovialen, beinahe freundlichen Tonfall. Wut loderte in Sylvie auf, und brennende Röte überzog ihre Wangen. Furcht wandelte sich in Zorn, Groll in Hass. Sie wusste nicht, ob Vaizey ahnte, dass sie in Frans Apartment wohnte, aber ihr Verstand sagte ihr, dass es besser war, sich still zu verhalten.

»Er … er wird bald zurück sein«, erklärte Pauline erneut, ihre Stimme klang nun schriller als eben noch.

»Und wenn ich Ihnen sage, dass Hagarty nie wieder nach Dublin zurückkehren wird?«

»Wird er doch. Wird er doch.«

»Und wenn ich Ihnen sage, dass er … äh … vorhat, in Amerika zu bleiben?«

»Das wird er nicht.«

»Was, wenn ich Ihnen sage, dass Hagarty seine Immobilien in Dublin nach und nach veräußert und dieses Gebäude hier von Mr. Flanagan erworben wurde?«

»Er … erworben? Was reden Sie da?«

»Gekauft«, erklärte John James Flanagan geduldig.

»Das Haus wird in Kürze in Mr. Flanagans Besitz übergehen«, fuhr Vaizey fort. »Schon sehr bald werden Sie Ihre Miete an Mr. Flanagans Mitarbeiter entrichten.«

»Das hier ist mein Haus. Frans Haus. Ich zahle keine Miete.«

»Die Kleine ist ganz offensichtlich nicht ganz richtig«, brummte Flanagan.

»Fran kommt zurück. Sie werden sein Haus nicht verkaufen.«

»Ich bedaure, Sie davon in Kenntnis setzen zu müssen, dass Francis Hagarty verstorben ist, Miss Rafferty«, erklärte Vaizey.

»Nein, ist er nicht. Er ist … ist …«

Sylvie lehnte sich noch weiter vor und rief: »Fran ist in Amerika, Mr. Vaizey. Wo sollte er sonst sein?«

Die Männer blickten zu ihr hoch, ihre Züge durch den Winkel unnatürlich verkürzt und abgeflacht.

»Wer sind Sie?«, wollte Flanagan wissen.

»Oh, ich weiß, wer das ist«, meinte Vaizey. »Sehen Sie selbst, Mrs. McCulloch.«

Sie warf einen Blick auf Sean, zögerte, raffte dann ihre feuchten Röcke und eilte die klappernde Treppe hinunter in die Halle.

»Wer sind Sie?«, fragte Flanagan erneut. »Kenne ich Sie?«

»Das sollten Sie. Und wenn Sie mich jetzt noch nicht kennen, werden Sie mich ganz sicher kennenlernen, Mr. Flanagan.«

»Das ist Gowry McCullochs Frau«, erklärte Vaizey.

»Witwe«, verbesserte ihn Sylvie.

»Witwe? Tatsächlich?«

»Tatsächlich. Wussten Sie das nicht, Mr. Vaizey? Ich dachte, Sie wissen immer alles.«

»Wann ist er gefallen?«

»Vergangenen Monat.«

»Das tut mir leid.«

»Egal«, fuhr Flanagan dazwischen. »Was zum Teufel macht sie hier?«

»Ich nehme an, sie wohnt hier. Ist es nicht so?«

»Allerdings«, bestätigte Sylvie.

»Grundgütiger!«, stöhnte Flanagan. »Noch mehr Ärger.«

Sie durchquerte die Halle und stellte sich zu Pauline in deren Wohnungstür. Die kleinen Kinder drinnen wussten, wie sie sich in Gefahrensituationen zu verhalten hatten, und ließen sich nicht blicken. Vermutlich versteckten sie sich unter dem Tisch, wobei die älteren die jüngeren im Arm hielten, um sie zu beruhigen. Pauline tastete nach Sylvies Hand.

»Wie lange wohnen Sie schon hier?«, wollte Vaizey wissen.

»Seit das ›Shamrock‹ abgebrannt ist.«

»Sie beide hier im selben Haus. Sonderbar.«

»Was ist daran sonderbar?«, fragte Sylvie frostig.

»Hagartys Eier alle im selben Korb«, entgegnete der Inspector.

»… und warten auf seine Rückkehr.«

»Ach, kommen Sie. Niemand weiß besser als Sie, was Sache ist.«

»Ach ja? Und was ist ›Sache‹, Sir?«

»Sie können nicht hierbleiben«, stellte Flanagan fest. »Ich werde McCullochs Frau nicht in einem meiner Häuser dulden.«

»Sie wissen, dass Hagarty nicht zurückkommt«, sagte Vaizey.

»Nicht? Warum sollte er nicht zurückkommen?«

»Weil er … nicht mehr unter uns weilt.«

»Sie meinen, weil er tot ist«, entgegnete Sylvie eisig.

»Selbstverständlich ist er tot.«

»Und wo ist seine Leiche?«

Vaizey blinzelte.

Sylvie ließ nicht locker. »Wenn Fran tot ist, wo ist dann sein Grab? Wenn er wirklich tot ist, warum erzählen Sie dann meiner Freundin, Miss Rafferty, dass er gerade seinen Besitz in Dublin veräußert?«

»Er hat Schulden hinterlassen«, warf Flanagan hastig ein.

»Schulden? Was Sie nicht sagen! Und seit wann verdingt sich ein Officer der Special Branch der Metropolitan Police als Schuldeneintreiber?«

»Das Ganze ist doch Quatsch«, schimpfte Flanagan. »Ausgemachter Quatsch.«

»Das klingt fast so, als wären Sie nachtragend, Mrs. McCulloch.«

»Nachtragend? Ich? Welchen Grund hätte ich, nach allem, was Sie mir angetan haben, nachtragend zu sein?« Sie machte einen Schritt auf ihn zu. »Ich nehme an, Sie werden behaupten, Sie hätten nur Ihre Arbeit getan, als Sie Fran kaltblütig ermorden ließen, aber da darf man sich doch fragen, was für eine Art von Arbeit das ist: Ist es wirklich Ihre Aufgabe als Polizist, arme Witwen zu betrügen und ihnen wegzunehmen, was von Rechts wegen ihnen gehört?«

»Hagarty hat mich betrogen«, mischte sich Flanagan ein. »Sag es ihr, Harold. Sag diesen beiden dummen Gänsen, wie ihr Held sein Geld verdient hat. Er hat jeden hereingelegt, der den Fehler gemacht hat, ihm zu vertrauen. Er hat dieses Haus nicht von seinem eigenen Geld gekauft, sondern von meinem.«

»Ihrem oder dem seiner Freunde in Amerika?«, konterte Sylvie.

»Was wissen Sie schon von unseren Verbündeten in Amerika?«

»Er hat Waffen hier versteckt. Wenn Fran das Geld, das er von amerikanischen Sympathisanten bekommen hat, in Immobilien angelegt hat, sehe ich darin nichts Verwerfliches.«

»Sie wissen ja nicht, was Sie da reden, Sylvie.« Es war das erste Mal, dass Vaizey sie mit Vornamen ansprach. »Dieses Haus wurde als Waffenlager benutzt, deshalb kann ich mir innerhalb weniger Tage einen Durchsuchungsbefehl besorgen und Sie, Ihre Freundin und die Kinder auf die Straße setzen lassen.« Mit erhobenem Zeigefinger fuhr er fort: »Und streiten Sie das nicht ab, Sie wissen verdammt gut, dass das in meiner Macht liegt.«

»Und der Hauseigentümer hat in der Sache kein Mitspracherecht?«

»Der Hauseigentümer lebt nicht mehr.«

»Der Hauseigentümer ist keineswegs tot«, widersprach Sylvie. »Francis Hagarty erfreut sich bester Gesundheit und hält sich lediglich vorübergehend geschäftlich in Amerika auf.«

Endlich war es ihr gelungen, den sonst so unerschütterlichen Vaizey aus der Ruhe zu bringen.

»Damit kommen Sie nicht durch«, knurrte er.

»Falsch. *Sie* werden damit nicht durchkommen. Was wollen Sie jetzt tun, Inspector? Mich auf den Hof hinauszerren und mir von einem Ihrer Handlanger eine Kugel in den Kopf schießen lassen? Nein. Damit ist Schluss. In Irland herrschen wieder Recht und Ordnung. Zwar handelt es sich noch um Kriegsrecht, aber immerhin. Es gibt zu viele Zeugen, zu viele Personen, die sich für meine Unschuld verbürgen würden, als dass Sie es wagen könnten, einen weiteren Mord zu begehen. Sie würden schnell in Erklärungsnot kommen, wenn die arme Witwe eines britischen Soldaten plötzlich von der Bildfläche verschwindet.« Sie trat noch dichter vor ihn. »Ich bin englische Staatsbürgerin, Inspector. Ich habe meinem Vaterland meine Loyalität bewiesen, indem ich ihm meinen Ehemann geopfert habe. Also noch einmal: Was genau können Sie mir antun, was nicht bereits geschehen wäre?«

»Viel«, entgegnete Vaizey stur.

Er rieb das Knie an ihrem Rock, so wie er es bereits vor all den Monaten in der Nische im »Shamrock« getan hatte. Sylvie ließ sich nicht einschüchtern und wich keinen Millimeter zurück.

»Zeigen Sie mir die Leiche«, verlangte sie.

»Wie bitte?«

»Zeigen Sie mir Frans Leiche. Führen Sie mich zu seinem Grab.«

»Ich werde nichts dergleichen tun.«

»Warum nicht?«

»Das liegt nicht in meinem Ermessen.«

»Natürlich tut es das«, widersprach Sylvie.

»Was soll das nun wieder heißen?«

»Sie können mir seinen Leichnam deshalb nicht zeigen, weil Fran nämlich gar nicht tot ist.«

»Ach, kommen Sie, Sie haben es doch selbst gesehen …«

»Ich habe gar nichts gesehen. Das letzte Mal habe ich Fran gesehen, als er draußen vor dem ›Shamrock‹ in einen Polizeiwagen bugsiert wurde. Wenn Fran wirklich tot ist, beweisen Sie's.«

»Ich könnte Sie festnehmen lassen und zwingen, unter Eid auszusagen …«

»Ich soll aussagen, dass ich gesehen habe, wie ein unbewaffneter

Mann kaltblütig von Polizisten erschossen wurde?«, fragte Sylvie mit hochgezogener Braue. »Ist Ihnen so viel daran gelegen, Ihrem Freund Flanagan in den Hintern zu kriechen, dass Sie bereit sind, dafür in Kauf zu nehmen, dass Einzelheiten jenes Tages bekannt werden …«

»Es gibt keine ›Einzelheiten‹, deren Bekanntwerden ich fürchten müsste. Hagarty hat versucht zu fliehen.«

»Und da haben Sie ihn aus nächster Nähe seitlich in den Kopf geschossen? Das war keine polizeiliche Maßnahme, sondern Mord.« Sie war sich Paulines Gegenwart hinter ihr bewusst, war jedoch nicht gewillt zu schweigen, nicht einmal, um Paulines Gefühle zu schonen. »Wo ist die Leiche? Haben Sie ihn irgendwo verscharrt, wo ihn niemand findet? Haben Sie ihn mit ungelöschtem Kalk bedeckt? Machen das nicht Kriminelle so? Oder haben Sie ihn ins Meer geworfen?«

Vaizey grunzte gereizt. »So langsam glaube ich, dass ich Sie unterschätzt habe.«

»Ich weiß, was Sie wollen. Sie versuchen, sich dieses Haus unter den Nagel zu reißen, damit Mr. Flanagan es verkommen lassen und in die Liste seiner Mietskasernen aufnehmen kann. Aber so läuft das nicht. Entweder ist der Eigentümer dieser Immobilie tot, und dann gehört das Haus seinen Erben, oder aber der Hauseigentümer befindet sich in Amerika und kehrt früher oder später von dort zurück. Wenn er tot ist, liegt es bei Ihnen, dies zweifelsfrei zu beweisen. Ist er es nicht, werden Sie seine Rückkehr abwarten und ihn verklagen müssen, bevor Sie sich an seinem Besitz vergreifen können.«

»Stimmt es, was sie sagt, Harold?«, fragte Flanagan.

»Nicht ganz.«

»Aber ein Teil. Reicht das?«

»Ja«, gab Vaizey zu. »Was sie sagt, ist teilweise richtig.«

»Wie lange wird Letzteres wohl dauern?«, fuhr Sylvie fort. »Jahre. Es kann Jahre dauern, bis Fran nach Dublin heimkehrt und man ihm den Prozess machen kann. Und dann werden Sie sich noch mit seinen Erben und ihren gesetzlichen Ansprüchen auseinandersetzen müssen.«

»Erben?«, brummte Flanagan.

»Seine Frau und seine Söhne leben in England«, erklärte Vaizey. »Drei Söhne.«

»Ob seine Frau vielleicht weiß, wo Fran ist? Vielleicht besucht er sie ja gerade? Fran ist unberechenbar, Inspector, dass wissen Sie doch, oder?«

Sie rechnete damit, dass Vaizey handgreiflich werden und versuchen würde, sie durch Gewaltandrohung einzuschüchtern, aber das war nicht sein Stil. Sylvie spürte, dass sie ihn da hatte, wo sie ihn haben wollte, zumindest für den Augenblick. Sie fragte sich, was Flanagan gegen ihn in der Hand haben mochte oder ob es nur um Geld ging, um Bestechung, um eine Aufbesserung von Vaizeys Polizistengehalt.

Sylvie hatte noch ein Ass im Ärmel, aber das sparte sie sich für später auf.

»Würden Sie mir eine Frage beantworten, Inspector?«, fuhr sie fort.

»Und die wäre?«

»Antworte nicht, Harold. Kein Wort«, warnte ihn Flanagan. »Es könnte irgendwann gegen dich verwendet werden.«

»Ihre Frage, Mrs. McCulloch«, sagte Vaizey.

»Wenn der Eigentümer dieses Hauses noch lebt, können die Behörden dann das Haus – dieses Haus, unser Haus – in seiner Abwesenheit beschlagnahmen?«

»Nicht ohne Gerichtsbeschluss«, antwortete Vaizey.

»Und wie schwierig wird es sein, einen solchen zu erwirken?«

»Nicht besonders, aber da Sie ebenso gut wie ich wissen, dass der Eigentümer tot ist, ist das sowieso belanglos.«

»Ja«, entgegnete Sylvie und lächelte still in sich hinein. »Natürlich, es ist belanglos.«

Es war eine ziemlich weite Fahrt mit dem Zug von Wexford in die Hauptstadt, aber Breen Trotter schien das nichts auszumachen. Jeden Sonntagvormittag machte er sich mit einem Strauß Feldblumen in der einen und einem Päckchen Wexford-Speck in der anderen auf und marschierte von der Haltestelle Harcourt Street geradewegs zur Endicott Street, um dort drei, vier Stunden mit seiner Liebsten zu verbringen, Miss Pauline Rafferty, die ihn bei ihrer ersten Begegnung völlig verzaubert hatte.

Breen war schon mehrmals verliebt gewesen. Mehrere Monate lang hatte er der Tochter eines Fabrikdirektors den Hof gemacht, bis sie ihn schließlich endgültig abgewiesen hatte. Anschließend hatte er sich in die Tochter eines Auktionators verguckt, die nicht geneigt gewesen war, ihre Jugend und ihre Schönheit an den Sohn eines Viehhändlers zu verschwenden, und sogar gedroht hatte, die Constables zu rufen, wenn er weiter am Tor vor ihrem Haus herumlungerte. Schließlich hatte er dann sein Herz an die Witwe eines Hufschmieds verloren, dem ein Pferd den Schädel zertrümmert hatte. Selbst die Tatsache, dass zwei ihrer sieben Kinder älter waren als er selbst, hatte ihn nicht beeindruckt. Auch diese seltsame Liebe war unerwidert geblieben. Seine Herzensdame war zu dumm gewesen zu erkennen, was sie sich mit Breen entgehen ließ, und hatte stattdessen ihren Cousin geehelicht.

Breen hatte also einige Erfahrung darin, sich Knall auf Fall zu verlieben, und so brauchte er nicht viel länger als eine halbe Stunde, um Pauline zu verfallen, die er, wie er es sah, von ihrer anziehendsten Seite kennengelernt hatte: inmitten blubbernder Töpfe, umgeben von einer Schar von Kindern, die sich an ihre Rockzipfel klammerten, und einem niedlichen, noch ganz kleinen Baby auf dem Arm.

Ihm war bewusst, dass mindestens eins von Paulines Kindern von Turks abtrünnigem Freund Fran Hagarty gezeugt worden war, hatte sein Bruder ihm doch alles über den Mann erzählt. Für ihn war Hagarty so etwas wie ein Held, und so fand er die Vorstellung, in die äh … Fußstapfen des großen Mannes zu treten und nach dessen Tod dessen äh … Verpflichtungen zu übernehmen, irgendwie reizvoll. Das Problem war nur, dass Pauline sich nicht mit Hagartys Tod abfinden konnte und einfach die Augen vor der Wirklichkeit verschloss.

Jedes Mal, wenn Frans Name fiel, schürzte sie die Lippen und legte die Stirn in Falten, aber ansonsten war sie zuckersüß und empfing Breen überaus freundlich, wenn er »rein zufällig« sonntagmittags vorbeischaute.

Mitte des Sommers flirtete sie ganz offen mit ihm und vertraute ihm sogar so weit, dass sie ihn das Baby halten ließ, während sie Stew verteilte, das gekochte Lamm in Scheiben schnitt oder mehlige Kartoffeln ausgab, die sie eine halbe Stunde vor seinem Eintreffen aufgesetzt hatte.

»Er hat sich in sie verknallt«, bemerkte Maeve eines Tages. »Was für ein Esel!«

»Warum sagst du das?«, fragte Sylvie überrascht.

»Er könnte was Besseres bekommen als Pauline.«

»Ich dachte, du magst Pauline.«

»Tue ich ja auch, nur …«

»Nur was?«

»Na ja, zum einen hat sie die vielen Kinder am Hals.«

»Ich glaube, Mr. Trotter mag Kinder.«

»Stell dir das mal vor. Er kommt den ganzen Weg von Wexford hergefahren, und das nur, um Pauline zu besuchen.«

Maeve war im Grunde ihres Herzens lange nicht so zynisch, wie sie zu sein vorgab. Vermutlich war sie ein wenig eifersüchtig auf die Nachbarin, denn obgleich sie einen Brief – bisher war es bei dem einen geblieben – von Turk aus dem Gefängnis in Stafford bekommen hatte, war sie, was Neuigkeiten betraf, von Breen abhängig und meinte, dass Turks Bruder ihr ruhig etwas mehr Aufmerksamkeit schenken könnte.

»Würdest du denn nicht bis nach Wexford fahren, um Turk zu besuchen?«

»Das ist etwas anderes«, erwiderte Maeve hitzig.

»Und inwiefern das?«

»Ich habe … ich habe noch keine Kinder.«

»Du bist auch noch zu jung, um Kinder zu bekommen.«

»Bin ich nicht.«

»Doch, bist du. Wenn ein Mann dich schwängern würde, würde man ihn auf der Stelle verhaften und einsperren.«

»Weswegen? Ach so, *dafür.* Wirklich?«

»Wirklich.«

Offenbar hatte auch Maeves Frühreife ihre Grenzen, und sie war nach diesem Wortwechsel eine Weile still. Vermutlich brütete sie über den Geheimnissen der Fortpflanzung. Wenn sie draußen auf der Straße mit Algie spielte, war Maeve noch ein richtiges Kind. Daheim legte sie wiederum ein gleiches Maß an Abgebrühtheit und Schüchternheit an den Tag. Maeve fehlte der Vater, ein starker Mann im Mittelpunkt ihres Lebens, so wie sie selbst, Sylvie, einen Ehemann brauchte, der sie vor ihrer eigenen Schläue schützte.

Als sie Breen Trotter die Endicott Street heraufeilen sah, verspürte sie einen Anflug von Panik, dass sie eines Tages womöglich auch dazu verdammt sein würde, sich mit einem Mann wie ihm abzufinden. Sie dachte an die ledigen Männer im Haus und fragte sich, warum keiner von ihnen Interesse bekundete, sie näher kennenzulernen. Sicher, es waren alles stille, ernste Männer, die hart arbeiteten und die Fran ihrer Geradlinigkeit wegen ausgewählt hatte. Trotzdem, wenn sie einem von ihnen auf der Treppe begegnete, fragte sie sich unwillkürlich, warum er nicht einmal versuchte, mit ihr zu flirten.

Wenn sie sonntags auf dem Bett saß, Sean stillte und Breens dröhnendes Lachen hörte, sehnte sie sich nach einem Mann – nicht irgendeinem Mann, nicht nach Fran, sondern nach Gowry. Wie sonderbar, dass sie sich während ihrer Ehe mit ihm nach anderen Männern verzehrt hatte und ihn jetzt, da er tot war, zurückwollte! Nachts, wenn Maeve an ihrer Seite schlief, hielt sie sich mit Daumen und Zeigefinger die Nase zu und weinte um die schönen Zeiten, die unwiderruflich vergangen waren, sie weinte um Gowry, um Gowry und Fran, in einer schier endlosen Spirale der Trauer.

Sonntagabend: Breen hatte sich zum Bahnhof aufgemacht, um mit dem Zug nach Wexford zurückzufahren, und Maeve war mit Sean draußen an der frischen Luft. Sylvie hatte das Abendessen zubereitet – eine Schweinepastete mit kalten Kartoffeln – und saß an dem kleinen Tisch am Fenster, an dem Fran so oft gesessen hatte. Sie hatte die Schutzhülle von der Schreibmaschine entfernt und wollte einen weiteren Brief an die Behörden schreiben, um sich erneut nach ihrem Mann zu erkundigen, aber sie war es leid, sich falschen Hoffnungen hinzugeben, und so kam es, dass sie gerade nichts Konstruktiveres zu tun hatte, als sich selbst zu bemitleiden, als Pauline an die Tür klopfte.

Die Nachbarin hatte ausnahmsweise einmal nicht das Baby auf dem Arm, und ihre sonst so abwesenden Augen strahlten. Sie schlüpfte ins Zimmer und stand einfach da, in einem blütenweißen Kleid, an dem jemand – natürlich Breen – ein kleines Sträußchen Feldblumen festgesteckt hatte.

»Er will mich heiraten.« Pauline schürzte die Lippen und runzelte die Stirn, dann lachte sie. »Er hat mir einen Antrag gemacht. Gerade eben. Unten. Vor allen anderen. Hat einfach rundheraus gefragt. Hat es einfach ausgesprochen. Er hat sich vor mich hingekniet und mir diese Blumen überreicht. Er hat gesagt, er liebt mich und bringt mich weg von hier. Er will mich und die Kinder zu sich und seinen Eltern nach Wexford holen.«

»Oh!«

»Wenn dieser Kerl wiederkommt, dieser Mr. Finnegan …«

»Flanagan«, verbesserte Sylvie sie.

»Genau, der und der Bulle. Die werden Augen machen. Ich werde nicht mehr hier sein. Ich werde in Wexford sein bei Mr. Trotter. Er sagt, er liebt mich.«

»Wenn du Mr. Trotter heiratest«, erwiderte Sylvie ruhig, »was soll dann aus dem Haus hier und aus den Mietern werden?«

Daran hatte Pauline ganz offensichtlich noch gar nicht gedacht.

»Sie können alle dableiben«, meinte sie unbekümmert.

»Und was ist, wenn Fran zurückkommt?«

»Du hast doch selbst gesagt, dass er nicht zurückkommen wird.«

»Aber du hast mir nicht geglaubt, oder, Pauline?«

Obwohl sie ein Kind geboren hatte, besaß Pauline etwas Unschuldiges, Jungfräuliches, dem Breen Trotter offenbar nicht hatte widerstehen können. Er war Turks Bruder, und nach allem, was Sylvie von den Trotter-Brüdern gehört hatte, galten sie in Wexford als »wilde Kerle«, aber Turks Vater betrieb einen lukrativen Viehhandel, seine Mutter war eine gottesfürchtige, fromme Katholikin, und Breen schien sich nicht für Politik zu interessieren.

»Und wenn ich mich irre?«, wollte Sylvie wissen. »Wenn Fran doch heimkommt? Wie wird er sich wohl fühlen, wenn er erfährt, dass du in seiner Abwesenheit einen anderen geheiratet hast?«

»Er wird verstehen, dass ich es der Kinder wegen getan habe.«

»Dann überlässt du Fran ganz mir, Pauline?«

Sylvie wusste, dass es nicht nett von ihr war, die arme Pauline in einen solchen Gewissenskonflikt zu stürzen.

»Du hast selbst gesagt, Fran sei tot.« Pauline ließ sich auf das Bett sinken. »Ich hatte noch nie einen Vater für die Kinder.« Sie zuckte entschuldigend die Schultern. »Ich möchte einen Daddy für sie.«

»Das kann ich verstehen, und Mr. Trotter wird zweifellos ein sehr guter Daddy sein, wenn er sich erst daran gewöhnt hat, aber wird Breen dir auch ein guter Ehemann sein?«

»Algie mag Kühe.«

»Alle Kinder mögen Kühe«, entgegnete Sylvie. »Pauline, wie hast du Fran eigentlich kennengelernt?«

»Mammy war krank. Sie war sehr lange krank. Einmal kam Fran zusammen mit dem Priester. Er ging mit mir raus, als Mammy in den Himmel aufstieg. Ich blieb eine Weile bei den Nonnen in Kingstown. Dann holte Fran mich von dort weg. Er brachte mich hierher.«

»Wie alt warst du, als er dich hergebracht hat?«

Pauline zuckte wieder die Schultern.

»Hat er … hat Fran … Warst du damals seine Frau?«

»Er war damals mit einer anderen verheiratet.«

»Wie hat sie geheißen?«

»Maureen.«

»War sie nett zu dir?«

»Ja, das war sie. Zu uns allen.«

»Ist Fran bei euch geblieben, bei Maureen? Hat er bei euch gewohnt?«, wollte Sylvie wissen.

»Ja, wenn er nicht in ’merika war. Dann hat er Maureen Geld dagelassen.«

»Er hat sich um euch gekümmert?«

Pauline nickte. »Dann ist Maureen weggegangen. Sie hat das Geld genommen und ist mit Mr. Weekes auf und davon.«

»Hat Mr. Weekes auch hier gewohnt?«

»Unter dir«, antwortete Pauline und tippte mit dem Zeh auf die Bodendielen.

»Und was hat Fran gesagt, als er aus Amerika zurückgekommen ist? War er wütend?«

»Und ob, er hat geschrien.«

»Hat er dich angeschrien?«

»Er hat alle angeschrien. Wir haben uns alle versteckt.«

»Wie viele wart ihr denn?«

Pauline hielt eine Hand mit gespreizten Fingern hoch. »Neun.«

»Neun?«

»Als sie erwachsen wurden, brachte er sie fort.«

»Wohin hat er sie gebracht?«, fragte Sylvie.

»Nach A-merika. Er hatte dort Arbeit für sie.«

»Hat er auch die Mädchen weggebracht oder nur die Jungs?«

»Auch drei Mädchen: Margaret-Anne, Ellie und Nuala.«

»Schreiben sie dir manchmal? Aus Amerika, meine ich?«

»Sie haben Fran geschrieben.«

»Ich frage mich, was er mit den Briefen gemacht hat?«, entgegnete Sylvie nachdenklich.

Pauline hatte jedoch bereits das Interesse am Schicksal der Waisenkinder verloren. »Mr. Breen hat um meine Hand angehalten.«

»Das sagtest du bereits. Wärst du gern mit Breen Trotter verheiratet? Glaubst du, du würdest in Wexford glücklich werden?«

»Er hat gesagt, er wird sich um die Kinder kümmern, sogar um das Baby.«

»Wie …« Sylvie zögerte. »Wie willst du Breen heiraten, wenn du schon mit Fran verheiratet bist?«

»Ich werde den Priester fragen«, entgegnete Pauline nickend. »Er wird wissen, was zu tun ist.«

»Pauline, Liebes. Warum willst du mir nicht glauben, dass Fran tot ist. Er hat keinerlei Ansprüche mehr an dich, keinerlei Rechte dir gegenüber.«

Pauline widersprach diesmal nicht. Stattdessen starrte sie an Sylvie vorbei auf das Stück staubigen blauen Himmel, das über den Dächern des Mietshauses zu sehen war, und auf die rosa Wolken zwischen dem Gewirr von Schornsteinen.

»Weißt du, wo Wexford liegt, Pauline?«

»Nein.«

»Haben die beiden Männer, die hier waren, dir Angst gemacht? Ist das der Grund, weshalb du mit Breen weggehen möchtest?«

»Algie mag auch Pferde.«

»Du brauchst dich nicht zu fürchten. Wirklich und wahrhaftig nicht. Glaub mir, Vaizey kann dir nichts anhaben.«

»Ich hatte nie einen Pappy, und Breens Vater lebt doch bei ihm. Breen sagt, er liebt mich. Glaubst du, das stimmt, Sylvie?«

»Es könnte durchaus sein«, antwortete sie. »Bis wann erwartet Breen deine Antwort?«

»Bis nächsten Sonntag.«

»Dann hast du nicht viel Zeit, um dich zu entscheiden.«

»Nein. Ich glaube, ich werde Fran fragen müssen, was ich tun soll. Ja, genau, das mache ich auch. Ich frage Fran.«

Sylvie stellten sich die Nackenhärchen auf. »Wie willst du denn das anstellen, Pauline? Wie willst du Fran fragen? Er ist tot.«

»Klar, aber das spielt keine Rolle«, erwiderte Pauline mit großen glänzenden Augen. »Madame Lomborosa wird ihn finden, ganz egal, wo er ist.«

»Madame wer?«

KAPITEL 23

»Die Toten«, sagte Madame Lomborosa, »sind immer unter uns. Die Seele ist, wie ich hoffe, am heutigen Abend demonstrieren zu können, mehr als nur ein Produkt des Nervensystems, wie die Wissenschaft uns glauben machen will. Sie hält die Verbindung zu unseren Liebsten bis ins Geisterreich hinein. Unsere Lieben existieren im Jenseits weiter, körperlos, aber ihre Seele bleibt dieselbe wie zu Lebzeiten. Sie wissen, was mit uns geschieht, auch wenn wir nicht begreifen, was mit ihnen geschehen ist.«

Die Frau griff nach einer Zigarettenspitze aus Ebenholz, die neben einem suppentellergroßen Aschenbecher aus grünem Glas lag. Sie nahm die Spitze mit Daumen und Zeigefinger auf und zog an dem bernsteinfarbenen Mundstück. Als sie wieder ausatmete, waberte Rauch wie Ektoplasma in den runden Lampenschirm über dem Tisch. Die Troddeln unten am Schirm bewegten sich, als wären die Geister der Toten bereits unter ihnen und als versuchten sie, auf diese Weise ein Wörtchen mitzureden.

Sylvie war noch lange nicht überzeugt. Trotz ihrer feinen Manieren und der gewählten Ausdrucksweise war Madame Lomborosa so wenig Italienerin wie sie selbst. Vermutlich war sie die Tochter eines Fischhändlers aus Bray oder eines Wirtes aus Galway, die daheim ihren Part geübt hatte, bevor sie dann ihre Chance erkannt hatte und in die Stadt gezogen war, um einigen der hunderttausend Kriegswitwen seelischen Beistand zu leisten – und sich dabei eine goldene Nase zu verdienen. Bei zwei Guineen pro Privatsitzung war es kein Wunder, dass Madame Lomborosa sich ein teuer eingerichtetes Apartment in Kearns Court leisten konnte und dazu eine Hausangestellte, die Besucher an der Tür empfing und zu ihr in den Salon geleitete.

Sylvie war angespannt, jedoch nicht in Erwartung der Kontaktaufnahme mit Fran, sondern vor Zorn. Sie wünschte, sie hätte auf Maeve gehört, die sie gewarnt hatte.

»Quatsch!«, hatte ihre Tochter gemeint. »Das Ganze ist purer Unsinn. Wenn du mit Pauline da hingehst, solltest du mal lieber zum Psychiater gehen.«

Aber bei allem Zynismus verbarg sich ganz tief in Sylvies Herzen eine große Sehnsucht, nicht etwa nach Trost oder danach, die innere Leere mit falschen Hoffnungen zu füllen, sondern danach, irgendwie Gewissheit zu erlangen, dass Fran nicht durch irgendein Wunder doch noch am Leben war. Ganz tief in ihrem Innersten, tiefer als das Bewusstsein reichte, glomm noch ein winziger Funke Hoffnung, Paulines Naivität könnte ansteckend sein und dadurch, dass sie die junge Frau zu dieser Séance begleitete, könnte etwas von ihrem Optimismus auf sie, Sylvie, abfärben.

»Sind wir komplett?« Madame Lomborosa drückte ihre Zigarette aus und entfernte sie aus der Ebenholzspitze. »Sind Sie beide allein?«

»Ja«, antwortete Pauline respektvoll.

»Haben Sie schon einmal mit dem Jenseits kommuniziert?«, fragte Madame Lomborosa.

»Ich schon«, sagte Pauline. »Sie noch nicht.«

In der Wohnung brannte elektrisches Licht, aber die Glühbirne war so schwach, dass es sogar an diesem Sommerabend düster war im Salon. Die Hausangestellte – groß wie ein Wachsoldat und klapperdürr – hatte die schweren Samtvorhänge zugezogen. Im Marmorkamin brannte ein Feuer, und es war stickig.

Sylvie tupfte sich mit ihrem Taschentuch Schweißperlen von der Stirn und musterte die Frau, die an dem ovalen Tisch neben ihr saß, verstohlen.

Madame Lomborosa war um die sechzig, hatte einen fahlen Teint und olivfarbene Augen. Das Haar hatte sie rabenschwarz gefärbt und in einer Art frisiert, wie sie gerade in Paris Mode sein mochte. Sie hatte sehr kleine, eng am Kopf anliegende Ohren, die Sylvie an einen Fischotter erinnerten. Ihre Hände waren voller Leberflecken, und an den Fingern glitzerten schwere silberne Ringe und ein einzelner großer Rubin in goldener Fassung. Sie hatte einen beweglichen kleinen Mund, und über der Oberlippe spross dunkler Flaum, der jede Bewegung der Lippen betonte. Sie trug ein weites Kleid mit dunkelblauem Arabeskenmuster, das unter dem Busen von einer hellblauen Schärpe gehalten wurde, die so breit wie ein Kummerbund war. Der Stuhl, auf dem sie saß, war dick gepolstert und sehr hoch, und das Feuer verbreitete hinter ihr einen warmen flackernden Schein, der für die entsprechende Atmosphäre sorgte.

Der ovale Tisch war riesig und hätte leicht fünfzehn oder sogar zwanzig Gästen Platz geboten. Pauline und sie saßen dicht beisammen, nahe bei dem Medium an einem Ende des Tisches, und die vielen leeren Stühle um die glänzende Tischplatte herum erweckten den Eindruck, als säßen dort weitere – unsichtbare – Gäste.

»Ich habe sie in der Ockram Hall gesehen«, erklärte Pauline. »Ich war drei Mal dort.«

»Ah, ja, Sie kamen mir auch irgendwie bekannt vor«, erwiderte Madame Lomborosa.

»Sie hatten Kontakt zu einem Freund von mir.«

»Tatsächlich? Einem Soldaten? Warten Sie, ich erinnere mich: eine traurige Seele, die eines gewaltsamen Todes gestorben ist.«

»Ist er heute auch hier?«, fragte Pauline und schaute sich scheu um.

»Das bleibt abzuwarten«, antwortete Madame Lomborosa.

»Können Sie ihn herbeirufen?«

»Geduld, Kindchen, Geduld. Das ist keine Wissenschaft, die nach starren Regeln funktioniert, wissen Sie. Es ist eine Sache, in einem voll besetzten Saal zu meditieren, mit einer Vielzahl von Geistern, die nur darauf warten, mit ihren Lieben in Verbindung zu treten, oder hier im kleinsten Kreis einen bestimmten Verstorbenen heraufzubeschwören. Ich werde mein Bestes geben, um den Kontakt zu Ihrem Freund herzustellen, aber ich kann nicht garantieren, dass es klappt. Die spirituelle Welt wird von Gesetzen regiert, die uns Lebenden unbekannt sind.«

»Was für Gesetze?«, hakte Sylvie nach.

»Gesetze ähnlich unseren Naturgesetzen.«

»Und warum fragen Sie die Toten dann nicht danach?«

»Wie meinen?«

»Nach den Gesetzen. Die Toten müssten die Gesetze doch kennen, oder? Warum fragen Sie sie also nicht danach?«

Madame Lomborosa schwieg fast eine halbe Minute, aber ihre Züge drückten nicht etwa Ärger aus, sondern vielmehr eine Art Wehmut.

In der Stille konnte Sylvie das Ächzen von Straßenbahnwagen in der Grafton Street hören und das Klappern eines Lieferwagens, der direkt unter dem Fenster vorbeifuhr. Sie hatte ganz vergessen, dass sie sich im Herzen der Stadt befanden, im Modezentrum, und sie fragte sich, ob Zigarettenrauch, Biergeruch und Gedränge der ärmeren Regionen drüben bei Ockram Hall den Geistreisenden nicht anziehender erscheinen mochten als dieses düstere Ambiente, das irgendwie an eine Gruft erinnerte.

»Also, ich denke, wir sollten jetzt beginnen, nicht wahr? Aber Sie werden verstehen, meine Damen, dass ich keine Materialisation versprechen kann. Meine Kräfte stehen nicht jedem herumirrenden Geist zur Verfügung, und ich kann auch nicht zu jedem im Jenseits den Kontakt herstellen. Es wäre durchaus möglich, dass die Person, die Sie kontaktieren möchten, heute Abend gar nicht zugegen ist.«

»Bekommen wir unser Geld zurück, falls der Kotakt nicht zustande kommt?«, wollte Sylvie wissen.

»Du liebe Güte! Herrje!«, seufzte Madame Lomborosa. »Jetzt nehmen Sie bitte meine Hand.« Sie beugte sich auf ihrem Stuhl weit vor und ergriff Sylvies Linke. »Greifen Sie über den Tisch und fassen Sie auch Ihre Freundin bei der Hand, damit ein geschlossener Kreis entsteht, dann werden wir sehen, was ich für Sie tun kann. Alles klar?«

»Alles klar«, antwortete Sylvie.

Gehorsam streckte sie den Arm über der polierten Tischplatte aus, umschloss Paulines Hand und hielt sie ganz fest.

»Fürchten Sie sich nicht, ganz egal, was Sie auch hören oder sehen. Ich bin kein Trance-Medium. Wissen Sie, was ich damit meine?«

»Nein«, antwortete Sylvie.

»Ich falle nicht in Trance«, erklärte Madame Lomborosa. »Ich werde die ganze Zeit bei Bewusstsein sein.«

»Aber Sie sprechen doch für die Toten, oder?«, hakte Pauline zaghaft nach.

»Ich werde jedem, der mit Ihnen in Kontakt zu treten wünscht, als Sprachrohr dienen, jedem, der etwas sagen möchte. Sie werden nicht direkt mit dem Geist sprechen können, nur durch mich, und ich möchte Sie bitten, weder zu weinen noch laut zu schreien. Geisterwesen sind ausgesprochen empfindlich und scheu. Falls es zu einer Manifestation kommt …«

»Ist das so etwas wie ein Geist?«, unterbrach Pauline die Seherin.

»Eine Erscheinung«, erklärte Madame Lomborosa. »Sollte es zu einer Erscheinung kommen, bitte erschrecken Sie nicht und vor allem: Unterbrechen Sie den Kreis nicht. Lassen Sie meine Hand nicht los, und versuchen Sie um Himmels willen nicht, die Person anzufassen.«

»Ist das schon vorgekommen?«, wollte Sylvie neugierig wissen.

»Ja, mehrfach.«

»Und was ist passiert?«

Das Medium packte fester zu und quetschte ihre Finger. »Sie dürfen sie nicht herausfordern, und dasselbe gilt auch für mich. Ich bin nicht zum Vergnügen hier, wissen Sie.« Plötzlich versteifte sie sich, schaute nach rechts, an den Troddeln des Lampenschirms vorbei in eine Ecke des Zimmers. »Was?«, fragte sie laut. »Was hast du gesagt?«

Sylvie und Pauline wiederholten die Frage des Mediums wie aus einem Munde.

»Es ist jemand hier«, raunte Madame Lomborosa. »Ja, sprich.«

»F-Fran, bist du das?«, wollte Pauline stockend wissen.

»Ja«, warf Madame Lomborosa ein, wobei ihre Stimme sich fast überschlug. »Ja, ja, es ist eine Wesenheit hier, ich fühle, wie sie an meinem Hals zupft, ich fühle sie in meinem Mund. Ich höre die Stimme, eine feste Stimme, eine Männerstimme, eine irische Stimme, ich höre ihn. Er ist Liebe, nicht Zorn, er ist Liebe. Er ist hier unter uns, ganz nah … oh! Oh, mein Gott!«

Sie riss die Arme hoch, wobei sie Paulines und Sylvies Hand weiter fest umklammert hielt, sodass es den beiden Frauen vorkam, als entwickelte der dazugehörige Arm ein Eigenleben, bis er sich anfühlte wie ein um sich schlagender Gartenschlauch.

»Jesus! O Jesus, steh uns bei«, hauchte Pauline. »Ist es Fran? Ist Fran zu uns herabgestiegen?«

Wenn es Fran war, hatte der im Jenseits offenbar einiges dazugelernt, da Madame Lomborosa plötzlich den Refrain von *The Soldier's Song* schmetterte, und zwar in dröhnendem Bass, einer Stimme, die so hohl klang, als käme sie ganz tief aus ihrem Bauch.

Nach dem Refrain sang sie noch etwas von dem übrigen Text, lachte dann ein Lachen, das fließend in ein mädchenhaftes Kichern überging, und sagte. »Was bist du doch für ein unartiger Junge! Böser, böser Junge!«

»Ist das mein Fran?«, fragte Pauline.

»Nein.«

»Wer ist es dann?«

»Ronnie.«

»Ronnie? Ich kenne niemanden, der so heißt.«

»Ronnie ist ein Lümmel. Ronnie hat es faustdick hinter den Ohren.«

Sylvie fürchtete sich plötzlich, auch wenn sie selbst nicht zu sagen vermochte, weshalb. Sie wusste, dass das Ganze nur ein Trick war, eine Inszenierung, trotzdem war sie beeindruckt. Ronnie! Es gab in ihrem Leben keinen Ronnie, und soweit sie wusste, auch nicht in Paulines.

»Er will Gowry nicht vorlassen, der böse, böse Junge.«

»Wie bitte?«, entfuhr es Sylvie. »Was sagten Sie, wer …«

»Gowry-Schatz, Gowry-Wowry, Gowry … Du liebe Zeit!«

»Gowry?«, wiederholte Sylvie leise. »Ist Gowry hier?«

»Hmmmm.« Madame Lomborosa nickte. »Hmmm.«

»Es ist dein Mann, Sylvie.« Pauline setzte sich aufrechter hin und starrte aus zusammengekniffenen Augen an die Decke. »Sprich zu uns, Gowry. Sprich.«

»Himmelherrgott«, schimpfte Madame Lomborosa. »Würden Sie das gefälligst mir überlassen?«

»Woher wissen Sie von Gowry?«, erkundigte sich Sylvie erschüttert.

»Er … er … er … ist … hier«, entgegnete Madame Lomborosa.

Und das war er wirklich.

Hinter dem Stuhl des Mediums tauchte eine große, hagere Gestalt in zerfledderter Uniform auf, das Gesicht unter schmutzigen Verbänden verborgen, nur ein Auge sichtbar, und das so glasig wie das eines Fisches. Das Kaminfeuer hinter der Erscheinung loderte auf und hüllte diese in eine grelle, beinahe blendende Aura, die Sylvie kaum zu durchdringen vermochte. Sie schluckte. »Gowry? Bist du das?«

»Ja, ich bin's.«

»Bist du tot?«

»Ja.«

»Ich meine, bist du wirklich tot?«

»Ich bin glücklich, sehr glücklich. Weine nicht um mich, Schatz.«

Die Stimme kam von Madame Lomborosa und nicht von der Gestalt hinter dem Stuhl, trotzdem kam es ihr so vor, als spräche Gowry von jenseits des Grabes zu ihr. »W-wo bist du?«

»Im Frieden. Ich habe meinen Frieden gefunden. Ich bin glücklich. Alle hier sind glücklich.«

»Wo ist dein Leichn … Ich meine, wo bist du gestorben? Wo bist du begraben?«

»In der Erde Flanderns. Ich bin hier glücklich, Liebes. Ich muss gehen. Ich muss fort.«

»Gowry, bist du wirklich und wahrhaftig tot?«

»Ich bin jetzt ein Geist, ein reiner und freier Geist.«

»Warte«, rief Sylvie, als die Gestalt niedersank und, begleitet von einem erneuten Auflodern der Flammen hinter dem Stuhl des Mediums, verschwand. »Um Himmels willen, warte doch!«

Madame Lomborosa hielt ihre Hand so fest, als steckte sie in einer Schraubzwinge.

Sylvie sprang auf, ließ sich jedoch auf ihren Stuhl zurückfallen, als wieder das mädchenhafte Kichern erklang. »Gowry, Liebster, Gowry-Wowry. Peng!« Sylvie und Pauline fuhren erschrocken zusammen. »Peng. Bumm. Peng.« Dann sagte Madame Lomborosa in ihrer normalen, abgehackten Stimme mit dem einstudierten britischen Akzent: »Es sind die Geschütze. Die Geschütze lassen dem Kind keine Ruhe. Hören Sie die Geschütze? Sie sind überall, sogar im Jenseits. War das Ihr Ehemann?«

»Ja«, gestand Sylvie mit leiser, erstickter Stimme.

»Er liebt Sie, sehen Sie, er liebt Sie über den Tod hinaus.«

»Können Sie ihn nicht zurückholen?«

»Nein, er ist tot. Jedenfalls für heute.«

»Was ist mit Fran?«, bat Pauline. »Können Sie jetzt bitte Fran rufen?«

»Fran ist nicht bei uns.«

»Können Sie Ronnie nach Fran fragen?«

»Das hier ist etwas anderes als telefonieren«, entgegnete Madame Lomborosa schroff. Gleich darauf fügte sie ein wenig milder hinzu: »Wir hatten heute Abend ein Riesenglück. Es klappt nicht immer ... Es kommt nicht bei jeder Sitzung zu einer Erscheinung. Eine Materialisation verlangt ihnen alles ab, verstehen Sie. Er muss Sie wirklich sehr geliebt haben, Mrs. McCulloch, dass er so lange gewartet und eine solche Anstrengung auf sich genommen hat.«

»Versuchen Sie es noch mal«, bat Pauline. »Versuchen Sie noch einmal, Kontakt zu Fran herzustellen.«

Madame Lomborosa seufzte. »Ich bedaure, meine Liebe, aber der Raum ist völlig leer. Vielleicht haben wir beim nächsten Mal ja mehr Glück mit Fran.«

»Fran. Sie haben ihn doch schon einmal beschworen, in der Ockram Hall.«

»Und es gelingt uns auch ganz sicher, ihn irgendwann wieder herbeizurufen. Aber im Augenblick sind meine spirituellen Energien erschöpft und meine Kräfte für den heutigen Abend verbraucht.«

Madame Lomborosa ließ erst Sylvies und dann Paulines Hand los und lehnte sich in dem hohen, dick gepolsterten Stuhl zurück. Sie legte die kleinen Hände mit den vielen Ringen auf die Armlehnen und schloss die Augen.

Nach einer kurzen Pause wurde die Salontür geöffnet, die Haushälterin erschien und erkundigte sich leise, ob alles in Ordnung sei.

»Ja, Maddy, vielen Dank«, antwortete das Medium.

»Hat es eine Erscheinung gegeben, Madame?«

»Ja, es war jemand hier.«

»Ich sehe Ihnen an, wie sehr es Sie angestrengt hat.«

»Wahrlich, das hat es.«

»Traurige Umstände?«

»Sehr traurig … und doch auch freudig«, erwiderte Madame.

Dann bedeutete sie Maddy mit einem kleinen Nicken, dass die Damen – eine von ihnen in Tränen aufgelöst – genug bekommen hatten für ihr Geld und leise hinausgebracht werden sollten, bevor die nächste Gruppe trauernder Witwen zur Neun-Uhr-Vorstellung erschien.

Sie stellten sich in einem Ladeneingang unter und warteten, dass eine Straßenbahn hinter der Hügelkuppe auftauchte. Es war noch nicht dunkel, aber neblig. Das Meer lag hinter einem Regenschleier verborgen, und sogar für einen regnerischen Montag im Sommer war es in der Stadt ungewöhnlich still.

Obwohl Sylvie sich schon bald nach dem Verlassen der Wohnung wieder beruhigt hatte, hielt sie weiterhin Paulines Arm umklammert. »Was hast du dieser Frau erzählt, Pauline?«

»Erzählt?«

»Über mich?«

»Nichts.«

»Sie kannte meinen Namen. Hast du ihr gesagt, wie ich heiße?«

Pauline legte die Stirn in Falten und dachte angestrengt nach. »Nein«, antwortete sie schließlich.

»Vielleicht, als du den Termin vereinbart hast?«

»Ich habe mir den Termin von der dicken Frau in der Ockram Hall geben lassen.«

»Ich verstehe«, murmelte Sylvie nachdenklich.

»Glaubst du, es war gar nicht Gowry?«

»Ich weiß es nicht.«

»Hat er ihm denn ähnlich gesehen?«

»Ich bin mir nicht sicher. Kann sein.«

»Ich glaube, er war es. Fran war es jedenfalls nicht.«

»Nein, das habe ich auch gesehen. Sie kannte Gowrys Namen.«

»Und sie hat gewusst, dass er Soldat war.«

»Ein Soldat sieht aus wie der andere«, gab Sylvie zu bedenken. »Der Verband, der das Gesicht verdeckte, war wirklich sehr praktisch, findest du nicht auch? Trotzdem muss ich zugeben, dass es ein Schock für mich war, ihn zu sehen. Wie war das denn bei Frans Materialisation?«

»Er ist nicht erschienen. Er hat nur durch sie gesprochen.«

»Und was hat er gesagt?«

»Dass er mich liebt. Und er sagte, es sei toll im Jenseits, alle seien sehr glücklich.«

»Hat er sich nach Turk erkundigt, nach Charlie oder den Kindern?«

»Nein.«

»Hat er namentlich nach dir verlangt?«

Pauline beugte sich nervös vor und starrte angestrengt die Straße hinauf. »Ich wünschte, diese blöde Straßenbahn würde endlich kommen«, schimpfte sie.

Sie hatten Maeve die Aufsicht über die Kinder übertragen. Bei schönem Wetter würden sie um diese Zeit noch draußen auf der Straße spielen, aber bei Regen würden sie durch die Hausflure rennen und sich allerlei Unsinn ausdenken.

»Ich frage mich, ob vielleicht etwas in der Zeitung gestanden hat.«

»Worüber?«

»Darüber, dass Gowry gefallen ist.«

»Ich dachte, er wird nur vermisst? Ach so, ich verstehe, worauf du hinauswillst. Wenn er uns als Geist erschienen ist, muss er tot sein. Ist das der Grund, warum du weinst?«

»Ich war nur nicht darauf gefasst, das ist alles.«

»Beim ersten Mal hat es mich auch umgehauen.«

»Warum hast du nie erzählt, dass du zu spirituellen Treffen gehst?«

»Ich dachte, du würdest mich auslachen.«

Pauline war an diesem Abend sehr ruhig und vernünftig. Sie sprach verhalten, und ihr Blick war klar: kein Anzeichen einer geistigen Störung. Offensichtlich zweifelte sie die Existenz von Geistern ebenso wenig an wie jene eines Jenseits. Sylvie war weniger überzeugt. Gowrys Erscheinen im Salon der Seherin war irgendwie zu plump gewesen, es kam auch zu gelegen, um wirklich echt zu sein.

Erst unten auf der Straße war ihr aufgefallen, dass Gowry nichts Persönliches gesagt hatte. Er hatte nicht einmal ihren Namen erwähnt. Ronnie hatte zwischen ihnen gestanden, Ronnie und ein Chor des *Soldier's Song*, gesungen in wohltönendem Bass, der ganz anders geklungen hatte als Gowrys unmelodischer Tenor. Außerdem hatte es weder spirituelle Rhetorik gegeben noch irgendwelche orakelhaften Prophezeiungen.

Dennoch fühlte Sylvie sich seltsam leicht, als wäre ihr eine Last von den Schultern genommen worden. Sie interessierte sich allerdings mehr dafür, wie der Trick bewerkstelligt worden war, als dass die Vorstellung sie getröstet hätte. Und doch gab es verschiedene Elemente, die sie vermisst hatte, Hinweise, nicht auf Gowry, sondern auf Fran. Offenbar war es ihr nicht vergönnt, sich von Fran freizumachen. Fran und Gowry, Gowry und Fran, untrennbar miteinander verbunden, Gespenster, die sie bis ins Grab verfolgen würden.

»Da kommt die Straßenbahn«, sagte Pauline. »Ich bin froh, wenn ich wieder daheim bin.«

»Da bist du nicht die Einzige.«

Die Endicott Street lag beinahe verlassen da. Im »McKinstry's« brannte Licht, aber anders als sonst lungerte niemand draußen vor dem Haus herum, und zwischen Straße und Kanal waren auch keine Kinder zu sehen. Einige Fenster in den Mietshäusern waren erleuchtet, kleine bunte Briefmarken im trüben Grau-in-Grau der verregneten Szenerie. Frans Haus lag völlig dunkel da, und als Sylvie und Pauline den Hausflur betraten, war dieser menschenleer und die Tür zur Erdgeschosswohnung fest verschlossen.

Sylvie schaute nach oben.

Die Gaslampen im Treppenhaus verströmten zischend ein blaugelbes Licht, trotzdem war es auf der Treppe düster.

Pauline rüttelte an der Türklinke. »Algie, Algie, was treibst du denn da drin?«

»Wer ist da?«, fragte Maeve durch die verriegelte Tür.

»Wir sind's«, antwortete Sylvie. »Was dachtest du denn?«

Die Tür wurde einen halben Zentimeter weit geöffnet, und Maeves blasses Gesicht tauchte in dem schmalen Spalt auf.

Sie hatte den strampelnden, greinenden Sean auf dem Arm. Hinter ihr stand Algie, der sich mit einem Stuhlbein bewaffnet hatte, um seine Freundin zu beschützen. Man konnte den Raum dahinter riechen; er roch nicht feucht, aber muffig, und man konnte die Hitze des Feuers spüren, den Kohlenrauch im Hals schmecken und die Kinder wimmern hören.

»Was ist denn los, Maeve?«, fragte Sylvie beunruhigt. »Was ist passiert?«

»Der Bulle wartet auf dich, Mam«, zischte Maeve.

»Welcher Bulle? Vaizey? Der mit dem Schnauzer?«

»Ja. Er ist vor etwa einer halben Stunde gekommen.«

»Hat er dir Angst gemacht?«

»Ja«, gestand Maeve.

»Mach auf, mach die Tür auf«, rief Pauline. »Bei Gott, wenn er euch auch nur ein Haar gekrümmt hat, bringe ich den Scheißkerl um, jawohl.«

Maeve trat zurück, und Pauline stürzte in die Wohnung.

Sylvie blieb draußen stehen. Sie wusste, dass Vaizey Paulines Kindern niemals etwas antun würde, dass er nicht gekommen war, um Vergeltung zu üben, sondern um zu verhandeln.

»Er hat gesagt, wir sollen uns bedeckt halten«, fuhr Maeve fort.

»Ist das eine Razzia, Mam? Suchen sie immer noch nach Frans Waffen?«

»Nein«, entgegnete Sylvie. »Wo ist Vaizey jetzt? Ist er oben?«

»Ich denke, ja.«

»Hast du ihm erzählt, wo ich mit Pauline gewesen bin?«

»Ich habe ihm gar nichts erzählt«, antwortete Maeve.

Algie, der nun wieder mutiger wurde, nickte. »Gar nix.«

»Bleib hier, Maeve. Bleib mit Sean hier bei Pauline, und verriegelt die Tür.«

»Was hast du vor, Mam?«

»Ich werde diese Angelegenheit ein für alle Mal regeln«, erwiderte Sylvie entschlossen.

Sie zog draußen auf dem Flur den nassen Mantel aus, nahm den Hut ab und legte sich beides über einen Arm. Sylvie war eher nervös als ängstlich. Sie wusste, was Vaizey wollte und zu welchen Zugeständnissen sie selbst bereit war. Sie stieß die Tür auf und trat ein.

Vaizey saß am Fußende von Frans Bett – ihrem Bett –, in einer Hand seinen Hut, in der anderen eine Zigarette. Er hatte die Kerze in dem Ständer angezündet, vermutlich die Unterlagen in der Schublade durchgesehen sowie auch den Inhalt des Kleiderschranks. Von der Glut im Kamin war es im Zimmer unerträglich warm und stickig.

»Regnet es immer noch?«, fragte er.

»Es wird immer schlimmer«, entgegnete Sylvie.

Sie hängte ihren Mantel an den Haken hinter der Tür und legte ihren Hut auf den kleinen Tisch neben der Schreibmaschine. Im Aschenbecher lagen drei Kippen, und gräuliche Rauchschwaden hingen noch vor dem Fenster in der Luft.

»Es zieht ein Gewitter auf«, meinte Vaizey. »Ich fürchte, der Regen wird sich noch eine ganze Weile halten. Sind Sie nass geworden?«

»Nur ein bisschen.«

»Trocknen Sie sich nur ab. Lassen Sie sich von mir nicht stören.«

»Sie stören mich aber. Was wollen Sie hier?«

Er zuckte die Schultern.

»Ich gehe einmal davon aus, dass das kein Freundschaftsbesuch sein soll, oder?«, sagte Sylvie.

»Nennen Sie es, wie Sie wollen. Habe ich die Kinder erschreckt?«

»Ja.«

»Das wollte ich nicht.«

Er drehte den Hut unablässig zwischen den Händen, zog dann wieder an seiner Zigarette und inhalierte, während Sylvie ein Handtuch aus dem Regal über der Blechwanne nahm und sich mit dem Rücken zum Fenster das Haar trocken rubbelte.

»Soll ich Ihnen helfen?«, erbot sich Vaizey.

Sie hatte gewusst, dass er das sagen würde, und irgendwie passte es. Das Angebot erinnerte sie an Fran, an das, was er damals gesagt und getan hatte, hier in diesem Zimmer. Sie tupfte sich mit dem Handtuch den Hals trocken, öffnete dann das Häkchen am Kragen ihrer Bluse und trocknete ihr Dekolleté. Sie hatte immer noch Milch, und solange sie stillte, würde das auch so bleiben.

»Ich denke, ich komme auch allein klar«, antwortete sie.

Er legte den Hut auf die Tagesdecke, holte den Kerzenhalter näher heran und drückte seine Zigarette am Rand aus. Anschließend nahm er seine ursprüngliche Haltung wieder ein, die Knie leicht gespreizt, die nun reglosen Hände auf den Oberschenkeln ruhend.

Sylvie rubbelte sich wieder das Haar mit dem Handtuch trocken. Sie spürte seine Blicke, wusste, dass er sie taxierte und ihre Figur unter der Bluse und unter dem Rock abschätzte. Sie war noch rundlich in der Mitte und hatte seit Seans Geburt Fett an den Schenkeln angesetzt. Bislang hatte sie keinen Gedanken daran verschwendet. Sean war Frans Kind, und wenn es Fran nicht gefallen hatte, wie ihr Körper sich unter der Schwangerschaft verändert hatte, war das sein Problem gewesen. Vaizeys Blicke aber machten ihr bewusst, dass sie nicht mehr schlank und attraktiv war. Sie empfand nur Verachtung für ihn und seine Begierde.

»Wo sind Sie gewesen, Sie und die Kleine?«

»Was geht Sie das an?«

»Ich mache nur Konversation«, entgegnete Vaizey.

»Wir waren bei einer Séance.«

»Tatsächlich? Wo das?«

»Bei Madame Lomborosa.«

»Diese alte Betrügerin! Wen hat sie denn diesmal vorgeführt? Den Indianer mit dem Federschmuck und mit Kriegsbemalung oder den afrikanischen Medizinmann?«

»Weder noch.«

»Die Erscheinungen werden alle von ihrer Angestellten verkörpert, dieser Amanda Crowe. Sie ist früher im Variété als Mann aufgetreten, bis die beiden sich zusammengetan haben. Die beiden sind Transen, wissen Sie.«

»Was Sie nicht sagen!«

»Wissen Sie nicht, was das heißt?«

»Weibliche Poeten?«, fragte Sylvie.

Vaizey lachte; es klang wie ein kehliges Schnurren. »Ich habe mich schon immer gefragt, wie Transen es tun, ich meine, wie sie sich sexuelle Befriedigung verschaffen.«

»Keine Ahnung. Dieses Thema wurde bei meiner elitären Erziehung ausgelassen«, spottete sie.

»Ist Hagarty erschienen?«

»Leider nein.«

»Seien Sie froh«, entgegnete Vaizey.

»Warum?«

Sie wich nicht zurück, als er aufstand. Er brauchte den Kopf nicht zu beugen, um sie zu küssen. Er tat es zögernd, scheu, wie ein Schuljunge bei seiner ersten Flamme. Vaizey berührte sie nur mit den Lippen, wobei der Schnauzbart sie an den Wangen kitzelte. Anschließend setzte er sich zu ihrer Verblüffung wieder hin.

»Ich kann das nicht«, sagte er. »Ich dachte, ich könnte es, aber es geht nicht.«

»Wäre es Ihnen lieber, ich würde mich zieren und Gegenwehr leisten?«

»Es wäre mir lieber, wenn Sie Ihre Bluse zuknöpfen würden.«

»Oh!«

»Und sich woanders hinsetzen. Drüben ans Fenster.«

»Wenn es sein muss«, seufzte Sylvie.

»Flanagan will sein Geld«, meinte der Inspector.

»Sein Geld? Was für Geld?«

»Sie wissen wirklich nicht, worum es geht, stimmt's?«

»Nein, und das ist die Wahrheit.«

»Ich glaube Ihnen. Ihr Freund Hagarty war immer schon sehr verschwiegen. Er wollte Sie verlassen, Sylvie, Sie und die Kleine unten … und seine Ehefrau und die andere Familie …«

»Was für eine andere Familie?«

»Es gibt noch eine Frau und Kinder in Cork.«

»Es fällt mir schwer, das zu glauben.«

»Er hat zwei Söhne mit der Haushälterin eines Priesters.«

»Und wie soll er für all diese Frauen Zeit gefunden haben?«

»Das möchte ich auch gern wissen.«

»Sie haben ihn nicht aus moralischen Gründen erschießen lassen, oder?«

»Nein. Hagarty war kein unschuldiger unbeteiligter Zuschauer wie manch anderer, der hingerichtet wurde«, entgegnete Vaizey. »Er hat die Bruderschaften mit Geld versorgt und ein Netzwerk von Spionen und Waffenschmugglern unterhalten. Er hat sich allerdings geweigert, mit den Deutschen Geschäfte zu machen, das will ich ihm zugestehen. Stattdessen hat er mit uns gehandelt, mit den Briten. Er hat aus diversen Quellen drüben in England Waffen und Munition gekauft.«

»Woher wissen Sie eigentlich so gut über Fran Bescheid?«

»Wir hatten einen Spitzel bei ihnen eingeschleust.«

Sylvie fühlte die Kälte der Fensterscheibe im Nacken. Die Geheimnisse, mit denen Vaizey zu tun hatte, waren nicht die gleichen wie ihre. Jetzt verstand sie, warum er ihr gegenüber so zurückhaltend gewesen war.

»John James Flanagan?«

Vaizey antwortete nicht.

»Wenn Flanagan Ihr Informant ist, warum haben Sie Fran dann nicht schon viel früher verhaftet? Warum mussten Sie ihn erschießen? Nein, warten Sie, ich glaube, ich verstehe. Sie schützen Flanagan. Einen so wichtigen Informanten müssen Sie schützen, nicht zuletzt, damit er Sie weiter mit Informationen versorgen kann. Um sicherzustellen, dass Flanagan nicht aufflog, mussten Sie Fran mundtot machen.«

»Hagarty war nicht der nette, charmante Kerl, den Sie in ihm gesehen haben.«

»Hat er aus Überzeugung gehandelt?«

Vaizey seufzte. »Vielleicht. Wahrscheinlich sogar. Zumindest anfangs.«

»Und warum erzählen Sie mir das alles?«

»Weil Flanagan das Haus will, dieses Haus. Er meint, er habe ein Anrecht darauf, und ehrlich gesagt bin ich auch dieser Meinung.«

»Natürlich sind Sie das. Er braucht nur zu pfeifen, und Sie springen.«

»Das klingt aber hart.«

»Hart? Finden Sie? Noch härter wird es, wenn Ihre Gorillas kommen, um uns auf die Straße zu setzen. Wie wollen Sie das Ihren Vorgesetzten erklären?«

»Meine Vorgesetzten werden davon nichts erfahren. Hagarty und Flanagan waren Partner. Hagartys amerikanische Sponsoren haben darauf bestanden, und Flanagan blieb nichts anderes übrig, als mitzuspielen. Wir wussten natürlich, dass die Häuser als Waffenverstecke benutzt werden, aber die Waffen waren ja so lange harmlos, wie sie nicht in Umlauf gebracht wurden.«

»Hat Fran deshalb das ›Shamrock‹ ausgesucht?«

»Teilweise.«

»Und weshalb noch?«

»Er brauchte ein sicheres Versteck, von dem Flanagan nichts wusste. Ich denke, er hat John James da schon nicht mehr hundertprozentig vertraut.«

»Er hat aber nicht damit gerechnet, auf meinen Ehemann zu treffen, oder?«

»Nein, und auch Sie waren nicht Teil des Plans.«

»Ich?«

»Hagarty hat sich nie gescheut, Geschäftliches mit Privatem zu vermischen.«

»Im Gegensatz zu Ihnen?«

»Richtig«, bestätigte Vaizey mit einem leisen Seufzer. »Im Gegensatz zu mir.«

»Ich war mehr als eine Affäre für ihn«, sagte Sylvie bestimmt. »Ich habe ihm einen Sohn geschenkt.«

»Hagarty hatte mit vielen Frauen Kinder.«

»Was wollen Sie von mir?«

»Ich bin hier, um Sie zu warnen. Es ist mir egal, was Sie von mir halten, ehrlich. Aber unten wohnen Kinder, Sie haben ein Baby, und Sie beide trifft keine Schuld an alldem.«

»Erwarten Sie jetzt von mir, dass ich auf die Knie falle und Ihnen danke?«

»Sie können nicht hierbleiben, Sylvie, keiner von Ihnen.«

»Ach, nein?« Sie lehnte sich an die Tischkante. Hinter sich fühlte sie die Schreibmaschine, deren Abdeckung gegen ihre Schenkel drückte. Die Maschine war ein Symbol für alles, wofür Fran gestanden hatte. Auf ihr hatte er Artikel und Reportagen getippt, Lügen, Halbwahrheiten und Pamphlete, dazu all die eindringlichen Warnungen, die bei seinen Landsleuten auf taube Ohren gestoßen waren.

»Ich habe Flanagan überreden können, Ihnen eine Ersatzwohnung zur Verfügung zu stellen. Sie und das Mädchen können in einem Haus in Liberties wohnen. Mit Ihrer Witwenrente müssten Sie einigermaßen hinkommen, und irgendwann – wann, kann ich allerdings nicht sagen – bekommen Sie vielleicht sogar eine Entschädigung von den Behörden.«

»Flanagan besitzt kein Dokument, das seine Miteigentümerschaft belegt, oder, Inspector?«

»Flanagan benötigt kein solches Dokument, nicht mehr, jetzt, da Hagarty tot ist.«

»Sie sind hergekommen, um sich davon zu überzeugen, dass ich die Urkunde nicht habe.«

»Auch wenn Sie sie hätten, würde das keine Rolle spielen …«

»Ich habe sie aber.«

»Wie bitte?«

»Ihr kostbares Dokument befindet sich in meinem Besitz.«

»Wo ist es?«

»An einem sicheren Ort. Sie glauben doch nicht im Ernst, dass ich es hier herumliegen lassen würde, oder? Das Thema der Miteigentümerschaft käme allerdings so oder so nur zum Tragen, wenn Frans Tod zweifelsfrei feststünde.«

»Sie wollen doch nicht wieder davon anfangen«, stöhnte Vaizey.

»Ich weiß, dass er tot ist, und Sie wissen es ebenfalls, aber seine Frau, ich meine, seine rechtmäßig angetraute Ehefrau in Huddersfield, weiß es nicht, und die könnte durchaus an einem Anteil an seinem Immobilienbesitz interessiert sein. Ich nehme doch an, dass Sie nicht vorhatten, Sie vom Ableben ihres Gatten zu unterrichten. Soweit ich weiß, hatte Fran Jahre keinen Kontakt mehr zu ihr. Sie wird annehmen, dass er sich mit dem Geld nach Amerika abgesetzt hat und sie sowieso nie etwas davon zu sehen bekommen wird. Allerdings hat er irgendwo noch eine Mutter und Brüder, wo, weiß ich nicht.«

»In Galway«, antwortete Vaizey. »Sie wollen nichts damit zu tun haben. Für sie ist der liebe Francis schon seit Jahren tot.«

»Weil er ein schwarzes Schaf war, ein Renegat?«

»Genau. Also, wo ist das Papier?«

»Bei einem Anwalt.«

»Was reden Sie denn da?«

»Ich habe es bei einem Rechtsanwalt hinterlegt«, erklärte Sylvie kalt.

»Und wie soll der heißen?«

»Warum sollte ich Ihnen den Namen verraten? Das wäre doch ziemlich dumm von mir, oder?«

Urplötzlich sprang er auf und stürzte sich auf sie. Sylvie wurde von der Attacke überrascht. Er legte ihr beide Hände um die Taille und hob sie, wenn auch etwas mühsam, hoch.

»Wissen Sie eigentlich, was ich mit Ihnen machen könnte?«, knurrte er.

»Ich weiß, was Sie gern mit mir tun würden«, entgegnete sie.

»Ich könnte Sie verschwinden lassen. Sie würden sang- und klanglos von der Bildfläche verschwinden. Wie sollte Ihre Tochter allein zurechtkommen? Und wer sollte sich um Ihren Sohn kümmern? Das Mädchen unten? Diese Pauline kann doch nicht mal für sich selbst sorgen.«

»Sie tun mir weh.«

»Ich werde Ihnen noch verdammt viel mehr wehtun, wenn Sie mir nicht sagen ...« Er stellte sie wieder hin, ließ sie jedoch immer noch nicht los. Vielmehr presste er sich drängend und erregt an sie. »Woher haben Sie das Dokument? Hat Hagarty es Ihnen gegeben?«

Sie log, ohne rot zu werden. »Ja.«

Sylvie wollte Frans Namen nicht noch mehr beschmutzen, indem sie zugab, dass sie das Dokument und sämtliche Nachträge in einer Kiste im Keller gefunden hatte. Es ärgerte sie, dass Fran in Bezug auf seinen Besitz ebenso nachlässig gewesen war wie im Umgang mit seinen Frauen. Allerdings würde sie den Verrat an ihr niemals zugeben, ganz egal, was Vaizey ihr auch antat.

»Wann?«, knurrte der Inspector.

»Drei Tage vor Ostern.«

»Warum? Warum ausgerechnet Ihnen?«

»Ich glaube, er hat mir vertraut.«

»O ja, Sie sind wahrlich verdammt clever, Sylvie McCulloch, vielleicht etwas cleverer, als gut für Sie ist. Ich könnte ...«

»Was? Mich wieder küssen?«

»Sie schlagen.«

»Das würde Ihnen auch nicht weiterhelfen.«

»Flanagan braucht dieses Dokument, wissen Sie.«

»Um es zu vernichten?«

»Genau.«

»Zu spät.« Sylvie befreite sich aus seinem Griff. »Ich habe das Dokument gelesen. Ich habe da noch eine Überraschung für Sie und Ihren Freund, Inspector: Fran hat seine Hälfte auf jemand anders übertragen, und das ganz offiziell. Die beglaubigte Schenkungsurkunde liegt bei der Besitzurkunde.«

»Wem soll er seinen Anteil überschrieben haben? Ihnen?«

»O nein, mir nicht. Fran war vielleicht vertrauensselig, aber nicht dumm. Er hat seinen Anteil der Katholischen Kirche vermacht. Ihr Freund Flanagan ist also Geschäftspartner Seiner Heiligkeit des Papstes oder dessen Vertreter hier in Dublin. Wenn er das Dokument anfechten möchte, wäre er gut beraten, verdammt scharfsinnige Anwälte anzuheuern.«

»Das haben Sie sich doch ausgedacht?«

»Nein. Ich bin zwar heidnische Protestantin, doch im Augenblick fühle ich mich doch recht geborgen unter den Fittichen der katholischen Kirche.«

»Ich … Flanagan … er wird Einblick in die Unterlagen haben müssen.«

»Selbstverständlich. Ich beauftrage den Anwalt, ihm noch diese Woche eine Kopie zu schicken. Es sei denn, Sie ziehen es vor, dass ich Sie mit dem Erzbischof zusammenbringe, der sich dieser Angelegenheit sicher persönlich annehmen wird.«

»Schicken Sie die Kopien an Flanagan«, entgegnete der Inspector knapp.

»Nicht an General Sir John Maxwell?«

Vaizey atmete pfeifend aus und seufzte, um dann unvermittelt zu lachen, was Sylvie nicht wirklich überraschte. »Bei Gott, Sie sind ein cleveres Aas. Wann sind Sie wach geworden, Sylvie McCulloch? Verraten Sie es mir. Wann ist Ihnen ein Licht aufgegangen?«

»An dem Tag, an dem Sie Fran umgebracht haben«, erwiderte Sylvie, schob sich an ihm vorbei und nahm seinen Hut vom Bett. »Beantwortet das Ihre Frage, Inspector Vaizey? Beantwortet das all Ihre Fragen?«

»Das tut es. Leider«, sagte er und gab mit einem resignierten Schulterzucken sein Vorhaben auf, Flanagan zu seinem Recht verhelfen zu wollen.

Die Babys schliefen. Sie lagen Seite an Seite quer auf Paulines Bett unter einer leichten Decke. Maeve saß am Tisch und nippte an einer Tasse Tee, während sie in einer Ausgabe des *Mirror* blätterte. Algie stand neben ihr, das Stuhlbein mit einer Faust umklammernd wie eine Keule. Pauline kniete neben der Matratze, die in einer Ecke des Raumes auf dem Boden lag, versuchte, die Kinder zu beruhigen, und schob jedem von ihnen zum Trost für den Schreck, der ihnen in die Glieder gefahren war, ein rosa Sahnebonbon in den Mund.

»Was wollte der Mistkerl denn?«, fragte Maeve. »Was hatte er zu sagen?«

»Sind wir … Setzen sie uns auf die Straße«, wollte Pauline wissen.

»Nein. Der Inspector hat nicht bekommen, was er wollte. Die Angelegenheit ist erledigt … oder doch beinahe. Ich brauche nur den Namen des Priesters, Pauline.«

»Was für ein Priester?«

»Der Priester, mit dem Fran zusammengearbeitet hat. Der, der dich von den Nonnen fortgeholt hat. Weißt du, wie er hieß und wo ich ihn finden kann?«

»Ein Priester?«, stöhnte Maeve. »Du lieber Himmel, Mam, was denn noch?«

»Pauline?«

»Pater Macken. Sein Name ist Pater Macken.«

»Und seine Gemeinde?«, wollte Sylvie wissen.

»Ich kann dich hinbringen, wenn du willst«, erbot sich Pauline.

»Jetzt nicht mehr. Morgen ist noch früh genug. Gleich als Erstes morgen früh.«

Im Dunkeln würde man an der kleinen Kirche in der Maul Street glatt vorbeilaufen, ohne sie wahrzunehmen. Gedrungene Bäume verdeckten die Fassade, und die Backsteinmauer auf der Rückseite reichte so nah an das Gotteshaus heran, dass man kaum unterscheiden konnte, wo die Mauer endete und die Kirche anfing. Über die Gemeinde waren harte Zeiten hereingebrochen, als die Durchfahrtsstraßen, die einst wohlhabende Geschäftsleute angezogen hatten, in reine Wohnstraßen umgewandelt worden waren. Das geistliche Personal war auf zwei Pfarrer und einen Gemeindepriester beschnitten worden, Pater Cornelius Macken, den jeder nur Pater Mack rief.

Manch einer betrachtete ihn als Nervensäge, die sich in alles einmischte, andere sahen in ihm einen Engel der Barmherzigkeit, und wieder andere – und zwar gar nicht so wenige – argwöhnten, er sei das Superhirn hinter den raffinierten Schiebereien, die große Summen in die Taschen ortsansässiger Krimineller fließen ließen.

Die heruntergekommene Kirche war der Schlüssel zu Pater Macks Erfolg, wenn es darum ging, ehrbaren Leuten das Geld aus der Tasche zu ziehen. Da in der Gemeine keine reichen Katholiken lebten, denen er Spenden hätte abluchsen können, war er gezwungen gewesen, andere Mittel und Wege zu ersinnen, Geld aufzutreiben, und diese nicht ganz orthodoxen Methoden würde der Erzbischof ganz sicher nicht billigen, so er denn je von ihnen erführe. Der Erzbischof war jedoch lange nicht so dumm, wie Pater Macken glaubte, und hatte schon manches Mal diskret Pater Mackens Kopf aus der Schlinge gezogen, ohne dass dieser dessen gewahr geworden wäre.

Aber nicht Pater Macks Geschicklichkeit in der Spendenbeschaffung bereitete den kirchlichen Würdenträgern schlaflose Nächte, sondern vielmehr die Tatsache, dass in zehn Jahren des Spendensammelns kein Tropfen frischer Farbe oder Putz die Kirchenmauern verschönert hatten. Stattdessen wurde das ganze Geld, das eigentlich für die Instandhaltung der Kirche dienen sollte, von Pater Mack unter den Armen, den Bedürftigen und den gesellschaftlichen Außenseitern verteilt, alles arme Seelen, die die Einrichtungen der Kirche nicht erreichten, verlorene Seelen, deren Lebenswandel man tunlichst nicht aus allzu großer Nähe betrachten sollte.

»Na, wenn das nicht die hübsche kleine Pauline ist, die uns da besucht. Und wen hast du da mitgebracht, mein Kind?«

»Mein Name ist McCulloch«, antwortete Sylvie.

Der Pater machte eine leichte Verbeugung und reichte ihr anschließend die Hand.

Seine Jacke war an den Ellbogen fast durchgescheuert und die Manschetten seines Hemdes ausgefranst. Er roch nicht nach Alkohol, sondern nach einer kräftigen Brühe, und an seiner Weste hafteten Kräckerkrümel. Seine Augen waren grau wie der Regen in den Straßen der Stadt. Er war recht klein, hatte jedoch einen verhältnismäßig großen Kopf mit einer hohen Stirn, die glänzte wie Porzellan. Sylvies Hand verschwand vollständig in seiner.

»Freut mich, Sie kennenzulernen, Mrs. McCulloch. Ich weiß natürlich, wer sie sind, da unser gemeinsamer Freund Fran viel von ihnen erzählt hat.«

»Nichts Schlechtes, hoffe ich?«

»O nein, ganz im Gegenteil. Er hat nie schlecht von seinen Damen gesprochen.«

»Er hat sich seine Kritik lieber für die Briten aufgespart, nehme ich an.«

»Ja, das hat er allerdings.«

»Sie wissen sicher längst, dass Fran nicht mehr lebt.«

»Ich habe davon gehört, ja.«

»Darf ich fragen, von wem Sie es erfahren haben?«

»Von einem Freund, der ebenfalls Geistlicher ist. Er wurde von einem Officer der Crime Branch gerufen, um die heiligen Sakramente zu vollziehen, aber der arme Fran war bei seinem Eintreffen schon von uns gegangen. Besagter Freund war auch bei der Beerdigung zugegen.«

»Es gab also eine«, murmelte Sylvie.

Sie warf einen Blick auf Pauline, die sich offenbar mit Frans Tod arrangiert hatte, wozu Breen Trotters Heiratsantrag ganz zweifellos entscheidend beigetragen hatte.

Sogar vormittags um zehn war es in der Kirche düster, da die schmalen Fenster nur wenig Licht hindurchließen. Das große hölzerne Kruzifix über dem gedrungenen kleinen Altar bereitete Sylvie Unbehagen. Der Beichtstuhl erinnerte sie an eine Falle, und auch die Statuette der Heiligen Jungfrau mit der Schale Weihwasser davor beäugte sie argwöhnisch. Sie saßen auf einer Bank unmittelbar unterhalb des Altars, Knie an Knie mit dem Priester. Er tätschelte erst Sylvies und dann Paulines Hand.

»Hat man Ihnen beiden denn nicht mitgeteilt, wo Fran begraben liegt?«

»Nein, das hat man nicht, Pater«, entgegnete Pauline.

»Sie haben ihn auf dem Friedhof hinter dem alten Schuldenturm verscharrt. Geweihte Erde zwar, aber vernachlässigt. Er ist jenen vorbehalten, die im Gefängnis sterben, den namenlosen, ungeliebten Seelen, die ihr Leben hinter Gittern aushauchen und mit denen die Briten nichts anzufangen wissen.«

»Gibt es einen Grabstein?«, fragte Sylvie.

»Nein, kein Grabstein.«

»Er sollte aber einen haben. Fran sollte einen Grabstein haben«, sagte Pauline leise.

»Fran hätte ein Denkmal verdient«, gab Pater Mack ihr recht. »Am Ende der O'Connell Street. Ein Denkmal, das die braven Bürger von Dublin daran erinnert, dass es mehr Möglichkeiten gibt, zum Märtyrer zu werden, als sie sich in ihrer wirren Philosophie vorstellen können. Sind Sie hier, um mehr über Fran zu erfahren?«

»Nicht direkt«, entgegnete Sylvie, »wenn ich auch froh bin zu wissen, dass ihm ein christliches Begräbnis zuteilwurde, sei es auch an einem hässlichen, gottverlassenen Ort.«

»Seien Sie versichert, dass Gott ihn nicht verlassen hat.«

»Fran hat Sie auch nicht vergessen, Pater Macken«, entgegnete Sylvie.

Sie knöpfte ihren Mantel auf, holte die Papiere, die sie in der Kellerkiste entdeckt hatte, aus der Innentasche und überreichte sie dem Priester.

»Was ist das?« Er klopfte seine Taschen ab, fand eine Brille mit verbogenem Gestell und setzte sie auf. »Ist das ein Testament? Sie wollen mir doch nicht erzählen, Fran wäre so weitsichtig gewesen, ein Testament aufzusetzen?«

»Es ist kein Testament, wie Sie jedoch dem Anhang entnehmen können, sind Sie jetzt stolzer Mitinhaber eines Mietshauses in der Endicott Street.«

»Das geht doch nicht«, sagte der Pater kopfschüttelnd und überflog das Dokument. »Er kann mir unmöglich ein Mietshaus vererben. Ich meine, was soll ich denn damit anfangen?«

»Ein halbes Mietshaus«, berichtigte ihn Pauline.

»Dann eben ein halbes.« Pater Mack blickte auf. »Und wem gehört die andere Hälfte?«

»John James Flanagan.«

»Diesem Widerling!«, entfuhr es dem Pater. »Jetzt verstehe ich. Der Handel, den Fran mit Flanagan eingegangen ist, rächt sich jetzt. O ja, ich wusste davon, natürlich habe ich davon gewusst. Ich habe Fran davor gewarnt, mit Flanagan Geschäfte zu machen, aber Fran, der alte Dickschädel, ließ sich nicht davon abbringen. ›Zweckmäßig‹, hat er es genannt. Bei Fran war immer alles eine Frage der Zweckmäßigkeit.«

»Wir wohnen dort«, erklärte Pauline. »Und Flanagan will uns auf die Straße setzen.«

»Er wird von der Special Branch unterstützt«, ergänzte Sylvie. »Zumindest von einem Officer dort.«

»Vaizey?«

»Genau.« Sylvie erzählte dem Geistlichen, was sie alles über die spezielle Beziehung zwischen dem Polizisten und dem Geschäftsmann wusste.

Pater Mack hörte ihr aufmerksam zu. Er legte die Dokumente neben sich auf die Bank, und als Sylvie fertig war, nahm er wieder ihre Hand. »Wo haben Sie diese Papiere gefunden?«

»In einer Kiste voller Briefe und allerlei Krimskrams im Keller«, entgegnete Sylvie. »Es war reines Glück, dass wir darüber gestolpert sind.«

»Fran hat sich für unsterblich gehalten«, bemerkte Pater Mack kopfschüttelnd. »Darum war er auch so nachlässig. Wäre er nicht so sicher gewesen, dass er bis in alle Ewigkeit irgendwo auf der Welt weiterleben würde, hätte er die Dokumente in Verwahrung gegeben, einem Rechtsanwalt zum Beispiel oder …«

»Oder Ihnen.«

»Ha! Flanagan und der alte Pater Mack! Welch unerwartete und seltsame Verbindung. Ein schöner Streich, den Fran uns da gespielt hat. Aber selbstverständlich kann ich nicht persönlich Miteigentümer eines Mietshauses werden. Ich muss die Dokumente dem Erzbischof aushändigen; die Kirche wird das Erbe antreten.«

»Sie könnten an Flanagan verkaufen, ohne dass irgendjemand davon erfährt.«

»Der Verbrecher würde mich über den Tisch ziehen.«

»Ich glaube, wer Sie über den Tisch ziehen will, muss mit allen Wassern gewaschen sein, Pater Macken.«

Der Priester lachte. »Ich fasse das als Kompliment auf, Mrs. McCulloch. Tatsache ist jedoch, dass es mir nicht gestattet ist, Mieteinnahmen einzustreichen. Das Geld gehört der Kirche, und die Finanzberater des Erzbischofs werden entscheiden, was mit dem Haus geschehen soll.«

»Werden sie uns rauswerfen? Wenn sie uns auf die Straße setzen, dann heirate ich Mr. Trotter«, sagte Pauline trotzig.

»Turk Trotter? Ich dachte, der sitzt in England im Gefängnis.«

»Sie meint seinen Bruder Breen aus Wexford«, erklärte Sylvie.

»Eine himmlische Fügung?«, fragte der Pater mit ernster Miene.

»Das hat mit dem Himmel nichts zu tun«, erwiderte Pauline. »Er ist eines Tages in der Endicott Street aufgetaucht, und dann hat er mich irgendwann einfach gefragt. Ich kenne ihn kaum, aber er sagt, er liebt mich, und er würde auch die Kinder aufnehmen. Alle. Jetzt, da Fran nicht mehr bei uns ist, haben sie keine Zukunft mehr.«

»Selbstverständlich haben sie die.«

»Aber nicht in Amerika«, entgegnete Pauline düster.

»Ich verstehe das nicht«, warf Sylvie ein. »Warum hat Fran diese Kinder überhaupt aufgenommen? Gibt es denn keine Einrichtungen, die Waisenkinder aufnehmen, so wie … na ja, so wie Pauline eben?«

»Unser Freund Hagarty hatte eine Seele, eine Seele und ein Gewissen. Er hat von Sympathisanten in Amerika mehr Geld bekommen, als er ausgeben konnte. Sie sind keine gebürtige Irin, Mrs. McCulloch, oder?«

»Ich bin Schottin, aus Glasgow.«

»Ah, sehen Sie, darum verstehen Sie das auch nicht. Wir Iren sind geteilt, im Ganzen und im Einzelnen. Wir haben unsere Leidenschaften, unseren Stolz, singen unsere eigenen Lieder, aber unglücklicherweise ist unsere Fürsorge größer als jene, die man uns zuteilwerden lässt. Unser Gewissen wird genährt von dem Wissen um Armut und Leid, und dieses Wissen macht uns zu dem, was wir sind.«

»Sie haben ihm geholfen, nicht wahr?«, fragte Sylvie.

»Um meines Seelenheils willen, mein Kind.«

»Wo hat er die Kinder hingebracht, wenn sie erwachsen waren?«

»Nach Amerika natürlich. Er hat sie in anständigen irischen Pensionen untergebracht, ihnen Arbeit in von Iren geführten Fabriken besorgt, einigen von ihnen sogar eine Anstellung bei der Kirche. Wieder andere hat er aufs College geschickt, damit sie ein besseres Leben führen können als jenes, das wir ihnen unter Fremdherrschaft bieten könnten.«

»Und im Gegenzug …« Sylvie führte den Satz nicht zu Ende.

»Im Gegenzug unterstützen Sie uns hier in der Heimat, natürlich im Rahmen ihrer Möglichkeiten.«

»Es ist nicht vorbei, nicht wahr? Sie werden nicht zulassen, dass die Verbindung abbricht.«

»Nein, das werden wir nicht.« Pater Mack faltete die Dokumente sehr sorgfältig und steckte sie ein. »Unsere Geschichte hat allerdings einen Richtungswechsel durchgemacht, und es wird noch viel, viel mehr Veränderungen geben, bis von der Welt, wie wir sie heute kennen, nicht mehr viel übrig ist, nur noch die Erinnerung an Männer wie Francis Hagarty.«

»Was geschieht jetzt?«, wollte Sylvie wissen.

»Ich werde eine Unterhaltung mit Mr. Flanagan führen, nur wir zwei, unter vier Augen, und dann sehen wir weiter. Seien Sie aber versichert, dass Sie nichts zu befürchten haben, weder Sie noch Ihre Kinder.«

»Dafür hat Fran gesorgt, jawohl«, stellte Pauline fest. »Er hat für alles gesorgt, ich weiß es.«

Pater Mack stand auf und legte der jungen Frau die Hand auf die Schulter. »Du bist eine anständige, gute Frau geworden, Pauline. Geht es den Kindern gut?«

»Ja, Pater.«

»Algie auch?«

»Er ist eine Kämpfernatur. Er wird eines Tages Soldat werden.«

»Es freut mich, das zu hören«, entgegnete Pater Mack.

»Algie wird doch nicht nach Amerika gehen, oder?«

»Nein.« Der Pater lächelte. »Ich denke, er wird hier dringender gebraucht werden.«

»Und was ist mit mir?«

»Ist Breen Trotter ein anständiger Mann?«

»Ja, Pater. Er sagt, er liebt mich«, wiederholte Pauline. »Und er wohnt mit seinem Daddy zusammen.«

»Na also, da hast du's, Mädchen. Ein netter junger Mann aus Wexford, der einen Daddy daheim hat und einen Bruder im Gefängnis. Was will man mehr?« Er tätschelte ihr mit der flachen Hand väterlich die Wange und wandte sich dann mit ernster Miene an Sylvie. »Und Sie? Möchten Sie eine Kerze anzünden, bevor Sie gehen?«

»Eine Kerze? Darf ich?«

»Selbstverständlich. Eine Kerze für Fran Hagarty.«

»Nein, für meinen Mann.«

»Den Soldaten?«

»Ja. Er ist vor einem Monat in Frankreich gefallen.«

»Nun denn.« Pater Macken führte sie zu dem Gestell, auf dem die Votivkerzen im Dämmerlicht flackernd brannten. »Möge er in Frieden ruhen. Soll ich für ihn beten?«

»Ja, bitte, Pater«, antwortete Sylvie leise. »Bitte tun Sie das.«

TEIL VI

GOWRY

KAPITEL 24

Von dem Moment an, als Gowry erfuhr, dass die Sechzehnte Division aus dem Hulluch-Sektor abgezogen wurde, hatte er ein ungutes Gefühl. Er war zu oft mittendrin gewesen, um sich zu fürchten, aber diesmal war es irgendwie anders. Er wurde von einem Gefühl der Körperlosigkeit geplagt, fühlte sich losgelöst und fremd inmitten seiner Kameraden, und so schrieb er vor dem Kampfeinsatz eine Reihe von Abschiedsbriefen.

Er schrieb an Maggie, an seine Mutter, seinen Bruder Forbes und natürlich an Rebecca, erhielt jedoch keinerlei Antwort, nicht einmal von Becky, bevor das Bataillon von der Somme abrückte.

Man schickte sie nach Guillemont. »Gillymong«, wie die Jungs sagten. Gowry erinnerte sich noch gut, wie die Möwen südlich von Howth Head tief über das Wasser hinweggesegelt waren, an jenem Morgen, an dem er mit Maeve ans Meer gefahren war, um ihr die Kriegsschiffe zu zeigen. Sie hatte seine Hand gehalten, und er hatte sie mehr als alles andere auf der Welt geliebt. Er liebte Maeve, weil sie Sylvie so ähnlich war, weil sie ganz selbstverständlich davon ausging, dass er immer für sie da sein würde. Jetzt war er hier, inmitten einer Landschaft ohne Orientierungspunkte, in einem Dorf, das in Schutt und Asche gebombt worden war; er kauerte in einem flachen Schützengraben, den sie in den eisigen französischen Schlamm gehackt hatten, beobachtete die kleinen Flugzeuge, die über ihn hinwegflogen, und wartete auf die Stunde x.

Irgendwo zu seiner Rechten bereiteten die Connaughts sich darauf vor, den Steinbruch zu stürmen. Die Rifles und die Leinsters hatten sich verbündet. Sie planten einen Angriff auf die Eisenbahnlinie und lagen zwischen den Gleisanlagen dreihundert Meter nördlich des Dorfes auf der Lauer. Wie weit war es bis Amiens? Vierzig

Meilen? Fünfzig? Wo war Becky, und warum hatte sie seine Briefe nicht beantwortet?

Gestern Abend war er zur Kommunion gegangen. Pater Dillon war der Bataillonskaplan. Pater Cope und Pater Doyle hatten ihm assistiert: Cope und Doyle und Dillon, für sich schon eine Litanei. Er hatte sich in die Schlange jener eingereiht, die vor dem Beichtstuhl aus schwerem Segeltuch anstanden. Die Kaplane und jene von den Rifles, die wussten, dass er Protestant war, hatten kein Wort darüber verloren. Hinter einer Zeltbahn verborgen, hatte er dem Priester von Becky erzählt und hierfür eine kleine Buße auferlegt bekommen, die ihm die Erleichterung seines Gewissens wert gewesen war. Anschließend war er in das große Zelt hinübergegangen, um die Kommunion zu empfangen und mit seiner kleinen Katholikin vereint zu sein. Später hatte er geweint, das Gesicht hinter dem Helm verborgen. Er hatte nicht nur vor Sehnsucht nach Becky geweint, sondern auch um Maeve und Sylvie. Dann war er eingeschlafen und hatte von Seen, Inseln und einem Häuschen am Fuß der Berge geträumt, einem Häuschen, wo sie alle in Frieden zusammen sein konnten, die Lebenden und die Toten.

Die tiefliegende Straße südwestlich des Dorfes war ihr erstes Ziel.

Englische Schützen würden sofort nachrücken, um die neue Stellung zu konsolidieren. Brigadier Crozier hatte ihnen alles sehr detailliert erläutert. Crozier war sehr klein, beinahe zwergwüchsig. Unermüdlich stolzierte er unbemerkt von den feindlichen Soldaten durch die flachen Gräben, um jedem Mann wieder und wieder vor Augen zu führen, dass dies der große Tag war, dem sie seit ihrer Grundausbildung entgegengefiebert hatten. Gowry wünschte, er hätte etwas von dem Brigadier, einem eingefleischten Soldaten, der dem Tod voller Verachtung ins Antlitz schaute.

Die Straße befand sich fünfhundert Meter hinter dem vordersten deutschen Schützengraben. Zwischen den Ruinen befanden sich mehrere betonierte Stützpunkte und Unterstände. Um zwölf Uhr mittags würde eine Salve der schweren Artillerie den Beginn des Angriffs signalisieren. Das ohrenbetäubende Getöse der deutschen Bombardierung übertönte jedes andere Geräusch. Wenn man sich aufrecht hinstellte, erschien einem der Lärmpegel so dicht und allgegenwärtig wie Nebel. Aber es war ein freundlicher Morgen mit nur wenigen Schäfchenwolken am Himmel, die aussahen wie der in der Stratosphäre erstarrte Rauch explodierender Granaten.

Als das Signal kam, rappelte Gowry sich auf. Ein ganzes Stück weiter den Graben hinunter wurde ein Mann getroffen und fiel, dicht gefolgt von einem zweiten. Für sie würde es weder Sturm noch Ruhm geben. Gowry hörte ganz dünn und leise in dem Getöse die Klänge irischer Dudelsäcke, sah, wie Crozier den Arm hob, und hörte einen Revolverschuss. Er krallte die Finger in die Erde und zog sich über die Brüstung.

Weiter vorn hagelte es ununterbrochen Granaten, und die Maschinengewehre ratterten. Er bewegte sich in einem ordentlichen, gleichmäßigen Tempo vorwärts. Es kam ihm vor, als watete er durch ein Meer aus Lauten. Dann rannte er. Sie alle rannten. Aus den Augenwinkeln sah er auch den kleinen Brigadier rennen; seine dicken Beine stampften wie Kolben, und sein Mund war weit aufgerissen. Gowry öffnete ebenfalls den Mund und schrie. Der Mann neben ihm strauchelte und fiel. Ein weiterer Kamerad einen halben Schritt hinter ihm riss die Arme hoch, als die Druckwelle einer einschlagenden Granate ihn von den Füßen riss. Gowry schrie lauter und rannte schneller. Die Deutschen schwärmten aus ihrem Graben wie Ratten aus einem Erdloch. Er stürmte mit dem Bajonett auf sie zu; jegliche Losgelöstheit war verflogen. Jetzt war er wieder einer von vielen entfesselten Iren, die, mitgerissen von den Dudelsackklängen, mit der Meute liefen und mit Bajonett und Gewehrkolben alles niedermachten, was ihnen in die Quere kam.

Die Deutschen waren ebenso überrascht wie desorganisiert. Der Feind wich zurück. Deutsche lagen tot auf dem Boden, in der von den Einschlägen aufgeworfenen Erde. Deutsche bluteten, schrien und ergaben sich. Deutsche bettelten um Gnade – »*Kamerad, Kamerad*« – oder übergaben stumm ihre Waffen. Die Deutschen wurden überrannt, immer wieder zurückgedrängt, wurden von den Schützen niedergemäht, stürzten in Bombenkrater, liefen mitten ins Geschützfeuer oder in die Kugeln der eigenen Maschinengewehre, die jenseits der Steinbrüche von Trônes standen. Erschossen, von Bajonetten niedergestochen, erschlagen … den armen Kerlen blieb wahrlich nichts erspart bei diesem wahnsinnigen Sturmangriff der irischen Truppen auf Guillemont in jener halben Stunde nach zwölf Uhr mittags.

Als Gowry das Ende der Straße erreichte, war diese buchstäblich mit Leichen gepflastert, und ihm blieb nichts anderes übrig, als über die Toten hinwegzusteigen.

»Gut gemacht«, sagte der Brigadier.

»Weiter so«, meinte der Sergeant.

»Voran«, rief ihm der Corporal aufmunternd zu.

»Hau ab«, befahl eine eindringliche Stimme in seinem Kopf.

Im Adrenalinrausch wäre er glatt weitergelaufen, endlich allein, weg, die Straße nach Ginchy runter. Aber jemand zerrte ihn auf die Böschung an der abgesackten Straße und brüllte ihm ins Ohr: »Halt!«

Keuchend, schweißgebadet und blutverschmiert gehorchte Gowry.

Offenbar war das Ziel der Übung erreicht worden.

Ja, das Ziel war erreicht.

Er arbeitete Seite an Seite mit den anderen, befestigte die Unterstände in Erwartung eines deutschen Gegenschlages, als ein Sergeant der Connaughts zu ihm kam und ihm auf die Schulter klopfte.

»Bist du McCulloch?«

»Ja, Sergeant, der bin ich.«

»Bist du der Kumpel von Maurice Leonard?«

»Ja.«

»Der Busfahrer?«

»Wer hat Ihnen erzählt, dass ich Busfahrer bin?«, fragte Gowry verblüfft.

»Maurice. Er sagte außerdem, du hättest eine Schwäche für seine alte Mutter. Er hat erzählt, du seiest bei jeder Gelegenheit mit dem

Bus zu ihr rausgefahren, um sie zu besuchen. Er fand das urkomisch, der gute alte Maurice.«

»Maurice … Sergeant Leonard, ist tot.«

»Natürlich ist er das, aber ich lebe noch, und ich habe einen Auftrag für dich.«

»Einen Auftrag?«

»Weil du doch Erfahrung als Fahrer hast.«

»Ich gehöre nicht zum Transport.«

»Jetzt schon, mein Sohn«, erwiderte der Sergeant.

Die Nuss war geknackt worden; Guillemont war in Alliiertenhand. Die irischen Freiwilligen hatten Geschichte geschrieben, oder zumindest eine Fußnote in der Geschichte. Jetzt, gerade mal eine Stunde nach dem Angriff, passierten die Munsters die Connaughts, und um zwei oder halb drei marschierte die 6th Royal Irish gen Wedgewood. Allerdings hatte der Sieg einen hohen Preis gefordert, und als Gowry an einer Schlange gefangen genommener deutscher Soldaten entlanggeführt wurde, wurde ihm klar, warum man den Sergeant losgeschickt hatte, um einen Fahrer zu organisieren. Die Gräben quollen förmlich über von Verwundeten. Noch nie hatte Gowry so viele Verwundete auf einem Haufen gesehen, darunter viele, die nicht mehr zu retten waren. Es gab zu wenige Sanitäter, da die Männer am Steinbruch ins Kreuzfeuer geraten waren. Die Evakuierung der Verletzten würde kein Zuckerschlecken werden, da sie über freies Feld bis zu einer Sammelstelle etwa einen Kilometer hinter Trônes gebracht werden mussten.

Gowry lehnte sich an einen Wall des Schützengrabens und blickte durch das zerschrammte Fernglas, das der Sergeant irgendwo aufgetan hatte.

»Sehen Sie es?«, fragte der Sergeant.

»Was soll ich sehen?«

»Die Rostlaube.«

»Wo?«

»Großer Bombentrichter, links davon, auf der Brücke.«

»Brücke?«

»Stehst du auf der Leitung?«

»Nein, nein«, brummte Gowry. »Ich seh sie … glaub ich.«

Bei dem kleinen Feldkrankenwagen handelte es sich um einen Ford Modell T, den das Rote Kreuz den Amerikanern abgekauft hatte. Eigentlich hätte das Fahrzeug gar nicht dort stehen dürfen, aber die Fahrer waren nicht nur mutig, sondern leichtsinnig, und für sie war es eine Frage der Ehre, so nah wie irgend möglich ans Kampfgeschehen heranzufahren. Er hatte oft genug liegen gebliebene Krankenwagen gesehen, von einer einzelnen Granate zerfetzt oder auf dem Dach liegend und ausgebrannt unten in Bombentrichtern. Rauch und Staub machten es schwer, etwas zu erkennen, aber es schien, als wäre der Ford am Rande des Weizenfeldes noch intakt.

»Und was erwarten Sie genau von mir? Ich bin kein Schrauber. Keine Ahnung von Mechanik. Sie brauchen einen Mechaniker vom Truppentransport.«

»Das weiß ich auch. Hab ich aber nicht. Ich habe dich.«

»Heiland!«, rief Gowry kopfschüttelnd aus.

»He, gib nicht mir die Schuld, sondern Maurice' großer Klappe.«

Gowry blickte erneut durch das Fernglas.

Zwischen den Granattrichtern schien es verdammt hektisch zuzugehen. Überall sah er Männer umherkriechen und winken. Allerdings sah er niemanden im Umkreis von etwa zweihundertfünfzig Metern um das Fahrzeug herum, und das war beunruhigend.

Er ließ das Glas sinken und blies die Backen auf.

Der Sergeant stützte sich auf seine Schulter und reichte ihm eine brennende Zigarette.

Gowry nahm sie und sah in den Himmel.

Kleine Papp- und Papierflugzeuge kreisten über ihnen. Er schaute ihnen eine Weile zu, zog an der Zigarette und hob dann erneut das Fernglas.

Die Bombardierung war eingestellt worden, aber der dröhnende Mörserbeschuss war noch in vollem Gang, vermischt mit dem knappen Knallen der Grabentorpedos. Offenbar schossen die Deutschen auf alles, was sie in den Gräben hinter den Bunkern finden konnten, die rund um Ginchy sowie entlang des Schlachtfeldes errichtet worden waren. Gowry sah Granaten explodieren und senkrechte Erdfontänen aufspritzen. In der Ferne, mehr als eine halbe Meile entfernt, schwelten die Überreste von Trônes.

»Wer ist da drin?«, fragte er.

»Das geht dich nichts an.«

»Ein hohes Tier also.«

»Ziemlich. Kannst du den Wagen holen?«

»Hat er sich festgefahren?«

»Woher soll ich das wissen? Kannst du das Ding fahren?«

An einem eiskalten Märztag, als der Pass bei Raynor verschneit gewesen war, hatte er einmal Flanagans Bus freigeschaufelt, und ein anderes Mal hatte er Des O'Neill und seinen Kleinbus mithilfe einer Winde von einer überfluteten Straße in der Nähe von Ardee gezogen. Er kannte sich mit Motoren aus, mit Achsen und Abschleppseilen, und er hatte gehört, dass das Modell T so unverwüstlich war, dass man damit zehn oder zwölf Meilen weit auf drei Rädern über schwieriges Terrain fahren konnte. Der alte Krankenwagen sah so einsam und verwundbar aus wie ein Kind allein in der Wildnis, und in Gowry regte sich das unerklärliche Bedürfnis, ihn und seine Insassen zu retten.

»Ich kann das Ding fahren, vorausgesetzt, ich schaffe es bis dort hinüber.«

»Der Wagen steht hinter unserer Frontlinie, weißt du.«

»Tatsächlich? Was macht drumherum solchen Lärm? Neujahrskracher?«

»Es ist, wie es ist, McCulloch. Besorg dir, was du brauchst, und hol …«

»Was ist mit der Besatzung?«

»Es gibt keine. Die hat es hinter sich.«

»Verstehe.«

»Das war ein Befehl, McCulloch.«

»Klar doch, Sergeant. Und ich werde ihn ausführen.« Gowry legte sein Koppel ab, zog den Kinnriemen seines Helmes fester und schwang sich wieder über den Grabenrand.

Es war ein wunderschöner Nachmittag in der École de Saint-Émile. Auf der Rasenfläche vor dem Gebäude wimmelte es von Patienten. Einige spielten Boule, und zwei amüsierten sich sogar auf dem Tennisplatz, aber die meisten ruhten einfach im Schatten der Bäume, während die bettlägerigen Verwundeten die Sommerbrise genossen, die durch die Säulengänge wehte. Was für eine Schande, Frankreich an einem so schönen Tag zu verlassen, das alles aufzugeben und in die verregnete alte Heimat zurückzukehren!, dachte Becky.

Morphium hatte ihren Verstand angegriffen, und unter dem Einfluss der Droge hatte sie sich zum verträumten Optimisten entwickelt, der den Verlauf der Krankheit beinahe begrüßte, ohne zu realisieren, wie ernst ihr Zustand war.

Die Blutung war ganz plötzlich und schwallartig aufgetreten. Als das Blut ihr in Strömen an den Beinen hinabgelaufen war, war sie vom Operationstisch zurückgetaumelt. Ihr erster Gedanke, als sie zu Boden sank, war der, dass sie schwanger war und Gott sie für ihre Liebe zu Gowry bestrafte, indem er ihr das Baby wegnahm. Das war natürlich albern, immerhin war sie Krankenschwester und hätte zweifellos bemerkt, wenn sie schwanger gewesen wäre.

Bobby Bracknell blickte entgeistert auf sie hinab, den Mundschutz vor dem Gesicht und einen Wundhaken in der Hand. Vorn auf seinem Kittel befand sich ein sehr großer frischer Blutfleck, dessen Umrisse sie an eine Karte von Australien erinnerten.

»Verdammt noch mal!«, schimpfte der Captain verärgert. »Würde sie bitte jemand hier rausschaffen! Frauen! Nicht als Ärger!« Hierauf wandte er sich wieder seinem Patienten zu, während zwei Pfleger Becky auf eine Trage hoben und hinaustrugen.

Sehr spät am selben Abend wurde sie von Mr. Sanderson operiert.

Die rechte Niere war nicht mehr zu retten: Sie war nur noch eine kleine glatte dunkel verfärbte Kugel, die der Chirurg in eine Emailleschale fallen ließ und mit einem Stück Gaze zudeckte. An der linken Niere zeigten sich auch bereits erste krankhafte Veränderungen. Mr. Sanderson war verblüfft, dass Becky sich nie beklagt hatte und auch sonst keine deutlicheren Symptome aufgetreten waren. Angela klärte ihn darüber auf, dass Becky eben sehr zäh und zurückhaltend sei, jedoch seit Weihnachten Schmerzen gehabt habe.

Es war eine schwere, sehr invasive Operation, und Beckys Zustand war hinterher sehr ernst, zu ernst, um sie zur Genesung – oder zum Sterben, wenngleich das niemand aussprach – heimzuschicken. Hier in Saint-Émile war sie unter Freunden und verbrachte drei Wochen in einem abgetrennten Bett auf einer der in den Säulengängen eingerichteten Stationen.

Das Morphium nahm ihr die schlimmsten Schmerzen und betäubte ihre Ängste. Sie schlief, wann immer die Schmerzen es zuließen, und bat ihre Kollegen nicht um eine Prognose. Sie wirkte weniger geschlagen als resigniert, als wäre alles, was sich seit Auftreten der Krankheit ereignet hatte, Teil eines Ganzen gewesen, Krieg, Liebe und Opfer untrennbar miteinander verwoben.

Als Angela ihr Gowrys Brief laut vorlas, lächelte Becky und nickte, als Angela sich jedoch erbot, Gowry in ihrem Namen zu schreiben, wurde Becky richtig wütend und weigerte sich strikt, den armen Iren mit ihrem eigenen Schicksal zu belasten. Sie richtete sich trotz Schmerzen und Drainageschläuchen auf und teilte Angela klipp und klar mit, dass sie sehr böse werden würde, falls irgendjemand Gowry hinter ihrem Rücken über ihren Zustand informierte, sie wolle seine Liebe und nicht sein Mitleid.

Allerdings diktierte sie Briefe an ihre Mutter und ihre Schwester in Portsmouth, in denen sie beiden mitteilte, dass eine Infektion sie arbeitsunfähig gemacht habe und sie zur Genesung heimkäme. Mehr verriet sie auch ihnen nicht. Sie erwähnte weder, dass sie sich verliebt hatte, noch dass sie operiert worden war oder ihre Tage unter der Sonne gezählt sein könnten.

Dann war sie bereit, bereit und eingepackt wie ein kleiner Soldat.

Sie hatte ihre gesamte Habe bei sich, darunter auch ihre Uniform in einem brandneuen Kleidersack. Die Blumen, die Mr. Sanderson für sie gepflückt und zu zwei Sträußchen gebunden hatte, lagen auf der Bettdecke, zusammen mit dem Obst von Angela und drei großen Tafeln Schokolade, die Captain Bracknell noch von seinem letzten Paket von Fortnum & Mason übrig hatte. Becky hatte jedoch keinen Appetit auf Schokolade, sie hatte auf gar nichts Appetit. Sie war klapperdürr, ihr stämmiger kleiner Körper war so ausgemergelt, dass sie erschreckend blass und dabei interessant aussah.

»Wie eine dieser Debütantinnen im *Tatler*«, meinte Angela. »Wenn du wieder gesund bist, kommst du doch zurück zu uns, oder?«

»Klar«, antwortete Becky, ihre Stimme kaum mehr als ein Flüstern. »Vorausgesetzt, ihr seid dann noch hier.«

»Ach, ganz bestimmt. Wir werden noch eine ganze Weile hier sein, und wenn man uns verlegt, dann kommst du eben nach.«

»Liegen Sie bequem?«, erkundigte sich Mr. Sanderson.

»Ja. Ich komme mir vor wie eine Königin in ihrer Sänfte.«

»Kleopatra, Königin vom Nil«, spottete Bobby Bracknell.

Sie sind nicht mehr sie selbst, dachte Becky, nicht mehr die Menschen, die ich gekannt habe. Schon jetzt waren sie ihr fremd geworden. Die Unsicherheit, wie sie sich ihr gegenüber verhalten sollten, hatte sie verändert; Zeit und Entfernung würden sie noch mehr verändern. Es würde ein paar Briefe geben, Weihnachtskarten, eine kleine Feier bei Kriegsende, dann würden sie zur Erinnerung verblassen. Aber sie würde sich immer voller Zuneigung an sie erinnern, sogar an den unsympathischen Bobby Bracknell, der wohl einfach nicht anders konnte.

»Ihre Akte ist an das Rolleston Hospital in London geschickt worden«, sagte Schwester Congreve. »Ein RAMC-Offizier wird Sie am Kai in Empfang nehmen, jemand, der weiß, wer Sie sind und welche Art Therapie Sie benötigen.« Sie warf einen Blick auf Mr. Sanderson, der feierlich nickte. »Und danach heißt es für Sie, auf in die Heimat, Mädchen, heim nach Schottland. Viel frische Luft und Porridge müssten Sie in kürzester Zeit wieder auf die Beine bringen.«

»Verlieren Sie bloß den Zettel nicht«, ermahnte sie Captain Bracknell.

Der Zettel war an einem Knopf ihres Mantels befestigt. Darauf stand in einer kryptischen Schrift, die nur Krankenschwestern und Ärzte entziffern konnten, eine Zusammenfassung ihrer Krankengeschichte. Sie selbst interessierte sich nicht weiter für das, was dort stand. Alles Weitere lag in fremden Händen. Man würde sie heimbringen. Kein Grund mehr zur Sorge, nicht der geringste. Gowry würde nicht erfahren, was aus ihr geworden war, wie sehr sie sich verändert hatte, dass sie ihn schändlich im Stich ließ. Sie würde zu seinem Traum werden, seiner Erinnerung, so lebendig und rätselhaft wie Robbie es für sie gewesen war.

Sie weinte in leiser Wehmut um alles, was sie hier zurückließ.

»O Gott, Becky, du wirst mir fehlen«, sagte Angela, die jetzt ebenfalls weinte, sich über die Trage beugte und sie ein letztes Mal umarmte.

Auf Schwester Congreves Zeichen hin hoben die Sanitäter die Trage an und schoben sie in den Krankenwagen. Becky blickte hinaus ins Sonnenlicht, auf den grünen Rasen und die blasse steinerne Fassade der alten Schule, auf die kleine Gruppe von Freunden und Kollegen, die gekommen waren, um sie zu verabschieden. Dann fielen die Türen zu, und der Krankenwagen setzte sich in Bewegung.

Gowry war nur noch fünfzig Meter von den vermeintlich eroberten deutschen Gräben entfernt, als er sah, dass die Deutschen gar nicht abgerückt waren. Nur die vordersten Linien waren aufgerieben worden, während sich auf beiden Seiten noch einige entschlossene Trutzburgen des Widerstandes gehalten hatten, mit Scharfschützen und Maschinengewehrstellungen, verborgen zwischen Schutthaufen und Kratern.

Als er zurückblickte, sah er, dass sich auf der Straße von Albert Jeeps des Kommandostabes und gepanzerte Fahrzeuge näherten. Er hatte keine Karte. Offiziell war das hier kein besetztes Gebiet mehr, nur hatte leider noch niemand die Deutschen hiervon in Kenntnis gesetzt. Er hatte nicht den blassesten Schimmer, wer auf wen schoss oder weshalb der Krankenwagen zur Zielscheibe geworden war. Vielleicht gab es hierfür auch gar keine rationale Erklärung. Die Deutschen waren ebenso schmerzfrei wie die Amis, wenn es um die Auswahl von Zielen ging, und der Ford, der wie ein Spielzeugauto geradezu auf dem Präsentierteller stand, bettelte förmlich darum, ins Jenseits gesprengt zu werden.

Gowry verspürte wieder die gleiche Erregung wie schon zuvor bei seinem Lauf zur abgesackten Straße. Er war neugierig und wollte unbedingt wissen, wer in diesem Krankenwagen lag und warum dem Sergeant der Connaughts aufgetragen worden war, jemanden zu finden, der das verdammte Ding fahren konnte, anstatt abzuwarten, bis die Kampfhandlungen eingestellt worden waren und man den Wagen ins nächste Dorf schleppen konnte.

Er blickte hinab in einen Bombentrichter mit einem Haufen Leichen darin. Noch vor einem Jahr hätte sich ihm bei dem Anblick der Magen umgedreht, aber heute berührte es ihn kaum noch. Er warf erneut einen Blick zurück und sah das blutige Periskop des Sergeants über den Grabenrand hinausragen. Er winkte und hielt auf das blecherne Ziel auf der leichten Anhöhe zu.

Drei Tote lagen ganz in der Nähe des Krankenwagens. Einem war in die Brust geschossen worden, und er war mit erhobenen Händen auf den Rücken gefallen. Die beiden anderen lagen zusammengekrümmt einige Meter von der Hecktür entfernt. Sie waren von einer Maschinengewehrsalve niedergemacht worden. Gowry drehte sie auf den Rücken, um sich zu vergewissern, dass sie auch wirklich tot waren. Plötzlich eröffnete ein Maschinengewehr ganz in der Nähe das Feuer. Er warf sich hinter den Leichen flach auf den Boden, und unmittelbar darauf durchlöcherten mehrere Kugeln die Türen des Fords.

Die Hecktür schwang auf.

Ein Arm langte aus dem Fond und versuchte, die Klappe wieder zu schließen.

»Hallo!«, rief Gowry. »Hallo, Sie da! Wie viele sind Sie?«

Der Arm ruderte weiter herum, bis eine erneute Salve ihn aus Gowrys Blickfeld vertrieb. Eine Granate flog herab und explodierte etwa sechzig Meter entfernt. Das Maschinengewehrfeuer verstummte. Als Gowry jedoch den Kopf hob, fielen sofort mehrere Schüsse, und ganz in der Nähe spritzte Staub auf. Er drückte das Kinn auf die Fäuste und presste sich so flach wie eine Eidechse auf den Boden.

Wenigstens wusste er jetzt, dass in dem Krankenwagen noch jemand war und er nicht für einen Haufen Schrott Kopf und Kragen riskierte. Er blieb reglos liegen und betrachtete den Ford aufmerksam. Die Seite war völlig durchlöchert, aber es roch nicht nach Benzin, und auch die Reifen waren allem Anschein nach noch intakt. Die Fahrertür stand offen, und Gowry glaubte, ein Bein aus dem Auto herausragen zu sehen.

Er hob den Kopf und rief: »Hallo, da drin! Sind Sie taub? Wie viele sind Sie?«

»Zwei.«

»Beide am Leben?«

»Ja, gerade noch so«, antwortete eine hohe, vor Angst schrille Stimme mit irischem Akzent. »Sind Sie gekommen, um uns rauszuholen?«

»Ja, Sie brauchen sich also keine Sorgen mehr zu machen.«

»Gott sei Dank.«

Das Gesicht, das in der offenen Tür auftauchte, war ihm vertraut: ein kleines, verkniffenes, mittelaltes, vor Furcht kreidebleiches Gesicht.

»Pater? Pater Coyle, sind Sie das da drin?«

»Wer sind Sie? Kennen Sie mich?«

»Klar.« Gowry grinste. Der Zufall hatte ihn mit dem armen Pater Coyle zusammengeführt. Ihm war, als wäre plötzlich auch Becky bei ihm. »Wer ist ihr Mitfahrer?«

»Colonel Rayboult.«

»Ah! Verstehe.«

Der Scharfschütze feuerte immer noch, war aber an der Grenze seiner Reichweite, was sich auf seine Treffsicherheit auswirkte. Gowry nahm den Kopf wieder herunter und ruhte einen Moment aus.

Jetzt verstand er, warum man ihn geschickt hatte, um den Wagen zu holen, und weshalb der Sergeant nichts weiter hatte verraten wollen. Rayboult war Bataillonskommandant, ein hoch angesehener Veteran, der trotz seiner Pensionierung darauf bestanden hatte, mit seinem alten Regiment in den Kampf zu ziehen. Er war so etwas wie ein Idol, eine Ikone. Gowry wunderte sich nur, dass die Connaughts nicht einen schwer bewaffneten Trupp entsandt hatten, um den alten Knaben heimzuholen. In den Reihen der Rangers musste es doch jemanden geben, der in der Lage war, ein Auto zu fahren. Er fragte sich, ob das Schicksal ihn an diesen Ort geführt hatte, ob der Sergeant zu seiner Nemesis bestimmt war.

Langsam robbte er auf den Krankenwagen zu.

Die Sanitäter, die sie auf der Fahrt begleiteten, waren sehr aufmerksam. Becky wurde so rücksichtsvoll und zuvorkommend behandelt, dass sie sich tatsächlich vorkam wie eine Dame von Rang. Morphium strömte durch ihre Adern. Sie konnte die wohltuende Wärme im ganzen Körper spüren. Es fühlte sich an wie warme Milch. Als würde ihr Hirn in warmer Milch schwimmen. Irgendwie, auf eine nebulöse Art und Weise, war das Ganze denkwürdig. Die Sanis waren so ausgesucht freundlich, und die bettlägerigen Patienten auf dem Bahnsteig winkten, als sie vorbeifuhr. Sie registrierte das allgemeine Interesse und die Stimmen der Sanis, die riefen: »Platz da, Platz da!«, während sie sie die Rampe hinaufhoben und sie durch den dunklen Lazarettzug trugen.

Wo genau war sie? Huevert? Albert? Vielleicht war sie ja in Amiens, und Gowry lief gleich den Bahnsteig entlang, Mohnblumen in der einen Hand und eine Flasche Champagner in der anderen, um sich ordentlich von ihr zu verabschieden.

Die Sträußchen, die sie von Mr. Sanderson bekommen hatte, dufteten süß, und die Schokolade von Bobby Bracknell wog schwer in ihren Taschen. Sie erinnerte sich an den Geschmack von Schokolade, verspürte jedoch keinerlei Appetit darauf. Die Erinnerung war sowieso süßer als die Wirklichkeit, vor allem die Erinnerungen an Gowry: Gowry in Amiens, Gowry, der sie in der Gasse hinter der Kathedrale küsste, Gowry, der sie in den Armen hielt, nachdem sie sich geliebt hatten. Sie war froh, dass sie miteinander geschlafen hatten, froh, dass sie sich dem Iren hingegeben hatte, bevor das Schicksal sie auseinandergerissen hatte.

Die Trage wurde auf eine Halterung am Ende des Ganges geschnallt. Sie war vermutlich der einzige weibliche Patient an Bord des Zuges. Sie konnte das Stöhnen der Verwundeten hören und ihre Rufe nach einem Arzt, ihr Betteln nach Linderung ihrer Schmerzen. Becky verspürte keinerlei Drang, ihnen zu helfen. Sie hatte jahrelang alles in ihrer Macht Stehende für sie getan, aber es gab einen Punkt, an dem die Pflicht einem gleichgültig wurde und nur ein leises Echo des alten Gefühls von Verantwortung blieb.

Der MO beugte sich hinüber und zog die grün gestrichene Jalousie herunter, damit das Sonnenlicht sie nicht blendete. Er war noch sehr jung, jünger als Captain Bracknell, und er hatte für niemanden ein Lächeln übrig.

»Alles in Ordnung, Schwester Tarrant? Ist es gut so?«

Becky zwang sich zu einem Nicken. Sie war so furchtbar müde.

Der Lärm draußen auf dem Bahnsteig und die Schreie auf dem Flur kamen ihr vor wie die Geräuschkulisse an einem Strand. Sie dachte an die Insel, auf der sie geboren war, an das Cottage ihrer Mutter und den blaugrünen Atlantik, der sich nach allen Seiten hin scheinbar endlos erstreckte, an das Haus ihrer Tante auf der Landspitze und an ihren Vetter Robbie, der den Hügel herab auf sie zukam. Dann sah sie, dass es gar nicht Robbie war, sondern Gowry. Sie lachte und wollte zurückwinken, doch ihre Hände gehorchten ihr nicht.

Becky spürte, wie der Zug erzitterte und sich mit einem Ruck in Bewegung setzte.

Sie blutete wieder, blutete innerlich.

Nicht das Morphium, sondern der langsame Blutverlust versetzte sie in diesen angenehmen Dämmerzustand. Ihr Mund war trocken. Sie überlegte, ob sie jemanden rufen sollte, wollte aber keine Umstände machen. Becky fragte sich, wo man Gowry hingeschickt haben mochte. Der schmale Streifen Licht am Rand der grünen Jalousie verdunkelte sich, als der Zug erneut erbebte und die Eisenräder unter ihr einen einschläfernden Rhythmus aufnahmen, der an jenen der Wellen erinnerte, die sich am Strand brachen.

»Schwester Tarrant?«, sagte eine Stimme. »Rebecca?«

Der Zug hatte an Fahrt zugelegt und ratterte zügig dahin. Sie hatte Kopfschmerzen, nicht schlimm, sie waren gut auszuhalten. Im Grunde war alles gut erträglich, wirklich.

»Becky?«

Sie stellte sich vor, ihre Augen wären offen. Stellte sich vor, Gowry wäre bei ihr, da der Fremde ihm so ähnlich sah. Sie hatte sich immer am meisten vor Schmerzen gefürchtet, doch sie verspürte keine großen Schmerzen. Gar keine mehr, jetzt, da Gowry bei ihr war, sie die Möwen schreien hörte und das Rauschen des Meeres vor dem Cottage in der Bucht, das blaugrüne Meer in der Bucht, das im Licht wie tausend Diamanten glitzerte.

Sie fühlte, dass jemand sie berührte, hörte leises, besorgtes Stimmengemurmel.

Der Zug ruckte, dann spürte sie ein Gewicht auf der Brust. Gowry beugte sich über sie, legte die Arme um sie und versuchte, sie aufzurichten. Sie gab nach und ließ es geschehen. Die grüne Jalousie schoss ratternd nach oben, und sie blickte hinaus auf eine sonnige Ebene. Die Worte, die der Fremde murmelte, waren ohne Bedeutung, die Ebene unglaublich weit und strahlend. Das Gewicht verschwand von ihrem Brustkorb.

»Gowry, bist du da?«, fragte sie.

»Natürlich«, antwortete er.

Pater Coyle packte seine Hand und zog ihn ins Innere des Krankenwagens. Der Boden war voller Blut. Colonel Rayboult saß an das

Segeltuch gelehnt, das die Fahrerkabine vom Fond trennte. Er hatte eine Aderpresse am Oberschenkel, und seine Uniformjacke war aufgeschnitten worden. Darunter war ein Brustverband zu sehen mit einem dicken Polster aus fleischfarbener Scharpie darunter. Gowry vermutete, dass auch der Oberschenkel bandagiert gewesen war, aber irgendjemand hatte die Bandagen offenbar abgerissen.

Der Colonel war bei vollem Bewusstsein.

Als Gowry sich aufrichten wollte, rief er: »Bleiben Sie unten, Mann. Runter.«

Pater Coyle tastete nach dem Türgriff, während Kugeln in das Blech um sie herum einschlugen. Gowry langte an dem Pater vorbei und zog die Tür zu.

»Wer zum Teufel sind Sie?« Das Gesicht des Colonels war schmutzverschmiert, aber Dreck und Blut taten seiner Autorität keinen Abbruch.

»Ich bin der Fahrer, Sir«, entgegnete Gowry lapidar.

»Grundgütiger! Und etwas Besseres als Sie war nicht aufzutreiben? Sie sind kein Ranger?«

»Sperryhead Rifles, Sir.«

»Nun denn, wer immer Sie auch sein mögen, schaffen Sie uns hier raus.«

»Ich werde mein Bestes versuchen, Sir.« Gowry warf einen Blick auf Pater Coyle, der völlig verängstigt und eingeschüchtert wirkte. »Was machen die Furunkel, Pater?«

»Wie? Oh, bestens, danke. Alle verheilt.«

»Furunkel!«, rief der Colonel aus. »Grundgütiger!«

»Wohin waren Sie unterwegs?«, fragte Gowry.

»Zur Sammelstelle in Trônes«, entgegnete der Geistliche.

»Und warum haben Sie haltgemacht?«

»Keine Ahnung. Irgendetwas ist passiert. Alle sind ausgestiegen, um zu helfen, und keiner kam zurück. Glauben Sie, sie sind tot?«

»Natürlich sind sie tot, verdammt noch mal«, brüllte der Colonel. »Wir sitzen seit fast einer Dreiviertelstunde hier fest. Glauben Sie ernsthaft, die Männer würden uns hier versauern lassen, wenn sie nicht tot wären? Wo ist Watson? Wo steckt dieser verblödete Sergeant? Wenn ich das hier überlebe, lasse ich mir seine Eier zum Frühstück servieren.«

»Es ist die Oberschenkelarterie«, erklärte Pater Coyle. »Wissen Sie, was das heißt?«

»Dass ich mich beeilen sollte«, entgegnete Gowry.

»Da haben Sie allerdings recht, Soldat«, brummte der Colonel. »Hier, nehmen Sie das.« Er tastete in der Blutlache zu seinen Füßen herum, fand ein Klappmesser und hielt es hoch. »Schneiden Sie das Segeltuch auf und klettern Sie durch den Schlitz nach vorne. Versuchen Sie, ob Sie diese verfluchte Klapperkiste wieder ans Laufen kriegen.«

»Jawohl, Sir.«

»Nehmen Sie den Pater mit. Ich kann ihn hier nicht brauchen.«

Seine üble Laune hielt den Colonel aufrecht und würde ihn auch noch eine weitere halbe Stunde überstehen lassen, falls nötig vielleicht sogar länger. Sein cholerisches Naturell ließ den alten Knaben noch ganz fit erscheinen, aber er hatte viel Blut verloren, und seine Kräfte ließen rasch nach. Die Ärzte hatten ihn ganz sicher nicht in diesem Zustand losgeschickt. Irgendetwas musste unterwegs passiert sein. Was, spielte keine Rolle, da wie so vieles im Krieg auch diese Situation etwas so Absurdes und Unwirkliches an sich hatte, dass man sich beinahe in einer Schmierenkomödie wähnte.

Der Colonel drehte die Aderpresse enger, so fest, dass sein Arm zitterte. Seine Wangen waren zerkratzt, und sein Schnauzbart war blutverkrustet.

Gowry nahm das Messer, wischte es an seinem Hemd sauber und klappte die Klinge auf. Er stach in das Segeltuch, drehte die Klinge, zog sie aufwärts und riss dann mit beiden Händen ein Loch in die Stoffbahn, das groß genug war hindurchzusteigen. Er steckte ein Bein durch die Öffnung, dann Arm und Schulter und zuletzt den Kopf.

Der Fahrer lag quer über dem Sitz. Ihm war in den Mund geschossen worden, und von seinem Gesicht war nicht mehr viel übrig. Eine

Blutfontäne war an die Windschutzscheibe und über das Lenkrad gespritzt.

Pater Coyle steckte den Kopf durch das Loch in der Plane. »Oh. Der arme Kerl.« Er murmelte etwas in einer Sprache, die Gowry nicht verstand. »Können wir ihn mitnehmen?«

»Bedaure, Pater«, entgegnete Gowry, schob dem Toten die Arme unter die Achseln, richtete ihn auf und hievte ihn dann aus der Fahrertür.

»Allmächtiger Gott!«

Gowry setzte sich ans Steuer. Sitz und Lenkrad waren glitschig von Blut. Er hatte noch nie einen Ford Model T gefahren und war überrascht von der primitiven Innenausstattung, die Lichtjahre entfernt von jener von Flanagans Limousine zu sein schien. Er trat die Kupplung und legte den ersten Gang ein.

Der Pater lehnte sich über seine Schulter und sah zu, wie er den Anlasser betätigte. Der Motor sprang kurz an, ging aber gleich wieder aus. Gowry versuchte es erneut und betete, nicht nach draußen zu müssen, um zu kurbeln. Er trat das Pedal mehrmals durch und versuchte es ein drittes Mal. Endlich. Der Motor stotterte erst, schnurrte jedoch gleich darauf zufrieden. Gowry löste die Handbremse, ließ die Kupplung kommen und gab vorsichtig Gas. Die Hinterreifen drehten durch und gruben sich in die Erde. Der Motor heulte und jaulte, dann schob sich der Ford endlich ganz langsam vorwärts.

Gowry wischte Blut von der Windschutzscheibe und schaute nach vorn.

Ruckelnd bewegten sie sich auf die Hügelkuppe zu.

»Wo fahren Sie hin?«, fragte der Pater.

»Nach Trônes. Dorthin waren Sie doch unterwegs, oder?«

»Wäre es nicht einfacher, zu unseren Stellungen zurückzufahren?«

»Und zu riskieren, dass der Colonel verblutet?«

Gowry fühlte sich schon selbstsicherer, beinahe übermütig. Der Krankenwagen war nicht allzu schwierig zu handhaben. Er spähte erneut durch die Windschutzscheibe.

»Wo lang, Pater?«

»Nach links, glaube ich. Ja, dort ist das Dorf. Der Wald muss …«

Eine Granate explodierte ganz in der Nähe, und Erde regnete auf den Wagen herab. Das Fahrzeug wurde angehoben, stand eine Weile auf nur zwei Rädern und fiel dann unsanft zurück auf alle viere. Gowry fuhr tapfer weiter durch den Erdhagel, obwohl er ganz benommen war von der Wucht der Explosion. Er konnte den Colonel nicht mehr fluchen hören und fragte sich, ob der alte Haudegen ohnmächtig geworden war. Rasch warf er einen Blick nach hinten und fuhr achtlos über Leichen – zumindest hoffte er, dass die Männer tot waren – und allerlei Unrat hinweg, der jedes Schlachtfeld bedeckte. Er sah eine Brücke, nicht jene, die er durch das Periskop gesehen hatte, aber ein baugleiches Modell: vier Planken über einem Abwassergraben mit drei oder vier toten Deutschen auf der Böschung. Das heißt, Gowry nahm an, dass sie tot waren, bis plötzlich einer von ihnen aufsprang und auf sie schoss.

Die Windschutzscheibe zerbarst.

Gowry schlug das restliche Glas aus dem Rahmen. Alles war voller Glassplitter: Glas auf seinem Schoß, auf seinen nackten Armen und vorn an seinem Hemd. Er wusste, dass er blutete, und hatte schreckliche Schmerzen, ohne dass er hätte sagen können, wo. Mit einer Hand lenkte er den Wagen weiter und kämpfte gegen die drohende Ohnmacht an. Der Krankenwagen schwang breitseits auf die Deutschen zu, dann gab Gowry wieder Gas, und sie entfernten sich in einem weiten Bogen. Er konnte die Straße nicht mehr sehen, genau genommen konnte er kaum etwas erkennen. Erneut detonierte eine Granate und hob das Heck des Ford an wie der Tritt eines Maultieres.

Der Pater tauchte wieder auf. »Sind Sie in Ordnung?«, fragte er. »Großer Gott, Sie wurden getroffen.«

»Kümmern Sie sich nicht um mich. Was ist mit unserem Fahrgast?«

»Ich fürchte, er wird das Bein verlieren, so oder so.«

»Ist er noch bei Bewusstsein?«

»Natürlich bin ich das«, rief der Colonel im Fond. »Ich habe mit Besseren als Ihnen Schlimmeres durchgemacht, Sperryhead. Machen

Sie sich nicht ins Hemd, und bringen Sie mich endlich zu einem Arzt.«

»Haben Sie ihm die Sterbesakramente erteilt?«, fragte Gowry leise.

»Er hat sich geweigert, sie zu empfangen«, entgegnete der Pater.

»Ich war in der Messe, Pater. Ich habe gebeichtet und die Kommunion empfangen. War es falsch von mir, das zu tun?«

»Hat es Ihnen Trost gespendet?«

»Ja, das hat es.«

»Waren Sie in Amiens mit Ihrer kleinen Freundin in der Kirche?«

»Woher wissen Sie von Amiens?«

»Eine wirklich sehr hübsche Stadt. Und eine wunderschöne Kathedrale.«

»Das habe ich nicht gemeint, Pater. Hat Becky Ihnen …«

»Was haben Sie mit Ihrer Hand gemacht?«

»Was?«

Er war die letzten fünfzig, sechzig Meter gefahren, ohne nachzudenken. Seine linke Hand war von der Kugel, die die Windschutzscheibe durchschlagen hatte, zerfetzt worden und nur noch ein blutiger Klumpen. Er versuchte, die Finger zu bewegen. Vergeblich. Beim zweiten Versuch schoss ein brennender Schmerz durch jede Sehne und jeden Muskel. Wäre der Pater nicht da gewesen, hätte er geschrien. Er legte die Hand auf den Steuerknüppel und versuchte, ihn zu packen. Es ging nicht. Als er aufblickte, sah er unmittelbar vor sich ein Pferd mit einem Geschützwagen. Gowry versuchte auszuweichen, aber es war zu spät. Die Vorderräder hoben ab, und der Krankenwagen geriet in Schräglage. Er legte den gesunden Arm um das Steuer und hielt mit seinem ganzen Gewicht dagegen. Der aufgegaste Pferdekadaver war schwarz von Fliegen. Eine summende schwarze Wolke drang ins Wageninnere.

Gowry schlug um sich, um die Fliegen von Mund und Nase fernzuhalten. Der Krankenwagen bockte und hüfte. Gowry wurde nach vorn geschleudert und prallte mit Nase und Mund gegen das Lenkrad. Der Pater fiel auf ihn, und als der Wagen sich überschlug, landeten sie beide mit einem dumpfen Aufprall auf dem Dach.

Er blutete aus Mund und Nase, als Gowry versuchte, sich zu orientieren.

Die Augen des Paters waren geöffnet. Er hatte einen Arm in seinem Nacken verschränkt und die Beine bis vor die Brust angezogen. Gowry drehte höflich den Kopf zur Seite und spuckte Blut. Wenn das so weitergeht, ist von meinem Gesicht bald nichts mehr übrig, dachte er. Er spuckte erneut aus und tastete mit der Zunge über die Kanten abgebrochener Zähne.

Vorsichtig ließ er den Kopf kreisen und warf dann einen Blick auf den Priester.

»Pa… Pa…«

»Ich glaube, ich kann gerade so an die Tür heranreichen«, sagte der Geistliche.

»Pa…«

Wange an Wange mit Pater Coyle, den Bauch an den Po des Priesters gedrückt, war ihm das Ganze einfach nur peinlich. »Tut … tut mir leid«, keuchte Gowry.

»Nein, nein, schon gut, ich komme ran.«

Gowrys Nase und Mund füllten sich erneut mit Blut. Er konnte nicht ausspucken, er konnte doch keinen Geistlichen anspucken! Ja, er war schon immer pingelig gewesen. Charlie hatte sich stets über ihn lustig gemacht wegen seiner Pingeligkeit. Er war mit Sylvie wählerisch gewesen und sogar mehr noch mit Becky. Er war mit Becky sanft gewesen, viel sanfter, als er es je mit Sylvie gewesen war. Gowry fragte sich, wo Becky sein mochte. Er hätte Pater Coyle fragen sollen, als sich die Gelegenheit geboten hatte. Dass der Pater über Amiens Bescheid wusste, war ihm unheimlich. Gowry fragte sich, ob man an seinem eigenen Blut ersticken konnte und ob seine Verletzungen ernst genug waren, dass man ihn nach Saint-Émile zurückschickte.

Die Aussicht verlieh ihm neue Kraft. Er rückte von dem Geistlichen ab und machte dem Priester Platz, sodass dieser aus dem Wagen kriechen konnte.

Der Wagen bewegte sich und legte sich wieder schräg. Er fragte sich erneut, wo Becky wohl gerade sein mochte, und gleich darauf, wo er selbst war. Wie weit mochten sie noch von der Sammelstelle entfernt sein? Waren sie außer Reichweite der Deutschen? Waren sie in Sicherheit?

Noch ganz in seine Gedanken vertieft, verlor Gowry das Bewusstsein.

Er schlug die Augen auf. Pater Coyle schüttete ihm Wasser über das Gesicht und wischte dieses danach mit einem Taschentuch sauber, so gut es ging. Gowry blickte starr nach oben. Himmel. Zwei kleine Flugzeuge in einer Endlosschleife. Wie beim Pas de deux. Wie ein Balztanz. Er blies die Backen auf, pustete und sah, dass es sich gar nicht um Flugzeuge handelte, sondern um Fliegen, schmutzige schwarze Fliegen. Er versuchte zu sprechen, vermochte es aber nicht. Seine Nase war zu einer unförmigen Knolle angeschwollen und versperrte ihm die Sicht.

Pater Coyle träufelte ihm Wasser in den Mund. Er schluckte Blut.

»Ich fürchte, wir haben den Colonel verloren.«

»Verlo… lo…«

»Er ist tot. Ich bin sicher, dass er tot ist. Ich glaube, er hat sich beim Überschlag das Genick gebrochen.« Der Pater wirkte jetzt viel ruhiger, kein bisschen ängstlich oder eingeschüchtert mehr. Seine Wangen waren gerötet, als wäre er geohrfeigt worden. Er stellte die kleine gläserne Wasserflasche weg und richtete den Oberkörper auf. Der eine Arm hing kraftlos herab wie ein gebrochener Flügel, ansonsten schien er unverletzt zu sein. »Ich kann die Straße sehen. Es ist nicht mehr weit. Ich glaube nicht, dass in diesem Sektor noch Deutsche sind. Zumindest hoffe ich, dass hier keine mehr sind. Ich werde Hilfe holen, jemand muss sich um Sie kümmern.«

Gowry versuchte, sich aufzusetzen. Er lag acht bis zehn Meter von dem umgestürzten Krankenwagen entfernt auf trockener, gelblicher Erde. Durch einen kleinen Wald von Weizenstoppeln starrte er auf die Rauchsäulen am Horizont.

»Ich denke, ich sollte mich an die Straße halten. Der Wald ist mir nicht geheuer.« Der Priester beugte sich über ihn. »Versuchen Sie nicht, sich zu bewegen. Bleiben Sie ruhig liegen. Ich hole Hilfe.«

Er befeuchtete seine Finger und zeichnete Gowry das Kreuz auf die Stirn, dann wandte er sich ab und war bald darauf verschwunden.

Gowry lag auf der Seite. Er fühlte sich irreparabel beschädigt. Saint-Émile würde der beste Platz für ihn sein, jawohl. Er würde zu ihnen sagen: *Schickt mich nach Saint-Émile, zu Becky. Ja, meine süße Becky wird mich wieder gesund pflegen.*

Er blickte dem Pater hinterher, der nun über das offene Feld lief, eine kleine Gestalt voller Energie, eine kleine schwarze Kaulquappe, die im unwirklichen Dämmerlicht im Zickzackkurs hin und her jagte. Der Priester wurde immer kleiner und war schließlich gar nicht mehr zu sehen.

Gowry blickte in den unendlichen blauen Himmel auf zwei winzige Flugzeuge, die zwischen den Wolken tanzten.

»Becky? Rebecca?«

Aber er bekam keine Antwort. Da war nur das ferne Dröhnen der Geschütze.

KAPITEL 25

Die Hochzeit in Wexford war einfach umwerfend gewesen. Die Feierlichkeiten hatten sich über fast eine ganze Woche hingezogen, aber nicht der Alkohol hatte Sylvie zu schaffen gemacht – sie hatte sich zurückgehalten, da sie den kleinen Sean noch stillte –, sondern die allgemeine Fröhlichkeit. Schließlich war sogar Maeve des Feierns müde geworden, und die Heimfahrt nach Dublin hatten alle drei McCullochs, Sean eingeschlossen, verschlafen. Nachdem sie die Trotters kennengelernt hatten, wussten sie, woher Turk seine Energie hatte: Sämtliche Familienmitglieder waren imposante Erscheinungen mit einem gesegneten Appetit und unerschöpflichem Enthusiasmus. Sylvie kam es vor, als wäre es ihnen gelungen, vierzig Stunden in jeden Tag zu quetschen und zehn Tage in jede Woche, denn trotz des vielen Feierns, des Trinkens, Essens und Singens war das Geschäft weitergelaufen: Die Trotters hatten Vieh gekauft, von hier nach dort verladen und verkauft und jede einzelne Transaktion mit Handschlag und einem Schnäpschen besiegelt.

Ihre Befürchtungen, Pappy und Mammy Trotter könnten Breens Braut und ihren vaterlosen Anhang ablehnen, erwiesen sich glücklicherweise als überflüssig. Es war genug Geld da, und auch an Herzenswärme mangelte es in dieser Familie nicht. Die Kinder, sogar Algie, wurden zu Botschaftern der Menschlichkeit, die den Alltag in dem Farmhaus in der Crossaberg Road prägte.

Die eigentliche Trauung wurde in der neuen Kirche ganz in der Nähe der Abtei St. Sepulchre vollzogen. Pauline sah sehr hübsch aus in ihrem Brautkleid aus maisgelber Seide, das schon eine von Breens Schwestern einige Jahre zuvor getragen hatte und das geschickt mit Nadel und Faden Paulines schlanker Gestalt angepasst worden war. Selbstverständlich durfte auch der Schleier nicht fehlen, und ihrer

Schleppe folgte eine Schlange niedlicher kleiner Jungen in blütenweißen Hemden und sorgfältig gebügelten Hosen sowie Blumenmädchen in weißen Kleidchen. Die Zeremonie war sehr feierlich und anrührend, wenngleich die festliche Atmosphäre vorübergehend gestört wurde, als Algie rief: »Mama, ich muss mal«, als Pauline gerade den Gang hinaufschritt, um ihren Namen neben Breens ins Kirchenregister einzutragen.

Hinterher gab es zahlreiche Ansprachen, einige lustig, andere langatmig, und man hatte unzählige Male angestoßen: auf Braut und Bräutigam, auf Mr. Brendan Trotter, den Vater des Bräutigams, der auch die Feier ausgerichtet hatte, sowie auf all die tapferen Männer, deren Heldenhaftigkeit durch ihr Fehlen unterstrichen wurde, allen voran natürlich Turk. Sylvie war überzeugt, dass Pauline und ihre verlorenen Kinder ein gutes Leben in Wexford haben würden, so sicher und behütet, wie es in diesen Krisenzeiten nur sein konnte.

Am Freitagmorgen begleitete Pauline die McCullochs zum Bahnhof. Breen war geschäftlich auf dem Lande unterwegs und hatte die jüngeren Kinder im Pferdetransporter mitgenommen. Pauline sah gut aus, sie war regelrecht aufgeblüht. Die arglose Naivität war aus ihrem Blick verschwunden, und sie erinnerte auch nicht mehr an ein verschrecktes Reh. Als sie unter dem gewölbten Holzdach standen, das sie vor dem Regen schützte, reichte sie Sylvie die Hand.

»Das alles habe ich allein dir zu verdanken. Wenn du nicht in die Endicott Street gezogen wärst, hätte Breen dort nicht nach Maeve und dir gesucht und sich auch nicht in mich verliebt.«

»Unsinn. Du bist mir keinen Dank schuldig, Pauline.«

»Dann Fran«, entgegnete die junge Frau. »Vielleicht hat Fran ja von oben aus dem Himmel alles arrangiert. Das sähe ihm ähnlich.«

»Vermisst du ihn noch?«, wollte Sylvie wissen.

»Ja, aber nicht mehr so sehr wie am Anfang. Und du?«

»Ich vermisse ihn auch noch.« Sylvie war erleichtert, als sie den Zug einfahren sah. »Er fehlt mir schon sehr.«

»Du wirst darüber hinwegkommen«, versprach Pauline.

Sylvie war sich da jedoch nicht so sicher.

Zwei von Pater Macks Schäfchen hatten ein Auge auf das Haus in der Endicott Street gehabt, während Sylvie auf der Hochzeit in Wexford war, und falls es irgendwelchen Ärger gegeben haben sollte, hatten diese freiwilligen Aufpasser das Problem sicher gelöst. Sie hatten außerdem die wöchentliche Miete kassiert, da Pater Mackens Vorgesetzte noch nicht entschieden hatten, was mit dem Mietshaus geschehen sollte. Und da Behörden, auch kirchliche, so schwerfällig waren, geschah erst einmal gar nichts. So hatte sich nicht viel verändert, abgesehen davon, dass John James Flanagan sich den Profit jetzt mit Pater Mackens Kirchen-Restaurierungsfond teilte.

Sylvie, Maeve und Sean zogen von dem winzigen Ein-Zimmer-Apartment im Obergeschoss nach unten in Paulines Erdgeschosswohnung, die während ihrer Abwesenheit gereinigt und frisch tapeziert worden war. Die Miete war gering, aber Sylvie hatte in den vergangenen Monaten mehr ausgegeben als erwartet und wurde nach ihrer Rückkehr aus Wexford vor allem von Geldsorgen geplagt.

Sie versuchte, sich einzureden, dass es nur eine Frage der Zeit war, bis ein anständiger neuer Mann in ihr Leben trat. Und so fieberte sie beinahe dem Tag entgegen, da ein neuer Mieter Frans altes Zimmer bezog, in der Hoffnung auf ein Wunder, wie es Pauline widerfahren war. Wie sich jedoch herausstellte, wurde das Zimmer an einen weiteren eingefleischten Junggesellen vergeben, der alt genug war, ihr Vater zu sein. Er würdigte sie kaum eines Blickes und interessierte sich wie so viele Männer seiner Generation offenbar mehr für Alkohol als für Frauen, sodass er seine Abende meist bei »McKinstry's« verbrachte.

Neun Tage nach ihrer Rückkehr aus Wexford ereignete sich aber doch noch ein kleines Wunder.

Sylvie hatte ihrer Schwiegermutter an die Adresse am Brunswick Crescent in Glasgow geschrieben, wo sie bei Forbes und seiner Familie weilte. Sie hatte Kay McCulloch nicht geschrieben, um sie um etwas zu bitten – noch nicht –, sondern weil sie inzwischen gelernt hatte, dass es unklug war, alle Brücken hinter sich abzubrechen und weil … ja, weil sie Gowry vermisste und zutiefst bedauerte, ihn im Stich gelassen zu haben. Und so wartete sie auf Post aus Glasgow sowie vielleicht auch vom Roten Kreuz oder von der für Witwenrenten zuständigen Behörde, obwohl sie fast die Hoffnung aufgegeben hatte, jemals von einer der Hilfsorganisationen zu hören. Sie hatte sich weitgehend mit dem Tod ihres Mannes abgefunden, aber spät abends, wenn Maeve schlief, holte sie immer noch oft den Brief vom Kriegsinformationsdienst hervor, um ihn wieder und wieder zu lesen, ließ er doch immerhin Raum für zahlreiche Interpretationen. Immerhin stand dort nicht eindeutig, dass Gowry gefallen war, sondern lediglich, dass man davon ausgehen musste.

Sie stand in der kühlen Herbstluft draußen vor dem Haus auf der Treppe und wartete auf den Postboten, als sie plötzlich das Gefühl überkam, dass ihr in Kürze etwas Gutes widerfahren würde. Es war, als herrschte in der Straße eine ganz spezielle Atmosphäre, als stieg eine Wand aus Licht vom Bahnhof und dem Kanal herauf, wie Sonnenschein, der nach einer scheinbar endlosen Regenzeit wieder durch die Wolkendecke linste. Einen vernünftigen Grund für Sylvies Optimismus gab es nicht, zumal sie im Gegensatz zu Pauline nicht abergläubig war. Und hätte es in ihrem Stammbaum irgendwelche weisen Frauen gegeben, hätte ihr Vater, ein nüchterner Ingenieur, sie zweifellos daraus gestrichen.

Und doch wurde sie das Gefühl nicht los, dass etwas Unerwartetes bevorstand, als sie die letzten Stufen hinunterstieg, um das Bündel Briefe entgegenzunehmen, das der Postbote ihr mit einem knappen Schulterzucken überreichte.

Sie kehrte mit der Post zurück ins Haus, sortierte die Briefe aus, die an andere Mieter adressiert waren, und stellte sie ordentlich auf den zerschrammten Tisch unter der Treppe. Dann starrte sie verwundert auf den dicken Packen identischer Umschläge, der noch übrig war. Alle trugen denselben Absender: *Das Kriegsministerium.* Insgesamt vierzehn Briefe, allesamt mit der gleichen Briefmarke frankiert, jeder einzelne in derselben gedrungenen Handschrift adressiert.

Sylvie rannte in ihre Wohnung, wo Sean, der angeschnallt in seinem Babystühlchen saß, entschlossen auf einem Knochenring herumkaute, den Maeve für ihn gekauft hatte. Als seine Mutter hereinkam, blickte er mit großen, runden braunen Augen auf, der kleine Mund zu einem fragenden O verzogen, als spürte er ihre Erregung und als missbilligte er sie. Hastig schob sie das Frühstücksgeschirr beiseite und rief nach Maeve, die nach hinten zum Klohäuschen gegangen war, um den Nachttopf zu leeren. Gleich darauf betrat ihre Tochter noch ganz verschlafen und brummig das Zimmer und musterte sie finster.

»Was denn?«

»Briefe«, entgegnete Sylvie. »Schau nur, Schatz, ganz viele Briefe.«

»Dann mach sie doch einfach auf«, erwiderte Maeve schulterzuckend, schob den leeren Nachttopf mit dem Fuß zurück unter das Bett, setzte sich und griff nach einem Messer.

Es war alles sehr akkurat und korrekt und gleichzeitig völlig verrückt. Irgendein Beamter in irgendeinem verstaubten Kabuff hatte vierzehn Postanweisungen datiert, unterschrieben und abgestempelt, sie in vierzehn verschiedene braune Umschläge gesteckt, diese alle handschriftlich adressiert und in den Postsack gesteckt, vermutlich einen nach dem anderen. Vierzehn Zahlungsanweisungen für vierzehn Wochen, die Gowry als vermisst galt, vierzehn Wochen, in denen er fast aus dem Reich der Lebenden verschwunden war. Vierzehn Mal drei Schillinge und sechs Pence, also insgesamt mehr als vierzig Schilling; das war zwar kein Vermögen, konnte sich aber als ihre letzte Rettung erweisen, falls die Arbeitssuche sich schwierig gestaltete und sich kein netter Verehrer einstellte.

Sylvie war im ersten Moment so verdattert, dass sie gar nicht realisierte, was die vierzehn handschriftlich adressierten Umschläge und die vierzehn Zahlungsanweisungen zu bedeuten hatten. Bis Maeve in einer Geste die Hände hob, die an einen Engel erinnerte, der einen Segen sprach, und rief: »Er lebt. Daddy lebt.«

Sylvie ließ sich auf einen Stuhl sinken. »Nein«, sagte sie. »Woher willst du das wissen?«

»Ist doch klar wie Kloßbrühe«, entgegnete Maeve ganz aufgeregt. »Das sind rückwirkende Soldzahlungen. Sold für vierzehn Wochen. *Rückwirkend.* Er ist nicht tot, er war auch nie verschwunden. Sie haben nur sein Soldbuch verbummelt oder so was, und jetzt ist es wieder da, und sie spucken aus, was sie uns schulden, als wäre nichts gewesen. Keine Entschuldigung, nur die Anweisung für vierzehn Wochen Sold rückwirkend bis …«

»Bis vergangene Woche.«

Maeve stand auf, und der Übermut stand ihr ins Gesicht geschrieben. Sie hob ihren kleinen Bruder mitsamt dem Babystühlchen hoch und wirbelte mit ihm durch den Raum.

»Daddy lebt, Daddy kommt nach Hause. Daddy kommt heim. Hurra, hurra«, jubelte sie, während Sean, der seinen Beißring verloren hatte, erschrocken und frustriert protestierte.

Der klare, wohltuende herbstliche Sonnenschein war verblasst, und die ersten neblig-feuchten Wintertage brachen an. Das Laub, das eigentlich in einem rot-goldenen Regen hätte herabfallen müssen, verfaulte zu einem tristen Braun. Obgleich er Stunden am Zaun oben auf dem Hügel über dem Usk stand und über das Flusstal blickte, hatte Gowry den Jahreszeitenwechsel selten mit solcher Gleichgültigkeit betrachtet, und wären seine Zähne nicht gewesen, wäre er womöglich unwiderruflich in tiefe Melancholie und Verzweiflung versunken.

Die Zähne machten ihm mehr zu schaffen als die Hand. Die Hand – oder genauer: ihr Fehlen – konnte er weitgehend verdrängen. Es war immer nur dann lästig, wenn er an alltäglichen Kleinigkeiten scheiterte wie am Zuknöpfen einer Jacke, am Binden der Schnürsenkel, am Buttern eines Brotes oder am Öffnen eines Briefes oder einer Konserve.

Die meiste Zeit verbarg er die Hand in der Tasche. Sie juckte unter dem leichten Gazeverband, war schorfig und nässte.

Alles in allem keine große Sache, die Hand – den Stumpf – mit dem lächerlich abstehenden Daumen zu ignorieren, auf den die Chirurgen so stolz waren. Die Zähne zu ignorieren war jedoch unmöglich, auch nachdem der Draht aus seinem Kiefer entfernt worden war. Die Zähne waren unwiederbringlich verloren, wie seine Finger, futsch, auf dem Schlachtfeld zurückgelassen wie eine Million anderer trauriger Trophäen, die irgendwann einmal beim Bestellen der Weizenfelder Frankreichs wieder auftauchen würden.

Das alles hätte Gowry nicht weiter gekümmert, es wäre ihm völlig egal gewesen, hatte er doch sowieso die meiste Zeit das Gefühl, dass es nur noch um die verlorenen Finger und Zähne ging, dass der Rest von ihm gar nicht mehr existierte. Bis, ja bis zu jenem Tag, an dem sie kamen, um seine äußere Erscheinung wieder aufzupolieren. Die Ärzte hantierten mit Gipsschienen und -formen, und zu ihrer eigenen und keineswegs seiner Freude stopften sie ihm den Mund mit Ebonit und Keramik voll. Vor allem das Ebonit störte kolossal: Es drückte die Oberlippe gegen seine gebrochenen Nase, und jedes Körnchen und Krümelchen, das er aß, setzte sich darin fest.

Dazu erinnerten ihn die Prothese und der ständige Speichelfluss ständig daran, dass er überlebt hatte und Becky nicht, erinnerte ihn daran, dass Becky ihn ganz allein zurückgelassen hatte.

Der Brief von Pater Coyle war ihm kein großer Trost, jener von Angela erst recht nicht. Die Briefe waren fünf Wochen unterwegs gewesen. Er war schon vor Ankunft der Briefe in schlechter Verfassung gewesen, aber die hatte sich nach Erhalt der Nachrichten noch weiter verschlechtert. Allerdings hatte er nicht geweint, nicht einmal, als er erfahren hatte, dass Rebecca nicht mehr lebte. Sie war in einem Lazarettzug gestorben, irgendwo auf dem Weg an die Küste. Der Pater hatte ihm geschrieben, dass sie monatelang krank gewesen und mit Gowrys Namen auf den Lippen gestorben sei. Wie der Pater hiervon erfahren hatte, war ihm ein Rätsel, war er doch zur selben Zeit mit ihm auf dem Feld in Trônes gewesen.

Er stellte sich gerne vor – und dies war die einzige Schwäche, die Gowry sich gestattete –, dass Becky in derselben Sekunde gestorben war, in der er das Bewusstsein verloren hatte, dass ihre Seelen sich in den ätherischen Sphären über dem Schlachtfeld nördlich von Guillemont einen Moment begegnet waren und einander in Spiralen umkreist hatten wie jene verfluchten kleinen Flugzeuge in der endlosen blauen Weite.

Pater Coyle genas in einem kleinen katholischen Krankenhaus in Antrim. Er hatte einen gebrochenen Arm, offenbar war es ein einfacher, glatter Bruch. Er hoffte, in vier bis sechs Wochen wieder im Dienst zu sein. Der Pater sprach nicht davon, ihn besuchen zu wollen, wofür Gowry dankbar war. Er wollte nichts mit dem Pater oder der Kirche zu tun haben, und er wollte auch nichts von dem, was Angela ihm Gutes tun wollte, dieses aalglatte, plumpe, chimärenhafte Wesen, das mehr Zeit mit Becky verbracht hatte als er selbst und dessen Beileidsbekundungen so kitschig waren, dass ihm davon fast übel wurde.

Er antwortete weder dem Priester noch der Krankenschwester, obwohl er gelernt hatte, mit dem Stumpf ein Blatt Papier festzuhalten und mit der gesunden Hand zu schreiben. Eine reife Leistung, wie die Krankenschwestern meinten. Überhaupt war das Personal in Maidenhall sehr leistungsorientiert; es lobte wortreich jeden kleinen physischen Fortschritt und jeden noch so kleinen Sieg des Willens. Sie erwarteten von ihm den Willen zu genesen, er sollte so tun, als wäre er wieder so gut wie neu, als wäre das Geschick, mit dem sie ihn wieder zusammengeflickt hatten, Entschädigung genug für alles, was er durchgemacht hatte und noch durchmachte.

Es wäre eine friedliche, wohltuende Zeit in dem Militärkrankenhaus in Südwales gewesen, hätte es nicht die Zahnprothese gegeben, die seinen Gaumen wund scheuerte und seine Oberlippe derart spannte, dass seine Nase schmerzte und seine Augen tränten.

Die Schwestern dachten, er weine. Aber er weinte nicht. Er hatte sich ganz bewusst für Trauer statt Leere entschieden, und wie viele andere Überlebende übte er sich in der fast übermenschlichen Geduld, die nötig war, um das ganze Getue der Ärzte, Schwestern und Wohlfahrtsorganisationen zu ertragen, die darauf beharrten, ihn ablenken zu wollen.

Sie unternahmen mit ihm und anderen gehfähigen Kriegsversehrten Ausflüge nach Tintern Abbey und Monmouth Castle, zu Konzerten in Newport und einmal sogar ins Kino in Cardiff, wo sie sich einen Chaplin-Film ansahen. Jeden Abend gab es ein Unterhaltungsprogramm: ein Blasorchester, lockere Unterhaltungsmusik oder einen Männerchor. Gowry nahm klaglos an den Ausflügen teil und ließ die

Konzerte über sich ergehen; er beugte sich den Regeln der Genesung, wie er sich den Gesetzen des Krieges gebeugt hatte, nur dass jetzt keine Demut und Unterwürfigkeit mehr in ihm waren, sondern nur noch ein unterschwelliger Zorn, als ihm dämmerte, was er tatsächlich alles verloren hatte.

Erst als er am Ende der Rasenfläche am Zaun stand und in der anbrechenden winterlichen Dämmerung hinab ins Tal des Usk schaute, sah er sich gezwungen, Bilanz zu ziehen und sich den Tatsachen zu stellen. Er war ein Ire, der ein schottisches Mädchen geliebt hatte, und jetzt saß er in Wales fest und wurde weitgehend von Briten, ach so kompetenten Briten, versorgt, im Rahmen einer Allianz der Nationen, deren Ironie zum Himmel stank.

Es war noch keine vier Uhr, aber es wurde bereits dunkel, als er den Hang zum Konservatorium hinaufging, wo die Rollstühle standen und die Beinamputierten zwischen Topfpflanzen übten, sich ohne Hilfsmittel fortzubewegen. Auf den Stationen schimmerte Licht, und es geschah völlig unerwartet, ohne jede Vorwarnung. Er betrat das Gebäude durch den Seiteneingang. Gowry roch Kohl und den Geruch nach verbranntem Toast, den die Teemaschinen verströmten. Er war auf dem Weg in den Speisesaal, um sich einen Tee zu holen, als er seine Mutter erblickte.

Sie saß auf einer Bank im Flur. Im ersten Moment glaubte er, die Trauer habe sein Gehirn geschädigt und er sähe Gespenster. Als er jedoch auf sie zuging und dem Blick ihrer stahlgrauen Augen begegnete, erkannte er, dass sie gekommen war, um ihm Vorhaltungen zu machen, und da fühlte er sich wie in jenem Augenblick, da der Krankenwagen sich überschlagen und mit der Schnauze in die weiche Erde gebohrt hatte.

»Was soll denn das sein?«, fragte Kay McCulloch als Erstes streng. »Sollen das etwa Zähne sein? Ich habe schon Pferde mit schöneren Zähnen gesehen.«

»Wer hat dich reingelassen, Ma? Heute ist doch gar kein Besuchstag.«

»Ich war zufällig in der Nähe.«

»In der Nähe? In Wales?«

»Ich habe deine Brüder besucht.«

»Wieso? Wo sind sie denn?«

»In Frongoch.«

»Wo um alles in der Welt ist denn das?«

»Merioneth.«

»Das ist meilenweit weg, eine halbe Weltreise.«

»Ich weiß. Ich kann auch nicht lange bleiben.«

Er stand vor ihr, fühlte sich eingeschüchtert und aus einem unerfindlichen Grund beschämt. Gowry hatte wochenlang keinen Gedanken mehr an seine Familie verschwendet. Er war ganz mit Becky und den zerplatzten Träumen von einer gemeinsamen Zukunft beschäftigt gewesen, einer Zukunft ohne jeden Bezug zur Vergangenheit. Er hatte an Sylvie gedacht, an Maeve, an die Zeit unmittelbar vor Kriegsausbruch, aber jener andere Abschnitt seines Lebens, seine Zeit in Glasgow, kam ihm vor wie das Leben eines anderen.

Gowry schaute sich um, entdeckte einen Stuhl und holte ihn herüber zur Bank. Er nahm ihr gegenüber Platz, den Stumpf auf dem Schoß. »Und was machen sie in Frog… Frongoch?«

»Hast du denn nichts davon gehört? Frongoch ist ein Internierungslager für irische Gefangene. Hast du meinen Brief denn nicht bekommen?«

»Doch, hab ich.«

»Sie waren eine Weile in Stafford im Gefängnis, aber dann hat man sie in dieses Lager in Wales verlegt.« Sie lachte trocken. »Sie sind in einer alten Brauerei untergebracht.«

»Da ist Charlie ja ganz in seinem Element.«

»Achtzehnhundert von ihnen sind dort interniert, mitten in der Wildnis. Peter geht es nicht gut.«

»Hat man dich deshalb hereingelassen?«

»Forbes hat seine Beziehungen spielen lassen. Geht es dir gut?«

»Es geht so. Besser als ich aussehe, denke ich.«

»Werden sie dich an die Front zurückschicken?«

»Nein.«

»Warum nicht?«

Er hielt die Hand hoch, den Daumen angewinkelt.

Sie starrte entsetzt auf den Stumpf. »Damit dürfte sich dein Beruf als Busfahrer erledigt haben.«

Gowry hatte beinahe vergessen, dass die gleiche Zähigkeit, die seiner Familie den Erfolg im Schiffsbau beschert hatte, auch seiner Mutter im Blut lag. Er dachte an das riesige Haus seines Großvaters direkt am Park und an das Stadthaus seines Bruders Forbes am Brunswick Crescent. Er selbst hatte es genauso machen können. Er hätte ein wohlhabender, geachteter Bürger werden und sich das Leid ersparen können, das ihm widerfahren war. Aber auch wenn es möglich gewesen wäre, die Zeit zurückzudrehen, hätte Gowry es nicht anders gemacht, denn sonst hätte er ja Becky nicht kennengelernt.

»Was hast du jetzt vor, Gowry?«

»Das weiß ich noch nicht.«

»Das ›Shamrock‹ gibt es nicht mehr. Die Engländer haben es in Schutt und Asche gelegt.«

Er empfand bei dieser Neuigkeit gar nichts, weder Überraschung noch Bedauern.

»Der Mann ist tot. Ihr Liebhaber.«

»Ach, ja?«

»Er wurde während des Aufstandes erschossen, kaltblütig ermordet, heißt es.«

»Bist du ihm je begegnet?«

»Gott sei Dank nicht.«

»Erzähl mir von Peter. Wie krank ist er?«

»Die Verletzung, die er sich bei den Kämpfen zugezogen hat, heilt nicht. Es ist nicht richtig, dass man ihn in dieses primitive Lager gesteckt hat, und das auch noch so kurz vor Wintereinbruch. Ich bin nur froh, dass Charlie bei ihm ist und der Trotter-Junge.«

»Wie lange bist du in Frongoch gewesen?«

»Eine Stunde.«

»Für einen so kurzen Besuch ist es ein weiter Weg von Dublin nach Nordwales.«

»Ich bin nicht mit dem Schiff von Dublin angereist, sondern mit dem Zug aus Glasgow.«

»Ach so!« Er konnte das Klappern von Teetassen und die fröhlichen Stimmen des Pflegepersonals hören. Der Speisesaal würde gleich voll sein, denn Essen und Trinken spendeten Trost. Gowry hätte sich gern einen Teller Corned Beef geholt, wenn er nur seine eigenen Zähne gehabt hätte, um es zu kauen.

Der abschätzige Blick seiner Mutter machte ihn verlegen, und er hob die Hand vor den Mund.

»Wollen sie das so lassen?«, wollte sie wissen.

»Ja.«

»Sieht ja schlimm aus.«

»Findest du?«

»Du hast noch nicht nach ihr gefragt.«

»Wie geht es ihr? Maeve, meine ich. Sie muss ja inzwischen fast erwachsen sein.«

»Alle haben gedacht, du wärst tot.«

»Wie das?«

»Wir haben auch alle gedacht, du wärst tot.«

»Ich bin nicht tot, wie du siehst.«

»Es hieß, du seist gefallen. Oder, genauer, vermisst und vermutlich gefallen.«

»Himmel, das ist doch lächerlich!«

Seine Mutter hatte sich kein bisschen verändert, weder äußerlich noch charakterlich. Natürlich war sie nie eine typische Brauersfrau gewesen. Sie hatte immer Stil gehabt, Klasse. Das hatte sie ihrer Franklin-Erziehung zu verdanken. Und sie hatte Forbes, der für sie sorgte, Forbes, ihr Lieblingssohn. Genau genommen war sein Großvater Waliser gewesen. Fast hätte Gowry vergessen, dass der alte Herr, der alte Owen, in Wales geboren war und sein Handwerk in einer Schmiede in Cardiff erlernt hatte. Jetzt, zwei Generationen später, war Gowry nun zurückgekehrt in Reichweite der Docks und geschwärzten Schlote von Cardiff. Eine weitere grimmige Ironie in seiner Sammlung.

»Hatten Sie die Postanweisungen eingestellt?«

»Ja«, bestätigte seine Mutter. »Man wollte ihr schon eine Witwenrente zuerkennen, als plötzlich ein ganzer Stapel Postanweisungen eintraf und sie wusste, dass du doch nicht tot sein konntest. Dann bekam sie einen Brief vom Kriegsministerium, in dem ihr mitgeteilt wurde, du seist verwundet worden und in Wales im Krankenhaus.«

»Das muss ein Schock für sie gewesen sein.«

»Das war es. Warum hast du ihr nicht geschrieben?«

»Warum hat sie mir nicht geschrieben?«

»Nun, die Antwort hierauf kennen wir beide, oder, mein Sohn?«

Kay blickte auf, als zwei Soldaten in Morgenmänteln auf Krücken vorbeihumpelten. Sie nickten Gowry freundlich zu und gingen weiter in den Speisesaal. Von oben war kratzende Grammofonmusik zu hören. Die Nadel hätte dringend ausgetauscht werden müssen.

»Und wo wohnt sie, wenn das ›Shamrock‹ unbewohnbar ist?«

»In der Nähe vom Mountjoy, in einem Mietshaus, das ihm gehört hat.«

»Hagarty?«

»Ja, Hagarty. Offenbar war er ein recht wohlhabender Mann.«

»Hat sie das Baby noch bei sich?«

»Das Kind ist von ihm, weißt du.«

»Das weiß ich. Ist es wohlauf?«

»Warum sollte es nicht wohlauf sein?«

Er zuckte die Schultern. »Ich meine, ist es gesund?«

»Ja. Ein richtiger Brocken von einem Jungen, er strotzt vor Gesundheit.«

»Wie heißt er?«

»Sean.«

»Nicht Francis?«

»Nein. Sean … Sean McCulloch. Ist das zu fassen?«

Gowry lächelte, so gut es mit der Prothese ging. »Erzähl mir von Maeve.«

»Es geht ihr gut.«

»Und was ist mit der Brauerei?«

»Geschlossen, zumindest so lange, bis die Jungs aus dem Gefängnis entlassen werden.«

»Verstehe. War Dad nicht mehr danach, den Betrieb weiterzuführen?«

»Dazu wäre er gar nicht mehr in der Lage, Gowry. Er … er ist ein wenig sonderbar geworden.«

»Hast du ihn deshalb nach Glasgow gebracht? Weil er dort in Sicherheit ist und kein Unheil anrichten kann?«

»Es war Forbes' Idee. Wir wohnen bei ihm. Er hat uns gern bei sich.«

»Ganz bestimmt.« Groll regte sich in ihm. Er war versucht, seiner Mutter vor Augen zu führen, dass er mehr geleistet hatte, als Forbes in seinem ganzen Leben leisten würde, dass der Krieg ihm mehr gebracht hatte, als man für alles Geld der Welt kaufen konnte: Er hatte eine Frau kennengelernt, hatte sich verliebt, und dann war sie gestorben.

Nein, sagte er sich und schloss die Lippen über der schlecht sitzenden Prothese. Er würde nicht mit Becky prahlen, und er würde sie erst recht nicht als Racheinstrument benutzen. Er würde nie jemandem von Becky erzählen, weder seiner Mutter noch seinen Brüdern und auch nicht Maggie, Jansis oder Maeve, schon gar nicht Sylvie. Becky würde sein bestgehütetes Geheimnis bleiben.

»Du bekommst doch sicher eine Rente, oder?«

»Vermutlich, aber das wird nicht viel sein.«

»Nun, für Flanagan wirst du jedenfalls nicht mehr fahren, nicht mit der Hand. Können die Ärzte denn gar nichts mehr tun?«

»Klar, und dann passen sie mir schmückendes Beiwerk an.«

»Was?«

Er hob den Arm und zeigte den fleckigen Verband.

»Sie verpassen mir eine hölzerne Hand mit kleinen Scharnieren, damit ich greifen kann. Das ist das Wichtigste, Ma, dass ich wieder greifen kann. Darum sind sie auch so glücklich, dass sie meinen Daumen retten konnten. Die Ärzte sagen, das macht den Menschen aus. Das …« Unter Schmerzen wackelte er mit dem Daumen. »… das hier unterscheidet uns von vielen Affenarten. Ich muss bestimmte Übungen machen, um die Knöchel frei zu kriegen, und wenn sie erst locker sind, kann ich auch wieder etwas festhalten. Mit einer hübschen Holzhand und einem Handschuh darüber wird man mir kaum noch ansehen, dass ich überhaupt im Krieg gewesen bin.«

Nachdem er erst angefangen hatte zu sprechen, fiel es ihm schwer, den Redefluss wieder zu stoppen. Indem er sich auf die unwichtigen Details seiner Behandlung konzentrierte, gelang es ihm jedoch, Dinge zu verschweigen, die sie nicht wissen sollte.

Er redete weiter. »In Bristol gibt es eine Werkstatt, die Prothesen anfertigt: Glasaugen, falsche Zähne, Holzbeine und -arme. Verkrüppelte Exsoldaten werden ausgebildet, um sie zu fertigen, und Tausende von Exsoldaten stehen Schlange, um einen Job dort zu ergattern. Komisch, nicht wahr? All diese einarmigen und einbeinigen Soldaten, die an der Werkbank künstliche Gliedmaßen für andere verkrüppelte Soldaten herstellen.«

»Ist es das, was du willst?«

»Nein, Mutter. Nein, das ist ganz bestimmt nicht mein Berufswunsch.«

»In der Brauerei kannst du nicht arbeiten.«

»Das weiß ich.«

»Forbes hat angeboten, dich zu unterstützen, falls du keine Arbeit findest.«

»Ich brauche seine Hilfe nicht.«

Ihm war immer noch schleierhaft, was sie hier machte oder was sie von ihm wollte. Dass mütterliche Sorge sie nach Maidenhall geführt hatte, bezweifelte er.

»Sie wird dich zurücknehmen.«

»Wer?«

»Du weißt, wen ich meine.«

»Falls du von Sylvie sprichst, weiß ich nicht, ob ich sie überhaupt zurückwill.«

»Möchtest du denn Maeve nicht sehen?«

»Natürlich möchte ich das.«

»Kannst du die Vergangenheit nicht vergangen sein lassen?«

»Grundgütiger, Ma, hör endlich auf, dich einzumischen! Du hast Sylvie doch nie leiden können. Sie war dir niemals gut genug. Nur weil Forbes und sie …«

»Forbes?«

»Tu nicht so, als wüsstest du das nicht.«

»Ich habe keine Ahnung, wovon du sprichst.«

»Schon gut, schon gut. Sagen wir einfach, dass ich noch nicht so weit bin, irgendjemandem irgendetwas zu verzeihen.«

»Ich habe ihr gesagt, sie soll das Baby weggeben.«

»Warum sollte sie das tun? Das Baby kann doch nichts dafür. Der Kleine hat ebenso wenig darum gebeten, geboren zu werden, wie ich. Ist das der Grund, weshalb du hier bist, Ma? Weil ich dir helfen soll, Sylvies Baby loszuwerden? Wozu?«

»Weil es ein Schandmal ist, darum.«

»Jesus!«

Zorn durchbrach seine Gleichgültigkeit, stieg aus seinem Innersten auf wie ein Seeungeheuer aus den dunklen eiskalten Tiefen des Ozeans. Becky war Jungfrau gewesen, als sie das erste Mal in dem Hotel in Amiens das Bett geteilt hatten. Becky hatte ihm das gegeben, was jeder Ehemann bekommen sollte, ihre Liebe und Treue. Er hätte ihr gegeben, was sich jede liebende Ehefrau wünschte: ein eigenes Kind, sein Kind, und die dazugehörige Sicherheit. Aber dieses Versprechen war, wie so viele andere, ohne sein Verschulden gebrochen worden. Jetzt war er allein und ohne konkretes Ziel. Wie konnte seine Mutter nach allem, was er gesehen und getan hatte, so tun, als hätte die Welt all diese Monate stillgestanden. Wie konnte sie nach allem, was passiert war, immer noch an veralteten moralischen Grundsätzen festhalten?

»Ein Schandmal! Du weißt doch nicht einmal, was Schande ist. Ich bin mir nicht mehr sicher, ob ich es noch weiß, aber bei Gott, ich weiß ganz sicher, was *keine* Schande ist.«

»Sie hat dich hintergangen. Hat dich betrogen.«

»Und? Sylvie war nie mein Eigentum.«

»Du hast ihr ein Kind geschenkt, du hast ihr Maeve geschenkt.«

»Maeve?« Er hatte nie mit irgendjemandem darüber gesprochen, nicht einmal mit Becky. Er hatte bisher nie gewagt auszusprechen, dass Maeve höchstwahrscheinlich gar nicht sein Kind war, sondern die Tochter seines Bruders. Aber bei Gott, was spielte das jetzt noch für eine Rolle? Er hatte sie aufgezogen, hatte sie mehr geliebt als alles andere auf der Welt, und dann hatte er sie ebenso bereitwillig kampflos aufgegeben wie seine Ehe.

Er hob den Stumpf und starrte auf den gekrümmten Daumen, der ihn den Ärzten zufolge von den Affen abhob. Er übte Druck auf das Knöchelgelenk aus, und sofort schoss ein ziehender Schmerz in die Sehnen am Handgelenk. Die Beweglichkeit würde noch besser werden, Pronation nannten sie das, Gelenkigkeit. Der Rest würde reine Dekoration bleiben. Er spannte die Knöchelreste an, bis ihm der Schweiß auf die Stirn trat und sich in die hellen Wundwasser-Flecken auf dem Verband frisches Rot mischte.

Seine Mutter schaute mit steinerner Miene zu. »Gowry«, sagte sie schließlich. »Du wirst dir noch wehtun.«

»Und wenn?«

»Hör auf, dich so kindisch aufzuführen.«

Er liebte es, liebte den Schmerz. Er konnte fühlen, wie Knoten verkümmerten Gewebes anfingen, sich zu lösen, und feinste Knöchelchen unter dem Druck ächzten. Er umschloss den Stumpf mit der gesunden Hand und schloss die Faust, drückte den Daumen in die Handfläche, damit er nicht länger auf so lächerliche Weise abstand. Schließlich lehnte er sich grunzend auf seinem Stuhl zurück und nahm die gesunde Hand fort. Der Daumen war gebeugt, nicht locker, nicht geheilt, aber er zeigte nach unten, so wie es sein sollte, lag quer über dem, was von seiner Handfläche noch übrig war. Er saugte Speichel unter der Zahnprothese hervor und wischte sich mit dem Ärmel den Mund ab.

»Siehst du, ich bin kein Affe.«

»Gowry, was ist nur los mit dir? Was redest du für einen Unsinn?« Sie beugte sich vor und musterte ihn eindringlich, jetzt ehrlich besorgt. Er wusste, was sie beschäftigte: Irrationales Verhalten war ein Merkmal von Geistesgestörtheit, und das wiederum war ebenfalls eine Schande. Er hatte im vergangenen Jahr viel gelernt: wie man gehorchte, wie man sich auflehnte, wie man liebte und vor allem, und das war die bei Weitem schwierigste Lektion gewesen, dass man Trauer durchaus dem Nichts vorziehen konnte. Erst seiner Mutter war es gelungen, ihn in die Wirklichkeit zurückzuholen, zurück in die Welt kleinlicher Gehässigkeit, die das familiäre Miteinander trübte.

»Nichts«, entgegnete er mit einem pfeifenden Lachen. »Mit mir ist alles in Ordnung, Ma.«

»Warum lachst du? Lachst du über mich?«

»Nein. Nein, nein.«

»Das ist nicht komisch, Gowry. Nichts von all dem ist komisch.«

Er verbarg die verstümmelte Hand wieder auf dem Schoß, legte den Kopf leicht schräg und musterte seine Mutter, diese alte puritanische Matrone, die in ihrer Jugend selbst ein schwarzes Schaf gewesen war und nach Dublin durchgebrannt war, um einen irischen Brauer zu heiraten.

»Warum ist Sylvie nicht nach Glasgow zurückgekehrt?«, fragte er nüchtern.

»Ich habe sie darum gebeten, habe sie förmlich angefleht mitzukommen.«

»Warum ist sie nicht zu Forbes zurückgegangen.«

»Sie wollte nicht.«

»Heißt das, sie hat sich geweigert?«

»Ja.«

»Auch nachdem Hagarty …«

»Ja.«

»Worauf hat sie denn gewartet?«

Kay zögerte, und in ihren Augen entdeckte er etwas, das er dort noch nie gesehen hatte, einen kleinen Hauch von Bewunderung. »Auf dich«, gab seine Mutter widerstrebend zu. »Ich glaube, sie hat auf dich gewartet.«

»Sie ist mit dir hergekommen, stimmt's?«

»Ja.«
»Und wo ist sie jetzt?«
»Im Ort, in einem Hotel.«
»Im ›Fortress Hotel‹?«
»Ja, genau.«

In der Nähe von Maidenhall hatte man Überreste einer alten römischen Garnison entdeckt. Zwar fand man dort weder Bäder noch Amphitheater wie in Caerleon, aber man konnte deutlich die Fundamente der Kaserne sehen mitten in der schmalen Ebene zwischen dem Fluss und den Bergen. Gowry ging ziemlich oft in die kleine Stadt, nicht, weil er in den Pub oder die Bar auf der Rückseite des »Fortress Hotels« wollte, sondern weil er einfach gern die steinernen Überreste jener Garnison aus längst vergangenen Tagen abschritt und über die Männer nachsann, die dort stationiert gewesen waren. Er fragte sich, ob sie Heimweh gehabt hatten oder mit der Zeit hier heimisch geworden waren, ob sie sich mit den dunkelhaarigen, dunkeläugigen einheimischen Frauen zusammengetan und mit ihnen Kinder gezeugt hatten. Und waren sie nach ihrer Dienstzeit in die Heimat zurückgekehrt, oder hatten sie sich hier niedergelassen, um ihren Lebensabend als friedliche Bauern auf ein paar Acres fruchtbarem Acker oder saftigen Weiden zu verbringen?

Wales war auch nicht seine Heimat, nicht sein Zuhause, und doch fühlte er sich über seinen Großvater Owen Franklin, der seinerzeit ausgewandert war, um sich in Schottland ein besseres Leben aufzubauen, mit dieser Gegend verbunden. Gowry sagte sich, dass er selbst auch in Schottland hätte bleiben können, wo er, von Forbes protegiert, ganz sicher ein sorgloses Dasein hätte führen können, ein Dasein mit geregeltem Einkommen, einer netten Frau – die ganz anders war als Sylvie oder Becky –, einem einfachen Durchschnittsmädchen, das er geliebt und umsorgt hätte, ohne zu ahnen, was ihm entging.

Er schlenderte meist in der Dunkelheit den steilen Hügel hinunter, wobei er dem gepflasterten Weg auf der Rückseite des Krankenhauses folgte, vorbei an Reihenhäusern, neuen freistehenden Einfamilienhäusern, vorbei am ersten von drei öffentlichen Gebäuden, am Gebetshaus der Methodisten und dem Bahnhof, vorbei an der Eibenhecke, die die Überreste der römischen Garnison umschloss, bis er vor sich die Lichter der Festung sah, die gedämpft wirkten von einem Dunst, der halb Nebel, halb Nieselregen war.

Er trug seinen Uniformmantel – immerhin war er noch Soldat –, dazu seine Mütze und um den Hals einen Schal. Die verkrüppelte Hand steckte in der Manteltasche, zusammen mit seinen Zähnen, die er vorab in ein sauberes Stück Gaze gewickelt hatte. Gowry hatte sich zwei Mal rasiert, um seine eingefallenen Wangen von sämtlichen kratzigen Stoppeln zu befreien. Als er nun gegenüber dem alten Hotel auf dem Bürgersteig stand, war er so nervös, so unsicher, ob das, was er vorhatte, auch richtig war, dass er beinahe kehrtgemacht und zurück zum Krankenhaus geflüchtet wäre.

Sie hatte einen weiten Weg zurückgelegt, um ihn zu besuchen. Von seiner Mutter wusste er, dass das Baby auf der stürmischen Überfahrt von Dublin seekrank geworden war. Die anschließende Zugfahrt von Fishguard in einem alten Bummelzug hatte ebenfalls eine Ewigkeit beansprucht, und sein Gewissen gestattete ihm nicht, sie einfach zu ignorieren, ganz gleich, was sie auch getan hatte. Trotzdem wünschte er, nicht Sylvie, sondern Becky würde in der großen Lounge mit der hohen Decke, den schäbigen Lüstern und den wispernden Ventilatoren auf ihn warten. Er wünschte, dass, wenn er die Tür öffnete, Becky und nicht Sylvie dort wäre, ungeduldig und verständnisvoll im Licht ihrer neuen Liebe. Er wünschte, er könnte noch einmal von vorn anfangen, bei null, um das Glück, das ihm irgendwo im Laufe der Zeit abhanden gekommen war, wiederzufinden.

Gowry atmete tief durch, überquerte die Straße und stieg die drei flachen Stufen hinauf. Mit der gesunden Hand stieß er die schwere Tür mit dem Glaseinsatz auf, durchquerte das Foyer und steuerte geradewegs die Gästelounge an.

Sylvie war auf einem der knubbeligen Ledersofas eingenickt, das dösende Baby auf dem Schoß. Sie sah blass aus, blass und dick, irgendwie ungesund. Sorge stieg in ihm auf, die Furcht, sie könne ebenfalls krank sein. Er ging über den abgewetzten Teppich und blickte hinab auf das schlafende Kind mit dem schwarzen Haarschopf und dem kleinen herzförmigen Mund seiner Mutter. Die Pausbäckchen waren nass von Speichel.

Gowry griff in seine Manteltasche, wickelte die Prothese aus dem Stoff und setzte sie ein. Dann sagte er leise: »Sylvie. Sylvie, ich bin's.«

Sie setzte sich auf, drückte das Baby an die Brust und rief, ohne nachzudenken, aus. »O Gowry, was haben sie dir angetan?«

Er hatte sich so sehr verändert, dass sie ihn kaum wiedererkannte. Der hübsche junge Bursche, mit dem sie vor einem halben Leben auf und davon gegangen war, war nur noch Haut und Knochen, seine Nase schief und sein Mund voller hässlicher künstlicher Zähne. Er lächelte, wobei er jedoch nicht sie ansah, sondern Sean. Das Baby war aufgewacht und starrte auf das fremde Wesen und gurgelte dabei vor sich hin, wobei sich an seinen Mundwinkeln kleine Bläschen bildeten. Sylvie setzte ihren Sohn auf ihr Knie, zupfte seine Strickjacke zurecht und wischte ihm mit ihrem Taschentuch den Speichel von den Wangen.

»Hat Ma dich denn nicht auf meinen Anblick vorbereitet? Wo steckt sie überhaupt?«

»Sie ist nach Glasgow zurückgefahren. Sie ist kurz nach sechs aufgebrochen.«

»Warum bist du nicht mitgefahren?«

»Ich wollte bleiben, für den Fall … für den Fall, dass du mit mir sprechen möchtest.«

Gowry nahm auf dem Sofa Platz. Er blickte in den Speisesaal, wo vier Wachoffiziere an einem Ecktisch saßen. Aus der Bar drangen gedämpft Männerstimmen herüber, die eins der hymnenartigen Kampflieder sangen, die die Waliser so liebten.

»Warum bist du nicht einfach zum Krankenhaus raufgekommen?«

»Ich war nicht sicher, ob du mich würdest sehen wollen.«

»Warum musstest du meine Mutter als Vermittlerin vorschicken?«

»Es gab sonst niemanden«, entgegnete sie schulterzuckend. »Charlie ist im Gefängnis.«

»Ja, ich weiß. Ma hat es mir erzählt.«

»Was hat sie dir noch erzählt?«

»Dass Hagarty ermordet wurde. Stimmt das?«

»Ja. Ich saß in einer von Vaizeys Zellen, als es passierte.«

»Wundert mich nicht, dass Vaizey ihn loswerden wollte.« Er sprach übertrieben klar und deutlich, nicht schleppend, sondern eher abgehackt, wobei die Keramikzähne leise klapperten. Er lehnte sich zurück, in die Ecke des Sofas gedrückt, als wollte er jeden Moment aufspringen und flüchten.

Sylvie zupfte erneut an Seans Jäckchen und betete, dass er nicht anfing zu greinen. Was ihr bevorstand, war schwer genug, auch ohne mit einem von Seans Wutanfällen fertig werden zu müssen. Im Augenblick war er jedoch friedlich, nicht müde, sondern neugierig, und musterte Gowry so eindringlich, als beneidete er ihn um diese glänzenden großen Erwachsenenzähne.

»Erzähl mir, was passiert ist. Wo wurdest du verwundet?«

»In Guillemont«, antwortete Gowry.

Falls sie auf einen Bericht von Heldentaten und übermenschlichen Leistungen gehofft hatte, wurde sie enttäuscht. Gowry schloss über den zu dicken Rand der Zahnprothese hinweg den Mund und schwieg.

»Deine Mutter hat erzählt, deine Hand …«

»Ja, meine Hand«, entgegnete Gowry schulterzuckend.

»Möchtest du nicht darüber reden?«

»Nein. Ich würde mich lieber über Maeve unterhalten.«

Sie erzählte ihm von ihrer Tochter, von Jansis und der Bombardierung des »Shamrock«, wie sie sich nach dem gescheiterten Aufstand durchgeschlagen hatte und was hinterher alles geschehen war. Sylvie sprach sehr ruhig und nüchtern und versuchte zu keiner Zeit, sein Mitleid zu erregen. Als sie ihm von den unterschlagenen Briefen erzählte und davon, wie sie Flanagan ausgetrickst hatte, schüttelte er den Kopf, und dann wieder, als sie berichtete, dass sie ihn alle für tot gehalten hatten. Er schien ihr jedoch nur mit halbem Ohr zuzuhören und vermied es, sie anzusehen. Stattdessen starrte er in die Tiefen des Raumes jenseits des Durchgangs, wo die walisischen Offiziere um ein weißes Tischtuch herumsaßen. Sie fragte sich, ob er sich den Männern enger verbunden fühlte als ihr und ob er einen Teil von sich in den Schützengräben zurückgelassen hatte, so wie eine Biene beim Stechen ihren Stachel verlor.

Sylvie erzählte ihm von Pauline, Breen Trotter und Pater Mack, Namen, die neu für ihn waren, und Menschen, die keinerlei Rolle in seinem Leben spielten. Vor allem aber erzählte sie ihm von Maeve, denn nur wenn sie von ihrer Tochter sprach, schenkte er ihr seine ganze Aufmerksamkeit.

»Und wo ist sie jetzt?«

»Ich habe sie für ein paar Tage nach Wexford geschickt, zu Breen und Pauline.«

»Möchte sie mich denn nicht wiedersehen?«

»Sie wollte dich unbedingt besuchen«, versicherte ihm Sylvie, »aber dich zu sehen hätte ihr nicht gereicht. Sie hätte auch mit ihrer Großmutter zum Internierungslager in Frongoch gehen wollen, um ihren Liebsten zu besuchen.«

»Sie ist noch zu jung für einen Liebsten.«

»Dann eben ihren Freund, ihren Freund Turk Trotter.«

»Trotter!«, wiederholte Gowry mit leichtem Kopfschütteln. »Warum hast du ausgerechnet meiner Mutter geschrieben?«

»Ich wollte ihr mitteilen, dass du doch nicht tot bist.« Sie wartete auf die Frage, weshalb sie Frans Kind mitgebracht hatte. Falls sie Gowry um Verzeihung bitten sollte – und sie war noch gar nicht sicher, ob sie das wirklich wollte –, würde sie auch in Seans Namen Abbitte leisten müssen.

»Du hast einen Fehler gemacht, Sylvie.«

»Das weiß ich.«

»Du hättest ihr nicht trauen dürfen.«

»Ihr?«

»Meiner Mutter.«

»Wie meinst du das?«

»Sie hat dir nur geholfen, weil sie das Baby loswerden will.«

»Loswerden …«

»Sie hat ihn als Schandmal bezeichnet.«

»Ach, das. Ich habe ihr gesagt, das sie das sagen soll.«

»Warum denn das?«

»Weil ich wissen wollte, wie du reagierst.«

»Du hast dich kein bisschen verändert, Sylvie. Du bist noch genauso durchtrieben wie eh und je. Was willst du hier? Was willst du von mir?«

»Ich will dich zurück.«

»Als Lückenbüßer? Als zweite Wahl?«

»Ich gebe zu, dass ich ziemlich verliebt in ihn war.«

»Das weiß ich.«

»Aber Fran war nicht der, für den ich ihn gehalten habe.«

»Im Bett oder außerhalb?«

»Ich werde nicht betteln, Gowry.«

»Das verlange ich auch gar nicht.«

»Wir dachten wirklich, du wärst tot. Wir dachten, wir hätten dich verloren.«

»Vielleicht habt ihr das ja auch«, entgegnete er tonlos.

»Gibt es jemand anders.«

Er zögerte. »Nein, niemanden.«

»Ich habe gehört, dass du in Tipperary eine Freundin hattest.«

»Wer hat dir das erzählt?«

»Vaizey, glaube ich. Er meinte, du hättest eine Geliebte.«

»Ich hatte keine Geliebte, sondern eine Freundin. Ihr Name ist Maggie Leonard, und vom Alter her könnte sie meine Mutter sein. Ich habe immer bei ihr übernachtet, wenn ich nach Tipperary musste. Sie war nie mehr als eine Freundin, Sylvie, wenn ich auch nicht weiß, weshalb ich mich rechtfertigen sollte, nur weil Vaizey dir irgendwelche Lügen …«

»Möchtest du zu ihr zurück?«, fiel Sylvie ihm ins Wort.

»Nein.« Er zögerte. »Soviel ich weiß, wohnt sie auch gar nicht mehr dort.«

»Wieso das?«

»Ihr Sohn war Sergeant bei den Connaughts und ist in Huevert gefallen. Ich habe Maggie damals geschrieben, aber sie hat nie geantwortet. Ich könnte mir vorstellen, dass sie die Farm verkauft hat und weggezogen ist. Sie hat Töchter in Amerika.« Er streckte eine Hand aus, die gesunde Hand, nahm ihr Sean ab und schaukelte ihn auf seinem Knie. »Sie war nur eine Freundin, Sylvie, und ich hatte damals einen Freund weiß Gott bitter nötig.«

»Ich nehme es dir nicht übel, dass du dich jemand anders zugewandt hast.«

Sean strampelte, streckte beide Arme aus und trommelte mit den winzigen Fäusten gegen Gowrys Brustkorb, nicht im Zorn, sondern voller Übermut.

»Es gibt niemand anders«, sagte Gowry nach einer Weile noch einmal.

»Dann komm zurück nach Dublin. In der Endicott Street ist genug Platz für uns alle, zumindest so lange, bis du wieder auf den Beinen bist. Maeve braucht einen Vater.«

»Und du, was brauchst du, Sylvie?«

»Was immer du zu geben bereit bist.«

»Woher soll ich wissen, dass es nicht irgendwann einen anderen Fran Hagarty geben wird? Wie soll ich sicher sein, dass nicht eines Tages irgendein schleimiger Frauenheld daherkommt und dir den Kopf verdreht?«

»Garantien gibt es nicht im Leben.«

Mit der ihm eigenen Geduld drückte er den Jungen an seine Brust und ließ ihn gewähren, als er mit vorwitzigen Fingerchen seinen Mund untersuchte. »Das ist ziemlich viel verlangt, Sylvie.«

»Ich weiß.«

»Ich habe nicht mehr viel zu geben.«

»Ich werde mit dem zufrieden sein, was noch da ist.«

Er konnte ihr immer noch nicht in die Augen sehen. Nicht Schuldgefühle oder Verlegenheit stand zwischen ihnen, sondern etwas anderes, etwas, das sie nicht genau definieren konnte.

Sie hatte gelesen, dass der Krieg Soldaten auf sehr eigentümliche Art und Weise veränderte. Und so verzichtete sie darauf, mit ihm zu flirten oder gar ein paar Tränen zu vergießen. Wie viele Kameraden hatte er sterben sehen, und wie viele Deutsche hatte er wohl selbst getötet? Sie konnte sich nicht vorstellen, dass ihr Mann irgendjemanden tötete, nicht einmal einen Deutschen. Aber was immer er in Frankreich erlebt haben mochte, hatte ihn offenbar nicht verbittert, sondern es hatte stattdessen dazu geführt, dass er sich in sein Schneckenhaus zurückzog und auf Distanz ging. Eine unüberbrückbare Distanz.

Sie war zu klug, um sich ihm aufzudrängen, während er mit Sean beschäftigt war. Sylvie sah zu, wie er Seans Nase mit der bandagierten Hand kitzelte, der verkrüppelten, kaum noch vorhandenen Hand, und zuließ, wie der kleine Junge mit dem hässlichen abstehenden Daumen spielte.

»Au«, murmelte Gowry. »Autsch, ganz schön kräftig. Du bist ja richtig stark, kleiner Mann.«

»Wirst du heimkommen, wenn du genesen bist?«

»Vielleicht.«

»Was soll das heißen?«

»Das heißt, dass ich darüber nachdenken muss«, entgegnete Gowry, reichte ihr Hagartys Sohn zurück, stand auf und ging ohne ein weiteres Wort.

»Was hat er gesagt? Was hat er über mich gesagt?«, fragte Maeve. »Hast du ihm erzählt, dass ich mir wünsche, dass er heimkommt? Hast du ihm von der Sache mit den unterschlagenen Briefen erzählt? Hast du ihm gesagt, dass hier Platz genug ist für …«

»Ich habe ihm so viel gesagt, wie er bereit war, sich anzuhören«, erwiderte Sylvie.

»Und dann ist er einfach gegangen?«

»Er … er ist nicht mehr er selbst.«

»Also das hätte ich dir vorher sagen können«, meinte Maeve altklug. »Er war Monate an der Front, ständig in Lebensgefahr. Wie sieht er denn aus?«

»Furchtbar.«

»Hat er wirklich nur noch eine Hand?«

»Er wartet auf eine neue.«

»Sie können ihm doch keine neue Hand geben. Oder doch?«

»Sie haben seinen Daumen gerettet. Anscheinend lässt sich allerlei erreichen, wenn der Daumen noch vorhanden ist. Das hat er zumindest Gran McCulloch erzählt. Sie hat ihm nicht geglaubt. Sie meint, er hätte fantasiert. Trotzdem hat sie, wie es scheint, mehr aus ihm herausbekommen als ich.«

»Selber schuld. Du hättest mich mitnehmen sollen und nicht Sean. Hat Gran Turk gesehen?«

»Man hat sie zu Peter vorgelassen. Es geht ihm gar nicht gut.«

»Wenn er stirbt, ist er ein weiteres Mordopfer der Engländer«, entgegnete Maeve grimmig. »Breen sagt, die Briten wären beunruhigt wegen des Lagers. Er hat gehört, die Gefangenen hätten dort das Sagen und sie hätten einen neuen Anführer bestimmt.«

»Ich wusste gar nicht, dass Breen sich für Politik interessiert.«

»Es geht nicht um Politik, sondern um Rache.«

»Wie auch immer du es nennst, du hältst dich besser da raus.«

»Ha!«, erwiderte Maeve trotzig. »Träum weiter.« Sie saß auf dem runden Sessel, den Pauline zurückgelassen hatte, ein Stillsessel mit zerrissenem Bezug, der unter einem Flickenteppich verschwunden war. Sie hielt Sean auf dem Schoß und gab ihm gerade sein Abendfläschchen. Die beiden Überfahrten und der kurze Aufenthalt in Wales hatten ihm nicht geschadet. Die Überfahrt auf der Heimreise war ruhiger gewesen, und über der irischen Küste war die Wolkendecke sogar stellenweise aufgerissen, sodass man darüber den blauen Himmel hatte sehen können, hatte Sylvie erzählt.

Maeves Gefühle waren nicht ambivalent, sie empfand keine Zerrissenheit. Sie hatte sich damit angefunden, dass das Leben ein ständiger Wandel war, ein ständiger Wechsel von Glück und Unglück. Maeve sehnte sich nicht nach Kontinuität, sondern nach der Anwesenheit von Männern, mit denen sie interagieren und auf die sie in verschiedenen Rollen, die sie für sich selbst wählte, reagieren konnte. Sie würde sich allerdings keinen Mann aussuchen wie jenen, der das Herz ihrer Mutter erobert hatte, keinen so glatten, komplizierten Typen wie Fran Hagarty, hatte sie doch gelernt, wie trügerisch Charme war. Breen hatte ihr viel von Turk erzählt und von der Bestimmung der Iren, wenngleich Breen es anders formuliert hatte. Sie hatte von ihm viel mehr gelernt, als der arme Mr. Whiteside, der als Märtyrer des Aufstandes sein Leben gelassen hatte, sie je hätte lehren können. Für sie waren die fünf Tage bei Pauline und Breen Trotter in Wexford der Beginn ihrer Wandlung zur erwachsenen Frau gewesen. Sie war selbstsicherer und entschlossener als noch vor einem Jahr, und das, obwohl Turk im Gefängnis saß und ihr Vater im Krankenhaus war.

Sie sah zu, wie ihr Halbbruder an dem Sauger nuckelte, und fragte sich, wie ihre eigenen Babys wohl aussehen mochten, wenn es so weit war. Ob sie von Anfang an so groß und schwer sein würden wie typische Trotter-Kinder? Sie hatte Pauline von ihren Plänen erzählt, und die hatte sie ermutigt, Turk zu heiraten, sobald sie alt genug war. Sie würden beim Rest der Familie Trotter in Wexford leben, und wenn Turk sich einer neuen Rebellenarmee anschließen wollte, um gegen die Engländer zu kämpfen, dann würde sie, Maeve, Seite an Seite mit ihm in die Schlacht ziehen.

»Warum haben sie Daddy in ein Krankenhaus in Wales gebracht?«, fragte sie.

Ihre Mam saß auf dem Bett und nippte an einem Glas Starkbier. Die Reise hatte sie sichtlich ermüdet. Vielleicht liegt es ja auch an dem Schock, Daddy so verändert wiederzusehen, sagte sich Maeve.

»Die Ärzte dort sind die besten im Reparieren kaputter Gliedmaßen.«

»Daddy ist doch kein kaputtes Auto.«

»Vielleicht ist der Unterschied gar nicht so groß, zumindest nicht für die Ärzte.«

»Da wir gerade beim Thema sind … Er wird nie wieder ein Auto fahren können, oder?«

»Vermutlich nicht.«

»Und wovon will er dann leben?«

»Es wird sich schon etwas finden«, antwortete Sylvie.

»Vorausgesetzt, er kommt überhaupt hierher zurück.«

»Richtig.«

»Glaubst du daran?«, hakte Maeve nach.

»Woran?«

»Dass er dir verzeiht.«

»Ich wüsste nicht, was er sonst tun sollte«, gab Sylvie seufzend zurück. »Ich meine, im Grunde hat er gar keine Wahl.«

Maeve zog dem Baby den Sauger aus dem Mund und sah zu, wie Sean grimmig-entschlossen danach griff. »Vielleicht kommt er ja zurück, weil er uns lieb hat.«

»Weißt du, was? Der Gedanke ist mir noch gar nicht gekommen«, gestand Sylvie und richtete sich auf.

»Dann wird es aber höchste Zeit«, murmelte Maeve.

Am neunten November 1916 wurde das Zweite Bataillon der Sperryhead Rifles aufgelöst. Die Verluste waren zu groß gewesen und die Rekruten zu wenige, sodass man die übrig gebliebenen Soldaten der Kampftruppe der Irischen Brigade einverleibte. Durch einen Zufall erhielt Soldat Gowry McCulloch gerade an diesem Tag seine hölzerne Handprothese und seine Entlassungspapiere. Keine Woche später stand er mit gemischten Gefühlen im guten alten schmuddeligen Dublin im Regen. Er empfand weder Freude noch Erleichterung, zurück zu sein. Ebenso wie Dublin hatte auch er sich verändert; er war heute älter, klüger und angeschlagen.

Trotz des Regenschleiers und des grauen Nachmittaglichts war deutlich, wie sehr die Stadt gelitten hatte. Immer noch waren hier und da Trupps unterwegs, die Schutt von den Straßen räumten. Staub lag in der Luft, feiner, feuchter Staub, der im Hals kratzte. Er trug keine

Uniform mehr, war nicht länger auf den ersten Blick als Freund oder Feind erkennbar. Die Provianttasche, die er in einem Billigladen in Cardiff erstanden hatte, enthielt die einzige Habe, die ihm lieb und teuer war: Beckys Briefe, eingewickelt in ein Stück Segeltuch. Er wusste, dass es besser wäre, sie zu vernichten, und dass er an etwas festhielt, das vergangen war, an Erinnerungen, die ihm nur Schmerzen einbrachten. Andererseits waren Schmerzen besser als völlige Leere, und Trauer war sein einziger Trost.

Langsam ging er den City Quay entlang, überquerte die Butt Bridge und gelangte so auf »seine« Flussseite, jene Seite, auf der das »Shamrock« gestanden hatte, das er wider aller Vernunft so anzutreffen erwartete, wie er es verlassen hatte, mit Jansis, die in der Küche herumfuhrwerkte, und dem grübelnden Mr. Dolan im Obergeschoss.

Er überquerte den Platz hinter dem Bahnhof, betrat einen Pub und bestellte sich einen Whisky und ein Guinness. Gowry wusste selbst nicht genau, warum er das tat, da er weder etwas zu feiern hatte noch sonderlich an Gesellschaft interessiert war. Eine Weile hielt er die linke Hand in der Manteltasche verborgen und trank mit der Rechten, aber dann holte er doch die schwere, schwarz behandschuhte Prothese hervor, die an seinen Unterarm geschnallt war, ein Päckchen Zigaretten zwischen Daumen und hölzernem Zeigefinger eingeklemmt.

Das neue, von der Seeluft feuchte Leder roch leicht nach Katzenurin, aber wenigstens hatte der Handschuh noch nicht angefangen abzufärben. Er hielt die Pappschachtel nur lose fest, legte dann die rechte Hand über die linke und fühlte, wie die raffinierten kleinen Scharniere sich bewegten und die Glieder sich in Richtung Handfläche drehten. Siehe da, schon hielt er das Päckchen ganz fest. Er nahm eine Zigarette heraus, und als er aufblickte, sah er, dass der Barmann ihn beobachtete. Gowry zwinkerte dem jungen Mann zu. Das Zwinkern hatte nichts Fröhliches, nichts Spontanes. Er steckte sich die Zigarette zwischen die Lippen, zündete sie jedoch nicht an.

Der Barmann kam den Tresen herunter, wobei er mechanisch ein Glas polierte. Sein Gesichtsausdruck verriet, dass er gleich eine Menge Fragen stellen würde, und je nachdem, wie die Antworten ausfielen, würde er Mitgefühl bekunden, da nicht einmal ein Dubliner Wirt im trüben Licht eines düsteren Novembernachmittags einen tapferen irischen Rebellen von einem tapferen irischen Soldaten unterscheiden konnte. Solange er den Mund hielt, konnte Gowry McCulloch alles sein, was ihm beliebte: ein Reisender, ein Hafenarbeiter, ein heimkehrender Emigrant, ein Verkäufer von Heiligenbildchen oder Damenunterwäsche, ein Lügner, ein Flegel oder ein Anführer. Natürlich war er nichts von all dem. Er war ein Nichts, ein Mann ohne Seele oder Identität, ein Mann, der von der Erinnerung an das lebte, was er hatte zurücklassen müssen.

Als er die Tasche auf der polierten Theke abstellte, mischte sich in die Neugier des Wirtes eine Spur Argwohn.

»Was haben Sie denn da?«, fragte er.

»Wonach sieht es denn aus?«, konterte Gowry.

»Sieht aus wie eine Provianttasche. Waren Sie länger unterwegs?«

»Lange genug. Und das hier, wonach sieht das aus?«

Er legte wieder die rechte Hand um die linke, übte Druck auf die im Eichenholz verborgnen Gelenke aus, versteifte dann den Ellbogen und hob die Faust.

»Sieht aus wie eine Faust.«

»Na also.« Gowry leerte sein Bier in einem Zug, schnappte sich die Tasche vom Tresen und marschierte hinaus in den Regen. Draußen wandte er sich nicht in Richtung Sperryhead Road, sondern steuerte die Endicott Street an. Dort würde er alles finden, was von dem Leben übrig geblieben war, das er in der Ebene zwischen Albert und Baupaume verloren hatte.

Als er die Parnell Street erreichte, nieselte es nur noch, trotzdem konnte er die Berge nicht erkennen. Es fühlte sich ungewohnt an, auf Pflaster zu laufen, zumal ohne Gewehr und Marschgepäck. Den Proviantsack zu kaufen war ein dummer Einfall gewesen: Er sah damit aus wie ein Briefträger. An der Einmündung der Endicott Street betrat er eine Gegend, in der er noch nie zuvor gewesen war. Vor ihm ragten im Düsteren die dunklen Umrisse von vier Mietshäusern auf. Er hörte das unverwechselbare Geräusch einer Schulglocke, dicht gefolgt vom Stimmengewirr der Kinder, die aus dem Schulgebäude strömten. Die Schar ergoss sich aus einer Seitenstraße, und schon bald befand er sich mittendrin im lärmenden Strom der Schulkinder.

Die älteren Jungen und Mädchen schlenderten geruhsamer hinter den Kleineren her und gaben sich betont lässig. Aber sie alle waren noch Kinder, denen man die Schulstunden ansah, das Haar zerzaust und die Kleidung leicht zerknittert. Die Mädchen gingen zu zweit nebeneinander her, die Jungs kamen gleich rudelweise. Gowrys Anwesenheit in ihrer Mitte quittierten sie mit Nichtachtung, sodass er sich beinahe unsichtbar vorkam. Für sie hatte er gekämpft. Er hatte deutschen Soldaten das Bajonett in die Eingeweide gerammt, um die Zukunft dieser Kinder zu sichern – zumindest hatten sie ihn das glauben gemacht. Inzwischen stellte er dieses hehre Ideal infrage, war er doch längst zu der Überzeugung gelangt, dass er für nichts Edleres gekämpft hatte als für die Eitelkeit verschiedener Nationen.

Dann sah er sie: Maeve. Er erkannte sie kaum wieder in ihrem schäbigen schwarzen Mantel, der trotz ihrer schmalen Gestalt zu kurz und zu eng für sie war. Die Mütze saß schräg auf ihrem Kopf, und sie schwang lässig ihre Schultasche, als wäre diese federleicht. Sie ging neben einem Mädchen her, und ihnen folgten vier ungepflegte Jungen, deren anzügliche Bemerkungen die Mädchen einfach ignorierten.

Gowry verspürte den irrationalen Drang, den jungen Burschen eine Kopfnuss zu verpassen und sie zu warnen, dass sie seine Tochter in Ruhe lassen oder zumindest ein paar Manieren und ein Mindestmaß an Respekt ihr gegenüber an den Tag legen sollten. Er atmete tief durch, dann noch einmal. Das Atmen fiel ihm plötzlich schwer – ein unliebsames Andenken an das Gas, an den klebrigen grünen Nebel –, und seine Augen füllten sich mit Tränen. Er verbarg das Kinn im Kragen, damit sie ihn bloß nicht in einem Augenblick der Schwäche ertappte – oder, schlimmer noch, aus Furcht, sie würde ihn nicht wiedererkennen. Gowry blieb in Höhe der Straßenlaterne an der Ecke stehen. Er war wie gelähmt, konnte weder vor noch zurück.

Maeve blickte auf. Sie lächelte über irgendetwas, worüber, wusste er nicht. Das Mädchen an ihrer Seite war kleiner und zarter als Maeve und lachte. Als er dieses unbeschwerte Lachen hörte, zog Gowrys Kehle sich zusammen, und Tränen stiegen ihm in die Augen. Er hob den Arm und wischte sich die Nase am Ärmel ab.

Diese Bewegung machte Maeve auf ihn aufmerksam. Sie runzelte die Stirn. Wenn sie die Stirn in Falten legte, sah sie aus wie ihre Mutter, hübscher denn je mit dieser kleinen steilen Falte zwischen den Brauen und den leicht geöffneten Lippen. Wäre er noch ein junger Bursche gewesen, wäre er ihr auch nachgelaufen, mit diesem komischen Pochen in der Brust, das er weder benennen noch abstellen konnte.

Der Schulbeutel machte in der Luft halt. Sie fing ihn auf und drückte ihn an die Brust; die Mütze war ihr über ein strahlendes, verblüfftes Auge gerutscht. »Mein Gott! O mein Gott!«, hauchte sie, dann rannte sie auf ihn zu und warf sich in seine Arme.

»Daddy!«, rief sie außer sich vor Freude. »O Daddy!«

Und in dieser Sekunde wusste Gowry, warum er nach Dublin zurückgekehrt war, was ihn bewogen hatte, nach Hause zu kommen.

TEIL VII

MAEVE

KAPITEL 26

An Weihnachten war der Lack ab. Auf den ersten Blick war den Umständen entsprechend alles in Ordnung, und ihr Daddy war zwar verändert, aber weniger launisch, als sie ihn in Erinnerung hatte. Vielleicht lag es daran, dass er nicht mehr so aussah wie früher. Allerdings gewöhnte sie sich schnell an sein neues Aussehen und fühlte sich auch nicht abgestoßen von der abnehmbaren Holzprothese und dem schrumpeligen rosafarbenen Stumpf unterhalb des Daumens.

Als sie ihn das erste Mal ohne Prothese überrascht hatte, hatte er versucht, den Stumpf vor ihr zu verbergen, aber sie hatte ihn aufgefordert, ihr die Verletzung zu zeigen, woraufhin er ihr gehorsam die Hand hingehalten hatte, wenn auch mit dem Gesicht eines kleinen Schuljungen, der mit einem Schlag auf die Finger rechnet.

»Tut es weh?«

»Ja.«

»Tut es noch mehr weh, wenn du die Prothese trägst?«

»Ja.«

»Es ist doch nicht entzündet, oder?«

»Nein.«

Ihr Dad hatte den Stumpf ebenfalls angestarrt, als sähe er ihn zum ersten Mal. Er krümmte versuchsweise den Daumen und atmete geräuschvoll aus, als die Sehnen sich spannten. Handgelenk und Unterarm waren vom Scheuern der breiten Riemen und Schnallen, mit denen die künstliche Hand befestigt wurde, haarlos. Maeve musste zugeben, dass es hässlich aussah, fast so hässlich wie die Zahnprothese, die seine Lippen nach außen drückte. Aber die Hässlichkeit hatte etwas ganz Besonderes, etwas, das ihn aus der Masse hervorhob. Als sie jedoch ihre Mutter fragte, was sie von ihrem Dad hielt, zuckte die die Schultern, und Maeve fragte sich, ob das der

Grund war, weshalb Dad oben schlief und sie nach wie vor bei ihrer Mam.

Sie hatte angeboten, mit ihm zu tauschen und oben in Frans altem Zimmer im vierten Stock zu schlafen, obwohl ihr die Aussicht nicht behagte, im Dunkeln die Wendeltreppe hinaufzusteigen, aber ihre Mutter hatte nichts davon wissen wollen. Also wohnte Dad oben in Frans altem Zimmer, seitdem sie den einstigen Mieter, Mr. Dunnigan, in einem anderen Haus der Kirche untergebracht hatten. Als kleines Dankeschön für sein Entgegenkommen hatte Mam ihm noch zwei Flaschen Powers mit auf den Weg gegeben.

Da sie den Raum zu Frans Lebzeiten nie betreten hatte, kam es Maeve nicht seltsam vor, dass ihr Vater in dem Bett schlief, das ihre Mutter mit Fran geteilt hatte. Es war ein so nettes kleines Zimmer, dem das Kaminfeuer im kalten November eine heimelige Note verlieh, und falls ihr Dad sich dort unwohl fühlte, beklagte er sich nicht. Genau genommen beklagte er sich nie über irgendetwas.

Wenn sie nach oben stapfte, um nach ihm zu sehen, saß er für gewöhnlich in dem Sessel am Fenster und starrte abwesend über die Dächer mit den zahllosen Schornsteinen. Wenn sie fragte, ob sie störe, schüttelte er den Kopf, nicht gereizt, aber so, als hätte sie ihn aus einem fröhlich-bunten Fantasieland geholt, das nur in seinem Kopf existierte, so durcheinander wie die losen Teile eines Puzzles.

Die ersten zwei, drei Wochen blieb er für sich. Mam sagte, Maeve solle ihn in Ruhe lassen, da er Zeit bräuchte, um sich wieder einzuleben. Dann, an einem besonders kalten Nachmittag, ging er wortlos fort, und als er zum Abendessen nicht zurück war, wurde ihre Mam sehr nervös. Als sie dann die Haustür zuschlagen hörte, drückte sie Maeve Sean in den Arm und lief hinaus in die Eingangshalle.

»Alles in Ordnung, Gowry?«

»Ja, ja.«

»Möchtest du eine Kleinigkeit essen?«

»Ja, sehr gern.«

Er trat ein, ganz grau von der Kälte, und rieb mit der gesunden Hand die Holzprothese, als würden die künstlichen Gelenke schmerzen. Er setzte sich mit krummem Rücken vor das Feuer, warf dann einen Blick auf Maeve und zwinkerte ihr zu.

»Ich habe Arbeit gefunden«, sagte er.

»Wo denn das?«, wollte Mam wissen.

»Bei Watton's.«

»Watton's!«, rief Maeve aus. »Nicht als Fahrer, oder?«

»Als Lagerarbeiter.«

»Geht das denn? Wegen der Hand, meine ich«, fragte Sylvie.

»Sie haben mich auf Probe eingestellt.«

»Was für eine Probe?«

»Ich soll meine Geschicklichkeit beweisen. Ich werde als Kontrolleur den Ein- und Ausgang der Waren prüfen. Ich bekomme Klemmbrett und Stift gestellt und ein eigenes Warenbuch. Der Job besteht hauptsächlich darin, Listen zu führen, und das dürfte kein Problem sein. Sie zahlen zwar nur einen Hungerlohn, aber Bettler können nicht wählerisch sein.«

»Du bist kein Bettler«, widersprach Sylvie. »Die können sich glücklich schätzen, dass jemand wie du für sie arbeitet.«

Er nickte und schaute einen Moment schweigend ins Feuer. »Weißt du, warum sie mir den Job gegeben haben? Weil ich in Frankreich gekämpft habe. Das war das Erste, wonach der Boss gefragt hat. Und als ich sagte, ich sei bei den Sperryhead Rifles gewesen, hatte ich den Job quasi in der Tasche. Die Firmenpolitik lautet: keine Republikaner. Man hat dort nichts für Republikaner übrig.«

»Ha!«, schnaubte Maeve verächtlich. »Sag das mal Turk.«

»Ich bin niemandem Rechenschaft schuldig«, erwiderte ihr Vater knapp.

»Turk hat auch gekämpft, für …«

»Maeve, das reicht«, schnitt ihre Mutter ihr das Wort ab.

Sie setzte ihren Halbbruder ab. Sean bewegte sich inzwischen energisch krabbelnd vorwärts wie ein kleiner Panzer und würde wohl auch bald laufen können. Erstaunlich schnell krabbelte er auf allen vieren schnurstracks auf das Feuer zu. Ihr Daddy beugte sich hinab und hielt den kleinen Jungen, der vergnügt mit Armen und Beinen ruderte, hoch in die Luft. Dann stellte er ihn auf seinen Schoß und stützte ihn, indem er einen Arm um Seans Taille legte.

»Ich fange Montag an, in der Spätschicht von vier bis Mitternacht. Ich werde auch samstags arbeiten. Ich muss die Ware auf den Docks entgegennehmen, wenn die Schiffe entladen werden. Wenn die Schiffe sich verspäten, wird es auch bei mir entsprechend spät werden.«

»Was zahlen sie?«, erkundigte sich Sylvie.

»Genug«, antwortete er nur.

»Genug für zwei Mieten?«

»Ich hatte mich schon gefragt, wann du davon anfängst.«

Sean tanzte auf dem Schoß ihres Vaters. Warmer Feuerschein fiel auf sein pausbäckiges Gesicht mit den roten Wangen. Er schien als Einziger nichts von der Anspannung im Raum zu spüren. Die Spannung ging von ihrer Mutter aus, ihr Vater seinerseits machte einen ruhigen, selbstzufriedenen Eindruck.

»Ich meine nur, dass es nicht richtig ist«, stellte Sylvie fest.

»Ein Zimmer ist nicht groß genug für uns.«

»Du meinst, ein Bett.«

Maeve errötete. Die Pausengespräche auf dem Schulhof in der Endicott Street waren um vieles informativer als jene damals in Mr. Whitesides Klasse. Vermutlich wusste sie inzwischen mehr, als gut für sie war, und dieses neue Wissen hatte die Affäre ihrer Mutter mit Fran Hagarty in einem völlig neuen Licht erscheinen lassen. Sie hatte versucht, von Pauline mehr zu erfahren, aber die war ihr keine große Hilfe gewesen, ebenso wenig wie Breen. Maeve hatte erwogen, Pater Macken um Rat zu fragen, war jedoch wieder davon abgekommen, da er ja Priester war und über diese Dinge vermutlich gar nicht Bescheid gewusst hätte.

Sie wollte erneut anbieten, oben zu schlafen, überlegte es sich jedoch anders und richtete den Blick stattdessen auf ihre geflickten Strümpfe und abgetragenen Schuhe.

Doch weghören konnte sie nicht, zumal der Gedanke sie erboste, ihre Mutter könnte ihren Vater erneut verjagen. Vielleicht war seine

Gelassenheit aber auch in Wahrheit Gleichgültigkeit, und er spielte nur Theater. Was, wenn es ihm im Grunde bloß um ein warmes Bett, zwei warme Mahlzeiten am Tag und saubere Wäsche ging? Sie hatte bislang immer geglaubt, das Wichtigste für Eheleute sei es, zusammen in einem Bett zu schlafen, aber diese Illusion hatte ihre Mutter seinerzeit zerstört, als sie mit Fran Hagarty geschlafen hatte.

Maeve konnte nicht verstehen, warum ihre Mam jetzt nicht mehr das Bett mit ihrem Vater teilte. Sie fragte sich, ob es etwas mit seinen künstlichen Zähnen und der Handprothese zu tun hatte, ob es ihm peinlich war, sich ihr ohne die Prothesen zu zeigen, die er jeden Abend vor dem Zubettgehen ablegte. Offenbar hätte ihre Mam ihn gern zurück, während ihr Daddy nichts davon wissen wollte. Vielleicht war ja auch das Baby schuld. Oder die Verletzung. Vielleicht steckte jedoch auch etwas ganz anderes dahinter, etwas, wovon die älteren Jungs und Mädchen auf dem Schulhof keine Ahnung hatten. Möglicherweise war alles nur eine Geldfrage. Drei Pfund und sechs Pence die Woche als Miete für Frans altes Zimmer waren zwar sogar für die Endicott Street günstig, aber trotz allem ein Luxus, den sie sich möglicherweise schon bald nicht mehr leisten konnten. In der Hoffnung, Antwort auf ihre unausgesprochenen Fragen zu bekommen, lauschte Maeve mit gespitzten Ohren und gesenktem Blick angespannt.

Gowry starrte eine Weile schweigend ins Feuer, während Sean weiter auf seinem Schoß tanzte und umherstapfte. Schließlich sagte er: »Ich habe gesehen, dass sie das ›Shamrock‹ abgerissen haben.«

»Was hat denn das damit zu tun?«, fragte Sylvie gereizt.

»Es ist nichts mehr da, nur eine Lücke.«

»Wenn du glaubst, wir bekommen eine Entschädigung …«

»Nein«, fiel er ihr ins Wort. »Damit ist wohl nicht zu rechnen. Ich frage mich nur, was sie da hinbauen werden.«

»Was immer sie dort bauen, wir werden es uns nicht leisten können.«

»Ich schaffe das. Ich werde mit dem neuen Job klarkommen. Wir schaffen das.«

»Wie lange willst du das Theater eigentlich noch durchziehen?«, wollte Sylvie wissen.

»Hmmm?«, fragte er verständnislos. »Welches Theater?«

»Ich weiß nicht, warum du eigentlich zurückgekommen bist. Ging es dir nur darum, mich zu bestrafen?«

»Dich zu bestrafen? Nein. O nein.«

»Warum tust du es dann?« Sie fing an zu weinen, einen Ellbogen auf den Tisch gestützt, die Wange in der Hand ruhend. Einzelne Haarsträhnen fielen ihr in die Stirn.

In diesem Moment erinnerte sie Maeve an Pauline, unschuldig und wissend zugleich, die blauen Augen voller Tränen, die auf ihren Teller tropften. Ihr Vater bewegte sich steif, wie die Gelenke der hölzernen Hand bei Kälte. Er schaute erst Maeve an, dann zur Tür und schließlich auf Sylvie. Fast eine halbe Minute ließ er sie weinen, ehe er Sean an Maeve hinüberreichte, sich dem Tisch zuwandte und seiner Frau einen Arm um die Schultern legte. Er lehnte sich an sie, Wange an Wange, und fast schien es, als würden auch ihm gleich die Tränen kommen.

»Warum weinst du?«, fragte er. »Weil ich nicht tot bin? Weil du Hagarty verloren hast und dich jetzt mit einem Krüppel wie mir bescheiden musst?«

»Nein, verdammt noch mal.« Sie schlug mit beiden Händen auf den Tisch, so schwungvoll, dass Teller und Besteck auf dem Tisch hüpften. »Nein, du Idiot, du kapierst es wirklich nicht, oder? Ich liebe dich«, entgegnete ihre Mutter. »Ich möchte dich lieben, aber du lässt es nicht zu.«

»Ich glaube, tatsächlich liegen die Dinge etwas anders«, widersprach ihr Vater. »Ich denke, es geht dir darum, dass ich *dich* lieben soll, Sylvie, so wie damals, doch das ist unmöglich.«

»Warum? Wegen … wegen dem, was passiert ist? Weil ich Sean behalten habe?«

»Das hat nicht das Geringste mit Sean zu tun«, entgegnete Gowry. Er saß immer noch ganz nah bei ihr, und sein Arm hatte sich fester um Sylvies Schultern gelegt. Für Maeve hatte es beinahe den Anschein, als hielte er ihre Mutter gegen ihren Willen dort fest. Aber er sprach leise, sehr leise, so leise, dass sie, Maeve, Mühe hatte, ihn zu verstehen. »Wenn du von mir erwartest, dich zu lieben, wie ich dich geliebt habe, bevor ich aus Dublin weggegangen bin …« Er zuckte kaum merklich die Schultern. »… das kann ich nicht. Und du kannst auch nicht von mir erwarten, so zu tun, als wäre nichts gewesen.«

»Wenn du mich so sehr hasst …«

»Ich hasse dich nicht.«

»Ist es ihretwegen?«

»Von wem sprichst du?«

»Von dieser Frau in Tipperary.«

»Großer Gott, nein. Nein, nein.«

»Geh ruhig zu ihr, es ist mir egal.«

»Ich kann gar nicht zu ihr gehen, sie ist nämlich fort.«

»Wenn sie aber noch dort wäre, würdest du …«

Er beugte sich noch weiter zu ihr hinüber und hielt sie mit dem Arm auf dem Stuhl fest. Für Maeve sahen sie aus wie ein einzelnes Wesen, eine Einheit, eine unförmige Masse und gar nicht schön anzusehen. Obgleich er die Worte ihrer Mutter ins Ohr flüsterte, kam es Maeve so vor, als spräche er zu sich selbst und als wäre das, was sie hörte, eine geheime Stimme, eine innere Stimme, fast wie ein Gedanke. »Vielleicht«, bekannte er. »Ja, vielleicht würde ich zu ihr gehen.«

»Du hast mit ihr geschlafen, habe ich recht?«

»Das spielt doch heute keine Rolle mehr.«

»Hast du?«

Er rückte von ihr ab, hob den Arm und ließ Sylvie förmlich aus seinem Griff gleiten. In seinen Augen lag Schmerz, eine Qual, wie Maeve sie noch nie zuvor gesehen hatte, und als er die Augen zukniff, fragte sie sich, ob er sie jemals wieder öffnen würde. Sie blickte jetzt nicht mehr auf ihre Strümpfe und die abgetragenen Schuhe, sondern starrte ihren Vater an, einen Mann, dessen Prinzipien sie verachtet, dessen Intelligenz sie angezweifelt und den sie nur geliebt hatte, als sie noch so jung gewesen war, dass es für sie ganz selbstverständlich gewesen war. Jetzt ahnte sie zum ersten Mal, dass er mehr war als nur Vater, mehr als Ehemann, mehr als ein Ernährer und dass allein schon seine Rückkehr ein Akt außerordentlicher Tapferkeit gewesen war. Und plötzlich sah sie ihren Vater mit völlig klarem, ungetrübtem Blick, schaute in ihn hinein und durch ihn hindurch und sah den Kampf, der allen Menschen eigen war. Er war ein guter Mensch, ihr Vater, auf seine Art nicht weniger mutig als Turk.

»Nein, Sylvie.« Er seufzte pfeifend und öffnete die Augen wieder. »Nein, habe ich nicht.«

Nicht das Leugnen überzeugte ihre Mutter, sondern die Art, wie er es sagte.

Plötzlich wirkte sie so kopflos wie ein aufgescheuchtes Huhn – und ebenso hilflos. Sie umarmte ihn und legte den Kopf an seine Brust.

Reglos wie zu Stein erstarrt beobachtete Maeve die Szene. Sie hoffte inständig, dass jetzt alles wieder gut werden würde und sie nie mehr eine solche Qual würde sehen müssen wie vorhin in den Augen ihres Vaters. Sie schwor sich, dass Turk, ihr Turk, nie so würde leiden müssen, dass sie ihm niemals Anlass geben würde, ihre Loyalität anzuzweifeln.

»Es tut mir leid«, sagte ihre Mutter mit erstickter Stimme. »O Gowry, es tut mir ja so leid.« Darauf hob sie den Kopf, um ihn auf den Mund zu küssen.

Ursprünglich hatten sie die Trotters besuchen und Weihnachten in Wexford verbringen wollen, aber ihr Vater hatte am Samstag Spätschicht, und das machte ihnen einen Strich durch die Rechnung. Im Übrigen war er nicht allzu erpicht darauf gewesen, Turks Verwandtschaft kennenzulernen, und nicht einmal Pater Mack, der vorbeigeschaut hatte, um den Helden zu besuchen, hatte ihn davon zu überzeugen vermocht, dass die Trotters keine Fanatiker waren, die, ohne mit der Wimper zu zucken, Sprengladungen in Briefkästen deponierten. Und so saß sie über Weihnachten in Dublin fest, aber als gut erzogene junge Dame hörte sie auf ihre Mutter und ließ ihrem Vater seinen Willen, ohne zu maulen.

Immer wenn Maeve in späteren Jahren auf jene katastrophalen Monate zurückblickte, in denen ihre Mutter sich mit einem anderen Mann eingelassen hatte, ihr Vater in den Krieg gezogen und das »Shamrock« in Schutt und Asche gelegt worden war, stellte sie fest, dass sie sich am besten an einzelne Augenblicke erinnern konnte, Augenblicke, in denen die Liebe sie in einer ihrer vielfältigen Erscheinungsformen berührt hatte. So war ihr beispielsweise jener trübe Morgen im Gedächtnis haften geblieben, an dem ihr Vater sie verlassen hatte, um als Freiwilliger dem irischen Heer beizutreten: Er war in den frühen Morgenstunden in ihr Zimmer gekommen und hatte sie zum Abschied geküsst. Außerdem konnte sie sich noch an jene Nacht erinnern, in der ihr Halbbruder auf die Welt gekommen war und ihre erschöpfte Mutter darauf bestanden hatte, dass sie ihr das winzige, in den Schal gewickelte Bündel abnahm. Und dann Turk, der sie durch den Stacheldrahtzaun der Richmond-Kaserne angeschaut hatte: In diesem Augenblick hatte sie gewusst, dass sie füreinander bestimmt waren.

Aber von all jenen fernen Erinnerungen aus dieser schwierigen Zeit war ihr jene an den Morgen des Heiligen Abends des Jahres 1916 am kostbarsten. Ihr Vater betrat ihr Zimmer und stand eine Weile an ihrem Bett, eine dunkle, hagere Gestalt mit Schneeregen auf dem Mantel, die den Geruch eiskalter Seeluft verströmte. Unmittelbar bevor seine Lippen ihre Stirn berührten, wachte sie auf, überrascht, aber nicht beunruhigt von seiner Anwesenheit.

Die Kohlen im Kamin glommen noch, von draußen fiel ein schwacher grauer Lichtschimmer herein, und sie konnte die schattenhaften Umrisse des Schnees erkennen, der von draußen an die Fensterscheibe geweht wurde.

Er küsste ihr auf die Stirn und sagte: »Sie sind draußen.«

Sie setzte sich auf, und ihre Mutter machte es ihr nach.

»Woher weißt du das?«, fragte Maeve.

»Die Nachricht hat sich wie ein Lauffeuer auf den Docks verbreitet.«

»Ist Turk auch dabei?«

»Das weiß ich nicht.«

»Die Männer aus Wales? Aus Frongoch?«

»Ja.«

»Alle?«

»Alle«, bestätigte ihr Vater. »Lloyd George hat sie gehen lassen.«

Maeve verspürte eine Woge der Dankbarkeit ihrem Vater gegenüber, als hätte er persönlich den Entlassungsbefehl unterzeichnet. Sie liebte ihn dafür, dass er hereingekommen war, um ihr im Halbdunkel des anbrechenden Weihnachtstages die frohe Botschaft zu überbringen.

Seit Wochen hatte sie jeden Tag die Zeitung nach Neuigkeiten aus Westminster durchforstet. Sie wusste wohl, dass manch einer in Regierungskreisen sich sorgte, dass das Risiko einer länger anhaltenden Internierung mit der Zeit größer wurde als jenes, das die Männer in Freiheit darstellten. Der Wandel, den Maeve und mit ihr die gesamte irische Nation herbeigesehnt hatten, war dann in mehreren Schritten herbeigeführt worden: General Maxwell war im November abberufen worden, und Anfang Dezember hatte Asquith das Amt des Premierministers an Lloyd George abgetreten. Jetzt waren also endlich die Entlassungsbefehle unterzeichnet worden, sodass Turk und ihre beiden Onkel in Kürze heimkehren würden.

»Wann?«, fragte sie atemlos.

»Morgen«, berichtete ihr Vater. »Heute.«

Kalte Luft strich über ihre Schultern und Brüste, aber das kümmerte sie nicht. Ihr war ganz warm ums Herz vor Vorfreude auf das Wiedersehen mit Turk. Daddy setzte sich auf die Bettkante und deckte sie wieder zu.

»Ich weiß nicht, ob sie es rechtzeitig zum Dampfer in Fishguard schaffen. Wenn ja, werden sie in Rosslare anlegen. Wenn sie genug Geld haben, werden sie aber bestimmt die Überfahrt von Liverpool aus antreten und morgen früh am Rogerson's-Kai eintreffen.«

»Wie früh?«

»Um acht.«

»Ich werde dort sein«, erklärte Maeve. »Ich muss dort sein, wenn sie ankommen.«

»Wir werden alle dort sein«, versprach ihr Vater.

»Du auch?«

»Ich auch.« Dann küsste er sie erneut und Mam ebenfalls, verließ die Wohnung und ging hinauf in sein Zimmer, um ein paar Stunden zu schlafen.

Maeve kuschelte sich an ihre Mam; das Herz schlug ihr bis zum Hals bei der Aussicht, Turk so bald wiederzusehen. »Ob sie Bescheid wissen? Ob Breen Bescheid weiß?«

»Das glaube ich kaum«, meinte Sylvie.

»Wie können wir es sie wissen lassen?«

»Sie werden es noch früh genug erfahren.«

»Ein Telegramm. Wir könnten ein Telegramm schicken.«

»Nein, Liebes. Verdirb ihnen nicht die Überraschung.«

»Charlie und Peter sind auch dabei. Ob sie den Brauereibetrieb wieder aufnehmen werden?«

»Ja, ich denke, schon.«

»Und Gran kommt heim, und dann ist alles wieder wie früher.«

»Nein«, erwiderte ihre Mutter und strich ihr zärtlich über das Haar. »Nicht wie früher.«

Es war noch stockfinster und eiskalt, als sie aufwachte. Sie hörte ihren kleinen Bruder in der Dunkelheit atmen, konnte jedoch nichts erkennen, abgesehen von einem schmalen Lichtstreifen unter der Tür. Maeve war zu aufgeregt, um wieder einschlafen zu können, und ohne zu wissen, wie spät es war, zog sie sich leise an und schlich nach draußen in die Eingangshalle.

Sie hatte keinen Schimmer, was sie dort wollte, da um diese Zeit alle anderen Bewohner des Mietshauses noch schliefen. Maeve selbst platzte jedoch schier vor Ungeduld und sehnte sich nach einer starken Schulter, nach jemandem, der ihr Mut machte. Sie schaute die Wendeltreppe hinauf und fragte sich, ob der Wecker schon geklingelt hatte oder, falls nicht, ob ihr Vater es ihr sehr übel nehmen würde, wenn sie ihn weckte. Leise stieg sie die Treppe hinauf bis in den obersten Stock. Licht schimmerte unter der Tür zu Frans ehemaligem Apartment hindurch, flackernder Feuerschein, der die Dielen draußen auf dem Treppenabsatz wärmte. Sie klopfte an und hörte ihren Vater drinnen rumoren.

Sie klopfte erneut und trat ein.

Ihr Dad kniete vor dem rußgeschwärzten Kamin. Er trug ein gestreiftes Nachthemd aus Flanell und hatte sich sein graues Jackett über die Schultern gehängt. Sie konnte die Handprothese sehen, diesmal ohne Handschuh. Die Riemen schnitten tief in seinen Unterarm ein, und sein Rücken war ein wenig krumm vom Krieg und vom Alter.

Als sie hereinkam, drehte er sich mit schuldbewusster Miene um, das Gesicht hell erleuchtet von lodernden Flammen, die genährt wurden von irgendwelchen Papieren.

Auf dem Tisch am Fenster standen eine Flasche Whisky, eine emaillierte Kaffeetasse und ein Aschenbecher – Frans Aschenbecher – voller Kippen und abgebrannter Streichhölzer. Der Wecker tickte laut, und der Feuerschein glänzte auf dem blechernen Zifferblatt und den Messingglocken. Ihr Vater hatte zusätzlich die Öllampe angezündet, und auf dem Bett konnte sie den Proviantsack sehen, dessen Inhalt er auf der Bettdecke ausgebreitet hatte: eine verbeulte Zigarettendose, eine wasserdichte Streichholzschachtel, angelaufene deutsche Uniformknöpfe und das Kleeblatt-Abzeichen, das er von seiner Mütze abgerissen hatte. Dazu Briefe, einen ganzen Stoß Briefe auf blauem oder cremefarbenem Papier.

»Daddy? Weinst du?«

»Nein«, antwortete er und wischte sich mit dem Handrücken über die Nase.

Ihr Instinkt riet ihr, es dabei bewenden zu lassen. Sie spürte, dass sie ihn bei einem Ritual gestört hatte, einer Art Wache, etwas, vorüber sie besser nichts wissen sollte. Maeve war jedoch zu egoistisch, neugierig und glücklich, um auf die warnende innere Stimme zu hören.

Und so trat sie ans Bett und blickte auf die Briefe, die alle in derselben sauberen Schrift geschrieben waren, manche mit Bleistift, andere mit Tinte:

Lieber Gowry … Mein lieber, allerliebster Schatz … An meinen Schatz … An meinen Liebsten …

Als sie die Hand nach den Briefen ausstreckte, sagte er: »Nein, Maeve, bitte nicht.«

Er stand jetzt und sah lächerlich aus mit dem Nachthemd, das unter dem Jackett hervorschaute. Die an den Unterarm geschnallte Handprothese hing herab, sein Haar war zerzaust, die Augen verquollen, einen Brief, die Seite eines Briefes, hatte er in der Faust zerknüllt.

Sie kehrte dem Bett demonstrativ den Rücken. »Wer ist sie?«

»Niemand.«

»Wie heißt sie.«

»Rebecca.«

»Wirst du sie wiedersehen?«

»Sie ist tot.«

»Oh!« Sie verspürte eine seltsame Mischung von Staunen, Beschützerinstinkt und Mitleid und wollte ihn umarmen, ihm versichern, dass alles wieder gut werden würde, aber inzwischen war sie alt genug, um zu wissen, dass das gelogen wäre.

»Oh!«, sagte sie noch einmal, diesmal leiser. »Wie spät ist es?«

»Zehn nach sechs.«

»Dann werde ich runtergehen und Frühstück machen, ja?«

»Ist gut«, antwortete er.

»Wirst du …«

»Ich komme dann runter.«

»Gleich?«

»Sobald ich hier fertig bin.«

Der Schneeregen hatte sich in Schnee verwandelt, als sie an der O'Connell Street Bridge aus der Straßenbahn stiegen und den City Quay hinuntergingen.

Am anderen Ufer des Liffey hob sich das Zollgebäude vom segeltuchbraunen Himmel ab. Britannia, Neptune und das Dach des Säulenvorbaus waren mit nassem, grauem Schnee bedeckt, das Kuppeldach hatte eine weiße Haube. Es war ein ziemlich weiter Weg bis zum Anleger der Dampfer aus Liverpool, aber es war inzwischen nicht mehr ganz so kalt, und in den Büros der Schifffahrtsgesellschaften brannte Licht. Es hatte sich herumgesprochen, dass die Jungs zurückerwartet wurden, und Verwandte versammelten sich am North Wall sowie an der Schiff-Zug-Haltestelle, während eine kleine, aber lärmende Menge zum British & Irish-Anleger am Rogersons's-Kai unterwegs war.

Es war ein komisches Gefühl, so früh an einem Sonntagmorgen unten am Fluss zu sein. Maeve kam es vor, als schwebte sie im Raum, als bewegte sich der lange Kai, während sie auf der Stelle verharrte, gefangen in diesem aufregenden Moment, jedoch ohne wirklich Teil des Ganzen zu sein. Eine Gruppe von acht oder zehn Jungs weiter vorn sang und jubelte. Jedem Polizisten, an dem sie vorbeikamen, zeigten sie die Faust bei gebeugtem Ellbogen. Soldaten waren allerdings nirgends zu sehen, auch wenn ihr Dad erzählt hatte, die Armee wäre hinter den Bürohäusern aufmarschiert, rigoros, diszipliniert und zurückhaltend.

Maeve blickte dem Schiff entgegen, das immer größer und größer wurde.

Die Aufbauten entlang der Reling entpuppten sich als Köpfe und Schultern, dann waren auch Männer und Frauen zu unterscheiden. Maeve drückte sich ungeduldig gegen das Absperrseil.

Mam hatte darauf bestanden, das Baby mitzunehmen. Sean war in einen riesigen warmen Schal gewickelt, und von dem Kleinen war nicht mehr zu sehen als eine winzige rosige Nase und aufmerksame braune Augen. Er war während der Eisenbahnfahrt und auf dem anschließenden Marsch am Fluss entlang ungewöhnlich ruhig gewesen, hatte neugierig die Aussicht, die Geräusche und Gerüche in sich aufgesogen und sie seinem Erfahrungsschatz in dieser sonderbaren Welt, in der er lebte, hinzugefügt. Ihr Vater hatte ihn die meiste Zeit getragen, die künstliche Hand unter seinem Po und den gesunden Arm schützend um seinen Rücken gelegt.

Als sie die Absperrung erreichten, gab ihr Dad Sean an Mam zurück, stellte sich hinter sie und packte mit festem Griff ihren, Maeves, Arm.

Sie spürte seine Anspannung und ahnte, dass diese mehr mit den Briefen zu tun hatte als mit der Rückkehr seiner Brüder aus der Gefangenschaft. Sie fragte sich, ob er an sie dachte, an diese andere Frau, Rebecca, die ihm all diese Liebesbriefe geschrieben hatte, oder an den Krieg. Bisher hatte er sich geweigert, darüber zu sprechen, als wäre der Krieg sein ganz persönliches Geheimnis, der Krieg und die Frau, die er in den Kriegswirren kennengelernt hatte, ein kleineres Geheimnis eingebettet in das größere.

Der Jubel wurde lauter, an Bord wie an Land.

Einige jüngere Burschen schwenkten Fackeln, und blutrote Funken sprühten auf den verschneiten Kai. Dann verwandelte sich der Jubel in Gesang, eine so fröhliche Hymne, dass Maeve ganz tief im Inneren einen bittersüßen Schmerz verspürte.

Leinen wurden an Land geworfen und an Pollern befestigt. Der Dampfer schob sich ächzend an den Kai und erzitterte. O-beinige Kai- und Zahlmeister der Schifffahrtslinie fuhren die Gangways aus, unter den gleichmütigen Blicken der zumeist beleibten und bärtigen Polizisten in ihren feinen Uniformen.

Die Passagiere an Deck drängten gegen die Reling; jeder wollte als Erster von Bord gehen. Maeve hörte die Schreie der Frauen in der Menge, die Rufe der Männer an Deck, Namen, Gebete und Freudentränen; das alles wurde begleitet vom Schiffssignal und von kratzigem schwarzen Rauch, der aus dem Schornstein quoll. Maeve reckte den Hals und hielt Ausschau nach Charlie, Peter und Turk, obwohl sie nicht einmal wusste, ob sie überhaupt an Bord waren. Ebenso gut konnten sie mit dem Zug eintreffen oder noch in Fishguard oder Rosslare sein. Vielleicht saß Turk ja auch schon daheim in Wexford und schaufelte Eier mit Speck in sich hinein.

Dann sah sie ihn. Er überragte das Gedränge, war größer denn je, wie sie fand, und imposanter, glatt rasiert und doch noch genauso wild und zerzaust wie früher. Er hüpfte stürmisch auf und ab und winkte mit seinem Hut.

Ihre Onkel Charlie und Peter klammerten sich an Turks Rockschöße; Peter, mager und mürrisch, funkelte die Menge am Kai so grimmig an, als hasste er jeden Einzelnen von ihnen.

Aber Maeve würdigte weder Peter noch Charlie auch nur eines Blickes. Sie stellte sich auf die Zehenspitzen und rief, so laut sie konnte: »Turk, Turk, hier bin ich. Hier drüben. Hier.«

Maeve fühlte, wie die Hand ihres Vaters fester zupackte.

Sie drehte sich um und blickte fragend zu ihm auf.

»Sie war Krankenschwester«, sagte er.

»Wer?«

»Die Frau, die mir die Briefe geschrieben hat. Sie war Krankenschwester.«

»Hat sie dich geliebt?«

»Ja.«

»Und du? Hast du sie auch geliebt?«

Er beantwortete ihre Frage nicht, jetzt nicht und auch in der Zukunft nicht.

Maeves Frage stieg in die windstille braune Luft auf und schmolz dahin wie eine Schneeflocke auf nassem Flanell, als Turk die Gangway herabstapfte.

Sie konnte ihn sehen, wusste, dass er sie entdeckt hatte, und hörte ihn rufen, als er sich mit ausgebreiteten Armen durch die Menge auf das Absperrseil zubewegte. »Maeve. Maeve. Endlich, meine Süße. Ich bin wieder zu Hause. Endlich wieder daheim.«

Erneut fühlte sie, wie Gowrys Hand sich fester um ihren Arm legte, aber nur einen kurzen Moment.

Dann ließ er sie los.

Liebe und Hass, Vertrauen und Feindschaft und zwei Familien, deren Schicksal untrennbar miteinander verknüpft ist.

Sarah Lark
DAS LIED DER MAORI
Roman
800 Seiten
ISBN 978-3-404-15867-6

Queenstown 1893: Auf der Suche nach Gold verschlägt es den Iren William Martyn nach Neuseeland. Er hat weder Geld noch Perspektiven, aber Glück bei den Frauen: Die temperamentvolle Elaine verliebt sich in ihn. Doch dann kommt Elaines Cousine Kura zu Besuch, begnadete Sängerin und Halb-Maori. Kuras exotischer Schönheit und Freizügigkeit erliegt William sofort ...

»Eine ergreifende Liebesgeschichte und nervenaufreibende Spannung – exzellente Unterhaltung!« BOOKLIST

Madge Swindells
DAS KALTE HERZ
DER WÜSTE
Roman
416 Seiten
ISBN 978-3-404-15855-3

Als Chris das verlockende Angebot erhält, für ein Unternehmen zu arbeiten, das sich mit internationalen Betrugsfällen befasst, zögert sie nicht lang. Kurz darauf wird ihre beste Freundin Sienna entführt. Chris ahnt, dass ihr neuer Job und Siennas Verschwinden etwas miteinander zu tun haben. Ihre Suche führt sie nach Afrika, wo sie auf entsetzliche Wahrheiten stößt …

Bastei Lübbe Taschenbuch

»Sara MacDonalds Romane sind unwiderstehlich.«

CHOICE

Sara MacDonald
JENSEITS DES SOMMERS
Roman
512 Seiten
ISBN 978-3-404-15839-3

Einst waren Ruth und Jenny unzertrennliche Freundinnen, doch dann verließen Ruths Eltern das beschauliche Cornwall und zogen nach Toronto. Viele Jahre später, Jenny hat ihren geliebten Mann Tom und die kleine Tochter verloren, trifft sie Ruth überraschend im Zug. Sie tauschen Telefonnummern aus, bevor Ruth aussteigt und von ihrem Sohn auf dem Bahnsteig begrüßt wird. Jenny stockt der Atem, als sie den jungen Mann erblickt: Adam ist das Ebenbild ihres verstorbenen Mannes!

Bastei Lübbe Taschenbuch